# コモン・グラウンドの倫理

# コモン・グラウンドの倫理

——デュラス、フーコー、シャールの文学空間

ロバート・ハーヴェイ
中川真知子 訳

水声社

本書は
《言語の政治》叢書の一冊として
刊行された。

# 目次

## 凡例

一、〈 〉は、大文字ではじまる語句を示す。
一、［ ］は、著者による注記や補足を示す。
一、〔 〕は、訳者による注記や補足を示す。
一、『旧約聖書』『新約聖書』からの引用文は、新共同訳を用いた。
一、著者自らが英訳の上、引用した文献については、邦訳文献を参照しつつ、著者による英訳を基に訳出したものもある。
一、読みやすさを考慮して、著者の了解の下、日本語版では独自の小見出しを付した。

# 序章

荒涼とした環境——不快だけれども、まったくもって現実の空間——について、想像力に焚きつけられて思考するうち、それがふたり、あるいはそれ以上の人々の間で分かち合う内省に変わるとき、この共通の努力には、ひとりひとりの人間を、おたがいに倫理的なやりとりへと動かす、唯一無二の可能性がある。本書『コモン・グラウンドの倫理』は、この現象を、歴史、写真、文学、映画そして哲学から数々の例をとり研究するものである。

共感は人と人との間で、そして社会でおこる最も重要な経験であり、それなくしては倫理を目指す努力など無駄になる。ある仕草（さらにそれ以外のさまざまなもの）が、すなわち共感にもとづく動き（「行動」という気持ちのない言葉より、「動き」のほうが好きだ）が、空想でもあり現実でもある土地で、ある人間の意識がもうひとりのそれに遭遇するときに出てくる。鋭敏な感情がであう邂逅の空間を、私は共通の場と名づける。共通の場はある場所というよりも空間である。すなわち共通の場は、現実世界には曖昧にしかそれと定めることができず、私たちの想像や記憶や白昼夢のうちで働くが、現実として受け入れられているものに勝る力を、そこでこそ最大限発揮するのだ。かくして共通の場を通じ、私たちは潜在的な可能性の実現へと向かうのだ。

本書が描写し分析するのは、さまざまな空間であり、それから共感に基づく構築に好適なトポグラフィ、すなわちミシェル・フーコーがかつて「別異の空間 des espaces autres」と名づけたものである。地図を作成するために、哲学と文学の両方から借りた道具が、ここでは展開されており、過去三年間、教育活動と執筆活動を通じて私が関わってきた人物、思想家を動員する。主にミシェル・フーコー〔一九二六～八四年。フランスの哲学者、歴史学者〕とマルグリット・デュラス〔一九一四～九六年。フランスの作家、映画監督〕だが、他にもまたジョルジュ・ディディ＝ユベルマン〔一九五三年～。フランスの哲学者、美術史家〕、ジョルジョ・アガンベン〔一九四二年～。イタリアの哲学者〕にもご登場願い、さらに助演には、ウジェーヌ・アジェ〔一八五七～一九二七年。フランスの写真家〕、イマヌエル・カント、サミュエル・フラー〔一九一二～九七年。アメリカの映画監督、作家〕、ホルヘ・ルイス・ボルヘス〔一八九九～一九八六年。アルゼンチンの詩人、作家〕、ブレーズ・パスカル、エティエンヌ・バリバール〔一九四二年～。フランスの哲学者〕も含まれる。

本書は六章からなり、大まかに分けると、デュラスとフーコーをそれぞれ道しるべとする二部で構成される。『コモン・グラウンドの倫理』の出発点は、デュラスが一九五四年に著した短編、注目されることもほとんどなく、また幾分か難解な「工事現場」の精読である。「工事現場」は、二〇一四年が生誕百年にあたる、この重要なフランス人作家デュラスの豊かな作品群において、これまで日の目をみることのなかった、しかし決定的なターニング・ポイントなのである。「工事現場」はまず知るひとのない作品なので、全編の新たな英訳を第一章にいれた〔日本語版では割愛し、作品の要約を掲載する〕。

一九五〇年代以降、デュラスの創作活動には、作品を通じてではあるが、我がことのようにショアを「思い出す」という決意がいっそう際立ってくる、というのは衆目の一致するところである。未公刊の手紙のなかで、デュラスは『緑の目』〔小林康夫訳、河出書房新社、一九九八年〕という作品——奇妙な印象を与えるものの、同時に映画、写真、文学作品たりえている——につけた題名について説明を試み、「ひとりの少女の緑の眼を通して、私は世界の終わりを見るのです、限りない倦怠も見るのです、そして喜びもまた」と書いている。本書第一章では、こうした憂鬱なものの見方を超えつつ、一方でそうした見方の助けを確かに借りながら、デュラスがジェノサイド後の倫理にむけた基礎を築き、その土台は一九五四年に書かれた奇妙な物語「工事現場」にすでに明らかであるということを示す。

本書における「工事現場」の研究はまた、〔英語圏の〕読者にとって、これまで英訳の出版がなかったデュラスの心ゆさぶられる二つの作品――小説と詩――を知る機会となるだろう。またデュラスによる映画脚本のうち、最初の二本である『ヒロシマ・モナムール』〔邦題『二十四時間の情事』〕と『かくも長き不在』〔阪上脩訳『ヒロシマ、私の恋人・かくも長き不在』筑摩書房、一九七〇年〕を、新たな光のもと、再考する。当該の章が提唱するのは、マルグリット・デュラスが――文学的想像力を通じて――人類による人類に対する犯罪に対して、記憶という働きを有効に動員するためのモデルを構築した、というものである。

デュラスの「工事現場」のもっとも大きな特色を考えるにあたっては、カントによる「崇高の分析論」に照らした分析が必要になる。まずは『ヒロシマ・モナムール』における女性主人公のトラウマに分け入っていくうち、カントの『判断力批判』の限りなく豊穣な記述をあらためて紹介することとなる。共感がどのような形で意識に力を発揮していくのかを、私たちがよりよく理解するために、啓蒙哲学による崇高の概念化が果たす役割を例証してくれるのは、ジョルジュ・ディディ゠ユベルマンの数々の論考だろう。これらの論考はミニュイ社からここ一〇年にわたって「歴史の目」シリーズとして出版された本に収められている。崇高の経験を分かち合うことから、共感が生まれるさまを示すために、ディディ゠ユベルマンによる研究のうち、とりわけ二つを敷衍していく必要がある。ひとつはサミュエル・フラーがフォルケナウ（現チェコ共和国ソコロフ）にあったフロッセンビュルク強制収容所の解放を映像におさめた初期フィルムを検討するものである。もうひとつは、ブラム強制収容所（フランス、ラングドック地方）で、カタルーニャ人収容者だったアグスティ・センテーリェス〔一九〇九～八五年。スペイン・カタルーニャ地方出身の写真家〕が撮った写真に関する論考だ。フラーとセンテーリェスの手になる芸術作品は、共通の場へと続く歩廊であり、そのような空間を分かち合うことによってこそ、平和的共存は可能になるのである。

デュラスが一九五四年に書いた「工事現場」という物語はどこまでも不思議なものだが、登場人物である女性を深いところでかくも動揺させるのは、墓地が拡張されていく眺めである。女性にとって、この工事現場（フランス語では chantier）は大量の墓（死体置き場 charnier あるいは死の工事現場 chantiers de la mort）を思い起こさせるものだ。ストーリーとはすべからく変化をもたらすものであるとするならば、「工事現場」のプロットが変化させていく対象は、墓地である。物語の最後には、死の空間という通常の位置づけから、墓地を生と死のあいだの空間へと変容させてしまう。第三章からは、『コモン・グラウンドの倫理』におけるもう一人の主要人物である、ミシェル・フーコーを紹介する。フーコーの有名な論考の題名「別異の空間 Des espaces autres」〔「他者の場所――混在郷について」工藤晋訳、『ミシェル・フーコー思考集成X』筑摩書房、二〇〇二年〕に対して、（既訳の「他の空間について Of Other Spaces」の代わりに）私がつけた新しい英訳「別様である空間について Of Spaces Otherwise」によって――遅きに失した感はあるが――デュラスもフーコーも陰に陽に説く経験――まずは限界の空間においてのみ可能になる、限界の経験――へと、読者は導かれていくだろう。

生と死のあいだの空間であると同時に、墓地は――かなりあからさまに――都市周縁にある空間であり、無人地帯に位置する空間であり、都市生活者からは、郊外に住む人々の生活の粗悪な形態として見られることの多いものと、都市との間におかれた空間である。ジョルジョ・アガンベン『ホモ・サケル』〔高桑和巳訳、以文社、二〇〇三年〕の「不分明な地帯」において核となる主張を批判的に読み直す準備をしながら、哲学、映画そして文学が、ある特定のスラム、すなわち一九世紀半ばから二〇世紀半ばにいたるまで、パリの周縁にあった地域ラ・ゾーン（La Zone）をどのように描いてきたのかを調査する。周縁地域（ラ・ゾーン）はウジェーヌ・アジェのレンズにとらえられ、それからジョルジュ・ラコンブ〔一九〇二～九〇年。フランスの映画監督〕のカメラにおさめられ短編映画となった。こうした視覚芸術の芸術家たちがとらえ、後世の考察に提供するのは、周縁地域の住人であることに誇りをもって、中間に存在するものたちである。この（「ショア」という言葉のもつ意味のひとつである）荒地は、ルイ＝フェルディナン・セリーヌ〔一八九四〜一九六一年〕やレーモン・クノー〔一九〇三〜七六年〕といったさまざまな作家たちもまた、テクストにおいて探究した。アンリ・ミショー〔一八九九〜一九八四年。ベルギー出身の詩人〕やサミュエル・ベケット〔一九〇六〜八九年。アイルランド出身の劇作家〕の作品に見出される、荒廃した心象風景には、この荒地がそもそも発想の源であったのかもしれない。パリの周縁地域から離れても、不分明な地帯あるいは心の共通の場というものには、（バートルビーが最後をむかえる刑務所の庭において）ハーマン・メルヴィル〔一八一九〜九一年。アメリカの作家〕や、（パサージュ論における臨界点という概念のなかで）ヴァルター・ベンヤミン〔一八九二〜一九四〇年。ドイツの思想家、批評家〕や、そしてもちろん（『ホモ・サケル』のノモスとしての収容所において）ジョルジョ・アガンベンといった、多様な書き手による思索の跡がみてとれるだろう。こうして別空間を間主観性が展開する場に変容せしめる労作は、本書第三章で検討する。

　別異の空間のイメージと、前述した想像力を介して別異の空間を思考する能力との結びつきにこそ、経験の共有という可能性が、したがって倫理へと道が開ける可能性が横たわっているのだ。ミシェル・フーコーには、垣根を大胆にこえ言葉を発明していく才があるが、それがこの結びつきを表わす一つの言葉を、したがって一つの概念をうまく探しあてた。周知の通りフーコーの考古学がさらけだすアイロニーは、私たちが歴史のアイロニーと呼び習わすものを、ふいに出し抜き、補い、しのいでいく。そしておそらくそれこそが批判的思考にあてた、フーコーの著作からの最大の贈り物であることもまた、知られている。それに比べて、〔分割・共有という〕二つの意味を見事に具えた分かち合い《パルタージュ》という言葉——名詞としてだけではなく、そこから派生して動詞、副詞句、分詞として用いられる分かち合い《パルタージュ》——を、言語のうえでこのアイロニーを伝達するために、フーコーが機能させたことは、あまり知られていない。フーコーのペンは、まぎれもない頻度でこの言葉を用いるし、著作の端から端まで途切れることなく（ときには矛盾もあるが）、論証がクライマックスへと向けて最高潮に達するごとに、この言葉が用いられるゆえに、分かち合い《パルタージュ》の機能が決定的に重要であることが自ずとわかるのであるが、フーコーの著作を英語で読んでいるかぎりは、それを読みとることはほとんど不可能なのである。私たちが分かち合い《パルタージュ》を英語に翻訳するにあたっては、訂正とまではいわずとも、調整が必要になる。既訳では「分割 division」や「共有すること sharing」あるいは「分け前 share」など、さまざまな訳語があてられているものの、分かち合い《パルタージュ》とは実は共有することであると同時に分割なのであり、共有を内包した分割なのである。分かち合い《パルタージュ》という語に「フーコーの侵犯」と題する第五章のなかで、その意味の多義性に着目し、一貫して新しい英訳「接‐断 cleave〔切り離す／緊密に接触する〕」をあてて考察することによって、フーコーの強かな主張のうちのいくつかに焦点をしぼると同時に、理解を深めることができる。「接‐断」というあり方が、別異の空間に役割を与え、そして別異の空間に具わる、侵犯していく力は、「異端の分岐点」――フーコーがパスカルに借りて『言葉と物』〔渡辺一民・佐々木明訳、新潮社、一九七四年〕で紹介した概念――によって補強される。「接‐断」とは、異端の地点そのものであり、私たちがそこに立ち会うとき、周縁地域に住まうものたちの凝視にぶつかる場所である。

　侵犯とは、ジョルジュ・バタイユ〔一八九七〜一九六二年。フランスの作家・思想家〕の場合とは異なり、フーコーにおける概念使用においては、包括しつつ分裂することである。そして包括しているというこの点においてこそ、フーコーによる知の考古学のもっとも陰鬱な箇所でさえ、兎にも角にも、楽観論のささやきを、かすかに聞きとることができるのである。本書の最終章で私は大勢の見方に抗し、六八年五月に生じた文化面での断絶を超えて、ミシェル・フーコーのうちで文学は機能し続けたということを、一九八四年六月の死に至るまでフーコーの思想に魂をふきこみ続けたということを主張する。私たちと言語との関わりが、想像力に訴えかける「存在の接‐断」（ジェラード・マンリ・ホプキンズ〔一八四四〜九九年。イギリスの詩人〕の表現を借りれば）のひとつを生みだすという自身の仮説を頼りに、フーコーは、それと名指して発想の源を明かすことはなくとも、変わらず詩に着想を得て、例の通り、包括しつつ分裂するという作業をうまくやってのけたのである。

　ミシェル・フーコーの著述をつらぬく芸術家の声にあって、もっとも重要なもののひとつ――そしてフーコーのほぼ同時代人でありなおかつ詩人であるという意味では、間違いなく珍しいもののひとつ――は、ルネ・シャール〔一九〇七〜八八年〕であった。フーコーがルネ・シャールとその重要なアフォリズム詩「形式上の分割」〔『ルネ・シャール全集』吉本素子訳、青土社、二〇二〇年〕へ敬意を捧げ、かつそれを模倣して、分かち合い《パルタージュ》あるいは接‐断に、テクストと修辞の両面で、特別な役割を与えたという点に、疑いの余地はほとんどない。教員として活動し始めた頃から、フーコーがルネ・シャールの詩をそらんじまた教えていたのみならず、背表紙にシャールからの引用が載せられた遺作『自己への配慮』〔『性の歴史III――自己への配慮』田村俶訳、新潮社、一九八七年〕に至るまで霊感を受け続けていたことは明白だ。シャールはマルティン・ハイデガーがその人に捧げる詩を書いた、唯一の詩人でもある。[1]

ルネ・シャールとミシェル・フーコーがともに分かち合うのは、マルキ・ド・サドに対する賞賛だが、それにもましてレジスタンスという稲妻の閃光である――歴史によって見出されるものであれ、精神の根源でおこるレジスタンスのためのレジスタンスとして、またはリオタール〔一九二四〜九八年。フランスの哲学者〕がかつて述べたように「その名の名誉」にかけたレジスタンスとして、息をひきとるまで生きられるものであれ。存在意識という石の接‐断面が養うのは、ユキノシタ[2]だけではなく、フーコーが歴史の砂のなかで消え行く人間の向こう側にみた、かすかな希望である。アガンベンが描く「ホモ・サケル」の普遍化に直面しつつ、希望を祈り、本書の結びはしたがって、異端の調子を帯びるだろう。

本書を書き上げ、世に出すにあたり、恩義を受けた人々に感謝する。ベルナール・アルゼ、エティエンヌ・バリバール、ガブリエラ・バステラ、オディール・バウムガートナー＝ロマン、コリンヌ・ベネストロフ、レダ・バンスマイア、ソフィ・ボガール、エドワード・S・ケイシー、メアリー・アン・カウズ、キンバリー・コーツ、トム・コンリー、マーチン・クローリー、ミシェル・ドゥギー、ジョルジュ・ディディ＝ユベルマン、ガリマール社、グレゴリー・ファーブル、ティエリー・ジリブフ、スチュアート・ケンドール、ナタリー・レジェ、スティーヴ・ライト、ジャン・マスコロ、ハリス・ナクヴィ、フランソワ・ヌーデルマン、フロラン・ペリエ、サンガム・ラヴィンドラナタン、ソフィ・レナール＝ルロワ、ガブリエル・ロックヒル、ドナ・サミス、フィリップ・セリエ、ナンシー・K・スクワイヤーズ、メアリー・ワトキンス、本書のアイディアが固まった二〇一三年春のセミナー「フーコーの基礎」に参加した二〇名の学生たち、もちろんエレーヌ・ヴォラ、最後にはなったが何といってもエリーズ・ウダードに。

# 第一章　工事現場

## いま共通の場を語る意味

「共通の場《コモン・グラウンド》」が話題である。

しかしともすれば、こういう表現は濫用されていると、人は言うかもしれない。「私たちは『共通の場』という言葉を共通に口にする」という風にはじめたほうがよいだろう。いずれにせよ「共通の場」が語られる頻度が高いので、「共通の場」という言葉はずいぶん前から共通の言葉《コモン・プレイス》〔平凡な言い回し〕になっている。言い回しがこうなってくると、それが初めて作り出されたときにはどれほどの威力をそなえていようとも、比喩の濫用は、――新しく表現を鋳造することによって、意味をもたせようとする、急ごしらえかつ未完成であるがゆえに胸躍るあの試み――とうに尻すぼみになり、ほとんど意味をもたなくなる。

それならば、今になって「共通の場」を語り――しばしば切に願い――何を伝えようというのだろうか。共有する場、すなわち身体を伴わなかったとしても、心のうちで分かち合う空間、共通の目標、共同体の構築に向けて何らかの目標を託す場である。
「共通の場」という語句を構成する二つの語の要素をとりあげ、それぞれ別々に分けて調べてみると、それがひとつの表現となるから、意味の重複した、陳腐な自明の理めいたものになるのだ、ということがすぐにわかる。隠喩として使われようが、「文字通り」使われようが、「場」が明示するのは、私たちが暮らす惑星の堅固な表面であり、居住可能でむきだしになった地殻であり、そのうえに私たちはたたずみ――その同じ土地から集めうる生活必需品が入手できれば――生き延びることが可能である。形容詞として、「共通の《コモン》」という語は皆に属するものを指す――「皆」で了解されるのはふつう、ホモ・サピエンスによって、ホモ・サピエンスと認められる種に属するすべての人である、という限定がつくけれども。それならば場は常に共通であるのだ。

　自明の理、もしくは二語を使ったいかにも使い古された隠喩であるにもかかわらず、それでも「共通の場」という言葉によって、二人以上の人間がうまくやっていけるような空間を私たちは心に描き、設計するのだと、私は考える。そうした場で、人々は平和的に共存し、協力し、互いに助けあいながら、心を通わせ、生きていくのだ。思うに、土台と共通という属性には因果関係があるということは分かっている。合意や調和や平和などに、その場が適しているゆえに、ひとつにまとめる力がそこにはあると信じられるのだ。直に土地という土台のうえに、私たちは自分の住処を据えるのである。私たちには建造する必要があり、そして建造しなければと駆り立てられ、それが建造物に結実し、そうして社会における私たちの交流が可能になり、増えていく。言語と同じくらい、建築は私たちを結びつけ、私たちに共通の属性を教えてくれる。

　とはいえ、いささか先を急ぎすぎた。私はもう結論を予感しているが、それは、推論や連想を通じて組み立てられた、共通の場をめぐる思考を、読解し、分析することによって導き出されるだろう。文章とイメージをそのように読解し、分析するというのが、これから始まる本書の性格である。しかし本研究が最初に問うのは、原因（場）と結果（共通性）との関係ではなく、ある空間が媒介する共通の場を発見したとおぼしき、あるいはより正確に言えば、その場を発見しつつある、二人以上の主体と、その空間との地理的な関係についての問いである。どのようにして、ある空間が、共通の場の共有を促進するのだろうか。何がただの空間を、「重要な空間」へと変えるのだろうか。

## いま・ここにある「よその場所」

「共通の場」という語句を口にするとき、発話者と対話者（発信者と受信者）双方が意味するのは、共通性に気づいた主体が、愛と思いやりのうちに生きられる、ひとつのまったく同じ空間にいるということだ。しかしよそにある空間はどうなるのか。私たちを生き生きとさせる可能性のまさに開けた場が、「ここ」ではなくて、あなたと私が立っているところにはなくて、「向こう」側にあったとしたら、どうなるのか。さらに、よそにあるうえに、私の足下にふだんあるものとは異なる空間はどうなるのか。「共通性」と私たちがよぶ、調和した多様性をうみだす場の力が、そこに立っているわけではないけれども、まぎれもなく、いまここにあるという事実のもつパラドックスに由来するのだとしたら。

つまるところ、場が――文字通りの意味でも、隠喩的な意味でも――いまという瞬間に私が両足をすえている場のほかに、あるのだ。こうした別様の場があるということを、この国で、気象や政治や経済がうみだす状況のもとで、それでも証明しうる。しかし私はこの他なる場を共通の場としては経験していないのかもしれない。目下、そうした状況の見方と見通しとを別の人と分かち合っているわけではないからだ。常のごとく、場を地滑りさせ、隠喩がもつ結合力へと向かわせるような、共同体の可能性に必要な別の条件が今日あるのであり、それはいまここにいる私の手に届く状況とは、さまざまに異なるのである。要するに、今日――いまここに――共同体のための、これとは別の、場所があるのである。

本研究が着目するのは、まさにこうした場所である。それはよそにある空間である。もしくは――ミシェル・フーコーによる、短くも、もっとも重要な理論的著作のうちのひとつのタイトル「別異の空間 Des espaces autres」の既訳を調整し、訂正し――こうした場所は「別にある場所」であるだけなく、「別様である場所」でもあるのだ。私たちの世界に存在しているが、隔たりがある。そして私たちがぬくぬくと住み込んでいる場所とはまったく異なる仕方で、私たちに効果をおよぼすのだ。その場所と関わると、私たちのうちに、おさえがたい衝動として、共通性が消えずに燃え立つのである。私にとって別様である場所は私が立つ大地と同時に共存する。別様である場所と名づけられる所以は、私が占める場所つまり「私の場所」と同じく、現在の瞬間に、まさにいまあるものの、感覚を通じて理解する現象学的世界、感覚的世界という点から考えれば、それはやはり向こう側にあるからだ。別様である場所はあるにちがいない。それが可能でありさえすれば。別様である場所は遠ざけられている。倫理をささえる共通の場としてはふさわしくとも、必ずしもそれが生命をふきこむというわけではないからだ。実のところ、あるものは命を奪うものですらある。したがって本書が検討する別様である場所は、こうした経験の一部の力でもって、想像力とよばれる相当な知力を用い、私たちに作用する。

論より証拠、そうした知力の証明となる物語がある。その物語は、共通点のない人間に対して共通の場となる、別様である空間の模範的な例でもある。

## マルグリット・デュラス「工事現場」*（一九五四年）

湖畔のホテルに滞在する男は、ある夕べ、ホテルに隣接する工事現場を前にして驚愕と苦痛にたちつくす娘を目撃し、言葉を交わす。それ以来、どうしようもなく心ひかれ、男は同じホテルの滞在客である娘の観察をはじめる。「ほかのものと変わらない」が、「確かに、特別な目的のある」工事現場、「特別な言葉――死――」を喚起する工事現場が見える場所に、娘は戻ってこないが、男はそこで娘の目を通して工事現場を眺める。ある日の食後、喫煙室にいた娘に、男は激しい欲望を抱く。それ以降、男は自分が死に近づいているように感じる。ついに娘は工事現場の見える小道に再び姿を現し、男と二度目の邂逅をはたす。おたがいに挨拶を交わすようになって四日目、娘は髪型と装いを変えて食堂に現れ、二人は「待機期間」が終わったことを悟る。翌日、喫煙室で向かい合った二人は、声をたてて笑い合う。喫煙室を出、ホテルを出る男を娘は追いかけ、踵を返した娘を今度は男が追いかける。葦原に埋もれた小川の向こうにいる娘のもとに、男は向かって行く。

## 短編「工事現場」の特異性

この物語のなかで、名前を与えられない二人の登場人物が――やっとのことで、湖のほとりで――私たちが「共通の場《コモン・グラウンド》」と呼ぶものによく似た何かに到達するのだから、私たちの最初の問いは、二人は結果としてどう「なった」のかというものだ。これは次のように問うに等しい。私たちが先に「重要な空間」と呼んだ、二人の出会いを触媒にして生み出したものとの関連で言えば、二人は地理的にどこにいたのか、と。答えは明白で、一見意味のないものだが、その結果が影響をおよぼす範囲は広い。物語中、若い女性と女性を追いかける若い男性は、工事現場の空間を一度たりとも占有しない。反対に――そのために「空間を占有する」というときには、意味することがらの幅を考慮にいれなければならないが――登場人物がふたりとも工事現場を想像上で発明するからこそ、二人は団結できるのである。工事現場が二人にとって――はじめは娘にとって、ついで男にとって――

* 原書では以下に著者による英訳全文の記載がある。邦訳については既訳（「工事現場」平岡篤頼訳、『新しい世界の短編1　木立の中の日々』白水社、一九六七年）が存在する。以下に物語の要約のみ掲載する。（訳者）

最大の関心事に、強迫観念になるからこそ、二人は共通の場を見出すのである。「工事現場」という物語はほとんど見向きもされず、したがって埋もれたままだが、『木立の中の日々』と題し、ガリマール社から一九五四年に出版した作品集の最後にデュラスが収めた短編である。作者はこの物語を「工事現場 Les Chantiers」と名づけた。最初の英訳はアニタ・バロウズによる「工事現場 Building Sites」で、ロンドンのジョン・カルダー社から一九八四年に出版された。バロウズのすばらしい訳文の多くを尊重しつつ、それでも私は、共通の場にまつわるこの本を出発させるために、「工事現場」を中心に据えるにあたり、訳し直す必要を感じた。

物語の展開においてデュラスがみせる異常なまでの男の自己没入は、プロットにおける行為の徹底的な欠如――少なくともその下位区分に伝統的に結びつけられる意味において――とあいまって、読者による「工事現場」の理解をあくまで阻むという結果をもたらす。（ところでこの短編が暗がりに姿をあらわした一九五四年は、また別の書き手による別の文章の出現と一致する。この書き手はまだ対象を探索する途上にあったが、今ではミシェル・フーコーという名と結びつく表現をやがて見出すことになる。[1]）しかし数年後には、まさにこれらの特徴が、独特な表現の持ち主をしめすトレードマークとして認められるようになる。『辻公園』（一九五五年）〔三輪秀彦訳、『アンデスマ氏の午後・辻公園』白水社、一九六三年〕にはじまり、『モデラート・カンタービレ』（一九五八年）〔滝田文彦訳、第三書房、一九六八年〕で際立ち、『ロル・V・シュタインの歓喜』（一九六四年）〔平岡篤頼訳、河出書房新社、一九九七年〕でおそらく間違いなく頂点に達した、現在マルグリット・デュラスという名前と等号で結ばれる、やむことのない、心をかき乱す表現は、まったく時に適うことのない文章を土台にして、展開したのだ――「時に適うことのない」は、ニーチェが形容詞「反時代的 unzeitgemäße」で表現した意味においてである。[2]

短編「工事現場」は私たちの反省的意識に何を提示するか――湖にほど近いどこかのホテルにいる二人の登場人物だ。完全に田園風景とはいいきれなくとも、田舎からは遠くない。ホテルはきっと小さな町にあるのだ。観光客向けのホテルだろうか。個人の邸宅のようなものだろうか。上流階級用のサナトリウムだろうか。——登場人物は二人、男と若い女性である。二人とも名前がない。二人とも名無しで顔もない。そして何が起こるのか。——出来事という面では、ほとんど何も起きない。暇に飽かして、男は女のあとをつけ、そして女が立ち止まると、少し離れたところから男は女を観察する。女はどうやら茫然自失の体で、ホテルからほど遠からぬとある工事現場の端にたちつくしている。この（女が工事現場を見、男が女を見た）一連の光景に続く数日というもの、男はことあるごとに、おそらくは気づかれずに、遠くから若い女性を観察するようになる。工事現場付近で、ホテルのレストランで、可能な場所ならどこででも。そしてある日、おそらくは女がホテルをチェックアウトする直前に、女が男のあとを追いかけるに至る。背後の女の気配に気がつくと、男は体で合図を送ってついてくるように誘う。二人は急いで、工事現場ではなく、湖の草地へと進み、その葦原で、二人は互いに身をゆだねたことが読み取れる。以上である。しかしこの貧弱なプロットのある面に、言うにいわれぬ断片に、読者はぞくぞくさせられる。あたかも根本的に非倫理的な何かが、あるかなきかのプロットを動かしているかのように。この居心地の悪さを導きの糸として、私たちはこの空間の物語を検討し、そして共通の場を分かち合うために、そうした空間が考察の対象となるとき、どのような機能を果たすのか、考えてみよう。

複数形におかれた題名が、物語のはらむ謎を予告する「工事現場 Construction sites / Les Chantiers」は、一九五四年の短編集に収録された他の三つの小品と毛色がちがう——短編の集まりだが、奇妙なことにガリマール版の初版では、「小説」という見出しを背負っている。書名ともなっている、最初の短編「木立の中の日々」は、フランスの、どこかは定かでない植民地からパリに戻り、ろくでなしの息子を、死を前にしてなお溺愛する初老の母親の邂逅を物語るが、息子は社会病質者《ソシオパス》で、母親の身ぐるみをはぐ。二番目の物語「ボア」は、思春期の少女をめぐる寓話で、少女を教える初老のピアノ教師は、少女が動物園に行き、ボアが鶏を消化するのを観察して楽しんでいると思っている。三番目の「ドダン夫人」はどちらかというと中編小説であり、とりとめなく騒々しい、都市の叙事詩として、アイロニーを織りまぜつつ、そこにアパートの管理人とアルコール中毒の道路掃除人が登場する。「木立の中の日々」は、その催眠術にかかりそうなほど平凡な対話の繰り返しのせいで、一九六五年の〔ジャン＝ルイ・バロー演出による〕舞台化は余分だったと思えてくるが、それでも伝統的な短編である。一方「工事現場」にはほとんど台詞がなく、わずかにある台詞すら、全編を構成する単調な語りに置き換えてしまって、さしつかえない。その調子と、そして焦点が出来事でなく、意識の瞬間的な「動き」にある点をもってしても、「工事現場」はウルフやジョイスといったモダニストの先駆者たちとも距離がある。「工事現場」がどのジャンルに属すのかを示すには、デュラスが作家生活のこの先でものすことになる物語《レシ》の型に含めるというのが、当たらずといえども遠からず、であろう。デュラスの親友だったモーリス・ブランショ〔一九〇七～二〇〇三年。フランスの思想家、作家〕がすでに実験していた物語に似ていないこともない。

## 交差する視線

「工事現場」はまた、狂気と隣り合わせの欲望、激しさを極めた欲望の表現の芽生えとしか形容しえない――デュラスの全作品に通底する――何かを、読者に見せてくれる。作者の人生について、すでに何がしかの知識を得ていた、一九五四年時点の読者にとって、そしてことによるとデュラスの近しい友人たちにさえ、「工事現場」は、『太平洋の防波堤』（一九五〇年）〔田中倫郎訳、河出書房新社、一九七三年〕や、『タルキニアの小馬』（一九五三年）〔田中倫郎訳、現代出版社、一九六九年〕と異なり、自伝的素材を使って、フィクションの燃料にする方法とは、完全に一線を画すものと見えたにちがいない。さらに、一九五四年時点の読者なら、表現しがたい視線のダンスからなる散文作品とは、いったいどんなものなのかと問うただろう。――娘は見つめられ、そして自らの目で求める。娘はのぞく人であると同時に、のぞかれる対象でもあり、それでいて観察の欲望をむける対象とは別の何かを心に描いている。でも、何を？　ここぞというときに「明示を抑制する」手法は、この数年後には、デュラスの語りの特徴のひとつとなる。それが一九五四年の時点の読者には興味をひくものとは認められずとも、「工事現場」には行き渡っており、この複雑な視線の作品に、『ラス・メニーナス』〔ベラスケスの一六五六年の絵画作品。別名『宮廷の侍女たち』。フーコーが『言葉と物』において分析した〕のごとく、ミシェル・フーコーならば魅了されたことだろう。しかしそれゆえに、一九五四年時点の読者にとって、「工事現場」はただただ異様に過ぎるものとなり、たいした関心をはらわれることもなく、要するに、「工事現場」以前のものすべてが伝統に則った作品と考えられたのだった。[3]「工事現場」で選ばれたテーマはそれでも、デュラスがその技法を展開させていく過程で、繰りかえし取りあげられる。「工事現場」の語りの要素および設定は、とりわけ一九六九年の小説『破壊しに、と彼女は言う』〔田中倫郎訳、河出書房新社、一九七〇年〕に発展し、描かれることになる。

## 複数形の「工事現場」

「工事現場」を織りなす要素は、ほのめかしが多く、それでいてほとんど隠されていないのだが、その最たるものが、奇妙なことに、工事現場なのである。この不思議な空間について考察する以前に、複数形におかれた題名を、どのように解釈すべきなのか。いかに謎に包まれているとはいえ、この物語で工事現場はひとつしか出てこないではないか。題名が暗示する他の工事現場を、読者はどう考えればよいのか。それを眺める二人の登場人物からは少し離れて、そこに存在する、知覚できる工事現場から、この題名を読む者は、思いつくかぎりありとあらゆる工事現場（chantiers）をくぐるのだ。私たちの心は頑として、建物がたつ――大きな建築物だろうと、船舶だろうと――場所から、さまざまな停車場を、庭を、待機場所をぬけ、ある種の収容所、屠殺場、掘っ立て小屋をすぎ、これらすべてを取り壊す場所へといたる。かくしてひとつの工事現場とは、未来を約束するものでもありうるし、大きな不幸があると告げるものでもありうる。学者が精力的に著作二作にとりくんでいるともいえるし――Elle a deux livres en chantier〔「彼女は二冊の本に取り組んでいる」、en chantier は「進行中の」の意〕――あるいはその学者の机は、筆舌に尽くしがたいほどめちゃくちゃである、ともいえる――Quel chantier !〔「なんて散らかっているんだろう」、chanteir は口語で「乱雑な場所」の意〕。詩人ならおそらく「シャンティエ」という語の音と綴りと意味と[4]を、「シャルニエ charnier」すなわち死体安置所のそれと近づけ、さまざまな解釈について瞑想する。それぞれを識別しようと努めながら、そうした識別は不可能だと悟るのだろう。複数形の工事現場（chantiers）――この物語の登場人物ふたりは、その空間をめぐって、その空間について、その空間を基礎として、最後に結ばれるのであるが、その空間をあらわす複数名詞――は、建設と破壊との間に、登場人物と同じく、私たちを宙づりにする。

「工事現場」の物語の内部にも、多様性という点から考察する根拠があるだろう。娘にあれほどの衝撃を与えたという風に男の目にうつる、草地にあるその用地は、娘以外、誰もが娘とは異なる仕方で認識（あるいは少なくとも異なる仕方で評価、判断）すると考えられるものだ。「ホテルの誰もが工事現場のことを知っていますよ」とは、「ただの工事現場ですよ、害にはなりません」と言うに等しい。エドワード・S・ケーシー〔一九三九年〜。アメリカの哲学者〕は「用地 site」を「実質上の、あるいは名目上の効力のために、臓物をぬかれ、何らかの特殊な形をした建物を必要とする施設の用件に適合するよう強制された、場所および空間の、水平にならされ、空になった、平らな残余」（Casey, 1997 : 183）と定義する。この酷評は、ケーシーがいみじくも断言するように、ふだん私たちが「用地」に向けるものだが、デュラスが草地に思い描く用地は、これに該当せず、それほどにこの用地は特異性を忌避する。それどころか、『一七六七年のサロン』[5]において、ディドロがクロード゠ジョゼフ・ヴェルネ〔一七一四〜八九年。フランスの画家〕による絵画を、哲学的思考をめぐらせる場に変えたように、この用地は拡大し、増えていく。ディドロは三〇頁ほど秘密を隠して読者を楽しませ、おしゃべりしながら友人と散歩するさまざまな場面と思わせておいて、実はディドロはひとりきりで、ヴェルネの七つの絵を眺めていたのだと明かし、用地には、私たちに具体的なものを表示するのと同時に、想像的なものを示す機能があるということを、証明するのである。

## 「ミレニアル世代」による「工事現場」の読解

二一世紀前半の読者は、デュラスの物語の周辺におかれた工事現場の奥まで探索しようとはしないだろうし、やがてたちどまって評価するのは――フェミニストの立場にたって検討する手前の段階で――この物語がもつ嫌な要素や、デュラスの男性登場人物が体現する、『第二の性』（生島遼一訳、新潮社、一九五三年）より七〇年を経た時点からみれば、かなり不愉快なジェンダー戦略だろう。「工事現場」との出会いが、その潜在力をどこかしら感じ取って刺激されるべきものであるなら、そしてその重々しさや、ぎこちない冗長さや、デュラス作品の研究においてこれまで顧みられなかったという事実に邪魔されないのだとしたら、それならば「工事現場」を読む私たちの経験は、どうなるのだろうか。作品中で描写にあたる支配的な立場によって、娘のものとして描き出される、娘のふるまいが前面にでてくるかもしれない。すなわち神経質で、優柔不断でぐらぐらし、工事現場以外のほとんどすべてのものごとを忘れてしまうというふるまいである。こうしたうわべの特徴と分かちがたいのは、それらの特徴が、男性登場人物の内面の声を通して私たちに伝えられるという不気味な事実である。娘の経験を知り、なんとなれば経験したいという男の欲望（「人生のうち、心の最深部にふれる瞬間にいるこのひとを、それと知らず不意うちしたのだということ、［……］理解した」）は、やがて男を「狼藉者」と呼ばれる者にする。

「工事現場」の長くつづく単調な期間、ほとんどおこらない出来事を、かろうじて前にすすめる、平板で平凡で精彩を欠くやり方に――物語が盛り上がりをみせはじめる前にも――芝居がかった大げさな展開がはさみこまれる。「［……］あの工事現場に類似するものを見た時に感じる苦痛を、娘が克服できないのなら、ふたりが出会うまで、娘は生き延びられなかったはずだとまで［……］男は自分に言い聞かせるのだった」。今日の読者は、一九六〇年代、七〇年代を経験した人ばかりではないので、一九五四年の「工事現場」がそのほかの点では時代を先取りしているとしても、そこにデュラスが作り上げた、そんなことを「自分に言い聞かせる」男の声にある我の強さが、「ミレニアル世代」には、救いようもなく、いまいましく家父長的に響くのだろうか。

自発的にこの難しい問題に臨んだ、「ミレニアル世代」のある読者は、実際に失望を感じ、「工事現場」の語りの起点となっている男の図々しさに、いくらか怒りをおぼえたとはっきり述べる。その一方で、この読者はすすんで「工事現場」を再読し、以下の二組の問いを考察した。この男性登場人物が、女性である作家によって作られたという事実から生じる特徴は――もしあるとしたら――なにか。この作家が断固として（ときに攻撃的なほど）異性愛者であるという事実を知ることで、なにか影響はあるか。この読者に問うたつづく二組目の問いでは、伝記的事実をさけた。こうした異性愛者である不穏な男性を登場させ、そのふるまいを物語のなかで一切批判することのない女性作家が、対象の身になりかわって同じくらい不穏に自らを偽ることがありえるか。もしそうであるなら、なぜか。あるいはその作家が別の場所で、別の方法で、別のメディアを通じて、自らの主体性を主張するとしたら、おなじメッセージを伝えられるか。この読者の答えは以下のようにはじまる。

作者によって欲望のぼんやりとした、でも魅惑的な対象とされる女性の描写に、私がいらだちを感じたのは、作品を四分の三ほど読み進めてからだった。判断力がなく、魅惑的で、追いかけやすく、でも人目をひかない女性として描かれたことに腹が立ったのではなかった。［……］最後に男は女を解釈することを完全にやめてしまい、謎めいたシニフィアンにしておき、その姿を追いかけながら、理解はしないのだ。男は女をマイナスの空間に、自分自身で解釈できる読者に、そして自律的にふるまえる者にしておく。

しかしそれから、以下のように続ける。

男による娘の最初の描写は、快いものではないにしても、はじめは無害に思えたが、「語り手が次のように言ったとき」不快になった。「娘が男を欲するという確信が、傲然と自分を求める者なら誰しも娘は受け入れるだろうという確信が男にはあった」。男はまた「娘が選ぶことができない」とも確信していた。これ以前に娘を解釈することをやめ、したがって支配することもやめた一方で、いまや男は「夜ごとに娘を再生する」。以前には娘が謎めいて、自律して、距離のあるところに夢中になっていたのに、今度はこれらすべてが男に依存している。

さらに自分をいらだたせるものについて考察をつづける。

この描写における転換が［……］明白な概念の世界を去ることを男が決意したすぐあとに来るという点を指摘するのは、意味のあることだ。男は非論理的になろうとし、ただうわべだけにひきつけられる。読書すらやめてしまうのだ。伝統的にこれは女性の描かれ方である——非理性的で、感覚世界だけにひきつけられ、プラトン的世界を理解できない。

ここにいたって私は、この読者の意見を読むのを中断し、男の態度と行動とが不快なものになったのは、デュラスが男を「女性化」したとき、という風に理解すべきかどうか問うた。私に近しいこの読者は続ける。

ここにいたって私は、「この作品においては、何が女らしいのか」、そして「誰が女らしいのか」と自問した。女らしさの少なくとも一面は、反対の性に対する巧みな支配と関係があるのだろうか。［……］この男性登場人物がひとりの女性によってつくりあげられたという事実は、重要であると思う。もし女性らしさに、先ほど述べたように、ひとかけらの巧みな権力があるなら――繊細でいて圧倒する力だ――それならばデュラスの語りはその力を強め、制御するものだ。〔……〕デュラスはこの力を肉体からとりだし、言葉にこめ、制御する。女性はやはり欲望を組み立てることができるが、どうしようもなく魅力的な肉体を具えているからではない。自分自身で「組み立てたもの」を支配し、建築現場にいたってももう恐れることなく、自分がどのように描写され、形作られていたのかを見るのである。

最後に、持ち前の知的誠実さが前面にでて、この時点ではまだ、デュラス作品のうちせいぜい三作品しか読んだことがないという但し書きを繰り返したあと、結論を述べる。『愛人』〔清水徹訳、河出書房新社、一九八五年〕においては、デュラスの体は経験する前から「知って」いて、「工事現場」では、デュラスは男になることなく、男のまなざしを、それが潜在的に秘める暴力をひっくるめて描き出した。両者について、デュラスはある種、先験的な知を具えており、そして私が女性の性について述べたことと、この先験的な知は関係があると考える」。

これはみどころのある読解であると私は考える。共通の場を分かち合うための原則を補強する潜在力をもった読解だ。幸運にもこの読解には、二〇世紀後半の批評を批評のカリカチュアに変えてしまった、極端に割れる対立の痕がない。対極に割れた意見というのは、たとえば一九五九年のカンヌ映画祭で、『ヒロシマ・モナムール』が浴びたものだ。その年の審査委員長だったマルセル・アシャール〔一八九九～一九七九年。フランスの劇作家〕が、この映画を「ゴミ」と断言する一方、クロード・シャブロル〔一九三〇～二〇一〇年。フランスの映画監督〕は、『ヒロシマ・モナムール』は「五〇〇年来でもっとも美しい映画」という表明の形で反論した。(6) 上に引用した読解は、要するに、二〇世紀後半のフェミニズムの特色となり、フェミニズムを台無しにし、いまも逆行的な思想のうちにいきながらえるジダーノフ批判〔スターリンのもとおこなわれたイデオロギー引き締め政策〕の多くに、まったくとらわれていない読者が二一世紀にはすくなくとも存在するということを証明するものだ。

## デュラス作品におけるショア

「工事現場」が先駆けて示したように、不思議とそれとわかる声が現れるにつれて、一九五〇年代後半には、明らかにショアを「記憶」しようという決意として間もなく認められることになるものが、着々と形を変えながら、デュラスの芸術的試みのうちで姿をみせはじめる。『ヒロシマ・モナムール』の準備段階の草稿資料からは、映画に登場する名前のないフランス人女性を、ユダヤ人とする構想がデュラスにあったことがわかるが、これはショアを記憶するための企ての最初の跡かもしれない。一九六四年の傑作に登場する、タイトルロールである、典型的な登場人物ロル・V・シュタイン、そして『破壊しに、と彼女は言う』において間違いなく軸となる力をもつシュタインは、つづく一〇年のうちに出版されたデュラスの仕事にみられる例である。「オーレリア・シュタイナー」シリーズのような映画作品によってますます明白になるが、それ以前に、ファシズムによる犯罪をどこまでも記憶し、考察しつづけようとするデュラスの試みは、言下のレベルで執拗さを増しながら、実行されていく。この記憶戦略の双方の様相──暗示されるにしろ、明示されるにしろ──に共通しているのが、身代わりとなって行われるという点である。デュラスとデュラスの登場人物は、別人の意識の代理人を通して、決して忘れてはならないことを、記憶するのである。デュラスは若い研究者に宛てた手紙のなかで、不揃いながら、映画、写真、そして文学がうまく織り込まれた一九八〇年の作品──『緑の眼』──につけた題名を説明しようとし、以下のように書いた。「ひとりの少女の緑の眼を通して、私は世界の終わりを見るのです、限りない倦怠も見るのです、そして喜びもまた」。うわべの憂鬱さをこえて(しかしそれを助けともしながら)、ここでデュラスは、一九五四年の奇妙な物語「工事現場」ですでに明らかになった、ポスト・ジェノサイドにおける倫理のための土台を固めていたのだ。

## デュラスの八月六日

デュラスの有名な作品と、私たちがこれまで読んできた「工事現場」を結びつけることによって、驚くべき発見や、豊かな新事実がでてくることは間違いない。デュラスの文学創作のひとつを育んだとおぼしき経験の出所を、作者の実人生に求めても、たいてい解釈に大した影響はないが、「工事現場」の名無しの登場人物たちが、題名の指すものに呼応する場所と結ぶ関係は、『ヒロシマ・モナムール』の対話と台本から『愛人』にいたるまで、デュラスの一連の有名な作品全体を動かす、典型的な相関関係である。この点をさらに考察するにあたって、その二例だけを前もって比較しておくと、一九五九年の映画『ヒロシマ・モナムール』における名前のない恋人が広島と結ぶ関係と、一九五四年の物語「工事現場」の名前のない二人が名付けられない（語ることのできない）墓地と結ぶ関係は、同じものである。同様に、一九八四年のベストセラー『愛人』において、インドシナで裕福な中国人の恋人と結ばれた、ヨーロッパ出身のティーンエイジャーであった自分自身について描く、年老いたデュラスが、かつての仏植民地サイゴンと結ぶ関係もまたしかりである。したがって真っ当な批評の仕事をしようとするならば、何が――その人生において――デュラスにこのようにまわりくどい書き方をさせたのか、故意に名指すのを避けるようにしたのかを考察しなければならない。

『ヒロシマ・モナムール』は、「工事現場」の考古学には、大いに役に立つ。一九五八年、平時の広島で、日本人の恋人にせがまれ（執念で、ともいえるかもしれない）、同じく名無しのフランス人女性は、ドイツ国防軍の制服を着たドイツ人の恋人が一九四五年にヌヴェールで死んだあと、フランスが解放されつつある最中に、何が起こったのかを詳細に語る。数多くの女性たちと同様に、敵である占領者に与した廉で、法の外で裁かれ、公衆の面前で暴行され、屈辱をうけて、ある種の統合失調状態に陥り、間欠的にヒステリーをおこした結果、ヌヴェールの家のじめじめした地下室に、両親の手で閉じ込められる。数カ月ののち、夏が終わりに向かうころ、真夜中に自転車でパリへと逃亡することが許される。その日はいつもと同じ日では全然なかった。広島に最初の原子爆弾が落とされたところだった。一九四五年八月六日だったのだ。映画では、二人の震える指があわさる有名なマッチ・カット〔前の画面の一部もしくは全体を次の画面と連続させて、場面を移行する映像の編集技術〕に続いて、恋人たちはシャワーを浴び、その後のことである。

**彼**　フランスにいた君にとって、広島とは何だったの。
**彼女**　戦争の終わりってこと、つまり完全に終わったってこと。呆然とした……やってしまったって考えるだけで……やってのけたって考えるだけで呆然とした。それから私たちにとっては、未知の恐怖の始まりだった。それから無関心、無関心への恐怖でもあったわね。
**彼**　君はどこにいたの。
**彼女**　ヌヴェールを離れたばかりだった。パリにいたわ。外にいた。

(*OC II*, 30 ; 33)

私たちも同じくらいしつこく、それではデュラスは、と問うてみる。一九四五年八月の衝撃の日、デュラスはどこにいたのか。デュラスは一九八〇年に、『緑の眼』のなかで、次のように記す――ショアの何百万にもおよぶ死者の記憶を尊ぶために、自分が献身していることを、読者に認めさせようとくりかえし心をくだいてもいる文章のコラージュである。

私は思い出す

私は思い出す、一九四五年八月六日のことを。私と夫はアヌシー湖にほど近い、被収容者のための療養所〔une maison de Deportés〕にいた。広島の原爆投下を報じる新聞の見出しを読んだ。急いで施設〔la pension〕を出ると、道路に面した壁にもたれた。立ったまま突然失神したようだった。少しずつ理性が戻ってきた、目の前には生活があり、道路があった。一九四五年にはまた、ドイツの強制収容所の死体置き場〔charniers〕が発見されていた。私は夫の写真と友人の写真をもって、駅という駅に陣取り、ホテルというホテルの入口に立っていた。そしていかなる希望もなく、生存者の帰還を待っていた。八月六日の私の状態はこれに似ていた。泣きはしなかった。見た目はいつもと変らなかった。ただ、一言も話せなくなっていた。(9)

フランソワ・ミッテラン〔一九一六〜九六年。フランスの政治家、第二一代大統領〕とディオニス・マスコロ〔一九一六〜九七年。フランスの作家〕に間一髪で救出されたのち、ロベール・アンテルム〔一九一七〜九〇年。フランスの作家。デュラスの夫〕が、何週間も何カ月もかけて回復していく過程のできごとに関する詳細は、一九八五年に出版された『苦悩』〔田中倫郎訳、河出書房新社、一九八五年〕にデュラスが書き留めている。しかしそういった詳細がなくとも、一九四五年八月、原子爆弾のニュースを知ったときにデュラスとアンテルムが滞在していた「アヌシー湖にほど近い、被収容者のための療養所」は、名前のない二人の登場人物――男と女――が建設中の墓地に恐ろしいほど近いという事実と折り合いをつけたあと、互いの存在に慰めを見出したあのホテルと、完全に一致することがわかる。「私は思い出す」と書き出しつつ――響き合うのは当時、出版されたばかりだったジョルジュ・ペレック〔一九三六〜八二年〕の『ぼくは思い出す』(一九七八年)〔酒詰治男訳、水声社、二〇一五年〕で、そもそもペレックの作品が明らかに、ジョー・ブレイナード〔一九四二〜九四年。アメリカの詩人〕の革新的な詩『ぼくは覚えている』(一九七〇年)〔小林久美子訳、白水社、二〇一二年〕に捧げる敬意のあかしである――療養所付近にある工事現場には言及しないが、文章の真ん中で、劇的に時間をさかのぼり、音の上で工事現場《シャンティエ》に隣接する、死体置き場《シャルニエ》にふれ、そうすることによって広島における犯罪とアウシュヴィッツ収容所群における犯罪との間にあったはずの距離を、すべて崩してしまう。トラウマをめぐるこのデュラスの文章の順番が、デュラスの記憶の順番を模倣することを意図していたならば、「私は思い出す」はこういう風になったはずだ。日本における大量殺戮のニュースで私が陥った、意識がありながら麻痺する状態（「立ったまま突然失神したようだった」）は、ナチスの強制収容所に連行された夫を必死に探していた、数カ月前の私の機能性緘黙状態と、まさに同じだった。一九四五年晩夏に、広島に起きたことは、同年の春に起きた出来事に私を連れ戻す。「フランスにいた君にとって、広島とは何だったの」。衝撃と畏怖——原因はなんであれ恐怖の結果である——が、『ヒロシマ・モナムール』ほど十分に考え抜かれたものではなくとも、若い女性が工事現場（chantier）をみて死体置き場（charnier）を思い出してしまう物語を生むことになる。

## 「テオドラ」

フランス占領と解放の余波のさなか、フランスの暫定政府は、閑静な場所にある数十のホテルを、保養所に割り当てた。アヌシー湖のほとりまでは、ちょうど一キロメートルもない、サン＝ジョリオという牧歌的なアルプスの街にあったラ・ポスト・ホテルは、そうした施設のひとつだった（図1、図2）。

この場所こそ一九四五年八月に、ロベール・アンテルムとマルグリット・デュラスが逗留した場所である。その時点でデュラスは、一九四三年に最初の小説を発表し、のちに出版された小説の多くの素材となる、下書きや覚え書きを何冊かのノートに書きためていた。その一方で「テオドラ」という小説にも着手したところだった。この小説は——断片が散見されるほかは——日の目をみることがなかった。一九九六年に亡くなる直前まで、一定の間隔をおいて何度か、草稿を見直していたにもかかわらず、「テオドラ」の草稿を、出版に値すると思える状態にまで作り上げることが、デュラスにはできなかったのだ。

「テオドラ」の最初期の草稿にはすでに、「ホテル・ボーセジュール」という場所に設定された、真に迫る場面がみられ、語り手は次のように記す。「退屈が支配する。退屈はしみこむ、眠りにまで浸透する、夢をむしばむ。そこにいる人たちは夢をみる、白昼に、やがて来る夜の夢を、次の日（だが、また別の日）の前の夜の夢をみる。大いなる幻影にとりつかれた夢想家たちはみな、この絶望の夢遊病者たちは、退屈が終わる夢を追い求める」(Duras, *OC IV*, 1185-6)。カーンに近い現代出版資料研究所（Institut Mémoire de l'Édition Contemporaine）に保管された「テオドラ」の草稿のひとつには、サン＝ジョリオからパリへの帰還をつげる、ロベール・アンテルムがうった電報の文面が記されている。

五〇年にわたって、マルグリット・デュラスが定期的にこの「未完の、完成できない」「テオドラ」を完成させようとするうち、題名ともなっているテオドラという人物がユダヤ人であることが、どんどん前面に押し出される。『ヤン・アンドレア・シュタイナー』〔田中倫郎訳、河出書房新社、一九九二年〕の鍵となる一文で、デュラスは「おそらくテオドラ・カッツは未知の何かであり、書くことの沈黙であり、女性そしてユダヤ人の沈黙なのだ」(Duras, 121. 強調引用者）と書いているが、ソフィー・ボガールはこれをとりあげ、デュラス本人にみてとれる「かなり肉体的な、ほとんど好戦的なメタファーをくりかえし用いる」言葉の使い方を真似しつつ、「前世紀のユダヤ人がくぐった殉難という底知れない深淵をのぞきこむことは、この『書くことの沈黙』がそうさせるように、従うというよりも、それに組みつこうとすることなのだ」[10]と指摘する。実際、「テオドラ」がデュラスの作業場から世に出ることはなかった以上、デュラスが描き出そうと格闘した虚空は、ユダヤ人に対する身代わりという関係によって、デュラス自らをこめた人物の合成された像としてしか、私たちはのぞき見ることができない。デュラスという存在が描く軌道は、次のように単純化できるだろう。マルグリット・ドナデュ〔デュラスの本名〕は、報われない欲望の、心の奥底にある、たったひとつの核を、きわめて社会的で、複数にかかわる、歴史を刻まれたメランコリーへと変えた。マルグリット・デュラスはこのメランコリーをドイツ・東欧のユダヤ人と結びつけていたが、それはデュラスの壮年期における歴史的現実によって、この集団が人類の集団的迫害の象徴となったためだった。この存

**図1**　「オート・サヴォワ県戦争捕虜・被収容者のための療養所」として使われたサン＝ジョリオのラ・ポスト・ホテル。撮影年月日不明。オディール・バウムガートナー＝ロマンの個人コレクションから，許可をいただいて掲載。

**図2**　ラ・ポスト・ホテルとカフェ・レストラン「J. Cottet」，サン＝ジョリオ，撮影年月日不明，著者蔵。

在上の変換のうち、デュラスの作品として結実したものもあれば、しなかったものもあったということだ。

## 『ヒロシマ・モナムール』の制作過程

ここまでに『ヒロシマ・モナムール』の制作におけるデュラスの役割の一部が、理解の一助となった。そしてふたたび助けとなる——今度は、マルグリット・デュラスが、ゆっくりと、しかし途切れることなくユダヤ化していくことと、「工事現場」で公然とはじまったように、デュラスが「共通の場」を探究することには、どのような関係があるのかを理解する端緒となる。そしてデュラスの二番目のシナリオ『かくも長き不在』もまた役にたつだろう。このシナリオをデュラスはジェラール・ジャルロ〔一九二三〜六六年〕と共同執筆し、アンリ・コルピ監督〔一九二一〜二〇〇六年〕によって一九六〇年に完成した映画は賞をとり、英語圏では『長い不在 *The Long Absence*』(11)というタイトルで配給されたが、残念ながらやがてひっそりと忘れられてしまった。これまでみてきた通り、デュラスは「工事現場」を出版に値するものとみなした。「工事現場」を末尾に加えて製本すると決定したのだから、ガリマール社ももちろんそう考えた。未完の仕事をあらわすフランス語の副詞句が「アン・シャンティエ en chantier」である。そしてシャンティエ chantier はおそらく掘っ立て小屋 shanty という英語の言葉の語源である——本論の主題である共通の場のなかで、このうえなく重要な住居の一種だ。

いまから考えるとばかげた話に思えるが、一九五九年の映画『ヒロシマ・モナムール』を撮る際、アラン・レネ監督〔一九二二〜二〇一四年〕が脚本家として最初に選んだのは、マルグリット・デュラスではなかった。デュラスが『ヒロシマ・モナムール』の脚本を書く仕事に就けたのは、間違いなく古くからの友人であるオルガ・ウォルムゼル〔一九一二〜二〇〇二年。フランスの歴史家〕のおかげだ。レネは最初、フランソワーズ・サガン〔一九三五〜二〇〇四年。フランスの作家〕を選ぼうとした。しかし『悲しみよこんにちは』〔朝吹登水子訳、新潮社、一九五五年〕の著者としてもてはやされたサガンは、最初の会合に現れず、レネは他をあたることにした。シモーヌ・ド・ボーヴォワール〔一九〇八～八六年。フランスの哲学者、作家〕が頭をよぎったらしいが、すぐにデュラスと連絡をとる。映画が公開されて二、三カ月もたたぬうちに、レネはかの有名な持ち前の高潔さを披瀝し、デュラスを『ヒロシマ・モナムール』に雇ったのは、デュラスの文学作品をレネが賞賛していたから、というポーズをとった。「趣味で、私は『モデラート・カンタービレ』を一六ミリで撮影したいと思っていました。プロデューサーに、この企画から手を引かせてもらうと告げて、冗談で『でも、マルグリット・デュラスみたいな人が興味をもってくれるというならもちろん』と言い添えたら、やっと真剣にとりあってもらえました」[12]。こうしてブリュッセル自由大学における、「フィルムとシネマ」が主題のセミナーで、一九六〇年一月七日の回に語られた事の顛末をめぐる話では、レネはデュラスが最初の候補ではなかったことについては、口をつぐんだままである。レネの賞賛や、冗談めいた「たられば」がどうあれ、レネは、〔一九五六年に公開された〕『夜と霧』の製作にあたって、史実についてアンリ・ミシェル〔一九〇七～八六年。フランスの歴史家〕とともに監修したオルガ・ウォルムゼルを介してデュラスにたどりついたらしい。死の収容所を主題とした、レネの革新的かつ詩情あるドキュメンタリー『夜と霧』に、ウォルムゼルが関わったのは、歴史家という身分にくわえ、対独レジスタンス参加者という資格があったからだ。その立場ゆえに、ウォルムゼルは一九四四年、ロベール・アンテルムが収容所へ連行されたあと、デュラスと知り合ったのである[13]。ウォルムゼルの当時の記録には、「ルロワ夫人」という戦時名で出てくるデュラスの姿が目立つ。「『ルロワ夫人』はグラン・パレの『ヒトラーの罪と矯正訓練所』展の準備に忙しい。奇跡的に逮捕を免れたルロワ夫人は、ロベール・Aとマリ＝ルイーズ・A〔アンテルム〕を待っている」（Wormser-Migot, 88）あるいは「役所、C.O.S.O.R.、M.N.P.G.D. といった、強制連行された人たちを追跡するあらゆる組織の間に、競争意識――いまのところ礼節の保たれたもの――が生まれつつあるのが感じられる。ミッテラン、それから『ルロワ夫人』と情報を共有しており、M・LとR・Aの消息は、どんな性質のものでも二人に伝えると誓った。この約束〔……〕を果たすのは、つらい仕事になるだろう」（Wormser-Migot, 140）。この予感はまさにその知らせによって、証明される。『苦悩』の読者にはなじみ深い知らせなのだが、レジスタンスにおけるデュラスの戦友である、オルガ・ウォルムゼルが語ると、様相が異なり、興味深い。

郊外にあるE医師の家から、私たちはロベール・アンテルムを待つ女性に電話をかけ、アンテルムは［一九四五年］四月五日時点で生存していたと告げた。女性がアンテルムの消息を知ったのは、これが初めてだった。アンテルムは数週間後に帰国する。ブーヘンヴァルトを去ったのは、四月五日ではなく、ずっと前のことだった。E医師がアンテルムに会えたというわけではないが、帰国を知らせる伝令役をつとめた。R・Aの体重は四〇キログラム、フォークをもつ力もなく、マリ゠ルイーズの消息を待っていた。マリ゠ルイーズについては、私はまたしても悲報をもたらす役割を果たさなければならなかった。連絡係だったイギリス人将校が、リストと病院の記録カードとを持ち帰った。マリ゠ルイーズは、一九四五年三月に、選ばれたひとたちとともに、スウェーデン赤十字の手によってラーヴェンスブルックから避難し、デンマークの病院で八日後に亡くなった。「死亡、骸骨、頭髪は刈り込まれていた」。

(Wormser-Migot, 218)

『夜と霧』をみた時にはもう、この髪の刈り込まれた死体という義理の妹の姿に、デュラスはとりつかれていた。ウォルムゼルは、やがて世に知られることになるレネ゠デュラスの出会いの端緒をつける仲介役を果たすには、理想的な位置にいたことになる。この出会いが『ヒロシマ・モナムール』の制作へとつながっていく[14]。

マルグリット・デュラスが『ヒロシマ・モナムール』のために思いついた対話がもととなって、一見するとプロットとも呼べないようなプロットが生まれる。原子爆弾による大虐殺から一四年後、フランス人女性が、平和を主題とした映画に出演するため、広島を旅し日本人建築家と出会い、熱烈な情事をもつが、その期間は一日ほどのことだった。広島市民にもたらされたトラウマは、名前のない登場人物二人の官能的な出会いを通じて伝えられるべきだという点で、アラン・レネと脚本家デュラスの考えが一致をみたのは、きわめて重要である。アイディアの出所がレネだったのか、デュラスだったのかは問題ではなく、登場人物の名前の不在によって、観客がこの物語が特定の名前をもった個人というよりは、すべての人びとにあてはめることができるものとして、換喩として――というよりむしろメタレベルの匿名として――自由に推論できるという効果をもたらした。言い換えれば、暗示されているものも、記憶する責務も、普遍的なものになるのだ。観客はフランス人女性の物語と歴史の一員となり、一片となるのだ。匿名を使うこうした効果が、根本的にもたらす結果を、デュラスは一度すでに「工事現場」で試していたのだった。「――広島であなたは何もみていない。――私はすべてをみた。すべてを」(Duras, *OC II*, 16 ; 15)。マルグリット・デュラスは、脚本の最初をかざる、この有名な台詞をもとに、軸となる

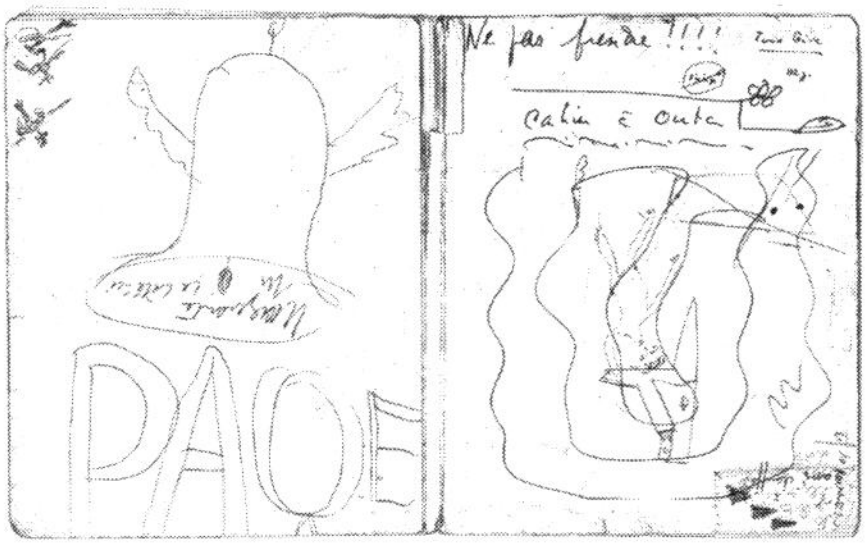

**図 3** 「ウタのノート」の表紙と裏表紙。IMEC DRS 18.1。ジャン・マスコロ氏に掲載許可をいただいた。

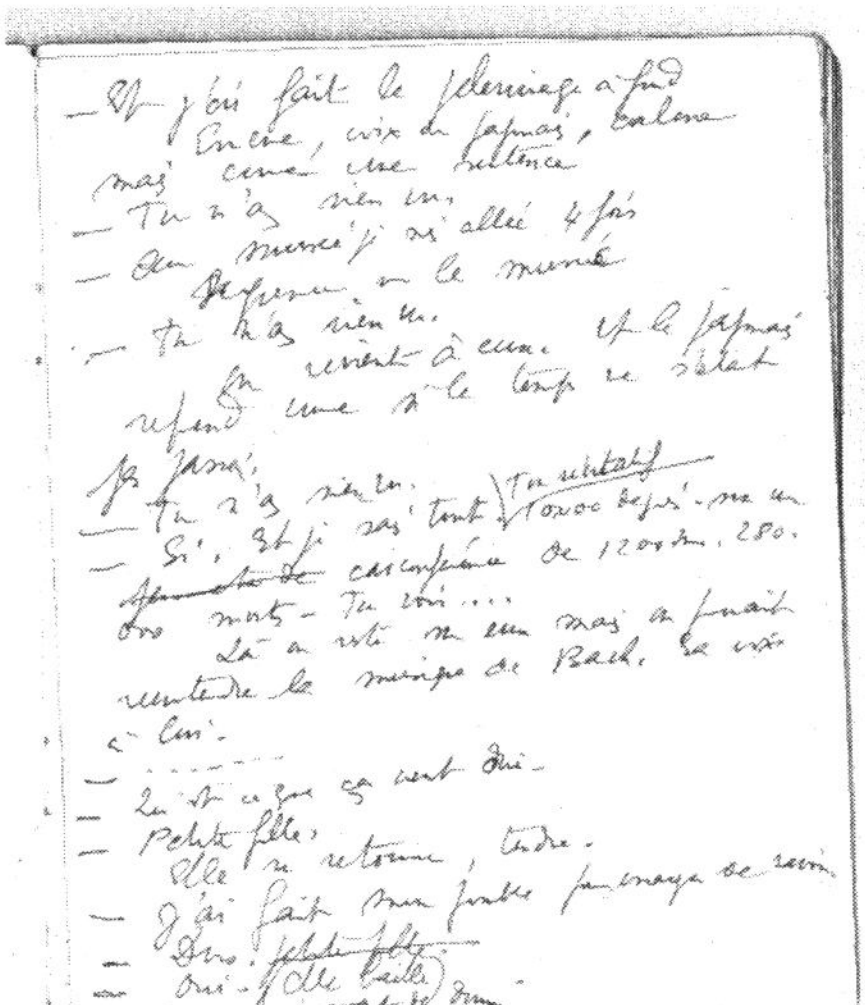

**図 4** 「ウタのノート」より，『ヒロシマ・モナムール』の対話の最初の草稿。IMEC DRS 18.1。ジャン・マスコロ氏に掲載許可をいただいた。

対話を、熱に浮かされたかのように――おそらくは一週間もかからずに――築き、一九五八年の夏には一一歳になっていた息子ジャン・マスコロからくすねたノートにしたためた[15]（図3、図4）。『ヒロシマ・モナムール』の対話で鍵となる台詞をデュラスは、ひらめきのほとばしるまま、一息に思いついたわけだが、それに続く一九五八年晩夏の数週間をかけて、デュラスがいつも（そして時がたつにつれ、どんどん念入りに）していることをした――「彼」と「彼女」の対話を、ひたすら見直し、書き直し、微調整し、整えていく。

## ゲシュタポのスパイとの思い出

そのさなか、デュラスは小休止し、きわめて重要な文書を手書きでしたためた。見つけづらい場所に大切な手掛かりを、後世にむけて残したことになるとは、本人は思っていなかったはずだ。一九八〇年の『緑の眼』にデュラスが収録した「私は思い出す」という追憶の節で、広島の原子爆弾投下の知らせを聞いたとき、デュラスとアンテルムはサン゠ジョリオの療養所におり、デュラスはナチスによって死の収容所が開設されたときに経験したそれに似た恐怖にとらわれた思い出をつづった後、こう続ける。

この記憶はとても正確で鮮明なものだ。私は明らかに別人になってしまった。晩年、まさにいまさしかかっているわけだが、人生の晩年にいたっても、私は戦争について、あの時期について、まったく書かなかったし、それ以上に収容所についても、二、三頁の例外をのぞいては、書かなかった。同様に、広島を題材にした依頼がなかったなら、広島についてもまた何も書くことはなかったはずだし、実際書いたときには、ご存じの通り、広島における膨大な数の死を、私が創作した、たった一つの愛が死ぬ物語に喩えたのだった。晩年、まさにいまさしかかっているわけだが、［……］私は戦争についてはまったく書かなかった。

とはいえ、もちろん、『緑の眼』から四年後、一九八五年にデュラスは『苦悩』（英題『戦争――回想録 *The War : A Memoir*』）をポール・オチャコフスキー・ロランス（P.O.L）出版から発表して、戦争について書くことになるのだが。しかし一九五八年の初夏に、青いボールペンで書かれ、明らかに適当に束からひきぬかれた、カーボンコピーの八枚を使って、『ヒロシマ・モナムール』の対話の最初の草稿をレネに渡そうとしていたときには、夫ロベール・アンテルムの消息を必死に求めていたあの時期を、明らかに告白の調子で、詳しく語ることに骨を折っていた。カーン北部の神秘的なアルデンヌ修道院にある資料研究所のコレクションから見つかった、この一片の資料を読むとき際立つのは、デュラスにもっとも近しい人たちが、理解できないものと断定した、ゲシュタポのスパイとの関係である。デュラスがここで「A・D」というイニシャルで呼ぶ人だ。

「A・Dとは一四年前のこの時期に知り合った。一三年前、この出会いについて何もかも書いてしまいたいと初めて感じた。それから少ししてA・Dの銃殺刑が執行された。けれども、それ以降も書きたいという欲求を幾度かおぼえた」。おなじ頁の表側に書かれた映画の脚本とは見たところ関係がないが、デュラスはそれでも書きつづる。「私にとってA・Dはちょうど記憶と忘却の分かれ目にいる」。そして「A・Dをこの危険な状態から救い出すため」に、この人、マルグリット・デュラスが、熱中している脚本執筆を中断し、念を入れた手書きで、八頁をつづるのだった。

A・Dとはもちろん、『苦悩』の「X氏、別名ラビエ」と題された文章にでてくるゲシュタポのスパイ、ラビエに他ならず、この文章では次のような節を読むことができる。

書き忘れるところだったが、ラビエはいつも、いくつか出口がある、開けた場所で会うようにしていた。角のカフェや交差点などだ。ラビエがもっとも好んだ地区は六区で、サン゠ラザールやレピュブリックやデュロックだった。

私の部屋の近くで会った後、部屋にあがると言い出すのではないかと、私は初め心配した。けれども一度もそんなことは言ってこなかった。マリニー通りの公園で、最初に待ち合わせしたときにはもう、そういうことがラビエの頭にあった、私は知っている。

ラビエに最後に会ったとき、「パリを離れている友人の部屋《ステュディオ》」に行って、ふたりで飲まないかと言われた。「また今度」と言って、私は逃げた。でもラビエにはこれが最後だと分かっていたのだ。その夜にパリを離れるとすでに決めていたのだ。心が決まっていなかったのは、私をどうするか、どうやって誘惑するのか、逃げるときに一緒に連れて行くのかあるいは殺してしまうのか、ということだった。

(Duras, 83)

［……］

どのレストランだったかは思い出せない――闇市のレストランで、対独協力者や、親独義勇軍や、ゲシュタポがひいきにしていた。サン゠ジョルジュ通りのレストランではまだなかった。私を食事に誘うことで、私の健康を比較的維持できていると、ラビエは考える。そういう風に、私を絶望から救うのだ。ラビエは私の守護天使を自認している。そんな役割に抵抗できる男がいるだろうか。ラビエにはできない。こうしたランチは記憶の最悪の部分だ――扉が閉まったレストラン、「友人たち」がドアをノックし、テーブルにはバター、皿ごとにあふれる生クリーム、汁気たっぷりの肉、ワイン。私は空腹ではない。ラビエは落胆する。

(Duras, 89)

実在の場所を名指し数えあげるこうした部分を読むと、空想上の場所や、私たちの耳にのこる一九五八年秋の資料もまた、思い起こされ、こういう疑問がわくかもしれない。マルグリット・デュラスは、シャルル・デルヴァル（この物語ではA・D）との理解しがたい関係から一四年たって、『ヒロシマ・モナムール』に出てくる女が、ヌヴェールで経験したのとおなじ、屈辱的な運命をたどる危険を冒していたと、突如として思いいたったのだろうか。答えはない。私たちに言えるのは、『夜と霧』を監督したレネとの仕事が、ノルマンディー上陸、原子爆弾そしてデュラスの人生のその年におこったすべての事柄の記憶を激しくよみがえらせたということだ。いずれにせよ、ファシストに向けられた暴力の衝動は、『苦悩』におさめられた文章でとても多く目にするが、その背景には、デュラスが『ヒロシマ・モナムール』の脚本を、アラン・レネと制作した一九五〇年代末の数カ月間があったと思われる。「私は思い出す」と題された文章を書いているのに、こんなことを忘れられるだろうか。

## 記憶と忘却の相克

『ヒロシマ・モナムール』を構想する間、マルグリット・デュラスが日本に行くことはなかった。映画の製作費で旅費を出せるのは、監督である自分と、信じられないほどの才能に恵まれながら忘れられがちだけれども、要となるスクリプトガールのシルヴェット・ボドゥロ、そしてもちろん主演俳優のエマニュエル・リヴァ〔一九二七〜二〇一七年〕だけと、レネが決めた。したがって、「広島」という名の場所が登場人物にとってどんなものなのかを想像しながら、デュラスはゲシュタポのスパイと一九四五年に自分がもった関係の——「ちょうど記憶と忘却の分かれ目にいる」——物語を書き留める気になった。

**彼女**　ああ、おぞましい！　あなたをはっきりと思い出せなくなってきている。

（彼はグラスをもち、彼女の飲み物を作る。彼女はおのずと嫌悪感をおぼえる）

**彼女**　……あなたのことを忘れ始めている。あれほどの愛を忘れてしまうなんて、考えるだけでぞっとする。

(Duras, 64)

ねじれているけれども、忘れがたい場面だ。彼女と恋人は、閉店後の深夜のバーにいる。彼女は酒に酔い、錯乱しかかっており、美しいが身なりは乱れ、気も狂わんばかりだ。観ている方もまた、「かつての」のヌヴェールと、「いまの」広島との間を行きつ戻りつする、たえがたい速さに馴れず、気も狂わんばかりだ。この有名な記憶と忘却の相克が、さらに輪をかけて有名な一九五九年のこの映画『ヒロシマ・モナムール』を突き動かすのだが、その起源は、マルグリット・デュラスがひそかにつなぎとめようとする、パリ解放期の自身とゲシュタポのスパイとの怪しげな（あるいは複雑な、とでも言おう）関係の記憶にすらなく、「工事現場」にある。この相克がもたらす奇妙な可能性の頂点がみえるのは、語り手が次のように伝えるときだ。

娘は何かを思い出そうとしている様子だった。娘が工事現場を忘れかけていたことが分かった。娘は、男が娘を思い出すように、正確に男を思い出そうとした［Elle essayait de se souvenir avec précision de lui comme lui se souvenait d'elle］。男は娘を見つめ、ほほえんだ。娘もまたほほえみ、やがて男を見つめ、眺め、記憶をたどる男を観察した。

『ヒロシマ・モナムール』で頂点に達することになる、記憶と忘却の相克に対する、明白に裏付けのある最初の実験であるどころか、「工事現場」で女性が忘れそうになっているのは、失った恋人ではなく、工事現場なのである。自分の知覚の領域内に、まさにそこにある何かを忘れるなんてことが、どうしてありえるのかと思われるだろう。「忘却」という言葉を用いて、「気にとめなくなる」と言いたいのなら、もしくは忘れ去られようとしているのが、どこか別の時と場所の工事現場であるなら、あるいはそういうこともあるかもしれない。しかし「工事現場」における「記憶と忘却の分かれ道」は『ヒロシマ・モナムール』のそれよりも複雑で、それには二つの理由がある。ひとつには、文脈上、人称代名詞 lui〔彼を・それを〕に先行する名詞は工事現場であるが、デュラスによる文法を逸脱した使い方によると、男を指示する。[16] 二つ目の理由は、一九五四年の短編「工事現場」では、男も思い出すからだ。恋人の過去にいるドイツ兵を、役者のようにその身になり代わって思い出すのではなく、直に思い出すのだ。工事現場にいる男は、そこで出会った若い女性が思い出すのと同じものを思い出すのである。

恋人ふたりの融合が完成の域に達するのは、初恋が決定的に重要であるにせよ、すでに自分が相手を忘れ始めていると女性が理解し、そしてまた現在時において生きる経験もまた、経験を終える前からもう、記憶の保存資料になる定めであると理解したときだ。神経衰弱すれすれの状態で、女性の「精神分析医」にお見舞いされた平手打ちで我に帰り、彼女は自分の一番大切な――どれほど心の傷になっても――思い出もまた、すれすれのところにあることを認める。デュラスの作品にあらわれる父権主義はやはり非難に値すると読む人たちもいるが、それに加えて、ジュリア・クリステヴァ〔一九四一年～。フランスの記号論者、ブルガリア出身〕は、こうして女性がうけた戒めそれぞれに、強迫観念のようにしつこいメランコリーを見、デュラスを無条件に崇拝する人たちには危険ともなりえるという。[17]

一九五八年の夏、幼い息子から借りた学習用ノートに、『ヒロシマ・モナムール』のシナリオと対話の原型となるもののエッセンスをデュラスが素描したときの執筆時間の短さは、先んじて物語をそらんじている人のそれだった（「二週間後、私は文章をパリに持ち帰った」[18]）。「ボア」と「ドダン夫人」の素描と草稿は、一九四三年にはすでに手書きでうめはじめていたノートにある。[19] 作品集のタイトルともなった物語「木立の中の日々」は、登場人物が心理的、社会的に、デュラスの兄と母に明らかに類似しているが、おそらく一九五六年八月にデュラスの母であるドナデュー夫人が亡くなってすぐに書き始められたものだ。「工事現場」の資料のなかには、はっきりとした準備段階の草稿がなく、また一九五五年のインタビューで、『木立の中の日々』の出版直前に、短い期間で書いたらしいことを、デュラス自身がほのめかしている。[20] 以上のことから、デュラスは、『ヒロシマ・モナムール』を書いたときに似ていなくもない、衝動にかられる状態にあって「工事現場」を著したことがわかるのではないか。

## 広島、パリ、ヌヴェール、絶滅収容所、建設中の墓地

もう一度、私たちが『ヒロシマ・モナムール』について知っていることを思い出してみよう。ただし今度は、私たちの心にしっかりと植えつけられた「工事現場」も忘れずに。二人の名前のない登場人物の間で交わされる欲望の激しさゆえに、女性は占領期のヌヴェールにおける、ドイツ軍兵士との大切な初恋の思い出を鮮明にかきたてられるのだと、私たちが感情移入しながら見、聞き、感じているのに、デュラスのまとめ方はしかし、異なる。「二人の女の運命は、広島のそれと同じです。広島と同様に、女が破壊され、灰のなかからよみがえるのを、私たちは目撃するのです[21]」、そういう物語であると、たとえばデュラスはあるインタビューで語る。出版された映画脚本に、補遺として掲載されたあらすじは、まさにこの等式をとりあげ、いっそう過激にする。「頭をそられたヌヴェールの女と、広島の惨事が、たがいにぴったりと響きあうかのよう」(Duras, *OC II*, 12. 強調デュラス)。何万もの生命の破壊を、たったひとつの禁じられた情事——それが死と恥辱に飲み込まれたものであるにせよ——と精神的に同じ秤にかけるとは、あろうことか既存の価値観にたてつくものだ。ただし、少なくとも作者の心の奥には、ヨーロッパ・ユダヤ人の絶滅というナチスの謀があったのだろう。[22] 実際に、最初期の——最後には反故にされた——『ヒロシマ・モナムール』の稿が見せようとしていたのは、これだったように思われる。「ウタのノート」のなかで、映画でエマニュエル・リヴァが演じることになる人物の声を通して、「母はユダヤ人で、一九四二年に私たち」とはすなわちヌヴェールの女性とその薬剤師の父のことだが、「私たちのもとを去り、

南部の県に住んだ」とデュラスは記す。

真夜中、ベッドに恋人といて、情事の合間に、女は閲覧した資料、訪ねた資料館や病院、視聴したドキュメンタリーを数え上げるが、それはすべて、女が原子爆弾によるホロコーストを「すべて見た」のだという主張を――つじつまがあわなくとも、女はそこにいたのだという主張を支えるためだった。その間ずっと、日本人の恋人は、きっぱりと、くりかえし、女が「何も見ていない。何も」と応ずるのだ（Duras, *OC II*, 19 ; 18）。このシークエンスによって、見る者は――映画がはじまる段階で――この「生存者たち」が何をしていて、一九四五年八月六日に何が二人に起こったのかを知ることができる。そして「生存者」という言葉が使われるあまりに多くの場面で、それがどれほど不正確で、ばかげており、またどれほどまでに的外れでありうるかということもまた明らかになる。一九四五年八月六日、市民に対する国家の暴力が、突如として前例のない規模の大きさに達した。デュラスとレネのコンビは、一九五九年の広島で、メランコリーのごとく続く恐怖の瞬間との格闘を想像した。しかしこの闘いの空間的ひろがりが、時間的ひろがりよりも、さらに心をえぐる。広島ですべてを見たと女は主張するが、女の空間は――女の存在を占める空間は――ヌヴェールであり、もっと正確にいえば、日本人の恋人がそういったように「フランスのヌヴェール」、つまりパリもまた含まれるということだ。パリ、ヌヴェールと広島という空間がおたがいに重なり合うところ。女が広島の目撃者だったという主張を否定する権威が男にはあると目されていても、男の心を占める空間、男の空間もまた、ヌヴェールにつながろうとする。しかしここは――男にとってのヌヴェールは――ただ男の思いやりの力、女に対する共感を経験し、あの死んだドイツ人の恋人に「なる」能力のおかげで存在する空間にすぎない。明らかにこの計算の仕方は、デュラスが「工事現場」において前もって練習したものである。

名付けられず、ゆえにどちらも謎めいて総称のままである二人の登場人物は、再建された広島で結びつき、特徴のない場所をめぐり、そしてその場所から二人は追い出され、追放される。暗い田舎であるヌヴェール、特徴のない広島のホテルから。デュラスは二人を、あらゆるカップルの象徴としてないしは典型として機能させ、〈彼女〉と〈彼〉が総称として現れる。さらにこの広島の二人は、厳密にいうと故郷がないわけではないが、湖畔のホテルのあの二人と同じように、根無し草で、故国もないかのごとくである。この二対が組まれたのは、四人がそれぞれ、なにがしかの無人地帯にとりつかれた放浪者であったからだ。ぺしゃんこにされた広島、魂のないフランス、絶滅収容所、建設中の墓地。

## デュラスとアルジェリア

『ヒロシマ・モナムール』の執筆、それから一年もたたずに『かくも長き不在』の執筆と同時に平行して、マルグリット・デュラスは、アルジェリアという別異の空間に深く関わる。アルジェリアは植民地支配に抵抗して戦争中であった——やがてピエール・ギュヨタ〔一九四〇～二〇二〇年。フランスの作家〕があの「五〇万人の兵士の墓」〔一九六七年に出版された小説のタイトル、榊原晃三訳、二見書房、一九六九年〕と呼ぶものだ。ロベール・アンテルム、ディオニス・マスコロ、エドガール・モラン〔一九二一年～。フランスの社会学者・哲学者〕と並んで、デュラスは、アルジェリアの独立を支援して、アルジェリア戦争の継続に反対する知識人行動委員会の活動に心身ともにうちこんだ。「ウタのノート」の末尾には、解読の難しい頁が三枚あり、長引くアルジェリア戦争に関するもので、大きくはっきりと記された言葉で最高潮に達する。「欺瞞を捨てよ、大統領。アルジェリア。かの人びとがやっていることを、どう変えようというのか[23]」。アルジェリアの暴動は、一九五四年一一月に始まった——境界線で区切られ頭から離れない無人地帯にまつわる、謎めいた寓話「工事現場」をデュラスが一気に書き上げたと推定される、まさにその月だ。一九五五年一一月、一八三四年以来、地位なき国家であり続けたアルジェリアが、知識人行動委員会でフランス側に支援者を得ると、デュラスはそれに従ってただちに政治闘争の構えをみせる。はじめて新聞に発表されたデュラスの文章——「アルジェリア人の花」——は、丹念に書かれ、パリの日常生活のうちにある、世界の縮図となる空間の縁へと読者を誘い、そこでデュラスは、さもしい人種差別が致命的な波紋をひろげていくのを、怒りにほとんど打ち震えながら目撃する。

## 二項関係にある二人

「工事現場」は——洗練されてはおらず、まだデュラスの声に馴染めず波長のあわない読者には、ほのめかしがすぎたかもしれないが——相克する緊張関係でもって実験をし、それは『ヒロシマ・モナムール』の心臓部にみられるものだ。どちらの物語でも、この緊張関係の基にあるのは、束の間の恋人たちが、見ることと理解することとの関係に対して、根本的に意見を対立させている点だ。どちらの物語でも、最後まで、二人に精神的衝撃をあたえながらもまったく経験することができないものを実際に見る可能性について、恋人たちの意見はあうことがない（ただし議論することもない）。経験できないのは、衝撃の場所——アウシュヴィッツ、広島——で、衝撃の原因を経験するということは、滅びることであるからだ。男の視点からのみ語られ、若い女性はほとんど言葉を発しないので、この意見の相違は「工事現場」では、おおむね表沙汰にはならないが、デュラスの声がはっきりと聞きとれる、男の語りの部分から容易に推測できる。この緊張関係の底には、二項関係がいくつか見出される。記憶と忘却、追憶と記憶喪失、「ここ」にいることと「あそこ」にいること、死をもたらすために先端科学が作り出した破壊力の大きさと、激情がうけとめる精神の解体。要するに、「工事現場」は、五年後の『ヒロシマ・モナムール』と同じく、古くからある愛（もしくは生）と死の相克が二〇世紀に姿を現したものなのだ。こうしたことが、映画の冒頭数分間ですべて描かれ、それを語る声はオペラのレチタティーヴォから借りてきたかのごとく、その抑揚は「工事現場」の登場人物が使っても違和感はないものである。『ヒロシマ・モナムール』において、この一連の相克関係を複雑にするのは、きしみを増しながら介入してくるヌヴェールの謎だ。言い換えれば、まっすぐな相克関係の邪魔をして断ち切るのは、ヌヴェールでの若き日の熱狂に対する、女のこだわりだ。一九五九年の映画『ヒロシマ・モナムール』は、デュラスにとって、女性に独特の知性と、「普通」は非理性だとみなされるものを、平然と等価におく、最初のきっかけとなる。敵兵と寝たために、自分の母に監禁された時期のことを教えてほしいと日本人の恋人にねだられると、「ね、知性って狂気みたいなものでしょ」と女は用心深く答える（Duras, *OC II*, 35）。この循環する「正気の沙汰ではない」論理においては、人は思い出すために忘れるようになり、そして忘れるために思い出すのだが、この論理が「工事現場」ではすっと前面にでる。「いや、娘には知恵があった」。

　フランス人女性と日本人男性を結びつける情事には、初めて経験した愛が、抑えきれずに追憶という形で戻ってきて、つきまとう。個人の主観的な時間が、世界にとって重要性のある出来事の時間に、図々しくも重ねられる。フランスの領土解放期の恋人の殺害と、表向きは大日本帝国を降伏させるという名目で原子爆弾によっておこされた大火とのあいだに、ヌヴェールにおける女の「狂気」の時期が橋を架ける。レネはこのつながりを強固なものとするために、対話を現在形でおこなうように求めた[24]。追憶——記憶の特殊な形——はある出来事が私の空間に、この空間に、私のいる空間に、意識に、言い換えればあの空間すなわち忘却から、首尾よくもどってきたということだ。この物語の気の触れた女たちが思い出す空間は、少しばかり異なる。一九四五年八月六日の広島が私にとって別様の空間でしかありえないのと同じように、「考えることのできないもの」の空間は、「向こうにある」離れた工事現場という装いで、換喩として存在する。

　戦争の最後の数カ月にドイツ兵と密通し非難された思い出がよみがえり、フランス人女性は苛まれるようになる。この記憶喪失の潮の容赦のなさは、密通の「不可能性」と思われているものと結びつく。しかし起こったのだから、この密通が少しも不可能な関係ではないことは明らかである。もしこの関係も、これと似た何千ものほかの関係も起こらなかったのなら、大量のスケープゴートに、髪を剃ったり、もっとひどいことをするという、いかがわしい処罰をフランスがくだすようになることもなかったはずだ。そのように密通したと疑われるだけで、排斥や、非難や、復讐や、家父長制社会の一部にまるごと咎を転嫁することが、ほとんど不可避であったのだとすれば、そうした関係を結ぶ誘惑にかられた人は、不可能なものであるかように、その可能性をおしはかり、おのれを抑制するのが「道理」だろう。「ヌヴェール」という言葉が呪文のように繰り返されて、名前のない登場人物と欲望の激しさが強まり、死んだドイツ人の恋人へと至り、生きている日本人の恋人に重ねられる。(「君が地下室にいるとき、私は死んでいるのだろうか」と尋ねるとき、日本人の恋人は果たしてほんとうに生きているのか。) この同一化は予期されていたもので、最初のレチタティーヴォで使われた、眠りに誘うような単調な低音で「あなたを思い出す」とフランス人の女性がいったとき、鋭い耳をもち、平等に漂う注意(フロイトが die gleichschwebende Aufmerksamkeit とよぶもの)〔精神分析の技法で、分析家が患者の語るすべてに同等の、偏らない注意にはらうこと〕を具えた日本人の恋人には、もしかしたら仄めかされていたのかもしれない。

## 『ヒロシマ・モナムール』の女とデュラスその人

『ヒロシマ・モナムール』の節のいくつか、あの災厄の対話――文学と政治の双方においてデュラスの仲間であるモーリス・ブランショが、考案した言い回しを使えば――は忘れがたいものとなった。工事現場の周辺で、語りに駆り立てられ、語りから蒸留された、災厄の対話である。映画の公開から何年もたった一九七三年に、グザヴィエ・ル・ゴーティエによる何時間にもおよぶインタビューのなかで、デュラスはあの有名なリトルネロ〔楽曲中で反復循環する部分〕「あなたは私を殺すあなたは私をいい気持ちにする」(Duras, *OC II*, 22 ; 25) を自分の一連の文章全体に結びつける。『ヒロシマ・モナムール』と同時期に書かれたものもあれば、七三年までに出版されたものもある。一九八〇年に身の毛もよだつような短編「廊下で座っているおとこ」〔小沼純一訳、書肆山田、一九九四年〕を発表したとき、デュラスはいそいで「私がこれを書きました。けれども決して決して［この物語を］経験したことはありません[25]」と言い添えた――二回重ねられた「決して」という言葉から、疑いようもなくすべてを物語る、否定する仕草を読むことができる。おなじ仕草を『苦悩』の序文でも読むことができ、この回想録の原材料は戦争のすぐあとに書き上げられ、青いたんすにしまいこんで、一九八〇年代初頭まですっかり忘れていたと主張する。もちろん一九五八年に関して残っている資料は、この主張に対するまぎれもない反証となる。

おなじ一九七三年のインタビューで、「あなたは私を殺すあなたは私をいい気持ちにする」というリフレインが、パリの俗っぽいピガール地区にあるいくつかのストリップ・クラブで採用されたのだと、どこか得意げに説明する[26]。俗っぽさ、性愛の欲望のための政治参加、ブラインドの隙間越しに自ずから読み取れる否認、これらすべてをデュラスはよく知っていた。私生活で繰り返し実践していたからで、その一部は常に衆目にさらされていた。『ヒロシマ・モナムール』の対話を書いているまさにそのときに、デュラスはジェラール・ジャルロなる人物と、生活を――すくなくとも激しい情熱の次元で――ともにしていた。颯爽としていて、デュラスよりも九歳年下のジャルロは、大衆週刊紙『フランス・ディマンシュ』で記事を書いていたが、文学的野心を深めていた。情熱的に共有された生活は、やがて耐え忍ばれ、それから最後には絶たれた。ジャルロはデュラスの作品執筆のいくつかに協力し、そうした作品の表紙はジャルロとすすんで分け合う一方、ジャルロが大衆の好みに迎合するためにみせる少女趣味に対して、デュラスは不信を隠さなかった。ジャルロが身近にいて、デュラスは文体の芸術家として、おのれの才能にかえって自信を深めていく。ただし今度は情熱と嫉妬に駆られ、深酒におぼれ、数十年後にはそれが原因で死にかけることになるのではあるが。ジャーナリストであるジャルロとの、この騒々しい私生活面での連携そしてはりつめた仕事面での連携によってまた、デュラスのジャーナリストとしての活動も一新され、デュラスは自分が雑誌に書いた記事やルポルタージュを使って、文学作品や、芽吹きはじめた映画作品を、最大の関心事につなげた。関心事にはいまや、貧しい人、異端者、犯罪者、抑圧された人、ユダヤ人、アルジェリア人、女性など、あらゆる種類の代弁者がみつかったのだ。いみじくも『アウトサイド』〔佐藤和生訳、晶文社、一九九九年〕と題された一九八〇年のアンソロジーは、こうした営みの証言となる。要するに、ジャルロが（しかも既婚のままで）デュラスと関係をもちつつ、誰彼かまわず他の多くの女たちを追いかける（ジャルロは四三歳で「腹上死」をとげる）という事実をデュラスと分かち合うことは決してなく、一方デュラスは、自分のために作り上げた文学世界をジャルロと分かち合うことには吝嗇で、躊躇していたということだ——現実世界にとりくむための、デュラスだけの、想像の王国。

一九五〇年代後半、その王国を守るためにデュラスは「隠れた」層に身をおき、ちょうど映画が工事現場をどのようにステージにあげるべきか、ますます真剣に考えているときだった。映画『ヒロシマ・モナムール』の対話は避けがたく、忘れがたいものであるのだが、書籍の『ヒロシマ・モナムール』には、もうひとつ、映画に欠けていて（というよりも映画にはほとんど存在しない）成分があり、それが決定的な空間——決定的に重要な空間——にかかっているベールを上げる役割を果たし、目をひくのである。『ヒロシマ・モナムール』の、まったく正当に才能を評価されてこなかったスクリプト「ガール」のシルヴェット・ボドローから映画用語を学び、アラン・レネという映画製作者の鋭敏さがうみだすイメージをいくらか吸収したあと、マルグリット・デュラスはこの成分をこもごも映画の「地下のコンテ」、映画の「夜の証明」と名付けた。コンテと同じくらいひそかに、アラン・レネに登場人物の内面のプロフィールを準備するよう頼まれたデュラスは、エマニュエル・リヴァの役を、数人の女性の連続体として、ひとつの人生におこる異なる瞬間における、幾人かの個人の統合体として思い描いた。ヌヴェールで髪を剃られ辱めをうけた女の子、ファシストと火遊びをするデュラス自身、「収容所の世界」から夫を解放しようとする、またもデュラスその人、収容所抑留者のための静養所にロベール・アンテルムといる、またしてもデュラス、「ほんとうに男好き」（Duras, *OC II*, 34 ; 35）で広島の生存者との不倫に——広島で――おぼれる既婚女性。かなりの度合いで、一九四五年のA・Dとデュラスの「不倫」に関して念入りに練り上げられたあの草稿を、『ヒロシマ・モナムール』の「地下のコンテ」の深部とみなしてさしつかえがないはずだが、おそらくはしかしボブ・ディランならデュラスの裏表紙と呼ぶだろうもの(27)に似た何かであることは確かだ。

## 『かくも長き不在』

いずれにせよ『ヒロシマ・モナムール』が公開され、ほぼ例外なく文学と映画双方にとって画期的な作品と賞賛されて間もなく、デュラスは新しい映画脚本にとびこむ。第二次大戦期が題材で、「向こうの」、第二次大戦期をこえて、『かくも長き不在』の登場人物たちが生まれる。マルグリット・デュラスの文体とジェラール・ジャルロのそれは、ほとんど折り合いのつかないものだったが、困難をのりこえて、アンリ・コルピ監督が賞を獲れる程度には映画として使える脚本をしあげた(28)。やがて映画は半ば忘れ去られていく。原子爆弾による抹殺から一四年の後、日本人の恋人が女に「フランスでは、君にとって広島は何を意味したの」と尋ねると、女はヌヴェールからパリに到着したばかりの若き売春婦（salope）を思い出す。ちょうど「私は思い出す」のなかでデュラスが、その同じ場所に、同じときに、その空間に自分をみるように……離れたところに。デュラスは自分自身をここに、想像力を通じて「思い出す」場所へと連れて行く。アンリ・コルピが監督した長編映画のなかで、パリと郊外の間の中間地帯――当時はラ・ゾーン(29)（La Zone）として知られていた――にある掘っ立て小屋に住み、ある日シュレンヌ〔パリ西部近郊の都市〕にあるテレーズのカフェの前を通り過ぎた男が、自分の夫であると、「かくも長き不在」を経たテレーズは確信する。テレーズは男のために思い出そうとする。デュラスとジャルロは、記憶喪失と追憶との格闘を演出する。しかし「工事現場」の男が、若い娘に別様である空間との関係を育ませ、思い出すにつれ忘れさせてやるのとは対照的に、テレーズが、このオペラを口ずさむルンペンに「本当の場所」を思い出させ、アルベール・ランゴワという素性を思い出すよう強要しようとしたとき、災難がおきる。男はトラックの前に飛び出し、スクリーンは暗転する。終（Fin）。

## 空間の置き換え

一九五四年、ちょうどデュラスが、ふいに思い出し記録しようと思い立ち、「工事現場」を短編集に加えたとき、まったく無名だったミシェル・フーコーが、狂った精神と、空間というカテゴリーとの関係を、以下のように説明した。

空間は生きられた世界という構造として、分析することができ、その分析によってノエシスがノエマとひとつになる。距離はかくして崩壊する。これは別の場所にいると分かっている人々を、まさにここに認める躁病患者や、音が発生する客観的な空間ではなくて、架空の空間、参照軸が流動的かつ可動的なある種の疑似空間で自分の声を聴く、幻覚患者がそうだ。まさにここで、自分たちの近くで、自分の周囲で、自分のなかで、患者は迫害者の声をきくが、同時に迫害者は壁の向こう側に、街とその境界のずっと向こうにいるという。透明な空間では、事物がそれぞれ地理上の場所にあり、遠近法でひとつひとつが分節化されるが、不透明な空間がそれに代わるのだ――そこでは事物は前後左右に動き、まざりあっては移動し、それから音もなく置き換わり、そしてついには、遠近法のない地平で融解する。

(Foucault, 1954 : 62-3)

こういう狂気に対して、ヨーロッパ・ユダヤ人の絶滅（ショア）を、どれほど深刻なものであっても、何らかの個人的トラウマに――ともかく等価であるかのように――置き換える、あるいはこの映画について言えば広島と置き換えるというスキャンダルは、倫理の領域において深い相関関係がみてとれる。しかし心に留めておかねばならないのは、フーコーが、若き日に書いたルートヴィヒ・ビンスワンガー〔一八八一～一九六六年。スイスの精神科医〕『夢と実存』〔荻野恒一訳、みすず書房、一九六〇年〕の前書きをやがて否定し、「異常」な傾向に価値を見出し、こうした「事物が前後左右に動く［……］不透明な空間」を受け入れるということだ。W・G・ゼーバルト〔一九四四～二〇〇一年。イギリスで活動したドイツの作家〕は、ある災厄の世界を、別のものにとりかえることにおける、公正あるいは不公正というこの問題を、エリアス・カネッティ〔一九〇五～一九九四年。ブルガリア生まれのドイツ語作家〕を介した、ハンス・エーリッヒ・ノサック〔一九〇一～七七年。ドイツの作家〕の一九四八年の短編集『死神とのインタヴュー』〔神品芳夫訳、岩波書店、一九八七年〕に対する考察を通じて、厳しく問う。以下の引用部分が、アウシュヴィッツ以後、詩は不可能となったというアドルノ〔一九〇三～六九年。ドイツの哲学者、社会学者〕の命法に対する応答であるということはすぐにわかるが、それにとどまらず、ゼーバルトの見かけによらず曲がりくねった論の展開のしかたの精髄をみせる例で、簡潔さともあいまって、圧倒される。

> エリアス・カネッティは、広島の蜂谷道彦医師の日記にまつわるエッセイで、これほど甚大な破局を生き延びるとは何を意味するのかを問い、そしてその答えはただ、蜂谷の観察報告のように、著しく正確で信頼性の高い文章からのみ測られると述べる。カネッティは「どんな形式の文学が思考にとって、今日の人間を知るのに必要不可欠であるかと思うことに、何らかの意味があるとしたら、これがそれである」と記す。ノサックによるハンブルクの街の破壊に関する報告についても同じことがいえるだろう。この報告はノサックの作品のなかでも特異なものだ。ともかくも長文にこめられた、まったく飾り気のない客観性に内在する、真実という理念が、まったき破壊を前にして文学を生み出しつづける唯一の正当な理由を、自ずと証明するのと反対に、消滅した世界の残骸から美的な、あるいは美的めいた効果を作り出すことこそ、存在する権利を文学から奪い取る過程である。
>
> (Sebald e-book : 74)

本書の後半で、ゼーバルトの「破壊の自然史」をめぐる想念について、さらにくわしく考察するが、カネッティが蜂谷において注目したと、ゼーバルトが注目する特徴は、まさしくプリーモ・レーヴィ〔一九一九～八七年。イタリアの化学者、作家。アウシュヴィッツ強制収容所から生還した[30]〕の証言である重要な作品のいたるところに必ずみられ最前面にあるものであるということに注目しておこう。一九五九年に、記憶と忘却の相克を使って、トラウマと場所との重なりを探求した成果の変形ともいえる映画『かくも長き不在』に寄り道したが、これによって一九五四年の重要な作品「工事現場」に対する私たちの関心が新しい方向にむかい、あのイマヌエル・カントにとりくむ必要に気づかされる。これが次章の主題となる。

## 『かくも長き不在』の題材

一九六〇年夏に『セーヌ・エ・オワーズの陸橋』〔『今日のフランス演劇二』岩崎力訳、白水社、一九六六年〕を発表したあと、デュラスはマドレーヌ・シャプサル〔一九二五～二〇二四年。フランスの作家〕のインタビューに答えて、こう述べる。「ジェラール・ジャルロと私は、『かくも長き不在』という題の映画にとりかかっていて、題材は昨年にあったばかりのニュースなのです。覚えていらっしゃるでしょう、オーベルヴィリエのレオンティーヌ・フルカドという女性が、街の通行人がナチスのブーヘンヴァルト収容所に囚われた夫だと信じたというお話です。[31]」この映画のシナリオは、『ヒロシマ・モナムール』と同じガリマール社の叢書から、一九六一年六月に出版された。映画はといえば、アンリ・コルピが監督し、その一カ月前に劇場公開された。デュラスの前の夫、ロベール・アンテルムもまたブーヘンヴァルト（正確にはブーヘンヴァルトに付属したバート・ガンデルスハイム）に送られ、ダッハウの強制収容所に移され、そこでアンテルムはほとんど死にかけたのだった。

やはり記憶と忘却の相克関係が核にある『ヒロシマ・モナムール』のすぐ後に案がうまれた、アンリ・コルピ監督の『かくも長き不在』(32)は一九六一年五月七日に初めて劇場で公開される。モンタージュ担当のジャスミン・シャスネは、『ヒロシマ・モナムール』でコルピと協力してモンタージュをおこなった。要するに、これまでフィクションの書き手だったマルグリット・デュラスが、映画製作そのものにますます大きな関心を寄せるようになり、記憶喪失が重い役割を果たす、普通の人びとの実話を翻案することを選ぶというのは、自然な成り行きだった。さらに一九五〇年代後半と、六〇年代を通じて週刊誌『フランス・オプセルヴァトゥール』に、デュラスが寄稿した三十あまりの記事は、つましい労働者階級の人間にまつわる現実の話をまきこんだ社会や政治や文化の問題に関するもので、それを考えてみても、『かくも長き不在』がニュース記事に取材することは驚くにはあたらない。

『かくも長き不在』で、マルグリット・デュラスは、ごく普通の人びとの生活からくみあげた常ならざる出来事を映画に移し替えた。レオンティーヌ・ブルガド（一九六〇年のインタビューで述べられた「レオンティーヌ・フルカド」というのは、デュラスの記憶違いである）の話をデュラスが知ったのは、『フランス・ソワール』紙の一九五九年一〇月二〇日号に掲載された、ジャック・ユセネが担当する「調査」コラムの記事を読んだときのことだ。「尋ね人の夫はルンペンに」という芝居がかった見出しだった。ブルガド夫人とその夫の結婚式の日の写真が、記事を飾る。

一九四四年のブーヘンヴァルト収容所における夫の死を認めようとしない妻が、生存する夫を発見したという。最近女性の経営するカフェに来て、一杯の水を乞うたルンペンに、夫の姿を認めたのだ。

レオンティーヌ・ブルガド夫人は、五八歳、ドメニル通りのカフェの経営者だ。望みはいかに薄くとも、夫の帰りを待ち続けてきた。夫のアドリアンはデガニャック（ロット県）生まれ、愛国者たちが南部との境界線を越える手助けをしたとしてゲシュタポに告発され、収容所に送られた。公式な文書によって、ナチスの収容所における死亡が確認される。

夫を亡くしたブルガド夫人は、カフェの経営を続ける。一九三七年の結婚から一年がたった頃に、夫婦で始めた店だ。

さる七月一七日のこと、ブルガド夫人は、卒倒せんばかりだった。ひとりのルンペンがカフェに入ってきたのだ。ブルガド夫人には、夫だとわかった。アドリアンだった。感極まりつつ、女性用コートに身を包んだ六〇代とおぼしき放浪者に、水を一杯だした。ブルガド夫人は、何も言わなかった。

ルンペンは翌日もやってきた。「去り際に、不思議な顔をしたのです。すぐにアドリアンだと分かりました。ですが、私の知っているアドリアンではなかったのです……」

ルンペン、亡くなったはずの男性のスーツに袖を通す

アドリアンの亡霊が三度目にカフェの敷居をまたいだのは、九月二一日のことだった。コルベイユの病院に三カ月入院していたのだ。ブルガド夫人は、「ここのものに何か見覚えがありますか」と、最後にもう一度こころみた。「いや」と男はぼんやりと答えた。「でも……」そのときブルガド夫人は、心の内をはきだしたのだ。「ここはあなたの家です。私はあなたの妻です。」

ルンペンにさほど驚いた様子はみられなかった。詫びながら、よく似ているだけ（生き写し）ではないかと言ったが、上階のブルガド夫人の住居に行き、亡くなった夫のスーツと靴を身につけることを承諾した。ぴったりだった。

ブルガド夫人は過ぎし日の雰囲気をよみがえらせようとし、ルンペンに料理をするようにいった。アドリアンの熟練した手つきで、かつてと同じ品をこしらえた。

## 亡霊、逃げる

こうした生活を四日間続けたのち、ルンペンは――身分証明は持ち合わせていないが、自分の名前はアンドレ・ブルリエだと主張する――「散歩に行ってくる」と言い置いて出かけた。

一〇月三日日曜日のことだった。翌日になっても亡霊は戻らず、ブルガド夫人は、「アドリアン」が診療所に連れて行かれ、そこからサン＝タンヌ［精神病院］への入院が許可されたと、警察から知らされた。この措置には根拠があり、ルンペンが腕を胸の前でくみ、バスの前に立ちつくしたためだった。

以来、ブルガド夫人は、夫人のルンペンのもとに足繁く通う。サン＝タンヌ病院には「アドリアン・ブルガド」の名前で登録し、そして正式な調査によって、愛ゆえの誤認ではないと証明されるのを、辛抱強く待っている。

## 『かくも長き不在』とアンテルム

（既述のとおり、一九五〇年代後半から六〇年代前半にかけて、デュラスの恋人でもあった）ジェラール・ジャルロが、『かくも長き不在』の――ばた屋か古紙集めであることの多かったパリのルンペンの日常生活の細部を、偏執を感じさせるほど詳しく描く――シナリオのアイディアをまとめ、実現するにあたっては主要な役割を果たしたとはいえ、シナリオとそれに続く映画の細部に目立って関わる場面になると、ロベール・アンテルムの影がふたたびちらつくのだ。アンテルムは一九四七年にデュラスと離婚し、それにともないデュラスの息子は生物学上の父親であるディオニス・マスコロの姓を名乗ることになる。ブルガド夫妻の話は、一九四五年と四六年に、デュラスとアンテルムにおこった、そして二人の間におこったことと、さまざまなレベルで共鳴する。ディオニス・マスコロとともに、アンテルムは一九五〇年代はじめ頃までは、デュラスが書き上げるあらゆるものに入れ込んでいたが、やがてそうした興味は薄れたか、あるいは二番目の妻モニークと築いた家族のほうに移っていた。ところが、『かくも長き不在』には、突如として、強い興味を抱く。

一九六〇年秋に撮影が行われ、一〇月にやや凡庸なモンタージュが、友人たち数人に上映された。ルイ＝ルネ・デフォレ〔一九一八～二〇〇〇年。フランスの作家〕と、ロベール・アンテルムとモニーク・アンテルムの夫妻もそこにいた。翌日、ロベールはマルグリット・デュラスに手紙をしたため、友人たちの感想をまとめた。この映画には、オペラのアリアがジューク・ボックスから流れる崇高な場面など、実に美しい瞬間があるものの、ルンペン役（ジョルジュ・ウィルソンが演じたのだが、ウィルソンの舞台俳優としての優れた腕前は、コルピ監督の『かくも長き不在』では無駄遣いされたと評価されよう）にはまだ手を入れる余地があり、そして「全体的に、真の悲劇になるための方法を見つける必要がある」。デュラスの返事は間接的で、モニーク・アンテルムに宛てて、そのほかの用件――両家の子供たちの夏休みの計画といった――を伝える手紙のなかにみえる。

ロベールからの長い手紙を、私は、私たちは受け取りました。仕事を進めていくうえの土台として参考にします。それに映画を見てから、書き直しもしています。ですが、どっちにしろ予想がついてしまうような悲劇よりも、完全な闇（le noir total）が開いて映画が終わる方がいいというのが、私たちの考えです。ロベールがいうように、ロベールは沈黙を選びました、いまある自分の姿を選びました。ロベールの意見に、私たちは全面的に賛成ですが、まさにそれを避けたくもあるのです。敬虔な沈黙、特異ならざるものとして選びとられた知恵は、結局はありうる限り最悪の類いの特異性なのです[33]。

『かくも長き不在』の筋立ては、ダッハウから帰還したロベール・アンテルムと、アンテルムを辛抱強く看病しその健康をいくばくか回復させたデュラスの物語[34]に、酷似している。さらにゲシュタポのスパイとのやっかいな関係をまざまざと思い出しながら作り上げたことが分かっている『ヒロシマ・モナムール』とも、類似点が多くあることを考えると、『かくも長き不在』のシナリオを書くことによって、おそらくはあのもうひとつの記憶と忘却の場所の思い出に再び火がついたのだろう。サン゠ジョリオの療養所のことだ。そしてその別様である空間はもちろん、一九五四年の「工事現場」の発想の源にある。「工事現場」はいまや理論的テクストと考えるべきだ。

## 自己にとって他者になるための分かち合い《パルタージュ》あるいは接‐断

エドワード・S・ケーシーによる用地の定義を心にとめたうえで、激しい欲望を伝える、純化され余分な要素の取り払われた表現の、デュラス作品における最初期の例が「工事現場」にあるということを認めよう。『ロル・V・シュタインの歓喜』（ジャック・ラカン〔一九〇一〜八一年。フランスの精神分析学者〕によって模範例とまでされた）、『愛人《ラマン》』、『死の病い』という、後年のもっとずっと有名なデュラスの作品に見いだされるのと同じものだ。デュラスにおける欲望の工事現場の最初で最良の例である。そこで読者は、性愛がたどる蓄積、増大、激しさそして分解（「理性への回帰」）という道のりが、『判断力批判』でカントの説明する崇高の道程（あるいはエコノミー）を連想させることを、はっきりと見通せる。この経験については次章でくわしく考察するが、これを通じて、欲望する主体は己に許された空間に入る――ヴィクトル・シクロフスキー〔一八九三〜一九八四年。ロシアの批評家〕そしてアルチュール・ランボー〔一八五四〜九一年。フランスの詩人〕に続いて、ジュリア・クリステヴァ特有の概念のひとつになった(35)、「自分自身に異質」になるあの状態と、あらゆる点で同質である。

私が私自身にとって他者になる――欲望を経るにせよ、崇高の経験を経るにせよ――ために必須の条件は、ある種の存在の分裂であるが、とはいえ私が粉々になることは、結局はない。崇高の経験は、知覚が意識に衝撃を与え、それによって悟性がそれ自体から切り離されるときに、進行する。衝撃をうけた主体は、恐怖に我を忘れる。重要な調和が崩壊したかのように思われる。ほとんど間をおかず（この間は一生のようにも感じられる）、それでも想像力が錨をはずされた理性を救助しにやってくる。しかし実際には、想像力はずっとそこにあったのであって、もっとも光のない瞬間ですら、大嵐の海を漂流する悟性と空間を分かち合い、ぴったりと寄り添う。そして主体は、脅威と十分に距離がとれ、正気によってもたらされる落ち着きが自分のうちに戻ったことを理解する。この崇高の経験の作用は、分かち合い《パルタージュ》という語が体現する二重の力と似ていなくもない――同時に共有でもあり分割でもある、ある種の裂け目。裂け目とはすなわち、裂けると同時に、密着することを可能にするもの。（ぴったりとくっつくが、ふさぐことはない。）同様に寓話の形をとって「工事現場」が演出するのは、分割されながら結ばれる自己である――裂け目であるが互いにぴったりと寄り添う。ジェラード・マンリ・ホプキンズは、分かち合い《パルタージュ》という語がもつ意味の連結をあますところなく要約する言葉を編み出した。『接－断片 cleaves』もしくは、［……］四方八方に刻まれた野ざらしのざくろの表面」というイメージを練り上げながら、あらゆる可能世界の相互関係性を説明し、ホプキンズは「被造物」もそれぞれ、相互に関係しながら「存在の『接－断』」のうちにあると強く主張した(36)。そこでホプキンズにならって、接－断《クリーヴ》を分かち合い《パルタージュ》の訳語とし、工事現場が個人のうちに作動させる機能を指す名前としよう。差異を保ちつつ、接－断はひとつに結びつける。「工事現場」はこの差異が保たれた結合の話だったのである。

## 「工事現場」の哲学的語彙

「二日前のこと、午前中の同じ時刻に、彼女がヴィラに到着したとき、彼女がいることに彼は気がついた。容赦なく。彼の視線で彼女にはそれが分かっていた」(Duras, *OC I*, 832)。「工事現場」でデュラスがかなえたものを、隠しきれずにしめす徴は、それ以前の作品では、『タルキニアの子馬』〔田中倫郎訳、現代出版社、一九六九年〕からひいたこの文のような一、二行に限られる。ここでは二つの視線以外には何も起こらない――交わされることはないが、むしろ連続した視線、それに続いて次々と隠れていたものが露わになる。言い換えれば、何も起こらず、欲望の動きのみぞある。男の女に対する目立たない動き、そして――はるかに具体的で、後期「デュラス」を予感させる――（好むと好まざるとにかかわらず）男の欲望の対象になるという動きだ。一九五四年の短編集の最後を飾る第四の物語「工事現場」の全体が、この「何もないこと」のごくごく細部に捧げられる。女がいることに男が気づき、男は女が男の視線の意味をとらえるのを待つ――視線が意味するのは、女の存在に男が気づいたということだけ。

　こうした全体のあいまいさゆえに、むしろ哲学文書で見つかる問題に対する語彙が、「工事現場」を組み立てており、最終的におこる物語の二人の（再）結合の根底には、入り組んだ時間の代数学がある。一九五〇年代なかばに、フランスの批評家たちによって「雰囲気を醸し出す小説」というレッテルを貼られた「工事現場」では、たとえば「ネイチャー nature」という語に認められる複数の意味が、増殖する。読むほどに――ヴォルテール、ルソー、ディドロ、さらにはサドまで、本質的に異なる哲学者たち――一八世紀の思想家がいくらでも心にうかんでくる。筋書きそのものは、最後まで牧歌的な環境で進む一方、問題になっているのはまた――あるいはもしかしたらもっぱら――まさに男の本質 nature であり、女性の本質 nature である。ホモ・サピエンスによる影響や、課された制約があるわけだが、それでもそれを越えて、世界は――「人間という」動物も含め――どのように行動するのか。世界の「法則」とは何か。「自然のもの natural」とみなされる行動と、私たちのしきたり、習慣、規則、規制によってゆがめられた行動とを、区別し分割するのは正しいのか。それとも私たちの行動すべてがたがいに影響し合っているのか（分かつ départager／分かち合い partage）。この根本的な問題は、次章にとっておくとして、「工事現場」の男は――ほかならぬまさにこの男の視点が優位にあるので、男はデュラスという女性の身代わりとなる[37]――最初に娘が工事現場のほうに去ったあとをつけ、「そうしないようにする方が、不自然だった」と心に決める。そして、あたかも男を真似るかのように（でも誰の視点からだろう）、数段落ののちに、娘は男が近づいてくるのを「むしろ自然なことと思っているかのようだった」。多くの哲学的作品がそうであるように、「工事現場」が見せるのは、ほとんど起こらないがゆえに貴重な出来事で、あるいは出来事が最小限であるがゆえに、読者は退屈にとらわれ、微少で、みたところ意味がなく、儀式の様相を呈し、あわさると単純に反復されるちょっとした音楽のようなものを生む動きの繰り返しに、屈することになる。デュラスのこれ以前のフィクション作品（高い評価を受けた一九五〇年の小説『太平洋の防波堤』や、「工事現場」と同じ短編集の最初に収録された「木立の中の日々」）では、自伝が下敷きになっているとつきとめるのも、それほど難しくないが、「工事現場」ではそうした部分はなりを潜め、すくなくとも一般読者には見つけることができない。さらに以前のデュラス作品では、読者は簡単に語りの視点を、著者として署名した女性のそれと一致させることができるが、「工事現場」は、上述した通り、明確かつかなり大胆に男性中心の視点をとっている。この男性の代理人は、傲慢な想像力に突き動かされ、視線を用いて、自分の欲望の対象をつかまえようと躍起になる。したがって男が体現するのは、前に見たとおり、典型的な観淫者なのである。男のたくらみはまた——たえず推論を重ね、それが間接話法で書き取られていたとしても——性的征服であり、一九五四年には、当たり前のこととして読まれたかもしれないが、今日では間違いなく虫唾が走る。デュラスが故意に仕掛けた挑発は、一九五四年には早すぎた（しかもおそらくは失敗におわった）が、今ならうまくいく。思惑通りに、熟考をうながすものだから。

## 男の視線と共感

あまりにもしつこく見つめつづける男を形容するのに、デュラスは「強姦者 violeur」という言葉を用いる。「強姦 viol」にどっぷりと染まっている言葉なので、たちどまって考えさせられる。この語が出てくる文では、「強姦者 violeur」の暴力性は「強盗 voleur」に基づき、「のぞき魔 voyeur」としての男の主な活動を思い起こさせる。技術的に熟達の途上にある書き手の、素人くさい詩的誇張法などではまったくない。倫理上の問いが高波のごとく押し寄せる。進みながら、この問いを問いかけるのが、本書の務めである。「工事現場」において、まさにこの観淫者が、どのようにして興味と欲望の対象を犯すのか。この物語の男のように共感しようとする者は、のぞき魔なのか、そしてそれゆえに、秘密に対する他者の権利を冒涜するものなのか。何の工事現場であるのかが、頑にぼかされているが、男の視線の意味と、道徳的責任もまさにそうだ。集団犯罪において、私たちが家父長制をどう捉えるのか、そしてその複雑さが分かっているがゆえに、デュラスの男のまなざしを、根本的に悪意のあるものと結論せねばならないのか。そうではなくて、男のまなざしは、こうした事情にもかかわらず、ともかくも道徳的なものであるということはありえないのだろうか——知ることのできない出来事に対する共感にかられ、共感の染み込んだまなざしであるということが。

ここにいたって、私と読者との間で議論が巻きおこることが想像される。絶滅収容所を思い出して、工事現場の前で恐怖に痙攣する人に対して、のぞき魔の抱く欲望が、おさえきれない生得的な徳につき動かされているという可能性を、あえて示唆する私に、激しく抗議する読者の姿が思い浮かぶ。こうした読者の嫌悪に私は、デュラスの語りが、工事現場と男の欲望に満ちた視線の双方をきわめてあいまいにしようと骨を折るけれども、「気色悪」くならないのは視線だけであると、それどころかその視線を支えているのは、おそらく模範的な価値ですらあると主張する、と答えるだろう。こうした可能性は、工事現場につきまとうあいまいさに対する二つの解釈から生まれる。ひとつめは、理性、現実との関わり、本当らしさを好む性質に位置づけられるもので、その用地はまったく伝統的な墓地のそれであるという確信を強くする。ふたつめは、教養の側からすると非理性、異常性、空想などに結びつけられる傾向にあるものだが、若い女性の記憶に関する想像力から私たちがうけとる空想で、女性は――一九五四年に出版された物語が語ることに厳密に従うなら――もしかしたら、収容所生存者かもしれない（あるいは少なくとも男がそのように想像したのかもしれない）。死体置き場である、あるいはこう言った方がよければ、死体置き場のようなものだ。「ようなもの」もしくは「あたかも als ob」はカントの言葉遣いでは、あたかもそれがあるかのようにとなる。

男のまなざしの相対的な道徳性と共感との関係という問題は、いったん括弧で括るとして、はたして共感そのもの――どこかしら他人の身になる経験がもたらすもうひとつの別の結果を前にして結ぶ関係――は根本的に道徳に反するのかという問いは、正当なものだろう。しかし今のところは、この問いには答えずにおこう。後半の章で提示される材料を通じて、この問いは再び出てくるはずだ。のぞき見とは、一見したところでは見つからずに見る行為のことであるなら、この物語ののぞき見の対象が、「[……]完全に［男に］気づかずにいることで、男には当然見られたいという欲求がわいた」という事実はどうすればよいのか。そして読者として、男の目を通して場面を解読しているのだから、また「当然」、私たちが男の欲望と知りたいという欲望の共犯者になるという事実は、どう扱えばよいのか。「その姿を見るなり［……］人生のうち、心の最深部にふれる［secrets］瞬間にいるこのひとを、それとしらず［sans l'avoir voulu］不意打ちしたのだということ［……］を理解した。」驚いたのは娘のほうだと推測されるが、しかしそのつもりがなくやった主体は、ここでは、泥棒のほう、いわゆる強姦者のほうである。私たちは男のサディズムをとがめるが、その男はするつもりのなかったことをやったと分かっているのだ。サディストがすることはすべて故意である。この目撃者に故意はない。言い換えれば、理解はするが、知るにはいたらないのだ。自分は「娘のドラマが、山場を迎えるありのままの姿を明かされたのだ」ということを理解するようになるが、またその瞬間に「このドラマには、ほとんど言葉にされないものが、言葉にされたものに対してもつ、あの優位性があった」ことも理解する。これによって、他の人が経験したトラウマに対して、それを表現する言葉が惨めなほど足りないのを目撃するとき、私たちは思いやりを抱くのだと、デュラスが言っているように、私は思う。単なる哲学的言説以上に、この節でデュラスが書いたことは、読者の想像力を活力源にした理性に提示された、倫理の確信である。この瞬間、男の道徳的な手段が前面へと呼び出される。なぜなら、この娘に対する男の欲望は、工事現場を目の前にした痙攣をのりこえる手助けをしたいという欲望と分かちがたいものであることをついに男は理解するからだ。そして今度は、工事現場をみると娘をむしばむものを知っていると感じようとする私たちの意志は——そう、知への意志のようなものだ——男のそれとともに、大きくなる。

## 「アリエ氏の工事現場」、テオドラ・プロジェクト

一九五四年の短編集『木立の中の日々』のしんがりとして出版された「工事現場」のなかに、若い娘が思い浮

かべるのがナチスの絶滅収容所だと確定できるものは、実際のところ何もない。デュラスが「工事現場」を準備するにあたって役立てたと絶対の確信をもって断言できる草稿もない。しかし残された資料のうちに、「アリエ氏の工事現場 Les Chantiers de Monsieur Arié」と題された非常に謎めいたタイプ原稿がある。書かれた年代を特定することは難しいが、「工事現場」の出版よりも後である可能性が高い(38)。この小品が「工事現場」を準備するための下書きのような役割を果したという可能性は排除しきれないものの、文体の特徴から、物語の筋書きを後から詩に変形したものだと考えざるを得ない。一九四七年にはじまった、「テオドラ」プロジェクトに新しい命を吹き込もうとするデュラスの試みのひとつであるらしい。ともあれ「工事現場」を徹底的に解釈するために重要なのは、「アリエ氏の工事現場」では、物語の男が推測するにとどまった女の経験が、詩としてあたう限り、明言されているということだ。

あなたが私にそれを告げるときのあなたの顔の動かぬ激しさ
「死の工事現場が私を恐怖で満たす」と
(Duras, *OC I*, 1129)

ここでデュラスは「死」という言葉を若い女の口の端にのぼらせただけではなく、死の工事現場 chantiers de la mort という、ナチスの Vernichtungslager、すなわち絶滅収容所をあらわすメタファーとして、二〇世紀半ばにはフランス語で慣用されるようになった表現を語らせているのだ。「アリエ氏の工事現場」はかくして「工事現場」の謎を解く。「工事現場」が舞台にかけているのは、たしかに恐怖の記憶を克服しようとする女の芝居なのだ。実際におこった恐怖、現実に経験した恐怖を。芝居を舞台にかけるが、ただし二重に距離をおいている。まずは——第一の距離——思い出す人物の隔たりで、その記憶はあまりに鮮やかで、記憶が現在時の意識を抑え込み、とってかわってしまいかねない。もうひとつの距離は、(筋書きがあるとして)この寓話の筋書きを動かすというのがその主要な役割である。この隔たりとは、これが恐怖の記憶を——恐怖の予感ではなく、事後に感じる戦慄の記憶を——克服しようとしている女性の芝居であるということを自分が見ている（そして、そんな風にして理解している）と想像する男である。女が残存する恐怖を克服することに成功するとしたら、それは、デュラスが提案する解決法によると、それは死の収容所に、あの「死の工事現場」における女の経験に魅せられた男の、のぞき魔としての企みのおかげということになる。

「アリエ氏の工事現場」を念頭におきつつ、その執筆時期を推測する——それが私たちにできる精一杯なのである——にあたっては、いまいちど「テオドラ」に立ち戻るのがよかろう。一九四七年に書き始めて以降、マルグリット・デュラスは、何度かこの小説をよみがえらせ、もう明らかにこの物語にとりつかれ、書き直すが、最後には「出版不可能」とみなすに至り、棚上げにされたあげく、執筆開始から五〇年後にデュラスが亡くなったときには、未完のままに残された。途中でつけられた題名のひとつは「テオドラ・カッツ」という[39]。物語の舞台装置と登場人物は、時がたつにつれて、ユダヤ性をあらわにし、そのうちの幾人かはショアの生存者で、さまざまなデュラスの作品、とりわけ『破壊しに、と彼女は言う』と『ヤン・アンドレア・シュタイナー』の核を構成することになる。けれども「テオドラ」の原本はどうみても「工事現場」である。「完結し得ない」「テオドラ」が、非常にゆっくりとしかし確固として「テオドラ・カッツ」に発展していくことから、「工事現場」の若い女性が何に心を乱され、女性に共感をいだく一方で不穏な目撃者が、何に魅せられるのかという問いに関して、私たちが推論した解釈を補強することができる。

## 想像のアウシュヴィッツ、想像の広島

若い女性がヨーロッパのユダヤ人を破壊しようとしたナチスの企みを生き延びた人であると証明するものは、

「工事現場」には一切ない。ショアの生存者の身体にあるなにものも――前腕の入れ墨さえ――必ずしも女がショアを生き延びたということを示すものではない。男が目で見て点検したかぎりでは、アウシュヴィッツと呼ばれる場所が、ナチスによって人間を絶滅させる工場として使われていたときに、女がそこにいたと結びつける身体的なしるしは何もない。八月六日の広島を生き延びたということは、別の場所にいたということだ。アウシュヴィッツを生き延びたということは、あたかも（als ob）別の場所にいたということになる。想像の広島だけが、『ヒロシマ・モナムール』の登場人物を、お互いに融合へと向かわせる。想像のアウシュヴィッツだけが、「工事現場」の登場人物をお互いへと向かわせうる。うちたてられるのは――物語中の工事現場にではなく、直接そして間接の観測という基礎のうえに――二人の登場人物の間にあるお互いを思いやる関係である。複数の個人が分かち合う、倫理という建築物なのだ。

## 従順な身体、共犯関係にある身体

これが用地のもたらすひとつの結果――すなわちアウシュヴィッツにいたことのない人にとっては別様である空間――であるのだから、衝撃を経験した他者の身体のうえに、何が私に見えるのかという問題は、フーコーの「従順な身体[40]」というレンズを通して少なくとも考えるべきである。ある主体の身体が、特殊な様態と場所におかれた結果として、従順にされる。それどころか、従順さは、この身体の持ち主が主体として構成されるために、不可欠なのである。「訓練をほどこす権力の微細な営みのおかげで、［……］身体は『従順な身体』となる」とエドワード・S・ケーシーは一九九七年の著作で述べ、『監獄の誕生』〔田村俶訳、新潮社、一九七七年〕におけるフーコーの理論を簡潔に言い換え「用地においてのみ、用地の結果としてのみ存在する身体」（Casey, 184）と記す。ケーシーは同じ著作の別の場所の脚注で、この点を補強し、フーコーの理論をメルロ゠ポンティ〔一九〇八～六一年。フランスの哲学者〕までさかのぼってたどる。『知覚の現象学』〔竹内芳郎ほか訳、みすず書房、一九六七年〕によると「画一的に受け身で『従順な』身体は、他者の力ある視線を内面化して刻み［……］こうした身体がなんとなれば享受できたはずの内緒事や親密さは奪われる」（Casey, n. 215, 441）。これはいうまでもなく、私が他者のまなざしをうけとる様態に関する、『存在と無』〔松浪信三郎訳、人文書院、一九五八年〕のサルトルの分析から導きだされる結論でもある。マルグリット・デュラスは、女性主人公を恐怖でとらえる工事現場と相手役の男性の執拗なまなざしの間において、女性はこの「従順な身体」の見本になりそうなものだが、正反対のことが起こる。いよいよ娘が男を認めるなり、物語の限られた時間のなかで男を視界から放すことはなく、娘は反対に、男を自分の用地の経験に服従した、従順で共犯関係にある主体にしてしまうのだから。

## 住居ならざる用地

ガストン・バシュラール〔一八八四〜一九六二年。フランスの哲学者〕によれば、何より想像力をくすぐり、刺激する空間は、私たちが住み込む建築の面で区切られた空間――「私が家とよぶ空間」である。バシュラールは『空間の詩学』〔岩村行雄訳、思潮社、一九六九年〕で私たちを探検へと誘う。はじまりは家で、もっとも秘められた両極――地下室と屋根裏部屋――を通り、異なる種類の奥まった小部屋や隅っこをぬけ、最後は「くつろげる無限」という不思議なパラドックスで終わる。快適な場所であり、完全であり安全であるという幻想で安心させてくれる。こうした場所はケーシーが提示する以下の公理の例であり、場所について最初に考察した西洋の思想家たちが示唆し、その後バシュラールとマルティン・ハイデガーが再確認した。「アルキタスもアリストテレスも、場所は空間に先行すると表明し、そして現代に近いところでは、バシュラールとハイデガーがおなじ確信をあらためて得た。この思想家たちは四人とも、私がアルキタスの公理と呼ぶものに同意する。『場所は万物のはじまりである』」（Bachelard, 2009 : 319）。

しかしマルグリット・デュラスの豊かな例が示すとおり、居心地という意味では、用地は場所ではない。したがって、まさに住居のような根幹となる場所において、空間に対する感受性を発達させる経験を通じて、場所と空間を境にする、個々の身体という語彙を作り出す経験を通じて、私たちはそれぞれ、共通の場としてある空間を「読み」、分析し、解釈すると言いたいのであるが、こうした他所にある、他なる用地、空間は、私たちが住みたいと思うことの決してない場所なのである。私の身体を位置づける、こうした語彙のうち、空間化というのは、以下のようなものだ。場は「はじまり」であり、空間はここにあるが、用地はあちらに、もしくは向こう側にあるのだ。それどころか、他の住人と倫理上の合意にこぎつけるべく、私たちの想像力を自由に行使するには、居住に適していてはいけない場所があるのだから。

## 想像力によって身をおく場

原子爆弾投下から一四年を経た広島を背景にして、かつ広島を通じて、工事現場にも似た墓地拡張計画を背景にして、かつその墓地拡張計画を通じて、マルグリット・デュラスの想像から生まれた二組の登場人物は、他所にある、別様である空間を思い出すのである。一方では一九四五年八月の広島を、もう一方では第三帝国下のアウシュヴィッツを。[41] 戦慄の空間が、時機を逸した場所で、心によみがえり、思い起こされる。こうした対を構成する人たちが、自分たちは実際に、そこにそのときいるのではなく、ここにいまいるのだと、戦慄の空間との間に想像力という緩衝材があるところにいるのだと、同時に悟るとき、二組の構成が恋人の対へと展開しはじめる。

アニタ・バロウの英訳のうち、最初に変えようと決めたのは、題名の実体である。建設現場（building site）は、工事現場（construction site）とは違う。この点についても、やはりケーシーの説明が、極めて大きな助けになる。

建設は［……］前もって与えられた場——「建設現場」——を居住の場へと変容させる。この建設というものは、建築物のまだないなにがしかの場に見いだされる、居住可能性を特定するだけではない。この可能性そのものを、工事という活動において実現し、さらに所与の建物のミクロ的特徴およびマクロ的特徴に力を注ぐことによって、この可能性を新たな領域へとつれていくのである。（Casey, 2009 : 175）

工事現場は、行く先に住まいを約束することはせず、マルグリット・デュラスが思い描いた通り、安全な距離を保ったまま欲望する二人かそれ以上の主体の想像力をくすぐる。「そこ」をそこにおいたままにすることによってこそ、私たちが共有する生への渇望はここに共住することができ、「工事という活動」が建物という約束なしに、登場人物‐主体による倫理の建築が、建築物という約束なしに、進んでいくのである。

かくして工事現場は、別様である空間というカテゴリーのひとつを形成する。別様である空間は、いま・ここという倫理の地平が一点へとむかうのに資する、豊かな実りをもたらすものだ。壮大な自然が、ひとつの主体のうちにしびれるような畏敬の念をじわじわと行きわたらせるように、工事現場は離れたところから、想像力という力が重ね合わさったおかげで、複数の主体のうちに実存上の交流を生むことができるのだ。それは崇高の経験というカントの寓話のなかで、想像力によって理性が復活するのと、ちょうど同じだ。そこに関わっている人びとは、想像力によってのみ、その空間に身を置くのである。心を奪うものは、約束された恐怖の実現、すなわち生ける死である。この空間を、「ユートピア」とも「ディストピア」とも呼ぶことはできない。なぜなら想像力という手段によって「のみ」、人がそこに身を置き、関わるのだとしても、この空間は、それでも目の間に現象する世界に、いま存在しているのだから。あるいは、デュラスの作品は現実におこった歴史的事件を参照することが多いが、そのようにこの空間は、存在したのだ。ただし想像力によってこの空間に身を置くことに失敗するとは、私たちが生来もつ倫理的衝動の本領を発揮し損ねるということになろう。実現可能であろうが、すでに実現していようが、ユートピアはどこにもない場所というその語源が暗示するとおり、この工事現場には入る余地がないのである。

# 第二章　共感とカントの崇高

岸辺より安寧に眺めることの愉しきかな
うねり進む船を、耳にするは猛り狂う嵐
他人の苦痛が我らの喜びにあらず
己が苦痛を感ぜぬゆえに愉しき眺めとなる
——ルクレティウス『事物の本性についてⅡ』(ジョン・ドライデン英訳)

デイヴ2はキャロルの前腕からその大きな手をどかし、自分の心臓のあたりにおいた。くぼみだらけの広い顎、しわしわになった頬と悲しげな顔がみせる表情は、明らかに同情、あるいは共感まで示そうというつもりであった……そう共感だ、キャロルが歯牙にもかけないデイヴ2は、続けてこう言ったのだ。「君の痛みがわかるよ、キャロル。君と同じように感じたことがあるんだ——愛していると思った人の運命に、完全に無関心になる。完全に無関心に。」

——ウィル・セルフ『コック&ブル』

## 日常のなかの別異の空間

ガートルード・スタイン〔一八七四～一九四六年。アメリカの作家、詩人〕の言葉のうち、「バラはバラでありバラであり a rose is a rose is a rose〔……〕」に次いで有名なのが「そこにはあそこがない There is no there there」である。スタインはオークランドについて話しているのだが、彼の地で育ったことをずっと後悔していた。少女のころ、スタインが恋い焦がれた、この絶対的なまったき「あそこ there」というのが、フェリーで半時ほどいった先にある、サンフランシスコであるらしいことは、推測するに難くない。もちろんスタインは後年、まったく別の場所に、パリに落ち着く――真に「おもしろい」場所、いや、オークランドに対するスタインの嫌みに即していえば、街の核とは言わずとも、中心に「あそこ」がある場所である。

スタインが繰り返してつかう「あそこ」が、サンフランシスコを建設するために、オーク林が取り去られたオークランドという場から距離のある「あそこ」が、どれほど機知にあふれているように見えようが、スタインは間違っている。オークランドと呼ばれて、サンフランシスコ湾東岸に位置するこの都市は、世界中の他のあらゆる場所と同じく、常に自分たちが住まうところであり、その自分たちは――先住民族のオローニ族であれ、大恐慌時代にオクラホマからカリフォルニアに移住した農民たちであれ、黒人であれ――ほかの自分と同時に並んでおり、ともに別様である空間に気づくのである。ときに我を忘れてしまう人間生来の性向と、ことが起きれば他人の身になって考える傾向は、オークランドにさえあてはまるのである。たとえばサンアンドレアス断層の真上にあるこの都市で、大きな地震がある度に、誰もがたちまち恐れ、恐怖に茫然自失するのだが、少し間をおけば、私たちのうちほとんどの人は生き延びるだろうこと、破壊によってどれほど形が変わろうとも、私たちはあの「あそこ」に住み続けるだろうということを悟るのだ。生き延びた私たちは、誇らかにオークランドの「あそこ」を取り囲む。滅んだ人びとをたたえるためだけではなく、私たちと同じく、死んだかもしれない兄弟姉妹たちを気遣うためでもある。他者への気遣い、自分自身以外のあの個人個人への気遣いが、恐怖のうちに茫然自失したあと、自分はどうやら生き延びられるらしいと勘づく、そのわずかの間に――オークランドでさえ――うまれる。カントの「崇高の分析」というレンズを通して、デュラスに戻ろうというわけだが、読者諸氏におかれてはご注意あれかし、ガートルード・スタイン――あの扱いにくいオークランド人――についても、話が終わったわけではなく、別様である空間に対する、スタインの鈍感さがもたらすものについてもまだ語らねばならない。

前章で説明した通り、「別様である空間 spaces otherwise」とは、ミシェル・フーコーがチュニジアで一九六八年におこなった講演の題名となったものを、そして講演中に「ヘテロトピア hétérotopie」もしくは、字面だけは単純な言葉を使って「別異の空間 des espaces autres」と呼んだものを、私が英語で表現するときに選んだ言い方だ。奇妙なことに、いまでは有名になったこの講演は明らかに、ヘテロトピアの明確な定義を避けている。その代わりにフーコーは「私たちが住む空間が」「自己から私たちをひきずりだす」のみならず、「私たちを引き裂きむしばむ」さまを描写し、そうしてそこにいることなく、「別異の空間」は私たちにとりつき、浸食するのであるから、家庭が具えた快適さは幻想であるという、いささか心を乱す筋書きを素描してみせるのだ（Foucault, *DE I*, 1573-4 ; 4）。ヘテロトピアは、したがって「私たちが住む空間を問いにふす、架空であると同時に現実にあるものの一種」である（1575 ; 4）。フーコーによる「外部空間」の説明によって──「別異の空間」は外部空間の一部を構成するのだが──日常の存在が装う静けさのうちで起こる闘争が、否応なしにひきおこす流血が明らかになり、異常性が必然的に正常性を「汚染」する法則が暴かれる。これについては検討が必要である。「工事現場」の登場人物たちの関係、そして一見したところ、家から、ここから、別様である空間にいたる、私たちの関係に似て、別様である空間とのあいだには裂け目があって、私たちは隔てられ守られていると信じているのだが、実際には別様である空間は私たちにぴったりとくっついている。墓地──「別異の空間」の典型であり、次章の主題となる──の事例によって、この考察をこの先で進めることとする。本章では最初に、別様である空間に直面したとき、私たちのうちに起こる作用を調べることからはじめる。

## 崇高の経験と共感

『トポグラフィー』と題した、場所に関する二〇〇六年の一連の考察において、哲学者ジョン・サリス〔一九三八年〜〕は次のように書いた。サリスの言うところの「崇高の謎」とは、「崇高な自然は、凌駕すると同時に、それに遭遇する人間に凌駕され、そしてこの凌駕し、凌駕されるという二重性は、遭遇そのものに具わる」(Sallis, 39)。一八世紀ヨーロッパを通じて了解された意味で、そして二〇世紀にふたたび崇高を追究する思想家たちがとりあげた意味で、「崇高な自然」というものの例に地震がなりえるのは、地震のあとの生存に備える余剰が、恐ろしい空間との一定の距離の問題であるだけでなく、時間の問題でもあるからだ。破壊によって粉々にされた理性を、想像力が取り戻し、ほんの少し前に、自分がその立場であったかもしれない他者に思いをはせる時間が、すなわち生存という時間の余剰なのである。再びつながりたいという生々しい欲求から、共感がうまれ出る時間だ。自分がその立場であったかもしれないあの他者とは、原理上、すべての他者にあてはまる。初めてこれを、そしておそらくは誰よりもうまく描き出したのがカントだ。強烈な畏怖を感じた主体は、ただちに正気をとりもどそうと懸命に努める。正気をとりもどすために、主体は自己の外に——正確には自己の傍らに——戻り、自分のような他の誰かを見つけようと試みるのだ。

カントの第三批判——『判断力批判』[1]——は、「工事現場」においてうごめく欲望のエコノミーを照らし出す、有益な手がかりを与えてくれるばかりか、「工事現場」の謎は、倫理哲学の領域に密接な関係があると考えるきっかけともなる。崇高の経験が起こるのは、カントによれば、自然がうみだす何らかの光景を前にしたときであり、それは見る者にとって脅威と感じられるものだ。しかしそれを感知する主体は、その現象から安全な距離を隔てたところに自分がいることを、たいがい素早く悟り、落ち着き、ある種の快感を経験し(「己が苦痛を感ぜぬがゆえに愉しき眺めとなる」とルクレティウスが述べる通り)、最初に抱いた警戒心から理にかなった結論を導き出す。最初は恐怖にとらわれていた主体が、現実のいかなる危険からも距離によって守られていると悟るのだ。安心し、落ち着き、精神も心も「元のように」立て直す。平静をとりもどし、あるいはジャン゠フランソワ・リオタールによる「崇高の分析論」による詳細な読解をかみ砕いていえば、想像力が最初の恐怖を凌駕することによって、悟性が自らを抑制し、自らを手中に収め、力をつけた理性と進んでいくことができるようになる。[2]

以上の考察のなかで肝要なのが、他者に対する謙虚さと敬意である。崇高の経験には普遍性があり、その特性が他者を結びつけていくことから、ハンナ・アーレントはカントがもっと長生きしたら、『第三批判』のこの箇所にこだまする倫理をもとに、「政治判断力批判」を書き上げただろうと推測する。[3]

美の経験は、カントが記す通り、「対象の形」にまつわるものだが、崇高はそれとは異なり「無形の対象に見いだされる an einem formlosen Gegenstande zu finden」のであり、対象において、別の言葉で言うなら、対象という契機あるいは対象との出会いによって、「無限 Unbegrenzentheit」が表象されるが、しかしその全体性もまた思考に供される」(Kant, §23, 82．強調はカントによる)。「崇高の分析論」のさらに先で、カントは崇高の感情をかきたてるものにすべからく内在する、無形という性質にたちもどる。「しかし自然における崇高［……］ははっきりと無形もしくは形を欠いたもの als formlos oder ungestalt、それでいて純粋な満足をもたらすものと考えられる」。そしてカントは最後に――美的判断に与えようとする倫理的なひろがりの誘い水として――崇高は「所与の表象における主観的合目的性をあらわにすることがある」と付言する (Kant, §30, 121)。デュラスの寓話のどこにも、あれほど若い娘をひきつけた工事現場が具体的にはどういった種類のものなのかが書かれておらず、さらに「もの」という言葉が、語り手の叙述のあちこちに使われ、物体や感情や出来事、さらには工事現場がともかくも触媒となってうまれる気づきまで、一緒くたに表わす言葉に取って代わるのであるから、組み上がりつつある欲望の核には、(決定不可能性は言うにおよばず) 形のなさがみてとれる。Formlögskeit――限界のなさ、あるいは文字通り形のなさ――は『判断力批判』において、崇高の経験をひきおこす知覚上の出来事にとっては、鍵となる特徴である。

カントの記述によると、崇高の経験と美の経験との違いはさらに、美の経験が「生命力が高揚する感覚を常に直接ともなう」のに対し、崇高の経験から得られる快楽は何であれ、ぎりぎりのところで、間接的に、通時的に進展するなかでうまれる――この進展には、その遅延時間がどれだけ長かろうと、短かろうと、時間がかかる、という点にある。まず、主体は「生命力が突如として遮断され、すぐにまたいっそう大きな生命力のほとばしる感覚」を味わう（ibid.）。この二つに分かれた動きは、「工事現場」と共鳴する。娘の恐怖は「動物としての活力がこのうえなく拡張されたもの」と描写され、かたや男の方では、曰く言いがたい光景に、恍惚を経験するのである。二人の登場人物の間で、共同体をうみ育てながら、工事現場によって男は娘の衝撃と畏怖の経験を、わがことのように経験し、最後には娘の回復を分かち合う[4]。恐怖が、共感を芽吹かせるのだと、デュラスは私たちに教えているようだ。恐怖に由来しつつも、共感は消え去った驚愕という肥沃な土地のうえで育っていく。矛盾を抱えた形のまま、想像力に支えられた理性というエコノミーがもたらす帰結として、崇高による苦悶のなかで知覚した対象に、引きつけられれかと思えば、拒絶されることになる。カントはこうして得た快楽を、「消極的快」と名づける。

## ロベール・アンテルム生還の経緯

デュラスが死に物狂いで――ゲシュタポの手先を誘惑するほど――夫ロベール・アンテルムを、死に追いやられる前にナチの収容所群島から解放しようとした姿を、私たちは知っている。この事情が知れるのは、（とりわけ）『苦悩』のなかでデュラスがそう語るのみならず、アンテルム本人をふくむ複数の証人がこの話を裏づけるからだ。さらにデュラスに看護されながら、サン＝ブノワ通りのアパルトマンで、アンテルムが回復していく過程、かいがいしい食事の世話、黒い排泄物をはきだすばかりの身体の洗浄、デュラスが我を忘れ、共感をひろげる様子の痛ましい詳細もまた、伝わっている。『苦悩』が語らなかったのは、アルプスのホテルに夫妻が逗留したことだ。このホテルは、収容所生存者が大挙して帰国したあと何カ月にもわたって、他の何百カ所という施設と同じく、保養所に転用されたものだった。パリから距離があるばかりでなく、デュラスの物語の舞台としてはお馴染みの海辺や川辺からも遠く離れて、お腹の子供の法律上の父親にしないように、やがて離婚することになる男の世話を続けながら、マルグリット・デュラスは「工事現場」を思いつく――主要登場人物をうちのめす無人地帯をめぐる寓話だ。本章ではカントの崇高概念を用いて、この物語の探究をすすめる。

以下は、一九四五年四月の終わりにダッハウの強制収容所で、ロベール・アンテルムの生存を土壇場で決定づけた一連の出来事について、さらに、苦しみも喜びもあった一九四五年の帰国に続く日々に、デュラスが言うところのかいがいしい世話をうけて、アンテルムが回復していく過程について、デュラスの子どもの父親であるディオニス・マスコロが回想したものだ。

どれくらいの間、小屋の間の小道をあてもなく、顔をじろじろと見、口がきける人には質問をして、歩いたかしれない。天気はよかった。元気のある人は小さな集団になって立っていたり、そぞろ歩いたりしていた。その他の全員――収容所人口のほぼ総数――は地面に並んで横たわり、小屋の壁とは直角に、真ん中だけ空けて、道の両側にずらっと整列していた。私の名前をいう声が右側から聞こえ、近づき、身をかがめ――ごく間近で、私の関心をくぎづけにするまなざしの下、唇が言葉を形作るのを見つめていると――私の名前がふたたび聞こえた。上の前歯のすきまで、ロベールだとわかった。

(Mascolo, 48. 英訳は著者による)

収容所で瀕死のロベール・アンテルムを発見した、というよりむしろ、衰えきったアンテルムが自分を見つけるよう合図したという、痛々しいほど鮮やかな記憶である。針のように細くなった男を、死者と瀕死の人びとの積み藁から見つけたのはマスコロであるという確証はしかし、マルグリット・デュラスからは得られない。デュラスは『苦悩』のなかで、命の瀬戸際にあったアンテルムをそれとみとめる、まさに同じ出来事を、戦争最後の時期にかかわる記憶をたどって次のように語る。

フランソワ・モルランとロダンは、リケ神父が組織した任務に加わっていた。ふたりはダッハウに赴き、そこでロベール・Lを見つけたのである。収容所の立ち入り禁止区域に入ったが、そこには死者と回復の見込みのない者たちが置かれていた。そしてそこで後者のうちの一人が、はっきりと「フランソワ」という名前を口にしたのだった。「フランソワ」、それから男の目はふたたび閉じられた。ロダンとモルランは一時間かけてロベール・Lであると確認した。ロダンが歯を見て、そうと認めたのだった。

(Duras, 51. 英訳は著者による)

『苦悩』が伝えることのうちにも、いささか虚構の側面があるために、アンテルムがダッハウでかろうじて生きながらえているのを見つけたという話の、マスコロによる描写に矛盾があるとはいえないのではないか、という疑問を仮にぶつけられたとしても、当時「モルラン」という偽名で知られた、フランソワ・ミッテランの証言もあるのだ。ミッテランは、一九四五年の時点で、ディオニス・マスコロとマルグリット・デュラスが所属したレジスタンス組織の大物になっていた。同年三月、三つの異なる運動体が、戦争捕虜救出国民運動(Mouvement national des prisonniers de guerre et déportés)略してMNPGDに統合されたとき、やがて大統領となるミッテランは、この合体した組織の指導者となった。その立場で、ドゴール将軍の命をうけ、ルイス将軍に同行し、ダッハウがSSから解放された翌日、一九四五年四月三〇日に、収容所を訪れたのである。

『パリ六区デュパン街の郵便局』〔坂本佳子訳、未来社、二〇二〇年〕には一九八五年夏から八六年春にかけておこなわれたマルグリット・デュラスとフランソワ・ミッテランの対話が五編、収録されている。この本の編者(そしてミッテランの娘でもある)マザリーヌ・パンジョが、書名に選んだ対談は、一九八五年七月二四日にマルグリット・デュラスのアパルトマンで交わされた。サン゠ジェルマン゠デ゠プレ近く、ブノワ通り五番地にあるそのアパルトマンは伝説の場所である。ただしロベール・アンテルムとその妹のマリ＝ルイーズがゲシュタポに逮捕されたのは、別のアパルトマンで、こちらはセーヴル＝バビロン駅で通りが交差するあたりにほど近い、デュパン通り三番地にあり、地階は郵便局で、一九四〇年六月一日にドイツ軍情報部の本部がおかれた、ルテシアホテルの近所だった。

フランス大統領ミッテランが、一九八五年には広くその名を知られるようになっていた女流作家デュラスとおこなった対談の最初の主題は、恐怖という素朴な感情――La peur――だった。国の首脳と同じ立場で会話することに、畏怖を感じながらも、尊大な態度でデュラスは、話をすぐに「共通の友人であるロベール・A」にむける。一九八三年に重い脳卒中を患ったロベール・アンテルムの身体には麻痺がのこり、短期記憶に障害がでた。それにもかかわらず、アンテルムは最近ミッテランの訪問をうけたことを覚えていて、その訪問のあいだ、一九八一年の大統領選で大統領に選ばれたこの旧友が、レジスタンスでともに闘ったという、もっと長い年月に耐えた昔の思い出をよびおこしたのだった。アンテルムに敬意を表する言葉が述べられ、さらに『苦悩』をミッテランはもちろん読んでいたわけだが、それに関する論評につづき、アメリカ軍が収容所の門を開放した翌日、ダッハウに派遣されたことを、ミッテランは回想する。「［……］私はそこにいて、ダッハウ収容所の解放、SS将校たちの処刑――狂ったような光景――に立ち会い、収容所の内部へと進みましたが、そこには死者と瀕死の人たちがうち捨てられていました」。ダンテもかくやの言葉に、デュラスは合いの手をいれて、ミッテランをけしかけるのだが、「mouroir のようなもの」という、英語にはぼんやりと不十分にしか訳せない語のうちのひとつを使う。死に場所《ムルワール》とは、辞書が教えてくれる通り、人々が死にゆく場である。デュラスがそうしたように、この語が収容所を指す場合には、死に場所《ムルワール》は確実に辞書が教える意味ではなく、英語で「老人ホーム」とかつて呼ばれたものでもなければ、あるいは今日、「緩和」ケア病棟という、医学的に正しい婉曲語法でよばれる、死にゆく人々の看護に努力を傾注するものでも、あるいは同じく婉曲語法だが華美な言い方で、「たそがれホーム〔高齢者用住宅〕」と呼ばれるものでもない。ちがう――SSが管理した収容所は、漫然と人形《フィグーレン》に変容させられ、かくして

「人間」という語にともなう尊厳を剥ぎとられた主体が、事実上できるだけ早く死ぬように、計画された空間である。このように別様である空間で犯された犯罪を思い出そうとして、デュラスがみせるような努力は、一方で、死に場所《ムルワール》といった語に内在する倫理の二重の力を、希望が永遠に生きのこりつづけるように意図的に復元する。死に場所《ムルワール》を英語にしようとあえて造語するならば、次のようなものが妥当かもしれない。ダッハウは、アウシュヴィッツにつらなる収容所群島と同様に、死の場所であり、死のための場所——ネクロトピアだった。ミッテランは続ける。

そう、死者も、まだ死にいたっていないものたちも、一緒くたに放り込まれる空間です……それで私たちは収容所内のあちらからこちらへと渡り、さらに——特にことということはなく、あちらこちらで——人の身体をのりこえ……そうするうち、こうした身体のなかでも、とくに生気のないものの重なりから、声があがり、私の名を呼んだのです……まったく信じられなかった！　喜びの瞬間でしたが、そうなったのは後のことで、すぐにではありません。私にはそれが誰なのか、分からなかったのです……［……］

**デュラス**　そこでは誰が一緒にいたのでしょうか。

**ミッテラン**　ポワリエという名の若者と一緒だったはずです……それからビュジョーですね、共産主義の闘士だった。私はかがみました。誰が私の名を言ったのか分からなかったのです。私たちは探し、声の主を見つけましたが、誰なのかが分かりませんでした……

**デュラス**　そのひとはもう一度声を出さなかったのですか。

**ミッテラン**　出しました、出しました……さもなければどこにいるのかつきとめられなかったでしょう。誰だかわからなくて……誰だかわからなくて……ルイスに会いに行き、「収容者のひとりを、今夜のうちにパリに送り返さなければならない」と告げました。いい人たちで、いろんなことを相談し、話し合いました。

どうやって絶対の禁令をかいくぐるか——チフスが蔓延していたので、医師の診察をうけなければ、何人たりともその場を離れることができなかったのです。私はパリにもどり、そこでマスコロ、ベネ、それからボシャンと落ち合いました。収容所に入るのに私が使ったものと同じ、偽造書類（許可証の類い）を印刷所ででっちあげ、それを手に、ほとんど時を移さず、マスコロとボシャン自身がダッハウに乗り込みました[5]。

（Pingeot, 19-20. 英訳は著者による）

## 他者になる能力

これをもって、ディオニス・マスコロが偽りの物語を語ったと私たちは結論しなければならないのだろうか。そうではない。ガートルード・スタインが、フランス国立図書館の館長でゲシュタポのスパイだったベルナール・ファイ〔一八九三〜一九七八年〕と親友であり、オークランドには「あそこ」がないと、無茶をいうのとまったく同じだ。対独協力ともレジスタンスとも判別のつかないグレーゾーンは漠として、わからないことが多かった（いまでもそうだ[6]）。おなじく、歴史上のあの時期に広がる、倫理的グレーゾーンにいた他の人たちよりも、マスコロが不誠実であったというわけではない。アウシュヴィッツを生き延びた人が、トラウマを克服しようとする記憶の働きによって、事実の細部を間違って覚えていることがある。精神分析家であり、イエール大学のホロコースト・トラウマ・プロジェクトに協力したドリ・ラウブは、事実に歪曲があっても、それでもなお真実の証言と認められるという主張の根拠として、実体験から得た証拠を力強く示しつつ、「被害者の語りは〔……〕真にせまっているがゆえに、圧倒し注意をひきつけてやまない類いのものであるにもかかわらず、その場にはいない人のことを、まだ起こっていないことを証言する誰かの話から始まる」（Feldman and Laub, 157）と断言して憚らない。一九四五年の夏に、ロベール・アンテルムが、息つく間もなく、妻（デュラス）と妻の愛人（マスコロ）にナチの

**図5**　ディオニス・マスコロ，マルグリット・デュラス，ロベール・アンテルム，1943年。ジャン・マスコロ氏に掲載許可をいただいた。

虐殺を生き延びた自分の体験を語ったとき、ショア——ラウル・ヒルバーグは「ヨーロッパ・ユダヤ人の破壊」と名づけた——はまだ、この世代にとって乗り越えがたい出来事として存在してはいなかった。一方で、この三人（**図5**）はあまりに密に絡まりあっていたがゆえに、そのうちのひとりが生きた出来事を、共感を通じて経験しえたのだが、この三人の間に一九四五年に存在していたものは、それぞれのうちにある、他者になる能力であった。自我を忘れることはなく、我を忘れつつ。「トラウマに耳を傾ける者は、トラウマを与えた出来事に加わり、共有する。傾聴を通して、自らのうちでトラウマを部分的に経験するのだ」(Feldman and Laub, 57)。

その別様である空間に、その「あそこ」に足を踏み入れたことがなくとも、アウシュヴィッツにおける生存を「共有」し、それにあずかることになる過程を、ラウブは説明する。

> 六〇代後半の女性がアウシュヴィッツにおける自分の経験を語っている［……］。痩せていて、控えめで、ほとんどささやくように、主として自分自身に語りかけていた。主題である災厄の甚大さとは対照的に、女性の存在感はまったくと言っていいほど目をひくところがない。跡をほぼのこすことなく、軽やかに進む。アウシュヴィッツにおける反乱の目撃者として、記憶を語っている。突然、激しさと感情と活気が語りに注がれる。女性はすっかりそこに入り込んでいた。「突然、煙突四本に炎があがって爆発したのが見えまし

た。炎が空に燃え上がり、人びとが走っていました。信じられませんでした」。部屋は静まりかえり、頑として静まりかえったので、女性の言葉がわんわんと響き渡った［……］。

(Feldman and Laub, 59)

ロベール・アンテルムは、まさにこの非情なSSという殺人機械に痛めつけられたわけだが、アンテルムもまた同じく、何らかの突飛な主張を、ディオニス・マスコロとマルグリット・デュラスにしてみせたと想像するのも、十分にありえる話だ。アンテルムは、ガンデルスハイム、それからブーヘンヴァルト、そしてダッハウ——アンテルムがつぎつぎに押し込められた収容所——での事件を、とめどもなく語ったという。こうした生存者の証言を集める人の経験によれば、『人類』〔宇京頼三訳、未来社、一九九三年〕の著者で、畏敬の念の的であるアンテルムは、（事件のなかの事件であり、遡及的な［nachträglich］過程がそうであるように、事実が起こってから、徐々に歴史という形をとる）ショアにまつわる証言の真実味を増す何らかの主張をし、しかし同時にその主張は完全なものではなく、したがって歴史家による否定を免れないものであると、私たちは考えざるを得ない。ドリ・ラウブは続ける。

何カ月もしてから、歴史家、精神分析家、芸術家の集う会議で［……］この時代をよりよく理解するために、ビデオ録画された女性の証言が上映された。激しい議論が起きた。この証言は正確ではないと歴史家たちは主張した。煙突の数が事実と異なる。史実によれば、爆破された煙突は一本だけで、四本全部ではない。

(Feldman and Laub, 59)

さらにラウブは、ラウブ自身を含む精神分析家と、歴史上の正確さにこだわる歴史家との間に生じた齟齬を説明する。歴史家にとっては、疑いをかけてくる歴史修正主義者に対抗するために考え得る限り唯一の防御策が、正確さなのだった。女性の証言を、ショアという現実の価値ある証拠とするのみならず、ぎりぎりの生存についてなにがしかを私たちに伝えるという点において、計り知れない価値をもつものと弁明しながら、ラウブは繰り返し、フレームという図形を引き合いにだす——空間を囲むフレームと、そのフレームを取り外す能力を。信じがたく、事実、語られた通りそのままに起きたのではない何かを証言することによって、それでも女性は「まさにアウシュヴィッツというフレームから飛び出している」——考えられないとみなすフレーム、たとえば、「カナダ部隊」〔アウシュヴィッツ強制収容所の保管倉庫で労働した収容者たちのあだ名。「豊かな国」というイメージに重ねられた〕の反乱が実際にはあったのに、アウシュヴィッツではユダヤ人の反乱など起きたはずがないと考えるフレームである。自らの証言そのものによって、女性は、アウシュヴィッツという空間から飛び出すという想像しがたい行為を想像したのだと、ラウブは論点を特定する。「女性はただ単に、経験上の歴史的事実を証言したのではなくて、まさに生存の秘訣と、絶滅に対する抵抗の秘訣を証言したのである」(Feldman and Laub, 62)。

ディオニス・マスコロが故意に真実をねじ曲げたのでないとすれば、マスコロのゆがんだ証言の意味とは何だろうか。マスコロが生きているロベール・アンテルムを発見したときの衝撃的な記憶を、誰か他の、たとえばフランソワ・ミッテランのそれと混ぜ合わせる、もしくはひとつにしたのだとすると、マスコロとデュラスがアンテルムに対して抱く親愛の情ゆえに、ふたりが——共感の力によって——アンテルムの生き延びた、文字通りにしろ換喩にしろ、アウシュヴィッツという名のあの空間で犯された、口にできないほどおぞましい行為を、渾然一体となって想像するようになった様について、たくさんのことがわかる。ぽいと投げ捨てられた死体のなかから、アンテルムその人と、顔の特徴で——前歯の隙間で——自分がようやく見分けられたと、マスコロが信じるにいたったように、デュラスも、アンテルムの鮮やかな証言を通してのみ、ダッハウのことを知りえた。たとえその証言によってアンテルムが、真実とゆがめられた事実との間にある、あるいはゲーテが言うところの詩と真実 **Dichtung und Warheit** との間にある領域のどこに位置づけられようとも。デュラスはまた、一九四五年八月の広島という別様である空間にいたことはないが、それでも他者の経験を我が身におきたかのように感じる想像力のまったき力を使っておこなった、共感に基づく倫理における思考実験は、もっとも力強いもののうちに数えられる。この想像力は私たちにとって教訓となりうる。

## ディディ゠ユベルマン『受苦の時間の再モンタージュ』

なにがしかの「もの」あるいは一般的にものごとが具える曖昧さ、「自然」——語の根本的、総称的な意味での自然——のただなかにおかれた存在、突如として恐怖あるいは欲望あるいは喜びあるいは悲嘆あるいは歓喜に我を忘れること、同じ人類の別の誰かと合意を結ぶこと——「感情」という手段による心同士の出会い——、これらすべては「工事現場」という作品の顕著な特徴であり、本章でおこなうカントの「崇高の分析論」の本質的な用語との比較に実体をもたせるものだ。私たちはすでに第一章において、『ヒロシマ・モナムール』の女性のトラウマの底にある課題を探求してきたが、これをさらに進める必要があると同時に、本章では、カントの批判書の限りなく豊かな部分に、私たちの研究をそわせていこう。とはいえすでにあの（誤解も多いが）有名な文章の初手はおさらいした。今度はジョルジュ・ディディ゠ユベルマンが近年の著作で示した、歴史に証拠の残る経験というむきだしの例を通じて「崇高の分析論」を考え、そうした例のなかに「分析論」を読み込んでいこう。「崇高の経験」が意識における共感の展開に果たす役割の例は、ディディ゠ユベルマンの数々の論考にある。これらの論考は、「歴史の眼」という題された叢書として、一〇年にわたってミニュイ社から出版されてきた大部の著作のうちのひとつに収録されている。崇高の経験からいかにして共感がうまれるのかを示す例は、特にこうした研究のうちの二つにみられる。一つ目は、サミュエル・フラーがファルケナウのフロッセンビュルク強制収容所の解放時に撮影した映像を分析したものだ。二つ目はカタルーニャ人で収容されたアグスティ・センテーリエスが撮った、ブラム強制収容所の内部の写真にまつわるものだ。フラーとセンテーリエスによる作品によって、

**図6**　エドゥアール・ブバ「レラ」，『緑の眼』に採録（『カイエ・デュ・シネマ』312-13, 1980年6月）。

私たちの共通の場へと通じる路が開かれ、そしてここでもまた、マルグリット・デュラスがこの路をそれぞれ探索する方法に、理論としての勢いを与えてくれるのである。

『緑の眼《レ・ズュ・ヴェール》』という題は、その響きが見開かれた眼《レ・ズュ・ズヴェール》を暗示するが(7)、そこに収められた作品のうちのひとつで、デュラスの考察は、エドゥアール・ブバ〔一九二三～九九年。フランスの写真家〕が撮影したある写真をめぐる、次のような問いではじまる。「もしもブバの写真が見るように見るのだとしたら、目はそれに耐えられるのだろうか」。この問いの意味するところはこんなところだろう。ある人が、すさまじい光景に目を閉じるとしたら、その人はそれでもなおまぶたの裏に見たものに、圧倒されるのだろうか。それからデュラスは説明を続ける。子供を撮った写真が念頭にある。写真に撮られているということを急に悟り、恐怖と不安と根源的な驚きの間でひきさかれた〔partagés〕子供たち。「なんで私たちなの、他の人ではないの」、あるいは「なにか他のものよりも私たちなの」（Duras, *OC III*, 736）という驚きだ。

これ（**図6**）は一九四八年にブバが撮った人物写真である。デュラスがこの写真を挿入したのには戦略があり、『緑の眼』に挿入された他の一二枚ほどの写真もそうだ。ただしデュラスはこの写真を、ブバについて述べた文章に添えるのではなく、「廊下で座っている男」と「恐怖でつくられた人間1」と題された文章の間に入れた。前者においてデュラスは、まさに「廊下で座っているおとこ」と題した、一九八〇年に出版されたポルノ作品を、『ヒロシマ・モナムール』の脚本と平行して書いたと主張する。後者では、人類が平和を構築する可能性について、徹底して疑いを表明する。

「収容所を開放する、目を閉じる Ouvrir les camps, fermer les yeux」、あるいは、この言葉の下で明らかになる二つの意味を伝えるためには「[……]（人の）目を閉じる」と訳した方がよいかもしれないが、これはジョルジュ・ディディ゠ユベルマンの『受苦の時間の再モンタージュ』〔森元庸介・松井裕美訳、ありな書房、二〇一七年〕を構成する主要な二つのエッセイのうち、最初の一編の題名である。この著作の英訳は公式にはまだだが、『耐え忍ばれた時間を再考する』[8]とでも訳せようか。五六頁にわたる考察は、矜持と憤りとを語る。サミュエル・フラーが所属した、アメリカ第一歩兵部隊の男たちの矜持。ファルケナウ近郊の市民たちに、わずかながらでも敬意を払わせ、遺体の処理をさせた。憤り――自分たちの目と鼻の先で起きていたことに目をつぶってきた「立派な市民たち」に対する、男たちの憤り、フラーの憤りだ。

一方でナチスの卑劣さに兵士たちは憤り、ほとんどそれと同じくらい、近隣の街の住人たちの下劣さに対して憤りがあった――住民の半数は密告しあい、もう半分は何も知らないと言い張った。街の家屋からは、ほんの二、三メートルしか収容所は離れていないのに、ことに、周辺の空間には、たえがたい死の臭いが充満していたというのに。[9]

(Didi-Huberman, 2010 : 36)

私たちが憤ることををも、ディディ゠ユベルマンはおそらく期待している。というのも私たちがエミル・ヴァイス〔一九四七年～。フランスの映画監督〕によるフラーの映像のモンタージュを見たことがなくても、ディディ゠ユベルマンは自身の考察をみせて、私たちの想像力の目が、考えられないことが起きた空間に向かって、開くよう試みるのだ。

共感の複雑さを探究するこれらの研究において、ディディ＝ユベルマンは一貫して、フランス語で un état des lieux〔賃貸住宅の現況確認〕と呼ぶところのものをおこなう。すなわち状況を調べ、評価するのである。共感とイマヌエル・カントが描くような崇高の経験との融合を証明せんという、私の企ての前に、しばしこの表現について、そして映画ではサミュエル・フラーの、写真ではアグスティ・センテーリュスのドキュメンタリー作品を対象にした、ディディ＝ユベルマンの研究に特有なこの表現をどのように訳すことができるのかについては、考えてみるだけの価値がある。否応なく目をひくのが、フランス語では、調べられ評価される状況（dont on dresse un état des lieux）とは、隠喩であるにせよ、場所なのだ〔lieux は lieu の複数形で、「場所」を意味する〕。フロッセンビュルク強制収容所は、ファルケナウという、現在ではチェコ共和国ソコロフという名前になった場所（lieu）にあり、ブラム強制収容所は、今でもブラムと呼ばれフランスのラングドック地方にあるが、この場所は、今日、フラーの映像とセンテーリュスの写真を見つめる私たちのまなざし――ディディ＝ユベルマンの考察によって広げられたまなざし――には、目にうつるものに衝撃をうけた理性を救いだそうと介入する空間になった。「数学的崇高」と題された節で、はかりしれない大きさの空間とむきあうとき、想像力が理性の代わりを務めるとカントはいう。「空間の測定は同時に、空間の叙述であり、ゆえに想像力という営為における客観的な運動であり、進歩である」（Kant, 97）。ハンナ・アーレントならば膝をうったと思われる表現をカントはつづけ、これと同じ想像力による代替が、空間ではなく「統一された多様性」を捕捉するために、「時間的条件を廃し〔……〕同時的存在を直感的に表示する」（Kant, 97-8）と明言する。同胞である人間に対して、アメリカの第一歩兵部隊がフロッセンビュルク強制収容所を解放した時には、すでに手遅れになっていた人間に対してフラーが抱いた共感を、私たちが評価するには、あるいは辱められた仲間、まだ完全に手遅れとまではいかなかった仲間に、センテーリェスが抱いたにちがいない共感を、私たちが見抜くには、私たち傍観者は、このように距離で隔てられ、時間で「隔てられ」ていても、それでもなお、(10) いまその場所にそのときに自分がいるがごとく想像できるにちがいないのだ。別の言い方をしよう。場所という概念には、居心地のよさと暖かさと養われる安心感が多分に結びついていて、フロッセンビュルクあるいはブラムあるいはダッハウといった空間にはそぐわないし、そのカテゴリーにまで高められない。地名がついた場所のなかの空間であれ、場所におかれた空間であれ、空間は空間であったにすぎない。

## 死者の目を閉じる

ジョルジュ・ディディ゠ユベルマンが評価するとき、彼特有の現況確認《エタ・デ・リユー》をおこなうとき、何が問題になるのだろうか。言い換えれば、そこで（そしてそのとき）起きたものとして、何を描くのか。そして、いまここで、私たちが読み、そしてこうした評価をすり合わせるときに、何をなしとげようとするのか。『受苦の時間の再モンタージュ』に収められた主要な評論のうち、最初のものの題は正確には、「収容所を開き、眼を閉じること――イメージ、歴史、可読性」である。ここで使われている言葉が表現する企ては、三段階におよんで倫理的な厚みをかさねていく。最初の課題――収容所を解放すること――について、ディディ゠ユベルマンが着想を得たのは明らかに、プリーモ・レーヴィが出版した最初の証言である。「アウシュヴィッツに関する報告書」（一九四五～四六年）においてレーヴィが関与した部分は、『これが人間か』（一九四七年）の内容と語り口を強く予感させるが、そこにはディディ゠ユベルマンが「冷酷で、客観的で、簡潔で、資料にもとづいた現況確認《エタ・デ・リユー》」とみなすものがみられる。ジョージ・スティーヴンス〔一九〇四～七五年。アメリカの映画監督〕とE・R・ケロッグ〔一九〇五～七六年。アメリカの映画監督〕の映像にまとめられ、『ファルケナウ』という映画に挿入された、サミュエル・フラーによるドキュメンタリー映像に取り組み、レーヴィの例にならおうと、ディディ＝ユベルマンはまずあたう限り客観的かつ簡潔に、第一歩兵部隊の兵たちが、ファルケナウのフロッセンビュルク強制収容所を、指揮官のもとでどのように解放したのかを描写する。しかし、言葉による描写がどれほど「冷酷」に徹しようと、その場所で起きた事件の性質を私たちは予感し、そこから生まれる情念によって、ディディ＝ユベルマンの評価の初手は、端から倫理の地平へと方向づけられる。つづいて、題名の二節目〔眼を閉じること〕でした約束に肉を切り与えるべく、目（まぶた）を閉じるという動作を手がかりに、ディディ＝ユベルマンは――あたう限り冷酷に――、いたるところに横たわる死者の尊厳をわずかながらでも回復させるために、兵士が従事した、あるいは街の住民にそこに参加するよう促した、さまざまな行為を描写する。ディディ＝ユベルマンのファルケナウに対する評価の三段階のうち、この二段階目でしばし立ちどまり、マルグリット・デュラスが同一化することを自らの義務とした――義務感、敬意、倫理的責任から自己同一化した――目を閉じたあるいは見開いた女性たちを思い出すのもよいだろう。デュラス作品に通底しているが、とりわけ『緑の目』に、その熱情が窺える。偶然の機会をとらえて、デュラス（の作品には、いずれにせよ次章で立ち戻ることになるが）に戻ることができたが、それを別にしても、目を見開くこと、そして気をつけて警戒するために必要な条件を後押しすることが、ディディ＝ユベルマンによる現況確認《エタ・デ・リュー》の三段階目である。フラーの映像から作られたスティーヴンスとケロッグの映画が、ニュルンベルク裁判で「証言する」ために、そして加害者の目を開くために用いられたように、ディディ＝ユベルマンは、いま（そしてここで）同じことをするよう、私たちに求める。フロイトが父の死後にみた有名な夢の話の核には、「死者の目を閉じる／人の最期にたちあう die Augen zudrücken」と「片目を閉じる／見逃してやる ein Auge zudrücken」との間の、ごくわずかな、しかし決定的なずれがあるのだが、その夢について解説した後[11]、歴史家は、そして言わず語らずのうちに私たち読者は皆、想像のうえで、必要とあれば相手の身になって、「さっと死者の目を閉じ（収容所を解放する際の、ことに倫理的な動作）、死者の死に目を開き続け（六〇年を経た後には、ことに必要な知と警戒の行為）」（Didi-Huberman,

2010 : 66）なければいけないと、ディディ゠ユベルマンは述べる。（所有格の私たちの目に忍び込んでくるのは、ディディ゠ユベルマンであると、ついでに記しておく。）「一気に」——原文では「返す刀で dans le même geste」——同時ではなくとも、少なくとも何にせよ間を置かずにひとつづきの連鎖のなかで、たとえその動作の二つの部分が、実際の出来事から経た六十余年に隔てられていたとしても。

## 屈辱にさらされたものを見る

映像を読み、それによって恐怖の空間を、過去から、潜在的な倫理の担い手としての私たちの場所という、現在の地平に持ち込むようふたたび私たちを誘う、これはディディ゠ユベルマンが同著作の補遺Ⅰでも行なっていることだ。（自身が収容者だった）カタルーニャの芸術家、アグスティ・センテーリェスがブラム強制収容所でのこした、致命的な限界にある生命を写した写真資料は、「屈辱にさらされた者が、屈辱にさらされた者たちをみつめる」というのがどういうことなのかをのぞかせる、レンズとなる。「辱められた者が辱められた者をみつめるとき Quand l'humilié regarde l'humilié」というのが補遺Ⅰの題である。ディディ゠ユベルマンが「辱められた者 l'humilié」と呼び、私が「屈辱を受けた者 one humiliated」と翻訳した主体は、「単に、地に打ち倒された人ではなく、他人の長靴によって抑えつけられ、もはや自分のものとはいえない地面に釘付けにされた人である。屈辱とは固定を余儀なくされることだ。思考を実行不可能にし、人を沈黙させる。すべての紐帯を断ち切る。同胞を不倶戴天の敵にする。時間そのものに対しても致命的な一撃をくわえる。屈辱の底では、将来の見込みも計画もまた、がれきの山となるのだから」（Didi-Huberman, 2010 : 198）。要約すると（というのも、これらすべては同じひとつの現象が呈するあらゆる兆候であるからだが）、「屈辱をうけた者」とは、カントが「崇高の分析論」で描写するところの、崇高の経験の痙攣するような最初の瞬間における主体に似ている。ただし生命への脅威が、必要不可欠な安全な距離をとっておらず、屈辱をうける人の首にかけられた軍靴という形で、まさにここにあるという点が異なる。

仮に余儀なく辱めをうける状態が、崇高の最初の段階とすっかり同類であるとしても、それでも二つの要素があいまって、事態は複雑である。第一の要素とは、屈辱をうけた者がともに別様である空間にいる、別の屈辱をうけた者とむすぶ、完全に対等というわけではなく、それゆえにいくぶんゆがんだ関係である。第二の要素は（そしておそらくは第一の事情と無関係ではなく）、それでもなお写真家であり続ける、屈辱をうけた者が作り出した記録、私たちのような未来の読者のためにつくり出された記録との関係である。事態を複雑にする最初の要因について、ディディ＝ユベルマンが記すとおり、「屈辱をうけたある人は（……）別の［……］屈辱をうけた人と、まったく同じ経験と、同じ遺棄状態を共有する［partage］」（Didi-Huberman, 2010 : 200）というのは確かだが、しかしそれでも、プリーモ・レーヴィがヴェルコール〔一九〇二～九一年。フランスの作家、画家、ミニュイ社の創設者〕の『海の沈黙』〔『海の沈黙・星への歩み』河野与一・加藤周一訳、岩波書店、一九五一年〕を評して、「人が他人の立場におかれることはありえない」と断固とした調子で注意をうながすとき、私たちはプリーモ・レーヴィの言葉を、自分の経験がどれだけ他人の経験と等しく思えたとしても、自分が他人になりかわることはできないという意味に、理解すべきである。これがアウシュヴィッツで死んだ人たちとレーヴィとの関係を支える原則なのだ。そしてディディ＝ユベルマンもまた他人の身になったように感じ、同等になることに対する、このささやかながらも決定的に重要な警告の本質が何であるか、よく分かっている。その本質はある語――一度目は活用した動詞として、次は形容詞として二度発話される――にあり、上記の引用で私が略した部分に現れる。それは見るという言葉で、事態を複雑にする二つ目の要因をうきぼりにする。しかしその前に、この言葉が該当箇所に見つかるように、ディディ＝ユベルマンの文に戻したのがこちらである。「屈辱をうけた、見る人は、屈辱をうけた、見られる人と、同じ経験と同じ遺棄状態とを共有する L'humilié qui regarde partage avec l'humilié regardé la même expérience, la même déréliction」。この視線は、写真をとるという動作の主体によって、屈辱をうける同胞に向けられ、仲間を対象にする——二人ともが現に耐え忍んでいる遺棄状態の対象にするのではもちろんなく、どれほどその行為の底に共感があろうとも、視線をむけ、視線を記録するという客体化の行為の対象にするのである。したがって屈辱をうけた人は、屈辱をうけた同胞と同じく、カントが崇高における最初の瞬間の特徴として述べる、圧倒的な畏怖の状態にある一方で、それでも同時にやはり適度な距離[12]をとっており、その距離は崇高の経験の危機的な局面が解決へと向かう序曲となり、その準備をする。写真家である屈辱にさらされた者は、同時にその人自身であり、他者のうちにあるその人なのである。

## 共感における分かち合い《パルタージュ》

共感が働くこうした場面において、包摂的分離の論理を理解するのに必要な概念の核は、すでに本書で紹介する機会のあった、二つの力を強力に具えたあの分かち合い《パルタージュ》という語にある。一般的な語法においては、分かち合い《パルタージュ》が地政学上の分割を意味することがある。例えばインド、パレスチナ、ポーランドの分割がそうだ。しかし分かち合い《パルタージュ》は物体を共有すること、あるいは表現、コミュニケーション、交流のための何らかの手段を共有することをも意味する。たとえば写真、記憶装置、クラウド上のファイル、声である。写真家が、屈辱のうちにある同胞と、後者が視線を返すかぎりにおいて共有する、対象化するけれども共感のある視線は、今度は私たちがじっとそそぐ視線の根本に関わることになる。私たちの資料に対する視線、倫理上の遺産となり、そして受け継いでいくまなざしの継承に与する私たちの視線は、ひきさかれ辱められた主体の間でもともと共有されていたものを拡張し、カントが思いを馳せた、美的判断に基づく共同体へと望みをつなぐ。ブラム強制収容所の記録と「ファルケナウ」の映像が結び、うみだす二段階にわたる意義は、それが誕生する瞬間のイメージで出来ており、すなわち犠牲者であると同時に犠牲者でない目撃者と、あとに続く時点でのイメージ（すなわち記録）との間の距離なき距離だ。あとに続く時点で、私はイメージを読み、その距離なき距離という倫理を試されるエコノミーへと入っていくのである。

## 他者との適切な距離

他者との改善された関係のもとにある用地を、適度な距離の結果とみなすことは、これが適度な近さの結果であるというに等しい。エジプトのギザのピラミッドを訪ねる年季の入った旅人が、将来の訪問者に対してさだめた戒めを「崇高の分析論」に向けて理論化するカントを、[13] ここでもまた彷彿させつつ、ディディ゠ユベルマンは書く。「遠すぎると、人は見失う［……］近すぎると、人は見失う［……］。言い換えれば、イメージは弁証法の過程を経由してはじめて［qu'à être dialectisée］、読解可能になる」（Didi-Huberman, 2010 : 38）。弁証法と名のつくものはすべて、共通の場のそばを離れない。ディディ゠ユベルマンが言うところの、イメージを解読可能にする弁証法を理解するには、深さの知覚を可能にする、両眼視を想像するのが一番近道である。顔面にあれほど近くに並んでいても、二つの眼はそれぞれ、かすかに異なる視点から世界を観察する。次に脳がそのほぼ同一の――けれどもけっして完全に同一にはならない――視覚を算定し、三次元のイメージを脳にさしだす。こうした近い距離で、顔面の二つの眼のように、都合のよい空間となれば、複数の主体が自分の別個の個性は維持しつつも協力しあうのだが、この近い距離こそ、ヴァルター・ベンヤミンが『パサージュ論』の最も豊かで引用されることの一番多いくだりのなかで、イメージの「臨界点」と呼ぶものの核なのだ。ディディ゠ユベルマンが述べるイメージの読解可能性の公式は、ベンヤミンのこのくだりの言い換えである。イメージの臨界点に関してベンヤミンがくりだす初手を取り出してみると、次の通りだ。「［イメージが］可読性に達するのは、特定の時点［……］、イメージの内側で動きのある固有の臨界点においてのみである」。ベンヤミンの主要な関心は（ハイデガーのいう史実性をめぐって、それに対抗しつつ)、イメージの歴史索引、すなわち時間性にあるのだけれども、その臨界点がここでは運動の空間的な機能の面から表現される——この内なる運動をもっとも具体的にしめす例とは、まさに、両眼がみた成果にもとづく脳の計算ではないだろうか。それから数行あとで、ベンヤミンは、空間の機能も時間の機能も完全に具えたイメージそのものを描写するが、他方で私たちがイメージと結ぶ関係を可能にする条件があると断言する——すなわち可視性だ。「かつてあったものが、イメージにおいて、閃光のうちに、いまと出会い、ひとつの布置を形成する、イメージとはそのようなものである。別の言葉で言うならば、イメージは静止状態の弁証法である」(Benjamin, 462-3)。

この静止、あるいは弁証法の中断にいたって、私たちは再び、崇高の経験のはじまりを特徴づける衝撃と畏怖の瞬間にたちかえる。この瞬間においてこそ、「閃光といま」においてこそ、共感の機会が訪れる。しかし「人間が他の人間の心と命を洞察する、特有の能力を具え、他の人になるとはどのようなことなのかを理解する」(Zakaras, 504) 一方で、共感がもたらした近さを通じて得た身代わりの経験は、同じくらい簡単に、自己意識の完全な喪失の原因となり、倫理がもたらした薬を毒に変えてしまう。自然における崇高のイメージに対面して、適切な距離をとるように、「適切な共感をかなえること」は「とんでもない手柄である」と別の倫理学者が記す。したがって、他人の立場にたとうとする(代理の定義そのもの)、不適切な、共感にみせかけた(そして偽りの)企み、「野放しにいいようにされた[……]露骨な没入は、方向を誤り、害となる可能性すらある」(Carse, 173, 191)。

## 癒やす共感

これを解決するために、別の、とはいえこれまでに馴染み深くなった方法を頼るべく、マルグリット・デュラスの作品からひいた例をふたたび探究しよう。そうすれば、心の底の広がりに分かち合い《パルタージュ》の二つの力——私たちの間を切りさく接‐断《クリーヴ》、私たちを密着させ一つにする接‐断《クリーヴ》——を保つという成果をあげられるかもしれない。私たちはこの空間を共有しながらも、この空間をめぐって分断される。私たちはこの空間を共有し、そしてこの空間をめぐって分断される。個別化された身体と存在によって分断され、それでも私たちはやはり共通の場を共有する。『ヒロシマ・モナムール』について、また別の解釈方法のベクトルから考察しよう。文化的にも実存的にも正反対の地点から、映画に登場するあの日本人男性とフランス人女性——〈彼〉と〈彼女〉——は記憶に対して同じ義務を負っていることを暗黙のうちに認める。すなわち戦争と名づけられ、どこまでも常軌を逸した権力の形態が生んだ、時ならぬ死と異常なトラウマを、決して忘れないという義務である。『黒い太陽』（『黒い太陽——抑鬱とメランコリー』西川直子訳、せりか書房、一九九四年）のなかで、ジュリア・クリステヴァはこの忘却の拒否と、精神分析家がメランコリーと呼ぶものとをあえて同一視し、デュラス芸術の大量投与をうけて、読者が本当に精神的ダメージを被るかもしれないと警告する。[14] しかし広島の恋人たちがもたらす教訓はまた、あらゆる種類の集団が、その相違点ゆえに個人に与えた、あの別のトラウマを意識的に、意図的に希釈するものでもある。この身体に加えられた打撃について、『ヒロシマ・モナムール』のシナリオを通じて、「工事現場」がそうであったように（クリステヴァには御免被って）、生き延びることをとにもかくにも可能にするためには、絶対に記憶を薄れさせる必要があると認めよと、デュラスは私たちに命じるのである。

　自分の目の前でドイツ人の恋人が撃たれたというトラウマをさらに深めるのが、ヌヴェールの「素朴な」市民が大喜びで私刑に加わり、彼らの手によって頭を剃られるという、まったく屈辱的な罰である。この短い場面は、アラン・レネの映画では画面外の声で語られる——主題としては髪の抜け落ちる、被爆した広島市民の映像によって予示される——が、フランスの解放が進むにつれ、広く実行された、抜群に醜いけれども、抜群に象徴的な懲罰の場面である。この懲罰はまたデュラスが政治活動を展開するにあたって、決定的に重要であったとわかる。

女性蔑視に基づく、即席でくだされた処罰は、いくらかの時間的距離（時間と空間という二つの要素が奇しくも混ざった、しょっちゅう使われる隠喩）を経ると、世間が一度は認めた正当性のほとんどを失ってしまうのだが、その犠牲者のうちには売春婦、主婦、レイプの犠牲者、不正に利益を得た少数の人々、店員、そしてドイツ人男性に誘惑され、そそのかされ、魅せられた人たちがいたことが分かっている。これらの女性全員に共通しているのは——語のもっともありふれた意味で共通の場〔共通点〕は——未婚という立場であり、それにより、自らの雌雄を分けられた生物学的な身体をどうするのか、自由に決定できる、あるいはできると見なされていた。このさまざまな人たちがまざった集団のうちには、ヌヴェールの少女のように、ドイツ人男性の誰かと本当に恋に落ちた女性もいた。そして一人の女性が、社会的性がしるされた自らの存在の主人になる、あるいはなろうとする兆候をなんであれ示すことは、家父長制に対する許しがたい侮辱であり、ナチスとフランス人男性双方が軍靴の下に合意した秩序に対する違反行為であった。そして下劣な懲罰がくだされるのだ。

もしかしたら、広島という共通の場を、一九五九年に男がヌヴェール出身の女と共有しているというのが理由なのかもしれないが、確かなのは、デュラスが概念化し、文学の例を通じて私たちのうちに育もうとした、直感的な、理性を超えた知性を、広島出身の男がもちあわせているからこそ、「男の保護下で」フランス人の恋人が感情によって時間を前後させることに、治療法としての見込みがあると、男はたやすく見通すのである。この広島の男は、フランスの女と同じく、一九四五年八月六日には、広島から離れた安全な場所にいたのだが、精神科医の役につく。「患者」が、あの夏に殺された恋人のまったき喪に服し、それを完了することが仮にあるとしても、黒い太陽に立ち向かうためには、自分の共感にもとづいた支えが必要なのだと、映画が私たちの眼前で進める代数学にしたがって、男は推測する。循環論法すれすれの表現を使えば、十分に忘れ始めるためには十分に記憶していなければならない。時間の置き換え（一九四五年→一九五九年）は、空間の置き換え（一九五九年の広島→一九四五年のヌヴェール）によって補完され、補強されねばならず、空間の置き換えの根拠は、中間にある第三の置き換え――発話主体の置き換えにある。「あなたが地下にいるとき、私は死んでいるのか」（Duras, *OC II*, 53)。過去の恋人になりかわった現在の恋人は、滔々と言葉を吐き出す。さる劇評家の一九六三年の言によれば、デュラスの芸術は「沈黙の賛美と定義されてきた[15]」が、その作家が広島の男にあてて書いた言葉をとめどなく吐き出すのである。

## 饒舌と沈黙、追憶と忘却

マルグリット・デュラスは同意する。「私のダイアローグは沈黙だと思います。周りを囲む沈黙において、形をとるということです。沈黙に落ちるのです[16]」。しかしもしその通りだとするならば、饒舌と慎み――語り手の男による、果てしなくつづく推論と、ただただ無言の若い娘という、「工事現場」に浸透する二項である――この二つの間にある大きな矛盾は、どうやってトラウマと共感のエコノミーに関わるのだろうか。『ヒロシマ・モナムール』において、エロチシズムが露わに果たす役割について、そして一九五四年の「工事現場」において、恍惚がひそかに、暗にほのめかされるあり方について考えると、この謎は部分的には消えるかもしれない。汗にまみれ絡まりあう肉体が、画面からあふれだし、あえぎながら発せられる数少ない言葉――「あなたは私を殺す。あなたは私をいい気持ちにする **Tu me tues. Tu me fais du bien**」（Duras, *OC II*, 22 ; 25）――とともに、私たちの想像力が他人の身になりかわろうとする傾向をつのらせる。『ヒロシマ・モナムール』へと誘う、この有名な入祭文は、「葦原をぬけるとき、娘が小川の反対側に立ち、男が近づいてくるのをじっと見ているのがみえた」〔「工事現場」を締めくくる最後の一文〕にこめられた、解き放たれた快楽の可能性と比較できる――花々の交わりにまつわる毒々しい寓話的なスケッチの後にくる、物語を締めくくる平板といってもいい最後の言葉である。しかし性的な絶頂を予感するのと同時に、男に（そしてデュラスが望むところによれば、私たちに）起こっているのは、『ヒロシマ・モナムール』のなかでもまた、「激しい愛」を媒介に起きていることなのだ。「花がおりなす調和が、ここにあることと記憶の荒々しい潮を、男の体の隅々にまでたちあげ」〔「工事現場」の末尾にある一文〕もまた、広島の男とヌヴェールの女との間に起こる、トラウマと記憶の——心と体双方による——共有と比較できる（**図7**）。「工事現場」が閉じられるこの場面で、「男は知識に満たされたかのように感じた」のだが、それは広島の男も同じだ。ヌヴェールの女はといえば、過去の恋人と現在の恋人を融合させることによって生じる、認識の飛躍こそが鍵となり、一九四五年以来、とらわれつづけてきた憂鬱の悪循環を断ち切ろうとする。「出会いのイメージに関する覚書」を見てみよう——アラン・レネが映画『ヒロシマ・モナムール』のために、どこかの場面を撮影する前に、マルグリット・デュラスに詳述させ、映画の映像にあてて書かれた梗概のうちの一つである。ここで主題となる出会いとは、戦争終結間近の、フランス人少女と、ドイツ人兵士との間のそれである。シュルレアリスムの代表的な映画『アンダルシアの犬』（一九二九年）の今では崇拝の的に祭り上げられている場面をどこかしら思わせる、恍惚状態が描写される。「すぐに私は男の手に罰を与えたくなった。交わった後、男の手を噛んだ[17]」(Duras, *OC II*, 79 ; 84)。ヌヴェールの女がこの話を一九五九年に広島の恋人に語ることはなかったが、共生による心と体の絆を通じて、理解させるのである。「男の身体が私の身体になった。どちらがどちらか、もう判別できなかった。私は理性の生ける欠如になったのだ」(Duras, *OC II*, 99 ; 106)。身体という共通の場を分かち合うことは——束の間であれ——治癒効果があるともいえよう。

**図7**　頭を剃られた女性たち（「ドイツ野郎の情婦ども」），シャトゥー。

　いま描写したことが、未来にそこでまた起こったのであるから、謎めいた「工事現場」に輪郭と内容を与えた『ヒロシマ・モナムール』の特徴と同じ、記憶の不確かさ、時間の解体、あいまいな人物描写を私たちが見つけるとしても、さして奇妙なことではないはずだ。饒舌と沈黙の弁証法に、記憶の欠如とおこりうる追憶の弁証法。際限なく競い合うふたつの力が存続し、そのすぐ傍らで、たとえ形而上学的な解決の望みは、水平線上で雲散しようとも、思考は諦めてはならない。したがってまたデュラスの作品は、寡黙と多弁との間で不安定にぐらつく。これもまた、記憶を忘却に、追憶を記憶の歪曲に結びつける、文体を媒介にした、対話による綱渡りである。『ヒロシマ・モナムール』と同じ変化、影響力の作用には、明白な事柄とただ蓋然的な事柄との間にあって、歴史が証明できる事柄と「単に」推測する事柄との間にあって、語られたものと語られ得ないものがともなう。そしてもし、共存に活気を与える基礎を築くことのできる、倫理にのぼる手前の、何らかのならわし、自己の働きが、デュラスの詩的実践から取り出せるとするならば、それは複数の工事現場の間で、一九四五年にヌヴェールでおきたことと、一九四五年に広島でおきたこととの間で、複雑にからまりあう沈黙においてである。

## デュラスを読むフーコー

一九七五年、『カイエ・ルノー＝バロー』誌上で組まれた、ミシェル・フーコーによるエレーヌ・シクスー〔一九三七年〜。フランスの作家〕のインタビューにおいて、この特異な思想家ふたりが、そろってマルグリット・デュラスの作品に、黙示録めいたフィクションと、思弁的な倫理をめぐる考察との弁証法を認める。[18] 熱烈な賛歌の調子で伝えられる陳腐な事柄のさなかに、突如としてあらわれるあの輝きに関して、シクスーは、『インディア・ソング』をあげて次のように述べる。フーコーはまだ『インディア・ソング』を観ていなかった。「真っ黒な太陽［soleil très noir］みたいなもので、中心にはあの女（アンヌ＝マリ・ストレッテル）がいて、デュラスの全作品のあらゆる欲望をしぼりとるような人なんです。文章を追えば追うほど、飲み込まれそうな［ça s'engouffre］深淵が、どん底があります。女性の、自らを知らぬ身体、けれども闇にある［dans le noir］何かを知る身体、闇を知る［qui sait le noir］身体、死を知る身体なのです」(Foucault, *DE I*, 1633-4 ; 160)。デュラスにおける代数学の説明にシクスーがこういう風に乗り出したのは、フーコーの発言に刺激されたからだった。デュラスの物語において繰り返し、執拗に作用する、あの「あらゆる追憶が除かれ清められた記憶」とは「外部空間 espace de dehors」(Foucault, *DE I*, 1632) であり、フーコーがモーリス・ブランショの『至高者』にみてとり、一九六六年の有名な論考で論じた「外の思考 pensée du dehors」〔豊崎光一訳、『ミシェル・フーコー思考集成II』筑摩書房、一九九九年〕と響き合う、という。シクスーが引き合いにだした気づきは、工事現場をめぐって娘と心を通わせる男が娘を見守るなかで得た、まさしくそれである。トラウマにつづく理性の回復において得られる気づきである。「闇を知る」女性の身体にまつわるシクスーの考察に影響をうけ、フーコーによるシクスーのインタビューは、対等な立場でのやりとりとなり、インタビュアーであるフーコーは、脱線してデュラスにおける相互性の欠如を話題にする――相互性は一貫して循環にとって代わられてしまう (Foucault, *DE I*, 1636 ; 162)。デュラスのもくろみは――そんなものがあるとして――フーコーによれば、フェレットの名で知られる子どもの遊びに似た機能を果たす。英語圏で相当する一番近い遊びは、「鍵隠し」か、あるいは「ハックル・バックル・ビーンズトーク」〔隠された物を探しだす遊び〕だろう。ただし、このフェレットの遊びでは、見つけなければならない対象は、自分から動いていく。[19]「果てしなく続くアイロニー」が支配するとフーコーはいい、そしてシクスーから渡されたイメージをとりあげ、デュラスの小説における出来事を、「海のようなゆらぎ」にたとえる (Foucault, *DE I*, 1636)。それから、即興の対談が最高潮に高まるときにままあることだが、デュラスの弁証法を動かす、根本的な弁証法を表わすのにふさわしい表現を見つける。「一方では、登場人物にも、その間で何がおこっているのかにも踏み込まない。しかし登場人物に関して、つねにもうひとつの外部がある［……］登場人物が干渉する第三の外部である」(Foucault, *DE I*, 1638 ; 165. 強調引用者)――すなわち、二人の他者の間の干渉によって生み出された第三の外部。「第三の外部」というのが――証人（testis）あるいは第三者（terstis）――証人の置かれた位置であり定義であるのも、おそらくは偶然ではない[20]。

## 打破すべき「キャンプ」

極限の経験に、それを生き延びたことによって生じた責任がおりなすエネルギーとこうして「折り合い」をつけたことが最もよくわかるのは、おそらく、語り得ない惨事に、デュラスの主要な女性登場人物がとりつかれたのと同じ、二〇世紀中頃に形作られた世界史的トラウマに、フーコーの思想と著作が――あらゆる場面で、なかんずく一九七〇年代中頃、フーコーの探究が到達した時点で――どれほどまでにとりつかれていたかを理解するときであろう。社会に適応できない人を、予想通りの回転をする車輪の歯車へと作り替えるのを唯一の目的とする制度の機械装置によって、どのように犯罪者がでっちあげられるのかを、フーコーが『監獄の誕生』でおびただしい数におよぶ説明をしたことを思い出せば、事足りる[21]（Foucault, 177-8ff.）。一九八〇年に出版された、ロジェ・クノベルスピス〔一九四七～二〇一七年。自身の収監経験から刑務所の内情を著した〕による刑務所内の厳重監視地区に関する社会学的研究に、フーコーが寄せた序文のなかで、フーコーはいっそうはっきりと語る。「ＱＨＳ〔厳重監視地区Quartier de haute sécurité〕システムが明らかにするのは、事実の次元で、かくも長きにわたり、よい犯罪者と悪い犯罪者との間に、矯正すべきものと排除すべきものとの間に、分断《パルタージュ》が錬成されていたということだ[22]」（*DE II*, 827）。そしてここでも『監獄の誕生』を彷彿させながら、フーコーがこの過程を「規範化 **normalisation**」と呼ぶ（またそう名づけることによって、自身がバカロレア取得後の教育を受けたあの教育機関――パリ高等師範学校 **École normale supérieure**――をほのめかす）とき、いかにこの〔学校が属する〕社会階層に「特権的」側面があるにせよ、フーコーもまた、犯罪者という経験を共有するのだと言っているに等しい（Foucault, 185-186）。したがって、ジョルジョ・アガンベンの『ホモ・サケル』における主張にはるかに先んじて、キャンプを――「キャンプ」という語が人びとを訓練して兵士にする場所を意味するのであれ、受刑者から労働力をしぼりとる場所を意味するのであれ――アウシュヴィッツ後の社会における、さけがたい範例（アガンベンならばノモスというところだ）として、「規範化」されるべき人びとの経験に寄り添いつつ、措定するのにフーコーはやぶさかでなかったであろうと思われる一方で、フーコーはそれにもまして、仲間である被収容者たちに連帯し、キャンプを打破すべきモデルと捉えたのである。「犯罪者」といった発明から生じる隔離は、一九世紀のブルジョワジーが、下層階級を従順な者と反抗する者に分断するために用いた戦略を複製する選別であり、被収容者《ヘフトリン》とカポ〔被収容者のなかから任命され、他の被収容者の監督をおこなった〕とのあいだに分断－なき－分断をしいたナチスのいう「ユダヤ人問題の」最終的解決において、成功をみたといっても差しつかえない。本書の最終章で検討するが、自己に対する探究を一般化すれば、このような作用の繰り返しを削ぐことができるのではないかという希望を、フーコーは示したのである。

## 「工事現場」と崇高の概念

倫理が究極的に問われるこの局面で、カントが一八世紀に完成した崇高の概念を経由し、満を持してマルグリット・デュラスの理論の根幹となる、一九五四年の作品「工事現場」へと戻ろう。(23) カントとちがってあちこちを旅した啓蒙期の思想家たちに負けず劣らず、演劇や演劇的なものに対する一八世紀ヨーロッパに特有な強迫観念にどっぷり浸かっているカントは、崇高の経験を語る際には、意識が知覚する自然現象をスペクタクルの中心に据える。さらに啓蒙期の観客にとって、「入れ子構造 en abyme」は言うに及ばず、劇中劇という劇形式の一種がどれだけなじみ深いものであったかを考慮に入れるなら、「工事現場」でも同様にそうした「スペクタクル」が二つ舞台にあがっている。デュラスの物語では第一に、工事現場そのものがスペクタクルであり、若い娘は容赦なく惹きつけられると同時に嫌悪しているようにみえる。この初めのスペクタクル——幕開けのスペクタクルに等しい——は、結果として「どんなスペクタクルが娘をひきとめているのだろう」と不思議に思う男の好奇心をかきたてる。さらに欲望のエコノミーにふさわしい、男によって見つめられる娘というスペクタクルがある。男の視線はじっと注がれるが娘を貫きはしない。きわどくつきまとって離れないこの凝視の直接の結果が、最後の二人の交わりである。この出会い（あるいは交わり）の元にあるのぞき趣味はしかし、男につきまとわれたことに娘が気づいていたのかどうか、一度もはっきりしなかったという点では、「完璧」とはいいがたい。この二つのスペクタクルをつなぎあわせ、あるいは重ねあわせると、「男にとって、知らぬうちに心のうちの出来事ではなくなり、人生でおきた出来事になろうとしていた」偽りの出会いが生まれる。「男はもう完璧をもとめる厳しい観客ではなかった。そんな完璧さは芸術からのみ得られるのだ」。男がついに娘に話しかけて接触し、公然と近づいたときには、自身を魅了する光景に「いまだ釘付け encore agrandi par」だった娘の視線が男に向けられたにもかかわらず、けっして娘の人生でおきた出来事にはなりえないけれども、それでいて娘の心に残り続けるイメージとは、男のイメージではなく、工事現場のイメージであった。

他の意識とトラウマの経験を最後に共有したことも——その方法によってこそ治癒の過程に進めるのだが——カントの崇高に照らして理解すべきである。デュラスの物語に出てくる出来事を厳密に時系列にそって読み直すと、娘が工事現場を前に、崇高による茫然自失状態で、あっけにとられ、口もきけずにいるところを見てはじめて——くどいようだがその日はじめて男は娘に目をとめたのであり、それ以前ではなかった。娘のうちにあり、娘の身体に読み取れる激しい感情の動きゆえに、男は娘に目をとめ、興味を抱き、そして「少しずつ」欲望を抱くのである。どんな感情なのか——存在するものとしないものに、もつれあいつつ同時に開かれた空間を認識することによって、ひきつけを起こすほどの衝撃が生じる。娘にとってそれは拡大していく墓地の用地であると同時に墓地の用地ではないために、工事現場によって娘は分裂した状態を経験する。娘は、ブライアン・ロットマンが述べるとおり、「我を忘れる beside herself」という平凡な言い回しを、存在倫理上の状態へと高めていく[24]。その状態で娘は他者と再びつながり、理性へと戻ることができる。この点で、工事現場は単に拡張中の墓地である。その一方で、工事現場はやはり別様である空間なのだ――呪わしい記憶もしくはおそろしい見通し、どちらにしても想像力の断片であり、理性を粉々に砕く。この倫理の基盤について知識を得るべく、男は女から学ぼうとする。「毎日午前中と午後に、数時間、本を片手に男は工事現場の進捗状況を見に出かけた。娘が小道に戻ってくることを、娘の恐怖に、娘の不安に帰ってくることを望んでいた」。男は娘の苦闘を想像し、娘のうちで、そうした苦闘が起こっていると推測し、驚嘆の念に駆られるあまり、自分自身も「同様の歓喜［……］にふけり、安堵に身を委ねるのだった［au même ravissement, au même rassurement］」。

## 歓喜と安堵

歓喜と安堵の経験は、何を分かち合うのか。どこで始まるのか。二つの違いは何か。短絡的な解答をすると、二つの間に共通する性質と、一九五四年の物語「工事現場」の登場人物である男と女との間に共通する性質は、同じくらいであるといえよう。歓喜――デュラスの作品において、際だって重要な場面で現れるのはここが初めてである――は、作者がこの後もひきつづき、特に『ロル・V・シュタインの歓喜』において、特権的な位置づけを与える経験だ。「工事現場」でデュラスが歓喜と安堵をすぐ隣に並置する――男は一瞬、同様の歓喜にふけり、安堵に身を委ねるのだった［il s'abandonnait un instant au même ravissement, au même rassurement］――のは、等価をあらわす、ありふれた形容詞（même）をどちらにも用い、ただカンマで区切って並置することによってリズムをつくるという目的に、それがかなっているのみならず、この二つの言葉が明らかに異なる――「反意語」と考える向きもあるだろう――感情の経験を意味するからだ。歓喜と安堵において私たちが向き合うのは、まさに二つの瞬間あるいは二つの動きであり、カントの「分析」によれば、双方ともに崇高の経験を構成する。カントの言葉を借りると、連結しつつも別個のこうした瞬間はまず、生命力の瞬間的な停止であり、つづいて生命力は一挙にあふれだすのである。これとまったく同じ、つかのま二つの力をもつ経験を通じて、デュラスの物語「工事現場」の男は（理解することはできなくとも）「他者のみた光景のような何かをみる無上の喜び」を感じるのだ。[25] やがてそれと気づかぬまま、男の一部が自らに別れをつげ、一部が娘と融合する。これが、語の最も強い意味で、「我を忘れた状態 being beside oneself」である。デュラスがあれほど高く評価した、あの技術と理屈を超えたコツでもって、娘がすでに知っていたものだった。しかし同時に、あらゆる崇高の経験においてそうであるように、工事現場にいて欲望を抱く男は、自らの崇高の経験を通じ、崇高の経験が意味するものの本質に則り、完全に自らを見失うことはない——それでもその経験を通わせあう他者のうちには、とりわけ埋没することはない。歓喜《ラヴィスマン》（ravissement）と安堵《ラシュルマン》（rassurement）は、紙面上ではほぼ同一にみえ、発音の上でもフランス語ではとても似ているが、どんな言語であれ、カントが述べる崇高のエコノミーにおける二つの対極的な瞬間を、ぴったりあらわす名前でありえる。理性は、畏怖に歓喜し、想像力によって贖われ、かくして落ち着きと優位とを取り戻すのである。

## 共感の罠をこえて

倫理が輪郭をとる共感が、思いやりのある平穏な間主観性を築くための——たとえ不完全であろうとも[26]——本質的な手段であると考える倫理学者にとっては、「工事現場」はこうした欲望と理解のエコノミーの、文字通り抜きんでた実例となろう。アリサ・カースが「確かに愛は正確な理解を曇らせる」と警告しておいて、すぐに「愛はまた明確で適切な関心を生む」（Carse, 179）とつけくわえるのは、ひとりでに共感する衝動が、人間の交流を質的に高められた状態に至らせるために、それにはめるべき倫理という輪郭に注意を促しているということだ。共感する衝動を解き放つとき、私は二つの競い合う誘惑に気をつけなければならない。自己陶酔と他者の立場になって他者を所有しようとする衝動である。「いずれも共感に基づく想像力が、道を踏み外した形だ」(Carse, 181)。そうではなくて私は自分が適度に不完全さをのこすように気をつけなくてはならない(無関心といえるほどの公平性すら、相手の立場にたつ所有よりはましである)。そして私は、相互依存には非対称で歪みやすいきらいがあるとしても、他者と感情が響き合う状態にはいる。工事現場の男はこれを成し遂げる。若い娘との交流において、男は自分自身のまま、その人のままでありながらも変化し、他者になる。愛とは心を動かす源――いうなれば空間――であり、そこでは共有と意見の相違があたりまえに同時に存在するのだということを、デュラスの物語はみせてくれる。デュラスが描く男は「男ただ一人の目だけに入り、娘は男が見ていることを知らず、娘よりも男によく見えるこれらの事柄」を見る能力すら保ったままであるというのだ。

このように連携した欲望のエコノミー、崇高のエコノミーが絶頂に達し、最高潮に達し、ひとつの結論をみるのは、若い娘が工事現場を忘れるとき、すなわち男の心にその場所を取り返しのつかないほど痛ましく映した原因に関して残留する記憶を、娘の知られざる経歴の屑かごにおさめるかのように、工事現場をうち捨てるときである。しかし夢中になった相手と、(一度も収容されたことがないので)収容所を目撃したことのない相手と、恐怖を分かち合うことで、いったいどうしたら恐怖を抑えられるのか。きわめて重要な問いだ。この倫理上の共有こそ、私たちがみな――何にせよ結局は――素朴に恋物語であるところのものに期待することだからだ。女のトラウマをやわらげるのは、女の経験に対して男が共感による理解に達したこと、それと同じくらいに女が自分の経験と「折り合いをつけたこと」であると、「工事現場」は暗示するように思われる。一方で、もっと重要なのは、そして共有された倫理の共通の場へとつながるデュラスの寓話以外におそらく類を見ない点は、男は自分の理解を理解してはならないということである。女のトラウマの治療に自分がどんな役目を果たしていようとも、男はそれについて無知のままでいなければならないのだ。ひとたびこの忘却の転移が完遂し達成されるや、男のいるところに女は「治癒」を、かの安堵を、男とともに、男ゆえに見る。一九五四年の物語「工事現場」が控えめに示すとおり、二人は「ふたたびお互いをみる」だろう。

「工事現場」について、娘を見たいという、男の「いやます欲望」が明らかに主題になっている段落で、男は「あの工事現場に類似するものを見た時に感じる苦痛を、娘が克服できないのなら、ふたりが出会うまで、娘は生き延びられなかったはずだ」という仮説を編み出す。さて初期の小説「テオドラ」は一九九六年にデュラスが亡くなったとき未完成のまま残されたが、生前にそれを原形として、他の作品が複数うまれ、出版に値する出来とみなされた経緯は、すでにみた。「工事現場」は、「テオドラ」からうまれ出版された、最初期の所産のひとつである。(27) そして「テオドラ」に住まう「絶望の夢遊病者たち」(Duras, *OC IV*, 1186) のうちで、デュラスがその像を描くとき、表題の名を冠する登場人物はユダヤ人の女性へとどんどん明瞭に進化していった。「テオドラ」という壮大な未完の作品から派生した作品群に照らすと、このうえなくありふれた光景を前に恐怖にとらわれる娘について、男がたてた仮説によって、少なくとも男の目には、娘は収容所の生き残りであり、ナチスの「強制収容所」という世界(28)の生き残りであり、この工事現場は別の状況ならば気持ちを静める働きをするはずではあるものの、それを前にみせた娘の恐怖は、こうして説明がつき、理解し、理解可能になりうるということが暗示される。もしそうだとしたら、「工事現場」の若い娘は、年老いたデュラスが自分を重ね合わせた、緑の眼をした若いユダヤ人の娘、オーレリア・シュタイナーの架空の先祖ということになろう。「工事現場」もオーレリア・シュタイナーをめぐる文章も、どちらもテオドラに結びつく系譜にあることが知られているが、これはこの仮定を確かに裏づけてくれる。

若い娘の経験全体がどのような性質であったのか——過去の経験の原因そして欲望する男の凝視のもとになされた克服、その両方 [Durcharbeit] ——は、「工事現場」が語ろうとしないものである。結末をみなかった「テオドラ」の展開によって、しかし、ただ一つの仮説が可能になる。その経験がどのようなものであれ、デュラスが想像したそれは、若い娘にとっては本物であり、娘のうちで永続するものであったがゆえに、正しく調節されたうえで我がことのように感じる感覚を通じ、男はそれを、共感をもって感じ、経験することができた。さもなければ男にはその経験の何も知りようがなかったはずである。かくしてデュラスが一九五四年に自ら創造した文学世界において、リビドーのエコノミーが崇高のエコノミーとなる。現代世界の工事現場はまた、欲望の工事現場でもあり、両方ともどういうわけか「もっとも語られないもの」である、とすらデュラスはいう。

## 屈辱のなかの共感

主体を共通の場へとひきよせる共感の力は、主体がうち捨てられるだけでなく、服従させられるときに、強烈になる。卑しめられた主体は、サミュエル・ベケットの『伴侶』〔宇野邦一訳、書肆山田、一九九〇年〕の主題だ。しかしこの作品の題名そのものが、惨めな状況にうち捨てられたなかですら、連帯があるということを示す。「屈辱とは固定を余儀なくされることだ」(Didi-Huberman, 2010 : 198) とディディ＝ユベルマンは強く訴えるが、しかし屈辱をうけた二人の人間がむすぶ関係にすら、自己主権を尊重する、塩梅された距離が確立するのである。「屈辱をうけた者が、屈辱をうけた仲間をながめるとき、屈辱そのものの働きが見えるようになる」(ディディ＝ユベルマンが屈辱の乗り越えに近い何かを念頭に置いているという推測は、当を得たものと、私は思う)。

センテーリエスがブラム収容所で記録した写真には、二重の距離が刻まれる。一方では、まったく憐れみのない、ある種の共感がある。見られる者は、センテーリエスと同じ経験を共有していて、どこからどうみても哀れだが、センテーリエスが見られる者を高みから見ることは決してないからだ。他方では、臨床で用いられるものに他ならない観察行為がある。見る者は見られる者と同じ病に苦しんでいるからだ。
(Didi-Huberman, 2010 : 205-206)

屈辱をうけた者たちの共同体における力学を分析するという、ディディ゠ユベルマンの文脈にあっては、「見ている彼」とは、辱められた「見る主体 looking subject」である。サミュエル・ベケットがつくり出す登場人物の大多数と同じく、「見ている彼」さえ、地位を失い、（ぎこちなさを承知のうえで表現すれば）「うち捨てられた見るもの looking abject」になってしまうのだから。うち捨てられたもののまなざし、他者に目を向けるもののまなざしは、必然的に相手に共感するものである。

ディディ゠ユベルマンは共通の場が確立した状態になったときにこの二重の距離が作用するのを見てとるが、それは恣意的に計画された隔たりではまったくない。意識の動きがうまくいかないときに共感と観察がとる種々の形よりも、長くもあり短くもあり二重の距離である。センテーリェスによるブラム収容所の記録写真と、サミュエル・フラーがとったファルケナウの記録映像に、ディディ゠ユベルマンが見いだす共感が、象徴的とも言えるまでに典型的であるのは、実践に形をかえた共感という衝動が、自己陶酔と相手の立場に身をおくことによる所有という、対の罠を免れた、仲間としての感情の発露であるからだ。ふたりによる観察行為はといえば、患者をみる目にある、示威行為の甚だしいおしつけがましさからは、想像しうるかぎりもっとも遠くにある。こうした距離に対する理解を示し、またある種の支配的なおこないに、その距離を瓦解させようとする意図をあばくという点では、ミシェル・フーコーの仕事の右にでるものはいまだない。力は腐敗する（プリーモ・レーヴィですら晩年にはそのような悪影響を恐れた[29]）のみならず——誘惑は力の機能の一部である——、力は恥ずかしげもなく、とどめようもなく、すいすいと進んでいく。〔初期に出版された〕『臨床医学の誕生』と同じように、〔晩年の〕『性の歴史』も語る。「性を管理する力は［……］手はじめに目で身体をなぞり、愛撫し、ある部分を強調し、表面に電気をながし、あいまいな瞬間を劇的に表現する。性的身体をその抱擁のなかに包み込むのだ」(Foucault, *HS*, 44. 英訳は適宜変更した)。他者の身体をつかむことが(とりわけ他者につかまれているときに)、誰かの身体を両腕で抱きかかえることが[prendre quelqu'un à bras-le-corps]、必ずしも倫理に反しており、おしつけがましいというわけではない――死体に触れることさえ、もっとも倫理にかなう事柄でありえる――けれども、観察の持つ力が、観察という力になるとき、このうえなく大きな、あらゆるもののなかでもっとも倫理に反する距離が画定する。主体とうち捨てられたものとの間の距離である。

## 死者を弔う儀式

このような距離をほとんどゼロにまで縮めて、若きサミュエル・フラーと仲間の兵士たちは、キンボル・リッチモンド大尉の命令で、ファルケナウの善良な町民に、ナチズムの犠牲者たちの亡骸を埋葬する太古の儀式を営ませた。そしてできる限り――フラーが撮影した内容を営み、そうすることによって、即席に――縮めた距離とは、共犯であった市民と、取り返しのつかないほどうち捨てられたユダヤ人、究極の客体化にさらされたものたちとの間の距離だけではない。解放を担う兵士として、フラーたち自身が、自分たちとそこにいたすべての命なき犠牲者との間に、この距離を偽善的(自己陶酔の別の形)にとろうという誘惑にかられたはずだ。ダッハウについてマルグリット・デュラスに語る一九八三年のフランソワ・ミッテランのそれに似ていなくもない調子で、フラーは二〇〇二年の回想録において、あれほどの死者に前にし、呆然とした兵士の最初の反応を描写している。兵士たちはかろうじて生きながらえるわずかな人びとにたどり着くために、亡骸の間を歩かねばならなかった。マーシャ・オージェロンは、この回想録にある、当時から何十年をも経たフラーによる記録を研究し、いみじくも次のように述べる。

死者に栄誉を与えようと試みても、要するに、失われた命は、究極的には失われた命であると思われる。愛国心や道徳観念はもちろん別にしても、フラーは解放という概念の現実を見つめるのを、恥じるようなことはなかった。「私たちは彼らを解放していたのだった。しかし彼らを救う道はなかった。生き延びたのはほんのわずかだ。ただ死ぬために自由になったのだった」[30]。服を着せ、みつめ、埋葬する、こうしたすべては尊厳を回復しようと試みるものだが、尊厳は、究極的には、不可能ではないにせよ与え難い。どれほど儀式をつくしても取り返しのつかないものは取り返しがつかないと、映画は示しているかのようだ。しかしまた、映画から見てとれるのは、格別に配慮を尽くした儀式は、生存者にとって、そしてまた解放者にとって必要なドラマだということだ。解放者たちは少なくとも、洗練された振る舞いへと歩を進め、こうした状況を能動的にせよ受動的にせよ助長した人びとから、月並みな謝罪を無理矢理ひきだそうとした。(Orgeron, 44-5)

そしてまさに「ファルケナウ」のこうした場面を畏敬の念をこめて解説するときに、ディディ゠ユベルマンが使うのが、患者をみるまなざしを権力の本質として痛烈な批判をくりひろげるのに、フーコーが用いたのと同じ表現なのだ。「フラーの映画は、男たち——鍛えられた兵士たち——が尊厳のための空間と時間を、ぞっとしながら解放して、収容所の解放にとりかかった様をみせてくれる。遺骸ひとつひとつが服を着せられ、埋葬布でおおわれ、生者によって一握りの土が共同墓にかけられ敬意がはらわれる」。

この儀式は、次章であつかうジェイムズ・ジョイスの「ハデス」の挿話に偶然にも呼応するが、「生者が死者を弔うという語がぴったりとあてはまる、古来の所作にそって扱うことを求める。両手で身体をつかむ——かのピエタの物腰——服をきせ、覆い、敬意から帽子をとり、埋葬し、永眠の場所としてしるしをつける」(Didi-Huberman, 2010 : 54. 英訳は引用者による)。ただ想像のみで描ける空間と向き合う——つじつまがあわないが、必然的に無限でいて極小の――同じ距離から生まれたこうした儀式は、共感に基づいたものだ。共感がいかに手遅れであっても。

## 共感における距離と崇高における距離

しかし工事現場の娘と、娘を観察する男にとっては、まだ手遅れではない。物語は娘が見たかもしれないものを、男が見ようとしたことを伝えるものの、男は娘が経験したことを経験していないし、今後も決して経験することはないだろう。しかしながら、節度と品位を保って相手の身になりつつ、これほど多くを見たのだから、男は娘にとって思いやりのある伴侶であると言えるだろう。それではこういう共感は、善と悪の分かれ目で、非難をあびる側に投じられるべきだろうか。男のまなざしが倫理の枠にそっており、したがって共感にかなうものであるのか、あるいは反対に、身勝手に患者をみつめるそれであるのかを決定する務めが、私たちにはあるのではないか。「男はそれでも非常に用心して、男が娘を監視下においていることに気づかれないようにした」。監視下におく。これはまさしく男の有罪をしめす言葉として際立つ。ところがこの言葉に、不条理の縁でゆれる、あのデュラス特有の考察がすぐさまつづくのだ。「規則ただしく食べ物を欲するこの「同じ」静かな身体が、工事現場の眺めを拒絶したのだと「思うと」、男は喜びを感じた」。この男の苦悩の表出――狂気の瀬戸際にある妄念――は監視という語を、「観察眼」あるいは「夜通しの看病」にまで、気持ちを和らげるような何かの方向に、変化させうるだろうか。この二つは、ほぼ同義語であり、ファルケナウで、フラーと仲間の兵士たちが目指したあり方と少しだけ関係がある、もしくは目指す先を同じくするとすら言える。結局のところ、工事現場を目にしたことが引き金となって娘のうちに呼び起こされた感情や記憶に対する、男の断固とした、けれども控えめな詮索によってこそ、娘が自らの身体という繊維組織を使って、埋葬を待つ墓地が娘のうちに生んだ恐怖を抑えよ

**図8**　エミール・ヴァイス監督『ファルケナウ——不可能なもの』のスクリーンショット。

うとする過程に、男はついに気がつくことができたのである。かくして男は、自己陶酔とも自己同一化とも違う、共感を獲得したのである。デュラスの言葉を使えば、「監視」のおかげで、今日この言葉には毒された意味があるにもかかわらず、男は工事現場と関係する仕方を学ぶのだ。貪欲な空腹をみせるのと同じ身体が、トラウマの残滓からくる恐怖を克服するさまに、驚嘆してみせたかと思えば、男は「同様の歓喜にふけり、安堵に身を委ねるのだった」。

　ここまで言わんとしてきたように、脆く、うち捨てられた仲間の人間を、ともすれば突き動かされて見つめるこの目、没入しないこの近しさ、自己同一化しないこの代理行為とは、かくもカントの興味をひいた不寝番である。カントは美学の問題を、倫理という謎にむけて進めようと苦心していた。侵食することも出しゃばることもなく、相手の自律性に最大限の敬意を払い、他者にぴったりとくっつくことが、分かち合い《パルタージュ》の弁証法的性質を大切に守り、また平和で平等主義に基づく社会の礎となろう。カントが崇高に抱く興味の根本には、「倫理に似た心の傾向」に崇高が果たす役割がある。そうした傾向の最初の段階は——全人類に共通して——「恐怖［……］不安そして敬虔な畏怖に似た驚愕」であり、それはこの経験の強烈に破壊的な局面だが、生存者の「理性の道具とみなされる想像力」によって「感受性の支配」をとりもどすとき、収まっていく（Kant, §29, 109）。想像力による理性の救出は、やがて安定した新しい倫理の指針の確立につながり、今度はこの指針が、センスス・コムニス［*sensus communis*］〔コモン・センス、共通感覚〕によって承認される。しかし恐怖を制御して活用する以前に、道徳的論証によって解決するよりも先に、カントは、最初の経験は偶然の変化に縛られないと示唆する。前述したように、「崇高の概念には必要不可欠な」「自然物の大きさ」に達するためには、驚くべき壮観、いかなる理性も拒む形式から、「感情に対する効果を完全に得るためには」人は「近寄りすぎることも、遠く離れすぎることも慎し」まなければならないとカントは述べる（Kant, §26, 90）。

ファルケナウ収容所で殺害されたユダヤ人に敬意を表す、埋葬めいたものを即席でおこなったとき、距離なき距離への洞察が米軍歩兵第一連隊のリッチモンド大佐の頭にはあった。この距離なき距離はしかし、儀式を目撃し、撮影をするサミュエル・フラーの属する「I」中隊の部下たちのそれでも、整列して見守る、生き延びた収容者たち（最初の遺骸が白布のうえに横たえられた瞬間に、そろって自発的に立ち上がった）のそれでもない。リッチモンド大佐は、倫理的衝動にかられ、距離なき距離という教訓を、「善良な町民」に教えようとした。大佐は町民に、両手で細心の注意をはらって遺骸をつかみ、服を着せ、「最後の休息」に備えさせるよう命令したのだった。一九八八年、サミュエル・フラーが一九四五年に撮影した場面にいれた語りのとおり、突如として「おなじ悲惨な場所のまさしくその場で」、直に［à même］、ファルケナウの善良な町民の目と鼻の先で、あのいまわしい最終的解決の一部が来る日も来る日も実行された場所で、この善良な町民なる嘘つきどもは、「想像の力を前にした理性の動揺[31]」を通じて、軍靴で首を踏まれ地面に倒される［à même le sol］ということがどのようなものだったのかを、ようやく感じたのだった。瞬く間に、人間性とまではいかないまでも、「ファルケナウ」は、埋葬を通じて謙虚さを教えたのだった（図8）。

### 受け手である私たちの立場

「ファルケナウ」はカントの教えを体現する、そしてまたカントの教えそのものでもある。エミール・ヴァイスによるドキュメンタリー『ファルケナウ——不可能なもの』は、大半がサミュエル・フラーの一九四五年の映像から構成され、トレンチコートを着て、たばこを燻らせたフラーが一九八八年に廃墟をぶらつきながらいれる語りで補強された、このドキュメンタリーのおかげで、八八年にようやく一般の人びとがフラーの映像を見られるようになったのだった。フラーの映像を解説して、ディディ＝ユベルマンは次のように述べる。

［……］この映画はあるがままだ——無言で、無音で、ある意味では盲目だ。四十年以上もの間、監督の書架に取り残されていた。どの点からみても、読むことのできぬまま。

読むことができないというのは、近すぎたから［だった］。それでいて証拠として反駁することはできない。あまりに遠くはるかなものを、人は見失う（強制収容所一般について、あるいはショアについて、ただただ茫然自失とさせる概念［pure notion médusante］だと人が語るときのように）。近すぎるものを、人は完全に見失う（視点をうちたてること、すなわち関係性という手段によってのみ、モンタージュ、解釈という作業によってのみ、うちたてることが可能になる）。

(Didi-Huberman, 2010 : 38)

ここから、私たちは、ほとんど語られることのない、しかし直観的にはもっとも重要である、コミュニケーションの位置に立ち戻ることになる。すなわち観客、読者、聴き手、出来事や芸術作品を実際に受け止め、いま・ここで別空間を想像する私たちの立場である。そしてまた、相手の立場になることによって自己同一化してしまうという厄介な問題にも立ち戻る。もし倫理学者たちが警告するように、別の存在に没入するという幻想に誘惑されるということが、命をふきこむ間主観性の可能性を排除することであるならば、「他者」がそこに、単一ではない複数の個——人びと——として、潜在的に倫理を具えた主体の前にあるとき、何が起きるのか。アイザイア・バーリン［一九〇九～九七年。イギリスの哲学者。ラトビア出身］は、影がうすいのが納得のいかない哲学者のひとりだが、距離のある文化の根元にある価値に対して、私たちは驚くほど高度な理解と敬意とを、何よりもまず共感に支えられた想像力に刺激された問いを通じて、獲得することができると、自らの価値多元論に基づいて、強く主張する。遠く離れた共同体を想像して思いをはせるとき、私は自己同一化するかもしれないが、ここで、向こう側の空間から、他者の複数性を考慮にいれなければならないので、それは節度を保ったままであり得る。バーリンの「世界人の倫理」――別様である空間の倫理の一種――を分析したある人物は、「真っ当な政治は、適切な自己理解の結果として起こり、自己理解とはそれ事態が、共感と想像力という人間の能力に堅く結びついている」(Zakaras, 496) と書いた。

別の場所にいる別様である人びとについて、その身になって想像する私たちの能力をめぐるバーリンの考察に助けを借りると、マルグリット・デュラスが、欲望の対象でもある女性が経験した過去のトラウマを、分かち合うにいたった男になってみるという漠然とした想像から、いかにして彼女が自分は緑の眼をした架空のユダヤ人の女の子そのものであると述べるにいたったのかをよりよく理解できる。ロベール・アンテルムの生存によって何を学んだのかを回顧する内容が大半を占める回想録のなかで、ディオニス・マスコロは自身の変化のうちでもっとも謎めいた局面のひとつ――マルグリット・デュラスと分かち合う変化の段階――について説明する。デュラスのたった一人の子どもの父親であるマスコロが――デュラスのたった一人の夫であるロベール・アンテルムを媒介にして――マスコロとあれほど多くの工事現場の作者デュラスが、いかにして共産主義者となり、また心のうちでユダヤ人となったのかを予言者のような調子で、以下のように語る。この変化に、これから読む通り、政治的なものは何もない。別の場所 (elsewhere) にいるために、他様 (elsewise) になること、それでも存在のなかの存在にいきつく変化であり、二人を愛してくれる生存者に対して双方が抱く愛に基づく変化である。

理性には独特の狂気がある。(合理主義とはそもそもこうした狂気につけられた名前のひとつではなかったか。)/絶頂期のナチスが企てた、比類のない重大事、ショアに歴史上、異議を申し立てる人たちが見誤るのはそこだ。アッシリアの時代から、人類の歴史に点在する大量殺戮、大虐殺、集団虐殺は別種のものである。〔……〕私たちのいるところでは、それらは理性を欠く。新たな近代の地下の神々の理性、地下の神々の近代性。／そこから、〔アンテルムの〕取り巻きの内側から出発すると、どんな答えが、治療が、解毒が想像できるか。想像するというのがまさにぴったりの言葉だ——既成の概念システムとその害を及ぼす貧しさに対する不信と対になっている。人類の団結への直感だけが当然の帰結として、共産主義という発想へと、精神を導く。そしてこの発想は政治的なものではない。／この先でわかることだが、「共産主義の」という言葉は、マルクスと同じくらいヘルダーリンにもあてはまるものだ。思考がなしうるありとあらゆる作用が探し求め、そのすべてに欠けているものを指す語である〔……〕。／性質が類似した動きによって——最初の〔共産主義になるという〕動きに並行しつつ、あえて熟考することがないのは同様だ——私たちはユダヤ人となる。

(Mascolo, 65-6)

## 共通の場を言葉にする

否定にあらがうためにユダヤ人になるという定めも、共産主義という発想も、「政治的な」という形容詞が修飾する名詞を政治へと結びつける限りにおいて、政治的なものではない。それでいて、二つとも政治的なるものの、どこまでも図太く、反独裁主義的な本質のあらわれである。ジョルジュ・ディディ＝ユベルマンは「歴史の眼」シリーズ第四巻『さらされた人びと、エキストラの人びと *Peuples exposés, peuples figurants/People Exposed, People as Extras*』のなかの、« Visages en chantier »——建設中の顔、あるいは未完成の顔といったほうがよいかもしれない——と題された一節で、歴史的なるものとただの政治とを本質的に分かつものは、前者の妥協なく対抗する推進力であると述べる。ディディ＝ユベルマンはまた別の一連の写真作品——フィリップ・バザン〔一九五四年～。フランスの写真家、医師〕

のそれ――を考察し、「あらゆる瞬間にうまれる努力、終わりのない労苦、おのれの存在をとりまく歴史に立ち向かう人間なるものの、たえざる工事現場［chantier］」（Didi-Huberman, 2012 : 84）をそこにみる。シーシュポスの労働〔永遠に繰り返される労苦〕は、「人間のあり方の反抗としての政治的不屈［*l'intraitable politique*］」、あるいは根本にもどると、人間のあり方の」（Didi-Huberman, 2012 : 83）本質なのである。人間的な、あまりにも人間的な、反抗というシーシュポスの労働は、他の存在が人間になるために倣うべき手本となる。ちなみに、明らかにロベール・アンテルムの比類なき、しかし権威ある本『人類』を参照していることにも気がつく。ディディ＝ユベルマンは続けて、これが「制度による（人間の）『処理』の〈すべて〉［au Tout de son 'traitement' institutionnel］」に対する反抗であるという。こうしたまわりくどい言い回しに漂う霧も、もっと単純にこう示せば晴れるかもしれない。すなわち、ジャン＝フランソワ・リオタールの思想とその言葉遣いにおける不屈のもの（intraitable）と、ディディ＝ユベルマンが制度による処理（traitement institutionnel）とよぶところのもの（リオタールによれば広義の「官僚制」）との関係は、非人間的なものと人間的なものとの関係と同じ――さらにいえばポストモダンとモダンとの間で作用するそれから、さほど遠くない論理関係でつながれた対である、と。非人間的なものとは、言語の獲得以前に私たちがそうであったものであり、人間主義の成り立ちからいえば当然、言語の獲得は人間になることと等しい。同様にポストモダンとは、モダンが永久にそうなっているはずのものである。できるだけ簡明に、一見したところ御しがたいリオタールの二者関係[32]を私があらわすと以上のようになる。ディディ＝ユベルマンは、この根本的な対立に名をあたえ説明したのはリオタールだとはっきり述べ、さらにこの対立を「［リオタールの］批判哲学における重要なパラダイム」（Didi-Huberman, 2012 : 83）としてつきとめたミゲル・アバンスール〔一九三九～二〇一七年。フランスの政治哲学者〕の名をあげる[33]。

　この対立関係こそがしかし、まったく「人間的なもの」なのかもしれないが、いずれにせよ、単なる物質を超越した類のこの対立関係こそ、マルグリット・デュラスが、いまだ未熟な書き手の試み、すなわちその後の土台となる初期の物語において、明確な形はとらないまでも、構想した対立関係であった。この対立関係から規範を超えた無条件の倫理がうまれ、デュラスはそれをディオニス・マスコロと協力して、甲斐甲斐しくロベール・アンテルムのそばにいて、知ったのだった。ただこの対立関係をくぐることによってのみ、歴史の石臼に挽かれたことのない主体が、傷ついた人たちと、生き残りの経験を分かち合えるようになるのだ。「自分自身になるためには、他者にならなければならない」(Mascolo, 54) という仮説を敷衍して、マスコロは――時系列をさかのぼって――この対立関係が主体を結びつけていく過程を、分かち合いが主題の節で説明しようとする。数ページ前に私たちが引用した箇所の前の節である。

> +++今度は二、三の印や思い出の助けを借りて――私たちの生存を可能にした理由のうちで――分かち合われた経験という星のもとにあるらしい理由を示す必要がある。/(一見したところ文法上はあいまいさが残るけれども、ここまで述べたほとんどすべてに用いた「私たち」という語には、ロベールもまた含まれる。ロベールは私たちとともに、私たちと同時に、ロベールが伝えるメッセージをうけとり、それはロベールの状態に私たちが加わることで、そこを去りたいというロベールの衝動をなだめるのと同じだ。伝染と誘惑は、対であり、二重である。) (Mascolo, 63)

数え切れないほど多くの私たちが、それぞれが立つ場所とは別様に想像された共通の場で、どのように一緒になるのかを言葉で述べるのは、言語に課されたもっとも困難な務めのひとつだが、そこで一緒になるのは、私たちにできる事柄のうち、何よりも簡単で自然なものだ。

一方で、「ガートルード・スタインのように」ファシストと結託した図書館長の友となったり、近隣でおこなわれている残虐非道から目をそむけるというのは、別様である空間に「そこ」を見いだす能力のなさの、たとえすぐには結びつかなくとも、まぎれもない帰結である。たとえばジョン・サリスの筆が二〇〇三年七月に「古い記憶」を思いながら描き出したテクストのなかでは、現実と想像の双方において、オークランドのような街がデルフォイに等しい。「それは遠くでぎらついた。まるでそこにあるのに、それもまた遠くのものであるかのようだった。ようやく夜がきて、焼けつくような熱から救われる。車の往来が発する煙と通りや建物の表面の照り返しのただなかで、ほとんど耐えがたいほどの熱」(Sallis, 101)。

# 第三章　別様である空間について

墓所をかこむ壁は、大洋ほども、砂漠ほども、氷河ほども、私の完全な想像の産物に限界を設けない。[1]
——ロベール・デスノス

## 墓地

オークランドには墓地があり、丘のてっぺんまで行けばそこが端で、行き止まりの道と隣りあっていた（図9）。六〇年前のこと、ライラック通りは、埋葬地の裏手と通りを仕切る高さ六フィートの厚板の柵からわずか二軒を隔てたところに、ある少年が住んでいた。少年ははやく大きくなって、柵をひらりと飛び越え、向こう側に何があるのかを探検しに行きたかった。やがて大きくなると、機会があれば少年は近所の子供たちの仲間に加わり、日焼けした草におおわれた丘のうえを段ボールで滑り降りて西はサンフランシスコ湾に面したまだ見慣れぬ南につづく区域へと向かうこともあった。けれども大抵は、墓石と記念碑のあいだをひとり歩き回り、コーン、ジャフィー、マルコヴィッツ、リトヴェン、シュペルバーグ、カッツマン、クラコウ、ロスやファス、シルバーやフィンケル、グラッサーやブックバインダーといった名前の人たちに、そして前足をおりまげて座り、あちらやこちらを見張っている、大理石の彫刻の子羊たちに思いをめぐらせるほうが好きだった。成長するにつれ、自分の

**図9**　オークランドのホーム・オブ・ピース・セメタリー。著者撮影。

家のすぐ近くにある、この空想と不思議に満ちた場所から、ある考えがうまれた。これほどまでに「他人」である他者が、それでいてこんなにも馴染み深いということが、どうしておこりえるのか。そしてこの実感をどうするのか、どうできるのか、もっといえば、どうすべきなのか。

　それから何年もたって青年となった彼は、本を読み、勉学に励むうち、どうしようもなく知的にひきつけられ、ミシェル・フーコーの著作にたどりつく。最初は『言葉と物』、つづいて『監獄の誕生』、それからいっそう活きのよい、フーコーがバークレーで、熱意をこめて、ときには爆笑をまきおこしながらおこなった講義を聴講した。その頃、オークランド育ちのこの青年は、博士課程の研究に悪戦苦闘しており、フーコーは『知への意志』〔渡辺守章訳、新潮社、一九八六年〕にやがてつづくことになる、『性の歴史』の各巻を通じて、自らの思想を鍛えていたのだった。さらに数年ののち、一九八四年のフーコーの死から四カ月後、この学生は――「別異の空間」という――一見単純な題名に魅せられた。これはフーコーがチュニジアで執筆し、一九六七年三月一四日に建築研究サークルを前におこなった講義の題名だが、フーコーが出版を許可したのは、この世を去るほんの一カ月か二カ月前のことだった[2]。死後知られるようになったこの講義のなかで、墓地は別異の空間の典型例としてあげられる。他のヘテロトピアと同様に、墓地は私たちが日々の暮らしを送り、住まいを建てるところからは離れた空間であり、その空間はきわだって、そしてまったく比類なく、別様である、と一九六七年にフーコーは建築を学ぶ学生たちに語った。私が墓地から離れているということだけで、そこが他なるものになるわけではない。この特別な別異の空間の何かが、歴史上どの時をとってみても、私のあり方や考え方、そして判断の仕方を、食べ、寝、遊び、働き、住む空間においてこうした人生の務めを果たす仕方から、変化させていくのである。要するに、どこか別のところに墓地があるから、私は異質なのである。

## 「別異の空間」という題名の含蓄

フーコーの「別異の空間」と題された講義にあらわれるさまざまな別異の空間のなかでも、墓地からわかるのは、ヘテロトピアをあらわすこの一般用語を英訳するためには、英語をぴたりと一致させる必要があるということだ。現存する二つの英訳は、形容詞が名詞の前にくるという普通の順序に戻し、単に「他の空間 other space」としているが、訳者はふたりとも、「他の autre」というフランス語の形容詞が、場合によってはそれが修飾する名詞の前におかれる、フランス語では数少ない形容詞の仲間だという事実を忘れた（あるいは無視した）ようだ。「別異の空間 Des espaces autres」はそうした規範から外れるシンタックスの例である。こうしたよく使われる形容詞が、名詞－形容詞という規則通りの語順をやぶると、根本的に異なる意味がうまれる。背の高い人［un homme grand］であることは、二メートル近い身長があったシャルル・ドゴールがそうであったわけだが、偉人［un grand homme］になることとは一切関係がなく、ナポレオン・ボナパルトもまたその短躯にかかわりなく、そう呼ばれるようになった。同様に、空間 espaces という名詞に対して、後置された形容詞 autres は、通常の「他の」という単純な意味を変換させる。一九六七年にフーコーが議論する空間は、やがて『監獄の誕生』で研究の対象となる権力に関係する制度を、先んじて表した表現であると知ることになるのだが、それはただ単に「他」であったり、補完的であったり、寄せ集めであったりするわけではない。異質なのだ。別異の空間はまた、異質というだけでは足りない。いわく言いがたい影響を私たち及ぼす力があるらしいという意味において、奇妙なほど別の空間なのである。「隔たった空間 spaces apart」と翻訳して事足りたと考えたくなるにしても、別異の空間が隔たっているというのは、語の複数の意味においてそうなのだ。「隔たって apart」という副詞はフランス語の「別に à part」から借りたものであり、それ自体はラテン語の ad partem から派生した語である。フーコーの説明によると、規範に則って整えられ、法律に認められた生活がくりひろげられる空間から、そこは地理的に隔たるという。[3] 周縁に位置し、安定して住むことのできない別異の空間に居住する個人は、アパルトヘイト下の南アフリカにおいて、黒人たちが白人社会から遮断されていたのによく似たやり方で、自由の分け前から分離される。一方で、こうした隔絶の様相には、隔たった空間で糊口をしのぐ人びとに対する認識も、感受性も、たいてい欠けている。そのほかの隔たった場所は、居住には完全にむかない。フーコーが例としてあげる墓地からもわかるように、別異の空間は、あなたが住む場所とも私が住む場所とも別の所にあり、それでいて不可解にも、執拗に、ここにあるのだ。異質で、私たちからは離れていて、それでいてぞっとするほど私たちの一部で、ほどけない。私たちの一部がそこにあるのだ。要するに別様である空間ゆえに、わたしたちはどこにいても別様に機能し、別の状況を思い、別のあり方を尊重するようになる。つまり、別異の空間（des espaces autres）は別様である空間（space otherwise）として考え、語るべきなのだ。[4]

## ここになくて、ここにあるヘテロトピア

ヘテロトピアから共同して分けあう場へと、墓地に対する理解を研ぎ澄ましていくには、「隔たって apart」と「別様に otherwise」という副詞の微妙な違いが極めて重要である。一つの例外を除いて、apart という語は副詞として用いられる。この語が形容詞として働く用法というのが、「行動や役割において、他からかけ離れており、別個の、独立した、独自のもの」（*OED*, 4a）を意味するときである。この場合「省略によって」、「隔たっ

て apart」は単に離れていることを意味するだけではない。ここにないものの「存在、現存」をも含意するのである。別個 apart であるものの本体はここにはないということだ。これでは、工事現場、あの別様である空間の実態やそれが秘める可能性をあらわすにしては、隔絶が強すぎるし、限定がすぎる。それに対して、「別様に otherwise」は、帰属という意味を、恩寵を、隔絶にどこかしら加え、離れているものはまた、この、ここの一部ともなる。フーコーがヘテロトピアの定義にユートピアを混ぜ合わせようとするのは、もしかしたらそのためかもしれない。たとえば「別異の空間」のなかで、明らかに皮肉をこめて、パラグアイにおいてイエズス会が宣教した土地について書いている。あるいは――皮肉は一切こめることなく――鏡の例をもちだす。鏡を混成空間と呼ぶとき、フーコーはしかし、あまねく親しみ深い反射用の器具が、ヘテロトピアである部分と、ユートピアである部分からだけで成り立っていると、かなり性急に私たちに信じ込ませようとする。鏡にまつわる途方もなく込み入った一連の文献をきちんと評価したうえでなお、私たちが鏡で自分の姿を見つめるときは、鏡が含みこむものゆえに、どれほど理想化されていようとも、その空間はまさにここにただあることを私たちは知っている、とある種の確信を持って断言できないだろうか。まさにこの手のなかに、まさにこの心のなかに。鏡にうつった自分の姿が空想の産物にすぎないと考えていたとしても、私自身の顔の風景というある種のユートピア（あるいはディストピア）を飼い慣らしているのではなかろうか。換言すれば、この映像の所有権の要求を、独我論的に主張しているのではないか。鏡の姿に思案をめぐらせるとき、私は心の中身を配列しなおし、私の頭脳が具体的に住み込む場（topia）を、ヘテロトピアが屈折させるようにして変化させ、そうしてこの空間を別様にしているのではないか。

　ヘテロトピアをめぐる、あらゆる未来の思想にフーコーが名づけた「ヘテロトポロジー」を動かす六つの原則のうち[5]、フーコーはようやく第二の原則を説明する例として墓地にふれるだけであるが、フーコーの空間をめぐる哲学史における三つの段階に、墓地がそれぞれ同時に一致するという事実から、実際に墓地がどの程度まで別様である空間の典型であるのかを測ることができる。フーコーの言うとおり、集合意識と空間との関係は、フーコーが局地化（localization）と名づける、中世における階層へのこだわりから、（ガリレオとともにはじまる）無限の広がり（extensiveness）への開放へと、そして現代における、並置された用地[6]（sites）として空間の関係を考える思考へと、発展（少なくとも変化）した。言い換えれば、この三つの空間概念は、歴史的に連続しながら互いに相容れないものと考えられる傾向にある。その一方で、この三つの概念すべてが、墓地に対する私たちの意識の関係において、実際に作用するのである。したがってフーコーがあげる「墓地というヘテロトピアの興味深い例」と、この別様である空間が時代ごとにこうむった「重大な変化」をならべ華やかに説明した一覧を最後まで読むと、別様である空間に対する私たちの意識において、想像力が一定の役割を果たすと仮定するなら、今日埋葬の場がどの程度まで、こうした積み重ねが連鎖し一つの時代を見わたせる層となっているのかがわかる。中心街から離れ、生者にとってはただ「家族がそれぞれ暗い安息の場［sa noire demeure］を所有する」場所を意味する、あの「別の街」は、本当はいまだ「死体安置所［le charnier］であり、死体がその個性の最後の跡までうしなった場である」（Foucault, *DE II*, 1576-7 ; Miskowiec, 25）。

## 墓地と分かち合い《パルタージュ》

墓地はこれほどまでに別様である空間の典型となりうるので、実際にはフーコーが一九六七年にヘテロトピアをめぐって設定した理論の限界もまた超え出てしまう。「墓地は確かに通常の文化的空間とは違う。しかし各個人の、各家庭の親類縁者が墓地にいるゆえに、都市国家、社会、村などといったあらゆる用地に結びつく空間でもあるのである」（*DE II*, 1576 ; Miskowiec, 25）とフーコーは記す。私はここに住み、食べ、働き、遊び、性交するのだが、しかし私の存在の一部が――意識するにせよ、無意識にせよ――あちらの空間に、壁や垣根の向こう側に、あるいはたとえばパリ市民が革命以後に墓地を拓いてきた街の外まで、奇妙にも分離しつつ結びついている。ジル・ドゥルーズは言葉と物を、発話と目にみえるものの層にまで開いてみせ、フーコーによるこの非正統的な論理の発見が何であるかをつきとめる。ドゥルーズが言うとおり、「記録と視聴覚が分離している」(Deleuze, 72 ; 64) としても、「理屈では説明のつかない裂け目や亀裂を超えて、たえず結び直されるつながり」(Deleuze, 72 ; 65) もまたあるのだ。ドゥルーズがマルグリット・デュラスの映画『ガンジスの女』における音とイメージとの関係を引き合いに出しているのは、私たちの研究には好都合である。この映画の「唯一の結節点は、ちょうつがいと亀裂の役割を同時に果たす空虚感である」(Deleuze, 72 ; 65)。こうしてドゥルーズは、奇妙だがしつこくあらわれる包摂的分離という作用を、またの名を分かち合い《パルタージュ》を、例証する[7]。同様に、墓地がそうであるところの典型的な別様である空間は私たちの生活のなかで、フーコーが同時代の空間を語る際に維持すると宣言した「内なる空間」と「外なる空間」の区別を、粉々にする役割をはたす。同じ講義の前のほうでフーコーは、ガストン・バシュラールの「大いなる」業績に敬意を払い、名前はあげずに現象学者たちに空世辞を述べてから、こう言明する。「こうした分析は現代における考察に重要なものではあるけれども、主として内なる空間に関わるものです。私がいまお話ししようというのは、外の空間についてなのです」(Foucault, 23)。しかし墓地は——その墓地が追放の空間、今日にいたるまで郊外がそうであるよう定められている追放の空間で発展するにせよ——アンリ・ミショーが人生をかけて探究した、あの内なる空間のひとつのような、不釣り合いな機能を果たす、まさにそれゆえにこそ、ミシェル・フーコーが定義する通り、典型的に異質な空間となるのではないか。包摂的分離という不思議な結びつきによって、私たちが墓地に結びつく、それゆえにこそ、墓地は「私たちを自己の外にひきだす」空間であり「私たちの生活、時間、歴史が浸食される［空間］、私たちを裂き、むしばむ空間」(Foucault, *DE I*, 1573-4) であるのではないか。要するに、墓地が人間の集団に及ぼす効果が、鏡——あの別様である空間——が個人に与える効果と一致するがゆえに、ヘテロトピアについて、あちらの世界とこちらの世界を隔てる街の境界という点からめぐらせる秘密の思考には、境界の内側に居住する人すべてにとって、倫理を呼びさますこうした潜在的力があるのである。鏡と同様に、墓地もまた、「私を他者と」みなす機会なのだ。つまり墓地は、内側の空間としての機能によって私たちに我と我が身を忘れさせる、外側の空間の典型なのである。

## 倫理の工事現場

人は我と我が身を忘れると、自ずと自分以外のものになれることがある。[8] 自我にいったんお暇し、別れは薬となり、想像上の空間に入っていく——とはいえ誰かが身を置くことができるとは、いままで想像したことすらなかった空間だ。自ずと自分自身とは別のものになる以前には、この別様である空間は、人の頭の埒外にあり、意識から締め出されている。しかしこうした空間に調和するなら、それはこれらの空間を、私たち人間の先達の悲惨や死の場所に定めた、甚だしい過ち——はじめは薄っぺらで、勘違いですらあるかもしれない——と折り合いをつけたからなのである。我が身に耐えられないのだ。他者がかかわるのに、一体どうして耐えられようか。思うにこのときに、こうして墓地——「『私たち』の死者を埋葬する」あの空間——ですら倫理の工事現場となりえるのである。そうでないのだとしたら、ロベール・アンテルムの生存によって伝えられた教訓をめぐって、ディオニス・マスコロが身を責め苛むように記した内省は、他にどのように理解できるというのか。

アンテルムのいうことすべてから私はいかにしてアンテルムが（『人類』を評するモーリス・ブランショの言葉を借りるなら）「自ずと他者にならざるをえなく」なったのかを教えられたものだった。しかし自らに対して自らを失うことは——ここに、死よりなお恐ろしい未来がある意味ではひらけているという、いわく言いがたい事実があるのである——自らに対して聖なるものとなることを意味する。（Mascolo, 54）

マスコロのパートナーであり、アンテルムの元妻であるデュラスが一九五四年に出版した「工事現場」では、意図的にあいまいにしてあるけれども、この物語の女性登場人物をあれほど深く困惑させるのは、拡張しつつある墓地の光景である。この人物にとって、その工事現場《シャンティエ》は巨大な死体置き場の映像——おそらくは記憶——を呼び出す。巨大な死体置き場すなわちシャルニエ、もしくはデュラスが「アリエ氏の工事現場」でそう呼ぶように、「死の工事現場」だ。あらゆる物語が変容をもたらすものであるとすれば、「工事現場」がもたらすそれは、墓地に与えられた位置づけの変容である。物語の最後には、墓地はもはや死の空間ではなくて、死と生のあいだの空間である。

「工事現場」ほどに錯綜した共感の転移が織りなす物語を思いつくについては、マスコロの回想によれば、デュラスは（マスコロ同様）これに酷似した何かを、二人のアンテルムに対する愛情を媒介にして経験せねばならなかったらしい。以下は、ゲシュタポに捕らわれる前に妻デュラスと住んでいたサン＝ブノワ通りのアパルトマンへと、ダッハウからアンテルムが帰還する前後そして最中を、マスコロが述懐したものである。

> 私はまだロベールとともに車の後部座席にいる。同じ空間を共有する。ロベールはしゃべり続ける。パリには電話で到着を知らせてあった。パリには午後に着く。窓辺で見張っていた恋人〔デュラス〕は、私たちを迎えに階下に降りてきた。私たちがそちらへと顔を向けると、デュラスは二階の踊り場にいる。私たちを見、手で顔を覆い、さっと階上へもどる。しばらくしてから一番おくまった部屋で、衣装箪笥代わりになっている、奥のひっこんだ部分の壁にむかい［……］幾重にも折り重なった服の陰の闇に、デュラスが身を潜めているのを私は見つけた。デュラスがロベールに近づくまでには、まだだいぶ時間が必要だ。　(Mascolo, 59)

これつづく数週間にマスコロとデュラスのうちで、政治的にも精神的にも変容がおこるが、その根拠ともなるこの記憶を決定づけ、突き動かすのは、複数の空間の驚くべき一致である。別様である空間に身を置くことによって、人間における新しい倫理のかたちに対する想像力が刺激される。アパルトマンのもっとも奥まった一角にひきこもったとき、「恋人」(という含羞を感じさせる呼び方はおそらく、デュラスが二人と同じ関係を築いており、そのうち片方の男が、もう片方の男について書いているからだ)——「恋人」はマスコロがダッハウを生き延びたアンテルムと共有した空間、二人が詰め込まれた車の後部座席のみならず、辱められたものが、仲間の辱められたものたちとともに、シラミと共有した収容所の二段ベッドをも、直感で知ったのだ。アンテルム自身が経験した衝撃に比して、強度で言えばどこまでも小さなものであるとはいえ、家のうちの墓に似たくぼみに束の間デュラスを追い込んだショックによって、恐怖を実際に生き延びたものたちを襲った衝撃を直感で知り、それについて書くことができるようになったものとみられる。

## ベルリン終戦日記

言葉で刻まれた経験は、読者の共同体に、同時に起こったというべき、二つの典型的な別様である空間を想像する機会を与える。ダッハウ、一九四五年四月二九日。ベルリン、一九四五年四月二九日。ひとりの男。ひとりの女。男についてはこうだ。

青ざめた夜明け。少しずつ、破滅が闇からたちのぼる。通路には、大便用の穴に最初にむかう人たちのくぐもった足音。点呼はもうない。もう動く必要はない。私たちが望むのはそれだけだ。起きないものは残飯にありつけない。残念。ただ動かずによこたわったままでいること。少し前、小便をしに外にでばった。震えていた。また這いのぼり、もう動くつもりはない。昨晩はシラミが長いこと私の血をすすって、それから静かになった。いならぶ顔に日光がひどい色をさす。ゆっくりと足がほどかれ、縞模様たちが動きはじめる。命は、目覚めるやいなや消耗してしまうが、姿をあらわそうとし、波のようにゆっくりと出てくる。

［……］

ダッハウが生まれて以来初めて、ナチの時計が止まった。小屋にはまだ人があふれ、有刺鉄線がまだ私たちを取り囲む。肉体は、まだ壁に取り囲まれ、主人なく、腐っていく。腐る。死に向かって腐る。自由めざして腐る。腐る、くたばりかけるあの人が。腐る、生き抜こうとするあの人が。終わりにむかって腐る。

［……］

私たちはまだ待っている。何時間もぶっ続けに。外ではまたスープ。空腹で、無理して台からおりる。溝にはまた新たな肉体。空は低く灰色。アメリカの飛行機が収容所のうえを旋回する。機銃掃射が近づいてくる。

［……］

解放された。

（Antelme, 285-7. 英訳を一部改めた）

**図 10**　ベルリン，1945 年 5 月。

女については、ベルリンの真ん中でその身に、その身の回りに起こった出来事について余すところなく書くということに、別の意味で困難がともなうとわかる（**図10**）。女は一九四五年四月二七日金曜日の記録で「破局の日、津波、土曜朝記す」（Anonyma [Hillers], 79）と談ずる。執拗な爆撃によってすっかり別様なるものと化した空間で、金曜日に起きたことを語るにいたる頃、つまり土曜日には、突如として不可避のようになった事柄、すなわち性的暴行に直面し、身体的にも精神的にも生き抜く計画を入念にたてていた。女の身に金曜日に起こった災厄とは、勝利に酔ったロシア兵たちに集団強姦されるというものだった。土曜日につづいて、女が次に筆をとるのは、一九四五年のメーデーの午後三時のことで、女は「土曜日、日曜日、月曜日をふりかえる」(Anonyma [Hillers], 61ff.) のだった。そのときまでに女は、この苦境の治療薬とは言わないまでも、代用薬を見つけていて、それはアナトールという粗野な将校の形をとり、しばらくの間、専属の強姦者となることで他の男たちから女をいくぶんかは「保護して」いた。一九四五年四月二九日、日曜日に関する女の回想はこうだ。

いま私の記憶には穴がある。またしても私は大いに酔っ払い、細部を思い出せない。次に覚えているのは、月曜の朝、夜明けの灰色がかった光、アナトールとの誤解におわった会話。私はアナトールに「あなたは熊だ」と言った(熊という言葉――medvede'――は、タウエンツィーン通りの有名なロシア料理店の名前で、私はよくわかっていた)。

　けれどもアナトールは、私が言葉を間違えていると考えて、辛抱強く、子どもに話しかけるような話し方で、私をただした。「いいや、それは違うよ。m'edv'ede は動物だ。茶色い、森にいる動物だ。体が大きくてほえる。私は chelovek、人間だ。[9]」

(Anonyma [Hillers], 82)

ロベール・アンテルムは、選び取った人間たちを人形《フィグーレン》に、灰(したがってアナトールの人間の概念の対極にある状況)に変えてしまうものたちに対抗して、断固として人間としての立場を主張し――またディオニス・マスコロやマルグリット・デュラスのような聴き手(実質的には読み手)をすぐに獲得し、その聴き手たちが今度は、ダッハウという別様である空間にまつわるアンテルムの物語によって人間性に変容をこうむる。そういうアンテルムとは異なり、ベルリンの匿名の女性による言葉には、あまりにも長い間、誰も耳を貸そうとしなかった。一九五四年、ついに女性の日記がジェイムズ・スターンによって、ドイツ語から英語に翻訳され、ハーコート・ブレイス・アンド・カンパニーから、カート・W・（C・W）セラムという偽名の人物の序文とともに出版されても、女性はごくわずかな読者に知られるにとどまった——女性の「想像しがたい」物語が実際に繰り広げられ、依然として別様であったヨーロッパからは、遠く隔たった読者たち。一九五五年には英国で、つづいてオランダ語、フィンランド語そしてスカンジナビアの言語へと翻訳されていく。そしてついに一九五九年、『ベルリンのひと』〔『ベルリン終戦日記——ある女性の記録』山本浩司訳、白水社、二〇一七年〕はドイツで出版され、ほぼ例外なく、憤りと被害女性に対する非難をよんだ。フランス語に翻訳されたのは二〇〇六年のことである。(10)

## 「想像しがたい」という偽善

女性はあまた強姦され、人びとは根絶され、捨て子や死産の子は完全に忘れ去られる、こうした別様である空間は、フランコに追随するファシストたちに侵略されたスペインを、ジョルジュ・ベルナノス〔一八八八～一九四八年。フランスの作家〕がそう呼んだように、「月下の広大な墓地」である。(11) 去る者は日々に疎し——またしても、一九三〇年代後半の世界全体にとってのスペインがそうだったように。犯罪は人類全体を連座させるものではないと主張し、私たちはこの別様である空間ではなく、あの別様である空間という。私たちの良心にとって、その空間はここにはなく、私たちはそれを「想像しがたいもの」と思いなし、別の言葉でいえば、私たちの想像力ではそれをとらえられないかのように考える。「想像しがたいもの」という見出しのもとに別様である空間を分類するとき、私たちはサミュエル・ベケットの「死せる想像力よ想像せよ」(12) という命令を拒むか、あるいは理解できないふりをしているのだ。句読点を加え、言葉を二、三おぎなえば、省略された部分が明らかになる。「それで想像力は死んでしまったと考えるわけだ。それなら想像しろよ、バカ！」とはいえ想像する力に対するベケットの態度ではまだ、簡潔に過ぎ、間接的に過ぎるのであるならば、ロベール・アンテルムがある種の読者に関して、先回りして感じとる軽蔑の念が参考になるだろう。

　想像しがたいという語は、分断や制約を生むものではない。大変便利な言葉だ。この言葉を、この中身のない言葉を盾として歩き回るうち、足どりはかたまり、大胆になり、良心は立ち直るのだ。（Antelm, 289-90）

わが善良なる同胞のうちに分断はなく、「想像しがたい」という言葉の勝手な使用に制約はないと、ヒリヒリするような皮肉をこめてアンテルムはいう。言い換えれば――政治の、国の、文化の――あらゆる相違をこえ、ある種の真実を決定的に不都合だと考えるについては、都合がよく安心できると、全員の意見の一致をみるはずだから。不都合な真実は、良識に照らして可能性を検討するには、過度の混乱をまねく。「想像しがたい」ものという忘却にゆだねた方がよいのだ。墓地が家に近づきすぎるたび、常に「想像しがたい」と構えていては、我と我が身を忘れる経験は、決して得られない。人の意識がいまここの空間で仲間を愛し、育み、守ることのできるように、別様である空間の作用として想像力が理性を形成する経験は。

## ベルリンの零時

〔『ベルリン終戦日記』をあらわした〕マルタ・ヒラーズが――匿名でこそあれ――一九四五年にドイツの女性たちが経験した恐怖について、そうすることがかろうじて許容されるようになるずっと前に勇気をもって語ったように、W・G・ゼーバルトは――ようやく一九九九年になって――『空襲と文学』〔鈴木仁子訳、白水社、二〇〇八年〕、英題『破壊の自然史について』を出版し、多くの良識の持ち主をゆさぶった。しかし一九六一年に出版されたラウル・ヒルバーグによる画期的な研究業績『ヨーロッパ・ユダヤ人の絶滅』とは異なり、ヒラーズの本もゼーバルトの本も、厳密にドイツに限定されている。この二つの思索の記録において、別様である空間はヨーロッパ全体にわたるアウシュヴィッツ群島の巨大な墓穴ではなくて、惨事の終わりに埋葬地に姿を変えたベルリンなのだった。ドイツの都市もまた、惨事の中心地であったと主張することによって、ヒラーズもゼーバルトも、ショアを非‐ユダヤ人にまであえて拡張しようとするのだ。この点で『ベルリン終戦日記』と『空襲と文学』は、ロベルト・ロッセリーニ監督〔一九〇六〜七七年〕の第二次大戦三部作のうち、残念ながらほとんど知られていない作品に似ている。ロベール・ジュリヤール〔一九〇六〜八二年。フランスの撮影監督〕が一九四七年の八月から九月にかけて、ベルリンでロケをおこなったその『ドイツ零年』（一九四八年）が私たちにみせんとするものは、細々と生き延びようとする物語だけでなくて、とりわけ別様である空間としてのドイツの都市なのである。一九四七年の夏までには、ベルリンの再建は一部で順調に進んでいたとはいえ、戦闘後二年間にわたって街を跡形もなくした大空襲によって、広大な区画が破壊されたままだった。大戦三部作の最後にあたる『ドイツ零年』の野外で撮影された場面すべてについて、敗北した首都のなかの、ほかならぬそうした通りだけにカメラを向けるようロッセリーニはジュリヤールに指示した。たとえば一九四五年四月にベルリンにいたら目にしたはずの完全な破壊の光景を伝えるために。巨大な墓地としてベルリンを再現するのは、題名という一番目立つ部分ではなく、映画の映像である。anno zero という二語は零年を意味するが、一九四五年五月八日の Stunde Null、すなわち零時を堂々と踏襲している。ナチの最高司令部の無条件降伏が発効し、それ以後はそれまでの一三年間とはすべてがまったくの別物になった。いまではわかっているし、ロッセリーニもおそらく気がついていただろうが、ドイツの戦後臨時政府がたてた零時《シュトウンデ・ヌル》政策は、すべての時計が消去されたという虚構のもと、ナチの残党が栄えるのを容認したのである。それはともかく、「ゲルマニア Germania」と「零年 anno zero」の産物はどうなるのか。ロッセリーニが映画につけた題名には、無効を意味する整数に修飾された時間の単位が含まれてはいるが、「ゲルマニア」という用地の存在感のある空虚が、文明の中心地の、特殊な地帯《ゾーン》という地位――そこからやり直さなければならない「記憶から消された zoned out」地位――への降格、ロッセリーニは視覚的にこれを伝えようとしたのだ。とにかく零時のベルリンのグラウンド・ゼロが意味するのは、すべてを無効にする成り行きに対する自発的な忘却、それにとどまらずナチスへといたった環境に対する自発的な忘却である。一九四七年まで、戦後［Nachkriegszeit］にもおよんで、大方のドイツ人が一致してそうした環境のもとに生きるふりをすることを受け入れたのだった。零時《シュトウンデ・ヌル》は再出発であるのみならず、忘れる、忘れようとする大いなる好機であった――起こったことの多くが、要するに起こらなかったのだと信じられるまで、忘れたふりをする好機であった。

## マンハッタンと広島のグラウンド・ゼロ

この点で戦後ドイツの零時《シュトウンデ・ヌル》という局面にみられる主要な時間的特徴を分かち合うのは、マンハッタンのグラウンド・ゼロであり、資本の中心地のど真ん中で徹底的な破壊が起きた区域に、その名を与えることによって刻まれた、総意にもとづく忘却という長くつづく出来事である。あの名前――グラウンド・ゼロ――は、世界貿易センターのツインタワー崩壊直後の時期に、明らかに傷ついた人びとの心の集合体から、自然と意味を形成したのだった。新造語ではまったくなく、グラウンド・ゼロという表現は九・一一以前にすでに存在していた。ただ単に六十年余にわたって人びとの記憶から消えていただけだ。この戦争に携わるテクノクラートの便利な専門語のひとつを、かつて耳にしたことを、私たちは忘れてしまったのだ。一九四五年八月上旬、核爆弾が広島と長崎を跡形もなく消し去ったとき、新聞もラジオも、グラウンド・ゼロとは、大きな爆発が起きた爆心地を指して技術者がおのおの使う名前であると、いたるところで報じた。かくして二〇〇一年九月に突如として「グラウンド・ゼロ」を復活させて現在のような慣用語にし、私たちは言語のうえで、記憶の連想を壮大に働かせていたのだが、この記憶の倫理的、政治的重大性はしかし、いまだ測られていない。私たちはいまだに一九四五年晩夏に二つの日本の都市で、私たちが製作した武器によって、同じくらい甚大な犯罪が実際におかされたという――「グラウンド・ゼロ」という名がその種となる――理解を、抑圧された記憶からもぎとってはいない。いつの日かそのような気づきがうまれるとしたら、それは――少なくとも認識のうえで――贖いの正義がなされる稀有な瞬間となろう。しかしいまのところ、このグラウンド・ゼロをめぐる想起の節目は、アメリカ人を素通りする。換言すれば、グラウンド・ゼロは――「私たちの」グラウンド・ゼロ――はまだ、語の最良の意味で別様である空間にはなっていないのである。フリーダムタワーの足元で、何百万もの訪問者を迎える、アメリカのすさまじい喪失を追悼する展示はまだ、地球上に住むすべての人びとの間にある共通の場へむかう工事現場にはなっていないのである。

## 共同墓穴

人類史上、これまで知られる三つのグラウンド・ゼロ――広島、長崎、マンハッタン――はすべて、抹消の地だ。しかしそうした法廷弁論向きの心構えから、どちらの方角でもいい、想像力をつかってゼロ地点から動き出すと、犠牲者の身体が部分的にみつかりはじめる。さらに数十メートル離れると、どれほど破壊され、生命を失っていたとしても、その身体はどんどん欠けるところがなくなり、どんどん無傷になる。こうした心象は――どれほど偽善をもって「想像しがたい」と思いなそうとも――それでも想像力によって支えられているのだ。それ以外にどうやって私たちが自らの残虐行為をのりこえる日がくるだろう。グラウンド・ゼロが発生したその時の、死をもたらす空間の内側の、グラウンド・ゼロの壊滅的な詳細を技術的に媒介して伝えるイメージはない。ただその後に、巨大な墓地が建設され埋め尽くされていくそのときに、犠牲者たちがのこした、名もない個人の写真や映像があるだけだ。これとは対照的に、哀しいかなナチスが成功させたヨーロッパ・ユダヤ人の破壊は、「最終解決」が実行される最中にもその後にも、その標本があったために、ことによると私たちにとってはもっとずっと鮮やかである。墓地と私たちが結ぶ関係のある側面を、ショアによって垣間見ることができる。グラウンド・ゼロは便宜上そうしないのか、あるいは——ごく一瞬で起きてしまったという性質上——たまたまできないのか、どちらかである。グラウンド・ゼロというこの繰り返し起こる例外がもつ重大性は、グラウンド・ゼロと大量殺戮との間の共通点が、そこから生まれる墓地の種類にあると認めることによって、わかってくる。集団墓地、あるいはフランス語の強烈な呼び方では、共同墓穴［fosses communes］である。ペール・ラシェーズ墓地［パリ東部にある墓地］の南東部の隅にあるコミューン兵士の塀の下で、一四七名のパリジャンたちの遺体を葬る、小さな無縁墓地ですら、パリ・コミューンに終止符をうたんとブルジョワジーが実施した残虐行為を、今日の市民に思い起こさせるものは何もない。そして名づけ、確認し、記憶するという振る舞いを結びつけることで、アウシュヴィッツの共同墓穴に私たちがいま何をし、これまで何をしてきたかという点に、マンハッタン南端部の無縁墓地が近づいていくとしても、いまのところツインタワーにおける大虐殺を心にとめる人が、あの広島をめぐる埋葬儀礼で日本人に連なったためしはない。

## 記憶され、記憶するための墓地

状況に応じて否応なく一緒くたの場所に置かざるを得ない、個々の失われた命を追悼する祈念碑と、個々の墓穴の上部に石を置く伝統との違いからは、今日の墓地の構造と機能にかかわる問題が表面化する——「別異の空間」の第二番目の原則のもと、フーコーがおこなう論証の主題である。さしあたってこの問題に取り組むにあたり、大部分の著作でフーコーにとって第一のヘテロトピアが、一九六七年の講演の後、どうなったのだろうかと思うかもしれない。墓地ではなく、監獄のことだ。昔ながらの見識にしたがえば、墓地と監獄はふたつながら自由にかかわる要素として作用する空間――監獄は自由を否定するように設計される一方、墓地は「自由にする」ところ――だが、フーコーによれば、今日の墓地は、中世の無縁墓地が拒まなかったものを拒むという――忘れ去られる自由だ。フーコーが皮肉の度合いを強めて、個々人が「自分自身の朽ちる小さな肉体用に、自分自身の小さな箱を持つ権利がある」と語るとき、共同墓地の目立つ墓石で記憶にとどまらんとする願望をからかっているのだ（*DE II*, 1577 ; 25. 英訳を一部改めた）。しかしフーコーは死にかけの人の視点から、こうした慣習のばからしさを考察しているだけだ。生きている人は、生き残る人は、どうなのか。なるほど憶えていてもらいたいという願望は――意志の力が消える前ですら、やがて腐敗がはじまると知っているにせよ――墓地が合図して知らせる不条理なメッセージではあるが、しかし死者を記憶にとどめ、威儀を正して亡骸を扱い、死者を尊びたいという、相対する生者の衝動もまた、同様に強烈な（道理にかなった）ものである。この衝動、死者を尊びたいという衝動をつき動かしうるものはなにか。皮肉ぬきにして「墓地の命」と呼ばれるものは、他の人たちからは独立して腐り、腐敗の場に自らの名を刻まれたいという、単に利己的な「遺志」だけではない。そうした遺志を尊重すること以上に、私たち生き残りは、死者の存命に与えなかったものに対する罪悪感と、情けなくも無駄な埋めあわせをしたいという願望から、墓地を維持するのか。墓地は、何世代にもわたる生者が、生きている他者に平和裡に寿命をまっとうさせることを保証しているのではないか。そこに眠るひとたちを大切に扱い、生きている間できるかぎり大事にしたと思って、私たちはいくらか安心してはいまいか。推論するに、墓地もまた、暴虐行為に対抗する誓いを誇示する、別様である空間なのではないか。墓地が記憶装置として機能する必要がなくなったとしても、私たちがヘテロクロニー〔異時性〕を求めることはあると仮定すると、私たちはついこの前まで野蛮人であったが、もうそうではないのだという、最も有効な宣言に、いまや墓地はなりえるのだろうか。生者と死者との関係について誰よりも大胆に強く考えた思想家のひとり、サミュエル・ベケットは、一九六四年の『映画』という映画の結末で、墓地の経験がもたらしうる、我と我が身を忘れるという劇的事件の例を示した。とはいえ『映画』をみるまえに、今日墓地がはたす機能について、埋葬地とみなされることはほとんどないが、しかしながら実際にはそうであるという、埋葬地に極端な例をとりあげ、考察を続けることにしよう。

## 外側からのショアの画像──「ファルケナウ」

よく知られている（けれども繰り返し述べるに値する）通り、ヨーロッパの「ユダヤ民族」を破壊しようと試みるなかで、第三帝国は同じくらい熱心に犠牲者の記憶を抹消せんと躍起になった。それでも墓地を作ろうという衝動、そしてそれによって生者のために個々の死を記憶にとどめようという衝動が、ショアの内側でも断固として貫かれたことを示すには、二、三のこっている映像で事足りる。ショアが単独の空間であるかのごとく、私は「ショアの内側」と書いた。事実、ショアはひとつの空間（アウシュヴィッツ収容所群島）であるのだが、また同時にひとつの時代（一九三〇年代後半にいくつかある起点のどれかから数えて、一九四五年四月まで、そしてさらに残滓はその先まで）でもある。ショアはまた（そうあるべき通り）いまここの空間であり時間である。現実的にも（数々のいまわしい反復）、予防の意味でも（恐怖の記憶にもとづく批判的思考がその再発の芽を摘むという期待のもと）。これから私たちが読みこむ二つの映像のうちの一つは、まさにショアと名づけられた空間‐時間の内側から私たちのところに届く。もう一つのほうは、内側と外側で、二つの別々の時代からやってくる。最初のものは虐殺直後の余波の映像である。二番目のものは何十年も後に加えられた、最初の映像に対する注解である。この注解が示すのは、暴虐行為に対抗し、ひいては──いまのところ──永続するアウシュヴィッツという名の別様である空間に対抗するためには、常に墓地という防波堤が必要だということだ。

第二の画像については、上の機会ですでに述べた。『ファルケナウ』は、サミュエル・フラーが一九四五年に撮影したドキュメンタリー映像をもとに、エミール・ヴァイスが制作したメタドキュメンタリー映画である。映像には街の「指導的立場にある要人」たちが登場し、ショアで犠牲になった遺骸を、見たところ墓地への埋葬を連想させる、基本的な儀礼上の敬意をはらって扱う。「文明の」服装をまとわせ、「白いシーツとテーブルクロス」のうえに規則的に並べ、腕をたたみ、注意深く運搬車両にすえ、「最後の安息の地」に運び去るのだ[13]。こうした儀式行為を、要人たちは自分たちの意志でとったわけではさらさらなく、フラーの司令官の命令でそうしたのであった。『ファルケナウ』がみせる映像のうち、もっとも印象的な内容はおそらく、若い兵士だったフラーの素人映像ではなく、老いたフラーの語りである。つまりマサチューセッツは不毛のウースター出身でユダヤ系移民の息子であるフラーの、そっけない、葉巻をまぶしたような声が、戦争を「組織化された狂気」として簡潔に物語るのだ。フラーは「このいまいましい場所」を歩き回り、丘のうえから収容所の生存者たちがじっと見守るなか執り行われた、静寂に包まれていたはずの儀式を、仲間の部隊とともに監督する。どうしてもひきつけられるのは、廃墟のなかで、トレンチコートをまとった老いたフラーが、葉巻を手に身ぶりを交えて語る、「周りの家がみえるだろう」という飾り気のない言葉だ。フラーは記憶をたどりながら、フラーたちが経験した「死が放つ嫌なにおい」をつたえる――嗅覚の記憶は強度を増し「嫌なにおいなんてものじゃなかった。悪臭だった」とこの語はすぐに言い換えられるが、こうして足された言葉によって、「においなんてしませんでした」と街の要人が言ったとき、かっとなった司令官の激しい怒りに、私たちも駆られるのだ。場所の、出来事の、死を呼ぶ軍に対する嗅覚が、一枚の画像にも刺激されうることを気づかされる。「普通なら」とフラーは続ける。「悪党は射殺して落とし前をつけさせただろう」。その代わり、緊迫したほぼ完全な静寂のなか、フラーたちはぎりぎりのところでもっと「人間らしい」ことをした。上述したとおり、埋葬の儀式らしきものを執り行うよう、街の要人たちに命じ、街の住民の純然たる無関心から死に追いやられた人びとにわずかばかりの尊厳を回復したのだった[14]。

## 内側からのショアの画像――収容所内で撮影された写真

最初の画像、完全にショアの内部から私たちに届くそれについては、映画ではなく、ぎりぎり可能なところで、こっそりと撮られた写真画像である。「地獄でもぎとった四枚の写真」のうちでもっとも有名な一枚だ。ジョルジュ・ディディ゠ユベルマンは二〇〇三年に出版した本――『イメージ、それでもなお』〔橋本一径訳、平凡社、二〇〇六年〕――の第一章をこう題し、写真の出所、写真をとるために用いられたであろう技術、そしてもちろんその意義と影響にまつわる詳細な考察にあてる。いかにして、またどのような状況下でこの写真が（そして知名度は劣るがそれに付随する写真が）とられたのかという推測は、ディディ゠ユベルマンが復元した現物写真の枠組みから導き出される。複製は多くの場合――たとえば一九七九年に出版された、フィリップ・ミュラーの回想(15)にみられるもの――写真家からかなりの（そしてかろうじて安全な）距離で実行されつつあるのがはっきりと見えるゾンダーコマンド〔強制収容所内の労務部隊〕の活動だけに、見る者の視線を集中させるために、写真が切り取られている。

そして実際に、死骸という荷を延々と、煙がたちこめる穴に苦労しながらどさどさ落としていく作業が、私たちの焦点になるはずであり、それはこの写真をとった、匿名の人物の焦点であった（図11）。しかし、その瞬間にこの人物がとらえた視覚情報すべてを復元することなしには、自分が写真としてとらえているものについて、この人物が考えたり感じたりしただろうことを推測しうる材料もなければ、この人物もゾンダーコマンドの一員であり、大胆不敵にも後にのこり、人目を忍び、二、三秒の猶予のうちに、この恐怖をおさめた写真をもぎとったという事実もまた、ひきだすことできない。だがこの人物が墓地について、記憶したいという私たちの願望について、間接的に何を私たちに語るのかを推測する前に、ディディ゠ユベルマンがむごたらしい詳細を伝えつつ、この複雑な写真による声明がとられた瞬間に関して、何を推理したのかをみてみよう（図12）。

**図 11**　図 12 から切り抜かれた写真。『アウシュヴィッツ――写真でふりかえる史実 *Auschwitz : A History in Photographs*』, 117 に掲載。

**図 12**　撮影者不詳（アウシュヴィッツのゾンダーコマンドの一員）。1944年 8 月，第五遺体焼却炉のガス室前，野外焼却穴における，毒ガスで亡くなった死体の焼却。

［……］「ショアの内側にカメラを忍び込ませることができた」バケツからカメラをとりだし、ファインダーを調節し、顔にもっていき、最初の一連の写真［――実際には二枚だけであり、その二枚目が有名な一枚――］をとるために、撮影者はガス室に身を潜めなければならなかった。ガス室からは犠牲者がようやく運び出されたところ――もしかしたらまだのこっていたかもしれない。光のささないほうへと後ずさる。立っている場所の傾斜と暗闇に守られる。勇気を得て、方向を変え、前進。二枚目の写真は少しだけ正面にむき、わずかながら近づいた。危険がます。しかしそれとは裏腹に、構図がはっきりして鮮明になった。緊急の必要、写真をもぎとるという務めを前に、つかの間、恐怖が消え去ったかのようだ。そして分隊［すなわちゾンダーコマンド］の別の隊員たちがおこなう日課がみえる。地面に放り出されたままの遺体から最後に残っていた人間らしい装いを奪う仕事である。生者の身のこなしから死体の重みと、すばやく判断を下すという務めがみてとれる。ひっぱる、ひきずる、なげる。背面の煙は焼却穴からたちのぼってくる。ゆがんだ死体、一・五メートルの深さ、脂がたてるぱちぱちという音、臭気、人間を構成する成分がしぼんでいく。［……］後ろには樺の木の雑木林[16]。

(Didi-Huberman, 2003 : 11-15. 強調引用者)

ガス室の扉という外枠を復元することによって、撮影者のいる位置の安全性がどれほど頼りないものか示す指標が復元されるだけではない。本人と仲間のゾンダーコマンド隊員たちが強制された仕事の性質について、撮影者が何を述べているのかをほのめかすのである。この計り知れないほど勇敢な目撃者、ドキュメンタリー作家は、地獄からこの記録をもぎとるためだけに身を縮こまらせるわけではない。残酷な行為を目の前にしたら、どんな人間でも――自由があるという条件のもとでは――なすべきことを、撮影者におこなわせなかったものが何かを、ガス室のドア枠は思い出させてくれる。なすべきこと、すなわち死者への敬意をはらい、人情から人間を埋葬し、そうして少なくとも人間という種の一員であることをたたえる名前をのこし、最後の「人間らしい装い」のなにがしかを保証するということだ。絶滅収容所そのものである、充満する悪臭から、このアウシュヴィッツ＝ビルケナウの名もない写真家は、私たちがつくる歴史からこのような残虐行為が完全に消え去ってしまうまで、私たちには墓地が必要であると告げる──「誰しも自分の［……］朽ちていく小さな肉体に権利［をもつ］」ためではなくて、その人を平安のうちに送り出したと私たちが言えるように。

以上の通り、二つの画像があり──映画と写真で、双方とも野蛮行為に対する防波堤として墓地をつくる過程を示すものだった。私たちはこの画像を持っているのだが、またもっと重要なことには、それらを受け取らなければならないのである。すなわち私たちは観察者であるべきであり、それにもまして断固として、これらの画像の予定された読者であるべきなのである。私たちは二つの画像を受け取り、解釈を経た理解にもとづき、何かをするように定められたものなのだ。別様である空間のうちで殊に墓地が興味をひくのは、触媒となって別の知恵をひきだすからだ。私がここで「別の知恵」とよぶのは、私たちが日常生活をおくる場所では簡単には（あるいは全然）手に入らない知性の産物のことだ。こうした知性はしかし私たちが墓地にいて、埋葬を執りおこない、墓標に石をならべているときではなく、別の場所にいて、別様である空間に思いをめぐらせるときに訪れる。マルグリット・デュラスがねばり強く次々と文学そして映画を通して似たものをつくりだし、繰り返し照準をあわせようとしたのは、この別の知性である。記憶の一部として、死者を追悼するあの場所（この世をついに去るとき私たちもいくあの場所）を想像してやっと、自らを他者として経験するのである。

## サミュエル・ベケット『映画』

ジル・ドゥルーズが──サミュエル・ベケットの一九六五年の映画『映画』を通じて──あげる運動イメージ

の三つの基本的な型の例は、究極の別様である空間と交流することで、生者の間で経験の共有をうながし、それが深まる様を明らかにしてくれる。ドゥルーズによれば、アラン・シュナイダー監督〔一九一七〜八四年〕、サミュエル・ベケット監修のもと、一九六四年の夏にニューヨークの昔懐かしいペックスリップ界隈で撮影された一八分の作品を順に構成する三つの撮影場所は、「街と階段を寄せ集める行動イメージ、知覚イメージとしては部屋、最後に変容イメージとして、隠し部屋と揺り椅子にいる登場人物のうたた寝」[17] (Deleuze, 227) である。ドゥルーズがつづけて披瀝する読解は、ベケットのシナリオと映画に関するもののなかで、おそらくもっとも得るところが大きい。しかし映画の結末がドゥルーズに示唆するのは「死、不動、闇」であるというのだ。ベケットとシュナイダーが『映画』用に厳密に組み立てた代数から逸脱する解説であり、大幅に異なる結論に近づいていく。これについては別の機会に詳細に論じたとおり[18]、ドゥルーズの読みは道を外れ、『映画』は知覚の寓話であって、現実生活からあるいはさらに想像上の生活から紡がれた、哲学的な物語ではないという認識が、十分にできているとは言いがたい。最後のカットが暗転した後で、バスター・キートン〔一八九五〜一九六六年〕の目が開いたり閉じたりするのが、映画の冒頭と同様の極度のクローズアップでみえるのは、「プロット」の最後に起こったことが、知覚して侵入していく主体の、知覚された主体との統合だからである。知覚主体は――文字通り――同一人物であったのだ。ショット・リバースショット〔登場人物の見つめ合う姿を、カットの連続によって表現するショット〕とカメラ目線のダンスが視聴者に伝える、存在の和解の寓話は、バスター・キートン演ずる、切り詰められた人物の周縁でおこる。この人物が映画の最後に生きながらえているように、墓地も命を奪われた単なる骨捨て場ではない。生者と死者が隣接する閾の空間であり、全員を待ち受ける死を思い出しながら、生者はそこで人生について考え抜くのである。この点から考えると、墓地を都市の周縁に追放したのは、はたしてミシェル・フーコーが論じた通り、近代では死に至るまで個性を保つことを私たちが願う一方で、死を疫病のように考えるからという理由だけで説明できるのであろうか。墓地における儀式はいつまでも生者に対して優位を占めていることを考えると、墓地がおかれるこうした周縁部は、もっと正確にいうと、都市と、都市にいる優越感のちらつく洗練された住民が、都市の境界から遠く離れて住む者の劣化した存在形式とみなすものとの間にある、中間の立場ではないだろうか。地図を一目みれば、次章でくわしく検討するパリの場合、「郊外」ではあるけれども、工業化時代の幕開けに付随する、拡張を続けていく墓地は、パリにのこった最後の城壁すれすれに拓かれたことが、すぐにわかる。今日でも墓地はすべてパリを出てすぐの地帯にのこっており（地帯《ベルト》という語感も示唆するとおり）、いまだにここはラ・ゾーン（la Zone）という風に呼ばれることもある。パリの場合はしたがって、墓地にあてがわれた用地は、墓地の存在を頭の外においておけるほど、視界から外れていないのである。むしろそこは閾の空間であったし、生と死の間の隙間の地帯であり、人びとが積極的に想像にとどめておく無人地帯であった（そしておそらくいまでもそうである）。

## パリを囲む閾の空間を描写するセリーヌ

ルイ＝フェルディナン・セリーヌ(19)による最初の小説『夜の果てへの旅』〔高坂和彦訳、国書刊行会、一九八五年〕のなかでは、文学では稀有の例のひとつとなる、パリのまわりの閾の空間に関する描写がなされるが、その前の二、三の段落で、作者は自身の分身であるバルダミュの声を借り、サン＝トゥアン墓地へ運ばれていくような、果てしなくつづく死者の行列のイメージを使って、自分と同時代人を以下のように観察する。「無用の存在のとめどのない群れが、時代の底からこんこんと湧き出、自分たちの鼻先で死んでいく、それなのに私たちはここにとどまり、何かを期待している……死について考え抜くことすらできないのだ」（*Romans I*, 320；287）。今日セリーヌを読むとき、その過激な人種差別主義を警戒するレンズを通して読まなければならないことは、明らかである。セリーヌの人種差別主義の全容があらわになるのは、フランスがナチス・ドイツに占領されてからだ。しかし、これを書いたときにセリーヌが人類に倦んでいたこと、したがってバルダミュの内省は絶望のひとつのあらわれであることもまた、明らかである。しかし、都市の中心部に受け入れられず周縁部へと進み出て死んでいくだけの人たちはすでに「無用の存在」とみなされ、その信念や不条理な存在が、希望のまがいものをつくることもまた、かさねて明らかである。それでもセリーヌは死者のためにつくり、維持するまさにあの空間を触媒として、電文体のごとく簡潔な言葉で、実践哲学をめぐる深い教訓を伝える。ニーチェの『悦ばしき知識』の二七八節は、（ゲーテにならって）死をめぐる考察 Der Gedanke an den Tod——模範的なフランス語の訳者なら、「死を考えること penser la mort」と訳すだろう——と題されるが、二〇世紀哲学や思想のうち、語り継ぐに値する多くのものにとって、[20] るつぼの役割を果たしてきた。死を考えることは私自身の限界に対する内省であるだけではなく（もちろんそもそも内省というわけでもなく）、いたるところで私の周りにいる、同じく思考する存在と私が結ぶ関係に与する禁止、相互浸透、責任をめぐって進行する自己鍛錬でもある。他者の平和と安全に対する私の責任の極限において営まれる、自覚的な生活の実践である。それだけではなく、セリーヌが『夜の果てへの旅』の主人公バルダミュを通じて暗示するとおり、死を考え、希望に真の根拠を与えうる可能性が私たちに残されているとするならば、この限界体験は限界の空間との関わりにおいて起こるだろう。

## 境界にある「工事現場」の曖昧さ

デュラスの「工事現場」のなかで、境界にある墓地が精神力と知力をかきたて、やがて強めるが、そこはまさにこうした限界の空間である。最初のうち男の目には単なる空白にみえたかもしれないが、そうではなくてドゥルーズが書いたとおり「同時に［……］要であり裂け目」（Deleuze, 72 ; 65）である空間なのだ。マルグリット・デュラスの実生活の世界で舞台となった場所は、フランスのサン＝ジョリオであり、スイスとの国境間際にあるため、先に終わった大戦中にはナチスから逃れようとする人たちが、ここを通過して中立地帯へと入っていった。したがってマルグリット・デュラスが想定した一九五四年時点の読者の空想と、いまだ鮮やかな記憶のなかでは、謎めいた工事現場のある架空の町は、ファシスト統治下でますます避けがたくなりつつある早すぎる死と、当面の（ただしかすかな）可能性にかける、小さな安息の地の執行猶予そして長命とのあいだにあったのである。サン＝ジョリオがここであり、ほぼあちらでもあったというのにとどまらず、工事現場も町の境界のあちら側に、湖岸と森のはずれとの間に位置していた。〔「工事現場」の娘が直面した工事中の墓地が〕まだ誰も埋葬されていないがゆえに、活用されている埋葬の場ではないという事実は、墓地と呼ばれる空間が現実のものでありながら、それと私たちが関係を結ぶには想像力が必要である、という特徴をささえる根拠を、補強するにすぎない。マルグリット・デュラスの工事現場をめぐる内省はおそらく、ロベール・アンテルムにとりつくダッハウの記憶を、若い娘の体と魂に移植したことに端を発する。若い娘が感受性の強い男との共生に、精神病や自殺に追い込まれないだけの慰めを見いだすようにデュラスがした分、楽観的になった。こんな風に、創造的想像力の働きと成果のすべてをもって、アンテルムが生き延びようと頑張る手助けをしたいとデュラスは願っていたのだと、推測せずにはおれない。そしてベケットの『映画』と同様に、その教訓の恩恵を十全に享受するためには、「工事現場」もまた寓話として読まなければならない。まったく仮想のものであっても、若い娘の心の目がそれをそのようなものとして見ている以上、「工事現場」の墓地は、共同墓地なのである。男にとっては、娘ゆえにそれをそのようなものとして見るようになる以上、あまりに人間的なありさまから、他者への開けがもたらす、不断の生成へと男が進化していくのを墓地が媒介するのである。ロベール・アンテルムと同じく、人間の生命が許容できるものの極限にまで追いやられ、ただしアンテルムとは異なり、それ以上耐え忍ぶことのできなかったロベール・デスノスは、こう書き記した。「墓所をかこむ壁は、大洋ほども、砂漠ほども、氷河ほども、私の完全な想像の産物に限界を設けない」。墓地はたしかに強烈な別様である空間なのである。

いまいちど「工事現場」を組み立てる言葉をふりかえれば――別様である空間を具えた「工事現場」は、墓地以外のものではありえないと思われる――一貫してすべてがどこまでも曖昧であることに驚く。墓地が墓地として特定されないだけではなく、登場人物たちも名づけられず、国籍や人種の特徴にも欠けている。性別だけが唯一の差異の印である。あらゆる面で誰にでも当てはまる「工事現場」は、原則の塊といった趣がある。そこではカントが崇高の根本に見出した不定形なものと目的なき合目的性が君臨する。「崇高の分析論」の珍しい点のひとつは、原動力として笑いにふれていることである――この点では笑いという同じ感情表現に対するフロイトの見立てを予見するものだ。少なくともアリストテレス以来、笑いは哲学者たちを魅了してきた。「笑いは」とカントは書く、「はりつめた予感が突如として無へと変化したことから起きる感情である」(Kant, §54, 177)。登場人物の二人を他なるものにするあの空間が、どういうものであるかを十分に明確にするかわりに、「工事現場」のホテル滞在客の誰の口からも「墓地」という言葉は発せられないままに、不安そうな笑いがそちこちで交わされる。しかし若い娘が「どこかしらためらい」ながら思いをめぐらせる「日常のもの」、それをおおう曖昧さを晴らす、一番道理にかなった候補として、読者の心にまずまっさきに浮かぶのは、まさに「墓地」なのである。ここは読み進めるや「ほかのものと変わらない工事現場だったが、確かに、特別な目的のある工事現場だった。驚くほど人の先を見通す才能［vertu de prévoyance］が進化するのを証明するのだ」とあるのだから、なおさらそう思う。工事現場を描写するためにデュラスは、こうしたまわりくどい表現を多用するのだが、これが別の状況、別の文脈であったなら、退屈で鬱陶しいとすら思われたろう。しかしここでは、そうした表現がまったく確定できない「何か」に代わる。この「何か」はその「特別な目的」をめぐる謎をいや増し、男が解釈する娘の目を通じて、この工事現場が確かに単なる墓地のそれだという私たちの確信を、少しずつ危うくするのだ。

　しかし、高山にある町の周縁部の草地で労働者たちが拡張しているのが墓場かどうか、と見当をつけることよりも大切なのは、自分が何を認めたと娘が考えているか、そしてデュラスの計画全般にとって決定的なのが、娘が何を見ていると男が想像しているのかということである。題名の奇妙な複数形も、想像力をもちいたこの回帰によっておそらくは説明できる。工事現場の用地は、病後療養所にいる娘の存在がいまある時点において、娘に対してそこにあり、その用地の眺めが、過去にあった類似の用地の像をより強烈にいまに喚びおこし、さらに目下、男の現実の経験のうちにもあり、男の側で娘の立場にたって想像をつくしたおかげで、娘にとって追悼の意味もいくらか付加される、などといった説明である。工事現場の複数形はともかく、物語における視線のエコノミーの中心点が頑なに名づけられないので、読者の想像は、ことに非現実的な詩の領域へと開かれ、そこでは死を大げさで、過剰な、ほとんど幻覚めいたイメージに刻みこむ傾向がある。全作品を通じて、マルグリット・デュラスは政治的、倫理的目的のために、この力学を執拗に展開していく。「工事現場」の名づけ－代わり－の－笑いは、この作品の『ヒロシマ・モナムール』への展開において、正統な橋渡しを務める。岡田英次（「彼」）とエマニュエル・リヴァ（「彼女」）との間で交わされる、性愛の緊張ではりつめた笑いの交換は、映画冒頭の重々しいレチタティーヴォの呪縛を解く。この笑いは「工事現場」の名前のない登場人物たちが交わしたという笑いに音がついたものだ。その反対に、日本人の恋人の眠る体の腕の先端に指のけいれんを彼女が見、彼女の思いは（映画中、最短のフラッシュバックで表現される）、ヌヴェールのロワール川の岸でドイツ人の恋人がおこした死の発作へと導かれるように、広島のホテルのベッドにおける笑いに、墓地になる予定の空き地の前の森における笑いへと、私たちは送り返されるのである。こうした道筋は、私たちが名前をあげて検討した別様である空間のいくつかによって、示すことができるだろう。再建された一九五九年の広島にいる恋人たちにとっては、この日に至るまで原爆ドームによってその爆心地が記憶される、広大な墓地である。いまだにトラウマを負うフランス人女性であるところの彼女にとって、占領下のフランス――そのおおよその中心地は偶然にもヌヴェールである――は不条理にも別様である空間であり、ドイツ国防軍の兵士との恋はそれでもそこで共有された。一九五四年の物語「工事現場」のいまだにトラウマを負う女性にとって、すぐ向こうにある工事現場では、死者がその名で記憶されるが、それによって喚びおこされるのは、絶滅のためにひろがる組織の端から端まで、異様なほど拒まれた（排除された）広大な墓地であり、その中心地はポーランドの町で、その名がショアの提喩となった。グラウンド・ゼロ－ヌヴェール－アウシュヴィッツ。

## 『アバン・サバナ・ダヴィッド』

アウスシュタートというのが、後の小説でユダヤ人登場人物が排除されるべく送られることになる、ソヴィエトの収容所がある土地にあてて、マルグリット・デュラスが考案した名前である。『アバン・サバナ・ダヴィッド』は、一九六八年のプラハの春そしてその制圧を承けて執筆され、ロベール・アンテルムとモーリス・ブランショに捧げられた政治的寓話であり、ダヴィッドという名の下層建設労働者は、とりわけ強制労働収容所におけるユダヤ人の扱いをめぐって、ソヴィエトの権力に異議を申し立てた廉で、地元の共産党指導者からアバンを殺害するよう命令される。小説全体の傾向として、作品は対話で完結するが、ダヴィッドは心を入れ替えて任務を放棄し、より重要なことには、ダヴィッドのアイデンティティは、自らが排除するはずだったユダヤ人のそれと絡み合う。シュタートの境界を越え、放浪してさすらう、（映画版『太陽は黄色』ではサミー・フレー〔一九三七年〜。フランスの俳優〕やディオニス・マスコロらが演じる）名前のないユダヤ人たちは、党組織の束縛をこえて、魂の共産主義の理想を追求することになる。ミシェル・フーコーの思想に浸透する分かち合い《パルタージュ》はこの先で分析するが、ここではそれを先取りして、別様である空間を支配する包摂的分離との関係で印象的なのは、最終的に『アバン・サバナ・ダヴィッド』におちつく作品に、デュラスがつけようと考えていた題名の候補のひとつが「単一にして分割La Division dans l'Unité」であり、これに「分割しつつ単一 l'unité dans la division」というコメントを付してそのようにしてはっきりと交差対句という構造をもたせたということである。[21] 単一にして分割、分割しつつも単一。我と我が身を忘れた二人の間の、こんな風に互いの瀬戸際にあるシーソーは、「工事現場」の恋人たち、『ヒロシマ・モナムール』の恋人たちが心を通わす手段である。

## ユダヤ人の娘という設定

第一章で手短にふれた「アリエ氏の工事現場」という記録資料の一片が立証する通り、『アバン・サバナ・ダヴィッド』よりもだいぶ前に、恋人たちの未来の共同体の構成員のうち、少なくとも一人――女性――をユダヤ人と想像していたという跡が、目立ってそこここにあらわれる。一九五八年後半に『ヒロシマ・モナムール』に向けてデュラスが用意していた脚本にのこされた、さまざまな稿のうちのひとつは、アウシュヴィッツと広島をいいいい拒まれた墓地として、ひとつづきにしようとするデュラスの意図が根元から露呈しているという意味で、注目に値する。「ウタのノート」のなかで、デュラス自身が、あたかもレネ監督の『ヒロシマ・モナムール』でエマニュエル・リヴァ演ずる名前のない登場人物であるかのように、こう記す。「私の母はユダヤ人で、家族のもとを去って、[一九]四二年以来、南部で暮らしている」。[22] この一文のもとにある発想が実際に映画になっていたとしたら、ステラ・ダサス演じる、娘の母という脇（だがまったく無視できない）役が映画に登場するので、つじつまが合わなくなっただろう。そのうえ、歴史的観点に集中すると、この発想が具体化していたとしたら、占領下のフランスにのこされたユダヤ人の娘の安全は、薬局を営む父親が非ユダヤ人であろうとも、危険にさらされ、ドイツ兵との恋物語に影をおとしたろう――そもそも二人の関係がありえたのかという疑いが増すことは言を俟たない。それでもこうした仮定によって錯綜した細部は、脚本が熟していくなかで、最後の方まで残される。一九五八年の秋になってもデュラスが脚本に含めることを検討していたタイプ草稿の場面は、次のようなものだ。

黄色い星を私のレインコートに縫いつけるのもまた、あの人を思う方法のひとつだった。もう、愛を取り除くことは、何をしても無理だ。寝室にひとり、真夜中に、眠れない。私はユダヤ人で、その事実をまざまざと発見しているところ。御法度が加わって、この恋愛はさらに複雑になった。けれども私はそのことをまだ知らなかった。従順に星を縫いつけた。悪魔払い。シャン・ド・マルス広場のうねりがまだ瞼の裏を打ちつけている。あの人は今晩もう一度たちよったはずだ。私は鎧戸を開けなかった。私は呪われた星を縫いつけた。この形状が死へといたるのだ。(23)

最後のそっけない二文は、死すべき運命と六角形の星を結びつけるが、これが心臓のとまるほどの緊張をはらんでいるのかどうか、崇高な瞬間に値するのかどうか判断するのは不可能である。脚本のまた別の原稿には、父親が黄色いダヴィデの星を娘の胸にピンで留める場面がみえる。作者が娘にあてようと考えていた設定によると、ドイツ国防軍の兵士とフランス人の娘の密通と同じくらい非難される可能性があり、さらにまったく別の規範で娘はとがめられていたはずだ。同じ資料フォルダに保存されている「ヌヴェールに関する覚え書き」のなかでは、デュラスはこの登場人物に娼婦の役を割りあてることをもくろんでいた。「あるいは娼婦であったかもしれないが、この職業に娘は倦んでいたらしい」。敵と寝たユダヤ人がやがてぼろぼろの売春婦になるというのは、アラン・レネには少しばかり過剰に思われたにちがいない。したがって映画は、愛国心という領域に限った裏切りの形におちつく。

## 墓地との関係を語る作品群

個人のトラウマ（彼女の物語 her story）と集団のトラウマ（歴史 history）が『ヒロシマ・モナムール』に提示されているという有名な解釈の基礎にある、記憶と忘却の弁証法とそっくり同じくらい、エマニュエル・リヴァ演ずる登場人物をかりたてる緊張は、一九四五年に剥きだしにされた、二つの広大な不毛の地の中心地と、女性との間の距離にある。デュラスによる一九五四年の忘れ去られた物語「工事現場」の娘が、墓地——実質上のもの・排除されたものであり、現在のもの・過去のものであり、遭遇したもの・想像したものである——と結ぶ関係は、戦後日本にいるフランス人女性の原型である。かくしてデュラスは、文学の言説を用いて私たちの墓地との関係を説明した、際だった思想家たちに加わり、肩を並べる。セリーヌの『夜の果てへの旅』にはすでにふれた。次章で「不分明な地帯」を探究するにあたって、セリーヌと『なしくずしの死』に戻って詳しく論じることになる——一九三六年のこの小説が受け入れられなかったことをきっかけに、著者の強烈な人種差別が堰を切ったようにぶちまけられるのだが。それ以外では、スペイン内戦における左翼そして無政府主義者の抵抗を、実際に参加して万華鏡のように映し出すアンドレ・マルロー〔一九〇一〜七六年〕の『希望』（一九三七年）〔小松清訳、河出書房、一九四九年〕、時は同じくスペイン内戦で、ジョルジュ・ベルナノスによる、激怒と憤激にかられファシズムを告発する『月下の大墓地』（一九三八年）のふたつを、同時期に生者に対する墓地の意味を探究した小説としてあげることができる。文学という方法を通じ、倫理の延長として捉えられた墓場、要するに人類全体に開ける墓地を訪ねるとなれば、かなりの数の作家が心に浮かぶ(24)。しかしながらデュラスへ立ち戻るという私たちのこだわりと、一九五四年の物語『工事現場』からうけとる分かち合われた共感への洞察という文脈に照らすと、先達として念頭に浮かぶ三作品を、ここでは簡単に探索してみよう。ハーマン・メルヴィルの『書記バートルビー』（一八五三年）、ジェイムズ・ジョイス『ユリシーズ』(一九二二年)、そしてウィリアム・フォークナー『死の床に横たわりて』(一九三〇年)である。

## バートルビーの埋葬

〔「空飛ぶモンティ・パイソン」のなかの〕ノルウェーブルーのオウムに関するジョン・クリーズ〔一九三九年〜。イギリスの俳優〕のかの有名な台詞〔「これは元・オウムだ!」〕のように、ゾンビが「元-人間」であるとすると、バートルビーは——かろうじて、細々と——生きながらえるゾンビである。バートルビーはしばしの間、道理をこえて、死のこちら側にとどまっている。歩行すらぬきで死刑囚《デッドマン・ウォーキング》のようにふるまう仕事仲間に直面して、ハーマン・メルヴィルの物語の語り手は延々とやきもきし続け、耳を貸す人にはだれでも、「バートルビーは根っから正直な人間で、大いに同情に値するのだ」と請け合う。しかし生きながらえるバートルビーの評価には、罪悪感のにじんだ補足が混ざる。「同情に値する、説明が追いつかないほど常軌を逸していても」(Melville, 48)。とはいえ、手の施しようのないほど正常さを欠いていたために、いくら語り手が、この最終的な結果から書記のバートルビーを守るために、できる範囲で自分は最善をつくしたと、薄っぺらい慰めを感じようとも、「静かな男」(Melville, 50) は結局はこのゾンビにぴったりの名前をした「刑務所 the Tombs へと追い払われる」(Melville, 47)。『映画』や後のサミュエル・ベケット作品に出てくる限られた空間において、どうにか最低限の生存を工面する——あるいはもちこたえる——孤独な登場人物たちは、最期に近い状態にあるバートルビーの直系の子孫である。「壁の下に妙に縮こまり、膝を引き寄せて横向きに寝、頭は冷たい石に触れている[……]ぴくりとも動かない[……]光のない目は開いていた。さもなければぐっすり眠っているようにみえただろう」(Melville, 50)。なによりもまず刑務所の看守に感じて欲しいと願った、まさにその同情が、今度は語り手を動かし、手をのばし、「バートルビーに触れる。手をさわり、ぞくっとする震えが私の腕にのぼり、背骨をくだって足まできた」（Melville, 50）。こうして共感をもって相手の身になる瞬間には、生者はジャン・アメリー〔一九一二～七八年。オーストリアのエッセイスト。本名ハンス・ハイム・メイヤー〕のよく知る「精神の限界」に達し、カントが教える通り、ただ想像力のみが命を守り、理性を回復する。その後、バートルビーはもしかしたら本当に「王と参議たちとともに」〔「ヨブ記」三・一四〕あると結論する生き残りたちと一緒に、メルヴィルの登場人物はまさにそうするのである。「想像力があれば哀れなバートルビーの埋葬の粗末な朗唱を容易に埋め合わせられるだろう」（Melville, 50）。

## パディー・ディグナムの埋葬

もうひとりの哀れな人物の埋葬が、簡潔とはほど遠い朗唱によって、ジェイムズ・ジョイス『ユリシーズ』における「ハデス」をめぐる挿話で語られる。第六挿話において、レオポルド・ブルームはパディー・ディグナムを弔う、ダブリンのプロスペクト墓地（グラネスヴィン）、「危険な場所」にむかう葬列に随行する。モダニスト文学の金字塔である『ユリシーズ』全体にいきわたる語りの方法に則り、ブルームの内的独白は灯台の役割を果たし、私たちは貧しい葬列とともに中心街からダブリンの周縁地帯へ、非常にのろのろと進んでいく。この儀式と最後の墓地の眺めに、ブルームは生後数日で亡くした息子ルーディを思い出す。スティーヴンがブルームの人生経験に静かにおどおどと入ってきてからというもの、ルーディの記憶は再びかきたてられていた。アイルランド系ユダヤ人であるブルームはまた、父サイモンについて思い出す。父と息子一般について漠然と思いを巡らせ、自分の人生から去っていた一連のなつかしい人びとに思いをはせる。全員がいよいよプロスペクト墓地に着くと、「ちょっとした個々の腐敗用の個々の小さな箱」に関してフーコーに皮肉を言わしめたのと同じブルジョワの儀式の馬鹿馬鹿しさに触発されて、ブルームは集合意識の記憶から、常套句とへぼ詩を掘り起こしてくる。「いまや私たちはディグナムの魂の平安を祈る。地獄でなくてしごく安楽であるように。いい転地。人生のフライパンをとびでて、煉獄の炎へ」（Joyce, 91）。自分の皮肉に固執するフーコーとは異なり、ブルームはほとんど即座に存在の不安から我と我が身を忘れる。「あいつは自分を待ち受ける穴について考えることがあるのだろうか。ひなたにいて震えるときにするように」（Joyce, 91）。「あいつ」がパディー・ディグナムであるならば、パディーはもう考えることができないのだから、こうして推測して問う意味がない。「あいつ」はレオポルド自身しかありえず、自分がやがてなるべきものに近づいたために若干位置が変わり、方向を失い、パディーの亡骸にほとんどぴったりとくっついている。刑務所でかろうじて生きているバートルビーに触れた語り手が震えたように、ひなたで震えているかのように。したがって、ブルームの意識の流れがよどみなくつづく間、次の思考は避けがたいものに対する批評というよりは絶対的な非人間性に屈することに戒めをうながす注釈である。古いことわざ（フランス語でこれに相当することわざでは、目が体に、精神が心に置き換えられる）を呼び出しつつ、シャベル一杯の土の音の響きは、棺の上でどんどんかすかになり、発話される文字とは反対の効果を生む。「土はいっそう静かに落ちた。忘れられはじめる。目に入らないものは精神から離れていく〔直訳すると「去る者は日々に疎し」〕」（Joyce, 91）という一節が実際には、終止符がうたれてもパディー・ディグナムの存在を記憶にとどめていて、ブルームは断固としてその記憶と対話するのである。ベケットの後期三部作を先取りする比喩的描写でもって、最後のシャベル一杯分の土が放り込まれたあと、地下の箱のなかで骸に何がおきるのかを考える――「その人を植えて、一丁上がり。石炭おろしをすべりおとすみたいに。それから時間を節約するために、いっしょくたにかためる。諸死者の記念日」（Joyce, 93）――この無縁墓地の心象から、究極の別様である空間で何が何でももぎとられた、大量絶滅の写真にいたるまで、こころの震えを覚えずにはいられない。

## タルの尻込み

埋葬の儀式は、平安のうちに生かした（あるいは生かすべきであった）この世を去った仲間に敬意（哀悼の意）をあらわす営みであるだけではない。ニーチェならば、私たちが－そうあったことに－なっているだろう－人と言い表したような者になる可能性がすべて潰えたとき、いつの日か私たちがそうあったことになっているだろうものに気づかせてくれるのである。目を見開き、注意深く、私たちは目的なく閉じられた目に対峙する。私の目と同じくらい、この人のこの目が生命にあふれていたときだったら、私はこの人をどのように扱っただろうか。これが墓穴に隣り合う会葬者の頭をよぎる、たぶん唯一の問いたりえることを、おそらくサミュエル・フラーの司令官は知ったのだ。『死の床に横たわりて』のウィリアム・フォークナーには間違いなく分かっていた。ジョイスがパディー・ディグナムの埋葬に織り込んだのと同様のブラックユーモアをいくぶんか含んではいるけれども。葬儀では調整し適応し耐えるために自分自身の経歴を評価したいという衝動があまりにも強烈なので、会葬者の間で仲間の人間に対する当然の義務を見積もる視線が、こっそりと交わされるのである。ダールのことを考えながら、タルは一人ごちる。

あいつは俺をみている。何も言わねえ。あいつの不思議な目、近所の奴らが噂する目でただ俺をみる。いっつも言ってたんだ、あいつが人を見つめる目に比べたら、あいつがやったことや言ったことは、たいしたことねえんだって。どうにかこうにか、あいつがてめえのなかに入ってきちまうみてえなんだ。どういうわけか、あいつの目で、てめえを、てめえのやってることを見てるみてえになっちまうんだ。

(Faulkner, 1984 [1930] : 81)

古くからの自分本位の生き方にしがみつくこと以外（そしてそれよりましなもの）は何も望まないタルには、ダールの油断ならないまなざしに抗うことしかできない。タルは我と我が身を忘れることに、激しく抵抗する。ブルームが進んで身をゆだねた、死者とともにいるという接‐断は、タルには馴染まない。タルの尻込みは、「おまえをここに連れてきたのは、私ではないのだよ、バートルビー」（Melville, 48）と述べるメルヴィルの語り手の、否定しがたい否定を激しくした型である。仲間の人間を刑務所（「人が思うほど悪いところではない」）に追放した行為から、死に物狂いで自分を遠ざけようとして、メルヴィルの代わりに長々と話す語り手は、そうしないほうがいいバートルビーの気を紛らわせるために、全力をつくす。「ご覧、空がある、ここには草が」。無駄である。バートルビーの痛烈な応答──「自分がどこにいるかは分かっております」──は永遠に語り手につきまとうことになる（Melville, 48）。そして私たちにもまた。物語の最後の叫び「ああバートルビー！　ああ人類よ！」（Melville, 51）、人間的なものの埋葬の失敗。個別の例外から普遍的な規則へ、強引な飛躍を通じてメルヴィルは、自明のこととして境界を画され、別様である空間に限定された人間性の破綻を、私たちの顔になすりつける。

## 『パサージュ論』における墓地

フーコーが見てとった通り、一九世紀の初め頃から墓地は、都市文明の境界の外にある空間へと追放されてきた。ヴァルター・ベンヤミンによる、その立派な名にふさわしい都市に関する壮大な計画では、別様である空間は、私たちの心象風景かつ現実の光景の一部として再領土化されることになっていた。以下にひくのは、ベンヤミンの『パサージュ論』を構成する何千もの異様な考察のうちのひとつである。

都市のパサージュや門、墓地や売春宿、鉄道の駅……から、かつて都市が境界と市場に規定されていたのと同じように、そこから都市を地図上で——十倍にも百倍にも——組み立てるために。秘密であればあるほど、その都市の本質をあらわす姿なのだ。殺人に反乱、通りの網目の血塗られた結び目、愛の隠れ家、そして大火災。

(Benjamin, 83)

鉄道駅と門、娼館そして墓地に共通するのは、閾としての位置づけと意味づけである。つまり、売春宿が性欲をかきたてられた肉体を脱領土化し、中産階級の因習から立ち去らせるのと同じように、墓地もまた意識を、意識の閾へと移し、その限界を試すのだ。そして墓場は死者を追悼するための場所であるがゆえに、まだ生き抜かねばならない人生に、とりわけどのようにそれを終えるかという問題に、会葬者をつなぐ。墓地は、現時点(あるいはいまいる場所)にいたるまでの言行録と、今後(目的地の候補)におこなうと決める事柄との間の、想像上の中継地点なのである。だからこそベンヤミンは、都市という網目の結節点のうちに、都市のうちの別様である空間のうちに、反乱が頂点に達した「血塗られた結び目」を含めるのだ。これはまた一七九八年に出版されたカントの『実用的見地からみた人間学』にフーコーが寄せた長大な序文の簡潔な結論によっても気づかされる。「哲学の分野では、人間とは何かという問いの軌道は、問いを退け無害にしてしまう答え——超人——のうちに、最高度に達する」(Foucault, 79)。ニーチェが早くからあれほどはっきりと私たちにそう促したように、人間的なものを超えていくためには、私たち自身でありながら、その人間性をこれまで認めてこなかった、人類すべてと落とし前をつけなくてはならないのである。

## 一二名の反逆者の亡骸

塵があっという間に塵にかえってしまう前に、ディディ＝ユベルマンがベンヤミンと共有するのは、生者が（自らの名ではないにせよ）名前のない何かを私たちのなかで持ち、守り、畏敬することに寄せる関心であり、その節の題名は「ありふれたもののあかしえぬ場所[25] L'inavouable lieu du commun」であり二〇一二年に出版された、こちらもまた翻訳の難しい題名の『陳列された人びと、エキストラの人びと／遺体置き場の人びと[26]』の一節である。ディディ＝ユベルマンは、アンドレ＝アドルフ＝ウジェーヌ・ディデリ〔一八一九～八九年。フランスの写真家〕が撮影したとされる、一八七一年五月の「血の一週間 La Semaine sanglante」に殺された名もなき反乱者たちの写真を熟視してうまれた、心のこもった考察を四ページにわたって展開する。「血の一週間」によってパリ・コミューンは突如としてぞっとする結末を迎えたのだった。写真は棺におさめられた一二名の反逆者を写したものだ（図13）。

ここでディディ＝ユベルマンは「人びとを露出することは、はじめは不可能な探求であるようにおもわれる、ありふれたものの場所［lieu du commun］はありふれたもの［lieu commun］に似ている場合がほとんどなのだから」(Didi-Huberman, 98) という懸念を表明する。「ありふれた」はここでは同時に少なくとも三つの事柄を意味する。共通点――この人たちがそれぞれ共通にもっているもの、分け合っていたもの、すなわち政治的、経済的、社会的共同体。この人たちの行動へと駆り立てた、互いへの関心と連帯という意味。そしてこの人たちが民衆、庶民、プロレタリアであったという事実。この写真が、いつか将来の瞬間に熟視してもらうべく凍結した瞬間は、死体の差し迫った行き先を宙づりにし、次の段階は――「こういった人たち」の場合――亡骸は共同墓地へ、共同墓穴へ追放されるのが普通であるという予想に異議をつきつける。しかし死体それぞれに「小さな箱」があり、手狭で安普請ではあるが、それでもひとつひとつ分かれている。おそらくフーコーも、この写真を前にしたら皮肉も嫌みも持ち出さなかっただろう。生者がささげる敬意は、この写真に示されているだろうか。裸のままの死体はやはり埋葬布にくるまれており、棺にはいくぶんかの心遣いが供えられている。勝利を収めたブルジョワジーには不完全な人間とみなされた人びとに、時間をかけていくらかの人間性を認めたのだ。そして確かに、ディディ＝ユベルマンが期待するように、この写真をみれば、まとめてパリ・コミューンとして歴史に名高い闘いの意味について熟考するよう導かれるだろう。とはいえもっと何か確かなものがここには刻まれている。いまいちど、この空っぽの落ちくぼんだ目をみる。一二名のパリ・コミューンの支持者は、まだ埋葬されていない。ここでディディ＝ユベルマンが私たちに思い起こさせるのは、「自らをさらしながら、さらすもの」であり、これはモーリス・ブランショが「歴史と政治という空間にいる人間の共同体[27]」(Blanchot, 100) に与えた名であり、ブランショはジョルジュ・バタイユを引き合いに出して、バタイユが文化について断言することを政治にあてはめる。政治は「権力と不能の混合物であり、有限性の原則とならんで無限を求める」(Blanchot, 100)。可能な限り正面から遺体を見せるように、可能な限り垂直からとられた、ディデリの撮影によるとされるこの写真は、華々しく生き残った人びとが、大虐殺された人たちに捧げる最低限の敬意をとらえ、この人たちがそのために闘い、そのために惨殺された大義が生き続けることを——人間をあまりに人間的にする共通点を消し去りたいという衝動にあらがって——うけあう。ただしそうするのはこの写真なのであって、写真がとられる瞬間の前に遺体を並べたり、あるいは「着付け」たり、数え上げたことで

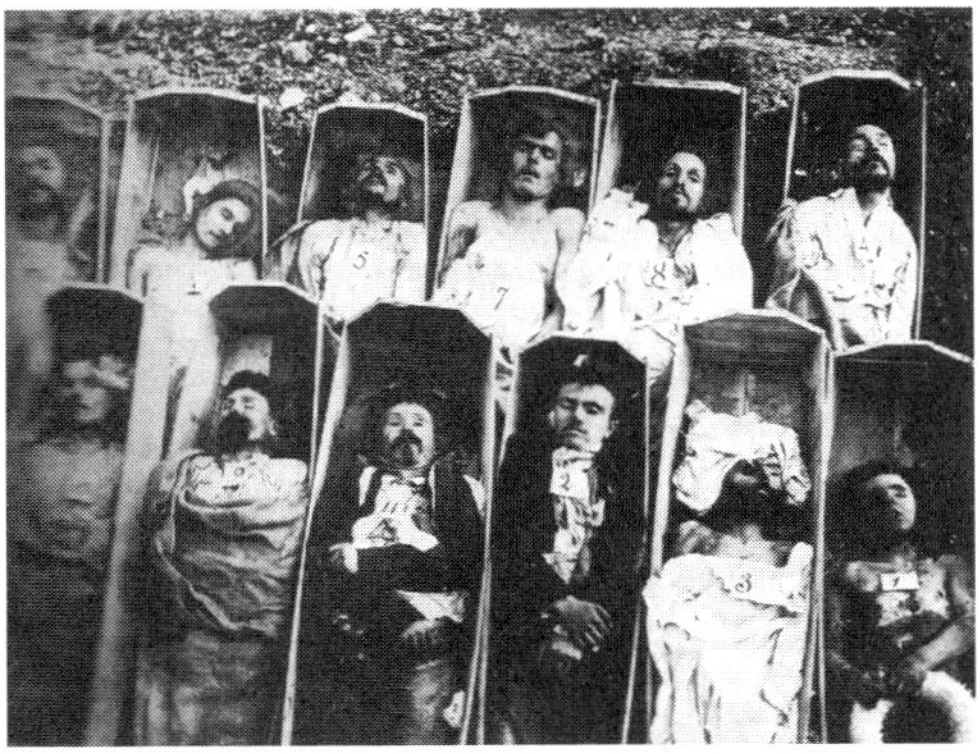

**図 13**　アドルフ＝ウジェーヌ・ディデリが撮影したとされる，「棺桶におさめられたパリ・コミューン参加者」，*A World History of Photography*.

そうなるのではない。ディディ＝ユベルマンが賭け、期待するのは、私たちが「心の目を通して見る力[28] seelische Schaukraft」を使っておこなう作業の結果、一二名の死せるパリ・コミューン支持者の写真が、単なる「狩猟の記念品」にとどまることなく、そうではなくてむしろ「抗議を、反抗を、遺体を歴史の空文や常套句のままにはしておきたくないという願望」(Didi-Huberman, 101)を永続させるきっかけとすることである。私がこれに付言するとしたら、ただ遺体の納棺、墓地への埋葬にむけた死者たちの儀式の準備について私たちが考えることが、ディデリの写真に投入されて、私たちの心の目を通して見る力を専ら焚きつけるだろう、ということだけだ。この点「punctum」こそが、私たちが倫理を働かせる、別様である空間へとつながる心の架け橋をあたえてくれるのである。

## パリの環状の閾、ラ・ゾーン

ベンヤミンの都市風景の過去・現在・未来をめぐる思索において同じく重要なのが、「限界現象の経験」である。[29]限界の経験という主題で、まっさきに頭に浮かぶのは、もちろんジョルジュ・バタイユである。しかしバタイユひとりがこの概念に一途にとりくんだ二〇世紀の思想家でもなければ、最初の思想家でもない。例えばベンヤミンは、芸術作品のアウラについて論じつつ、「人間性」を規定する限界を突きうる、二種類の経験について、深くそしてあまねく考察した。Erlebnis――「直接的、受動的、断片的、個別的、非統合的な内的経験」、バタイユがその作品のいたるところで説明しているような経験――はひきつづき近代世界でも容易に得られるのに対し、Erfahrung、すなわち「伝達可能な知恵を、叙事詩で語られる真実を、累積しまとめたものの成長」は、ベンヤミンによれば、いまでは貧しくなり痩せ衰えている。[30]それでもパサージュ、墓地や売春宿といった別様である空間だけが、心と体に不可欠な領土の一部となる必要があるわけではなくて、こちらとあちらの間の空間も同様なのである。ベンヤミンは、境界に設置されたある種の古代ローマの遺跡が果たす機能に関する、古典考古学者フェルディナンド・ノアック（一八六五〜一九三一年）の記述に、非常に大きな関心をよせる。ノアックによれば、ローマ人は「聖なるものの概念を境界もしくは閾として」発展させ、これは辺鄙な、ことによると隔絶した空間に、スキピオの凱旋門のような構造物が建設されたことから明らかであるという。[31] 異様なものに打ちこんだ思想家であるベンヤミンの関心をとらえたのは、「特別の儀式」にこうした建造物が使用されたことというよりもむしろ、「建造物の孤絶」であった。両方とも「祭儀の意義」の一因となったと、ベンヤミンは述べる。ベンヤミンにとって近代都市の典型であった一九世紀パリの地図用語に翻訳すると、生活空間と別様である空間との間のこの割れ目は、パサージュではなく、ラ・ゾーンである。ラ・ゾーンとそのさまざまな形は次章の主題であるが、この隙間の空間についてここから考えはじめるのも一助となろう。歴史家ジャン＝ルイ・コーエン〔一九四九年〜〕はこうした空間をパリの「環状の閾」と呼んだ。というのも、パリの無名の人びとが眠る広大な墓地は、かつてラ・ゾーンとして知られた、都市を円形に取り囲む無人地帯の外縁にぴったりとはりついているからだ。[32] 埋葬の前に、フーコーがあげつらう最後の休息の地にやってくる前に、地上の棺がある。大地にゆだねられる前に、生前の地位がどれほどみじめなものであっても、最後に生存者が死者を一目見るために、棺は往々にして数分間のあいだ開けられたままになる。最後の評価。この最後の評価が写真のクリシェ〔ネガ〕に永遠に焼きつけられたらどうなるだろうか。常套句という意味のクリシェに代わり、完全に共通の場所という意味でのクリシェである。つかの間の最後の視線と時間の経験との関係は、ラ・ゾーンと空間の次元におけるパリという都市の近代の住民とのそれと同じである。どちらの仲介によっても想像力は激しく影響をうけ、倫理が展開していくのに適した環境をつくりだす。しかしながらこの別様である空間にとどまる前に、ラ・ゾーンに隣接はしているが、さらにその少し先に目をやり、ベンヤミンが言うところの「一九世紀の首都」のすぐ外にある郊外の風景をみてみよう。フーコーが指摘する通り、フランス革命以後、死者たちは次から次へとここに追放されることになる。正式に「パリ墓地」と名づけられた墓地は、その名に反して、明確に二つの集団に分けられていた。都市という共同体の境界の内側にある集団と、都市の境界にへばりつく、パリジャンたちが「パリの近郊 la petite couronne」と呼ぶところの郊外に位置する集団である。フランスのお役所の慣例にならい、ラテン語の権威を借りて、最初の集団は壁の内側［intramuros］であり、第二の集団が壁の外側［extramuros］である。見えない壁は、二つの空間がそれぞれ両側にひろがり、一八四〇～四一年[33]以来、パリ全体を囲んで建設された最後の防壁の道に沿う。壁（あるいは「壁」）のこちら側、すなわちパリの内部だろうと、あるいはあちら側、郊外のどこかだろうと、これらの墓地すべてが「パリ墓地」である。なぜなら原則としてパリのなかで死んだ死者しかそこには埋葬されなかったのだから。

## パリの墓地の拡張

「一八六〇年代にはすでに、パリ市、セーヌ県、警視庁は、いくらか狼狽しつつ、パリ墓地の一三の壁の内側［intramuros］が満杯に達したという点で意見の一致をみた」(Fourcaut, 105)。これらの墓地とは――大きいのも小さいのも、有名なものもそうでないものもあるが――ペール・ラシェーズ、モンマルトル、モンパルナス、パッシー、地下墓地、グルネル、ヴォージラール、オートゥイユ、バティニョール、サン＝ヴァンサン、カルヴェール墓地、ベルシー、サン＝マンデ南墓地、ヴィレット墓地、シャロンヌである。一八八〇年代までには、実質上これらの墓地にはもはや誰も埋葬されなくなっていたが、場所はすべてパリ市の境界の内側になり、現在ある形になった。しかし昔はこれらのパリ墓所のうちのいくつかですら、首都の外側にあったのである。たとえばモンマルトル村が都市部に編入されたのは、ようやく一八六〇年のことで、オートゥイユも同様である。一九世紀の最後の四半世紀に、パリの死者を収容するための空間不足の危機が頂点に達する以前のこと、首都の住民用の墓地はたった三つしか開設されていなかった。サン＝ドニにあるたった五エーカーのラシャペル墓地はあっというまに一万六千の上限に達した。一〇年後、サン＝トゥアンとイヴリーに墓地が開設されたが、第三共和政の初期まで、現在の六〇から七〇エイカーの規模には拡張されなかった。パリ・コミューン――何千もの犠牲者が墓地にすら埋葬されなかった――の前ですら、こうした補助的な墓地はお粗末にも小さいことがわかっていたのだ。二十かそこらの軒や裏口をぬけ、次章の主題となる無人地帯を二、三〇〇ヤード超えると、必ずしも牧歌的とはいえなくても、すくなくとも田舎の気配がただよう環境におかれた町があり、そこへと墓地を拡張するという計画を思いつくのは、自然の流れだったろう。

　原理上は自然でも、実践はそれほど簡単ではない。パリ郊外の市長たちのなかには、中央のゴリアテの意志に抵抗できるだけの権力をふるう人たちもいた。かつてのサン＝ドニ市がパリ・コミューンの直後にやったのがまさにそれで、蜂起を容赦なくおさえこんだアドルフ・ティエール〔一七九七～一八七七年。フランスの政治家〕ほどの権力者が、ラシャペル墓地の拡張を執拗に求めたものの、失敗した。かくしてフルコーは（からかう調子を出すために、学者ぶってサン＝ドニを示す形容詞を使いつつ）書く。「ディオニシウスの土地をのぞき、セーヌ県は一八八〇年代を通じて、クリシー＝レ・バティニョール、イヴリーそしてサン＝トゥアンのパリ墓地をどうにか拡張することができた」（Fourcaut, 105）。埋葬すべき死体があふれて切迫した状況は、つづく数十年のあいだに、真新しい墓地が三つ建設されたことによりさらに緩和されていく。三つともペール・ラシェーズ（一〇八エーカー）を面積において大きく上回っており、「死人の都市（共同墓地）necropolis」という語の意味にまた力強さが増した。バニュー（二五〇エーカー）とパンタン（二六五エーカー）のパリ墓地は一八八六年に設置され、ティエ（二五五エーカー）は一九二九年にいわば開拓された[34]。

　死者を郊外に「移す」にあたって、パリは一九世紀を通じ、人口増加にともなって増え続ける遺体に、居場所（あるいは置き場所）を見つけることができた。増え続けるうえ、ミシェル・フーコーが指摘するように、埋葬儀礼がプロレタリアートにおいてもブルジョワ化したために、空間を余分にとるようになったのだった[35]。しかし郊外の墓地の建設がおわり、埋葬が迅速におこなわれるようになっても、僻地の共同体とパリ中央の巨大な怪獣との政治的、社会的関係は、おだやかに落ち着くどころではなかった。一九世紀最後の二〇年間、それから二〇世紀に入ってからも、しつこく繰り返し「市議会は［……］これら死者の都市に抗議する」が、これには二つの理由があげられた。墓地は「産業の発展を縛り［……］町の空気を汚染する危険がある」(Fourcaut, 105)。パリの死者は「ふるさとから遠くはなれて、三二〇ヘクタール以上の範囲におよび、サン゠ドニ、クリシー、サン゠トゥアン、イヴリー、パンタン゠ボビニー、バニュ、ティエの七つの壁外墓地で眠ることができるかもしれない」が、ファルケナウの善良な市民たちには、その偽善的な鼻の先で、信じられないことにかぎつけることができなかったあの悪臭は、パリ郊外の住人たちの鼻孔にまた、常に存在（あるいは存在している気が）したのである。同じパリジャンの想像力が、たった二、三年の後に、絶滅を待つ悪臭に思いをはせることができなかった（あるいはそうしようとしなかった）という事実を形容するにはまったくお粗末な言葉ではあるが、皮肉であるといえよう。その悪臭は思いやりある人にならば、パリで検挙され、ドランシーで――サン゠ドニのほんの六キロメートル足らず離れたところで――檻にいれられた、アウシュヴィッツへの積み荷の出荷をまっている何千というユダヤ人の身体から、感じられたのである。いずれにせよ新しい墓地に対する郊外の反発は同時に、同じ領域で起こり、今日でも世界の都市のいたるところで起き続けている、二つの営みと結びついている。すなわち汚水の排出と、都市生活には忌まわしいとみなされた人びとの移動である。

## パリの廃棄物

都市の廃棄物が積もる例外的な空間の大規模な拡大は、これらの向こうの空間が別様である空間として機能しはじめる方向で、思い描かねばならない。望ましくない者として分類される人びとをいかに扱うかという問題は、秩序の管理者にとっては第一の懸念事項であったし、今日でもそうあり続けている。そして価値のない人びとの疎外は、避難と排水の処理と連動していたし、今日でも——意識にのぼるにせよ、のぼらないにせよ——連動しつづけている。この点で、一九世紀のパリもまったく例外ではない。一八七五年から一八八三年の間に創設され、大いに拡張された貧民収容施設［dépôt］にはすでに、非行女性、困窮した老人、そして狂人が混在していたが、そこにサン＝ドニで拘禁された乞食たちが大量に移送された事実は、パリでおこった何十とある、人間のくずを周辺部へ追放する異常な例のひとつといえる。

一七六九年にサン＝ドニに創設された貧民収容施設をナンテールに移転しようという一八六八年の計画は、大騒動を巻きおこした。町の長老たちの反対は激しい。口々に「土地の荒廃」への恐れを表明する。かくして首都は、病人、乞食、浮浪者、そして性的倒錯者を駆逐するという、世俗的な傾向を固めたのである。

(Fourcaut, 109)

一八九七年夏の首都一掃計画を要約する、警視総監ルイ・レピヌの巧みな換喩によって、ナンテール全体が人間のゴミ捨て場と化したことがよくわかる。「要するに、乞食のための仮の施設、貧民収容施設、一時的な避難所、精神病院、病院。これがナンテールだ」（一八九七年六月一七日の演説、フルコーによる引用。Fourcaut, 111）。

上記で貧民収容施設と私が訳した語は、原文のフランス語では dépôt あるいは dépôt de mendicité〔直訳すると「物乞い置き場」〕である。治安維持をはかる社会に関するミシェル・フーコーの有名な分析のなかで、尋常ならざる劇的な刑罰が懲罰として広まるように、物乞い置き場は施設を「人間らしく」することを目指し——実地でも言葉のうえでも——変化をこうむる。一七七七年、テュルゴーが指嗾した改革によって、名目上、そしてある程度は実質的にも、貧民置き場は慈善工房［ateliers de charité］に形をかえ、被収容者が織物を生産した。しかしフーコーが『狂気の歴史』において証明したとおり、やはり後戻りし、救貧院という有名な方策によって貧民とあらゆる好ましからざる人びとを「ゴミ捨て場」――dépôt が婉曲に伝える本当の意味――に監禁した。墓地にいる死者たち、病院にいる瀕死の人びと、貧民収容施設や精神病院にいる役に立たない人びとと、当然むすびついて、パリが吐き出し、周辺地区に処理させる廃棄物と排水は、人間の不良品と区別がつかなくなったかのようだ。「一九世紀を通じ」とフルコーは書く、「パリは墓地、病院、汚染源となる工場、泥と生ゴミを放出する」。しかしこうした文明の望ましからざる副産物の量は増し、その悪臭が生産者に嫌気を催させるまでになる。

一八八〇年代以来、毎夏、パリの臭いの問題――つまり悪臭である――が、議事報告書のなかでも世間の注目をあびる。農業大臣は「異臭委員会」をたちあげ、問題を検討させる。調査官による認可処理施設の調査報告は、もっとも有害な臭気は、オーベルヴィリエのリン酸肥料工場から出ていると結論づけた。

（Fourcaut, 115）

すべての認可された（ということは管理されたとおぼしき）生ゴミ排水処理施設には、まったくの即席の解決策があった。パリ住民たちの未処理の下水は、セーヌ川に直接排水するのを回避し、郊外へ堆肥として送りだされた。こうした堆肥を用いる農場の近隣に住む郊外の人びとが経験した不快感は、ひるがえってパリジャンたちにも、とりわけ夏、風向きによって、つきまとうことになる。周辺の市当局もときには行動をおこした。ナンテール市長アシル・エナップは「長い裁判のすえ、パリのくみ取り肥料会社を閉鎖に追い込むことに成功した。その悪臭が近隣の住民の怒りをたいそう買っていたのだった」（Fourcaut, 109）。「一九世紀の首都」の周辺地域でさえ、パリがその中心空間から追放したもののうち、最悪のものを抑え、撃退することにすこしずつ成功したのだった。

もう近隣の地所にゴミを捨て下水を汲み出すことができないのなら、処理過程を改善するか、まったく別様である空間をみつけるしかない。

## 墓地のうえ

腐敗と大便の悪臭が吸気から雲散するや、近隣の墓地の死者は忘れられる。それともいるのだろうか。まだ生きている人間以下のものたちはどうなったのか。パリジャンと尊敬すべき郊外の住民たちは、この者たちをどこへ押しやったのだろう。墓地のなかに直行ではないだろうが、どういうわけかその真上に追いやった。異様に聞こえるかもしれないが、これぞナチスが思いついた多くの解決策のひとつなのだ。マヤやアステカのピラミッドのうえにあるメキシコの大聖堂のごとく、クラクフ・プワシュフ強制収容所は、ことに身の毛もよだつ親衛隊大尉アーモン・ゲートが監督運営していた場所だが、古いユダヤ人墓地のまさにその場所に建設されたのだった。新墓地が一杯になった後、一九三〇年代に新しい埋葬地が二つの区画に割りあてられた。ひとつはアブラハマ通りで、もうひとつがイェロゾリムスカ通りだった。この二つの墓地はしかし一九四二年に根こそぎ破壊され、いまわしい奴隷労働収容所となるもののために場所をゆずった。ナチスの敗北後、(スティーヴン・スピルバーグの一九九三年の映画『シンドラーのリスト』が描いた)収容所もまた結局はブルドーザーで破壊された。想像力でもってその人の立場に身をおくと、プワシュフ強制収容所を生き延びた人は、工事現場の眺めに何を思うだろうか。このような思考を生むことが、もしかしたら毎年ペール・ラシェーズ墓地にある le Mur des Fédérés——コミューン兵士の塀——に集う人びとの目的なのかもしれない。虐殺され、すぐに「どこともしれぬ場所」になってしまうところのどこかに捨てられた、何千という人びとを追悼しながら。

## 内省としての共通の場

ヘテロトピアという概念を世に出した一九六七年の講演で、フーコーは空間が歴史的・政治的問題として浮かび上がるまでにかかった時間の長さに、驚きをあらわにした。墓地ほど大切な文化的構造物を通じて、私たちが人類を考える必要には終わりがないことを考えると、わずかでも「普遍的な」妥当性をもった倫理体系を築くことが可能か否かという難問について前進するために、あつらえ向きの場として別様である空間が浮かびあがるまでにかかった時間の長さにもまた、同じように驚きを覚えるはずだ。そして、フーコーによる研究において、倫理が主役となる段階に達した時には、空間は後景へと姿を消していくけれども、自身への配慮は、私だったかもしれない他者への配慮なしにはありえないということを——生得的に感じるがゆえに——私たちはみな知っている。私が倫理の工事現場とよぶ共通の場は、ひとつのヘテロトピアというよりもむしろ、別様である空間という場をめぐって、分かち合われた内省のことである。倫理の工事現場は私たちから離れていて(apart from us)、同時に、想像力の力で、私たちの一部(a part of us)なのだ。共通の場は、別様である空間に対して精神と感情がむすぶ関係が、二人かそれ以上の主体——分割をこえて分かち合う人間——によって分かち合われたとき、確立するのである。

墓地は都市から離れたところに配置された空間であるという認識を前提として示すならば、都市と別様である空間との間に空間があるということになる。優に一世紀にわたって、比較的最近の時代まで、墓場よりなおいっそうこの世のものならぬ空間が、都市パリと近隣の都市、町、工場との間に、独自の目立った異様な生活とともに存在したのだった。今日、地球上あらゆる場所の都市中心部圏内に居住する人間の大半にとって、そういう空間が規範となった。一九世紀の大部分にわたって、さらには二〇世紀に入っても、フランスの首都とその周辺地域をぴったりと隣接させずにいたこの別の別様である空間は、安心を保証する「緩衝地帯」でもまたなかった。そこには定められた法律に対して宙ぶらりんの状態で生きる何万という人間が住み、「うろつく」ようになったのだから。その空間の不吉な名は、ごく簡潔にラ・ゾーンという。

# 第四章　不分明な地帯

## 諷刺にあらわれる貧民

ジョルジョ・アガンベンが「不分明な地帯」という語句をつくり出し、強制収容所に囚われた人たちから、難民や移民の抑留者たち、さらに完全に昏睡状態にある人たちまで、さまざまな立場におかれた人間に割り当てられ、なんとか営む「剥き出しの生」を説明し位置づけるにあたっては、フーコーのヘテロトピア——あるいは別様である空間——という概念が念頭にあると、アガンベンは明言する。収容所こそがまさしく今日の世界の掟《ノモス》であるという『ホモ・サケル』の中心的な主張には圧倒されるものの、最後の数ページには——あに図らんや——まったく希望がないというわけではない。アガンベンが暗にほのめかすのは、不分明な人びと——私たちが「我々でも彼らでもない」とみなす種の仲間たち——を認め、心を通わせる道が、ことによるとあるかもしれないということらしい。しかしまた、既存のものに代わる、もっと生きやすく、よりよい政治に飼いならされ、勝利をおさめた「差異」があるかのごとく、フーコーの言う「身体と快楽の別のエコノミー」を、「別の政治がひらける可能性のある地平として」（アガンベンの表現）想像するところまでいくことは、アガンベンの戒めるところである（Agamben, 187）。そもそもフーコーの（『性の歴史』第一巻）『知への意志』の結論部について、『ホモ・サケル』にアガンベンが引用するものよりも、きちんと引けば、アガンベンがフーコーの主張だという内容全部を、フーコー自身はそれほど明確に言い切っているわけではないことが分かる。さらにまたフーコーは、差異が鎖から解かれ、中心へと転じる未来を期待して、無批判に勝ち誇っているわけでもない。しかしこの件は、心を通わせる可能性のある場を展開しつつある現段階では、保留しておく必要がある。さしあたっていまは、フーコーによる複雑で、いまだ展開の途上にあり未完成の分かち合い《パルタージュ》という概念と対立する、アガンベンの命題、すなわち強制収容所は私たちの掟《ノモス》であるという、説得力のある挑発的な命題を吟味する（これが本書の第五、六章の計画である）ために、不分明なものを探求する必要がある。アガンベンによると、不分明なものは貧民街として知られる、別様である空間のある種のカテゴリーの特徴となっている。なぜなら包括的分離が、単なる分離にみえようとも、分かち合い《パルタージュ》を支配しているからだ。まさに、不分明とは何を意味するのかを理解するためには、ナチスの収容所から時代を遡ること一世紀、いまではほとんど忘れ去られてしまったけれどもごく具体的な貧民街の例を調査しなければならない。哲学者、作家、映画監督、写真家そしてアウシュヴィッツの生存者たちの助けを借りて、本章はまさにその名前——ラ・ゾーン——で知られる個別の貧民街を探求し、ラ・ゾーンにすむ人（ゾニエ）たちやラ・ゾーンの住人たち（ゾナール）などと呼ばれる貧民街の住民たちの存在について調べるものだ。こうした不分明な状態におかれた明瞭な存在である貧民街の居住者たちを予告するものとして、諷刺の年譜から例をとって考えてみよう。悪名をとどろかせるジョナサン・スウィフト〔一六六七～一七四五年。イギリスの小説家、アイルランド生まれ〕の諷刺「謙虚な提案」〔「アイルランド貧民の児童を有効に用いるための謙虚な提案」、嬰児を食肉として売り出すという内容〕に先立つこと一五〇年ほど前、ミシェル・ド・モンテーニュ〔一五三三～九二年。フランスの思想家〕は、人食する野蛮人を登場させる。この野蛮人は「通説を受け入れること」を控え、その代わりに「世人の意思［la voix commune］によるのではなく、理性の流儀にしたがって判断する」（Montaigne, *OC*,

200 ; 228）のだが、この野蛮人の声を借り、大真面目をよそおい考察する中身は、死体を——生前その人物が苦しみなく必要をほどほどに満たされて生かされたという条件で——どう処理するかというよりも、仲間の人間たちから富と平和を奪うのと、ときたま食用に少しばかり殺すのとでは、どちらがより悪いかという問題である。(1)

私は死んだ人間を食すより、生きたままの人間を食すほうが、より残酷であると思う。まだものごとを完全に感じることのできる体を、拷問具で裂いたり痛めつけたり、少しずつ焼いたり、砕いたり、豚や犬に噛ませたりするほうが［……］、死んだ後に焼いたり食べたりするよりも残酷であると思う。

（Montaigne, *OC*, 207-8 ; 235-6）

モンテーニュが描く思慮深い人喰い人種は、ヨーロッパ人が仲間の人間をあつかうやり方を念入りに観察したうえで、上記の結論に達するのである。ラ・ゾーンの写真や、数はもっと少なくなるが、その映像をみるということ、もしくはそこでの生活を目撃した人たちや、それどころか想像した人たちの手になる物語を読むということは、ラ・ゾーンが、パリでかろうじて生きている人びとの集まる、広大かつ無秩序な不毛の地であると悟ることである。今日ではこうした不分明な人たちは、別の場所でどうにか生活を間に合わせていて、そこここに散らばり、あまねく通りを散らかしている。「ぎりぎりのところで生活する」という表現は、生活の不安定さのみならず、関連する空間も指しているのだ。しかし一世紀のあいだ、この人たちがかろうじて暮らしを営む貧民窟が、光の都を取り囲み、都およびそこに住む既存のブルジョワとプチ・ブルジョワが住む郊外《フォーブール》とを隔てていた。

## 軍用地とラ・ゾーンの誕生

現代の私たちは、貧民街を断然「必要上」遠くにある地域であると考える傾向がある。つまり規範となる規則があてはまらない地域だけれども、それでいて厳密に完結している——数学者ならば「立体形」をした、と表現するような——地域であり、それだけで独立し異質な生活あるいは生活には異質なもののすみかとなる地域だと考えるのだ。ギリシア語の ζώνη (zónē)——腰帯、ベルト——に由来する無人地帯には、何万もの人が住み、一九世紀中頃から二〇世紀中頃まで、パリを完全に取り囲んでいた。一九三〇年代中頃、セリーヌが『なしくずしの死』(『分割払いの死』一九三六年〔高坂和彦、国書刊行会、一九七八年〕)を執筆しているときに、語る状況はこうだ。「壁や稜堡の跡はほとんどのこっていない。でかい黒々とした砕けた石積みが、いまやくずだが、やわらかい盛り土からぼろぼろの虫歯みたいにもぎとられている。何でも通れる。街は古い歯茎をがつがつ食べている」[2] (Céline, 21)。ラ・ゾーンは胸のわるくなるような街の「古い歯茎」沿いにあり、すでにずいぶん前から、責めさいなむように長い時間をかけて抹消される運命にあり、一九三〇年代にペリフェリック［périphérique］——現代のパリをとりかこむ外環状道路の建設をもって、それは完結したのだった。しかし外環道《ル・ペリフ》ができる前、なんとなればラ・ゾーンができる前に、城壁《レ・フォルティフ》があったのだった。セリーヌのプレイヤッド版の注が、セリーヌの稜堡への言及を解説しており、この経緯が部分的に説明されている。「パリを囲む城壁の徹底的な破壊は、九四箇所もそなえられた稜堡を含めて、一九二〇年にはじまった」。注釈者はつづけて、都市の腹膜炎というセリーヌの秀逸な描写の隠喩を解きほぐしつつ、「城壁の取り壊し以降、パリ市は特定の地点で拡大していく」と述べる。『夜の果てへの旅』と『なしくずしの死』両方を収録するこの巻の別の箇所では、もっと具体的な説明がされているのだが、この注におけるラ・ゾーンへの言及は、不分明な状態について雄弁に物語る。これは部分的にはラ・ゾーンが、地理上さらに敷衍して人口統計上、すき間にある事態から生じた結果である。一九三〇年にパリに編入された土地を引き合いに出しながら、ゾーンという言葉がどのように用いられるかという点からもラ・ゾーンの位置が想像できる。「都市のきわ、古い城壁とバティニョール墓地との間にある地帯《ゾーン》」。そしてまた、この人が住む無人地帯の、最終的な撤去と根絶につながる、法律上の位置づけの進展にまつわる、最後のコメント、「かつては元帥にちなんだ名をつけられた大通りで境界が引かれていたパリ市は、これからは反逆街道（Route de la Révolte）へとのびていくことだろう」（Céline, 1420）からも、おおよそがわかる。一九三〇年にパリに編入された土地はまさにラ・ゾーンの一部であるとはいえ、上記の引用のなかの地帯が指すのは、ごく単純に区切られた地域であり、一〇〇年にわたってパリを取り囲んだ広大な貧民窟ではない。さらにナポレオン軍の幹部たちにちなんで名づけられたパリをめぐる大通りと、サン＝ドニ・ヴェルサイユ間のパリ西部にルイ一五世が移動用に建設させた通りとの間の区画の描写は、情景が目にうかぶようではあるが、こういうラ・ゾーンの描き方は残念ながら大雑把で、不十分である。

証拠となる記録によると、ラ・ゾーンは非常に明確な空間で、ただし非常にあいまいな、かろうじて人間といえる中身が入り込むようになった空間である。この場所のフランス語の名前――la Zone――は、公式の政府用語――「建設不可の軍用地（la zone militaire non aedificandi）」――の略であり、この語がつけられた場所は以下の通りである。「広大な楕円形の帯状地帯、斜面のてっぺんから計測して幅二五〇メートル、外周は三四キロメートル。表面積はおよそ八〇〇ヘクタールで、平地、丘、小川、といった多様な地形からなり、すべて軍の支配下におかれている」（Le Hallé, 249）。パリを囲むこの地帯を厳密に無人地帯としつづける計画であったという事実と、一九世紀フランス史における最大の無用の長物のひとつであるティエールの壁は、緊密に関係している。こういう名前がついているのは、アドルフ・ティエールのお気に入りの都市計画事業だったからで、ティエールの悪名は（とりわけ）一八七一年五月にパリコミューンに対する残虐な弾圧を指揮したことでとどろく。一八一四

〜一五年になってもまだ、神聖同盟〔一八一五年にまずプロイセン・オーストリア・ロシアの間に結ばれた君主間の盟約〕がパリを侵攻してきても追い払うために、防御壁は適切で効き目があると思ったのかもしれないが、一八四〇年代までには大砲の完成によりこうした建造物は、時代遅れかつ的外れになっていた。しかしティエール——根深い誇大妄想狂——には、王の勅令をまたずにパリ周辺の城壁工事を命ずるだけの権力があり、一八四〇年に着工させた。後追いとなったその勅令は、事業がまねく果てしなく無駄な経費を埋め合わせるために国庫を開くものだったが、一八四一年四月五日なってようやくルイ＝フィリップによって公布されたのである。

城壁と稜堡からの視線は、野蛮人の急襲に備え、どこの地点からでも軍人がパリの地平線を検分できるよう、遮られないようにすることになっていた。公式に建設禁止地帯と名づけられたところに、「したがってなんであれ置いたり建設したりすることは、厳重に禁じられていた」(Le Hallé, 249)。城壁と並んでそろうのが、軍事配備である。門、営倉、壁の内側に作られた検問所、三四キロメートルの用水路の上には橋をかける必要があり、斜堤と埋め戻し用の土は、決してくることのない敵兵の侵入に対する最初の防衛の砦となるはずであった。こうして入念に建設されたどっしりとした建造物に対する反応は、九・一一後の警戒措置に対するおおかたのアメリカ国民の受け止め方と同様であった。ミシェル・シュヴァリエ〔一八〇六〜七九年。フランスの経済学者、政治家〕がモレ伯爵に宛てた一八四一年の手紙がそれを証言する。「パリの城壁については、恐怖心から生まれたのでも、脅威から生まれたのでもないと言われていましたが、実際にはどちらか一つだけが原因ではなく、戦争とともに、両方があわさった結果なのでした」(フルコーによる引用。Fourcaut, 71)。国土安全保障や監視社会といった今日のレトリックと同様に、ブルジョワの聴衆に恐怖をしみこませようとするティエールの頓珍漢なキャンペーンは、執拗なものだった。この巨大事業が一八六〇年代に完成をみるまでに、何であれ自らが予言したあらゆる種類の侵略に対し、支配階級がわずかばかり安全性が高まったと感じたにせよ、パリ市内やその周辺の貧しい大衆（本当に戦争がおきた場合には、まっさきに徴集されたであろう張本人たち）には、居住が禁止された帯状の土地は、やはりかなりよい土地だということが、きわめてはっきりした——この土地は民間人の個人所有権を管理する法の支配下にはなく、大都市とほそぼそと共生するなかで出来る、あるいはでっちあげる、どんな仕事にも、都合のよいことに近いのである。「建設不可の軍用地」はほとんど時をおかず、怒濤の勢いで秩序なき土地収奪にあい、ラ・ゾーンになったのだった。パリをかこむ広大な貧民窟地帯の誕生である。あれほど恐れた国の外からの侵入が、国の内から起こっているとほどなくして気がつくことになる。

## アンリ・ミショーのラ・ゾーン

これがラ・ゾーンと呼ばれる現実の空間におかれた、注目すべき施設と人びとである。この別様である空間に初めて鋭い観察をくわえた人として、私はセリーヌをとりあげた。セリーヌの描写からわかる通り、不分明の地帯の真髄たるラ・ゾーンは、言葉を使って創造する人たちの特別な関心を集めた。また画像を使って創造する人たちからも、つよい好奇心をひきだした。後者は、ラ・ゾーンがどのように他者と共通の場を分かち合うための典型例となりうるのかを考える方向に、どんどん進んでいくのだが、写真・映像作品を探求する準備として、読者には貧民街を描写した文学作品の抜粋にふれていただきたい。まずは基本的な例を二つ挙げる。一九世紀終わりの二五年から、二〇世紀も四分の三を過ぎる頃まで一〇〇年間にわたって、その日暮らしの雑多な大集団が、パリの城門に荷馬車をとめ、テントを張りそして掘っ立て小屋を建て、脅威であり続けた例の外国の野蛮人よりも、はるかに巧みにそっと「侵略」したのだった。この人たちの存在は、ブルジョワ社会が自らを存在規定するために敷いた境界へと、容赦なくたえず押し戻される。外的経験に進展をもたらさんと、内的経験に調子をあわせるアンリ・ミショーのような現代詩人は、たとえば哲学者ジャン゠フランソワ・リオタールがおこなう、後期近代社会の批判を先取りする。人の心の外側に空間があって、それがミショーの考えるように、内側から生まれる現実を知覚しとらえる刺激となるのであれば、その空間とは貧民街《ゾーン》のあらゆる特徴をそなえたものであるはずだ。ミショーは自然由来の幻覚剤である大麻とメスカリンを使用して、この直感の深さを測りつづけた。一九六一年、外環状道路《ペリフエリック》の建設が順調に進み、掘っ立て小屋の一掃が、当時のミショーのような六〇代のパリジャンには、いまだ鮮やかな記憶としてのこっている頃、ミショーは書く。

自分の感覚をあずけたつっかえ棒、世界を預けたつっかえ棒、存在の印象全体を預けたつっかえ棒。それがくずれる。感覚による認識の配分を大幅に変える、そのせいですべての勝手が変わる、感覚による認識の配分の複雑で継続的なやりなおし。ここではあまり感じられずあそこではもっと感じられる。「ここ」とはどこ？「あそこ」とはどこ？何十もの「ここ」、何十もの「あそこ」の話だ、気づきもしなければ、それと認めもしない。暗かった貧民窟《ゾーン》が明るくなり、重かった貧民窟《ゾーン》が軽くなった。自分自身との接触を失ったのだ、そして現実と物体すら重さと堅さをうしない、偏在し常に変化する流動性に反抗の大半をやめる。(3)

(Michaux, 3)

こうした問いの深みにおいて、深みをくぐって、理解は得られる。この文章にミショーがつけた題はConnaissance par les gouffres である——文字通り「深淵をくぐる知（knowledge through gulfs)」あるいは「深淵からうまれた、知（out of gulfs, knowledge)」。深淵を探検する気概、もしくは勇気のある心に、深淵は知をあたえる。「闇をぬける光（Light through darkness)」と、ハーコン・シュバリエはミショーの題名を巧みに英訳した。メスカリンに誘われたミショーの啓示と、ラ・ゾーンという別様である空間の私の経験をつなぎあわせると、貧民窟に生きた人びとと私の人生はきっと、現在にいたるまで深淵で隔てられているものの、それでもその深い裂け目に橋をかけることによって、認識力に「変化する流動性」つけることができるようになったと言ってもさしつかえないのではないかと思う。

## リオタールとラ・ゾーン

パリを取り囲むラ・ゾーンは一九六〇年代についに完全に破壊され、そこに住んでいた人たちはＨＬＭ(4)〔低家賃住宅〕や他所へとちらばったが、貧民窟はふたたび姿をあらわし、資本を、いたるところでその首都を、見つめかえす。ファヴェーラ〔ブラジルのスラム街〕、タウンシップ〔南アフリカの人種隔離政策によって作られた黒人居住区〕、ゲジェコンドゥ〔トルコのスラム街〕、ビドンヴィル〔フランスのスラム街〕、ヴィラ・ミセリア〔アルゼンチンのスラム街〕と呼び名は変わろうとも、これらはすべてラ・ゾーンがかつて分類されたカテゴリーの変形である。一九八〇年代半ばの時点で、資本の発展にどれほど辟易しようとも、ジャン＝フランソワ・リオタールはやはり意志の力をかきあつめ、人類が消えてしまう前にのこされた思考の務め（すなわち哲学）について、貧民街が教えてくれることの切れ端に対して忠誠を誓う。『ポスト・モダンの条件』〔小林康夫訳、水声社、一九八六年〕のリオタールは、戦闘的マルクス主義から離れ、ヴィトゲンシュタインの言語的プラグマティズムと第三批判〔『判断力批判』〕のカントと共通点を見いだすけれども、私たちの壊れた世界に、「人間愛」や「ヒューマニズム」の周辺で解決策を見いだそうとする程度には、マルクス主義にとどまっている。これこそ『文の抗争』〔陸井四郎ほか訳、法政大学出版局、一九八九年〕において、リオタールが完成の手前までできたもので、拒絶と否定主義を目の前にして正しい判断をする下地を作ったのだった。自己愛と大量消費主義が、崇高の経験すら心をともなわない誇張表現に差し出してしまうなか、リオタールが私たちの関心を向けさせる先は、「何十億というかすかなメッセージがかさかさと音をたて、絶望が、とりかえしのつかない欠乏のしるしとは決してうけとられず、糺されるべき規律のなさと考えられる、巨大な領域《ゾーン》」（Lyotard, 31）である。(5) ありとあらゆる絶望のあらわれに課される、リオタールがここでいう矯正（「糺されるべき規律のなさ」）とは、フーコーがみた、制度化された文化によって主体におしつけられる奇形の、リオタール版である。「とりかえしのつかない欠乏」とは、「かすかなメッセージ」を発する人びとと効果的に連帯していないということである。こうした内容は、人間嫌いすれすれで、二〇世紀後半に犬儒学派が正しいとまだ信じている初期リオタールらしいが、後期リオタールは、別様である空間から届く声がきこえる防音室に、心を向ける手段があると、それによって哲学を窮状から救うことができると考える。『聞こえない部屋』〔北山研二訳、水声社、二〇〇三年〕はリオタールの非常に美しくかつ簡潔な評論の題名で、そこでリオタールは、革新的な政治と倫理を思いつきつくり出す空間を、芸術こそが守ることができるという、ほとんど直感的な信念をアンドレ・マルローと分かち合い、語り出すのだ。

リオタールの文体の地は描写にとみ、それゆえに哲学的著作が文学言説と区別がつかないことが多いのだが、ラ・ゾーンを理解しがたいやっかいな無人地帯として避けるのではなく、私たちに近づけるという点では、文学言説は哲学よりも力を発揮する。そして思慮深いまなざしで見つめる忍耐力があるならば、写真や映画といった、言葉を使うことのずっと少ない芸術が、この流れを完全なものとしてくれるはずだ。

> 陽気な九〇年代から一九三〇年年代の終わりまで、ラ・ゾーンは奇抜な文学を豊かにうんだ。「アパッチ族」、娼婦、ばた屋、ラ・ゾーンにすむ人たち、ぼろを着た子供たちが、小屋、荷馬車、ありあわせでできた建物からなる舞台装置をちょろちょろと動き回る。バトンは映画に渡され、最初はジョルジュ・ラコンブによるドキュメンタリー、それからエリ・ロタールとジャック・プレヴェールによる『オーベルヴィリエ』（一九四六年）だ。この陰鬱なドキュメンタリーは、［無秩序がはびこる］黒い地帯と、［共産主義の］赤い郊外をよりあわせ、型どおりに労働者階級と危険な階級をまぜこぜにする。　(Fourcaut, 200)

このような大雑把な筆運びでは、ラ・ゾーンの古い魅惑的な写真から、あるいはラ・ゾーンという名の由来となった、ジョルジュ・ラコンブの一九二八年のドキュメンタリーから、私たちがとりだそうとする、ほとんど言葉で形容できない微妙なものを正統に評価しているとはいえないが、たしかに映像作品はラ・ゾーンに言及するか、あるいはこの環状の貧民窟を舞台にし、そこの人びとを登場人物にするところまでいった、低俗、高尚双方の文学作品の全盛期を浮き彫りにする。これらの作品、写真、映画はすべて、ハーマン・メルヴィルが「ああバートルビーよ！　ああ人類よ！」という提喩のうちに、薄気味の悪い先見の明をみせて述べた直感に、はじめて信憑性をあたえる。この対になったきわめて短い叫びのうちに、人類が自然と消える運命にあるとしても、バートルビーが通りすがりに身を置いた空間を分かち合うことができるようになりさえすれば、ことによると人類にも未来があるのかもしれないという、メルヴィルの洞察がある。この直感はあらゆる障害を前にした細々とした希望ではあるが、リオタールは最後の評論集『哲学の貧困』(6)を書いているときでさえ、かたくなに奉じていた。

　リオタールが土壇場の希望をしめす方向へ、つまり描写しようとする衝動によって言説を台無しにせずにすむかもしれないという希望に向かって出発する地点は、マルクスのプルードンへの応答ではなく、ギヨーム・アポリネール〔一八八〇～一九一八年〕の非常に有名な詩「地帯《ゾーン》」である。実はあの「ポストモダンの寓話」〔『リオタール寓話集』本間邦雄訳、藤原書店、一九九六年〕はアポリネールの詩の題名「地帯《ゾーン》」を再現しているのだ（Lyotard, 1997 : 17-32)。一九一三年の詩集『アルコール』〔『アポリネール詩集』堀口大學訳、創元社、一九五三年〕の冒頭をかざる作品である「地帯《ゾーン》」は、ランボーの名高い詩「酔いどれ船」に想を得て、パリの境の内側ぎりぎりのところにある別様である空間をくぐる、狂気のそぞろ歩きへと連れて行く。近代への熱烈な賞賛、その謎めいた終わり際の言葉「太陽　切られた首よ(7) Soleil cou coupé」は、近代最初の世界戦争がせまる数カ月前に、人間のおこなう事業は全然うまくいっていないのだという痛烈な感覚を読む者にのこす。写真や映画がラ・ゾーンをどのように捉えたかを後ほど探るなかで、さらに輪郭が定まるはずだが、パリのスラム地帯とそこに住みつく者たちに、リオタールより三〇年先んじて、二〇世紀でもっとも分類不可能な思想家のひとりが心奪われていた。屋根つきの路地という都市という織物に刻まれた空間−時間の宙づりにくわえ、ばた屋のあふれた無人地帯。ボードレールの意識の地図上でこの人たちが占める位置によって、この偉大な詩人は社会保守主義者への道からは遠ざけられていたのだった。ゆえにラ・ゾーンはベンヤミンを虜にし、『パサージュ論』のなかで、パサージュとともに、最高の位置をしめたのだった。フランクフルト学派の周縁で思索するベンヤミンは、「古代のパリ、カタコンベ、廃墟、パリの衰退」と題された節の冒頭に、エピグラフ風にアポリネールの「アルコール」からこの一行をおく。「自動車でさえもここでは古代の風格がある」(Benjamin, 82)。ラ・ゾーンの謎に入り込み、倫理を構築するうえでラ・ゾーンがもつ意義を闇からひきだしてくる、写真に特有な機能に関する私たちの分析にとって、ヴァルター・ベンヤミンは必須となろう。

## 大衆文学におけるラ・ゾーン

フランスにおいて一九三〇年代初頭までの時期に、もっとも多作で人気を博した作家のうちのひとり、シャル＝アンリ・イルシュ〔一八七〇～一九四八年〕は五〇を超える小説に、戯曲をいくつか、さらには詩までものした。アンドレ・ジッド〔一八六九～一九五一年。フランスの作家〕の同時代人かつ、ポール・フォール〔一八七二～一九六〇年。フランスの詩人〕の親友で、また戦闘的ヌーディストでもあったイルシュだが、世紀の変わり目から第一次世界大戦のさなかまで、『ル・メルキュール・ド・フランス』誌の文学・芸術欄を担当した。シャルル＝アンリ・イルシュは今日、完全に忘れられてしまった。[8] 一九三〇年一月には、イルシュが大いに貢献して作り上げた美学が、遅ればせながら注目され、レオン・ルモニエ〔一八九〇～一九五三年。フランスの作家〕の音頭で発表された「ポピュリスム小説宣言」〔イデオロギーや理想化を廃し、一般大衆の生活の実体を描くことを主張した文学運動〕の年長の署名者のひとりに数えられた。[9] 一九〇五年『虎とひなげし』と題された小説が出版される（図14）。イルシュが物語るのはラ・テーニュ（シラミ）、コルシカ人ファッシ、そして題名の由来となった男の中の男、ル・ティーグル〔虎〕が、たまらなく魅力的なコクリコ（ひなげし）の寵愛をめぐってくりひろげる血塗られた競争である。こ

**図 14**　シャルル＝アンリ・イルシュ『虎とひなげし』。著者蔵の一冊のカバーのコピー。

**図 15**　城壁の解体，ポルト・ド・クリニャンクール近く，パリ，1919 年 5 月 3 日，ロル社。

の扇情的な小説は、アメリ・エリ（一九七八〜一九三三年）の実話に元にしており、通り名はカスク・ドール〔黄金の兜〕、ジャック・ベッケル監督〔一九〇六〜六〇年〕による一九五二年の映画〔邦題『肉体の冠』〕でシモーヌ・シニョレ〔一九二一〜八五年〕が演じ不滅のものとした。小説の幕開けは冬、不満くすぶる城壁のもと、コクリコをめぐって「頑丈な肩をしたとびきりの男ふたりのあいだで」おこる壮大な殴り合いである。虎は勝利して、うっとりしたひなげしを有頂天にさせ、シラミの血で染まる「ラズベリーシャーベットのような」雪でコクリコの口をぬぐう……つづく小説全体を通して、あからさまに血に飢えた主題は、もっぱらと言っていいほど、コクリコの想像のなかで出尽くす。こうして読者の気晴らしの方策はともかく、この通俗小説の場面設定をする役割を果たすひとこまは、いきいきと描写されるラ・ゾーンでくりひろげられる。

ティエールの壁が何の役にも立たないことは、ずいぶん前から明らかになっていて、『虎とひなげし』の出版から一四年後、時間のかかる解体の仕事に当局は着手した（図15）。城壁が解体されるにつれ、大都市を囲んで三四キロメートルにおよぶ壕は、壁のかけらで埋め戻された。（「都市は古い歯茎を食らう」とセリーヌが表現したとおり）城壁《フォルティフ》がひどくのろのろと姿を消していき、その結果として平らな土地がうまれ、ネギとレタスが実際にいくらか育てられたり、小屋が建てられたりした以外は、ラ・ゾーンは何も変わらなかった。ただし人口がますます増え、いくつかの地域はほんとうに満杯だった。

## セリーヌとラ・ゾーン

パリのスラム街や貧民窟地帯で話される俗語が、何十年もの間、安っぽい通俗小説で量産される一方、『夜の果てへの旅』が「カスク・ドール」死去の一年前にあたる一九三二年に、下層階級の言葉遣いを正統派文学に持ち込んだ。レーモン・クノーが『はまむぎ』[10]（キナノキ）〔久保昭博訳、水声社、二〇一二年〕で同時代の俗語を導入しようとした取り組みをセリーヌは打ち負かし、すぐにそれと分かる、比類のない省略と饒舌の混淆――はてしなくつづく黙示録の雰囲気――を展開した。

メトロの入口の周辺、稜堡の近くでは、延々と続く戦争独特のよどんだ臭いがする。半分燃えた、生焼けの村の臭い、中絶された革命の臭い、倒産した店の臭い。何年ものあいだ、ばた屋どもは風よけになる壕のなかで、しめったゴミの山をあいもかわらず燃やしてきた。どぶろくと疲労でおちぶれたインチキ野蛮人たち。土手から路面電車を押し出すか、料金徴収所で心ゆくまで小便をたれているのでなければ、近所の診療所に咳き込みにでかける。やつらの血管に血は残っていない。さわぐことはない。次の戦争がきたら、ドブネズミの皮やコカインや波状の鉄板でできたマスクを売って、また一財産つくれる。[11]

(Céline, 206)

ファン・ゴッホの絵筆のタッチを文学でさばいて、百語あまりのうちに、セリーヌはラ・ゾーンを私たちに見せてくれる。地図上の地域、軍がつくった時代遅れの地形と、その地域の関わりの様子、ラ・ゾーンにすむ人たち、この人たちの主要な社会・経済活動そして、物騒な政治の話までも。[12]

文芸作家のうちにあって、ラ・ゾーンの分析についてセリーヌが特別な位置にいる理由は、食いつなぐために彼が人生の大半をあてていた仕事にある。つつましいプチ・ブルジョワ出身で、［パリ二区の］パサージュ・ショワズールに育ったセリーヌは、とりわけ戦争帰還兵たちの治療に特化した医学の勉強を続け、医師免許を一九二四年に取得することができた。[13] 一九二七年一一月、アメリカ人の踊り子エリザベス・クレイグとともに、クリシーのアルザス街に転居したあと、同じ建物内に診療所を開業した。この場所の五〇〇メートル先にはバティニョール墓地の外縁があり、その東西に、ラ・ゾーンにごっちゃに建てられた掘っ立て小屋の汚らしい列がひろがっていた。『夜の果てへの旅』におけるセリーヌの名代バルダミュはこう語る。

もう彼［ロバンソン］にはそうしげしげと会いにはいかなかった。その頃、近所にある小さな結核診療所をまかされていたからだ。有り体にいってよければ、月に八〇〇フランになった。私の患者の大半は貧民窟《ゾーン》からきていた。あの村みたいな［espèce de village］、泥、ぬかるみ、生ゴミから抜け出たことがないところだ。境界をつける道ばたの塀ぞいでは、早熟にすぎる洟たれ娘たちが、学校をさぼり、好色家たちから、一フラン、わずかばかりのフライドポテト、そして淋病を一服もらうのだった。

(Céline, *Romans I*, 333 : 287-8)

この「村みたいなところ［espèce de village］」――実際にはジョルジュ・ペレック〔一九三六〜八二年。フランスの作家〕が「空間みたいなもの［espèce d'espace］」と形容するものに近い――のいたるところで、一〇代の若者たちがうろつく。フーコーが『知への意志』で描き出すことになる、規範的な性生活から追放された人たちにどこか似ている(14)この若者たちは、子ども時代を抜けたばかりの大人であり、近隣の都市でも郊外でも同様に着せられただろう道徳という拘束服など、どこふく風にふるまう。注目すべきは、フーコーが追放者たちにいっさい道徳的批判をくわえない（どころか、その逆ということもある）が、セリーヌにとって、ラ・ゾーンにすむ人たちはまるきりだめである。視覚芸術がラ・ゾーンをどのようにうけとり伝えているのかを垣間見せ、完全に何の役にもたたないものの図を描き出してみせる。それでいてセリーヌはかなり残酷な喜びを覚えているようにみえる。

> 前衛映画におあつらえむきの舞台は、洗濯物が木やレタス全部を汚染し、日曜の夜には尿でびしょぬれになる。この二、三カ月の特別営業の間、奇跡は起こさなかった。奇跡が痛々しいほど必要だった。けれども私の患者たちは私が奇跡を起こすことなんか全然期待していなかった、結核をあてこんで、思い出せないくらいそこにおかれて堕落していく絶対的貧困状態から、政府の恩給が授与する相対的貧困へと移ろうというのであった。たいがいが陽性の痰のために、戦争以来、兵役はその都度不合格になった。やつらは熱のためにますます痩せ、ほとんど食べないために熱も下がらずいつも嘔吐し、大量のワインを飲み、にもかかわらず実のところ三日に一度は働いていた。
> (Céline, *Romans I*, 333 ; 288)

セリーヌはこうしてラ・ゾーンの習俗の貴重な細部を、逐一無類のきらめきを発するイメージで伝えるけれども、距離は崩さない。唯一の収入源として文学の成功を熱望すればするほど、ラ・ゾーンおよび世話をすべきあるいは気にかけるべき患者としての住民たちへの関心は減り、セリーヌが憎む人全員にねらいを定めた、宝石のような簡潔な散文にとって、住民たちが攻撃の道具になっていく。より正確にいうと、セリーヌに文学界へ入場許可がおりるのに、時間がかかりかつ異論がさしはさまれるにつれて、「ちんちん野郎ども les Zizi」——セリーヌお気に入りのユダヤ人への蔑称である——との存在価値の違いを明言するようになるのである。セリーヌにとってラ・ゾーンにすむ人たちは単に、「ちんちん野郎ども」から狡猾さを抜いたものなのだ——セリーヌはユダヤ人をそう解釈し、ユダヤ人に関して、まもなく徹底的に毒を吐き出すことになる——という吐き気を催させるような感覚は、実質的には二番目の小説『なしくずしの死』でもう確かめることができる。

俺はイディッシュでも、外国人居住者でも、フリーメーソンでも、高等師範の卒業生でもない。自分を売り込むのが下手で、バカやりすぎて、評判がわるい。この一五年間、やつらは俺がここラ・ゾーンでもがくのを見てきた。このくずのなかのくずどもは、俺をありとあらゆるペテンにかけ、軽蔑しきっている様子をみせてきた。うまいぐあいにクビにはならなかった。文学がぜんぶ埋めあわせてくれる。

(Céline, *Romans I*, 516 ; 20)

しかしながら開業医としてのセリーヌの仕事ぶりの目撃者たち——そしてもちろん少なくとも最初の小説のセリーヌ自身の調子——を頼りに、社会の最下層にいる人びと——パリの根無し草であるラ・ゾーンにすむ人たちの健康増進を手助けしようと、偽りなく献身した痕跡の証拠となる、デトゥーシュ医師の姿を描くことができる。数多くのこされたセリーヌの書簡(15)や、セリーヌの人生のこうした側面に関して、もっとも信頼のおける話(16)を読むと、歴史的背景が違えば、ファシズムではなく、改良主義的、漸進的社会主義に傾倒したかもしれない男の姿を想像したくなるのだ。とはいえ人間嫌いの境遇と、慢性の妄想症のために、結局はいかなる形態の政党にも入党することはなかったかもしれない。弱り果てた人を助けたいというセリーヌの衝動を焚きつけたのは、シモーヌ・ヴェイユ〔一九〇九～四三年。フランスの思想家〕のような自己犠牲ではないし、セリーヌに完全に欠けていたのは、人間のくずに対するほんとうの共感であった。一九世紀医学のやり方で、文明的な健康の伝達に尽力したのである。性の科学［*Scientia sexualis*］は、とフーコーは説明する。

> 衛生の必要性に関して、みずからを最高権威とたたえ、性病の苦痛に対する昔ながらの懸念をもちだし、それを無菌という新たな主題と結びつけ、さらには進化論者の偉大な神話を、公衆衛生が目的の新設された機関に結びつける。社会的な身体の健全な体力と心の清潔を保証するとうたう。欠陥のある個人、堕落し粗悪になった集団の排除を約束する。生物学と歴史の火急の要請という名目で、当時すでにその兆しをみせていた、国家による人種差別を正当化したのだ。
>
> (Foucault, *HS*, 54 ; *VS*, 73)

同様に、セリーヌが医療支援を冷淡に実行したことと、まもなく一挙に全開になる、セリーヌがいだく人種差別の毒のはけ口は、矛盾するどころではないのである。

『なしくずしの死』を出版し、『夜の果てへの旅』に並ぶ成功をおさめることには完全に失敗したあと、セリーヌの人種差別主義からできあがった迫害は、制御から外れ、あっという間に立ちのぼり、今度は公然とすべての責任を「くずのなかのくず」に、ユダヤ人に負わせるようになる。自分は自らの不遇の「本当の」理由を知るだけでなく、ヨーロッパ政治、正しくは国際政治の権威であるという確信をますます深めた結果が、ほどなくして『ジュ・スイ・パルトゥ』誌上の痛烈な批判、骨をさすようなペンが分泌する評論となる——そのうちもっとも有名なのが『虫けらどもをひねりつぶせ』（一九三七年）である。さらにはナチス占領下のパリで、一九四一年後半のパレ・ベルリッツで開催された「ユダヤ人とフランス」展覧会など、ファシストの文化的催しにも参加するだろう。やがて果てしなくつづくと思われた数年がそれでも過ぎ、第三帝国が崩壊すると、黙示録まっただなかのドイツを通って逃げ、最初はジグマリンゲン、つづいてコペンハーゲンに亡命することになる。ついには自分が誤解をうけたこれらの出来事と月日について、めざましい狂気の小説三部作[17]で語るのである。「狂気」というのは、W・G・ゼーバルト最後の著作となった『破壊の自然史』の冒頭の評論「空襲と文学」において指摘されるとおり、「ハンブルク空襲のあと、第三帝国からもっとも遠く離れた場所に逃げたひとびとは、狂気の状態にあった」(Sebald e-book, 118) からだ。「めざましい」というのは、この三部作はセリーヌが作家になった一番はじめの理由に立ち返らせるからだ。アルフレート・アンデルシュ〔一九一四～八〇年。ドイツの作家〕の『冬の麦』を「自らの過去の人生を整理する手段としての文学」(Sebald e-book, 179) と評するゼーバルトは、一九五〇年代後半のセリーヌを位置づける際にもまた、助けとなるのである。

## レーモン・クノーのラ・ゾーン

文学が呼びだすラ・ゾーンについて考えるとき、当然ながらセリーヌの同時代人であるレーモン・クノーにも関心がむく。思い起こされるのは、『地下鉄のザジ』(一九五九年)〔久保昭博訳、水声社、二〇一一年〕における、クリニャンクール門のすぐ外、サン＝トゥアンのノミの市の場面で、一九六〇年ルイ・マル〔一九三二～九五年〕が監督し、クノーが相談役として参加した映画版では、視覚的にとらえられた。あるいは『わが友ピエロ』(一九四二年)〔菅野昭正訳、水声社、二〇一二年〕で、好色なおじさんたち(「哲学者たち《フィロソーフ》」)をリュニ＝パーク(l'Uni-Park)に登場させる場面。リュニ＝パークはヌイイーと城壁の残骸の間に一九〇九年から一九三一年まで実際にあった遊園地ルナパークが下敷きになっている[18]。セリーヌのラ・ゾーンそして住人たちとの交流は、郊外側の視点から、ラ・ゾーンという汚らしい地域そのものとほとんど隔てられないところから行われていたのに対し、レーモン・クノーはラ・ゾーンとそこに住みついた人たちを、もう少し遠く、物事に落ち着きのある場所からじっと見つめたのだった。一九三五年以来、クノーは

**図16**　サン＝トゥアンとパリの城壁の眺め，絵はがき。

ヌイイーの西部にある市に住んでいた。クノーの何百にもわたる詩に目を通してみると、ラ・ゾーンの風景とそのなかの活動の再現とおぼしき連が見つかる。

輪切りにされた自転車
いまにも起こりそうな強盗
悪漢に無骨者
［……］
腰をくねらせる娼婦
ひっかかった通行人が身を傾ける
こちらのいとしい殿方には五フラン[19]

一九四六年に書かれたこの短詩「サン＝トゥアン・ブルース」[20]は、その題名が示すとおり、明らかに貧民窟地帯のちょうど向こう側にある街の経験であり、さらに『街をかけまわる』と『田舎を歩きまわる』と題する詩集がそれぞれ対象にする区域の間に横たわる溝に似て、ラ・ゾーンは別様である空間であって、クノーの愛する郊外に特色をもちこむ源であるというところが最大の美点なのだ。完成をみなかった数多の詩のひとつ、『地下鉄のザジ』（一九五九年）と同じ頃に書かれたとおぼしきもののなかで、城壁の残骸にそって歩いていると、その向こうに草が舞っているのが見えたと語られる[21]。しかしここでは、ちょうど外側ではなくて、このように観察するからには貧民窟の区画の内側の端に身をおかなければならなかったはずだが、そこが空っぽの区域にとって代わられているのは興味深い。この作品の題名――あるいは「下水処理地の不協和音の調べ Discorde mélodie des terrains d'épandage」(Queneau, *OC I*, 829-45)――はそれでも、優に二〇世紀に入ってもいまだパリはその郊外全体を、ゴミ捨て場と見なしていたということを思い出させてくれる(図16)。ガリマール社の第一線で原稿の選考係のひとりだったクノーは、ガリマール社がパリ六区にあるため、出勤の途上に、そして首都の北部と北西部にひろがるお気に入りの辺鄙な町に帰るときに、かならずラ・ゾーンを通ったのだった。

## セリーヌとクノーの言葉遣い

ふりかえってみると(『夜の果てへの旅』を一九三二年一〇月に発表した)セリーヌと(『はまむぎ』を一九三三年一〇月に出版した)クノーは、当代の都市の俗語を非常に効果的にまた大量に主流派文学へと導入した一番乗りの座を真っ向から競っているが、両者の言葉の使い方――その核心はラ・ゾーンだった――は、これ以上はありえないというほど異なる。クノーが隠語にいだく興味は、言語の昆虫学とでもいうような類いのものだった。セリーヌのそれは、興味というよりも腹の底から生じる欲求といったほうがよかった。クノーは、厳密には常に陽気というわけではないけれども、人を笑わせることに没頭した。セリーヌが面白がることはほとんどないが、そういう稀な機会には、それはひがんだ、まぎれもなく陰鬱なもので、読者には息抜きというよりも不安を与えるものだった。二人の作家のうち、良きにつけ悪しきにつけ、セリーヌのほうがクノーよりも上手に、ラ・ゾーンにすむ人が言語を媒介にして社会と結ぶ関係を伝えている。しかし「悪しき」については、セリーヌの場合、他者に、すべての他者に向けた不信、さらには憎悪すら間違いなくこもっているのである。この意味で、セリーヌの目を通してみる世界では、フィクションと現実の経験に違いがありえないのだが、ラ・ゾーンはアガンベンが用いる意味で「不分明の地帯」なのである。セリーヌにとってラ・ゾーンはいたる所にあり、本能的な卑しさを凌駕する遺伝の恩恵と目されるもの――それを諷刺して名づければ私はいたる所に《ジュ・スイ・パルトゥ》いるとなるだろう――

は、人を先導する幻想である。反対に、クノーにとって不分明は内側にある。ルネ・シャールとともに、レーモン・クノーは二〇世紀におけるヘラクレイトスのもっとも忠実な従者のひとりである。それにふさわしく、個人の性別を見分けること、個人の身元を見分けること、個人が生計を立てるために何をしているのか正確に見分けること、その人の「真の」人格を見分けることに関して、当たり前に無力である（気が進まないように気を配る）という例を、無数にちりばめる。[22] この意味で、クノーはラ・ゾーンにすむ人が不分明であることを知っていると、存在論の観点から主張することもできたはずだ。結局はしかし、ラ・ゾーンにすむ人の語彙の達人ふたりは、正反対の理由から、どちらも共感してラ・ゾーンにすむ人を知ることはできなかったのである。

## 「ドダン夫人」

こういう曖昧な要素がつまった登場人物、クノーの戦時中の小説『わが友ピエロ』（一九四二年）の題名になっている登場人物は、死すべき運命に対する恐れを取り除くために、不分明な状態への著者の偏愛を言い換える存在だ。作家にとって『わが友ピエロ』はおそらく、その二年前、ナチスの手にかかって敗北して以来うまれた――多くの人に共通していた――病的な不安を制御する訓練であったのだ。そのわずか二年後、ガリマール社の原稿選考係という立場でクノーは、マルグリット・デュラスの第二作目の小説『静かな生活』〔白井浩司訳、講談社、一九七〇年〕を、未熟な作家のあらを取り繕うことはせずに、この名高い出版社から出版することを薦めた。[23] 一方、一九四六年に、実在のピエロが殺された。「わが友ピエロ」ではなく「きちがいピエロ」の方である。一九一八年生まれの「きちがいピエロ」とは、ピエール・ルトレルにつけられたあだ名である。ルトレルは「前輪駆動ギャング」（犯罪をおかすときに使っていたシトロエンの前輪駆動車にちなんだ名前）のボスで、フランスで最初の「社会の敵第一番《パブリック・エネミー・ナンバーワン》〔もっとも凶悪な犯罪者〕」となった――ナチスの占領軍人に積極的に協力したことで、その地位を不動のものにしたのだ。戦時中のマルグリット・デュラスの活動に少なからずつきまとう不透明さを考えれば、さらに生涯にわたって見せる猥雑なニュースへの偏愛を考えれば、それほど知られていない物語のなかで、脇役に「きちがいピエロ」について目立った言及をさせる程度には、「きちがいピエロ」がデュラスの関心を引いたとしても、驚くにはあたらない。[24] 陽気だが幻滅した街路清掃人のガストン（*OC II*, 1063 ; 104）は、サン゠トゥラリ通りが担当で、辛辣な管理人のドダン夫人とまったくの好対照をなす。『ドダン夫人』と題された物語の語り手は、夫人が管理する建物に住んでいる。（サン゠トゥラリ通りの原型に、デュラスが一九四二年から亡くなる一九九六年まで住んだ、サン゠ブノワ通りがすけてみえる。）

ガストンはミミ嬢に近づき、あいさつ代わりに言う。

「ピエロが死んだよ」（ガストンはきちがいピエロのことを話している）「この辺でも血なまぐさい厄介ごとが増えそうですな」

すなわち、

「見事な犯罪と難航する裁判——街路清掃人に起こりうる物事で、まさにこれが最高。どんな犯罪にもちょっとした幸運がつきものだし、街路清掃人が犯罪を目撃したなんて思いもしないから、誰からも尋問されたりしない。清掃人にありえる娯楽はこれだけで、まじめにうけとめるべき唯一の好機なのですよ。この界隈じゃそういった類いの幸運にはあずかったことはありませんがね。犯罪が珍しいから。でもそういった機会が私にめぐってきて、私という証人が裁判を左右するってことになったら、できるだけ長引かせますさ」

（Duras, *OC II*, 1066 ; 107-8. 訳文を一部修正）

「ドダン夫人」は一九五二年、サルトルとボーヴォワールの『レ・タン・モデルヌ』誌上に発表され[25]、『木立のなかの日々』と題された一九五三年の短編集の、「工事現場」のすぐ前に収録された。上に引用した箇所では、街路清掃人のガストンが端的な声明を発表し――「ピエロが死んだよ」――それから語り手がガストンの発言を解釈する（「素敵な犯罪［……］できるだけ長引かせますさ」）。語り手はミミ嬢の下宿の向かい側の建物に住む女性で、そこはドダン夫人が社会経済的階層の底から、管理人として支配しており、ブルジョワの住人たちが生ゴミを処分する際の正道を踏み外した習慣に毒づく。サン＝ブノワ街五番地で、デュラスはちょうどそうした定食屋の向かいに住んでおり、一九四〇年代のパリの建物にはどこでも、ドダン夫人のような管理人がいたにちがいない。過敏なミミ嬢を恐怖におとしいれて楽しみ、短気なドダン夫人を震わせる、これぞガストンが口にし、語り手がガストンの意図として伝えることの成果であるが、ガストンは、低劣な犯罪やゴシップを取材したマルグリット・デュラスの記事の多くで用いられるプランを、正確に反映している。

## 『かくも長き不在』の舞台

そのおなじマルグリット・デュラスが、ただしレーモン・クノーが最初のきっかけをくれたときよりも、はるかに経験をつみ、成功をおさめたマルグリット・デュラスが、『ヒロシマ・モナムール』のために書いた脚本のなかで、記憶と忘却とを分ける不分明の地帯の深さを測るのは、大衆紙でとある人間の興味深い話に出会ったときのことで、デュラスはすぐにその話を自分の想像の世界に移植した。本書第一章で、デュラスが『フランス・ソワール』紙の一九五九年一〇月のある版でみつけた記事をふくらませ脚色した経緯についてはすでに述べた。労働者がすむ地区でカフェを営む女性が、水を一杯もとめたルンペンに、強制収容所で亡くなったとされて久しい夫の姿を認めたという話だ。デュラスはこのニュースをきっかけに、『ヒロシマ・モナムール』のなかで手をつけた、記憶喪失にまつわる、また想像力を豊かに使うことによる追憶の可能性にまつわる作業を、さらに広げていく。この逸話を物語に脚色する第一歩は、女性が営むカフェの場所を、労働者たちが住むパリ一二区から、ピュトーに移すことだった。そこは首都パリの西側にある、つつましい製造業の町で、ブーローニュ＝ビヤンクール、ナンテール、シュレンヌときて、セーヌ川が北へと曲流するため、左岸に位置する。さかのぼること一五年、ナチスがレジスタンス参加者を定期的に処刑したモン＝ヴァレリアン要塞からもさほど遠くない。マイヨ門とラ・ゾーンのなかでも指折りの人口密集地を越えてすぐのところにある、ピュトーの川岸は、七〇年から八〇年前にこの地域で描かれた印象派の絵画が思わせるほど、牧歌的とは必ずしもいえなかった。デュラスの心象風景のこの部分について注目に値するのはまた、コルピ監督の映画『かくも長き不在』のちょうど一年後、一九六一年一〇月一七日に、アルジェリア人による平和的なデモに（警察署長モーリス・パポンの命令により）加えられた殺人にひとしい弾圧が、パリ西部にひろがる、こうした貧しい地域に集中していたということである。デュラスとジャルロが、バスティーユ広場の西のドメニル街から、はるばるパリの西側、ピュトーのヴィエイユ・エグリーズ広場に物語を転換したというのは、気まぐれに一足飛びでおこなった変更ではまったくない。デュラスが一九六〇年六月に『レクスプレス』誌にこたえたインタビューが示すとおり、二人の著者はもともとオーベルヴィリエにあるカフェとその周辺に物語を設定しようとしており、オーベルヴィリエもまたパリの外だが、こちらは北西部にある。そして最終的に、ルンペンのその場しのぎの住処をブーローニュ＝ビヤンクールにむかうセーヌ河岸におき、物語の出発点であるフランス革命記念日と、グランド・アルメ通りとシャンゼリゼ大通りの軸に沿っておこなわれるフランス空軍伝統の儀礼飛行とに信憑性をもたせるためには、「メゾン・アルベール・ラングロワ」〔主人公が営むカフェ〕にピュトーはうってつけの場所だったのである。

　デュラスとジャルロの手になる脚本で語られていた通り、コルピ監督の映画『かくも長き不在』において、もっとも印象的なシークエンスは、セーヌ河岸にある（ジョルジュ・ウィルソン演じる）ルンペンのあばら屋で撮影された、綿密に抑制と強調がきく場面である。通常の手続きをふんで、スクリーンの存在感がいたって効果的な登場人物たちに自己同一化しつつ、私たちは（アリダ・ヴァリ演じる）テレーズを追う。手に入れた紙くずと最低限の必需品でうもれた掘っ立て小屋にラ・ゾーンにすむ人のように暮らすこの謎めいた男の心象風景に、テレーズは入り込もうとする。捨てられた雑誌の写真や言葉の切り抜きはこの男が記憶を回復しようとする言語を超えた試みなのか、それとも紙の再利用よりも、ごくほんのわずかだけ納得のいく仕事をしながら、当てもなく集めているのだろうか。テレーズは前者に期待をかけつつ、この問いに無理矢理に決着をつけようとする。しかしルンペンが記憶をとりもどす行程を完遂するのを助けるというテレーズの試みは、映画が結末に近づくにつれ、惨めに挫折する。浮浪者の家のなかで撮られたテレーズの場面と同じくらい、ひきのばし、時間をかけて、コルピのカメラが、苦悶に沈みルンペンの家からピュトーを隔てる数キロメートルをセーヌ川ぞいに南に歩いて行くハイヒール姿のテレーズを追いかける長いシークエンスは、このうえなく叙情的だ。この一九五四年の物語における工事現場への道行きに似た巡礼は、試みたものの失敗におわった心の交わりを目指す、入念な儀式で頂点に達するが、これは最高のデュラス劇である――資料からそう判定できる。

## アニエス・ヴァルダ『冬の旅』

これとおなじ共感の力量に、情念の助けを借りずに挑むのが、アニエス・ヴァルダ〔一九二八〜二〇一九年〕の一九八五年の映画であり、英語圏の観客向けの題名は『放浪者』であり〔邦題『冬の旅』〕、原題は監督自らがつけた『サン・トワ・ニ・ロワ *Sans toit ni loi*』である。字義通りには「屋根も法もなしに」、慣用語句としては「ホームレス」を意味するが、『かくも長き不在』におけるテレーズのような物語の内にいる登場人物の代わりに、ヴァルダの思いやりにみちたカメラだけで、モナ（サンドリーヌ・ボネール〔一九六七年〜〕）を追い、ディディ＝ユベルマンがファルケナウについてそう言ったように、「尊厳をもって」映画のなかに「名もなき人びと」(Didi-Huberman, 2012 : 56) を記録すべく、手を尽くすのである。モナというのはもちろん名前であるが、前腕に番号を刻印されたアウシュヴィッツの被収容者《ヘフトリン》のように、名前が記憶するあらゆる人間としての価値は、ヴァルダの映画でモナと名づけられた個人のもとを去ってしまう。ナチスがユダヤ人を人形《フィグーレン》に変えてしまったように、モナの手にした身分は映画のエキストラ――フランス語では **figurant** である。(26) ゾーンの住人である女の子の克明な記録である『サン・トワ・ニ・ロワ』は、「左岸派」〔ヌーヴェル・ヴァーグの一部〕の一員でヴァルダの仲間であるクリス・マルケルの『ラ・ジュテ』に似ている。語りは純正の主人公――英雄であろうと英雄の資質に欠けていようと――に集中すべしという制限を課す、主流映画の約束事を捨てているからだ。『ラ・ジュテ』で実験台になる名のない人物と同じように、モナは英雄的でも反英雄的でもない。しかしヴァルダの映画の最終シークエンスの最終カットにあるざらざらした感触は、ドキュメンタリーの陳腐な美意識というよりも、映画は――この後すぐに論じるが、写真とは対照的に――どれほど近づいたとしても、自分の領域《ゾーン》へと去って行く、断固として不分明な主体と、共通の場を分かち合うことができないという、告白なのである。

## ドキュメンタリー映画『ラ・ゾーン――くず屋の国にて』

視覚芸術は、その名がしめす通り、観客――本の読者にあたるもの(27)――がものごとを心に思い浮かべるのに、さほど想像力の働きに頼らなくてもすむようにしてくれる。一九二八年、ルネ・クレール〔一八九八〜一九八一年〕の助手だったジョルジュ・ラコンブが監督した、「ドキュメンタリー」短編映画が、ステュディオ・デ・ズュルシュリーヌ館に初登場した。『ラ・ゾーン――くず屋の国にて』は、パリの内部にある北の地区とクリニャンクール門のすぐ外側にあるあばら屋との間をいったりきたりする、ばた屋のありふれた日常をみせる二八分の映画である。「パリを題材にした物語性のないドキュメンタリーが流行していた」(Smith in Aitken, 510) 時代にあって、ラ・ゾーンという原材料に、物語の要素が抑揚をつけ、社会派リアリズムによるプロパガンダは避けつつも、それでもそうした要素がいくらかの情念の成分を加えている。(28) 映画の主題は、副題がしめす通り、ばた屋の一団あるいは——映画がうつすものにより即していえば——一族である。映画の時間軸は、ある一日の夜明けから夕暮れまでだ。(29) この天空の事象の間にある長い時間、都市を基盤にした人びとはせっせと働き、休んだり元気を回復したりすることはごく少なく、その双方をこなしながら、こっそりと人づきあいもする。ラコンブは熱心にばた屋の仕事の複雑さと、多くの熟練の技をこなす勤勉さをみせる。これについて、この映画について書いた数少ない批評家のひとりはこう述べる。「普通なら黙殺されるような、都市社会の厳しい現実をラコンブは描いた。それも共感をこめてだ。くず屋は有益な仕事をしているのである」(Langlois in Aitken, 1035. 強調引用者)。

『ラ・ゾーン』の最初の数分間は熱を帯びていて、このうえなく強烈である。ラコンブの落ち着きのある、しかし心をゆさぶる作品は、前口上なしにはじまる。都市の内側で、映画を通じてラコンブが追いかけるばた屋家業の一味が、手早くしかし綿密に、都市の荷馬車がまわってくる前にゴミ箱《プベル》から再利用可能なものを選りわけている。(30) 個々のくず屋《シフォニエ》がこうしてゴミを選別するさまざまな形が、暗転とフェードインで区切られた短い場面にしめされる。映画がはじまって三分経つ頃には、ラコンブは私たちを境界線《リーニュ・ド・パルタージュ》につれていく——クリニャンクール門が都市の境目であり、日雇い労働者たちが歩いて、あるいはバスに乗って大都会に入り、スーツを着たブルジョワが朝刊を買い、ばた屋は回復できるくずを処理するためにラ・ゾーンへと戻る。さらに選別する、再利用するために精製する、信じられないほど危険なコンベヤーベルトのうえで直接作業する、紙をしばって俵にする、金属の物体を溶解するために粉々にする、肥料にするためにちりを集める……こうした活動を『ラ・ゾーン』の冒頭から三分の一までで私たちは目撃するが、パリの暗部から出てきたこの人物像に関するボードレールの記録は、謎めいていると有名であるが、非難すべき点は何もないのだというベンヤミンの勘[31]が正しいと、これらの活動は証明する。

ばた屋の「ぎくしゃくした足取り」は必ずしもアルコールの影響のせいではない。数分おきに、ばた屋はたちどまってくずを集め、編みかごに入れなくてはならないのだ。

(Benjamin, *Arcades Project*, 364)

ばた屋を手本にした、現代の英雄の身のこなし。その「ぎくしゃくした足取り」、仕事に精を出すために必須の孤立、大都市のくずや残骸によせる関心。

(Benjamin, *Arcades Project*, 368)

ところが映画の半分をすぎた頃、老いつつある、ぶくぶく太った、アルコール漬けの〔踊り子〕ラ・グリュを写真におさめようとする記者を茶化したあと、ラコンブのドキュメンタリーの素晴らしさが、物語の誘惑に狂わされ、客観性というねらいが置いてきぼりになる。結末となるシークエンスは、映画を一九〇五年のイルシュの小説『虎とひなげし』の冒頭へと接続する。牧歌的な面を強調してラ・ゾーンを見せることによって、観客の想像力に火をつける力は弱まる。ラコンブの美しい映画は「生活の記録に気を配り、この映画がなければ見落とされていたはずの生活に集中している」(Smith in Aitken, 511) けれども、観る者を欺き、ブルジョワが定義するところの生活、すなわち公式の言説が境界を定めるとおりの生活に、ばた屋たちの生活もどうにかして取り込むことができるのではないかと想像させかねない。「生きるための日々のたたかい」(*ibid.*) において実行される、多数の日課を検分するジョルジュ・ラコンブのドキュメンタリーのすべてをもってしても、この映画はベンヤミンがラ・ゾーンに住む人の存在の「臨界点」と呼ぶもの、すなわち別様である空間にいるための存在の秘訣を、私たちに見せることには必ずしも成功していない。ブルジョワの都市から連れ去るゴミにどこかしら我が身を重ね、一部を再利用し、のこりを捨てる。労働の細部を通じて、ラ・ゾーンに住む人は断固として、ブルジョワの生活からきっぱりと距離をとり、そこに取り込もうとするあらゆる可能性を締め出し、同時に他所に——他所、けれどもここにある他所に——生活があると強く主張するのである。

## ウジェーヌ・アジェの写真

おそらく写真の方が、その技術上の子孫——映画——よりも多くの場合、物語から距離をとり、「どんな写真にも物語がある」といった言い習わしにみられる乏しい知恵を前にしても、物語ることへのためらいを前面に出すがゆえに、あるいはまたおそらくは、写真機の被写体が映画よりもずっとたくさん見つめ返すことができ、その姿に観客の知りたいという軽はずみな要求は棚上げにされるがゆえに、荒れ地の、貧民窟《ゾーン》の住人の存在論にずっと通じやすいように思われる。

「ごみ」——この一語の文でもって、モリー・ネズビットは『アジェの七つのアルバム』の包容力と重々しさを具えた網羅的な紹介における、「オンブル・ポルテ Ombres portées」すなわち「落とされた影」と題された章の一節をはじめる。ごくまれにラ・ゾーンの贅を尽くした品の悪さを実証した写真家は他にもいるが——エマニュエル・ポティエ（一八六四～一九二一年）、アンリ・ゴドフロワ（一八三七～一九一三年）、シャルル・ランショー（一八五五～一九二七年）、そしてもちろんシャルル・マルヴィル（一八一三～七九年）——、ウジェーヌ・アジェの作品は、他の写真家たちには見られない方法と規模で、そこに住む人びとと場所とを一点に集合させる。何十というこの別様である空間を写したアジェの写真に誘われ、共同の、ただし明瞭な催眠状態のなかで、ラ・ゾーンにすむ人の視線が私たちのうえにとめられていると発見するその瞬間に、私たちの視線が留まる。押しつけがましさのない、アジェのカメラの気前のよさは、ネズビットの鋭い分析に通じるものがある。芸術家と批評家双方が共感によって心を通わせる可能性を開くのは、他者に対してであり、この他者とは、つまるところ私なのである。

ウジェーヌ・アジェの『ラ・ゾーンにすむ人びと』と題された写真アルバムを読み解くとき、モリー・ネズビットは——位相のうえでも倫理のうえでも——同等の状態、すなわち永遠を使って、空間を蒸留する。一世紀以上にわたってラ・ゾーンに住みつくばた屋のまごうことなき近代性と同じく、とネズビットは書く、「衛生局による破壊と糾弾もいきのびる。ばた屋たちとの距離、隔たり《エカール》も他所に落ち着くだろうが、消えはしない」(Nesbit, 175)。別の言葉でいえば、ばた屋たちの存在そのものが、隔たりの作用なのであり、こうした人間たちの生息地は「奨励され、選択された隔たりである」(Nesbit, 175)。それでも、これからみるように、写真を通じてばた屋たちは私たち観客にくっつき、動くようにと合図する。

「ごみ」。ネズビットがたった一語で構成する全文のもたらす効果は、一触即発、性急である。たしかにアジェの視界の中心に進み出たのは、ごみだった。時は一九一二年、アジェは『絵になるパリ』シリーズに収録し、展開しはじめた」(Nesbit, 169) ラ・ゾーン (la Zone) の写真の印刷を決意し、さらに多くの写真をとり新たに作ったのが、似たような場所を対象にした「『ゾニエ——軍用地帯の様子と典型』と題するアルバム」(Nesbit, 170) である。これらの写真をまず吟味すると気づくのだが、むさくるしい環状地帯に生きる「標本」や「典型」の単なる陳列などにはとどまらず、アジェは私たちに「ばた屋の労働」——ブルジョワ生活の浪費がうんだゴミがもつ価値を扱い、ひきだす骨折り仕事——を見せようとしているのである (Nesbit, 170. 強調引用者)。ところが、ラコンブ同様に「アジェは「ラ・ゾーンにすむ人の仕事の」すべての段階を表現しようと気を配る」(Nesbit, 170) 一方で、ラコンブの映画の映像とは異なり、この特別なアルバムにおけるアジェの写真の多くに、ゴミ——ばた屋の仕事の原材料——とばた屋の身体との間の差異の抹消された跡が明白にみてとれる。部分的に (ただし本質的な部分で) 自分が扱うゴミになりつつ、ラ・ゾーンにすむ人はブルジョワたちとの間にある存在上の距離に肉薄する何かを、確かなものにする。これがアジェの写真の——ベンヤミンがいう意味での——臨界点であり、この作品本体へのモリー・ネズビットの、共振というか、ほとんど共生した読解がなければ、私たちがこれに気がつくことはなかっただろう。(32)

## 写真の空白とばた屋の隔たり

忘却によって私たちのいる現在から切断された時間を超え、まさに同じその場所で、かつては別様であった空間でありながら、いまや「開発された」その空間から切り取られた時間を超えなくてはならなくとも、貧民窟のくず屋《シフォニエ・ド・ラ・ゾーン》をみつめるモリー・ネズビットは、ウジェーヌ・アジェが見たにちがいないものを見る。アジェはすぐそこにいるその男を、語り(ロゴス)に語らせない幸福のうちにおき、ばた屋の存在を証明するのである。

> 仕事中のばた屋が、写真のために手を止める。仕事は背景から推理しなくてはならない。この労働者は少しだけ仕事から解放されている。堅苦しいポーズのために、仕事からやや距離がうまれ、観る者からも隔たり、仕事がどのようになされるのか見ることはできない。このポーズは衝立の役割をはたす。ここまででアジェは、この稼業を描こうとした(あるいは描けた)だけである。そこから先は、慎みあるいはためらいが起こる。記録に省略がうまれる。この省略は、ばた屋たちがすでに自分で築いた区別を再現する。ぼろくずが、この人たちにとって何を意味するのか、正確なところは誰にもわからないのだ。(Nesbit, 171)

写真に撮られるとき、体は演技をするが、映画に撮られるときとは様子がまったく違う。ジョルジュ・ラコンブの映画では、複数の体が途切れなく、絶え間なく、熱にうかされたように、こそこそと動く。ウジェーヌ・アジェの写真では、どの体もぴたりと止まる。というよりも大半の場合、ひとつの体が静止している。もし少しでも動くとしたら、一瞬、技術者が機械の拘束から導き出す規則、すなわちじっと立つという規則を無視することになる。どちらにしろ――静止するにしろ、移動するにしろ――、ばた屋は写真家との間に「いくらかの隔たり」をひいていて、ということはすなわち必然的に、今日の私たちを含め、この写真を読むものすべてとの隔たり――ばた屋の隔たった存在に、不分明で言い表すことのできないダーザイン（現存在）に必要不可欠な隔たりがある。

　アジェが記録する際の所作によって、やむなく挟みこまれた省略は、そのすべてではなくとも、部分的に映画がふきこみ、複数の画像の力で動きの幻想を生む映画と異なり、ひかえめな静止画像のみを生む写真という記録がつくりだすものだ。しかし省略はまた空白でもあり、アジェが――おそらくは共感による伝染で――関心の対象からとらえた「慎みあるいはためらい」でもあり、貧民窟《ゾーン》という特別な種類の空間すなわちまさにここにある隔たった別様である空間に、似ていないこともない隙間でもあるのだ。この謎に対して、ネズビットが提示する解決策は部分的なものではある。つづく段落でネズビットは「このごみこそが、ばた屋の褒美なのだ」（Nesbit, 171）と述べ、その先ではアレクサンドル・プリヴァ＝ダングルモン〔一八一五～一八五九年。フランスの作家、ジャーナリスト〕が『パリ秘話』[33]（一八五四年）のなかで、シテ・ドレ〔くず屋たちが集まった、二〇世紀初頭まで一三区にあった区域〕にあたえた最大級の賛辞をひきあいに出し、さらにその先では「みすぼらしさとごみは［……］ばた屋にとって、道徳的、文化的価値をもつ、よそ者をまごつかせる発想である」（Nesbit, 171）と明言するのだ。それでもネズビットが、こうした前半で異彩を放つ一連の考察、すなわちばた屋のごみの使用は、最低限の暮らしのための価値の源泉であると同時に、名誉の勲章でもあるという考察をしめくくるにあたり、ラ・ゾーンにすむ人たちの明瞭な方針を強調し、「くず屋と都市のそれ以外の人びととの間の深淵は、くず屋とブルジョワ双方から同じように、まるで互いの合意があるかのように入念に維持される。ばた屋たちは自分の仕事をつかって、都市の他の部分から自分たちを隔てたのである」（Nesbit, 171）

と看破したその洞察は、非常に貴重なものである。それでもネズビットにとってはやはり、ラ・ゾーンにすむ人が抑制しつつも、私たちと分かち合うものの核心にたどりつくためには、ばた屋が視線を、アジェのカメラに戻してくれなければならないのだ。引用した段落でネズビットがしつこく繰り返す「仕事」という言葉から、ネズビットが本当は「くずがばた屋たちにとって何を意味するのか」を分かっていることに気づく。ごみの実存と人の存在は区別がつかなくなる。ラ・ゾーンにおいては、この存在上の区分が不分明になる。ラ・ゾーンにすむ人はゴミ収集人であり、モリー・ネズビットの決定的に重要な仕事は、これらの隔たった人間たちと、一つの世界を分かち合い、その一部とするのである。

アジェの写真を吟味するネズビットの次の展開において、ネズビットはボードレールが『パリの憂鬱』でそうしたように、貧しい人びとのまなざしに依拠するようになる。束の間、ばた屋の仕事から、（集団とは言いがたくとも）塊としてのばた屋の存在に目を向け、想像された複数の個人としてのばた屋の本質に移行しようと試みる。唯一アジェの写真がこうした発見を可能にし、隔てられた生活がもたらす深甚な倫理的帰結をみせてくれる。かくしてネズビットはまず、真反対の二つの方向から「貧民窟《ゾーン》へ向かう並足の行進」（Nesbit, 175）という使い古された物語にたちもどる。スラム地帯には、地方および外国からの移民のように求心力によって住みつく人びとと、「不動産開発業者と、保健衛生の専門家たちの圧力」（Nesbit, 171）のもと、ルンペンの集団のように首都から追い出され、遠心力によって住みつく人びととがいた。一九世紀後半から二〇世紀前半にかけて、人口統計上このような歴史があったために、周縁にすむ人びとの最低限の暮らしの糧として、ゴミへの依存の度合いが強まったが――「くずはくず屋たちに、近代の産業社会からの独立を与えてくれた、厳密にはその社会なしに存在することはできなかったにせよ」（Nesbit, 171）――この独立の倫理的な意義はつかみどころのないままである。ラ・ゾーンにすむ人がもつとされる、ごみに基礎をおいた独立の政治的側面は、ばた屋たちの「道徳観」からは差し引かれるようにみえる（**図17**）。ネズビットはジョルジュ・メニー〔一八七七～一九四〇年。フランスの神父、弁護士〕の『職業と商売IX

パリのくず屋[34]』をながながと引用し、その分析をもとにこう結論づける。「ばた屋はプロレタリアの特殊な立場に入りこみ、あまりに特殊なので、革命的政治にみせるばた屋の無関心は、たえざる驚きの種だった」(Nesbit, 172. 強調引用者)。さらに、次の締めくくりの語は、フランス語の名詞化された形容詞であるが、フーコーの概念の矢筒からネズビットが摘んだものかもしれない。「ここでの階級差は、マルクス主義におなじみの範疇には入らなかった。ばた屋は思考されないもの《アンパンセ》に属すのである」(Nesbit, 173)。しかしアジェがラ・ゾーンにすむ人のアルバムにおさめた個人の写真にもどって、穴のあくほど見つめてようやく、ネズビットは、大勢をしめるプロレタリアートの関心事に対するくず屋の隔絶と、その存在の奥の空間とを結びつけることができるのである。

ネズビットは共感のこもったまなざしで、ラ・ゾーンにすむ人の存在の深さをはかろうと、さらに骨をおる。

**図 17**　ウジェーヌ・アジェ，ポルト・ディタリ，ラ・ゾーンにすむ人たち，1912 年（13 区），パリ市歴史図書館蔵。

**図 18**　ウジェーヌ・アジェ，くず屋，ポルト・ダスニエール，シテ・トレベール（17 区），パリ市歴史図書館蔵。

写真家と被写体となるばた屋との間の交渉はこの倫理上の判断の出発点にすぎない（図18）。「ポーズをとると、演出の手順を意識して、ばた屋たちの写真に対する態度はかなり独特だ。アジェが撮るばた屋の写真は、全員ポーズをとり、非常にわかりやすく、ばた屋たちの気後れを写している」。ネズビットが身をおいたのは、アスニエール門近くのあばら屋のなかで、『かくも長き不在』の浮浪者のごとく、くずに半分うもれたゴミ収集人を写した例にみられるように、アジェが全存在をかけてばた屋のいる瞬間と場所に自らの身をおこうと奮闘したと思われる写真家の立場であり、そうしてようやくネズビットは、階級闘争に対する無関心と、感性からくる無関心との間の結びつきを突きとめることができるのである。

> ばた屋たちはブルジョワ文化から身をひいたのであるから、当然、写真というブルジョワ的なものからも身をひくことになる。［……］この視線はばた屋たちに勝利をもたらす。概してばた屋たちは万事心得た目つきであり、不信感と自負と、ときには落ち着いた笑顔がほどよくまぶされているからだ。ばた屋たちに象徴的な自己抑制をアジェは表現してみせた。物知り顔の写真家がやったように、あるいはジェイコブ・リース〔一八四九～一九一四年。アメリカのジャーナリスト、写真家。デンマーク出身〕ならばそうしたように、カメラを優位に置くようなことは、アジェはやらない。というのもばた屋たちがもつ権威がなによりもアジェの興味をそそったからだ。［……］／おちついた目つきと染みが、ばた屋たちに特有の隔たりを生む。［……］この記録がくずとくず屋を両方とも空間のひろがりへと遠のけるのである。[35]［……］
>
> (Nesbit, 173)

対話を通じて連携するアジェとネズビットのおかげで垣間見えた、存在が隔たるラ・ゾーンにすむ人自身の外側へとわずかに戻って、ラ・ゾーンにすむ人の住居の時空へと移動し、さらによく似た別の別様である空間へと進むまえに、ラ・ゾーンを特徴づける他性の特徴のなかでも、時に適わない[36]ことを強調しておくのは意味があることだ。時に適わないことという言葉で、私がいいたいのは、ラ・ゾーンのしぶとい忍耐力、撲滅計画を優にのりこえる永続性である。第一次世界大戦前夜に完成した、貧民窟《ゾーン》の写真集を作るというアジェの計画を紹介しつつ、ネズビットはこう述べる。「一八九八年以来、城壁に囲まれた地区は姿を消すことがわかっていた。国は新たな住居と産業を発展させるために、この区域全体の売り渡しを交渉しており、新たな住居と産業は、ずっと前から時代遅れになっていたルイ゠フィリップの城壁を徹底的に破壊して代わりに据えられることになる」(Nesbit, 169)。都市歴史家のジャン゠ルイ・コーエンは、この悪名高い不健康な環状貧民窟を何か本当に有益なものに変える計画の、さまざまな失敗を数え上げ、説明し、分析しながら、この地域を永遠の「都市計画の墓場」[37]と呼ぶ。こうして時への反抗を武器に、ラ・ゾーンは、根絶をのりこえて、文学、芸術、史料にたきつけられた想像のなかで、今日も生きのびる。想像においては、断絶と分裂が、縫合と共有のための格好の機会であるという様相を呈し(かくして)格好の機会となる。想像とはそのような意識の唯一の機能である。ばた屋の住居兼職場を写したアジェの写真のうち、近代都市のごみによって細々と生計を営んだ誇り高き労働者たちを描写したものが実際にはほとんどない、ということは、さして問題にならない。「省略がこれほど問題になることはなかったろう」とネズビットは書く、「もしもあのまなざしが、あのしみが、ばた屋が家とよぶあの混沌がなかったとしたら。これらすべてが形式から認識にいたる流れを断ち切り、これらすべてが寄せられる視線に冷淡である」(Nesbit, 175)。見ることによって知ろうという意志をもってしても挫折の憂き目にあう私たちは、これらの写真から、心の目で、すなわちより深いまなざしで見ることを教えられるのである。

## ボードレールを読むベンヤミン

まったくの他者のうちに同類をもとめて、近代都市の眺めをくまなく見渡すボードレールの批評眼は、ヴァルター・ベンヤミンによれば、袋小路にたどりつく。ラ・ゾーンにすむ人たちを細かくじっくり見つめることが、この袋小路に、最後の手段となる突破口を開くのである。

> ボードレールの [『悪の華』の] 結びの草稿にある[38]「バリケード代わりの小石の山」は、ボードレールの詩が社会的主体に直に対峙したときに出会う、限界を画している。この小石を積んだ手の持ち主について、詩人は何も語らない。「くず屋の葡萄酒 **Le vin des chiffonniers**」では、詩人はこの限界を越えることができたのである。
>
> (Benjamin, *Arcades Project*, 359)

かくしてばた屋のなかにボードレールは、ベンヤミンの概念用語を使えば、主要な臨界点を見いだしたのであり、それによって近代性というレンズを通して、倫理的思考をできる限り先まで進んでいく。臨界点はイメージの機能であり、動きを引き起こす。「可読性に応じるというのが、イメージ内部の動きにおける明白な臨界点 [kritischer Punkt] である」というベンヤミンの記述はことに重要である[39]。ボードレールの場合（あるいはベンヤミンの、アジェの、ネズビットの、私たちのうち誰であれ）、動きを感覚でとらえるきっかけは、都市の居住者の誰かとラ・ゾーンにすむ人との間に交わされる視線である。詩人が、写真家が、批評家あるいは哲学者が外をみる、そしてラ・ゾーンにすむ人がふりかえる。無人地帯に安住した状態——そこにぴったりと埋め込まれていること——から、ラ・ゾーンにすむ人は臨界点の想像を完成させるのだ。したがって弁証法的であり、おそらくはあらゆる弁証法の核でもある。内部（**in ihrem Innern**）からイメージを動員する動きは、現実に時間に関わるもので、イメージに歴史の重みと、実用上の重要性を与えると、ベンヤミンは説明する。『パサージュ論』のこの名高い一節のなかで、ベンヤミンはまた「かつてあったものが、イメージにおいて、閃光のうちに、いまとひとつの布置を形成する、イメージとはそのようなものである」（Benjamin, 462-3）と力説する。そしてこの布置の例――一般規則の典型例――は、たとえば、アジェのレンズに向けられた「落ちついたまなざし」が生む「ばた屋たちの隔たり」の深さを測るとき、視界に入ってくるのである（Nesbit, 173)。

ウジェーヌ・アジェによるラ・ゾーンにすむ人たちの写真を読むモリー・ネズビットはついに、『パッサージュ論』の準備のためにシャルル・ボードレールを読むヴァルター・ベンヤミンの所見を深めることに成功したようだ。

> ばた屋は、人間の貧困の、もっとも物議をかもす形である。二重の意味で「ぼろくず Lumpenproletarier」である。ぼろを身にまとい、くずに精をだす。「こちらの男性のお仕事は、首都のくずを拾い集めることです。この大都会が捨てたものなら何でもなくし、廃棄し、壊したものなら何でも蒐集し、目録をつくります。放蕩の記録を、ごたまぜのごみの大群をくわしく調べます。精選し、かしこい選択をします。宝に群がる守銭奴のようにごみを集め、そのごみは産業の魔術によって磨きなおされると、便利なものや楽しみを与えてくれるものになるのです」（「ワインと大麻 Du vin et du haschisch」、*Œuvres*, vol. 1, 249-250)。この一八五一年の散文による描写から推測できるとおり、ボードレールはくず拾いの姿に自分自身を認めたのである。詩はさらに詩人との類似性をみせる。間をおかずこう記される。「ばた屋がよろよろ過ぎていく、頭をふりながら／そして詩人の優雅さで壁にぶつかり／真情あふれたもくろみをぶちまける／誰彼かまわず、警察の密偵にまで[40]」。
>
> （Benjamin, *Arcades Project*, 349-50)

くず拾いの身につけるぼろと身の回りにあるくずの両方を強調するベンヤミンと同様に、ネズビットはゴミ収集人が――見て分かる誇りをもっているといないとにかかわらず――ゴミを自分の本質とすることを知っている。ボードレールが「放蕩の記録係」であるばた屋に自己同一化する――映画監督アニエス・ヴァルダが『落穂を集める男たち女』（『落穂拾いと私』〔二〇〇〇年〕〔邦題『落穂拾い』〕で同じことをする――とき、ベンヤミンはボードレールを見守るが、ネズビットはラ・ゾーンにすむ人のまなざしに出会う臨界点にはまた、決して突破してはいけない決定的な距離と敬意があるということを知っている。「カメラを優位におくようなことは、アジェは〔……〕やらない。〔……〕ばた屋たちがもつ権威がなによりもアジェの興味をそそったからだ」（Nesbit, 173）。

くず拾いが－くず拾い－として－働くのを－詩人－として－せっせと見て－働いている、とボードレールが自分をみる見方と、ネズビットが判読し、測り、尊重する、ラ・ゾーンにすむ人をめぐるアジェの仕事からネズビットの仕事を隔てる距離とが、一致することはありえるのだろうか。これは私の本質と他者へのまなざし――おなじ臨界点《クリティッシャー・プンクト》の内側では、他者のまなざし――との間のパラドックスなのか。この他者へのまなざしは、プリーモ・レーヴィの心をあれほどとらえた、アウシュヴィッツにおけるいわゆる「回教徒」に投げかけられ、そして実質的には同時に、そらされたユダヤ人の視線とは似ていない[41]。それはともかく（この問いに答えを試みるのは、本書の最終章の課題としよう）、一九八八年にエミール・ヴァイスが、それが使われていた時代のその場所の思い出を、現在の廃墟を重い足取りで歩くフラーに語らせることで[42]、サミュエル・フラーの一九四五年の映像をベンヤミンが可読性〔Lesbarkeit〕という語で意味したとおぼしきものにしたやり方に似て、スラム街や墓地は、なろうことなら私たちの想像力が、アウシュヴィッツを、ラ・ゾーンを、これほどたくさんの他所の別様である空間を、共感をもって理解する力の支えになる。

## ラ・ゾーンの排除

都市の境界の外側にあるので安全とはいえ、それでもラ・ゾーンには消えてもらわなければならない。あのルンペン・プロレタリアートの塊には、異邦人のなかの異邦人、貧民のなかの貧民、きちがい、泥棒そしてばた屋がいて、視界に入るところのどこにあっても、黙認するにはあまりにも異常な集団だ[43]。ティエールの壁の解体とスラム街の一掃は、一八九八年以来パリ市の議題にのぼっていたが、城壁の取り壊しが本格的にはじまったのは、ようやく第一次世界大戦後のことである。最終段階――ラ・ゾーンから人びととあばら屋を取り除くこと――が（しかも悶着なしにはすまず）達成されるのは、アルジェリア戦争（一九五四～六二年）終結の前である。根絶については、第二次世界大戦が、最終解決という他に例をみないほどおぞましい手本をみせてくれたわけだが、根こそぎにされる寸前、ラ・ゾーンの住人たちは散り散りになるか、新たに安価に建てられた公営住宅に移転させられた――この経緯は、クリス・マルケルの一九六三年の映画『美しき五月』で垣間見られ、記憶にとどめられていることが分かる。アジェの写真やラコンブの映画といった記録がラ・ゾーンにすむ人の一団の行う、なくてはならない力強い労働を私たちの目に焼きつけたのと同じくらい、権力が、標準化された「善良な市民」にしみこませ、選挙民の心に育てたイメージは、怠惰で堕落した、分類不可能の危険な群れで、最悪の犯罪をおかす集団というものだった。貴重な土地で、枷も規制もかけられず、金も払わずに空間を占拠している。果てしなく愚鈍な資本主義にとっては、これが、いつものごとく、譲歩ができなくなる最低値なのである。

経済についてはこんなところだ。イデオロギーはというと、スラム地帯は人間が織りなす風景の本質的に「不潔な地帯《ゾーン》」の縮図であるというセリーヌの究極の立場は、長いこと暗黙のうちに大多数に支持されてきた[44]。一方に半分ゴミにうもれ、容易に忘れがたい深みからカメラを見つめ返す、ばた屋たちの写真があり、もう一方に他の写真家たち（Cohen, 101, 119）が撮った、ラ・ゾーンの風景のなかでももっと中身がない地点で、のらくらと、外で食事をしたり飲んだり、時を気ままにすごす人びとが写った写真があれば、後者のほうが、主流をなす想像力のなかではびこっている。ラ・ゾーンは何にも使えない場所、これまた何の役にも立たない人たちが住む場所である。そして役に立たないということが、どれほど無害であろうとも、容認できはしない。手本になるといけないから、存続してはならないのだ。ところでまったくの怠け者とみなされ、なにもせず、何の仕事もしないという、この人たちは誰なのか。あの馬鹿げた古い城壁のうえで遊ぶ、ラ・ゾーンの子供たち以外は、実はラ・ゾーンにすむ人ではなくて、首都の住人なのである。休日に都市の境界の向こう側へ足をのばし、日光を浴び、悪臭の少ない空気を吸って、安いワインを飲んで、ことによると若い娼婦をひっかけて、そしてまた地主の所有になる建物内の我が家へと帰っていくのだ。

## ゾーンを共有しようとする思想家たち

外環状道路《ブールヴァール・ペリフェリック》は一九七三年についに完成したが[45]、車やトラックを走らせる人たち、スラム街を好奇心から訪問した都市居住者の末裔は、やがて「ラ・ゾーン」[46]という名前を忘れてしまった。その歴史やそこで行われていた実のある仕事、そこに住む人びとのことなど言うまでもない。その一方で、ラ・ゾーンにすむ人（ゾニエ）やラ・ゾーンの住人（ゾナール）として知られた、異質すぎて受け入れがたいあの人びとは離散したが、結局はまた集合し、新たな通称のもとに、他所にある新たな別様である空間にいる——まだ首都が開発の可能性に目をつけていない地帯《ゾーン》か、想像上の地帯《ゾーン》に。しかし一握りの思想家たち——哲学者と詩人——が、不分明な地帯《ゾーン》と私たちとの関係を語り直すという手段を用い、人類の生き残りの可能性にしがみついて離れなかった。こうした別様である空間の思想家たちは、こちら側の私たちとあちら側の彼ら（この彼らはあっという間に単なる「それ」の集まりに変えられてしまう）との間で引き裂かれた世界から、あらゆるところにいる異質な群れが縫い合わせる世界へと、方向を転じる決意であるようだ。「文明」に分断された世界から、地帯《ゾーン》を分け持つ世界へ。

地帯《ゾーン》を共有する哲学者のうち、いの一番にあげられるのが、ミシェル・フーコーである。狂人、無法者、外国人居住者、両性をもつもの、ありとあらゆるよそものが、自らの意志によって、あるいは強制されて住む、中間にある空間を対象にしたフーコーの研究は、私たちの前方にひろがる肥沃な土壌だ。ジョルジョ・アガンベンは、フーコーの探求の方向性をひきつぐが、すでに触れたように、希望の少ない自らの確信にそって、一部を曲げてしまう。ディディ＝ユベルマンによる「視覚認識をめぐる考古学に向けて基本的な教訓をひきだす」見事な試みは――とりわけフランシスコ・デ・ゴヤ〔一七四六～一八二八年。スペインの画家〕の『ロス・カプリチョス』（一七九七～九八年）と『ロス・ディスパラテス』（一八一五～二三年）について、さらにディディ＝ユベルマンが「夜に捨てられた人」(Didi-Huberman, 2011a : 63-64) と呼ぶものについての論考において――フーコーの衣鉢をつぐものだ。ジャン＝リュック・ナンシー〔一九四〇～二〇二一年。フランスの哲学者〕が尽力した、複数の声を分かち合って作る共同体の構想もまた、人類にはその自己破壊と折り合いをつける手段があるという希望を差し出してくれるようだ。[47] この希望とも、本書の末尾二章をかけてさらに詳細に検討することになる、分かち合いがもつ大きな二つの意味とも関係があるのが、ジャック・ランシエール〔一九四〇年～。フランスの哲学者〕による、ヴァルター・ベンヤミンの跡を（ランシエールが言及することは少ないが、おそらくはまたリオタールの跡を）つぐ探究である。ランシエールは政治の空間を、持てる者が持つもののうち、生きていける分の分け前を、持たざる者（ラ・ゾーンにすむ人の同義語）が所有する、美学の空間へと変えようとする。[48] ここで念頭にあるのは、ランシエールの著作『感性的なもののパルタージュ――美学と政治』〔梶田裕訳、法政大学出版局、二〇〇九年〕であり、その核となる概念、パルタージュ・デュ・サンシーブル（partage du sensible）すなわち「知覚できるものの分配」とは、「知覚は共通する何かの存在をあらわにすると同時に、内部にあるそれぞれの部位をさだめる境界をひくという、自明の事実からなりたつ仕組み」(Rancière, 12 ; 8. 強調引用者) であるという。[49] ガブリエル・ロックヒルは、多義性で名高い分かち合い《パルタージュ》という語を、distribution と英訳したが――ランシエールの場合には概念の点からみて、まったくもって適切な訳であるとはいえ――「知覚できるものの分配」が「共通する何か［un commun］をあらわにする」[50] がゆえに、分かち合い《パルタージュ》を接－断《クリーヴ》と英訳するにあたって、私たちが耳を傾けた包摂的分離の論理と、無関係ではないのである。

写真の力

それでもウジェーヌ・アジェの写真集のような貴重な写真作品には、想像の力を借りて、別様である空間があらわれる共通の場を見せてもらおう。物語ることを避けられず、そのためにこっそりメタ物語を押しつけてくる映画とは別の仕方で、また大半の哲学や（一部の詩をのぞく）文学すら解釈の力が及ばないところで、写真の画像はこれまであったものの未来にむけた形見（remanence）[51]を提示する。おそらく写真の画像は、ゴヤの手になる、狂気と（夜と昼の）悪夢を題材にした銅版画やエッチング作品が観客に与える影響とおなじ働きをするのだ。すなわち完全なる他者と見る者とを隔てる深淵を際立たせるのみならず、ディディ＝ユベルマンがまずフーコーの『言葉と物』から一文を引用しつつ述べるように、「『隣接することが可能な場所そのもの［le site lui-même où elles pourraient voisiner］』、絵画という共通の場所」（Didi-Huberman, 2011a : 67. 強調引用者）[52]を示す働きをするのである。アジェの写真のうち、モリー・ネズビットえり抜きの、見る者にことに強い印象をのこし、ラ・ゾーンにすむ人が存在しているという感覚を伝える稀有な力のある写真は、主流派映画には完全に欠けていると言ってよい特徴をひとつもっている。すなわちカメラにまっすぐ向けられた視線である。私たちがあれほど無批判に自分を重ね合わせる銀幕の登場人物（念のために言えば、ただの役者だ）は、決してカメラをまっすぐ見ないように指示されているが、肖像写真の被写体はたいがいレンズを通して、私たちをじっと見つめる。そしてアジェが撮るばた屋がこちらを見るとき、ずぶとく反抗しつつも、つつましく控えてそれを和らげるという、二つがまじりあって、強くひきつけられる。カメラ目線は映画の慣習によって禁じられているに等しいが、顔つきを記憶するという——伝記に掲載される写真から警察の写真にいたるまで——写真の起源ゆえに、映画の先達にとっては、カメラ目線は実質的に必要条件である。

写真におけるカメラ目線に妨げられることなく、いまここにいる私たちが記録に導かれ私たちが別様である空間に、それがもつ意味にたどりつくためには、想像力が必要である。パリの地平線から姿を消してひさしいラ・ゾーン（la Zone）しかり、たとえばガザ地区という「デッドゾーン」あるいはほかの荒廃した地域然りである。私たちがこうしてかろうじて糊口をしのぐ人びとの間におらず、まったく近くにもいないとしたら、私たちの別様である空間の経験は――それを経験することがありえるのなら――単に想像上のものである。ラ・ゾーンとラ・ゾーンにすむ人の存在――際だった隔たりがあるにせよ――に近づく特権的な媒体が写真であるとすると、写真によって接近する作用は、クリスチャン・メッツ〔一九三一～九三年。フランスの言語学者〕が演劇と比較しながら映画について述べたことと一致する。つまり観客の想像力への負荷は、劇場よりも映画を観るという行為のほうが、大きくなる。なぜなら舞台上の演技は、「現実の空間と時間のなかを動く現実の人間がおこなっている」（Metz, 31）のだから。メッツの考え――二世紀ほど前にドゥニ・ディドロが「逆説・俳優について」で表明したもの――によると、この上演のあいだ、「現実の人間」が「現実のそのひと」そのもの「ではない」としても、やはりその人たちはいまここにいるのである。映画、写真そして遠くのスラム街は、それとは逆に、まったく別の場所にある――スクリーンや紙やあるいは「私の頭のなかに」とどまる像のおかげで、自然を超えて「ここ」にある。前章において駆け足で説明したように、何にもましてマンハッタンのグラウンド・ゼロという例が教えてくれるのは、別様である空間とは本当に「別の場面」であり、そのシニフィアンは想像上のものだということである。

## W・G・ゼーバルトの記憶

その場にいあわせたとするなら、想像力はその別の場面にいったいどうやって働きかけるのだろうか。プリーモ・レーヴィとW・G・ゼーバルトはふたりとも、ナチスが計画を遂行することによって鍛えられた。ただしその経緯は、これ以上はないと言っていいほど異なる。ゼーバルトが最初の誕生日を迎えたとき、レーヴィと他の数少ないアウシュヴィッツの生存者が、「世界の肛門《アヌス・ムンディ》、ドイツ世界の最終下水施設」(Levi, 1989 : 65) から解放されたのだった。つまりゼーバルトが生まれたのは、零時《シュトウンデ・ヌル》のほぼきっかり一年前であり、零時以降、ドイツは新規まき直しの計画を試みる、言い換えれば忘れようと努めるのだった。そして一見したところでは、多くが本当に忘れ去られたらしい。零時《シュトウンデ・ヌル》に抗うかのように、ゼーバルトがバイエルンで過ごした子ども時代の風景には、ゼーバルトを別様である空間にひきよせる何かがあった。出来事の時代がばらばらであるがゆえに、そして人種という作り話ゆえに、ゼーバルト少年が知るよしもなかった別様である空間――サミュエル・フラーのファルケナウのごとく、徹底的に破壊されたか、あるいはぼろぼろに崩れ、雑草が生い茂る空間――である。ただしフラーはそこにいたのだったが。

> ある物語のなかで、私は書いた。一九五二年に両親、兄弟と、生まれた土地ヴェルタハから、一九キロメートル離れたゾントホーフェンに引っ越したとき、家々がたちならぶ合間のそこここに、荒れ地[Ruinengrundstücken]が地域一体にひろがっていたことに、何よりも魅了されたという話を。
>
> (Sebald e-book, 100 ; *LL*, 86)

こうして魅了された経験から、ゼーバルトは、プリーモ・レーヴィと同じように、一生涯をかけて記憶を再構築していく。レーヴィが経験したことを思い出すのに対し、ゼーバルトは経験していないことを思い出すのである。先にベンヤミンのところで引用した、ドイツ語で経験を意味する二つの語を使えば、レーヴィの書く作業は主としてErlebnis、ただし断片ではなくなったErlebnisに由来するのに対し、ゼーバルトの書く作業は必然的にある種のErfahrungに依存せざるをえず、この種の経験が今日、全面的に衰退すると予想したベンヤミンが、現代とのつながりを知ったら、勇気づけられたかもしれない。しかし方法に関わりなく、レーヴィもゼーバルトも、記憶するにあたって、二人ともまるでリレーするがごとく、文学上厳しい自己抑制を課したために、結果としてどちらも二元論的な判断をくだすことは慎み、その代わりにあいまいな倫理の領域を探求するようになる。こうした領域は、新しい、現実的な倫理の土台を築く段になると、必ずと言っていいほど分かち合われるのである。

## 倫理の「グレーゾーン」

プリーモ・レーヴィが『溺れるものと救われるもの』の第二章、おそらくはもっとも力のこもった章で述べる「グレーゾーン」とは、まさにこの分かち合われた倫理の核心の名である。同時に空間でもあり現象でもある、レーヴィの「グレーゾーン」は、ヘテロトピアが私たちを結びつける方法について理解を深める道具として役に立つ。「あの明確に定義されていない、あいまいな中間にある領域」（Levi, 67）について、あえてそこに入り込む必要があると書くレーヴィに、拒絶が祓い清められ、永遠に消散してようやく、その領域は探究され、私たちの意識の一番重要な場所をしめるようになると書くレーヴィに、私たちはただうなずくばかりだ。たとえばアメリカ軍が一瞬にして広島のグラウンド・ゼロにうんだ荒れ地に対する合衆国側の認識は、ロバート・ジェイ・リフトンとグレッグ・ミッチェルが一九九五年に出版した本の副題〔『否認の半世紀』〕で明言したとおり、現実を集団で歪曲した、あまりにも都合のよい結論なのである。[53] もしもこの「グレーゾーン」が私たちの分かち合う共通の場《コモン・グラウンド》であると最終的に考えてよいのであれば、マンハッタン南端部のあの別様である空間にあてはめられた「中間地帯《ノーマンズランド》」という概念と、薄気味悪くもアメリカ合衆国にあてはめられる「国土《ホームランド》」が想像を通じてゆっくりとひとつにまとまり、理性の明るみにあらわれるにつれて、無慈悲に広島を完全に破壊したことについて故意に拒絶を選ぶ態度が、真偽の確認という形をとって、治療される日も遠くないと、期待できたかもしれない。それもゼーバルトが言うところのドイツ人の「罪悪感」、それゆえにドイツの都市への焼夷弾攻撃については、黙して語られないままであるという、「罪悪感」が癒えるよりも早く。なぜならゼーバルトがドイツ人読者をつきおとすのも、マンハッタンのグラウンド・ゼロが衝動的に神聖化されるにおよんで、米国人の舌の先まで出かかっているのも、まったく同じ「グレーゾーン」なのであるから。

プリーモ・レーヴィが『溺れるものと救われるもの』でおしまいにしたように、W・G・ゼーバルトは、ショアの時代を思わせる、それもどこまでも想起させるけれども少しずつずらすという手法で小説をいくつか発表したのち、『破壊の自然史について』で、要点をつく。ハンブルクの空襲で空にうまれた色の描写――「子ども時代をハンブルクで過ごし、社会国家主義時代の日常生活について語ることができる」チューリッヒに住む、ハラルド・ホルレンシュタインなる人物が書いた、「何十ページにも」およぶ描写――を見つめて、ゼーバルトは物思いにふけり、皮肉はほとんどこめずに、こうしたためる。「ロンドン大空襲やモスクワの火災について書いた人がいるのに、ドイツの都市が燃えたことは、なぜ誰も説明しなかったのだろうと不思議に思う」(Sebald e-book, 116)。少しも皮肉が感じられないのは、ゼーバルト自身、九〇ページほど前の箇所で、この謎に対する答えを与えているからである。ゼーバルトの筆はその一点に向かってまっすぐにこう書くのだ。「何百万という人を殺害し、死ぬまで強制収容所で働かせた国家が、戦勝国に対して、ドイツの都市の破壊を命じた軍事的、政治的妥当性を説明せよと求めることは、ほぼ不可能だったのである」(Sebald e-book, 26)。

この何百万という人が殺され、死ぬまで働かされた空間とは、もちろんナチス帝国全体に配置された、収容所《ラーガー》群島である。第三帝国がついに崩壊したとき、死を放射した国家は徹底的に破壊され、手段こそ異なれど、同じ結果をもたらした。無数の死である。アルベール・カミュ〔一九一三～六〇年。フランスの作家〕の「犠牲者でもなく、死刑執行人でもなく」[54]〔中岡宏夫訳、『人間』第六巻第二号、一九五一年〕という主張に共鳴しつつ、W・G・ゼーバルトはペーター・ヴァイス〔一九一六～八二年。ドイツ出身のユダヤ人作家〕に関して、「支配するものと支配されるもの、搾取するものと搾取されるものが、じつは同じ人間だということが［……］ますます明らかになる」(Sebald, 231-2) と記す。前述したように、プリーモ・レーヴィにはこの穏やかならざる現象を、「グレーゾーン」と名づける度胸があった。プリーモ・レーヴィは『カラマーゾフの兄弟』の分析を通じて「グレーゾーン」を探究したが、これは現代の私たちが参考にしうる、倫理のもっとも重要な原則のひとつである。「グレーゾーン」という表現には、空間の概念がともない、行動を描写するために、それをメタファーへと変える。「グレーゾーン」をどこよりもよく検討することができるのが、四万もの施設からなる「強制収容所の組織体系」(Levi, 38) ――例外の領域――という「すばらしい『実験室』」(Levi, 42) であるとプリーモ・レーヴィは教えてくれる。「グレーゾーン」は間主観性を探究する空間を、メタファーによって表現しているが、強制収容所《ラーガー》、グラーグ〔旧ソ連の強制収容所〕、ゲットーなどはすべて、身体的経験の空間を、「強制収容所の世界」の変種を形成する。「強制収容所の世界」は、ナチスがいた欧州に限ったものではなく、レーヴィが強調するように、どこでも複製が可能である――そうした世界に共通する組織は、生存と死を管理する規則をすべて宙づりにしてしまう。「ショア」とは、この組織をがもたらす帰結を説明するためにつけられた言葉のひとつなのだ。「破局」や「破壊」など、さまざまに翻訳されるが、ショアには「荒れ地」という意味もある。果てしなき荒れ地のうちにあって、プリーモ・レーヴィが強く訴えるのは「私たちのうちに遺伝する単純な規範――くっきりと定められた国境が分ける、内にいる『私たち』と外にいる敵［……］が、境界をうしなう」(Levi, 38) ということだ。くっきりした区別が「私たち」対「彼ら」という構図を口にし、信ずることを可能にするわけだが、そうした区別に代わって、閾が主体の存在様態になる。内側と外側という区別はもはや使えず、合法と違法も問題にならず、自然と文化も、人間と非人間も、死と生も、判然としなくなる。しかし、「文明」の「野蛮」に対する優越を確保するためにつくり出され、いまだにしつこく逆行して用いられる、こうした対になった価値体系は、完全に消えるどころか、荒れ地で生き延びる個々の集まりのなかで、分かち合われる価値観となる。プリーモ・レーヴィ、ジャン・アメリー、シャルロット・デルボ〔一九一三～八五年〕、フィリップ・ミュラー

〔一九二二～二〇一三年〕といった生還者たちは、一様にこの現象を描く。その跡をついで、テオドール・W・アドルノ、マルグリット・デュラス、ミシェル・フーコー、ジャン＝フランソワ・リオタール、W・G・ゼーバルト、ジョルジョ・アガンベン、そのほかにも大勢が、ヒューマニズムの教義よりも、この現象こそ現在にそしてホモ・サピエンスの見通せない未来への近道であるのか否かに、考えをめぐらせる。ヴァルター・ベンヤミンと、そしてベンヤミンを信じるのであればボードレールもまた、このありえるかもしれない新しい現実の予言者であったのかもしれない。

「この遊歩者はまだ、都市と中産階級の閾にいるのである」とベンヤミンは、自らにとって世俗のラビである、シャルル・ボードレールについて書く[55]。閾は分割と調和の空間である。すなわち分かつ領域であり、ともにする空間なのだ。ベンヤミンがボードレールを崇拝する理由は無数にあるが、ブルジョワを遠ざける一方、貧窮者を高く位置づけ、そこに近づいていくときの、その大胆さも理由のひとつだ。「つまるところ、なにもかもカミソリの刃のごとく薄い閾の周辺でおこなわれるようだ。そこはせまい干渉帯、精神の無人地帯であり、聖なるものの領域をつくりあげる」。この記述のなかをゴトゴトと進む「メタファーの一群」もまた、プリーモ・レーヴィが『溺れるものと救われるもの』において、メタファーを排した言語で語ることになる内容を、先取りする声のひとつであろう。ここでニーチェが「真理と虚偽」にまつわる小論〔「道徳外の意味における真理と虚偽について」、『哲学者の書』渡辺二郎訳、筑摩書房、一九九四年〕で目立つように入れた、メタファーに関する有名なメタファーを使ったのは、うえに引用した、社会において属性を形成する共通の精神領域の描写が、ジョルジュ・バタイユの筆になるものであり（Le Collège, 66）、バタイユは二〇世紀におけるニーチェの信奉者のなかでも、もっとも多作の書き手の一人だからである。バタイユを読むマルク・ブランシャールはそう述べたうえで、あらたな共通点の基礎を築く主題を提示しつつ、バタイユはパリの貧民窟《ゾーン》のある地区を具体的に示していることを指摘する。「城壁とオートゥイユの競馬場との間にある、藪のようなもの、あるいは無人地帯」（Le Collège, 66）、「個人の領域《ゾーン》は、社会のそれでもあるのだ[56]」。

## プリーモ・レーヴィ『溺れるものと救われるもの』

私たちのなかで、荒れ地あるいは監獄に追放され隔離され、それを生き抜いた人びとは、相手の身になる想像力を頼まずとも、精神的に――もっといえば存在のうえで――この経験に関係するものを知っている。収容所という「実験室」は科学者プリーモ・レーヴィに、「グレーゾーン」が私たちの道徳的（したがって社会的、政治的）本質の現実であることを証明した。それにしてもジョルジョ・アガンベンが、この主題についてプリモ・レーヴィに論駁しないまでも、レーヴィにとってはアウシュヴィッツ以後、一筋の光を放つこの倫理上のあいまいさから、収容所そのものの永続性へと立ち戻り、ナチスの法哲学者カール・シュミット〔一八八八〜一九八五年〕の語彙、ノモスを借りるにいたって、私は当惑をおぼえると、申し添えておく。ともかく、アガンベンにはまたすぐに登場してもらうことにしよう。サバイバルという名前になった生の形を理解しようとする、プリーモ・レーヴィの苦闘の発端で編まれた『これが人間か』が描写する冷酷無比の地獄に比べて、この苦闘が終わりに近づく『溺れるものと救われるもの』という著作は、希望すら感じさせる。「時は来た」とレーヴィは冒頭に記す、「（ナチスの収容所だけでなく）犠牲者と迫害者とを分ける空間を探究する時が、もっと手やわらかに探究する時が」（Levi, 1986 : 40. 強調引用者）。そして実際にレーヴィは個人でなく組織体系を非難することに没頭し、「グレーゾーン」の具体例でその分析が証明される前にすでに、結論を仮定して予告する。「もし私が決めるのであれば、もし私が裁くことを強要されるならば、私は罪への加担が最小限で、最高度に強要されていたすべての人びとを、心かるく赦免するだろう」（Levi, 44. 強調引用者）。レーヴィがまだ関わりあうのは、この罪の意識をもった人びとであり、というのも自ら認めるように、レーヴィ自身がそのうちの一人だからである。レーヴィ特有の明晰さと断固たる信念とをもって、重要なメタファーについては、毅然とした態度をとりつつ説明する。「あの空間が空虚であるといえるのは、図式化したレトリックだけである。決して空虚ではないのだから」(Levi, 40. 強調引用者)。空虚ではない。かつても、ショアの間も、いまでもけっして。私たちはその空間を想像力で包む。レーヴィは続けて、この倫理のすき間の空間にいる人たちの特徴を細かく描写する。もしもレーヴィが裁くよう強制されたならば、赦免できるだろうと感じる人びとである。この「被収容者――役人の混成した階級が防護器官をつくる」(Levi, 42) のは「収容所の現実」(Levi, 41) ――ダヴィッド・ルーセの用語では「強制収容所の世界」――の内側にある空間である。レーヴィは明晰さを保ったまま続ける。「これはグレーゾーンである〔……〕ここでは主人と奴隷の陣営が、ふたつにわかれ、ひとつになる」(Levi, 42. 強調引用者)。こうして「グレーゾーン」という名の概念を予告したレーヴィは、そこから進んで、登場する順に、カポ、ゾンダーコマンドの隊員、そしてハイム・ルムコフスキ〔一八七七～一九四四年。ポーランドにあったウッチ・ゲットーにおけるユダヤ人評議会の議長。ゲットー内のユダヤ人の収容所への移送に同意し、最後には自らも犠牲となった〕という、究極の戒めとなる話を説明し、描写する。これらすべてにおいて、レーヴィの目的は、私たち自身を死刑執行人から完全に分離するのは不可能であると、見せることである。「グレーゾーン」において、レーヴィの言葉でいうと、「主人も奴隷もふたつにわかれ、ひとつになる」のである。私の言葉でいうと、分割において両者はその空間を共有するのである。そしてまさに互いに切り離されたままで、共有するからこそ、私たちは、レーヴィのように、彼らと共通の場を見出せるかもしれないのである。

## 収容所は現代世界のノモスなのか

一方、ジャン・アメリーといったショアを生き延びた他の人びとは、「彼らに対してなされた行為のすべてが、もはや犯罪とは思えなくなるように」、とアガンベンは表現するが、「権利も特権も完全にはぎとること」(Agamben, 1998 : 171 ; 1995 : 191) という命令から解放されることは一度もなかった。[57] 永遠の「居場所のなさ」、エドワード・S・ケーシーがその空間に関する長大な著作のなかで存分にその輪郭をたどったこの用語を使うならば、アメリーの存在にしみこんだそれを、W・G・ゼーバルトが表現している。そこにはゼーバルトの文体に特有の、催眠術にかけるような率直さがあるが一見すると単なるほのめかしにもみえる。「何よりもあたりまえだと思っていた領域が、もっとも異様な場所よりも、さらに受け入れがたい原点になってしまった」(Sebald, 203)。ゼーバルトが述べているのは、死後出版された『さまざまな場所』(一九八〇年)〔池内紀訳、法政大学出版局、一九八三年〕でアメリーが再現した、壊され、破壊された場所の感覚であり、この本が出版される二年前にアメリーが自殺したことの、一端を説明しているのかもしれない。それよりもなお大切なのはしかし、アメリーが感じる究極の居場所のなさと、レーヴィが最後に「グレーゾーン」にあわせた焦点とを照らして際立つ相違をみると、レーヴィとアガンベンとの間に生じる齟齬のもとになる問題が浮かび上がるということだ。収容所とは、空間のあいだにある空間、隙間の空間であって、経験したことのない者が、想像によって経験することのできる空間であるのか。それとも収容所は、未来の死刑執行人を救うものすべて、みな死刑執行人になってしまう定めから生者を救うものすべての向こう側にあるのか。レーヴィの「グレーゾーン」は前者の修辞疑問に傾くようだ。アガンベンの「不分明な地帯」は後者を主張するのではないか。この両者のあいだには、またしてもボードレールがいる。ベンヤミンが『パサージュ論』でたどる、大胆不敵な足跡を追いかけるとしよう。

> 「パリの夢 Rêve parisien」では、生産力は見たところ、停止し、故障しているようだ。この夢の風景は、「深淵からの叫び De profundis clamavi」の世界となる、重苦しく荒れ果てた土地の目もくらむ蜃気楼である。「凍った太陽が頭上にかかる六カ月。／残り六カ月、大地は経帷子にくるまれる――／木もなく、水もなく、生き物がひとつもないここ／剥き出しの荒れ地、北極のごとく!」
> (Benjamin, 355)

神話と美化の向こう側で、かつてパリを取り囲んでいたラ・ゾーンは――有刺鉄線と通電柵こそないけれども――監視された領域であり、実質的には強制収容所であった。経済面でも、人種面でも圧迫をうけ、雨後の竹の子のごとく姿をあらわし、そこに無数の根をはる人びとはまた、忘れてはならないが、城壁で任務につく軍人の監視下にあったのだ。強制収容所が、薄気味悪く第三帝国中に突如として一斉に発生したことに対する、ナチス側の説明のなかで、ジョルジョ・アガンベンが本質をあらわすものとして取り出す声の主は、装われた驚きと悪意とをさもしく混合させて話す。「収容所が［……］特殊な例外的な空間［peculaire spazio di eccezione］にあったという限りにおいて――ゲシュタポ長官［ルドルフ・］ディールスはこう説明することができたのだ。『収容所のはじまりには、命令も指示も存在しなかった。収容所は組織されたのではなかった。ある日そこにあったのだ［sie waren nicht gegründet, sie waren eines Tages da］』」（Agamben, 1998 : 169 ; 1995 : 189）。『ホモ・サケル』の第三部「近代的なものの生政治的範列としての収容所」の一部は、同年に先に出版された『目的のない手段――政治についての覚え書き』に出てくるが[58]、そこでアガンベンは、フーコーの仕事、ただまったく早すぎた死のせいで、とアガンベンは断言する、完成を見なかった仕事を敷衍しようとする。

> 晩年のミシェル・フーコーは性の歴史にとりかかり、そのなかで働く権力の正体を暴きつつ、いっそうこだわりをもって、自ら生政治と定義するものの研究へと、集中させていく。生政治、すなわち人の自然の生が権力のからくりと打算へとどんどん包摂されていく様である。［……］病院と監獄における大いなる閉じ込め《グラン・ランフェルムマン》の復元にはじまった探究は、強制収容所の分析では終わらなかった。
> （Agamben, 1998 : 119）

そしてこれが、『ホモ・サケル』の最後の言葉となる――『ホモ・サケル』の分析は不分明な地帯から区別することはもはや不可能であり、収容所は例外ではなくなり、広くいきわたる習わしであるということを示し、そして——著者の意に反して？——ナチスの政治哲学、法哲学者カール・シュミットに最後の言葉をゆだねているようにみえる。「いまや都市の内部に確実に入り込んだ収容所は、地球のあらたな生政治の掟《ノモス》である」（Agamben, 1998 : 176)。上で引用したアガンベンの趣意書のなかの鍵語は、おそらく——フーコーの著作の近視眼的な読解のせいで、陳腐になる場合があまりに多い——生政治ではなくて包摂であろう。現代の議論において、その中心にアガンベンは浮かんでいるわけだが、私たちはみな意識的に——否、たいがい無意識に——地球上均一な不分明な地帯に監禁されてきたのか、あるいはその反対に、ラ・ゾーンに似た何かが私たちの政治をとりかこみ基盤となるとしても、私たちはまだ批判的な距離を保つことができるのかという問題は、いまだ解決を見ていない。本書最終章が試みに示すとおり、このジレンマはアガンベンにおいてさえ、『ホモ・サケル』の結論がいかに暗澹たるものであれ、解決していなかったのではないか。ヴァルター・ベンヤミンは、強制送還を、収容所を、命の尽きる地帯《ゾーン》への追放を耐えるよりは、自死を選んだが、ベンヤミンにとって、「地球上のあらたな生政治のノモス」への私たちの「包摂」は、さらに複雑なものから生まれる。つまりまさに想像力があたえる、批判的な距離を具えた包摂なのだ。ボードレール、そしてランボーからアポリネールまでその衣鉢をつぐ詩人たちがみな、ベンヤミンに教えたのは、私たちの世界の一側面である地帯《ゾーン》は——それを言葉のなかにおき、すなわち、想像上の関係を受けいれることができる限り——抜け出られぬ環境にも、すべての人間存在の倫理的決定要因にもなりえないということだ。私たちはその地帯《ゾーン》から分かたれ、それでいてその地帯《ゾーン》にぴったり接するのである。

## アガンベン『ホモ・サケル』における収容所

ベンヤミンは想像力に心をよせていたが——この賭けには本書最終章で、ミシェル・フーコーとルネ・シャールを通じて戻ろう——ジョルジョ・アガンベンをして、「政治がつくる基本的な関係は追放である（例外状態という内と外、排除と包摂との間の不分明な地帯）」という大前提から、「今日の西洋世界の生政治の土台となる実例は、都市ではなくむしろ収容所である」（Agamben, 181）という結論にいたらしめた、論拠と言説がどのように形作られたのかを検討せねばならない。「収容所は、これまで地球上に存在したなかで、もっとも純粋な非人間的環境（conditio inhumana）が実現した場所にすぎない。結局これが犠牲者にとっても、後につづくものにとっても、重要なことなのである」。文体からみても内容からしても、プリーモ・レーヴィの重要な遺作『溺れるものと救われるもの』から引用したといっても、まったくおかしくはない文である。実はこれは、『ホモ・サケル』に収録された小論「近代的なものの生政治的範列としての収容所」の冒頭にある、ジョルジョ・アガンベンの言葉である（Agamben, 166）。しかし、「回教徒」がもつ倫理的重要性をめぐって、一九四七年の著作『これが人間か』にすでにみられる、レーヴィの「グレーゾーン」とレーヴィの内省に明らかに着想を得ながらも、アガンベンの論述ははじめからこの問題を自明のものとして進める。その結果、収容所の歴史的重要性――収容所とは何であったか、私たちは収容所の記憶を今日どう考えるべきか――に関する、どっぷりレーヴィ調のくだりがみられる、四ページ前にはすでに、ナチが実現した非人間的環境が間違いなく、今日、私たちが生命を受けとめる仕方を決定するという主張を、アガンベンは強くうちだしている。「［……］『死』の観念は［……］いまや一極からもう一方の極へと、まったく定まることなく、ゆれうごき、典型というにふさわしい悪循環を示している」（Agamben, 162）。生命の終わりに関するこの論点先取［petitio principii］〔原則を当然のものと考える誤謬〕めいたものは、他者に対して、また自らに対して、私たちをまったく無関心、無感覚にするし、倫理のおかれた風景を、均質なひとつの不分明な地帯に変え、そこからは何も区別されなくなってしまう。すでにそうなっているがゆえに――あきらかに、明白に――アガンベンはレーヴィ調のくだりにつづけて、修辞疑問をなげかけ、すぐに提出する答えで結論の最初の素描をみせる。「あのような出来事が起きるにいたった、収容所とは何か、その司法・政治構造とは何か。この問いから、私たちは収容所を［……］私たちがいまだに住み込んでいる政治空間の隠れた母体、ノモスとみなすことができる」(Agamben, 166)。かくして単純明快な表現を与えられ、「収容所は［……］かつて実現したどれよりも完全な生政治の空間であった」にもかかわらず、収容所は今日のホモ・サピエンスが結ぶ関係のモデルであるのだ(59)(Agamben, 171. 強調引用者)。

ジョルジョ・アガンベンは「強制収容所《ラーガー》こそ現代政治の領域におけるノモス」という結論へと性急に飛躍するが、その基になっているのは、延々と自明のものであり続ける、とアガンベンの主張する、死にまつわる問題であるらしい。あの「悪循環」を絶つことができなくなるにいたった経緯を具体的に説明するために、アガンベンが差し出すのが、ナチス時代の顕著な例の一群と、現代の生政治において、解決をみずに不安をかきたてる議論のひとつである。この二つのうち、最初のほうを論じる際にアガンベンが活用する、概念を駆使した言葉づかいは傑出していて、生存権をめぐる今日の論戦に私たちの心を巻きこみ得たのも、この言葉使いが密接に関係しているように思う。最初の例は、独特な残忍さをみせナチスが使用したVersuchspersonen、すなわち人間モルモットに関するものだ。アガンベンはこう記す。

> この人たちは通常人間存在にあるとみなされる権利も可能性も、ほとんどすべてを欠き、それでいて生物学上は生きている、まさにそれゆえに、生と死、内側と外側との境界にある地帯《ゾーン》に位置づけられ［essi venivano a situarsi in una zona-limite fra la vita e la morte］、そこでこの人たちはもはや剥き出しの生にほかならない。［……］近代の特徴である生政治の地平では、医師と科学者がこの中間地帯［terra di nessuno］に出入りするのだ。かつては主権者のみがそこに入り込むことができたのだった。
> (Agamben, 1998 : 159 ; 1995 : 177)

あからさまにラ・ゾーンの言葉遣いとその機能、そこに住む人びとの特徴、そして別様である空間の雄弁な同義語——中間地帯［terra di nessuno］——がすべて、これでもかと目立っている。つづく世代がわずかなりとも倫理の再興した未来にむけて、あの空間を分かち合う可能性は、私たちがこうして読む一ページで繰り広げられる、アガンベンの観察の目の前にひそんでいる。アガンベンの第二の例は、「総統《フューラー》の身体」の例であり、それは「［……］ゾーエー（zoē）とビオス（bios）、生物学上の身体と政治上の身体が一致する点にある。総統の身体において、ゾーエーとビオスはたがいのうえを過ぎていく［essi transitano incessantemente l'uno nell'altro］」（Agamben, 1998 : 184 ; 1995 : 206）。犠牲者の身体に刻まれた不分明から強引に私たちを連れ去り、究極の犯罪者の体に飾られた不分明をみせ、こうしてアガンベンは、第三帝国という極端な例外状態における、不分明が生む最悪の結果の広がりを例証する。第三にして最後の例は、問いの形をとり、アガンベンは答えを与えないままだが、それはつぎつぎにあらわれる、アガンベンが「昏睡と死との間の中間地帯」（Agamben, 1998 : 161）とよぶ、果てしなくつづくかにみえる昏睡状態の空間で、剥き出しの生をつなぐ人を論じた結果である。この問い——「昏睡とは何か？」——に直面すれば、テリ・シャイボ〔一九六三〜二〇〇五年。脳障害から植物状態になり、尊厳死をめぐって夫と両親が法廷で争った〕から、アリエル・シャロン〔一九二八〜二〇一四年。イスラエルの政治家。晩年は昏睡状態に陥った〕まで、何十もの注目をあびた例がすぐに思い浮かぶが、それが答えをだすかどうかは、また別問題である。

## 例外状態におけるパルタージュ

一般化して広まった、不分明がもたらす政治的帰結は、これ以上ないほど暗い。

収容所の本質が例外状態を具体化し、剥き出しの生と法の支配が不分明の閾に入る空間をそこから創造することにあるならば、そこで犯される犯罪の種類や、名称や、具体的な様相に関係なく、そのような組織がつくられる度に、私たちが目の前にしているのが、実質的に収容所であるということを、認めなければならない。

（Agamben, 174）

こうした悲観論（アガンベンならずとも、ブルジョワのオイコス oikos〔家、私的領域〕を超えた世界を見つめる人ならば実にだれでも、この悲観は当然と容易にわかる）にもかかわらず、社会的相互作用のための、まったく別の原則をひとそろい生じさせる、ある型の不分明が――希望のないホモ・サケルにおいてさえ――最後にはあるように思われる。というのも、アガンベンの言説《ディスクール》には、ある形象《フィギュール》がつきまとうからだ。[60] その論理はふたつの相反する作用から成り立っている。たとえば、その形象《フィギュール》が出てくる次の箇所は、今日私たちがほそぼそと生活を営んでいるとアガンベンの見る、普遍化した収容所《ラーガー》や地帯《ゾーン》を、区別をなくしつつ構成する要素を、上述の引用よりも前に描写したものである。「生と政治が――剥き出しの生がすまう、例外状態という中間地帯によって、もともとは分割され結びつけられていた――ひとつになり始めたとき、すべての生は聖なるものとなり、すべての政治は例外となる」（Agamben, 1998 : 148 ; 1995 : 165. 強調引用者）。ほかならぬこの反復する論法をたどるとすると、「不分明」という名の論理演算子の結果としてひとつになるまえに、「もともとは中間地帯によって、分割され結びつけられていた［divisi in origine e articolati fra loro atraveso la terra di nessune］」生と政治があったということだ。パリを取り囲むスラム街、ラ・ゾーンを実際に想起するまでもなく、この論述の仕方からは、個々特殊な人たち――フーコー、リオタール、ドゥルーズの時代ならば、「少数者たち」といっただろう――にともなう分割を本質的に守りつつ、ひとつに結合する、政治の複雑さが消えてしまったことへの哀惜の表現がみてとれないだろうか。この論述の仕方はねじれているし、なんとなれば皮肉も少しばかり含まれている。それでも、この語調が、アガンベンの思想世界にも、少しは見通しの明るい分かち合い《パルタージュ》がのこっている証である、ということはありえるだろうか。「例外状態と強制収容所を本質的に結びつけるもの［nesso constitutivo］」が誰にとっても豊かで健全な生にいたる結合だと主張するのは、愚かなことだ（Agamben, 1998 : 168 ; 1995 : 188）。しかしこうした論述の裂け目（cleft）においてこそ、思考は緊張と切れ味のよさを保ち、主体がくっつく（cleave）ことのできるかもしれない、別の論述をそこから創造することができるのだ。本書のつづく二章では、ミシェル・フーコーの思想と文体のある面、そしてそれらを支えるものを読み、解釈して、『ホモ・サケル』にみられる最後の飛躍に、やや別の角度から光をあてられたらと思う。「近代的なものの生政治的範列としての収容所」の早い段階で、アガンベンが書いている通りだ。「人間に対して行われる所業が何であれもはや犯罪に見えなくなるほどに、人間の権利と特権を剥奪する、司法手続きと権力の使用［dispositivi politici］を念入りに調査するほうが、真っ当であるし、何にもまして役に立つはずだ」（Agamben, 1998 : 171 ; 1995 : 191）。この命令によって、まっとうな批判的思考を開始せよと告げられた私たちが、この地帯《ゾーン》の境目にいる私たちが、閾をこえてこの地帯《ゾーン》の内側へと思考を向けられるのなら、そのときは結び目－閾－中間地帯など、すべてを包含し、行為における善と悪を区別するのがこの上なく困難を極め、あらゆる困難にぶつかるその場所こそ、想像力が理性を助ける空間になる。

## デュラスの場所、フーコーの空間

本書に残された紙幅にあてて、私が自らに課した難題は、いくぶんかはもう明らかだろうし、いずれにせよ避けられないものだ。本質的かつ取り返しのつかない不分明から区別される尊厳は、想像しうるか。もし想像しうるとするなら、そのような希望を最後に支える意識の与件とは何か。第一段階の化学変化は当然可能である。構成要素を蒸留すれば、必然的にのこる探究すべき概念領域《ゾーン》に狙いを定めることができる。二×二型のマトリクスを思い描いて、ここまで考えてきたことを整理しよう（**表**）。こうして全体を要約する作業を通して、マルグリット・デュラスの作品から私たちがこつこつ拾い集めたものをふりかえると、一方には、物語が展開する場所［lieux］の複数性が確認できる。もう一方では、デュラスは（ただし多くの場合、お気に入りの物語の舞台

| | 場所（デュラス） | 空間（フーコー） |
|---|---|---|
| 複数 | 海岸，河口，海の幻，インドシナ，森，端 | 阿呆船，一般施療院，精神病院，救貧院，監獄 |
| 単数 | 工事現場，広島／ヌヴェール，収容所 | 身体……分かち合い《パルタージュ》 |

と協力して）しばしば（ほとんどいつも）差異も個性もとりはらった一つの場所、用地を前面に出すが名称はそれぞれ異なる。すなわち占領下のフランス、工事現場、収容所である。このデュラスの場所（単数である点を強調しておく）に、登場人物が（したがって読者が）住んでいるということもありえるが、その場所にある、解釈し倫理を生む力が解き放たれるのは、そこがまったくの他所であり、ここは他である場合である。今度は主に先取りになるが、次章で深く掘りさげるミシェル・フーコーの著作の特徴をみると、一方に空間があり、単数でも複数でも使われる。フーコーの空間は多様で、精神病院、救貧院、一般施療院、監獄、高等師範学校などを含み、別様である空間の系譜学をつくりあげ、考古学に道具を変えて、歴史学の方法論がいまだかつて成し遂げたことのないほど、はるかに徹底したやり方で、この別様である空間を分析するためだった。もう一方には、場所に対するデュラスと同様に、フーコーの著作にもまた――はじめからおわりまで――空間の単数性が確認できる。その名はすでに登場したが、ただし他の人たちの声と筆を通してであった。本書の最後の二章は、直接にも間接にも、分かち合い《パルタージュ》をミシェル・フーコーが言葉としても概念としても使う、複雑で変化に富んだそのやり方を探究する。このある意味で決定できない中間にあることというのは、フーコーにとっては、例えば身体（あるいは性）を意味する言葉であるということもありえる。そうした結論はあえて下さない。具体化されたものや、体現するものとは無関係に、分かち合い《パルタージュ》におくべき中心点がずれてしまうからだ。どんな二×二型のマトリクスでも可能である（そのうえそうしたくなる）が、この表もまた交差したつながりを提示する。よって最初のXの枝を対角線上にひくと、デュラスの場所〔複数〕とフーコーの空間〔単数〕との間の共通点を探るという示唆が得られる。同様にXを補完する、二つ目の枝は、フーコー

の空間〔複数〕とデュラスの場所〔単数〕双方を比較するよううながす。この二番目の枝上のどこかに、おそらく墓地をおくことができる。しかし私が「フーコーの空間〔単数〕」と呼ぶものが、見ての通り、表に配列された要素のなかで、どれよりも説明が少ないので、本書の残りの中心は、主にこの点におく必要がある。しかし、交差〔chiasmus〕の chi〔$\chi$〕を構成する二つの対角線の交わるところを、最後まで見失ってはいけない。このマトリクスを機能させる過程で、デュラスの物語の場所〔複数〕の他性を減じる、あるいはフーコーの別様である空間〔複数〕の別世界性を減じるようなことがあるならば、そのときは、この図の中心に、ベンヤミンの鍵概念をあてはめ、臨界点でありうるものに、できる限り何度でも注意をとめる必要がある。アジェの写真に写るばた屋が永遠に私たちをみつめ、内に、そして他所にひきもどすように、「イメージは静止した弁証法である」――弁証法の終わりではなく（結局のところ、ホモ・サピエンスが絶滅の憂き目にあわないかぎり、弁証法は終わらない）、そうではなくて――バルトのプンクトゥムのように――そこで倫理にとって重要な反省の起こる、見たところ果てしない弁証法の運動におけるひとつの契機なのである。

この契機がどんなものなのかをほのめかすことができ、不気味ながら信用がおけると思われるのは、またしてもマルグリット・デュラスである。デュラスは意識の活動がもたらすものの根本的にあたらしい解釈を、考案しようともがく。その苦闘は「工事現場」ではじまり、この工事現場の謎をとく鍵は登場人物の若い女性にすらとらえられないという印象に、読者は見舞われ、それは大きくなっていく。テクスト本体に、異様なほどくりかえしあらわれる「もの」という言葉は、不条理にちかく、物語のほとんどすべてについて、特殊性は零度のままである。「もの」はただの名詞ではなく、あらゆるものを意味しながらも、なにも明確にはあらわさない。存在するすべて、考えられるすべてを意味する総称語である。あらゆること、あるいはどんなことでも。「例のあれ」、「なんとかいうやつ」その他、すべての言語で、話者が思い出せない言葉を代用する語は数多くあり、心と消失の震えとの間にある文を表現してくれる。しかしこの若い娘――広島のフランス人女性をふくめ、その後のデュラス作品に登場する多くの人物の原型――は、このものは、やはり何かであることを直感で知る。

娘は何かを思い出そうとしている様子だった。娘が工事現場を忘れかけていたことが分かった。娘は、男が娘を思い出すように、正確に男／工事現場を思い出そうとした。男は娘を見つめ、ほほえんだ。娘もまたほほえみ、やがて男を見つめ、眺め、記憶をたどる男を観察した。

「静止した弁証法」が束の間あらわれる例を発見し、見せようとするデュラスの格闘は、『ヒロシマ・モナムール』で、倫理思想の契機とする言葉を決めたとき、ぐんと前進する。その言葉とは、知性である――「決定的な知性」と、脚本の梗概にデュラスは書いた。これはまたとりたてて変わったところのない言葉にみえるけれども、デュラスが名前のない登場人物を使って、映画のなかの対話でこの言葉を変化させ、分解してみせるのを思うと、事情は別だ。「狂気って、知性みたいなものよ、ね C'est comme l'intelligence, la folie, tu sais」（Duras, *OC II*, 35）とフランス人女性は恋人に説明する。そして映画の終わりちかく、二人の恋人が別れようとするそのとき、政治にかられる情熱をほとんどかくすことなく「私の子供には、悪意と無関心を、知性と他の人の祖国に対する愛を、死ぬまで教えるわ À mes enfants, j'enseignerai la méchanceté et l'indifférence, l'intelligence et l'amour de la patrie des autres jusqu'à la mort」（Duras, *OC II*, 67）という。したがってデュラスは、まったく別の種類の知性が存在していて、ただし名づけられていないということを力説しているのだ。「例外的な／隔たった知性 intelligence à part」とは、「別異の空間 des espaces autre」を説明しつつミシェル・フーコーが言いたかったことに似た何かだと、考えてもよいかもしれない。数ある知性のうちにある、もうひとつ別の知性ではなくて、別様の知性である。ことに女性においてよく発現するこの勘を、デュラスは大いに倫理的とみなしており、「人間」なるものの通常の定義とは対照的で、そういった定義づけを曲げ、ねじり、ぶち壊してしまうものと考えた。さらにこの知性は狂気と隣り合わせで働くのである。

このようにデュラスは、物語を通じて実験をおこなう複数の場所の集合体と、そこに倫理が築かれうる、あちらにあるひとつの地帯《ゾーン》もしくは用地との間でゆれる。フーコーは、時として自らの意志に反して、ヘテロトピアの系譜学における多様な複数の空間と、ヒューマニズムから解放された私たちの身体がある、ひとつの異端の空間との間でゆれるのである。フーコーの『監獄の誕生』を読んだジル・ドゥルーズがつけたあだ名の通り、「新しい地図の製図者」が厳しく追い求めたのは、常に「あらゆる抵抗地点を通り、別の図式に対抗して図式を投げかけ、つねに最新のものとして働く、はじめもなく終わりもない広大な線、外部からくる曲がりくねる線」である(Deleuze, 1983 : 44)。あるいはエドワード・S・ケーシーが述べるとおり、「フーコーは、空間と場所が時間のきまぐれな変化にさらされた、歴史的実体であるという、系譜学の主題をきちんと明確にのべた最初の人である」(Casey, 1997 : 298)。

## ポワチエ不法監禁事件

締めくくるよりも、開けた結末を——本書の残りの部分も本章も、読み進める読者の記憶にとどまるように——つくるために、二点に言及しておく。一つ目は、本章があつかった、『パサージュ論』から、一段落全体の引用である。もう一つは、若きポール＝ミシェル・フーコーが、世界的に最も影響力のある二〇世紀の思想家のひとりとして登場する二〇年前に、ポワチエでしたかもしれない経験——その思想の核となっていてもおかしくない経験——に関する、純然たる推測である。

分離できるひとつの現象によって、注意深い想像力が、まがいものを感知しつつ、批判的に前に進む、そのことの意味を伝えるために用いられたベンヤミンの言葉を——今度は中断せずに——読んでみよう。

イメージを現象学の「本質性」から区別するものは、イメージの歴史的な指標である。〔……〕こうした像は、「人文科学」の範疇、いわゆるハビトゥス、文体などといったものとは、完全に分けて考えるべきものである。というのもイメージの歴史的な指標は、そのイメージが特定の時代に属していることを伝えるだけではないからだ。イメージは特定の時代においてのみ「解読可能性」に達するということを、何にもまして伝えている。「解読可能性に」到達することが、イメージの内部の運動において、特有の臨界点を構成する。今日の一日一日は、その日と時をともにするイメージによって規定される。それぞれの「いま」とは、固有の認識可能性のいまなのである。このいまにおいて、真理は破裂せんばかりに時間をつめこまれている。（ほかならぬこの破裂点こそ、意向 intentio の死であり、それはしたがって真の歴史的時間、真実の時間と一致するのである。）現在であるものに、過去であるものがその光を放つというわけでも、あるいは過去であるものに、現在であるものがその光を放つというわけでもない。むしろ、イメージのなかで、今まであったものがいまと閃光のうちにひとつになり、布置を形成する、それがイメージなのである。いいかえると、イメージとは静止した弁証法なのだ。というのも、現在と過去との関係は、完全に時間的であるのに対し、いままで－あった－ものといまとの関係は、弁証法的なのであるから。まったく時間的ではなく、イメージからできている［bildlich］。弁証法的なイメージだけが、偽りなく歴史的な――すなわちすたれないイメージなのである。読解されるイメージ――つまり認識可能性のあるいまにおけるイメージ――はすべての読解の根底にある、危険をはらんだ決定的な機会のしるしを、最高度に帯びている。(61)

この濃密で難解でいて重要な、宣言の意味合いを帯びた文章につづいて、三点、簡潔に見解を述べよう。

・こうしたイメージを「『人文科学』、いわゆるハビトゥス、文体などといったもの」とは分ける必要があることがわかる。

・しかし（この第一の点にもかかわらず）その先に、臨界点の解読可能性を与えるのは、このイメージの内部にある運動であるという主張がある。

・最後に、根っからの弁証法論者からでてくるのが、驚きにほかならない、イメージはその臨界点において「静止した弁証法である」という主張がなされる。

これを素朴だがもっともらしいある推測に結びつけてみる。一九三〇年春、外科医の娘と裕福な内科医との間の第一子であるポール＝ミシェルが三歳半だったころ、[62] フランスの最も著名な作家のひとりアンドレ・ジッドが『ポワチエ不法監禁事件』を出版した。これは一種の「本当にあった犯罪」の物語で、母親の手で二四年間にわたって自室に閉じ込められたメラニー・バスティアンという女性の話である。ジッドの物語が基にしたのは、ブランシュ・モニエの人生に起こった事件で、ブランシュは一九〇一年五月二三日にポワチエのラ・ヴィジタシオン通り二一番地の家で、排泄物にまみれ、四半世紀にわたる監禁に発狂した状態で発見されたのだった。厳格な町の名士ポール・フーコー医師は、妻であるアンヌ（旧姓マラパール）、そして二人の子供たちと、アルチュール・ラン通り一〇番地に住んでいたが、この街の旧名がラ・ヴィジタシオンである。ブランシュ・モニエのスキャンダルに関する、デイビッド・メイシーの指摘は正しい。「フーコー一家がこの話を知らなかったということは考えにくい。この話をしなかったということは、まったくもって考えられる」(Macey, 12)。

おぞましさがおよぼす影響、邪悪な異常さがおよぼす影響を——ことに家の近くで、これほど破壊的に、慣れ親しんだものとまったくそぐわずに起きることとなると、ことに若く感じやすい人の想像力に対しては——決して過小評価してはいけない。ミシェル・フーコーはブランシュ・モニエについて書くことはないし、それはおそらくピエール・リヴィエール〔一八一五～四〇年。母、妹、弟を殺害し手記を遺した。フーコーが研究の対象としたことで知られる〕やエルキュリーヌ・バルバン〔一八三八～六八年。両性具有者で回想録を遺した〕と違って、はっきり語った痕跡をのこさなかったからだろうが、ブランシュ・モニエは、歴史家となったフーコーがうちだす「平行生活」という概念のひな形ではないか。ミシェル・フーコーは、ことごとく異質な兄弟姉妹たちと自分とを、くりかえし平行させなかったろうか、そしておそらく、それが生を考察することではなかったろうか。誰よりも切り離された先にいるこの女性と、すべてを分かち合おうとすること、これをフーコーは自らの倫理の地平としたのではないか。そうではないとすれば、なぜフーコーは、最終的に単なる人間の向こう側にたどりつくために、サドあるいはアルトー〔一八九六～一九四八年。フランスの詩人、俳優、演出家〕あるいはクロソウスキー〔一九〇五～二〇〇一年。フランスの作家〕が根本的に重要であるとこだわったのだろうか。表面をなぞっただけでは、胸が悪くなるような概念であっても、ヒットラーの身体について、「ゾーエー zoē とビオス bios が、生物学上の身体と、政治上の身体が一致する点」と書くアガンベンは、私たちの存在の奇妙さと私たちの結びつきを思考するつながりを作るために、ある身体がもつ意味を、直感的に知っている。ポワチエの若きポール＝ミシェルにとっての臨界点《クリティッシャー・プンクト》が、ミシェル・フーコーになるよう駆りたてた不分明な地帯が、ブランシュ・モニエの身体のための、ポール＝ミシェルの魅せられた想像力による工事現場だったとしたら。私たちとはまったく別の話し手と、「私」という呼称を分かち合わねばならぬと心を痛めつつ学ぶのはやはり、ごく稚い頃ではないか。

# 第五章　フーコーの侵犯

言葉、私の言葉はそれ以上のものではなかった、言葉と沈黙のごちゃまぜの混乱、言葉次第、時次第で、終ったもの、やがて来たるもの、いまだ続いているものと呼ばれる目に見えない私の形、いつまでもこうして不思議であれ。幽霊、森番、なんという子供っぽさ、そして食屍鬼、食屍鬼といったからには、それがどういうものなのか知っているも同然、もちろん知らない、それではこの隙間はどうやって埋めるのか、あたかも知らぬかのように、二つのものがあるかのように、このものに加えてなにか別のものが、これは何か、私が名づけて名づけてなお擦りきれぬ、この名づけ得ぬものは、そしてそれを私は言葉と呼ぶ。まだこれというものにあたっていないのだ、決定打を、むしゃくしゃする供給過剰の言葉からもちあげていないのだ、どんな言葉で名づけ得ぬ言葉を名づけようか。それでいて私にはつよい希望がある［……］。

――サミュエル・ベケット「反古草紙」[1]（VI）

私の物語の言葉にならない核心にたどりつきました。ここから作家の絶望ははじまります。［……］主要な問題が――無限を数えあげること、部分的にでも数え上げること――解決できません。あの無限の瞬間に、よろこばしくすさまじい動きを無数にみました。何よりも私を驚かせたのは、重積や透過もないのに、すべてが同一の点を占めていたという事実です。私の目が見たものは、同時に起きていました。私が書こうとしているものは、連続しています。言語が継続しているので。そのうちの何かを、それでも、私はとらえようと思います。

――ホルヘ・ルイス・ボルヘス『アレフ』[2]

「ヘブライ語には誰も発音することのできない文字がある」と、ダニエル・ヘラー゠ローゼンは説明する(Heller-Roazen, 19)。「無音のアレフ［……］が記すのは忘却することであり、そこからあらゆる言語があらわれる。アレフはすべてのアルファベットの初めに、忘却の場所を守っている」(Heller-Roazen, 25)。ボルヘスの『アレフ』と題された物語に出てくる詩人ダネリは「アレフというのは、すべての点を内包する空間にある点のひとつ」(Borges, 280) と教えてくれる。ヘブライ語は現実の世界にあるすべての他言語と共存しており、そして発音されない文字という概念は、ニーチェがあれほどあざやかに茶化した架空の真理と言語とが一致する、不可能な点を象徴することになる。

一歳頃、言語へとひきこまれ、抗しがたく入っていく経験は、まちがいなく（カントが用いる意味で）崇高であり、カントから少し離れて、ボルヘスの寓話にでてくるアレフの証拠となる。この最初の劇的事件を乗りきるということは、すなわち閾をまたぎ、それ以降は、さまざまな要求のなかでとりわけ、文法上の一人称単数を、他のすべての発話存在と、「私」の言語領域において分かち合わねばならぬということである。アルチュール・ランボーは、一六歳になってもまだ憤懣やるかたなく「私とは他人である」とけんか腰で宣言する。しかし詩ですらこの傷を癒すことはできなかったので、やがてランボーはアレフ探しの旅に開かれていたドアをぴしゃりと閉じ、詩の王国を去って、別様である空間を求めて、アフリカへと、ヨーロッパが発見の途上にあった人類のゆりかごへと旅立った。別個の存在という外観を保つために、ひとたび言説を手に入れ、言説のなかに入ったが最後、かの個別性に対する言語の後援は無理矢理、没収される。それ自身であるということは、言語における別様である空間だ。独特かつ唯一でありたいと望んだ廉で言語が私を罰するのだから、私は言語を詩として、想像をまじえて使い、私の意志にあわせて曲げ、アレフで払いのけられたというトラウマに侵犯をたたきつけてやる。これがミシェル・フーコーが歴史的事実、古記録の切れ端という、考えつく限りもっとも詩に遠い材料を基にしてやったことである。ここに、ミシェル・フーコーがマルグリット・デュラスに宛てた手紙がある。一九七〇年のことらしい(3)。

親愛なるマルグリット・デュラス、

お返事をさしあげるのに——『アバン・サバナ・ダヴィッド』に反応するのに、こんなに時間がかかってしまって、申し訳ありません。それもただ、これを読んであまりに心が動かされ、言葉が見当らなくなってしまった、言葉が見当らないからなのです。ご存じの通り、『破壊しに、と彼女は言う』以来、私はあなたの作品の罠にかかり、そのうちに囚われ、そのうちであらゆる方角に動き回り、頭には霧がかかり、手探りで進み、不安がいっぱいで、それでいて、こういう状態にもかかわらず、希望に満ちている、あたかも行きつ戻りつでたらめに動き続けていれば、最後にはある必定の姿があらわれるはずと思えるかのようです。何回か『アバン』を読み直しました、それでまだ終わりではなさそうです。あなたは私が必要とする作家です。こんな滑稽なほどひとりよがりの文ではない、もっと別のことをあなたに言えたらと思います。いつかそうなるかもしれません。

心からの感謝をこめて。

M・フーコー(4)

以上のマルグリット・デュラスに対する親近感の表明によって、ミシェル・フーコーが自身の学術用語を侵犯してあつかう仕方を探求する本章の性格が決まる。

## フーコーの方法

侵犯は文化的に特殊な意識の働きで、とりわけジョルジュ・バタイユの、主題を問わず種々雑多な著作において、主要概念になるほどに、作りこまれてきた。経験にもとづくバタイユの思想の多くに、ぴたりと意見の一致をみるミシェル・フーコーは、研究の対象としても、知性の実践としても、侵犯を変奏した。狂人と見なされようが、非行者、奇人あるいは変態と見なされようが、フーコーの分析の目を鍛えた主体は皆、あるいはそのカテゴリーはすべて、侵犯する個人であり、もしくは社会規範を侵犯していると判断された個人である。閉じ込められ監禁されていようと、（罰せられない場合は）調教されていようと、あるいは「本物の性」を具え、それを表に出すように命令されていようと、フーコーが好んで研究した主体は、歴史における侵犯の瞬間を明らかにするのに、ことに適した言説の体系のうちで、進化していった。文学の世界の人であれ、哲学の世界の人であれ、あるいは個人として容易に区別できない黄泉の国の人であれ、侵犯する思想家は、フーコーがもっとも尊敬する人びとであり、文体と雰囲気において、張り合おうとさえするのであった。すなわち、サド、ロートレアモン〔一八四六～七〇年。フランスの詩人〕、アルトー、セルバンテス、ジュネ〔一九一〇～八六年。フランスの作家〕、バタイユ、あるいはまたレーモン・ルーセル〔一八七七～一九三三年。フランスの作家〕、ルネ・シャール、ボルヘス、ロジェ・ラポルト〔一九二五～二〇〇一年。フランスの作家、哲学者〕、サミュエル・ベケット、ディドロ、ニーチェ、ガストン・バシュラール、さらにこの後すぐに詳しくみることになるが、ブレーズ・パスカルである。

肩書きは（最初から）いの一番にではなくとも（常に）歴史家であり、哲学の尖点にいるミシェル・フーコーの原材料は、必然的に、その一時性、特質、特徴のあらゆる面において、時間にかかわるものであった。持続、周期性、容赦のなさ、予測のつかない変動などという現象が一等重要であった。どれほど確固たるものとされている歴史学の方法論にも、現在の偏見に抗し、近さに由来する無知から離して予防接種をするために、要するにこの学問に最大の客観性を課すために、はるか昔に確立した基本原則を侵犯する必要があると、フーコーにははじめから分かっていた。こうした基本原則は、フーコーの著作ひとつひとつが陰に陽に示す通り、恣意的に定められたものだ。考古学ついで系譜学が、フーコーの探索のモデルとして、規範通りに捉えられた歴史にとって代わったように、この分野の再編成へといたる考察のうちで、けっして小さくないのが、アインシュタインによってもたらされた変革が私たち自身に関する知にもあてはまるということ、すなわち時間は空間の相関的要素であるというフーコーの圧倒的な気づきである。実際に、空間のメタファーは、事実という現象を掘り起こす人たちなら知りすぎるほど知っている通り、時間の概念をあらわす言語表現を支配している。知の考古学を打ちたてるために思想史の拘束を侵犯するとき、フーコーが軌道を設計し、ヒントを得たのは、知の形成そのものの、観察可能な行為における現象である。すなわち新しいエピステーメー――要するに新しい「世界」――が生まれて、使い古され、見当違いのエピステーメーが使い果たされ、あるいは侵犯されるのだ。

## エピステーメーと共通の場

先に進もう。思考方法は、本質的には話し方、言説の形成方法と異ならないものだが、それが後戻りできない地点に達しても、持続期間におどろくほど差がある「時」を待つことになる。ものの見方、話し方、考え方がついにその閾を越えても、対岸に達したが最後、考古学者をのぞいては、後戻りすることはできなくても、あとに残された領域の痕と記憶は残る。侵犯において保持された記憶を、将来のフーコーの姿である考古学者は首尾よく解読することもあるわけだが、その保持された記憶を指して、フーコーは時として残像《レマナンス》という絶妙な語を使う。

幼い頃ルネ・シャールの詩を読んで、フーコーはこの言葉に心を奪われたのだった。[5] 古代、古典期、啓蒙期、ヴィクトリア朝時代といった、固有の知の形成すなわちエピステーメーを事実にそくして網羅的に分析し、一見したところ後戻りのできない地点に思われるものよって、それらの時代が隔てられているにもかかわらず、それぞれの相互関係が絡みあう本質というのが、フーコーの大発見である。別様である空間との関係によって私たちが共通の場を分かち合うということが、時間においては、この発見の形をとるのだ。時代と比較すると、こうした領域《ゾーン》は点や瞬間にみえるけれども、交流し変容する時間における範囲には、持続性があり、ときには粘り強く、しつこく残ることもある。こういういわば矛盾と、決定的な瞬間が、歴史家の命名する時代よりもはるかに複雑で矛盾した、含みのある瞬間であるという事実に鑑み、フーコーが自らに課した難題とは、その瞬間を参照する際に、既存の述語と表象の範囲を超えて進むということであった。歴史家もまた後戻りのできない地点に至り、考古学者がまずそれに代わり、ベケットのいうところの「これというもの、決定打、名づけ得ぬ言葉」[6] が現れるのを待ち、知の領域《ゾーン》が工事現場になるときを待って、言語を寝ずの番で見張るのである。言語を再発明しつつ、新たな時空間は、私たちがどのように決定を下し、互いにともにいるべきかを定める、最終的には政治を定める新しい決まりがうまれるのを早める。すでに述べたとおり、これはハンナ・アーレントが、カントの『判断力批判』からとりだした軌道である。

## エピステーメーにおける不連続

ミシェル・フーコーが展開した考古学への新しい意志に近づこうとする方法が、まっすぐで真面目なものであるならそれは、断絶に区切られた、一連の知のエピステーメーあるいは文化を含むものとして歴史を考える、フーコーの見方を説明するものとなるだろう。そしてそういう方法によってまた分かるのは、フーコーがこの構造を切断する際、ガストン・バシュラールの「認識論的断絶[7] la coupure épistémologique」概念に加え、ジョルジュ・カンギレム〔一九〇四～九五年。フランスの科学史家〕による私たちの「生命の認識[8] connaissance de la vie」に関する理論と張り合い、とりあげ、溶け合ってひとつになるということだ——この二つのカテゴリーはいずれもが歴史研究をおこなうことを意図したものではなかった。しかし、決定的な構想がどんどん膨らむなか、思想家が核となる原則をつかうときには予期できることだが、フーコーの著作は、歴史家たちが時代とか時期とか名づけてきたものの間にある、こうした中断、とぎれ、あるいは保留状態に、切断（coupure）、断絶（rupture）、分割（division）といった名前をつける。切ること cut、断絶 break といったメタファーは、取消がまったくきかないためにただただ修辞的誇張になってしまううえ、あたらしい形の考古学を進める者にとっては、伝統的な歴史学の方法論の恩恵があまりに色濃いので、こうしたメタファーよりフーコーはもう少し弱められた言葉を好むようになる——エピステーメーそのものと、エピステーメー内の突然変異をあらわす「連続したずれ décalages successifs」を指して、「置き換え displacement(s)」「再分配 redistribution(s)」「不連続 discontinuit(ies)」と私たちが英訳する語である[9]。

　エピステーメーの間の（あるいはうちの）この不連続をあらわす、動詞に近い形として、フーコーがみつけた名詞のうちのひとつはしかし、ひどく不安定な語彙であり、それゆえにまた創造しつつ侵犯するものである。その語は『狂気の歴史』ではやくも使われ、第三部の鍵となる章の題名そのものになっている。すなわち「新しい分かち合い《パルタージュ》」である。この臨界点から先、フーコーの筆が一途にこの語を使う頻度からみても、よく知られる通り、フーコーが論証を結ぶ際、変わらず、しかし面白いことにはじめから終わりまで一貫性はなく盛り上げていくなかで、ほとんどいつも現れることからみても、フーコーがこの語にゆだねた効力は、切断の同義語にあって決定的に示唆に富むものの、英語のみでフーコーを読む者には、ほとんど読み取ることが不可能であるので、翻訳に修正が、読者のための調節が必要になる。フーコーのさまざまなテクストにあらわれるこの語は、英語では同じくらいさまざまに訳され、「分割 division」、「分かち合うこと sharing」あるいはまた「分け前 share」が使われる。実際には分かち合い《パルタージュ》は、分割と共有を二つながら伝えるのであるから、これはジャック・デリダ〔一九三〇〜二〇〇四年。フランスの哲学者〕が偏愛した、あの「決定不可能な」語のひとつである。アンドレ・マルローの『人間の条件』〔小松清ほか訳、新潮社、一九五三年〕からジャン＝リュック・ナンシーの『声の分割』〔加藤恵介訳、松籟社、一九九九年〕にわたるまでさまざまなテクストでそうであるように、フーコーの分かち合い《パルタージュ》は共有を含む分割となり、「分割」という訳では（フーコーの初期のテクストは場合によっては例外になるかもしれないが）この意味を伝えられず、「共有 sharing」という訳は、それがまた分離の意味を含むと理解する限りにおいてのみ、あてはまる。ジャック・ランシエールが使う分かち合い《パルタージュ》を翻訳するガブリエル・ロックヒルの「分配 distribution」という賢い選択が、フーコーの場合、「分割」よりはるかによく通るのである。ランシエールがこの語を用いるのは、ベンヤミンが最初にあらわした政治と美学の接点という危険な問題をやりぬくとき（そしてこの問題をランシエールの関心から完全に切り離すことはできないのだけれども）であるのに対し、フーコーは知の形成と倫理の領域で仕事をする。歴史上の侵犯をあらわすフーコーの語彙にあるすべての語のうちにあって、フーコーの考古学の中心で、分かち合い《パルタージュ》は働き、それが名指す作用にたえず挑むのである。要するに、これから検討する文脈に、フーコーが導入する歴史の層において、重なり合いつつ変化するということの同義語であるのだが、この同義語が包摂的分離[10]という真理関数の操作を支配している。本書の最初のほうで先取りした、接-断《クリーヴ》という名詞——ジェラード・マンリ・ホプキンズの『接-断片』に着想した——が、分かち合い《パルタージュ》の複雑さを英語にもっともよく伝えるのである。

## 文学とパルタージュ

おびただしい文化の知のあいまにある隙間の瞬間に名前を与えるために、フーコーが活用した用語の集まりに、分かち合い《パルタージュ》のような多義語を導入することによって、レーモン・ルーセルの作品にみいだされる、断然抗しがたく魅力的なものを、フーコーは実践していたにすぎない。『臨床医学の誕生』の草稿を書き上げた一カ月後、フーコーは『レーモン・ルーセル』〔豊崎光一訳、法政大学出版局、一九七五年〕の執筆に没頭する。この二つの著作は一九六三年の春、たてつづけに二カ月の間に出版された。一九六二年の夏に発表した論文で、フーコーは「ルーセルの謎は、その言語の要素すべてが、数え切れないほどの可能性のある配列のなかにとりこまれていることだ pris dans une série non dénombrable de configurations éventuelles」と書いていた。フーコーはこの特異で（ことに難解な）文学者の言語をながく深く掘り下げるという、やむにやまれぬ衝動を経験し、芽吹きはじめていた研究計画を中断してまでも、単著を上梓した。それもフーコーはすでにルーセルの信条をとりいれる決意をしていたからだった。ルーセルの信条とは、フーコーの言葉を借りれば「複数の構造が同じテクストをつなぎ、両立はせず、それでいて完全にありえる読解の装置を可能にする。〔要するに〕形式の厳密かつ統御不能な多義性である」[11]。すなわち、言説上の考古学という主要課題にもどり、次に『言葉と物』を一九六六年に出版したとき、言語という「大いなる異邦のもの」[12]をフーコーが使う方法の道しるべは、明らかに、ことに文学的な実践となるのである。そしてこの明白な着想の源がやがて、暗黙のうちに雲散し、捉え難さのあまり、読者の多くが完全に消えてしまったものと考えるようになるが、文学——とりわけ詩的言語——はフーコーの思想が、語るのをやめるその瞬間まで、その動力源であり続けたのだ。

　フーコーの考古学が剥きだしにするアイロニーが、私たちが歴史のアイロニーと呼びならわすものを、だしぬき、補完し、不意に凌駕し、そしてこうした上位のアイロニーの勝利こそ、フーコーが批判的思考にもたらした、おそらくもっとも重要な恵みである、ということは知られている。陰にかくれているのは、こうしたアイロニーや曖昧さを、そのうちでおこる侵犯を明らかにしつつ、言語で伝えるために、フーコーが分かち合い《パルタージュ》という見事に両価性をそなえた語を——分かち合い《パルタージュ》のみならず、動詞、副詞的語句、分詞の形で——どのように使ったのかということだ。一九六三年に「侵犯への序言」と題する、ジョルジュ・バタイユに捧げた賛辞において、分かち合い《パルタージュ》という概念について、ところどころではあるが、融合するのに必要な力をくわしく述べる。考古学あるいは系譜学の企ての最終目標となるものを先取りし、詩的傾向に身を任せるかのごとく、フーコーは断言する。「性は泡でできた線をたどり、この線は沈黙の砂地のうえを、発話がどこまで進むことができるのかを示すものだ」。つづいて数行先では、こう思索する。「おそらくは、冒涜する物体も、存在も、空間も空になった世界で、唯一可能なパルタージュ（le seul partage qui soit encore possible）となったのだ」（Foucault, 261 ; 69-70）。

もうひとつ別の例が、同一九六三年に発表される。分析しにくさに頭がおかしくなりそうな代物だが、分かち合い《パルタージュ》という語がもつ侵犯への可能性に、フーコーの焦点があったというこの上ない証拠が、文学における極度の度しがたさの典型とフーコーが取っ組み合ったこの言説空間なのである。ロジェ・ラポルトが最初の小説『前日／寝ずの番』を出版したとき、フーコーはこの機にとびつき、長大な書評をものした。『前日／寝ずの番』は、マラルメからブランショへと連なる、フランス近代の難解な伝統様式に根ざしており、この様式においては、物語と引き換えに、なんとも名状しがたい意識の経験が掘り下げられるのである。以下はその証拠となる、『前日／寝ずの番』[13]に対するフーコーの書評の一文である（図19）。

そしてこの夜において、否むしろ（この夜は濃く、閉じていて、不透明だから、夜は二つの日をまたぐから（la nuit partage deux journées）、境界をひき、夜が復活させる太陽を劇にするから、いまは控えている光を用意するから）黒というより灰色で、自らの透明さに透き通っているかのような、この「いまだし」朝において、「前夜」という中立な語が、やさしく輝いている。[14]

訳者（ウダードとハーヴィー）が、フーコーの英訳者たちが今まで定めてきた型を踏襲した場合、分かち合い《パルタージュ》を訳すのにやはり「分割」を使い続けたはずだ。しかし訳者ふたりは、ラポルトの小説の前提の核心が両価性、la

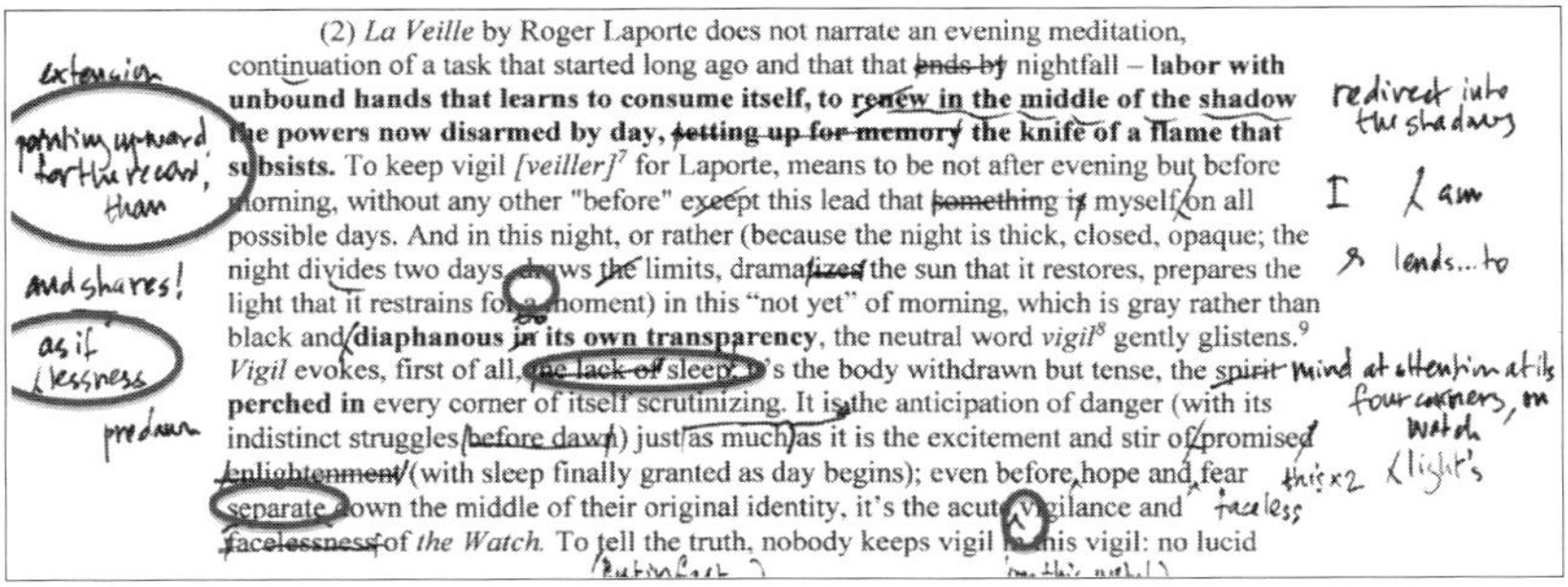
(2) *La Veille* by Roger Laporte does not narrate an evening meditation, continuation of a task that started long ago and that that ends by nightfall – **labor with unbound hands that learns to consume itself, to renew in the middle of the shadow the powers now disarmed by day, setting up for memory the knife of a flame that subsists.** To keep vigil *[veiller]*[7] for Laporte, means to be not after evening but before morning, without any other "before" except this lead that something is myself on all possible days. And in this night, or rather (because the night is thick, closed, opaque; the night divides two days, draws the limits, dramatizes the sun that it restores, prepares the light that it restrains for a moment) in this "not yet" of morning, which is gray rather than black and **diaphanous in its own transparency**, the neutral word *vigil*[8] gently glistens.[9] *Vigil* evokes, first of all, the lack of sleep; it's the body withdrawn but tense, the spirit **perched in** every corner of itself scrutinizing. It is the anticipation of danger (with its indistinct struggles before dawn) just as much as it is the excitement and stir of promised enlightenment (with sleep finally granted as day begins); even before hope and fear separate down the middle of their original identity, it's the acute vigilance and facelessness of *the Watch.* To tell the truth, nobody keeps vigil in this vigil: no lucid

**図 19**　注 14 に挙げた訳稿の著者によるスクリーンショット。

veille（前日、目覚めていること、徹夜あるいは通夜）の強烈な意味の決定不可能性であるという理解にたち、フーコーもまた、夜は二つの日の先端にあり、自分が「今日」にいるのか、はたまたすでに「明日」なのかが判然としない瞬間、言い換えるとフーコーの書評の題がいうとおり、「来る日を見張る」瞬間があるということを言わんとしているのが明らかである。かくして「〜に参加する、ともにする to partake of」という訳語を選んだのである。「夜は二つの日をまたぐ the night partakes of two days」。分割線によって隔てられた二つの空間をまたぐこと、あるいは分かち合うことは、ひとつの解決策であり、ミシェル・フーコーが分かち合う《パルタジェ》もしくは分かち合い《パルタージュ》を使って、接‐断《クリーヴ》という包摂的分離を示唆する度に、ひとつの可能性として必要とあらばとりだせるよう、覚えておく必要がある。

　フーコーによる分かち合い《パルタージュ》の使用は、『臨床医学の誕生』で増殖をはじめ、それから『言葉と物』で生い茂る。大勢が知りうることに起こる転回につけられた名称すべてに、実質的には取って代わるように、フーコーが分かち合い《パルタージュ》によせる関心こそがおそらくは、徐々にエピステーメーを用いたモデルを離れ、最初は考古学、つづいて系譜学のモデルへと移っていく原因であろう。分かち合い《パルタージュ》によって、真理が織りなす体制に対する私たちの見方を複雑にするということが、思考体系の転換にまつわる、フーコー自身の思考の転換の、ともかくも前兆である。「切断」や「断絶」という語彙をフーコーがバシュラールから借りたことは周知のとおりだが、分かち合い《パルタージュ》が与えた影響は、それほどはっきり見えてこない。一九六三年の『前日／寝ずの番』の書評は、このめざましい一〇年間にフーコーが発表した、文学作品に干渉するあるいは文学作品に着想した数多くの文章のひとつにすぎない。フーコーの著作を彩る引喩や例から分かる通り、フーコーの文学気質は、マルキ・ド・サド、フリードリヒ・ヘルダーリン〔一七七〇～一八四〇年。ドイツの詩人〕、ステファヌ・マラルメ〔一八四二～九八年。フランスの詩人〕、ジョルジュ・バタイユ、アントナン・アルトー、ピエール・クロソウスキー、そしてもちろんその作品に同一九六三年に単著をまるごとあてたレーモン・ルーセルへとむかう。以上の事実はよく知られており、現存する伝記にはっきりと書かれている。[15] その一方でまたひとつの「事実」となったのが、フーコーが一九六八年五月以降のある時点で、「文学を捨てた」ということである。かつては明白であった、文学を出典とする参照が姿を消し、フーコーは文学を乗り越えたらしいというのが、自明の理に、常套句になった。思考の考古学者が全作品を産みだすことになる、のこされた一五年間にふむ段階すべてにおいて、文学すなわち私が「文学的なもの」とよぶもの――あの力、あの言葉、文学がそのものになりうる倫理の開け――は、臆見《ドクサ》によれば、純粋に科学的な基盤に取って代わられたということになるらしい。

## フーコーとルネ・シャール

フーコーが計画の先を展開するにあたって、文学ではよりどころとするに足りなくなってしまったということが、一九七二年の『狂気の歴史』において第二版以降、序文が姿を消した点に、象徴的にあらわれると考える注釈者もいる。その序文は出典をあかさない引用で最高潮を迎えるものだった。これは『狂気と非理性』と題された学位論文の審査にあたって、前口上として一九六一年五月にフーコーが述べた発言の写しである。自らの博士論文に対する、フーコーの厳かな導入部は、出典の記述がない次の引用で終わっていた。

ほとんどささやきももらさぬ哀れな仲間よ、ランプは消えたまま行け、宝石は戻せ。新しい神秘がおまえたちの骨のなかで歌う。おまえたちの正統な異様さを進展せしめよ。[16]

起ちあがれという熱烈な励まし、鬨の声である。この言葉からは、瀬戸際の希望が染みでている。フーコーが特別な発言の機会にわざわざ典拠をあげずにこの言葉を引用したことが、フーコーの思想の序列にこの言葉が占める最高の位の証であるし、また参考文献表という枠が必要ないほど、この言葉が有名であるとフーコーが確信していたことの証拠でもある。この言葉はルネ・シャールによって一九四〇年頃に書かれた。[17]『孤立して留まって』(一九四五年)所収の「形式上の分かち合い《パルタージュ》」と題された散文詩集〔『ルネ・シャール全集』吉本素子訳、青土社、二〇二〇年〕のうちにあり、シャールはこれらの散文詩を、ドイツ占領下のフランスで、ファシズムに対する抵抗運動の最中に書いたが、出版されたのは戦後になってからだった。フーコーは思春期にこのシャールの言葉を諳んじただけではなく、若き日に文学と結んだ婚礼から、突然迎えた人生の終わりまで道連れにすることになる——その最期のときにも、一九六一年の学位審査のときと、どの点からみても変わらずに、概念としての分かち合い《パルタージュ》という凝縮した形で、このシャールの言葉は機能していたのだ。したがってルネ・シャールの「命令は、フーコーの全著作、『別の仕方で考え』ようと努め、私たちの思考方法・行動様式には異なるものをつねに探求した一連の本にたいするエピグラフとなろう」[18]と述べるティモシー・オレリーに、私たちは首肯するばかりだ。フーコーが一九六〇年代以降、概して詩的言語そして文学と結ぶようになる、隠されほのめかされた関係において、心底傾倒して読むシャールの「形式上の分かち合い《パルタージュ》」はもちろんのこと、ベケットの表現をかみ砕いていうと、分かち合い《パルタージュ》はあの決定打となる言葉になり、フーコーという思想家の書くものの隅から隅まで句読点をうち、その特色となるのだった。

## シャールにおける分かち合い《パルタージュ》

いまここで、詩人が題名に施した言葉の配列の向こうをはって、何よりもまずルネ・シャールが――ということはつまりフーコーが――分かち合い《パルタージュ》に委ねた務めを、深く探求してみなくてはならない。ルネ・シャールがこの言葉によって刻んだ分割は、シャールの親友で盟友のひとりであるアルベール・カミュが、レジスタンス期に自ら創設した新聞『コンバ』紙上に一九四六年に発表した連載記事「犠牲者も否、死刑執行人も否」において、大胆にも表明したそれと、同質のものである。フーコーの分かち合い《パルタージュ》の主体は、ランシエールが同じく分かち合い《パルタージュ》という語を使って研究する分配の目的ほどには、能動的に分割したり配分したりするわけではなく、むしろ、切断といわれるような裂け目をこえて、エピステーメーや道徳規範にくっついているような状況にある。「形式上の分かち合い《パルタージュ》」とは、詩人とナチズムとの間の絶対的な分かれ目の名である。[19]「禁じ手なし」「皆殺し」「焦土作戦」は、ファシズムのやり方に詩人が対置する闘いには、関わりのない方法である。そうではなくて、まったき反乱における沈黙――「形式上の分かち合い《パルタージュ》」という名で通る詩集を構成するアフォリズムの執筆についてまわる沈黙、これこそが詩人による抵抗の激しさであり、そして詩人の答え――解決策であるのだ。ナチスを含む人類から自らをひき剥がすという決意について、シャールは別のところ、「イプノスの綴り」にこう記す。「政治思想の植えつけは、自らの権利を確信した偽善が発作的にこっそりと入り込むという矛盾をはらんで、つづくだろう」(Char, no. 7 ; 135)。しかし、悪からの怯まぬ分離あるいは区別と連携すると同時に、形式上の分かち合い《パルタージュ》が名づけるのは、詩人を詩に結びつける存在の、腹の底からの分かち合いであり、もっと広く、主体を言語へとくっつけ、レジスタンスの闘士を仲間たちに堅く結びつける分かち合いである。これらすべてが、やはり、フーコーにおいてもまた土台となる。励ましを与え、直に役に立つもうひとつの教訓なのだ。フーコーは他ならぬこのシャールの詩集を暗唱してそれを学んだのである。二つのものの存在——詩人と詩、インファンス〔子ども／言葉をもたぬ存在〕と言語——は両立せず、融合しえず、融合にも混同にも抗うが、それでいて二つは手に手をとり、連帯して進まねばならないのだ。英語圏の読者に初めてシャールを紹介した重要な著作のなかで、メアリー・アン・カウズはいみじくもこう述べた。「シャールが思い描く詩そのもの。関係のある、それでいて隔てられた場所、そこでは行動と潜伏とが互いに依存する〔……〕外側と内側の地理学の特権的な例である」(Caws, 1977 : 25)。内側と外側の空間に関するこの意見のなかで私が強調した語は、なによりもまず、シャールによる分かち合い《パルタージュ》の使用において働く力学をカウズが深く理解していたことの証左である。さらにフーコーに政治的、哲学的影響を大いに与えた著作、ガストン・バシュラールの『空間の詩学』（一九五七年）をカウズが念頭においていたとしても、驚くにはあたらないこともまた分かるのである。

『空間の詩学』が世に出る三年前、ルートヴィヒ・ビンスワンガーの『夢と実存』のジャクリーヌ・ヴェルドー〔一九二四～二〇一〇年。フランスの精神科医〕による仏訳によせた、詳細かつ洞察にとんだ序文ですでに、ミシェル・フーコーはバシュラールからうけた恩恵を明言し、まもなく表に出すことになる自らの関心事について知識を披露する。[20] 後年フーコーはバシュラールとは関係のない理由でこの文章を否定することになるのだが、ここでは逆るように語っている。

> 知覚と密接につながり働く想像力を、そして知覚する対象を、夢想する対象へと変えてしまう隠れた作用〔……〕を示すバシュラールは、千回といわず何度でも正しい。バシュラールは想像力の動的な生産活動と、その運動が一定の方向をもって進みつづける性質を誰よりも把握していた。
> (Foucault, 1954 : 142)

しかしつづけて、人間の存在に対する言語の存在の優位にまつわる『言葉と物』の主題に先鞭をつけるかのごとく、付言する。「イメージで頂点をむかえる［この］運動と、想像力のダイナミズムに自らを刻むイメージの圧力を示すバシュラールに、私たちは追随すべきだろうか」(Foucault, 142)。しかしこのようにバシュラールの読解から学んだ教訓、恩義を堂々と加減する一方で、ビンスワンガーの著作におけるフーコーの序文は、ルネ・シャールの「形式上の分かち合い《パルタージュ》」から数多くを引用しており、もっとも目につくものは、本の背表紙に置かれたのだった[21]。

一九五七年の非常に美しい論考『空間の詩学』において、バシュラールはなかなか落ち着きを感じられる、狭い方へ狭い方へと――家、ひきだし、隅――空間を再検討し、そうした空間の「人目につかぬ無限」そしてそうした空間が関わる「外側と内側の弁証法」を考察するのが見所だ。同時代の数多くの詩――ルネ・シャールやアンリ・ミショーの詩も含め――にすすんで訴える『空間の詩学』は、別異の空間に関するフーコーの考察をお膳立てする。しかしバシュラールがあげる空間の例が、私たちの詩的気質を養い、どれほど愉快で慰めになろうとも、バシュラールの研究は破壊の影に抜き難く脅かされながら進む。家がどのように世界の縮図として機能するのかを論証するにあたり、ポール・エリュアール〔一八九五～一九五二年。フランスの詩人〕が一九四一年の絶望の日々に書き、一九四四年の詩集『生きるに値する』でひそかに発表した、希望のこめられた詩をおく。

私たちの空の頂が一つになれば
私の家には屋根ができる[22]。

ナチズムの軍靴から逃れ出たヨーロッパの未来に対する――社会主義が標榜する「輝かしい未来」という主題に向けたエリュアールのひそかな皮肉を経由した――バシュラールのほのめかしは、ミシェル・フーコーにおいても生きている。この好ましく、刺激的で、実際に機能している、矛盾めいたものは、フーコーに（そして私たちに）弁証法を越えさせる、もっともらしい図式として、フーコーの関心をそそった。真に新しい政治を――ことによると、ある倫理体系に支えられた政治をもたらしうる図式として。それゆえに、今後私たちは、ルネ・シャールの「形式上の分かち合い《パルタージュ》」を「形式上の接－断 Formal Cleave」と訳したいと思う。

## 消えぬ文学の跡

あたかも文学が思考媒体として何かしら劣ったものであるかのごとく、ミシェル・フーコーはどういうわけか文学を「卒業」した、あるいはともかくも文学の先に進んだのだという主張は、フーコーの書いたものが全著作を通じて、厳密さと正確さを保ちつつ、徹底的にイマジズム〔二〇世紀初頭に英米でおこった新詩運動。反ロマン主義を標榜しフランスの象徴主義詩を援用した〕的であるだけに、見当違いである。豊富な意味と手の込んだ作りで、フーコーの著作は詩的でありかつ哲学的である。文学に入れ込んだ青春をフーコーは克服したのだという主張は、情けないほど底が浅い。一般に、記された思想に文学的なものが奥に染みこんでいればいるほど、書き手はひけらかしたり引用したりして、それを宣言する必要はなくなるのだから。とはいえ文学がフーコーのおこなう分析に脈打ちつづけたという証拠が必要であるならば、フーコーが発表した最後のページに目を留めればよい。『自己への配慮』〔田村俶訳、新潮社、一九八七年〕の裏表紙には、ルネ・シャール——マルティン・ハイデガーが詩を捧げる唯一の詩人(23)——の引用の形で、最後の賛辞が、飾りもなく載せられている〔後述の通り、ルネ・シャール『脆い年齢』のなかのアフォリズム「人間の歴史は、ある同じ言葉の同義語の長い連なりである。これに反駁するのは義務だ」が引用されている〕。さらに一九七六年に『知への意志』が——ディドロの「おしゃべりな宝石」の名を借りて——言語能力を与えられた性器を、『性の歴史』の第一巻の論拠全体を支える柱の地位に持ちあげていることを思えば、フーコーが一九六八年の動乱以降、文学のあの力に、とりわけルネ・シャールによる「宝石は戻せ」という「ほとんど不平を鳴らさない仲間たち」への呼びかけの力に訴えることをやめてしまったという主張に、私たちは憤りを禁じえない。

ジャン＝フランソワ・ファヴローほど、フーコーが念入りに操る文体に慣れている読者ですら、フーコーの文学との「浮気」は一九七〇年までに終わったものと見なし、このなくてはならない拠り所を退ける。その根拠は、フーコーがはっきりと名前をあげること、あるいは実際的な引用を好んだから、というものだ。もしくはただ単に、文学界の何十人もの書き手たちによる試みを用いたのは、その試みにまつわる不毛な理論化に取り組むためだったのではなくて、練習だったというのである。例えば、アルトーやミショーにおいて、フーコーが以下のような内容を見逃しているとされる。

フーコーにおいては、シュルレアリストが実践した、夢に基づいた技法というような経験も、（アルトーの土台であるがフーコーは考慮にいれない）熱狂状態を物語ろうとする技法も問題になったことはない。あるいはアンリ・ミショーのような経験、ミショーの詩題のひとつにならって「深淵をくぐる知」と定義できるような経験、そして書くことが外部から来たる経験の倉庫となるような経験もまた。（Favreau, 37）

たしかにアルトーその人については、フーコーは殉教者であると論じるだけであるが、ルーセルを主題にした本を突き動かす、言語の文学的な使い方に対する、心昂る熱狂状態に対する、解き放たれた情熱については、どう言えばいいのだろう。さらに、マチュー・ランドンが描き出すような、そしてコールリッジ〔一七七二～一八三四年。イギリスの詩人〕、ボードレール、ルネ・ドーマル〔一九〇八～四四年。フランスの詩人〕、そのほか何百もの近代詩人たち以来、詩人の経験の一部となっている、薬物がひきおこす幻覚体験へと傾くフーコーの気質はどうすればいいのだろう。[24] 文学史上もっともとっぴなものに数えられるテクストを著した、ピエール・ギュヨタに対する、フーコーの断固とした、一貫した支持はどうなのか。フーコーがアンリ・ミショーから掴み損ねたとされているものについては、そもそもフーコーの目指すところこそ、まさにファヴローがいみじくも述べるベルギー出身の詩人アンリ・ミショーの業、すなわち「書くこと」を「〔……〕外部から来たる経験の倉庫」とすることではないのか。[25] それはまたまさしくフーコーがモーリス・ブランショに見出し、「外の思考 pensée du dehors」という形で実践しようとしたものではないのか。[26]

## 思想史と考古学の分かち合い《パルタージュ》

陰に陽に、フーコーが文学に被る恩恵――もっと言えばフーコーの思想が文学の至宝である詩に深く根ざしていること――は、フーコーの仕事に一生留まりつづける。これからまとめて再検討するテクストから分かるとおり、フーコーが分かち合い《パルタージュ》とその文法上、修辞上の関連語を使う無数で多様な方法は、詩的なものにフーコーが被る恩恵の坩堝である。分かち合い《パルタージュ》にこそ、歴史学の方法論における転回に対して、フーコーがいかに重要な貢献をしたか、それが複雑に（そしておそらくは完全な形で）見てとれる。そして分かち合い《パルタージュ》において、分かち合い《パルタージュ》の内部で、分かち合い《パルタージュ》が言説上で起こるたび（そうして機能するたび）、フーコーの決して揺らぐことのない立場があるとしたら、それは一九六一年五月の学位審査で重々しく表明したそれだということを、思い起こさせるのである。

> 原則や方法はと言えば、私にはひとつしかありません。シャールが書いたテクストに含まれ、そのうえ何よりも差し迫った、それでいて何より控えめな真実に関する定義を含むものです。「物事が私たちから身を守るために生じさせる幻想を物事からとりあげ、物事が私たちにあたえる分け前［la part］をそのままにしておいた。[27]」
>
> (Foucault, *Folie et déraison*, x ; *DE I*, 194-5)

八年たって、この信条は元のままで、その主の決意はどの点からみても相変わらず固い。フーコーが読者に自身の理論に関するマニフェスト『知の考古学』を届けるときのことだ。

> 「思想史」から自分を切り離すまで［tant que je ne me serai départagé de］、どの点で考古学が「思想史」による説明と異なるのかを示すまで、私は満足してはいけない(28)。
>
> (Foucault, AK, 104-5)

いかにこの立場を譲らず、この立場から揺るがなかったとしても、物事が一度はその分け前を私たちに与えたのであれば、物事は私たちに汚染されているということを認め、受け入れざるを得ないのではないだろうか。そして考古学の方法は、新たなエピステーメーが古いエピステーメーのなにがしかを保っているのとちょうど同じように、フーコーの方法も「思想史」による説明を分かち合い続ける結果となるということを認め、受け入れなくてはならないのではないか。まさにこうした裂け目におけるくっつきこそが、進化を可能にするのではないか。最奥の、何より根深い侵犯というのは、包摂的分離において働くそれではないのか。フーコーがカントの『人間学』の序文で指摘した通り、カントの問い「人間とは何か」への答えをニーチェが見つけたとき、ニーチェの頭にあったのは、自らが捨てたばかりのものから切り離されて、なおかつそれにくっつきつづけている主体ではなかったか。以下の定義を提示することによって、フーコーは「思想史」と袂を分かつ狙いを、さらに明確にしようとする。

> 考古学という語には、予測という意味は一切ない。この語は単に、言語行為の分析にとりかかる前衛のひとつを示すのである［……］。この語はまた分析の学問的形式にも関係があるがしかし、そうした形式とは位相、領域、方法において区別され、さらに特徴的な分割線によって並置されるのである(29)［……］。
>
> (Foucault, AK, 159)

ニーチェ――相変わらずの賢人きどり――は「超人！」という答えを、まさにジェラード・マンリ・ホプキンズがいうところの、「存在の〈接‐断片〉」という連続体をたどって見出したのではないか。

## ジャン・バラケとフーコー

つづけて、フーコーが別の著作のなかで、分かち合い《パルタージュ》を用いて伝える侵犯の意味をたどる前に、いましばらくフーコー最初の主要著作の序文をみてみよう。その幹となる部分は、学位論文として提出された『狂気と理性』を審査にかける際に、フーコーが読み上げた文章である。この文章はまさしく、分かち合い《パルタージュ》が変奏される交響曲である。この楽章が組まれた前奏曲でフーコーは自分の探求が「狂気が差異のない経験、分かち合うことそのものの未だ‐分ちあ合われ‐ない経験〔expérience non encore partagée du partage lui-même〕である、狂気の零度まで歴史をさかのぼる試み」(Foucault, *DE I*, 187) からなると宣言する。第二楽章の最後には、この論文そしてこれにつづく研究が「歴史の弁証法と、悲劇の動かざる構造とを対峙させる」方法、文脈あるいはその上に掲げる幟旗は、「偉大なニーチェの探求の太陽の下」にあるとフーコーは述べる (Foucault, *DE I*, 190 ; *HM*, xxx)。序曲の第二楽章は、さらに第三楽章もある程度までは、パルタージュ (partage) というライトモチーフのうえに成り立っている――「最初からある分かち合い《パルタージュ》 partage originaire」、「分かち合い《パルタージュ》の線 ligne de partage」、「夢の絶対的な分かち合い《パルタージュ》 le partage absolu du rêve」、「欲望の幸福な世界の悲劇的な分かち合い《パルタージュ》 le partage tragique du monde heureux du désir」などである。この語は一様に、そして短絡的にと言わねばならないが、「分割」と英訳されてきた。狂気を理性と切り離すという決定の場合――「狂気の分かち合い《パルタージュ》 le partage de la folie」(Foucault, 191) には、この語の選択は非の打ち所がなく理に適っているのだが、そうではなく反復されている箇所では、分かち合い《パルタージュ》に与えられた働きや特徴は、ロジェ・ラポルト『前日／寝ずの番』のフーコーによる書評における、意味深長な多義性の前兆なのである。たとえば悲劇的なものの不動性を利用しつつ、フーコーは「日の光と闇の純然たるパルタージュ」(Foucault, *DE I*, 193 ; *HM*, xxxiv) に言及する。真夜中が「来るべき日を見張りつつ」、過ぎゆく日の双方にまたがるのと同じく、「理性と狂気を結びつけると同時に切り離す決定、［その］絶えざるやりとり」もまたそうなのである。そこからは明らかに、少なくともフーコーには、「暗い虫の音」がまだ聞きとれるのである (Foucault, *DE I*, 192 ; *HM*, xxxiii)。ここ第三楽章の最終楽節にいたって、フーコーは「狂気の歴史」が現代世界のために、本当に何を成し遂げようとするのかについて、自身の大志と希望を語るのであるが、そこでは創造的な多義性を具えた分かち合い《パルタージュ》が、いまにも飛び出さんと疼いているのがわかる。最後に、私がここまで音楽のメタファーを用いて、フーコーの分かち合い《パルタージュ》を使った最初期の表現を再現してきたのは、この一九六一年の序文の背後には、実はジャン・バラケ[30]（一九二八〜七三年）がいるからである。もうひとつの綱領となるテクストの第二楽章でも、さまざまな場面の背後にバルケがいる。一九七〇年一二月、コレージュ・ド・フランスに着任したフーコーの最初の講義『言語表現の秩序』〔中村雄二郎訳、河出書房新社、一九七二年〕である。ディディエ・エリボンが主張する通り、一九八二年に発表されたピエール・ブーレーズ〔一九二五〜二〇一六年。フランスの作曲家〕に関する文章のなかに、「全行にわたって」ジャン・バラケの存在が認められるとして、バラケの暗黙のうちの存在は、やはり『言語表現の秩序』の冒頭を飾る有名な序曲において、いっそう胸に迫るものがあるのだ[31]。ベケットの『名づけえぬもの』の有名な結びの文を（典拠は示さず）引用した直後[32]フーコーは口をきり－たくない－という－欲望を寓話に仕立て、その語りを想像する。それに対して寓話に仕立てられた組織が答えて、それが与える安心感は耳に快く、うさんくさい。欲望のほうが（典拠も引用符もなく）使う comme une épave heureuse すなわち「幸福な漂流物のように」という語句は、ルネ・シャールから直に借りたものであり、本書最終章でみるように、おなじくらいまっすぐにジャン・バラケを指さすのである。名前を明かさぬ生涯の恋人へ捧げる最大の哀歌[33]は、この講義の直前に置かれ、分かち合い《パルタージュ》というライトモチーフにのって進む。作曲家バラケとの熱烈な交際は、フーコーに現代音楽について、さらに現代音楽と哲学との相互浸透について多くを教えるにとどまらず、おそらくはそうした事柄が、一九五〇年代初頭のフーコーによるニーチェの広く深い読解にあたっては、触媒となった。そして一九五二年に出会ったジャン・バラケと分かち合うこれらの教えは間違いなく、一九六一年五月にフーコーが述べるところの「歴史の弁証法」の治癒について、極めて重要であるのだ。

## 思考と思考されないもの

一九六六年そして『言葉と物』へと進んでいく、フーコーが「思考されないもの l'impensé」と呼び、巨大な原-考古学の結論に迫って説明するものと、「コギト」との間の決定的な関係は、裂け目でくっつくこと、すなわち分かち合い《パルタージュ》のよい例であり、そこでは二つの要素あるいは力が、二つに分けられつつも、互いに影響しあうのである。フーコーの結論は強調する。人は自らの分身あるいは「対の片方」なしには、ありえないのだ。まさにこれが『言葉と物』の最後から二番目の章題「人間とその分身」の意味である。『狂気の歴史』における理性と非理性のように、思考されないものと（「思考」が換喩によってデカルトの遺産を意味する限りでの）思考との解けない絡まりあいはまた、二つの部分が互いに分かち合う、本質的な接-断のあらわれのひとつの形である。「経験上-観念上の対の根源」(Foucault, *MC*, 333 : *OT*, 321) ——真理であるかのような錯覚をみせ、デカルトによって聖別された、あの避けがたい亀裂——というよりむしろ、人間と呼ばれる種であり、その人間はやはり、思考と思考されないものとを一つにする母体の核で、接-断と呼ばれるのである。ところで「思考されないもの」とは何か。「人間」が使う同義語のひとつは、無意識であろう。もっとひろく、より正確には、言語が数え切れない可能性の織物［である］」(Foucault, *MC*, 334 : *OT*, 323) 限りにおいて、思考されないものとは、言語であろう。言語は私以外のものだという（西洋における）発見は、「我思う」から「我あり」にいたる滑らかなつながりを蝕んでいく。根拠のない断言に基づくような、私という存在の確信は、私が思考を分かち合うために用いる媒体――言語――が私だけのものではない、あるいはそうだとしても、文化という銀行から借りるローンのようなものにすぎない、という遅れてくる（nachträglich）記憶によって土台を侵食されていく。新たな確信は、フーコーが一九六六年に述べるように「思考されないものを思考する必然性［la loi］」（Foucault, *MC*, 338 ; *OT*, 327）のうえに築かれる。これからは、「何であれ思考されない物に触れるもの［＝言語］が、直接に動かすことになる」（Foucault, *MC*, 338 ; *OT*, 327）とわかる。動かし、動かしながら、動かされる。何によってか。発話によってである。発話のもっとも影響力のある型が詩である。私たちが「なにか異質の体系に課されたかのように、私たちに決まりと要求が課される労働」（Foucault, *MC*, 334 ; *OT*, 323）であるという点において、私たちは断然カントを追い求めている。かつては認識されることのなかった、言葉に対する疑念が忍びこんでからは、ベケット流にいえば、思考は思考でないものなしにはもはやすすめないのである。フーコーはこの節を有名な予言でしめくくる。「近代の思考は人間の他者が人間と同一になる領域を目指して進んでいく」（Foucault, *MC*, 339 ; *OT*, 328）、あるいはその前節の最終行でフーコーは同じことをもっと叙情的に述べる。「私たちは虎の背にくくりつけられている」（Foucault, *MC*, 333 ; *OT*, 322）。

## 『臨床医学の誕生』における分かち合い《パルタージュ》

『知への意志』において、分かち合い《パルタージュ》が切り離すと同時に、共有するものとして機能しているのを、細かく調べることによって、フーコーがとりわけルネ・シャールから、また文学一般から得た発想を一度も捨てたことがないという、私たちの主張を補強できるだろう。ただしその前にまず、フーコーの流星のごとき経歴の初期にあたるふたつの例が、参考になるはずだ。二冊目の著作『臨床医学の誕生』の第一章をしめくくる文は、意匠が凝らされており、ここで引用しておく価値がある。「病が具体化し、隔離され、膏肓にいる空間は、完全に開かれた空間であり、全面的に、特権的な固定化された特徴もなく［sans partage, ni figure privilégiée ou fixe］、目に見える徴候からなる平面にただ成り下がる」[34]（Foucault, *NC*, 1 8 ; *BC*, 19）。この引用にあるパルタージュは全体の、完結した、完全なという意味であり、くっつきあるいは裂け目という意味をもたない、副詞句の主要素として慣用的な用法で使われている。とはいえこの用法についてはいったんおくとして、フーコーの美しい文の対象すなわち「病がまっとうされ、隔離され、自然な成り行きをたどる空間」に立ち戻ろう。これは専門家が従事する活動が、フーコーが専門化と呼ぶ計画あるいは装置－体制（dispositif）の庇護のもとに実行される空間である。フーコーが第一章で関心を寄せる対象は専門化であり、この語によってフーコーはまたの名を病院という空間――典型的な別様である空間のひとつとなる空間――の内部で、病に適応される作業の論理上の核をあらわすのである。フーコーは『臨床医学の誕生』がたどる（まだ考古学ではない）歴史のはじまりを画して、分割と集中の両方が起きる組織すなわち病院において、病が専門化したときとする。フーコーの詳細な説明はこうだ。

病人は働くことができないかもしれないが、病院に入れられたとたん、病人は社会にとって二重にお荷物になる。病院に与えられる援助は、その人だけに関係するものであり、病人の家族は貧困と病にさらされるがままだ。病院は、それが構成する有害な禁域として区切られた範囲によって、病をつくりだすが、そのまわりの社会空間にさらなる病をつくりだす。保護を目的としたこの分離が、病を伝染させ、果てしなくひろげていくのである。[35]

（Foucault, 18-19. 強調引用者）

「社会」と病人との間の裂け目がそれでもやはり、病に侵された主体を、感染を通じてすべての他の身体にくっつける。そしてこの「それでもやはり」が、フーコーのつづく著作にとって肝要であるというのは議論の余地がない——『狂気の歴史』にはじまる著作群は、社会から見捨てられた人びとに関わり、社会から見捨てられた人びとともにあり、社会から見捨てられた人びとのために発展し続け、フーコーはこの人たちと共通の場を分かち合おうと奮闘したのである。

『臨床医学の誕生』にある第二の例が見せてくれるのは、フーコーにそなわる修辞と文学の力であり、その力によって、分かち合い《パルタージュ》にともなう裂開、すなわち分割が、自らのぴったりとくっつく性質、分かち合いへの衝動に出会う臨界点が呼びだされるのである。最後には身体内部の見えない空間が見えるようになっているのだが、臨床医学の分析がその結論部に近づく過程で、フーコーは第八章に「屍体解剖〔直訳すると「屍体を二、三ひらく」〕」という劇的な名前をつける。一大変化をひきおこすことになる解剖病理学の刷新は、フランス革命期におこった。「屍体解剖」という題名に説明はないが、これはフーコーが考えだしたものではなく、斬新かつ才に富む近代組織学の「父」マリ・フランソワ・グザヴィエ・ビシャ（一七七一～一八〇二年）の言葉である。言葉のドラマをうみだす、フーコーに特徴的な能力とやがてみなされるようになる手法を使い、フーコーは第八章を締めくくるにあたり、ビシャがその一八〇一年の著作『一般解剖学』の序文を結ぶ言葉を、満を持して引用するのである。「屍体を二、三ひらく。観察だけでは晴らせない闇を、たちどころにはらうことになるだろう」。未来の医師たちへのビシャの遺言を、フーコーの評は簡潔で、そこで用いられる交差対句法の独創的な印象は、単にビシャの一枚上手をいこうとするだけではなく、おそらくは世に出たばかりであったロジェ・ラポルトの『前日／寝ずの番』を読んだことに、大い触発されている。「生ける暗闇が死の輝きによって晴らされる」（Foucault, *NC*, 149 ; *BC*, 146）。修辞技法のなかでも、交差対句法は、二×二行列を描く構造をもったものであり、その中心には四つの要素の積がおかれる。すなわち核となる概念である。[36] 光、闇、命、そして死を絶妙に飾り気のない公式のうちに連結させることで、フーコーは言説と形象とを同時に、こうした不可分の根源的現象のほうへ向かわせるのである。

抵抗が機能する仕方を説明するなかで、フーコーは裂け目 cleavage（元に戻すことのできない引き裂きと分離）という語と語源を同じくするフランス語の言葉と、その密接な同義語分かち合い《パルタージュ》（切り離しと共有）との錯綜した対比をみせ、そうすることによって、フランス語の裂け clivage は、英語と同じく多義語ではないが、フーコーが説明する粉砕がひとたび起こると、個人という原子の攪拌は、個々に、新たな結合を、集まりを形成する傾向にあるということを示すのである。

抵抗の形の割り振りは、一様ではない。つまり、抵抗の点、集合点、温床が密度もまちまちに時間と空間に散らばっており、集団や個人を決定的に動員したり、身体のある点、人生のある瞬間、ある種の行動を刺激したりもする。根本的な大断絶、規模の大きな二つへの接‐断［partage］はどうだろうか。ときには起こることもある。しかし大抵の場合、あらわれるのは変わりやすい一時的な抵抗点であり、社会に移動する裂け目［clivage］をうみ、単一体を壊し、新たな集合を育て、個人個人を縦横に行き来し、切り分け、再形成し、その心と体のうちにこれ以上小さくすることのできない部分を線で描く[37]。

(Foucault, *HS*, 96)

## 『知への意志』における分かち合い《パルタージュ》

ところで接‐断による、あるいは分かち合われた共通の場による、創造的かつ一時的な侵犯を裂け目が成し遂げられなかった一つの例が、セリーヌであろう。一部は純然たる虚構から、また一部はラ・ゾーンの貧しい人びとの世話をする医師としての自身の経験から作り上げられた、バルダミュにあらわれるセリーヌのことである[38]。こういう決定的に倫理に反する例にもかかわらず、フーコーが『知への意志』で語る希望に満ちた結びつきは——どれほどかすかであろうとも——囚人護送車の前身の発明によってもたらされた可能性ではなかったか。フーコーはこれを『監獄の誕生』において説明する。

［……］一八三七年六月に鎖に代わって採用されたのは、一時提案されたこともあった単に覆いのついた荷車ではなく、綿密に設計された機械であった。動く監獄といえる乗り物、動くパノプティコンにふさわしいものだ。縦全体にそって中央の廊下が乗り物を分割する［(qui) la partage］。両側にはそれぞれ房が六つありそのなかで囚人たちが二列おたがいにむきあって座った。[39]

(Foucault, *DP*, 263)

いずれにせよフーコーは裂け目が生みだす集合点や源 foyers（抵抗を論じる文脈から私はこの語を「温床 hotbeds」と英訳した）とは何を意味するのかを、そのあと「内在性の規則」という見出しのところで、くわしく解説する。「権力－知の局所的な中心とも呼べるもの［……］からはじめよう。たとえば懺悔者と聴罪司祭との間、あるいは信徒とその導きにあたる物との間に成り立つ関係である」(Foucault, *HS*, 98 ; *VS*, 130)。フーコーの語り口は、一九七〇年にマルグリット・デュラスに宛てた手紙で、フーコーが「必要とする作家」の作品を「行きつ戻りつ、でたらめに」読み進めるなかで経験した、「手探りで進み、不安がいっぱいで、それでいて、こういう状態にもかかわらず希望に満ちている」原動力を語ったときのようだ。

主体が管理されるのなら、言説もまたそうだ。したがって『性の歴史』の第一巻となる『知への意志』のなかの「言説の戦術的多義性の原則」に関する節において、フーコーはこう記す。

受け入れられる言説と排除される言説、あるいは支配する言説と支配される言説とのあいだで、分割された［partagé］言説の世界を思い描いてはならない。そうではなくて、さまざまな戦略のなかで作用しうる、言説の要素が多数あつまったものとして想像すべきだ。

(Foucault, *HS*, 100 ; *VS*, 133)

言説は、フーコーのみるところ、フェルディナン・ド・ソシュール〔一八五七〜一九一三年。スイスの言語哲学者〕が言説を構成する記号の構造を描いたのと同じように組み立てられる。つまりシニフィアンとシニフィエは、存在のうえで根本的に別のものでありながら、分かち難いのである（**図20**）。

フーコーは、当時の論者や、歴史家たちがそう印象づけようとしてきた（そしてしぶとく努力を続けている）ような構造主義者ではないが、主体になる過程が必ずしも構造への全面的な服従をひきおこすわけではないことも、言い換えれば主体の「構造」が存在論的でも超越論的でもないことを知っていた。結果として、私たちがなる主体は必然的に、厳密な分割を侵犯し、同時に起こる融合をもとめる。切り離しはいつも、必然的に、分かち合いなのである。

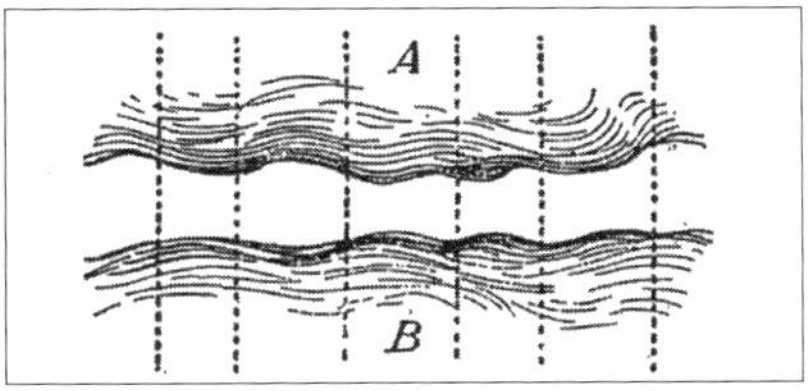


**図20**　フェルディナン・ド・ソシュール，図解された「言語的事実」，『一般言語学講義』（1916）。

接－断のうち、分かち合う性質が強まると、管理しようとする権力に対して、創造的に侵犯する能力を獲得し得る。フーコーが提示する文の順番を、それをつなぐ論理関係は変えずに、逆にすると、なぜ「両親、家族、教育者、医者、そして最後に心理学者は［……］貴重で、危うく、危険で、危険にさらされている」子どもの「性の潜在的な力を継続的に管理しなければならないのか」。なぜかといえば「子どもは性的存在の準備段階と定義されて［いまでも！］おり、性の手前に、それでいてその内側にいて、危険な分配線をまたいでいるからだ［en deça du sexe et déjà en lui, sur une dangereuse ligne de partage］」（Foucault, *HS*, 104 ; *VS*, 138）。この裂け目に内在する危険は、それが分割し過ぎるからというのではなく、十分に分割しないということなのだ。結局のところ、この裂け目は、生のエネルギーの面では子どもにとっては道理に適っているが、ただ子どもを養成し、あらかじめ定められた正常性の規範に順応させようとする、大人の権力の実体にとってのみ、危険なのである。線それだけでは、本来の役目を果たさないのだ。いかなることがあっても、子どもが裂け目をまたいだままでいることは許されない。想像しうるかぎり最悪の侵犯である。権力の介入がもとめられる。ここで「子どもの性の教化」が介入するのである。

しかし「分かち合い《パルタージュ》の線」という表現の『知への意志』における使われ方がいつもこれほど明確に、抵抗や侵犯の機会を暗示する方向へ傾くわけではない。むしろ城壁の像を心に呼び起こすように仕組まれており――まさにティエールの壁のような――心理的‐社会的秩序を防御するこの構造物は、自分たちの階級のために造りあげた空間の境界を越えてくる、とブルジョワジーが幻覚で経験する逸脱からブルジョワジーを守るためのものである。「身体を区別し保護するような分割線」なのだ。教育者があれほど心を砕く、分割と裂け目との違いについて、フーコーはつづけてすぐに説明する。

> この線は性的欲望《セクシュアリテ》に基礎を与える線と同じものではなくて、性的欲望《セクシュアリテ》を阻止する線である。これはタブーであり、このタブーがこの違いを、あるいは少なくともこのタブーが働くさまや、タブーを課す厳格さを生んでいるのである。
>
> (Foucault, *HS*, 127-8 ; *VS*, 169)

別の言葉で言えば、この「分かち合い《パルタージュ》の線」が、確立した分配線であり、法として広められ、ごまかしや虚構からなる方針に則って強制されているがゆえに、その本当の意味は、あれほど脅かされる子どもにおけるそれのように、当然のことだと誰でもが納得させられるということなのだ。ちょうど人間と神という発明のごとく、このごまかしは長生きを続けている。

『知への意志』が結論に近づくにつれて、生権力というフーコーの新たに生まれた概念がどんどん明確な形をとっていく。知っての通り、生権力は自己管理と同じくらい機能し、外部の権力によって自己の管理をおこなうのである。正常性を維持するにあたっては、法律による強制よりはるかに効き目があるのが、自己の内のよく調教された専制君主なのである。「人類の生命が政治的戦略に賭けられるなら」そのとき社会はフーコーが「生物学的近代の閾[40]」(Foucault, *HS*, 143 ; *VS*, 188) と呼ぶものに達したことになる。しかしここでもまた、ある認識論の形態からまったく別の形態へと飛躍する代わりに、新しい人間は、古い人間の土台のうえに築かれるのだ。「数千年のあいだ、人間はアリストテレスの目に映った姿のままであった。つまり政治的に存在する能力を付加された、生きている動物である。近代の人間は、政治がその存在を対象とする生物として扱う動物である」(ibid.)。生権力にもとづく政治的存在と、生政治へ拡張していく生権力の支配のもとにある生命そのものとの脅威との間にある閾に、近代的人間は留まるのみならず、両方のエピステーメーの根源的な性質が共謀して、第一と第二のエピステーメーの混じり合いに取って代わる、第三の可能性を示す。この結託は分かち合い《パルタージュ》の線の力学のうちでも、見えにくい特徴であるので、なだめすかして暗がりから連れだしてみることにしよう。

もちろん、生政治がヘゲモニーを握る結果に関して、初期のもっとも有名な——そしておそらくはもっとも大切な——一文をフーコーが読者に贈呈するのもまた、この時点のことだ。« On pourrait dire qu'au vieux droit de *faire* mourir ou de *laisser* vivre s'est substitué un pouvoir de *faire* vivre ou de *rejeter* dans la mort » (Foucault, VS, 181)——交差対句法に似た文を若干調節したうえで訳すとこうなる。「命を奪う、あるいは生かしておくというにしえの権利は、命をやしなうあるいは死に追いやるという権力に取って代わられたといえる」(Foucault, *HS*,

138)。できるだけ客観的に今日の世界をみれば（私はこれを二〇一五年一月にパリで書いている）、専制的な「いにしえの権利」と近代の生政治が実は共存しており、生命の限界すなわち死を管理し、定義し、正常化し、決定をしていると認めるのはつらい。生政治はそれでもいにしえの権利に「取って代わって」はいない。また生政治は、生権力との結託し、いにしえの権利をおしのけるのを妨げもしない。フーコーを注意深く読めば、分かることがある。権力の形態の間には、跡形もなくなる完全な断絶はないということ、全的な分割（partage sans partage）はないということ、くっつき、密着、結託のない裂け目はないということだ。異常な権力の形態は、あらゆる種類の異端者を根絶しようとたくらむ。実にこうした陰謀の異質な性格ゆえに、権力はあれほど手に負えなくなり、『性の歴史』でおこなわれる分析に関して、フーコーが最初に提示する計画に戻ってみれば、そこではすでに分かち合い《パルタージュ》の二つの力が機能している。

> 権力は獲得、奪取、共有される［s'acquiert, s'arrache ou se partage］ものではなく、しがみつくもの、失われるものでもない。権力は不平等で移り変わる関係の相互影響のなか［dans le jeu de relations inégalitaires et mobiles］、数え切れない点から行使されるのである。
> (Foucault, *HS*, 94 ; *VS*, 123)

第一の共有は、少しも弱いはずはない属性すなわち権力を、弱めるものである。第二の共有は「不平等で移り変わる関係の相互影響」のなかで累積し、強まり、ほのめかされる。そしてこの第二の力の共有にこそ、社会における異端の要素のあいだで成り立つ結託を探求する後のフーコーの姿が透けてみえるのであり、文学が火をくべるフーコーの使命が根底で続いていることがわかるのである。「哀れな仲間よ［……］おまえたちの正統な異様さを進展せしめよ」。

## エピステーメーの移行期間

異端のものと、さらにそれと分かち合われる剪断との関係については、結論で戻ることにして、いまはフーコーが「批判的思想史[41]」の動力となる時空間の核心を表現するのに、分かち合い《パルタージュ》の線を見つけて、フーコーが実行する概念上の侵犯をざっとまとめてみよう。別異の空間が、隔たった（apart）空間でもあり、「この」もしくは「私たちの」世界の一部（part）でもあるのと同じように、複数のエピステーメーすなわち知の言説による構造の間にある、一見すると隙間になっている期間は、ちっともなめらかな切れ目ではない。差異のある私たちを一つに結びつける、とジェラルド・マンリ・ホプキンズが思い描いた「存在の『接－断片』」と同じように、ひとつのエピステーメーは、もう一つ目のエピステーメーにまたがっている。したがって「時代[42]」の不純さが、主体の侵犯行為を惹き起こすのである。この主体はその特異性ゆえに、競い合う二つの時代いずれからも、恩恵を被らない。知が形成される仕方を対象とするフーコーの探求は、巨大なものであると同時に、規範を示したいという衝動にはまったく欠けている（そしてこの点では、何よりも導かれることを望んでいて、フーコーには「理念《フィロソフィー》」がないという読者は正しかった）のであるが、二つの時代が割れ（エピステーメーが混ざり合う）言説の空間がもたらす侵犯の好機は、フーコーのような闘士が関わる共通の務めにとって、実りの多い場である。「別異の空間について[43]」を言い換え、最後にはただ引用に訴えて、ジョルジュ・ディディ＝ユベルマンは、ヘテロトピアに固有の侵犯する時間性を強調する。ヘテロトピアは「危機と逸脱の空間、両立しない空間と異質な時間性の個々の寄せ集め、社会的には隔離されるが、すぐに『影響をうける』装置、『人間の生活が仕切られる、現実のあらゆる空間、すべての用地を、さらなる幻想としてあばく幻想の空間を生む』想像力にむけた具体的な機械」である[44]（Didi-Huberman, 2011a : 70）。換言すれば、分かち合い《パルタージュ》もしくは接－断は侵犯の地平に開かれていて、分割、切断、断絶は、侵犯を妨げるのである。

## パルタージュが築く倫理

ディディ＝ユベルマンは――はっきりそうと述べようが述べまいが――頻繁にフーコーに触発されるのだが、飽くことなく（数え切れないほどの例をあげながら）分かち合い《パルタージュ》の線がもつ倫理の力を唱える。それはただちに実践に用いることができ、概念がもつ力を反映し、強めるのである。絵画のなか「共通の場」(45)を求めて、ディディ＝ユベルマンは本質的に異質なもの（たとえばゴヤ、北斎）と異常なもの（たとえばヴァールブルク〔一八六六〜一九二九年。ドイツの美術史家〕）を探索するが、共通の簡単な計画を通じて、非人間性のかけらから尊厳を基礎づける作業のなかに、ディディ＝ユベルマンが発見した事柄を並べるのも無駄ではないだろう。

> ブラム強制収容所で［サルヴァトーレ・プヨルと］おなじバラックを共有する（partager）ということは、このような状況下の友情が、成し遂げるべき仕事の意味であり、どんな倫理的行為そして政治的行為も基礎づけられる、最小の共同体であるといわんばかりである。ブラム強制収容所でアグスティ・センテーリェスが撮った写真はしたがって――誰が生みだしたかという問題よりもまず――尊厳をめざすひとつの企てにともに骨を折った友二人の作品なのである。
>
> (Didi-Huberman, 2010 : 201. 強調引用者)

そしてディディ＝ユベルマンは、極小の希望によって剪断が共有へと変容したというプリーモ・レーヴィの説明に心うごかされ、ジャン＝リュック・ナンシーが原則の地位にまで高め「分け前をもたぬ人の分け前(46)［la part des sans-parts］」と表現する分かち合い《パルタージュ》の線を、ジャック・ランシエールが政治化することに向かう関心に貌《かたち》をつける。たとえばディディ＝ユベルマンは、プリーモ・レーヴィが一九四五年一月に空になった監視塔を見つめるのに注目し、つづけて自らの言葉でこう評する。「その日、空になった監視塔の眺めから生まれた希望に励まされ、幾人かの囚人たちの間で、食べ物を分かち合う［partage de la nourriture］という最初の行為が生まれる様を、プリーモ・レーヴィは報告する」。くわえて、この結果は、ミシェル・フーコーがおそらくはっきりと書きつけようとは思わなかった何か、すなわち「人間性がその権利を取り戻せたという具体的なしるし」である[47]。ミシェル・フーコーがどのような種類の行動をとったかを考えれば、フーコーにとって、現代のシリア、アフガニスタン、ソマリアからの移住者たち、ロマやその他さまざまな遍歴者たちは「哀れな仲間たち」のうちにあり、人類社会に対するその「異様さ」を育む手助けを、フーコーは熱心にやっただろうと、推測したくなるのだ。

## 文学と侵犯

接－断が構造と力を与える侵犯には、危険もある。「狂気の哲学者[48]」（Foucault, *DE I*, 1162）とは、狂気の経験を十分に分かち持ち、決して無傷では、理性を損なわれずにはそこから戻ってこられないという危険をおかして、その檻のなかへ入り、読者や他の対話者に檻への入り方を示す者のことだ。それでもやはりこれは、ミシェル・フーコーが大胆にたゆみなく懸命にむかいつづける狂気である。それゆえにサド、ヘルダーリン、ニーチェ、フロイト、アルトー、バタイユ、クロソウスキーという特異な人物たちが――このうちの何人かは檻にのまれた――フーコーの著作の冒頭から、最初のページから、つまり『狂気の歴史』からつきまとうのである。危険はつねに狂気であり、「大したことがないわけがない」。一方で狂気の哲学者が感じる戦慄であり、本分でもあるのが、自らの外にでること、我と我が身を忘れること、そして分かち合う経験を分かち合うために生き延びることである。だからフーコーはマルグリット・デュラスのすれすれにきわどい作品に「陥落」した喜びを表したのであり、だからフーコーは『アバン・サバナ・ダヴィッド』を読んで「頭には霧がかかり、手探りで進み、不安がいっぱい」であるにもかかわらず、それでも「行きつ戻りつでたらめに動き続けていれば、最後にはある必定の姿があらわれるはず」というごく稀な希望の衝動を経験したのである。同様に、ロジェ・ラポルトの小説にあってフーコーを魅了したのは、「希望と恐怖がその本質を真っ二つにわける［se départagent］前」(Foucault, 281)にある、薄気味悪い時間性である。マルグリット・デュラスの一九五四年の小説「工事現場」では、名無しの女性が体現する恐怖と、名無しの男性がうけもつ希望は、小説の佳境で最後に接‐断するものである。分かち合われた共通の場を、希望と恐怖という異常な対ゆえに取り戻し、発見するというのが、フーコーが目の前においた挑戦であり、その目的は〔『言葉と物』の序文で語られる通り〕ボルヘスのいう中国の百科事典（最初は――そして長い間――単に笑わせられるだけだった）についてその無秩序をドクサがいかにして受け入れるものかがいったん分かりはじめるなり、それにつきまとう不安に打ち勝つことである(49)。ボルヘスの物語の数々でしょっちゅう繰り広げられるとおり、ボルヘスが私たちの眼前につきだすのは、不可能（ユートピア）に慰められ、現実（ヘテロトピア）に悩むという不調和でできあがった理性からの逃走と、無意味さである(50)。フーコーがあえて示してみせるのは、いかに「ヘテロトピア［……］が言葉を枯渇させ［そして］私たちの文章の叙情性を不毛にするか」(Foucault, xviii) であり、その一方、ロジェ・ラポルトは「回帰も永遠も経験せず、むしろさらに原始的な、いまだはじまらない時間の揺れのような、まだ起こっていないものの繰り返しを表現する何かを経験する」(Foucault, 221) が、そこで私たちは和解――いかに遠くかすんでいようとも――の夜明けを見分けるのだ。次にフーコーはラポルトの書き物がまっさらな叙情性を異常なものに取り戻す様子を説明する。「書き物は基準点もなく離れて現れる。完全に離れており、失われた近さに似ている」（この少し前で、フーコーは「隣接した白い領域の間にある、不在と退却の灰色の一帯」にふれている）。この文の終わりで、「近さ」が何を意味するのかを明らかにする。「近いというのは、言葉の間で、それぞれの言葉の内側から、それと知れるからである」(Foucault,

221. 強調引用者)。『言葉と物』の序文では、ボルヘスの中国の百科事典がフーコーに「これらの存在をたがいに分ける、何もない空間、隙間の空白」(Foucault, *MC*, 8 ; *OT*, xvi. 強調原文) を連想させるのである。ただ文学だけが難問を劇にできる。ゆえにただ文学のみが未来を描く。

## 侵犯という運動と分かち合い《パルタージュ》

フーコーの侵犯を繰り返してから、「異端の分岐点 point d'hérésie」——ブレーズ・パスカルとルネ・シャールに基づく、分かち合い《パルタージュ》の延長部に向かおう。一八四二年一月三〇日、ジュール・ミシュレ〔一七九八〜一八七四年。フランスの歴史家〕は日記に次のような考えを書き留めた——その考えの真ん中には、命令法で命令がはさみこまれる。

> 口にされたことのない言葉、心の底にとどまってきた言葉を聞きとらねばならない。(自分の心のなかを探せ。そこにある。) 歴史の沈黙に——歴史がもはや何も語らない、あの恐ろしい中断——に語る力を与えなければならない、その沈黙に歴史のもっとも悲劇的な音調があるのだから。(51)

人間に関する人類の駄目な事業のせいで音を消された瞬間に、声を与える必要を語るミシュレが断然正しいという証拠は、少なく見積もっても、一九世紀に増して二〇世紀に出てくる。歴史がどうやっても悲劇的なものを生み出す運命にあろうとなかろうと、思い切って考えることにためらったりはしない。しかし無音に、ささやくまではいかなくても、もぐもぐ言わせるためには、声を出させる計画を実現しなければならない。フーコーの著作において、その声を出させる運動の名は侵犯であり、分かち合い《パルタージュ》——裂け目のない分割、分かち合われた剪断、くっつくための裂け目——が形作る姿が、侵犯という名の運動を伝えるのである。

人間を消滅という運命に向かわせる、悪魔のような経験的‐超越論的二重体に対する予防接種を期待できるのは、めぐりめぐってその接‐断のうちである。「人間」として通る存在は、言語の存在を通じて存在するにいたる過程の通約不可能性ゆえに、限りなく有限である。しかし今日、侵犯の可能性は、客体性とされるものと主体性とされるものとのあいだの分水界(la ligne de partage des eaux)にくっついている。分かち合い《パルタージュ》というレンズ越しの読解からうちだす主張とは、フーコーの思想に特有の侵犯する接‐断は、歴史において、たえず前進し、後退し、反復する二つの力を維持し、永遠回帰とはつねに永遠のはじまりであるというフーコーの確信[52]を正当化し、活気づけるものである。分かち合い《パルタージュ》はフーコーの思想を漸進的に活気づけ(inform)、侵犯する思考装置に作りかえる(transform)。歴史の繰り返し(corso et ricorso)のなかで、空間と時間を引き算する分かち合い《パルタージュ》の負の機能にとって、侵犯は、あふれんばかりに加算していく、正の機能である。バタイユにおいて、侵犯はしばしば発作的におこり、限界にぶつかり、その向こうにはただ死が横たわっているのみだが、バタイユとは異なり、フーコーは、命をふきこむ力を、私たちの手には届かないと思われる領域に発見するために、規範的なものの向こう側で思考する。バタイユの侵犯は主体を排他的な分離に導くが、フーコーの侵犯は、フーコーによる分かち合い《パルタージュ》の用法にならって、分かれた状態におかれた包摂性に向き合う。この包摂性のうちにこそ、陰鬱きわまりない考古学の探究にあって何にせよ、ごくわずかな楽観主義のささやきが聞きとれるのである。ニーチェの用語でいうならば、ツァラトゥストラの語る変転〔「駱駝」→「獅子」→「幼児」という精神の三段の変化〕のなかで、バタイユは「獅子」の段階でのたうちまわっているのにたいし、フーコーは、「幼児」のはじまりの希望にあふれた肯定に傾く[53]。裂け目でくっつくというのが、夜の想像力から来るものだとしたら、フーコーの侵犯は、まさに、サドやバタイユのときと同じく、完全に昼の作用であり、経験にもとづく証明の光にてらされておしよせる。前者のドラマは、真夜中の零時にあるとしたら、侵犯の忘我はまさに空の青の下でおこる。要するに、哲学概念とはまったく異なり、分かち合い《パルタージュ》と侵犯は、詩の領域にその根をもつともいえる作用なのである[54]。

分かち合い《パルタージュ》は分割を形づくるが、つねに未来の侵犯の可能性で接合されている。分かち合い《パルタージュ》の意味上の緊張は激しく、たゆむことがない。分かち合い《パルタージュ》という形によって強まるのは『言葉と物』を綴る言語であるが、すでに『臨床医学の誕生』という物語に、決定的な関係が形成されており、たとえばそれがあらわれる、重複決定されたあの凝視は、他のいかなる凝視よりもよく、深く見ることができるのみならず、視線は聴き、話すこともまたできる[55]。あるいは臨床実践が病変の最後の瞬間と、私の死後、もはや私のものではなくなった最初の瞬間との間をほとんど一致させるときなどがそうだ[56]。視覚がこうして他の感覚に、説明をする状態では言語能力にくっつく、そうすると死は、継ぎ目なく生に従い、生の限界の新たな真理に輪郭をさだめる基準となることがわかる。

激情と神秘が順繰りに彼を誘惑し、彼を消耗した。そして来たる、彼のユキノシタの苦悩を終わらせる年。

これはルネ・シャールの筆になる詩文のうち、もっとも有名なものに数えられる〔「形式上の分割」XIII〕。ミシェル・フーコーはこうした詩句を諳んじていただけでなく、理性の限界を超えて思考をひろげる精神の実験と捉えた。フーコーの関心の中心にあるのが、いかにして主体が言語――それでもなお私たちが慈しむ言語――に誘惑され消耗させられるかということなのはわかっている。主体が自らの目の前におく挑戦とは、言説の共同体がそうあるべきと課すようなもの以外のものになる、ということである。岩の極小のくぼみに種がつくユキノシタのごとく、この挑戦を果たすことが岩をこじあけ、植物が別異の空間を占めることができるようにするのである。

## カントの人間学における侵犯

最後にもういちど、人間学に狙いを定めたフーコーの研究における、カントとフーコーの変わることのない密接な関係という観点から、いま少しフーコーの文章を見てみよう。フーコーがその研究の最後の一〇年に、くっつきのおこる割れ目を――やはりルネ・シャールの影響のもとで――作り上げる侵犯の新たな理論に向けて作用させる箇所である。フーコーが深く心に刻んだ、詩による想像と同様に――他のどんな哲学者よりも、フーコーの探究の道連れであり、きっかけであり、目標である――カントの刻印が、フーコーの書いたものほとんどすべてに読み取れるのだ。何をおいてもまず、記録を渉猟することと、徹頭徹尾周到かつ冷静な可能性の条件という形で、そうした記録あるいはそうした知の装置を見積もることがなければ、フーコーの歴史もとい考古学もとい系譜学には、何の価値もない。発明された時代に、人間とは何だったか。その当時、人間の真実とは何だと考えられたか。今はどうか。カントにおいてもまた、分かち合い《パルタージュ》は人間の条件を形作る。カントの頑として人間学的な人間観の中心にある、こうした「存在の『接-断片』」の例は、何にもまして、崇高であり、崇高が形よく編まれた織物すなわち美を引き裂く様である。〔美と崇高という〕まさしく一八世紀ヨーロッパ哲学におけるライトモチーフの、若々しく、どこか浮ついた探究[57]を経て、とりわけフランス革命の余波が大陸を横断し、はるばる〔カントのいた〕ケーニヒスベルクやさらにその先遠くにまで届いたあと、『判断力批判』の第二章〔「崇高の分析論」〕の執筆を進めるカントは、崇高をふたたびもちこむ。というよりむしろ、美と太古からあるとされる美的判断とが、カントの概念上で防御をしっかり固めているため、崇高――いまや単なる感覚や現象の属性ではなく、経験の位置にまで高められた――は、カントの批判書が提示する美学の分野に、それでも自らをもちこみ、侵入することになる。第三批判書〔『判断力批判』〕における崇高の役割は、全体から見ると、思いがけなくも歓迎すべきひっかかりであり、美が支配する美学の、なめらかで継ぎ目のない布にできた綻びである。対象が「美しい」という判断に適う、あらかじめ規定され、建前上は永遠である基準との一致は、何にせよ崇高とはまったく関係がない。

カントは「崇高の分析論」を、美の経験と崇高の経験との類似性を概観することからはじめる。そのうえで間をおかず、最初の主な違いがとりあげられ、その違いがもたらす結果は――皮肉にも、ということになろうが、非常に大切な点である――「［……］美はさだまらない悟性概念のあらわれと見なされるが、崇高は「さだまらない」理性概念のあらわれと見なされる」（Kant, §23）ということになる。崇高が与える衝撃、恐怖の到来によって、失われた理性を、想像力が救助にこなければならなくなるからである。ひとたび回復すれば理性は全部の経験を評価し、結論をみちびき、言説の算出を再開する。崇高の経験につづいて回復した理性は、判断の新しい規則を生みだすとカントは結論づける。そして美的判断は判断の端緒に過ぎない。なぜなら美的判断が倫理的判断の基礎をつくり、今度はその倫理的判断が政治的判断の基礎をつくるのだから(58)。

美の経験と崇高の経験との境界は、後者に固有の限界のなさによって、互いにさだめられる。想像力と理性が力をあわせた行為を通じて、主体が統制にはいるべき侵犯は、したがってカントの以下の主張の核心にある。

> 両者の間にもまた著しい差異がある。自然における美は対象の形式に結びついており、そして対象の形式とは限界があるということである。その反対に崇高は、無限定性が表象される［限りにおいて］形式をもたない対象において見出されるものである［……］。

「無限定性」すなわち Unbegrenztheit を強調したのはカントである。「形式をもたない」すなわち formlosen を強調したのは私である。さて、ルネ・シャールの「形式上の接‐断」において、形は、どうみてもカントがいう無形式性（Formlosigkeit）の詩における片割れである、定まった形式のなさと対になり、侵犯の力学によって揺れ動く。一番前向きな時期のフーコーはこの力学に肩を並べることになる。フーコーのそういう時期に、著作のそうしたくだりで、叙情詩のように贅を尽くした作品がみられるのは、偶然でなきにしもあらずだ。侵犯の力学による揺れは、分かち合い《パルタージュ》の線で、その線を越えて起こる。あたかも形式と形式のなさが、この兆しもみせない線にくっつくようにできているというより、それを決して捨てないように組み込まれているかのように(59)。

## 『言葉と物』における侵犯と分かち合い《パルタージュ》

『言葉と物』〔第三章〕のなかで――ドン・キホーテを媒介して――近代のエピステーメーの兆しを説明するときほど、分かち合い《パルタージュ》に具わる二つの力を、フーコーが際だって創造的に発揮させたことはない。フーコーは、割れ目という形と、それがもつ圧倒的な、鋭い、分離させる力を、前面におしだす。

> カントの批判哲学、そして一八世紀末にヨーロッパ文化に起きたあらゆる出来事を経て、新たな型の分割〔partage〕が打ち立てられた。一方では、マテシスがまとめ直され、命題学と存在論となった〔……〕他方では、歴史と記号学〔……〕が合体して新たな解釈に関わる学問をなし、その影響力はシュライエルマッハーからニーチェそしてフロイトにまで続いていく。
> (Foucault, *MC*, 88-9 ; *OT*, 74. 強調引用者)

やはりフーコーは、分かち合い《パルタージュ》という語のうけもつ異なる概念のうち、こちらの側面を、わざと意味深長に用いることによって、こうした切り取る作用とは対蹠にあるものに場所を空け、存在物の、個体の、特異性のあいだで、共通に分かち合われるものを内包するのである。「知るとは、正しく語ること、安定して進む精神が命ずるままに語ることである。語るとは、できる範囲で知ること、出自を分かち合う〔dont on partage la naissance〕人びとが押しつけるモデルにしたがって知ることである」(Foucault, *MC*, 101 ; *OT*, 87. 強調引用者)。最初の引用でフーコーが描きだす認識論上の転換を英訳者が分割と表現したのは的確だが、その転換が起きているさなか、歴史と記号学との間で新たに一つになった境界があらわれる。言い換えると、この「割れ目」をよそに、新たな解釈学がシュライエルマッハーからフロイトそしてその先へとひろがり、たがいを認め合い、分かち合う共通の場を土台とした、言説による新たな実践をおこなうのである。知と言説とのまさにその結びつきのうちに人は生まれ落ち、その結びつきがモデルを押しつけてくるものの、第三批判書から取り出せるカントの見通しが示す、判断の新しい原則のように、生権力の新しい方向は、それでも定着しうるのである。

　こうした描写の最後の段階で、人間科学があらわれ、フーコーの考古学が非常に戦略的に、新しい視点から「人間」の埃を払い、「人間」というのがひとつの発明であることをしつこく思い出させるのである。「人間」は理性による発明であり、ホモ・サピエンスは「人間」よりも優に長生きできるであろうが、名付け親と名付けられた様態は、存在の起源であるわけではまったくなく、永遠につづく保証はない。いまでは悪名たかいこの物語の典型を示すのが、『言葉と物』の「人間とその分身」と題された章である。しかし前に論じたとおり、フーコーはメタファーの軍隊から、複雑に連綿とつづく分かち合い《パルタージュ》を、「おおよそあいまいな一連の分割」[60]を、動員する。これが人文主義による発明の精髄である批判的思考の可能性を左右するのだ。かくしてカントが火蓋を切った、近代のエピステーメー。しかしつづけて、カント後期の著作に連動した——それどころか取り憑かれた——フーコーの系譜学の主眼となるニーチェを理解すべきだと私は確信しているのだが、それなら「真理の言説」に固有の（フーコーの言葉でいうところの）「あいまいさ」に焦点を絞ることが重要である——「真の言説［discours vrai］」と矛盾しない「真理の言説」だ[61]（Foucault, 331）。フーコーはこういう。「超越論的なものの層における経験的なものの価値を明らかにするのは、二者択一というよりも、あらゆる分析につきものの、ぐらつき［oscillation］なのである」（Foucault, *MC*, 320 ; *OT*, 331）。この揺れこそ、敢えて言おう、カントが崇高の経験に見てとった現象、「自分自身について新しくなった概念」とサラ・ヘレン・ビニーが呼ぶところのものを生む現象と同じものであり、この概念が共同体を築くための新たな法則へといたるのだと、私は考える。

　有名な経験的‐超越論的二重体という難題、「真理」をもとめる止みがたい衝動は必ず間違った道を探索するようになるという難題、章題「人間とその分身」の底にある難題とは、理性はその目的地の閾に留まるということとだ。私たちの関心を無条件に釘付けにせずにおかないのは、人間が発明されるこの分かち合い《パルタージュ》の点の本質においてこそ、この発明がつねにすでに侵犯を受け入れ、自らの置き換えを免れ得ず、自分以外のものに開かれているということだ。ここでは侵犯は「内在する揺れ」という名なのだ。この揺れのうちに、超人の可能性もまたある。分かち合い《パルタージュ》とは、結合が可能であり、結合が保護される割れ目をあらわすのにバッチリな言葉であり、この語－概念はまた、人間を超える白紙の運命を成就するためにホモ・サピエンスが行わねばならない侵犯を描いていると、『言葉と物』を執筆した時にフーコーが気づいていたことをあかす証拠は、フーコーに特徴的な文体の装飾をこのキーワードによって調節しながら、この長い段落をみごとに結ぶ、そのやり方にある。『言葉と物』のホモ・サピエンスはまだ閾の手前で引き止められ、揺れに魅了されるものの、シャールが言うように「正統な異様さを進展せしめ」るところまではきていない。カントの批判がもたらした転回そして、ニーチェ、バシュラール、ベンヤミン、その他あれほど多くの思想家たちを通じたその影響があれども、「批判哲学－以前の素朴さ」が、いまだ「分割されない原則」を握っているとフーコーは記す。難攻不落、裂くことのできないこの原則の特権は、「まったき支配 règne sans partage」である（Foucault, 331）。

　批判哲学－以前の素朴さにあっても、三世紀におよぶ批判哲学の発明があっても、人間の実際的な活動が取り除こうとする不純物は、倍加した勢いで戻ってくる。「退却と復帰、思考と思考されないもの、経験的なものと超越的なもの、確実性に属するものと土台に属するものをつなぐ『と』〔という語〕にある、極めて小さいけれども乗り越えられないあの隙間」（Foucault, *OT*, 340）のうちに。[62] 形而上学が約束した真実を再現できないという悪循環は、言い換えると、パルタージュ（partage）が浸透するなかで永続する。分かち合い《パルタージュ》の浸透が侵犯を招き、侵犯が約束するのは共通の存在である。ルネ・シャールがガリマール社から出版するため一九六四年に編んだ浩瀚な選集を『共同の存在』と名づけたのは、共通の場を測量する私たちにとって、幸運なことである。

## フーコーとシャール

ここまでたっぷりと見てきた例は、分かち合い《パルタージュ》－侵犯の関係が『言葉と物』のなかに、いかに複雑に配置されているかを、さらに分かち合い《パルタージュ》を英訳した試みを見直し、適当とあらば修正し調整する必要がいかに切実なものであるかを示すものだ。(63) フーコーの著作の他の箇所では、ポール・ヴェーヌが特定した典拠の示されない二、三の引用以外には、(64) ルネ・シャールにはついでに触れるのみで、それも編纂された『フーコー思考集成』に二回あるだけである。一つ目は、フーコーが『クリティック』誌に寄せた、一九六一年に出版されたジャン・ラプランシュ〔一九二四～二〇一二年。フランスの精神分析家〕の著作『ヘルダーリンと父の問題』に対する一九六二年の書評にみられる。「父の『否』」〔湯浅博雄訳、『ミシェル・フーコー思考集成Ⅰ』筑摩書房、一九九八年〕という書評の、最後から二番目の段落で、「人間の有限性と時間の回帰」を悟った、ヘルダーリンのいわゆる「イエナの抑うつ」を自ら説明するなかで、フーコーは突如としてシャールの『激情と神秘』から「入口 Seuil」の冒頭を引用する (Foucault, 255)。

> 人間という名の堰が、神なるものの遺棄の巨大な割れ目に吸い込まれ、崩れはじめたとき、遠くの言葉が、〔災禍に〕姿を消すつもりはない言葉が、抵抗しようとした。その瞬間に、その言葉の意味の王朝が決したのだった。

ここではとりわけ、人間という事実すなわち存在が、そして言語という事実すなわち存在が、裂け目のなかで、たかが人間の体制のもと、自らの通約不可能性がみせるドラマにぴったりとくっついている。フーコーはこの引用を先に進めるが、つづくシャールの一行からなる段落にあるランボー風の勢いには、あまり注意を払わないようだ。この段落においてシャールは詩人の行動は、この大惨事の結果として生まれると述べる。「私はこの洪水の夜の出口まで走った J'ai couru jusqu'à l'issue de cette nuit diluvienne」(Foucault, 261)。ここでは出口という形のうちに、私たちは詩人に境界までついていくよう促される。この境界は侵犯されるや、超人(Übermensch)としてもちろん同じ種族の肉体にあらわれるので、どれほど「人類」と似ていようとも、人間を超えた何かに届する。

プロヴァンス出身の詩人シャールをはっきりと引用した最後の例は、フーコーの短い人生の晩年、一九八二年に一〇周年を迎えたパリ・フェスティバル・ドートンヌ〔九月から一二月にわたって開催されるパリの演劇祭〕のために依頼された文章に出てくる。ピエール・ブーレーズが、「プリ・スロン・プリ」と題して、マラルメをもとにした即興曲の作品群全体を発表した。[65] 知己ではあったが親しくはなかったブーレーズという偉大な作曲家に贈ったこの賛辞は、印象的かつ感動的だが、接‐断が作用する例を見せるように、意図して異様なものになっている。修辞上は簡潔に、フーコーはブーレーズをマラルメにはじまり、パウル・クレー〔一八七九〜一九四〇年。スイスの画家〕、アンリ・ミショー、そしてルネ・シャール——さらに大西洋を横断しe・e・カミングズ〔一八九四〜一九六二年。アメリカの詩人〕にまでひろげて——を流れるモダニストの系譜のうちに位置づける。要するに形式主義にむかって、形式をふりまわす行為を分かち合う、芸術家の一団である。ここに核となる「形式上の接‐断」という触媒があることは、間違いようがない。しかしそれでもやはりシャールにはついでに言及する程度であり、列挙された名前のうちの一つというにすぎない。たとえばクレーやカミングズに対するブーレーズの解釈とは比べものにならないほど、ブーレーズがシャールを取り入れたことはわかっているし、当然フーコーもそれは知っていた。叙情的作風のある初期の最後を飾るのが、世俗カンタータ「婚礼の顔」であり、ルネ・シャールの同名の詩に着想を得、それを組み入れた作品である。一九四六年から四七年に作曲されたものの、一九五〇年ケルン放送合唱団と放送交響楽団による一九五七年一二月の初演までは演奏されることがなかった。一九五五年六月には、バーデン＝バーデンで、ブーレーズはシャールの『主のない槌』からとった三つの詩の翻案を演奏している。このようにフーコーは、自分が賞賛の念をいだく、同時代の、ただし特に個人的なつきあいはなかった[66]音楽家を記念する文章を、要請に応じてしたためたわけだが、ブーレーズの創造力が深く由来するところに、シャールは埋め込まれているのであり、それはブーレーズのファンにあまねく知られることとなる。ところがその一方で、突如としてフーコーは愛する詩人の震える声から直に借用したメタファーと、好意の織りこまれた閃光のような段落で、シャールとブーレーズとを、それぞれの媒体を通じて連結する割れ目の構造と論理とを、簡潔に示すのである。フーコーは、矛盾とまではいわないまでも、時代を取り違えているという批判をあえてけしかけるかのように、ブーレーズが八歳のときに制作されたシャールの作品の手柄が（つじつまがあわないにしても）見事にブーレーズにあるかのようにみせる文をさしだす（シャールの作品のことであり、専ら「プリ・スロン・プリ」の着想源であるマラルメではない。フーコーが文章をよせた記念フェスティバルで演奏されていたのは「プリ・スロン・プリ」だったのだが）。『主のない槌』を指して、フーコーはこう記す。« la musique élaborait le poème qui élaborait la musique » (Foucault, *DE II*, 1040) ——「［その？］音楽が詩をつくりあげ、詩が音楽を作り上げた」——最初にでてくる« la musique »をその音楽ではなく、音楽一般と捉えるとするならば、ある意味では正しい。

テクストの次元におけるフーコー－シャール連盟の私たちの探究を完全なものにするには、チャンスを逃した二回について、つまりフーコーとシャールが実際に対面せずに、テクストのうえで出会ったといえる二度の機会についても引き合いにだす必要がある。一つはモーリス・ブランショを特集した『クリティック』誌の一九六六年六月号への二人うちそろった寄稿——そこから生じる表紙における二人の名前の遭遇——であった。二二九号の表紙をシャールとフーコーと分かち合うのは、ジョルジュ・プーレ〔一九〇二～九一年。フランスの文芸評論家、ベルギー出身〕、ジャン・スタロバンスキー〔一九二〇～二〇一九年。スイスの哲学者〕、エマニュエル・レヴィナス〔一九〇六～九五年。フランスの哲学者、リトアニア出身〕、ポール・ド・マン〔一九一九～八三年。アメリカの文学理論家、ベルギー出身〕、フランソワーズ・コラン〔一九二八～二〇一二年。ベルギーの哲学者〕、ジャン・ファイファー〔一九一三～八五年。ベルギーの作家〕、ロジェ・ラポルトである。シャールの文章の論考は冒頭を飾る。フーコーのそれはレヴィナスとド・マンの間にある。

もうひとつの「逃したチャンス」とは、シャールには予想することが出来なかったと思われる出来事の四日前に――フーコーの死の四日前にルネ・シャールが書いた四行連詩である。

クルーズ県の薄明

一対の狐が雪をくだいて
婚礼の巣穴の縁で足踏みしていた
たそがれどき狐たちの激しい愛はその周りに知らしめた
焼けつくような乾きを粉々の血に

『サイダー・プレス・レビュー』誌二〇一二年七月号のナンシー・ナオミ・カールソンの英訳に手を加えたものである。この詩がフーコーの埋葬にあたって朗読されたのだった。ときに文学と人生を裂く超現実的なアイロニーに、あるいはシャールの詩に出てくる、激しい愛でくっつく狐たちに、一九八四年六月二一日、「Fuchs〔ドイツ語で狐、フーコーのあだ名〕」を送る会葬者たちが気づかなかったはずはない。

## 「異端の分岐点」

神学で興味深いのはいつも、異端があらわれる限界の点である。

――ジル・ドゥルーズ、ヴァンセンヌにおける授業（一九七四年一月一四日）

一九七一年五月二〇日におこなわれた学位審査の前口上の冒頭の言葉は、フーコーのものではなかった。フーコーはこのように切り出す。「人は必然的に狂っているのであり、狂っていないということは、狂気のまた別のペテンにかかって狂っているのである」(67) (Foucault, *HM*, xxvii)。この言葉は、ブレーズ・パスカルが一六五六年から一六六二年に亡くなるまでのどこかで書いたもので、死後出版された『パンセ』のなかで「矛盾」という見出しをつけて分類され、つづく二、三の「箴言」の後に、「人間の学問と哲学の狂気」と写字生によって名づけられたらしい章がくる。(68) ポール・ロワイヤルとその文法が『言葉と物』の軸になっていることを思い出せば、パスカルはフーコーの旅の道連れとして、人が思うほど奇妙な取り合わせではない。『言葉と物』におけるパスカルのまた別の痕跡は、「異端の分岐点」という珍しい表現が四回出現するところにある。シャールと交信して、「哀れな仲間たち」に「正統な異様さ」を進展せしめるよう呼びかけることも、この命令の最後にくる提案の全体も、時期尚早だとフーコーは考えたようだ。というのも自らの理解が「ほとんど不平を鳴らさない」仲間たちにくっつくほど、フーコーはその考古学的探究をつきつめていなかったからだ。したがってどんなものであれ狂人、非行者、倒錯者、同性愛者の代弁者という地位を名乗るのはまだ、おこがましいのであった。以上の仮説は、やがて『狂気の歴史』となる本の序文が削除されたという点に依拠するが、これが正しかったとすると、「異端の分岐点」という表現を吟味した結果、フーコーは侵犯を侵犯する自らの探索やその実践者たちに関する知見を、分かち合い《パルタージュ》によって深めたが、その分かち合い《パルタージュ》は「異端の分岐点」の一側面であるという結論にいたる。

「異端の分岐点」とは正確には異端ではないが、異端のもつ激しさであり、パスカルが造り出したこの言葉を、フーコーは自分で使うためにとりあげ、文法上の変更をくわえ、改善し、そこに近づいていく。異端がおこる閾で、異端行為には、分割でも婚姻でもない接‐断が刻まれる。この状態をフーコーは「異端の分岐点」とよぶのである。『知への意志』のなかでフーコーは、権力と個人の主観からなる対の両方の側で、異端が機能するという。権力の側では、異端は生政治の時代がはじまる前に、たとえば、

> 一八世紀の終わりまで、習慣からくる規則や、世論による制約のほかに、性に関する実践を定めた三つの明確な掟、すなわち教会法、司教教書、民法

の機能においてあらわれる。これが主体を支配する法の層であった。しかしその性への影響はといえば「この別個の掟は、婚姻規則の違反と、性器愛に関する逸脱とのあいだに明確な区別を設けなかった」(Foucault, *HS*, 37-8 ; *VS*, 52)。主導権を握る新たな権力関係として、生政治がはじまる頃までには、この分類しようという強迫観念は、異端という形で逸脱行動を指摘しようとする衝動に収斂する。『言葉と物』ですでにフーコーはいかにして生物科学が自然の発現すべてに名前をつけ、綱、目、科、属、種にそれぞれ分類整理することによって、自然全体を抑制して飼い慣らすことを目指すかを、徹底的に説明した。「それと同じなのが」と『知への意志』でフーコーは述べる。

> 一九世紀の精神科医が変わった洗礼名を与えて昆虫採集した、あの哀れな倒錯者たちである［……］。このご立派な異端という名［Ces beaux noms d'hérésies］が指す性質は、法には見落とされてきたが、それほど自らに無頓着なわけではなく、秩序／目がなくとも［même là où il n'y a plus d'ordre］、さらなる種を生みつづけた。
> (Foucault, *HS*, 43 ; *VS*, 60. 訳文を改めた)

この場合、秩序／目という語で、昆虫学者のストックを充たす、分類学上の新しい呼称と、名を与えられる昆虫に内在し、法にはお馴染みの御しがたい無秩序という両方の意味をフーコーはあらわす。本のタイトルでもある主題、知への意志は、分かち合い《パルタージュ》という倒錯の典型（「哀れな仲間たち」）の論理にそって作用することを証明す

る。ディドロの『おしゃべりな宝石たち』の例があがると、フーコーの論争調は強まり、イエスのたとえ話のひとつを脚色して皮肉る。

> 性は本当に隠されているのか。あらたな品位の観念によって見えなくされ、ブルジョワ社会の厳しい要求によってかごの下に留めおかれているのか。それどころか、前面に輝き出る。光り輝く。数世紀前から、知りたいという強い要求の中心にあった。物事が性とどのように関わるのかを私たちが知らされる一方、私たちが物事とどのように関わるのかを、性は知っていると思われるという意味で、二重の要求である。[69]
>
> (Foucault, *HS*, 77-8 ; *VS*, 102)

しかしたえず権力がせわしなく名前によって差別化し、そうすることによって種を生むのに対して、あわれな倒錯者は、種を生むのを拒絶し、そのかわり延々と差異を作りだすことにいそしむ。

## 『言葉と物』に登場する「異端の分岐点」

異端のおこないとは、侵犯するという決意でないなら、何であろう。侵犯される領域を離れることを拒む、まさにそれゆえに正統派は激しい苦痛を与えられることになる。異端が観念形態の内側からの侵犯ならば、侵犯されるまさにその空間に入り込むことを、無条件にドクサは拒み、それを通じてドクサは侵犯に影響されるがゆえに、侵犯はドクサを無傷のままにしておくことがないのではないか。エドワード・S・ケーシーは、「公共空間の欠如」とケーシーが呼ぶものに対するハンナ・アーレントの嘆きに滲む、「二つの無限のあいだに有限を定める」ことの不可能性を認めるパスカルを引用するが、それにフーコーが反駁するとしたら、その空間とはまぎれもなく「異端の分岐点」であるというものだろう。(70) 言説に理論にのこるフーコーの異端の閾との格闘の証拠は、分かち合い《パルタージュ》を用いた実験に比べると、テクストにはごくわずかしかない。しかしこの理論の道具は二つながら密接に関わりあう。それというのも異端は、矛盾しながらどういうわけか一つにまとまる分割を、フーコーが思考するのに用いる、難解かつ珍しい方の概念のひとつであるからだ。近頃エティエンヌ・バリバールが指摘したとおり、『言葉と物』の時点ですでに、フーコーが「異端の分岐点」という表現を使っていたことがわかる。(71) フーコーはこの表現を名詞の形で用いる。ただでさえ珍しい表現の名詞形という文法形式は、フランス語において他にまったく類例がないとまでは言わないにしても、きわめて稀である。フーコーがこの表現を呼びだすのは、一八世紀に一般文法がとった大きな選択を説明するときである。

> 新たなそしてより複雑な様式によって、一般文法は必然的に選択を迫られる。すなわち名詞単位以下のところへ分析をおしすすめるか［……］逆行する手段をとって、この名詞単位を分解するかである［……］。言説と表象的価値の分析が言語理論の対象となるや、こうした可能性が出てくるのだ［……］。そしてこの可能性が、一八世紀の文法を分つ「異端の分岐点」の形を定めるのである。
> (Foucault, *MC*, 115 ; *OT*, 100)

フーコーの新造語は、ありふれた知恵をあらわす既存の表現からきている。一七七〇年の『フランス語大辞典』には、この語句が、次のように説明されている。「限られた知性をもつ人について［「天賦の才が何もない」という意味になる反用である］« qu'il ne fera point d'hérésie »——かの人に異端を唆される懸念を抱く必要はないと、ことわざに言われている」——もしくは、この表現を世俗化するなら、こういった人に、扇動される懸念を抱く必要はない。要するに、何か異端の結び目といったものではなくて、まったく異端ではないということである——« point d'hérésie » は否定の強調であったのだ(72)〔フランス語の否定形は ne...pas で表されるが、ne...point はその強調〕。

『言葉と物』というテクストには、きっちり四回、「異端の分岐点」が記されている。まず第四章「語ること」における「分節化」という節に、一ページのみ隔てて二回、そして第六章「交換すること」にもまた二回——まずは「価格と貨幣」に、それから「価値の形成」という節に出てくる。そのうえこの巨大な「人文科学の考古学」の表面に散らされるのは、エティエンヌ・バリバールが「『選択の分岐点』『選択の分かれ道』『意見の実質的な選択』『二者択一』といった、ぴったり同じ概念をあらわす、ほぼ文字通りの同義語」(Balibar, 2015 : [6]) とよぶもの一揃いである。「『異端の分岐点』のカテゴリー」とバリバールは名づけるが、それが「『言葉と物』の形式を構成するにあたり［……］戦略的な役割を果たしており［……］暗に議論に道をつけている」[73] (Balibar, [2]) というバリバールの主張は、その通りだと思う。それまで知らなかった語彙の意味を理解しようとするときの経験と同じように、フーコーが「異端の分岐点」を名づける論証の文脈ひとつひとつから、その定義がわかり、意味が固まっていく。したがって、そうした文脈をそれぞれ調べる価値がある。

### バリバールによる「異端の分岐点」の研究

表象と記号の分析は、一七世紀半ば以降、ポール・ロワイヤル文法をモデルとしていたが、一見したところ変えがたい要件である表象作用から、一八世紀になると文を切り離し、（生まれつつあった臨床医学に医学がそうしたように）直接の意味の下にある細部に目を向けはじめた。一目瞭然に「異端の分岐点」という表現の力を借り、フーコーが熱心に説くのは、二つの道のどちらかを選択しなければならないという必要性——さらに言えばまさに要求——にもかかわらず、言語分析は異端として残り、かくして今日の私たちになじみ深い、言説の分析および言語学分析の方法が可能になるということだ。裂け目にあって、二つの対立する分析の勢力が、選択を——ギリシア語では αἵρεσις〔ハイレシス、「取得、選択、異端」を意味する〕——せまり引き裂こうとする裂開の縁で、言語に関する知への意志は、対立する方法にくっつき、言語にまつわる真実が明らかにされるのは、複数の方法が検討される場合のみであると請け合うのである。これはパスカルが世俗の問題にむける論理だ。真の異端と紛らわしい偽物を区別するために、見事に直感に反した論拠のひとつを示そうというところで、博学なジャンセニストたるパスカルは、キリスト教の信仰について、「たがいに相反するようにみえる多くの真実を包含する」(74)ものだと述べた。これは議論の余地なく、聖書が抱える不思議の――哲学言語を使ってはいるが――要約である。たとえばコヘレトの書が「泣くにときがあり［そして］笑うにときがあり」(三・四)両方を受け入れること、キリストの(神であり人である)二重の本質、さらにパスカル自身が対照法と交差対句法――フーコーお気に入りの修辞法のうちのふたつ――を組み合わせて簡潔に表現する「義人のうちにある二人の人［……］義人、なれど罪びと、死者なれど生者、生者なれど死者、選ばれし者なれど捨てられた者」(75)がそうだ。

一九九二年二月二二日、ソルボンヌ大学で開かれたフランス哲学会の大会の講演を皮切りに、少なくともここ二五年にわたって、エティエンヌ・バリバールは「異端の分岐点」の例を調べ続けてきたということがわかる。たとえばデカルトの第二『省察』では暗黙のうちに出てくるし、(76)あるいはパスカルのように、文字通り使われ、この表現によって『パンセ』を書くパスカルはキリスト教に本来そなわった二重性(もしくは二枚舌)を説明できるし、あるいはまた『言葉と物』ではフーコーが、否定の副詞から肯定の名詞へと、この表現の力を変え、エピステーメーの意味がもつきわめて重大な特徴を明確にあらわす。したがって私の知る限り、バリバールはこれまで顧みられることのなかったこの概念(77)の歴史を発掘した、最初の思想家である――顧みられることがなかったとはいえ、フーコーの歴史記述の柱のひとつにある両義性を理解する根本となる、修辞法の道具だ。「エピステーメーというカテゴリーは」とバリバールは近年の著作で述べる、「『異端の分岐点』とそれが本質的に連関していることを考慮にいれなければ［……］理解できない」(Balibar, 2015 : 5)。以上の意志表明につづく「異端の分岐点」が「言説による知の葛藤する特徴のあらわれとなる」という言に、これを主題とするこのバリバール最新の論考が裏づける内容が、あらかじめ読みとれる。異端の分岐点の深さを測ることによって、エピステーメーが断裂するときに「正反対の意見（すなわちドクサ、判断、見解）の間の選択、恣意的な結果、ただし共有された前提のうちに起こる必然的な対照から生じる結果をもたらす［……］選択」（Balibar, 2015 : 6）がどうして起こるのかという謎が消える。ここからバリバールが侵犯におきかえて説明するのが、認識論の領域でフーコーが分かち合い《パルタージュ》に与える侵犯機能について、本章を通じて私たちが説いてきた内容である。「どんなエピステーメーにも境界があり、その矛盾した『経験』は侵犯の可能性のあらわれである」（Balibar, 2015 : 6）「考古学の言説における、知（エピステーメー）と選択（異端）[78]に関するフーコーの明瞭な表現は」とバリバールは付け加える、「この主題に関するパスカルの考察を参照した結果に間接的に支配されている」――「正反対の事物の調和こそ、神学の発する真実の逆説的な条件を形作るものであるという考え」（Balibar, 2015 : 7）がみられる考察である。

　バリバールが言わんとする内容の言外の含みを吟味するために、ここで正反対の事物の調和に関するパスカルのパンセの読解をさらに続けよう。前に引いた義人の二重の本質を描写する、一連の交差対句法を用いた定式のあとで、パスカルは「信仰と道徳について、矛盾するように思えるが、ひとつの驚くべき秩序においてことごとく共存する真理が、非常に数多くある」と結論する。回りくどいところはなく、ほとんど自明の理である。しかしつづいて、修辞を駆使し、腹立たしくなるほど論理的に、異端という閾の両側でフーコーの好奇心をそそらずにはおかないやり方で、パスカルは書く。「あらゆる異端の根源は、こうした真理のうちのあるものを除外するところにある。また異端者たちが私たちに対して唱える異議すべての根源は、私たちの真理のうちのあるものを知らないというところにある」。「どう転んでもダメ」や「似たもの同士」というわけでは必ずしもないが、異端者たちは「私たち」が異端であると非難し、そのうえ異端者たちは正しい。それにしても極めつきの皮肉で、異端者たちはなぜ自分たちが正しいのかは分からないのである。「排除こそ彼らの異端の原因であり」とパスカルは続ける、「私たちには他の真理があると知らないことが、彼らの異議の原因である」。パスカルは明白に、フーコーがのちに「思考されないもの」と名づけるものの「側」から、完全に道理に適ったことを語っている。バリバールの分析が浮かび上がらせる通り、『言葉と物』を通じて私たちが向き合うのは「『著者』や『学派』の主観からすれば、根本的な対立で隔たっていると思いこんでいても、実のところ同じひとつの主義が具えるどっちつかずの性質を露呈しているのだという発想」(Balibar, 2015 : 9) である。パスカルの思考と論理にあてはめると、これはルターの異端(あるいは異端ならざるもの)に似ていることになる。

今日の異端は、この秘跡がイエス・キリストの現存とその象徴 [et sa figure] とを同時に含むものであり、犠牲であるとともに犠牲の記念でもあるということを理解せず、そのために片方の真理を排除しなければ、もう一方の真理は認められないと考えることにある。

まさにここでパスカルは、フーコーがとりあげ、文法上の修正を加えて名詞句にし、エピステーメーという概念をこみいらせる因子として『言葉と物』に注入したあの文を発するのである。

彼らはこの秘跡が象徴的である [figuratif] という一点にのみ、固執する。この点において、彼らは異端ではない [et en cela ils ne sont point hérétiques]。彼らは私たちがこの真理を除外していると考える。したがってこのことを肯定する教父たちの章句に基づいてあれほど多くの異議を唱える。結局、彼らはキリストの現存を否定する。この点において、彼らは異端である [en cela ils sont hérétiques]。

「経験的–超越論的二重体」、人間に固有の二重性をあらわす、フーコーのよく知られた、かなり御しがたい用語だが、それは「境界線の両側で同時に重要な役割をはたす、偏在する存在もしくは存在者の名前である」(Balibar,

2015 : 19. 強調原文)。こうした「存在の接 - 断片」あるいは異端の分岐点にみられる特徴は、『言葉と物』でフーコーが「異端の分岐点」という表現を初めて表に登場させるくだりにさっそく明らかである。

> こうして文は、命題の大まかな形よりはるかに複雑な型——統辞法上の要素で構成される。この新しい様式によって、一般文法がある選択の必要に直面する。つまり、名詞単位以下のところへ分析を押しすすめ、意味よりも先に、意味を組みたてる無意味な要素を明らかにするか、それとも逆行する手段をとってこの名詞単位を分解し、より限定された単位のうちにあることを認め、語全体のレベルよりも下で表象する有効性を、小辞、音節、さらに文字そのものにまで見つけるかである。言説と表象的価値の分析が言語理論の対象となるや、こうした可能性が出てくる——それどころか規定されるのだ。そしてこの二つの可能性が、一八世紀の文法を分つ「異端の分岐点」[*le point d'hérésie qui partage*] の形を定めるのである。
>
> (Foucault, *MC*, 115 ; *OT*, 99-100. 英訳を改めた)

抑制しきれない熱意を私がよみとったこの箇所を、バリバールはこう解説する。この「『二つの道をいく』可能性がうまれる、動的な思考の型」に「[……] 合理性のうちで対話する大胆な試みに似た何か、その細部は後から振り返って理解することができるが、初めの分かち合い《パルタージュ》の単純な反復をすることのない何か [……] 両極端の二重の刻印」がある (Balibar, 2015 : 12)。このようにバリバールは、フーコーが分かち合い《パルタージュ》と名づける接 - 断と、エピステーメーを概念化する際に使う異端の分岐点との間にある、本質的な連関を——それ以上展開することはないが——認めるのである。

異端の分岐点を使うことによって「フーコーが盛りこんでいるとみえるものは [……] 移行は決して終わらないということ [……] ——パスカルの言葉でいえば——エピステーメーは単に部分的な異端の分岐点によって、

本質的に分割されるのではなく［……］永遠に対立するということである」（Balibar, 18. 強調原文）。歴史上の激変に侵犯によって微妙な差異をつけるフーコーへのパスカルの影響は、『言葉と物』が言語の分析における変容と富の分析におけるそれを結びつけるときに、明らかになったも同然である。

> ［……］文法には、たがいに調整された、別々の二つの理論的区分がある。ひとつは命題の（すなわち判断の）分析をつくるもので、もうひとつは指示作用（身振りあるいは語源）の分析である。一方、経済学には理論的区分がひとつしかないが、ただし反対を向く二つの読解に同時に開かれたものである。一方の読解は必要となる物――有用な品物――の交換という観点から価値を分析する。他方の読解は、後に交換されることによって価値が決まる物の形成と起源という観点から、すなわち、自然の豊かさという観点から分析するものである。この二つの読解の可能性の間に、いまやお馴染みになった異端の分岐点が認められる［……］。この二つの分析方法の間にある違いとは、出発点と、必要の網目をたどるために選んだ方向のみであり、その必要の網目は双方において変わらないのである。
>
> (Foucault, *MC*, 204 ; *OT*, 191. 英訳を改めた)

異端の分岐点をフーコーの「認識論をめぐる考察が見せる侵犯の形」として示しつつ、バリバールはしたがって、フーコーの侵犯は分かち合い《パルタージュ》を手本として作られた包摂的分離として機能するという、先の私の主張の正しさを立証する。そのもっとも顕著な証拠に、バリバールは「『二つのエピステーメー』があるのではなくフーコーにとってエピステーメーは一つで、ただし二つの『顔』もしくは視界のうちで二つの対立する体制のあるエピステーメーである」（Balibar, 28）と考えねばならないと断言するのだ。[79] この分析に私は全面的に同意するが、その後をいくと、異端の分岐点という表現が出てくる最初の文を書くときに、フーコーが〔関係代名詞の〕主格 qui と目的格 que との間で揺れて、ためらうことがなかったかどうか、憶測したくなる。que を選んだならば、英訳はこのようになったはずだ。“These possibilities [...] define the point of heresy that all eighteenth-century grammar shares〔「この二つの可能性こそ、一八世紀の文法が共有する異端の分岐点となる」〕”——一八世紀を分割し、啓蒙主義がそれにくっつく異端の分岐点。しかし原文通り〔主格の〕quiだったとしても、既訳のいう通り亀裂であるにしても、やはり境界線をまたいで区切られる分割であると理解するよう仕向けられているのは明らかである。

## 否定の副詞から肯定の名詞へ

バリバールが経験的‐超越論的二重体を、「境界線の両側で同時に重要な役割を果たす、偏在する存在もしくは存在者」と言い換えるとき、分割と混合、連続性のある切断、同時におこる剪断と分かち合い両方である、接‐断がもつあの二つの力を説明しているのだ。エピステーメーになるためには、バシュラールのいう認識論上の断絶は、あからさまな切断は避け、いくらかの連続性を保つ不連続にならねばならない。フーコーは大胆にも歴史の時代の終わりについて、分別ある行為者も、言説の製造者も、「連続性の平面におけるこの深い隙間〔cette ouverture profonde dans la nappe des continuités〕」（Foucault, *OT*, 217 ; *MC*, 229）を渡ってものを見、作用すると断言する。しかし一般文法は言語学のなかに、博物学は生物学のなかに、富の分析は経済学のなかに、秩序の時代は歴史の時代のなかに留まる。要するに、分かち合い《パルタージュ》もしくは接‐断があらわす状況においては、完全な否定が完全な肯定のなかに留まりうるのである。これこそまさにフーコーがパスカルの異端の分岐点にもとづいて推定することである。といのも、これまで注意が払われずにきたと思われるのが、フーコーがわざわざこの句を文法上格上げ、つまり昇格させたという点である。たとえば「（ぜんぜん）異端はない」や「彼らは（まったく）異端者ではない」という文にみられるような、否定を強調する副詞〔ne... point〕を「こちらに異端の分岐点がある」（voici un point d'hérésie）という名詞句に変え、フーコーは異端を可能にし、異端を内在するもの、実質的に現存するものにしたのである。

歴史を形成する認識論において対立する力は、表面的に対立しているだけだ。相反する信念をもつことには異端はないと断言するとき、パスカルは柔軟性のないただのドクサが異端というレッテルを貼るものを認め、許し、支持している。文法または貨幣または生命が、啓蒙期を通じて、異端の分岐点に達したと断言するとき、フーコーはかくかくしかじかの対象（言語、生命、労働）を賛美する分析とは断絶するという選択が確かにとられた一方、放棄された道と新たにとられた道は、それでも絡み合うと言っているのだ。一般文法という学問は、もちろんジャンセニスムの中心地であるポール・ロワイヤル修道院から生まれた。しかしパスカルは、『プロヴァンシアルの手紙』がそこここで示すように、ジャンセニストの立場からくる厳しい教えを、たとえばイエズス会士には和らげることを、まったくためらわないのである。

異端の分岐点という鉱脈に出会ったフーコーは、エピステーメーの歴史にまつわる論理に微妙な差異をつけるという計画をすすめ、そのようにして系譜学的考古学にひろげていく準備をしていった。パスカルに借りた表現を否定の副詞から肯定の名詞句に変え、文法上、昇格させることによって、フーコーは自らの発見に敬意を表す。異端と接－断との間にある論理の――認識論のあるいは別様の――相同を考えると、今後私たちは、フーコーの遺産を読み研究する際には、分かち合い《パルタージュ》をいつでもどんな場合でも分割や境界と訳す前に、立ち止まってよく考える必要がある。パスカルの侵犯とは、大義のために死ぬ危険を冒して、対立する物の調和を進んで信奉する、二重の存在が抱える異端を立ち直らせるものであったように、フーコーの侵犯とは、歴史と言説（そしてそれらを作り上げる奇妙な種）を、境界を破り続けるものとみなすことである。人間から出発し、かつて人間がそうであったものに別れをつげ、別異の空間を通じて他者と心を通わせる、超人はしかし人間を受け継いでいるのである。

## パスカルの禁欲主義

『言葉と物』以外では、フーコーがパスカルに言及することはほとんどない。言及があるのは、分かち合い《パルタージュ》という特殊な状況を組み立てるときで、これはまさに異端の分岐点をフーコーの言葉であらわしたものだ。一九七一年一一月にオランダ・アイントホーフェンでおこなわれた有名な討論のなかで、アメリカの言語学者ノーム・チョムスキー〔一九二八年〜〕が、デカルトの第二実体〔肉体・物質と異なる心的実体〕という仮説を（皮肉にも）賞賛する理由を述べた長い説明のあとに、フーコーは、尊大でなくもない態度で「歴史的要点をひとつふたつ」付け加えるに止める。そのうちのひとつがこうだ。

> あなたが求めていらっしゃるものにより近いものは、パスカルとライプニッツの両方に見つかるのではないかと思います。パスカルに、そしてアウグスティヌスの流れを汲むキリスト教思想全体に、深層の魂という概念が見つかるでしょう。自己の親密さのうえに折りたたまれ、一種の無意識に影響をうけ、自己を深めることによってその可能性を広げられる魂という概念です。ですから、ご指摘のポール・ロワイヤル文法は、私の見るところ、デカルト的である以上に、アウグスティヌス的であるのです。(Foucault, *DE I*, 1347)

以上のパスカルへの言及は、「自己への配慮」に関する将来の著作をずばりと予告するものだが、フーコーがアウグスティヌスに寄せる関心と、異端によって明らかになる「存在の『接-断片』」の倫理的可能性とを、いかに密接に結びつけていたのかもわかる。私の知る限り、フーコーがパスカルに言及するのはあともう一回だけで、あの一九八三年四月の多彩なインタビューのなかで、ヒューバート・ドレイファスとポール・ラビノウが、当時すなわち一九七一年の討論からは大分時間を経て、進行中だったフーコーの「倫理の系譜学」に関する研究について投げかけた質問に答えたときのことだ。質問者はフーコーに問うた。「御著作のなかでずっと、ルネサンスと古典主義時代との間にある大きな断絶を示してこられました。自制心が他の社会的慣習と関わるあり方に、同じくらい重要な変化はあったのでしょうか」。これに対するフーコーの答えはこうだ。「まずいまのご質問については、モンテーニュ、パスカル、デカルトの関係を再考しうるということから言っておきましょう。第一に、パスカルはまだ、自己実践、禁欲主義の実践が、世界の認識につながっている伝統のうちにあるのです[80]」。ほどなくして、生前最後の著作となる『快楽の活用』と『自己への配慮』を出版し、いずれにおいてもパスカルの禁欲主義に対する変わらぬ関心を示している。

## 『狂気の歴史』から『性の歴史』まで

闘すなわち異端の分岐点という論理は、このようにフーコーの研究の最後にいたるまで、断固としてつづく。この論理が「性の寄せ集め le disparate sexuel」において作用し、近代の社会と科学とが、抑圧された性を隠れ蓑に展開する真理への意志と、激しく闘っている。

> この権力は法という形もとらなければ、タブーという体裁もとらなかった。それどころか、個別の性の増殖によって働いた。性に対する境界を敷かなかった。性の多様な形を拡張し、際限なく侵入を許す境界線にそって、それをおいかけた。[……]性の寄せ集めをうみ、決定したのだ。近代社会は倒錯している。厳格主義をとっているのにもかかわらず、とか、偽善がひきおこす反動が原因であるかのように、とかいう能書きはいらない。実際に、一直線に、倒錯しているのだ。
>
> (Foucault, *HS*, 47)

この箇所の少し先で、フーコーはこの「寄せ集め」が「異端の性」(Foucault, *HS*, 49) ——« sexualités hérétiques » (Foucault, *VS*, 67) ——として区別して展開する実践を力説する。『性の歴史』第一巻『知への意志』の別の箇所、中ほどにあたる第四章に移ろうとする、ディドロの『おしゃべりな宝石』の例がでてくる少し前に、フーコーの修辞法はひきしまり「不吉な兆しが私たちにまでおよぶ弱点」をもちだす。この点は、異端の分岐点でもあり、そこで「私たちは性器が真実を語ることをもとめる」——いや、もっと深刻だ、「性器が私たちの真実を告げることをもとめる」(Foucault, *HS*, 69)。フーコーが私たちの期待を挫くために論理をこねあげたことが、次の記述からわかる。

その真実について性が私たちに告げることを解読して、私たちは性に性の真実を告げる。性は私たちにはつかめない真実の一部を明け渡し、私たちの真実を告げるのだ。この相互作用によって、数世紀にわたり主体の知が発展してきた。主体の形式にまつわる知というより、主体を分割し、主体を決定しているらしいのだが、なかんずく主体を自身に対して無知たらしめているものの知だ。(Foucault, *HS*, 69-70 : *VS*, 93)

したがって相互に影響しあう論理——接‐断の論理——によって、主体に自らを知らしめるものは、私は私の差異を、どこか別の所、あなたがいるところ、すなわち私たちに共通の場で共有しているという、剪断する思考であるのだ。『狂気の歴史』から大きく変わったところは何もない。『性の歴史』に先立つことほぼ二〇年の、このいかめしい著作を解説しながら、フーコーは理性と非理性とを融合させる異端の特徴を「たえまないやりとり[のなかで]理性と狂気とを同時に結びつけ引き離す決定」であるという(Foucault, *DE I*, 192)。したがって今後の研究が目指すのは、「狂気が差異化されていない経験、いまだ‐共有されて‐いない、それ自体を共有する経験である、狂気の零度まで歴史をさかのぼる試み」（Foucault, *DE I*, 187）である。

## ルネ・シャールの異端

一九六一年、学位論文『狂気と非理性』を弁じる際に、最後の言葉としてルネ・シャールの「形式上の分かち合い《パルタージュ》」がフーコーの口の端にのぼったところまで、ぐるっと回って戻ってきた。文学博士になりつつあるフーコーが、プロヴァンス出身の詩人シャールをもう――このごく初期の時点で――投入し、狂ったおかしな姉妹兄弟たちへと、人間的な、あまりに人間的なものと、その人たちを隔てる分割に対抗する侵犯において、立ち上がるよう呼びかけているかのようだ。

> ほとんどささやきももらさない哀れな仲間よ、ランプは消えたまま行け、宝石は戻せ。新しい神秘がおまえたちの骨のなかで歌う。おまえたちの正統な異様さを進展せしめよ。

共感をよぶ雄々しさをもつ詩と、簡潔な断章形式の予言でもって、ルネ・シャールは、はからずもフーコーの概念のうちもっとも大切なものを明らかにすることに貢献したが、シャールその人はどうかといえば、その作品中に異端がはびこっており、形式上の接‐断にまたがっていくことこそ、私たちの存在の唯一の根拠なのである。サドからバタイユまで、ランボーからアルトーまで、異端者は数多い。シャールがこれらの強烈に我が道をいく、強情な仲間たちにつけた、想像力をかきたてるあだ名もまた数多い。網羅しているとはとてもいえないリストであるが、入念に作り込まれた名前のうちには、次のようなものがある。「大いに束ねる人たち grands astreignants」、「短い仲間[81] bref[s] compagnon[s]」、「分割できない命[82] vie[s] insécable[s]」、「不思議な労働者たち hermétiques ouvriers」「汚名をすすぐ仲間たち compagnons de vindicte」、「透明なものたち les transparents」、「明かりのない子どもたち enfants sans clarté」、そしてもちろん「哀れな仲間たち」がある。四〇〇年前、ルネ・シャールの生まれ故郷であるリル＝シュル＝ラ＝ソルグ〔ソルグ川が流れ、ソルグ川に囲まれた南仏の町〕の東へ数キロメートルのところにある、リュベロン地方の南の渓谷において集団で迫害された、ある特殊な異端者の集団を、ルネ・シャールは歴史の空想の暗がりから発掘し、ナチスのフランス占領期にレジスタンスの闘士の究極の祖先として掲げた。これらがシャールの先祖であり、ヒットラーの軍隊にフランスが降伏するやいなや、シャールは爾後かわらず、反ファシストの兵士のうちもっとも活動的な者のひとりであることを示したのだった。何百万もの人たちが生き延びられなかったところを生き延びたルネ・シャールは、戦後一九四五年の詩で、レジスタンスの仲間たちへ、そして「必要不可欠な味方 [alliés essentiels]」であったプロヴァンスの一般住民たちへ、峻厳な敬意を表した。

メランドルの春は牧歌的である。しかし一五四五年、この地域のワルドー派〔一二世紀に南フランスで作られた清貧を旨とする説教団。一一八四年に異端と断罪された〕の人びとにとって、メランドルは狂信的にカトリックを奉じるフランス——ヴィシーのフランスとまったくの同類である——が、苛烈に生きる権利から自分たちを引き裂いた場所であった。(83) 村の全住民の根絶を追悼したものだと知ってから読むと、この詩は最初の語からしてすでに不吉である。「苦痛の大地のうちによこたわり／こおろぎにかじられて Couchés en terre de douleur / Mordus des grillons」。しかし「横たえられ」「こおろぎにかじられ」る指示対象は、シャールがしばらく子ども時代を過ごした「ラ・ブレモンドの甘い果実」〔ラ・ブレモンドはリュベロン地方のクラパレデス高原にある場所につけられた通称〕であることがわかる。ビュークス〔リュベロン地方の村、ラ・ブレモンドの近くにある〕」、「酷使された船」へと、シャールは私たちにこの地方を巡らせる。こうしたランボーの「酔いどれ船」を参照した言葉が思い起こさせる通り、詩がいたるところに潜んでいて、詩人は「石ひとつまた石ひとつと／私の住処の破壊を耐え忍ぶ De mon logis, pierre après pierre, / J'endure la démolition」。この文脈ではサドの一族が所有したラコストもまさに同じリュベロンにあることは偶然ではない——過度の合理性の隠れた欠陥を、勇敢に激しく警告したサドである。読み進めよう。突如として、穏やかなプロヴァンスの冬が（「冬はプロヴァンスを気に入っていたL'hiver se plaisait en Provence」）、春へと、リュベロンの南にある渓谷特有の鉄砲水が定期的に起こる春へと様変わりする——洪水はしかし、太陽の影響のせいではなく、異端者を燃やすために積み上げられた薪のせいで起こるのだ。「ワルドー派の陰鬱なまなざしのもと／薪は雪を溶かした、／水はわきたち奔流となって流れたSous le regard gris des Vaudois ; / Le bûcher a fondu la neige, / l'eau glissa bouillante au torrent」。

## 接－断の場所

異端の分岐点という語の特殊な使い方を、フーコーはパスカルの道具箱から取り出して展開したことは明白であるが、おなじくらい明白に、フーコーはルネ・シャールにも耳を傾けた。上に引用したシャールの詩「リュベロンの七区画[84] Sept parcelles de Luberon」はシャールとフーコーが互いの仲間として分かち合う哀れな他者の消え入りそうなささやきを、有無を言わせぬ強さで増幅し、この人たちの正統な異様さを進展することを可能にし、メランドルを歴史の記憶喪失の場所から、記憶の場所へと作り変えるだけでなく、私たちの社会的そして倫理的存在の本質である、接－断の場所へと必要に駆られて作り変えるのだ。しかしフーコーがエピステーメー間に積極的な混合——自由自在の浸透——を見たという私の主張、「私たちの」空間と別異の空間との間に共通の場を見たという私の主張には課題が多い。たとえばエドワード・S・ケーシーは、フーコーが人生最後の一五年間、「ものごとの歴史的・政治的秩序を区切り（そしてその秩序そのものに挑む）別異の空間について計画した研究にとっては、受容する夢想の場所を対象にした、バシュラールによる複雑な場の分析にまして、劇的で激烈な出発点はありえなかったろう」（Casey, 1997 : 299-300）と書く。むしろ、裂け目にいかなるくっつきもないのならば、工事現場に怯えたまなざしを投げかけるとき、「受容する夢想」が渦巻くこともありえない。ジョルジョ・

アガンベン――フーコーの研究をもっとも深く受け継いだ人のひとりと大方に目されている――にとっては、こうした用地の外には、思考はない。なぜなら「収容所は［……］地球のあらたな生政治のノモスである」（Agamben, 1998 : 176）から。この論点を、アガンベンは『ホモ・サケル』のなかで痛感させるが、私のみるところ、この前提が、異端の分岐点という図式と、分かち合い《パルタージュ》の侵犯する本質とにひどく矛盾する。アガンベンは説明する。「生者が自らの生に対してもつ主権には、それと直に呼応する片割れが境界線の確定［la fissazione di une soglia］」に見出され、その境界線を越えると、生はいかなる法律上の価値も持たなくなる」。その少し先では、あたかもノモスの外側から（しかしアガンベンの定義によれば、生者であれば誰しも、もはやノモスの外にはいられないのではなかったか）、アガンベンはしかし「それを越えると生は政治とは関わりがなくなり、したがって、殺人の罪とならずに殺される境界線についての新しい決定 una nuova decizione sulla soglia」（Agamben, 1998 : 139 ; 1995 : 154）に言及する。後者の例では、何か根本的な矛盾が起こっているという印象が拭えないにせよ、これは私の立場にとっては重大な難題である。なぜならジャン＝リュック・ナンシーが述べる通り、もし「ロゴスの分かち合い（le partage du *logos*）という線にそって共同体が考察されつづける」（Nancy, 1982 : 90）としても、存続する方法を見つける決断は、分断なく起こり、続かなければならないからだ。裂け目ごしに他者を見ることは、倫理そのものの行為であり、さもなければ私たちの未来の姿に倫理は何の関係もない。思考の追求にまつわるナンシーの命題にくわえて、ディディ＝ユベルマンはこう述べる。「分かち合われたアイステーシス〔感覚、感性〕が、人類と人間性の合体した問題のうちで［le questionnement conjoint de l'espèce humaine et de l'aspect humain］、共同体を考えるうえでは、同様に必要であると思われる」[85]（Didi-Huberman, 2012 : 101）。倫理的な相互関係にいたるこのようなアイステーシスが存在するためにはしかし、侵犯する概念が、そして侵犯する実践が必要である。詩が身に染みこんでいるフーコーは、「分かち合い《パルタージュ》」という語において、そしてパスカルに着想した同じ意味をもつ表現「異端の分岐点」において、その概念とその実践とに出会ったのだ。これがフーコーの侵犯である。句切れの両側にいる存在者が混ざり合うとき、分割は現実には――つまり実践されると――単純に「存在の『接‐断片』」であり、分割ではまったくないのである。傷口を包み込むことで、両側の融合は、それでもまだ可能であるという確信がもたらされる。

# 第六章　接−断は力を与える――ルネ・シャールと異端の希望

透明な道のうえで、雪に、大地に、嵐に、
私は二つの顔をみせる。
私は雉を走らせる
――雉たちはもはや冷たくてかたい――
若き日の森の雉を
まだいない雉を

――ルネ・ドーマル「パルタージュ」(1)

節のために躍起になっているときに、フラグメントを露わにするのをどうやって防ぐのか。

――マリー・アン・カウズ(2)

## 生政治と生権力

作動する生政治を分析するフーコーの声は、その批判哲学が厳しく探究する容赦ない変化の過程と同じくらい、きわめて冷淡である。生に対する権力を、進化をつづける人類に、政治が議論の余地なく押しつけた結果は、冷淡に無慈悲に広がっていき、確かにおそろしい。なによりも、こうした実践やこうした事実――今日の世界における社会的、政治的生という事実――ゆえに、現代の読者は、フーコーが仕事をした最後の一〇年間の唯一の関心事であったかのように、ほとんど生政治にしか関心を寄せない。こうした関心の集め方のせいで、むしろもっと基本的な、フーコーの生権力の分析はあまりにも排除され、否定され、無視されている。生権力を――生政治

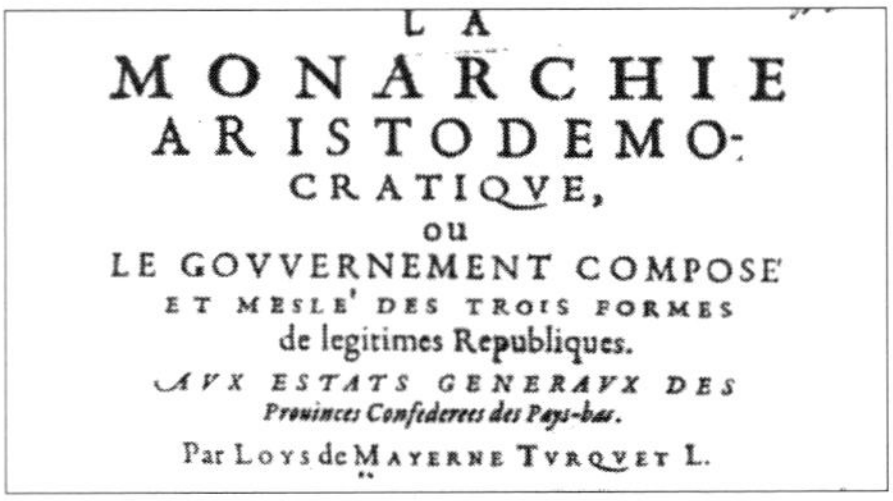

LA
MONARCHIE
ARISTODEMO-
CRATIQVE,
ou
LE GOVVERNEMENT COMPOSE'
ET MESLE' DES TROIS FORMES
de legitimes Republiques.
AVX ESTATS GENERAVX DES
Prouinces Confederees des Pays-bas.
Par LOYS de MAYERNE TVRQVET L.

**図21**　ルイ・テュルケ・ド・マイエルヌ『貴族民主的君主制』初版，表紙，スクリーンショット。

のもとにある現象あるいは生政治は生権力の異常型といえるかもしれない――フーコーは生命を与える力とみなしていた。たしかにコレージュ・ド・フランスの講義では、生権力と生政治を、交換可能な語であるかのようにフーコーは混同することがあるが、『知への意志』で、生権力は「生命を増殖する」(Foucault, 138) と述べ、そして『全体的なものと個的なもの』〔北山晴一訳、三交社、一九九三年〕では（このフーコーの奇妙な注釈が対象にするテクスト（図21）については、慎重にならねばならないが[3]）生権力は、その原始的な前‐生政治の形態にあるとき、拡張されたあるいは「余分の生」を与えようとしさえすると書くのだ(Foucault, 319)。

ここでロラン・バルトが言語を自動詞として実践するものと、他動詞として実践するものとの間に明確にもうけた区別[4]を思い出すと、生権力や生政治について書くフーコーは、間違いなく、いつになく作家らしい。ところでフーコーはバルトの痛烈な「作者の死」を和らげ複雑にし、声がまさに話しだそうとする主体を通って混乱を横切る言語から言説を生む間、変わりやすく、しばしば矛盾しつつ多様に作用する「作者という機能」に変えた。それと同じようにミシェル・フーコーという名の主体もまた、あの「生権力時代」には、同じ真剣さで――そしてフーコーが亡くなった週にようやく発せられるのが聞こえた、あのまったく別の声で――自己への配慮について研究するのは、自動詞的に慎んだのだ。自分自身から人を分割する裂け目ごしに、生政治が計り分ける希望のなさをものともせず、「存在の接‐断片」にいる二面をもちつづける思想家、「狐《フックス》」とあだ名された思想家フーコーは、思考の粘り強さによって、若さのいくらかの回復はいまだありえるという、生権力から来る希望のささやきにくっつく能力もあれば、大いにその意志をもってもいる。「狐《フックス》」はルネ・シャールのあとに続いたのだった。

« Ne t'attarde pas à l'ornière des résultats » とルネ・シャールは一九四三年に書いた。「結果の轍でぐずぐずするな」。ヨーロッパのもっとも暗い時代に書かれ、ショアのうえにかけられた経帷子がちょうどもちあげられつつあり、皆が現実を点検し、そしてゆっくりと、大方は本意なく、ささやきに耳を傾けはじめたまさにその時期に推敲された、シャールの『激情と神秘』――その核にあるのが「形式上の接‐断」である――は希望に貫かれている。ミシェル・フーコーにとって大切な作品の書き手であるルネ・シャールは、レジスタンスに全力を注ぎ、新しい夜明けのために闘い、全体主義とその手先によって広がっていく収容所《ラーガー》と化した世界と対峙することを選んだのだった。「レジスタンスとは希望を持つことに他ならない Résistance n'est qu'espérance」（*FH*, 168）。若き日の戯れに一時的につきあったシュルレアリスムに背を向けたルネ・シャールならば、無意識という概念は過度に過去を積み込まれ、この通り過去に向けられているが、まだ‐意識‐されないもの（das Noch-Nicht-Bewußte）に置き換わりうるし、置き換わるべきだというエルンスト・ブロッホの――『希望の原理』における――主張に進んで同意したことだろう[5]。このようにもっとも絶望的な状況にあるヨーロッパの廃墟には、不釣り合いなほど希望が残っていた。マルローの一九三七年の小説『希望』と同じくらい、絶望をものともせず、ブロッホも希望の原理を捨てなかった。アウシュヴィッツ以後、詩を書くことは不可能になったという当初の主張を、テオドール・アドルノが改めるのも、そう先のことではない。

一方、ジョルジョ・アガンベンは、人類がおかれた現在そして予測できる未来の状況に対する、ゆるぎない存在論上の解決策を断固つきとめる覚悟で、強制収容所が現代のあらゆる社会的そして政治的存在のノモスであると宣言したことはよく知られている。あたかもフーコーの名において語る権限があるかのごとく、そうしたのだった。今日の若い知識人のあいだでハイデガー左派〔アガンベン、ナンシー、バディウらを指して、特に英語圏で用いられる語〕の人気があることも、おそらくフーコーの生政治への批判のみに関心を寄せる原因となってきたのだ。これが歪曲された見方に由来する問題であるのは、確認した通りだ。善意から出たものであろうと、生政治にアガンベンが抱く強迫観念ゆえに、アガンベンは生権力のもつ命を与え、命を救う力を――忘却といえるほど――眼中に入れないのである。フーコーによる生権力の主権からの重要かつ微妙な区別を、アガンベンは「完全にとるにたらないもの」(Agamben, 87) と切って捨ててから、生政治を拡張し、一般化する。その目的は剥き出しの生――逃走不可能な存在の入れ物（逃走線のなさこそ、まさにシュミットのいうノモスという概念の本質である）で、人類には何の未来も、賭けをするメシア的な[6]余白も、間違う余裕[7]も与えないのである。それでもこうした絶望に、フーコーの全著作はまるごとに立ち向かうのだ――そのまるごとが、文字通り、つまり実際に、形式上の分かち合い《パルタージュ》がフーコーの全研究の形の骨組みとしてしぶとく粘っていることを証明する。フーコーの頭のなかで成熟し続け、他動性を組み込まれた形式上の接－断という概念が、主格から術詞へと変化するなかにも生き残り、割れ目が分離させても、それを越えて確実性が新たになるという原理に、希望を与える。切り分け、分離、分割とは異なり、接－断はフーコーの思想を強く活気づける。フーコーが生権力の機能を、外部から主体に影響を与える生政治の装いで、性愛の術(ars erotica) さらにそれでもなお主体によって生み出される、自己への配慮という形で呼び、説明するとしても、である。接－断はフーコーの思想に何を吹き込むのか――フーコーの思想にルネ・シャールの深い解釈の形見[8]を染み込ませるのである。切り離すということはすべからく、おなじ所作によって分け合うということであると、接－断は主張する。工事現場に、不分明な地帯に、あらゆる別様である空間に、犯罪、不公平、資本の濫用によって、生政治に行使によって、ばらばらに砕かれ引き裂かれた主体――こうした主体（つまるところすべての主体）は、しかし、それでもやはり共通の場を見出し、抵抗しようともがくのである。他ならぬ私たち自身が作り出す、こうした極悪の圧力に、批判哲学という計略は、たとえ一瞬ではあっても、対抗して圧倒する。奇跡のようなメシアの解決策はない、ということだ。あるのはただ粘り強く止むことのない思考――抵抗としての批判哲学のみ。フーコーのこの部分をアガンベンは、同時代の主体の姿を述べようと急くあまり、見落とし続けているのである。

希望の蘇生

生権力と生政治との間の差異は、両者に対する難しい解釈と分かち難いとミシェル・フーコーが考えていたように、ルネ・シャールは形式上の接‐断で自分が何を――包括的に――言わんとしているのか、自覚している。ルネ・シャールがわざわざ日付を記し、この時代のものとわかっている数少ない詩のひとつに、« Le Loriot »――「高麗鶯」がある。

高麗鶯は夜明けの首都に入った。
その歌の刀が悲しみの床を閉ざした。
すべてが永遠に終わった。(9)

一九三九年九月三日という日付がある。二日後、ドイツ国防軍がポーランドに侵攻した。「高麗鶯」をシャールが書いた日、フランスとイギリスはドイツに宣戦布告した。文学史に証拠があり、またテクストそのものからもわかることだが、「形式上の接‐断」はファシストによる大量虐殺がヨーロッパで猛威をふるう最中に書かれ、それを分かっていてシャールという詩人は、この題名をつけることによって、ヒットラー主義とその取り巻きに対して、完全な絶縁と隔たりを表明する。しかし直ちにまた――すなわち同時に、同じ場所で、拒絶する堂々とした態度とは明らかに矛盾しているが――「形式上の接‐断」は逃走へと、死をもたらす勢力に対して、命をつなぐ希望のもてる終わりへと、つながるためにと向かうという詩人の決意もまた同様に表明するのである。「ひとつ証明が崩壊する［effondrement］たび、詩人は未来の祝砲でこたえる」とXLIXのテクストで宣言する。(10)事実、詩人とは何か、詩は何をなすのかをルネ・シャールが宣言するとき、繰り返しあらわれる力強さは、それ自体が自ずから、抑圧が乗り越えられ、構築が崩壊からおこる可能性を主張しているのだ。なんといっても、まさにこの「崩壊」という語でもって、フーコーはほとんど消されたにひとしい声を説明し、それを掘り起こすために『狂気の歴史』を書いたのである。当該の箇所は、省略せずに引用する価値がある。

> 狂気に対する批判的な意識がますます表に出され、狂気のより悲劇的な中身はなおさら奥へとひっこむことになり、やがてまったく消えてしまうのだ。悲劇的な要素の跡がようやく認められるのは、ずいぶん経ってからのことで、サドの書く数ページ、それにゴヤの作品は、この消滅が単に光の隠蔽にすぎなかったという事実を、如実に物語る［que cette disparition n'est pas effondrement］。暗く、悲劇的な経験は、夢のなかで、思考の闇夜で生きつづけ、そして一六世紀に起きたことは、根本的な破壊ではなく、単なる隠蔽だったのである[11]。
>
> (Foucault, *HF*, 39)

英訳者が「崩壊ではない n'est pas effondrement」を「光の隠蔽にすぎない merely an eclipse」というまわりくどい言い方で覆い隠し、それによって構築と破壊の領域から、光と闇のそれへと変わってしまっていることに、目をくらまされてはいけない。思考されないものと、共通の場を分かち合いつづけるために、理性の猛攻をいかにして思考されないものが生き延びたのかを、際だって明確に説明したこの箇所で、フーコーの念頭にあったのが「形式上の接‐断」の詩人シャールの鬨の声であったことは、ほぼ間違いない。フーコーの主旨はわかる。つまり主権は、一般化された剥き出しの生の実例を示すことはできなかったのだ。その後の語の使い方にならえば、この接‐断の特質、レジスタンス闘士の確信、サドやゴヤにみられる閃きは、生権力を掴みとり、生政治の勢力に立ち向かわせるのと等しい。だからおそらく、言語が侵犯する実践——あれほど完全に人間の手に負えない存在――の可能性と、見通しに支えられ、歴史の沈黙とささやきを重大な悲劇と見なす、年老いたミシュレの見解と、悲劇[12]だけが――努力と作品によって――蘇生した希望へと変化するのだ。まさに「高麗鶯」を評して、ミシエル・ドゥギー〔一九三〇～二〇二二年。フランスの詩人〕はかつてこう言った。「何か決定的な破壊にあってすべてが永久に終わるどころか、この作品からすべてがはじまる、最後の仕上げをほどこされる、すなわち限界をつかみ、絶頂に達する作品から」[13]。

ルネ・シャールが友人であるポール・ヴェーヌに書いた手紙は、実はくっつく割れ目を詩人がどのように捉えていたのか、どのような状況で詩は、すなわちヴェーヌが「瓶にいれられた伝言」と呼ぶものが具体化するのか、どのような別様である空間で、書く行為が起こるのかを、解明する助けとなる。

> リュベロンを散歩している間に、腹をたてて私は書いた。紙とペンは持っていた。詩が消えてしまうと思った――もしかしたら何世紀にもわたって。ナチスが私たち全員を殺さなかったとしても、二度と呼吸することができなくなる。こうして息がつまってしまう前の詩の姿を、最後にもう一度書かねばならなかったし、「詩人」という言葉をたゆまず繰り返し強調しなければならなかった。詩への遺書みたいなものだったのだ。私が詩を記した紙は、発見されたり、出版されたりすることはないかもしれないのだから。でも遺書があると知られなくても、遺書は存在できる。
>
> (Veyne, 185)

生政治の発作的な勝利――前述したとおり、ジョルジョ・アガンベンが現代では免れない存在論上の事実と主張する状況――に対する怒りを、ルネ・シャールは、レジスタンスと詩がおこなう、絡まりあった正義に根ざした、生権力のほとんどひとりぼっちの行使に変えたのである。

人間がおかれた境遇のうち、悪の冷酷な攻撃をうける時代がある。この攻撃は、悪の本質のもっとも下劣な成分に支えられている。この大嵐の真ん中で、詩人は自己放棄によって、言づての意味を完成させ、そして苦しみから正統の仮面をはずした、強情な門番、正義の渡し守の永遠の帰還をうけあうひとびとの側につく。[14]

(Char, *PF*, LI)

勝ち誇るファシズムが時代につけた深い切り傷は、裂け目がもっとも病的な極端にはしった例である。事件は定期的に起こるが、しかし、致命的な傷を負った人類は、辛抱強く再生の針をいったりきたりさせる正しい外科医——正義の外科医——による縫合を必然的にうける。したがってフーコーは、どの点からいっても、ルネ・シャールと同じくらい、ニーチェの循環する歴史哲学に恩恵を被っていて、こうした強情な門番の系譜に自らを見たのだ。

## 形式上の接‐断

『孤立して留まって』が結末へと向かう、一連の断章のなかで、ルネ・シャールの示す、詩と詩人の務めに関する定義が増殖し、繰り返し証明する通り、主語と述語との間の関係にもまた、形式上の接‐断がある。[15] ルートヴィヒ・ヴィトゲンシュタイン〔一八八九〜一九五一年。オーストリアの哲学者。イギリスで活動〕がその際限のなさを明らかにした、何かを定義するという言語ゲームは、繰り返すごとに、名詞が自らを裂くものに、すなわち広くそれを生み出すものに、服従させられる（もしくは服従する）という芝居を舞台にかける。[16] こうした言語の形式上の接‐断を決定するこの原理のルネ・シャールによる証明において、名辞はつねに「詩人」か「詩」であり、両者の相互依存がまさに互いを区別しようとするその格闘のうちに証明される仕掛けである。例はこの詩集のあちこちにある。どれもこれも以上の説明をはっきりさせてくれる。

重力の閾で、蜘蛛のような詩人は、空に自らの道を築く。一部は詩人自身にも隠されていて、他の人たちには、これまで知らない、きいたこともない、ただし死ぬほどに目にみえる策略の光線のうちに、詩人はあらわれる。

(Char, *PF*, XXXIX ; 121)

詩人には自明の事実がふたつふくまれる。第一の事実は、外部の現実が手にする、さまざまな形で、そのあらゆる意味をすぐに伝える。深く掘り下げることは滅多になく、適切であるだけだ。第二の事実は詩にはさみこまれていて、詩人にやどる強く気まぐれな神々の命令や解釈を、しおれることも消えることもない確固とした明証を伝える。その主導権は分け与えるものだ。口にされると、相当な空間をしめる。

(Char, *PF*, XLI ; 121)

すべての息がひとつの時代を差し出す。迫害する務め、維持する決定、解放する血気。詩人は無垢と貧しさのうちに、ある人たちの状況を分かち合い［Le poète partage dans l'innocence et dans la pauvreté］、他のひとたちの専横を糾弾し、拒絶する。

すべての息がひとつの時代を差し出す。泣き、ねばり、自由になって、想像なるものの無限の豚の頭部［hure］に砕ける、単一型の頭の運命が定まるまで。

(Char, *PF*, L ; 125)

もっとも洞察力にとんだ解釈をルネ・シャールにほどこす人のひとり、ジャン゠クロード・マチューは、ルネ・シャールの詩学で働く弁証法を、見事に画定する。

定義が名辞を据え、述部に堆積するが、述部が定義を変更し、かくして詩と詩人とのあいだに形式上の接－断が実現する。二つの語を形のうえで同等にする、述部の連結は、通常は断定によって実現するが、ここでは変化、他者性、矛盾を指示する述部のシニフィアンによって、果たされる。（Mathieu, 179）

詩は詩人ではない。詩人の内にある力が、詩人の外側で、詩人が必然的に自分ではない人たちと分かち合う空間へと、宥めすかして詩人を導く。ミシェル・フーコーが若き日に心に刻んで諳んじ、死ぬまで道連れとした散文詩のうちに、ルネ・シャールが込めた、これらの定義（くわえて本章にこれからでてくる定義）すべてが、私たちの内を駆け抜ける言語は――レーモン・ルーセルやアントナン・アルトーといった極端な例においてさえ――共通の場へと向かおうとする、絶えることのない奮闘であると証明している。

## シャールの闘い

政治の領域――この領域は、ルネ・シャールにおいては、常に詩の領域によって形作られるものである――立ち返り、もういちど、本書が何度も引用してきたルネ・シャールの命令を考えてみよう。ただし今度はミシェル・フーコーが抜粋した断章全体の文脈に照らして。「ほとんどささやきももらさない哀れな仲間よ［……］おまえたちの正統な異様さを進展せしめよ［……］」は、次の短い回想の直後に続く。

成年になって、生と死との間の壁［le mur mitoyen］のところで、どんどん剥きだしになる梯子が起き、どんどん高くなっていくのを見た。この梯子には摘出する独特の力が具わる。この梯子とは、すなわち夢だ。

その桟は、ある高さまでいくと、そこからはおだやかに眠りをためる人たち［épargnants du sommeil］を支えはしない。注入された深みの混沌とした象徴は、いっぱしの才能に恵まれながらも、ドラマの普遍性を目測することはできない人たちが探究する特別な地区として役に立っていたが、その支離滅裂な空白につづいて、今度は闇が開け、そして、〈生きること〉が、寓話的な厳しい禁欲主義の形をとって異様な力の克服になる。私たちはこの力に貫かれるのをあふれるほど感じるが、私たちには忠誠も、残酷な洞察力も、ねばりづよさも欠けていて、ただ不完全に表現することしかできない。

(Char, *PF*, XXII ; 112-13)

文脈から外すと、こうした哀れな仲間への呼びかけは、それがレジスタンスの闘士ルネ・シャールの筆から込み上げると知っていればなおのこと、かなり特殊な種類の闘いへの呼びかけに見えるかもしれない。つまりナチズムとして知られる生政治の勢力にある、正統な敵の戦闘員たちに、集団で起ち上がり、生きる権利を取り戻そうと努めよという訴えである。しかし文脈のうちでは、偶像を破壊する記念碑的著作『狂気の歴史』を執筆するフーコーを、この命令にただちに惹きつけたものが、なおさら明白になる。ルネ・シャールがみすぼらしい仲間たちに話かける前に語る、文脈につながる話は、仲間たちと生き延びようとした格闘を説明するものだが、それはナチスの手から逃れようとしたのではなく、精神を取り締まろうと名乗り出た医学の専門家たちの手であり、フロイトの新しい科学を気まぐれに受け入れ、これこそが全世界的革命の内省の中身となるべきだと信じた作家や芸術家の手であった。この「梯子」は精神分析である。「境界の mitoyen」という形容詞のうちには、分かち合い《パルタージュ》が作用している。乱暴に抜き取るという、珍しい医学用語「摘出」とは、フロイトの Traumdeutung、夢解釈で間違いはないだろう。さらに「支離滅裂な空白」とは、自動記述やそのほか、シュルレアリスムのいかれた実験のことと読める。最後に科学と芸術とが結託してつくりあげる倒錯した生権力を越え、逆らって、「異様な力」が支離滅裂に湧き上がる。力の主は第二段落で呼びかけられる人びとである。第二段落は千年にわたるささやきを経て、この人びとの声を広げようとするのだ。要するに断章XXIIで、ルネ・シャールは他動詞的に語っている。たまたまレジスタンスの仲間となる可能性も一番ありそうな、「異常な人」について語り、「異常な人」に語りかけ、「異常な人」とともに語るのである。哀れな仲間の名において語ることと、哀れな仲間のうちにあって語ること、両方をやる離れ業をみせ、ルネ・シャールは、フーコーがその研究を通じて、冷静にたゆみなくやろうと奮闘したことを成し遂げた。すなわち異端——すなわち内側からの侵犯——に声を与えることである。

## リル゠シュル゠ラ゠ソルグ

英語圏におけるルネ・シャール翻訳の第一人者であり、注釈者でもあるメアリー・アン・カウズは、上に引用した、『形式上の接‐断』LIのニーチェ風の物言いをとりあげ、雄弁に論じ、シャール特有の情熱のために、フーコーが考古学とよんだ研究の原動力となった、イメージのいくつかをよびだす。

詩人は「渡し守［passeur］」を名乗るが、現在と現存とを分かち合う［partagé］ことができる人とのみ乗船するのである。ある瞬間から次の瞬間への移行は、世界の二つの方向で分かち合われる移行である。島‐フラグメントを群島へと区分けする流れを切り開くこと［partage des flots］は、航跡［passage-trace］に一目瞭然で、その跡を人はたどるかもしれないし、たどらないかもしれない。(17)
（Caws, 1981 : 12）

私たちがほそぼそとでも成し遂げることができる唯一の計画は、ルネ・シャールの作品にしたがえば、私とあなたとの間、詩人と読者との間にある「共通の存在」のそれで、暗黙のうちに抑圧に抗うことを誓い、ふたつの共感する存在の間のそれである。フーコーが生権力と名づけるものを明示するのは、この存在なのだ。こうした目標に向かう手段——「忠誠心、残酷な洞察力、そしてねばりづよさ(18)」——が段落の最後、「哀れな仲間」に向けられた忠告の直前に列挙される。「赤い渇望 Faim rouge」〔『上流への回帰』所収〕という、愛する人の死を——「緑色をした裂け目［vert partage］で、冷たい太陽の下で」——抽象的に指さすシャールの詩を分析して、カウズはこう説明する。

［……］この例では緑色をした裂け目は、分割と共有の重みのすべてに耐えている。その色は希望と甦りの色である。共通の存在を媒介するものとしての詩がもたらす、同時の分割と共有を示す。人の心の内で、隠された共通の運命がある、もっとも深い谷へと遡る緑色をした水の記憶のように、二つの読解が一点に集中する。（Caws, 1981 : 114）

ランボーの有名なソネット「谷間で眠る人」（最終行の二つの赤い穴が、第一行目の平和な緑色の窪地と響き合う）のように、人が亡くなったとき、私たちが口にする常套句とは裏腹に、死は消滅ではなく、生者が仲間に忠実にくっつく可能性を左右する移行なのである。分かち合い《パルタージュ》と共同の存在との相互関係が、ルネ・シャールの詩の世界でどれほど錯綜しようとも、誰かがもしくは何かがくっつく裂け目という対話的な心象を、シャールが思いついたのは、ごく日常的な情報源からだったということは、大いにあり得る話だ。すなわち詩人の生誕地であり、終生の故郷、リル゠シュル゠ラ゠ソルグの珍しい地理的条件である。（プロヴァンス語ではソルガ Sorgà となる）ソルグ川は、町のなかを流れるとともに周りにも流れる川で、八キロメートル上流のフォンテーヌ゠ド゠ヴォクリューズから湧きだすが、ほどなくして分水嶺で分かれ、下流の合流点でひとつになるのだ。二つの支流は文字通りこの土地——ソルグ川上にある島——を取り囲んでおり、そのうえにこの町——リル゠シュル゠ラ゠ソルグ〔「ソルグ川上にある島」を意味する〕——はローマ時代からあり、当時は城砦として戦略的に配置された。

抑圧された者たち

「最後に出てくる抑圧された仲間たちへのシャールの呼びかけは〔……〕精神医学や精神分析に対するフーコーの批判と、ぴったり噛み合っている」というヴァン＝ケリーの指摘は、図星をついているようだ――精神医学と精神分析は、生政治と化した生権力の二つのあらわれで、一九五四年にビンスワンガーの『夢と実存』に寄せた序文から、『性の歴史』全三巻を通じてずっとフーコーの特別な関心の的であった。集団行動へのフーコーの懐疑[19]をよそに、フーコーの書くものの肉の内側にあるルネ・シャールの存在[20]（文、言い回し、「自動詞的なもの」といったキーワード、あるいはallégir〔軽くする〕――フーコーにとってはおそらくはジャン・バラケを思い起こさせる概念になった、珍しい語allégeance〔忠誠〕と響き合う――などの動詞のように、さまざまな形をとって）は、シャールの「迫害された者たちの間に分かち合われる交流」をフーコーが一度たりとも放棄したことはないという可能性を揺るぎないものとする。たとえこの交流が自己への配慮からはじめなければならないとしても。つまるところ、ルネ・シャールもまた、ケリーがいうように、「合理的な策略」でもって「見くびられてきたものを感じ」とろうと激しく格闘したのである。シャールにつづくフーコーと同じように、「理性の功利主義と狂気の濫費との間で引き裂かれる」人を助けようと骨をおったのだ（Kelly, 125）。まさにそれゆえに、フーコーは『狂気の歴史』第一版の序文における、疑い深い考察に――フーコーの常として典拠を示さずに――シャールの詩「封主Suzerain」〔『粉砕される詩』所収〕からひいた言葉を添えるのである。それはやがてフーコーがとりくむ考古学の発掘現場を予告するものだ。

狂気の解放は、狂気が閉じ込められる砦のてっぺんから聞こえてくるだけだ。そこで自由には「監獄の陰鬱な身分証だけが、迫害されたものとしての言葉にできない経験だけがある。私たちにあるのは、脱獄囚という説明書きだけだ[21]」。

(xxxii-xxxiii)

そうすることによって、フーコーは希望を差し出すが、それは(あらゆるメシア信仰がそうであるように)盲目的な信仰に根拠をおくメシア信仰ゆえではなく、「存在の『接-断片』」という現実に土台のある希望に則っている。『自己への配慮』のなかで、単独性をまとった主体という観点から、フーコーが覆いを外そうとしはじめたわずかな希望は、『知への意志』の結論部へと向かう、性愛の術に関するもっと叙情的なくだりのいくつかに、読み取ることができる。

このあざやかな技術の効果は、その具体的な秘法の無味乾燥から想像するよりも、はるかにずっと豊かであり、その恩恵に被る幸運を掴んだ者を変容させると言う。身体の完全な統御、無二の至福、時間と限界の忘却、不老不死の霊薬、死とその脅威の追放。

(Foucault, *HS*, 57-8 ; *VS*, 77)

身体は、古典主義時代のはじめに意識から切り裂かれたが、いまここで、失われ忘れられかけた言語とその表現のようになる。それらが再びささやきはじめるまで、詩人はその深みを探究し続けるのだ。性愛の術、自己への配慮、「大いに束ねるひとたち」と心通わせようといつまでも骨を折る詩人はみな、生政治の移り変わりをやっつける、少なくとも和らげる生権力の例である。

ハイデガーの裂け目

ルネ・シャールの戦中の詩の接－断という形は、系譜学の流れにおいて、ミシェル・フーコーの思想における分かち合い《パルタージュ》という機能の特徴となるが、この接－断に異議を唱えるアガンベンの存在論上の傾向は、マルティン・ハイデガーなる人物に——目立って、さらに言うなら不気味に——集中する。言語間の空似言葉のなせる皮肉か、気遣い［die Sorge］が、世界内存在のさまざまなあり方を要約すると考えるドイツの哲学者がフランスを訪れたのは、すべてリル＝シュル＝ラ＝ソルグ出身の詩人の招きによるものだった。『四つのゼミナール』〔大橋良介ほか訳、創文社、一九八五年〕の最初のひとつにまとめられた七つの対話は、一九六六年九月にリルのすぐ西にあるル・トールや、ルネ・シャールの故郷近辺のさまざまな場所でおこなわれた（図22）。ハイデガーは一九六八年と六九年にプロヴァンスをまた訪れ、四つのゼミナールのうち、二番目と三番目にあたるものをおこなう[22]。夢中になった聴衆のなかに、二四歳のジョルジョ・アガンベンがいた。二〇一四年になっても、この〔知識を授ける〕ドルイド僧のごときハイデガーの訪問の記憶は鮮明にのこる（Agamben, 2015 : 262-3）。ルネ・シャールの訪問客として、ハイデガーが最初のゼミナールの主題をヘラクレイトスにしたのは、まさにうってつけであった。前ソクラテス期の哲学者ヘラクレイトスは、ルネ・シャールの詩にとっても、ハイデガーの存在論の探究にとっても、重要であった——ことに切り傷を癒す可能性に関して、分散と細分化のあとに完全さを取り戻すことに関しては。「ヘラクレイトスはあの誇り高い、不動の、不安そうな天才である」とシャールは一九四八年に「大いに束ねる人たち」と題された断章のまとまりのなかで、書いている。ヘラクレイトスは「他者と別れて、他者と超越を分かち合う」（Char, *OC*, 721. 英訳は引用者）。

ハイデガーは一九六八年晩夏にル・トールを再訪し、二番目のゼミナールでは、主にヘーゲルを講じた。九月二日、ジョルジョ・アガンベンとその他の参加者たちは、手始めにヘラクレイトスに関する注釈から、ヘーゲルについて述べようとすることへの橋渡しをするハイデガーを聴いて、次のようなメモをとった。

部分（それ自体）が見えるようになるには、全体との関係がなければならない。ヘラクレイトス以来、この全体がἕν〔ヘン、「一」〕と呼ばれること、そしてこのはじまり以来、〈一〉が、存在の別名であったことを考えると、『存在と時間』のなかで語られた、存在の理解へと差し戻されるのである。

この局面で、ハイデガーは『存在と時間』の出版後にうけた批判を思い返す。ハイデガーは「がいるis」から「存在being」を奪ったと批判され、そしてこうした「抽象」から「哲学」を展開したと批判された。こうした批判に対し、ハイデガーはいまになっても『存在being』は『がいるis』から取られた『抽象』ではなく、むしろ『がいるis』は〈存在Being〉の開けにおいてのみ可能であると言える」と答える。

**図22**　ルネ・シャールとマルティン・ハイデガー。撮影ロジェ・ミュニエ。ジャック・ミュニエから掲載許可をいただいた。

> 私たちは引き裂かれるもの、裂け目〔Riß〕に基づき解釈される、引き裂くことに戻る。この経験は何らかの全体「に戻る」ことによってのみ可能である。ヘーゲルにおいて、そこに全体はあるにちがいないと言える。
>
> （Heidegger, 2003 : 19）

四つのゼミナールのうち、ハイデガーがRißを名指して参照したのは、これが最初で最後である。無理からぬことだが、英訳者が英語における同語源の語riftをあてていることに注目しよう。ハイデガーの耳がこのゼミナールの三〇年前にひろった、類語 Kluft〔裂け目〕が決定的な意味を生む影響を及ぼすことがなかったなら、英訳者が cleft〔裂け目〕と訳したとしてもまた、やはり正当であったろう。この先ですぐ出てくるが、rift の裂け目では、名目上の裂け目にすぎない。本当は接－断《クリーヴ》なのだ！　しかしともかくも、この名詞 rift はこのままにしておいてよしとされるべきだ。さて、der Riß という概念は、ヘーゲルの弁証法とは、徹底的な剪断の作用でも、根本的な連続の作用でもなく、包摂的分離の作用であるというハイデガーの確信を理解するには、基本的――正確には、最高度に重要――である。ハイデガーの言葉を使えば「世界が自らを開き［そして］大地が起ちあがる」とき、大地と世界との間で起こる闘争（der Streit）ほど由々しき弁証法はありえない。ハイデガーの Riß という概念の力学とその帰結の説明とが徹底的に見られる場所は、大きな影響力をもつ一九三五年の論考「芸術作品の根源 Der Ursprung des Kunstwerks」をおいてほかにない。

> 世界が自らを開くと、勝利と敗北、祝福と呪詛、支配と隷属という問題を、歴史的人間の決定［zur Entschiedung］に委ねる。あらわれつつある世界は、いまだ決定されず、計り知れないものを明らかにし［zum Vorschein］、かくして測量と決定［von Maß und Entscheidenheit］の隠れた必要性を露わにする。
>
> ところが世界が自らを開くにつれ、大地が起ちあがってくる。大地はすべてを背負うものであると同時に、おのが法に守られ、常におのれのうちに隠されている。世界はその決定と測量［ihre Entscheidenheit und ihr Maß］をもとめ、道が開けた場所［in das Offene ihrer Bahnen］に存在を到達させる。大地は背負いつつ、突出しつつ、閉じたままでいようと骨をおり、すべてを法にまかせる。この闘争はただ切り裂かれた開けという意味での裂け目ではない［Der Streit ist kein Riß als das Aufreißen einer bloßen Kluft］。むしろ敵対者が互いを互いのものとする親密さである［sonder der Streit ist die Innigkeit des Sichzugehörens der Streitenden］。この裂け目によって［Dieser Riß reißt］敵対者は、共通の場に基づいて［aus dein einigen Grunde］全体性の

根源［die Herkunft］へといたる。存在を照らす残りの部分の基本的な特徴を描く、基本的な設計［Es ist Grundriß］、外形の略図［Auf-riß］である。この裂け目は敵対者がばらばらに砕けるようにはしない［Dieser Riß läßt die Gegenwendigen nicht auseinander-bersten］。基準と境界の対立を、共通の外形にもちこむ[23]［er bringt das Gegenwendige von Maß und Grenze in den einegen Umriß］。

(Heidegger, « Origin », 63 ; *Ursprung*, 50-1)

ドイツ語の原文にハイデガーが散らす、土台となるRißという語にかけた言葉の羅列をつらつら眺めると——das Aufreiß (cf. das Aufriß), dieser Riß reißt, das Grundriß, das Umriß... ——芸術作品が舞台にあげる、闘争の存在論的弁証法を説明するための言語の分母として使われていることは、否定しようもなく明らかである。けれどもまたたわいもなくRißを弾きこなすハイデガーの名人芸に気をとられ、芸術作品の工事現場を通ってハイデガーが思考する過程に入り込むKluftがつける、重大な変奏もしくは変調を見逃してしまう。この変奏が重要であること——というよりもKluftがもつ意味の適切さ——は、私たちなら一も二もなく裂け目よりも接‐断に結びつける作用や結果をハイデガーが挙げていくときに、確かめられる。「互いを互いのものとする敵対者」、「全体性の起源」、「共通の場」、「裂け目は敵対者をばらばらに砕けるようにはしない［が］基準と境界の対立を、共通の外形にもちこむ」などだ。そもそも、rißをめぐって辞書を飛び回るようなリフのほうが、ともかくも概念の的確さよりも重要だというのでなければ、ハイデガーはなぜ決定的に重要な起源となる出来事をあらわす言葉として、Rißに代わって単純にKluftを使わなかったのかという疑問が湧く。ハイデガーがKluftを使っていたら、J・ヒリス・ミラーほど几帳面で、言語にも哲学にも高い見識をもつ注釈者を——ハイデガーが「建てる・住まう・考える」〔『ハイデッガーの建築論——建てる・住まう・考える』中村貴志訳、中央公論美術出版、二〇〇八年〕のなかで詳細に展開する——橋という概念がRißによってもたらされた乱暴な断絶を埋め合わせるために、どうしても必要なのだと信じこむ羽目にはあわせなかったはずだ[24]。

地形に関する問いは、単純にこう表現できるだろう。世界と大地との闘争ゆえに開けた裂け目は、底なしの深淵になるのか。もしそうであるならば、これは橋なくしては人には通れぬ裂け目なのか。それともこうして開いた裂け目は、そうではなくて、橋の助けがあろうとなかろうと、たとえ困難な道を通ってでも、渡ることのできる谷となるのか。(煎じつめればホモ・サピエンスのみが実現する作品である)芸術の起源というハイデガーの物語に、人間の身体を取り入れることによって、ヒリス・ミラーと同様に几帳面で、言語にも哲学にも高い見識をもつ注釈者が、ハイデガーの出す難問を解釈する賢い方法を提示する。以下に引用する一節の脚注に、エドワード・S・ケーシーはこう記すのだ。「皮肉にも、ハイデガーからは決して出てこない身体という解釈に、『裂け目』はふさわしい」。この闘争を、フーコーとアガンベンとの間の闘争に関連づけようとする私たちには思いがけず幸運なことだが、ケーシーはまさにそのような解釈をしてくれる。

「芸術作品の根源」で、ハイデガーは世界と大地との間の宿命的な闘争[Streit]について書く。この闘争において、たとえばギリシアの神殿のような、特別な建造物が、争う勢力の間に、「共通の輪郭」[Umriß]を、闘争そのものの実演する「場所に固定された」何かをもたらす。ハイデガーの力のこもった描写で見落とされているのはしかし、そもそも大地と世界との闘争を可能にする際に人間の身体が果たす役割である。生きられた身体はこの闘争の媒体であり、この闘争はその身体に則って闘われる。私の身体が私を場所に――それが闘争の場所[Streitraum]であろうと、開けの場所[Spielraum]であろうと――連れて行き、そこに留める(Heidegger, 61)。それ自体が原‐場所である身体は、実体をもった私のこととなる。しかしまさにこの原‐配置という行為において、私の身体は、闘争の場所を含む反‐場所に、絶えず対抗させる。対抗させ(なおかつ対決させられる)とき、身体は建築と風景、建てられたものと与えられたもの、人工的なものと生得的なものとの間で、十字路となる。反‐場所と対立して存在する、原‐場所としての身体がなければ、大地/世界の闘争そのものが起こりえない。対決するための「共通の場」もなければ、芸術作品がおこなう媒介のための土台もない。芸術作品にはたとえば、ハイデガーが一九三五年の論考で典型としてとりあげたパエストゥムにある神殿がある。

(Casey, 2009 : 131)

ハイデガーの起源神話における身体の不在に感ぜられる皮肉は、Riß という語で Kluft を意味することを明らかにしてもなお、ハイデガーが Kluft を損ねてまで Riß にこだわる点にある。ひとたびその身体――私たちの身体――が舞台にあげられると、大地と世界との間の闘争という取引がはじまり、芸術作品という形をとった解決が可能になる。「人間の身体は」とケーシーは続ける。

帯状の場所、ゆとりとなる部分を設け、そこでは闘争という難儀に比較的に邪魔をされない自由な動きが保証される。英語のゆとり leeway とは Speilraum、開けた場所(文字通りあそびの空間)に相当する語であり、芸術家や建築家の務めは「開けた場所[Offenen]を開放し、構造のなかにそれを設けること」だというハイデガーの概念において、作用している。しかしハイデガーがこうした解放の場所を、闘争という行為そのものにつきとめるのに対し、私はそれを身近な領域におきたい。ゆとりは、身近な場所で、帯状の場所を、身体が調整し掃き清め描く、完全な弧である。

(ibid.)

フーコーの用語に翻訳すれば、生政治へと拡大してしまうという不吉な影から完全に解放されて、生権力が実行されているということだ。

『ホモ・サケル』における裂け目

思想家の認識論上の文脈というのは、もちろん常に一番大切であるし、したがって考慮にも入れるべきものだ。ハイデガーの対象は（少なくともこの「芸術作品」の論考では）美学であり、美学の根源的な契機、美学を支える契機である。フーコーの対象は、文化的主体性あるいは歴史的主体性であり、ただし常に歴史に根ざしている。アガンベンの対象は政治であり、そして存在論への野心に駆り立てられ続けている。しかし、ハイデガーとアガンベン双方にとって大切な文脈と対象とにフーコーが力を注いだことを否定できる人がいるだろうか。たとえこの文脈や対象のうちに、定期的に背景に退くものがあったとしてもだ。たとえば『監獄の誕生』のときと、主体が自らに働かせる生権力の研究に——最初は一九八一年から八二年にかけて「自己の解釈学」を主題とするコレージュ・ド・フランスにおける講義で、それからまた『性の歴史』の最終巻『自己への配慮』で——戻るときとを比較して、どちらかが政治性が薄いと言えるだろうか。事実、一九八一年度の最後の講義では、「生命‐技術、自己実験そして世界の客体化」という主題を、こんな言葉で切り出すのだ——「西洋哲学への挑戦[25]」。

全八巻からなるジョルジョ・アガンベンのホモ・サケルを主題とした一連の研究は、アガンベンを形成するマルティン・ハイデガーとミシェル・フーコーの研究を第一の基礎として、それを入念に拡張したものとみなされるだろう。分かち合い《パルタージュ》（接‐断）に狙いをつけ、やがてエピステーメーの断絶という過激な概念を生きぬく可能性を残す（複雑にするとしても）調整役として用いて、創造していったミシェル・フーコーの場合と同じく、芸術作品の根源という物語のなかで、Riß の過激さを調節するために Kluft を取り入れるとき、マルティン・ハイデガーにとってそこにあるのは、絶対的な差異というよりも、正確さの度合いであった。生権力と生政治との間の関係もこれに同じ、というのはフーコーの場合であって、当然アガンベンの話ではない。『知への意志』では、生権力が、性愛の術が性の科学（scientia sexualis）に抗い、ときにはそれを出し抜きすらする、その動機として登場する。ただしその社会的目標は、抑圧というよりも、人類における個人の生産力の向上であることがわかる。それ以降、最後の著作までの年月に、フーコーの思弁的な研究の中心は――今日フーコーを読む若者の大部分に過剰なほど流布している通り――生政治による人びとの管理にあり、やがて自己の管理（配慮、解釈学）という形をとった生権力へと関心を戻す。『自己への配慮』におけるフーコーの研究の最後の要諦は、生権力へと関心を戻すことだったのだろうか。要するに回帰だったのだろうか。まったく違う。なぜなら生権力はいつもそこに、生政治の核心にあったのであり、社会を守る必要の内にあったのだから。「生権力へと関心を戻す」というのは単なる言葉の綾であり、実際には生権力と生政治の双方を、切り裂きつつ受け入れる、弁証法的な生態関係のうちで、生権力という力の（『知への意志』における第一の展開につづく）第二の展開を指す。この最後の展開を通して、フーコーは――ルネ・シャールが「形式上の接‐断」でそうしたように――抑圧する権力を凌駕する自己の力を、その可能性を得る条件を整えることによって、認めていた。フーコーが見るところ、生権力と生政治は、die Kluft の論理にしたがって、瞬く間に絡まり合うのに対し、アガンベンにとっては、生権力と生政治は飽くまでも der Riß の論理にしたがうのである。[26]

『ホモ・サケルⅠ』の最終ページから輝きだすかに見える、思いもかけないかすかな希望が、まったく奇妙に感じられるのも結局は、私が der Riß の論理と呼ぶものに対するアガンベンの固執によって説明できるのかもしれない。「こうした不確かで名前のない土地、こうした不分明な地帯を基礎として、新しい政治の方法と形態が考えられなければならない[27]」（Agamben, 1998 : 187 ; 1995 : 209）。しかし思えばこの「主権と剥き出しの生」の研究である『ホモ・サケルⅠ』に刻まれた中心的な主張は、「収容所は、いまや都市の内部にしっかりとおさめられていて、それが地球のあらたな生政治のノモスなのである」（Agamben, 176）というものである。これほど寒々しい模型、許しがたいほど残酷で全体主義的な生政治の光景から、どうやったら新たな政治の可能性へとたどりつけるのだろう。アガンベンはぎりぎりまで待ってから告げるのだが、鍵は私たち自身の「不分明な地帯」にある――そこでは区別する決定――裂く決定、分離する決定、隔離する決定、根絶する決定――からなるまったく極悪な裂け目（rif）が、予測された通り、それでいて大方の予想に反して、ついに武装解除され、中立化され、敗北するのである。

## 「回教徒」と呼ばれた人びと

さて『アウシュヴィッツの残りのもの』〔上村忠男ほか訳、月曜社、二〇〇一年〕――『ホモ・サケル』シリーズの第三巻――のなかで、ジョルジョ・アガンベンはいわゆる「回教徒」を、この典型的な「不分明な地帯」に住む、象徴となる主体であるという。「回教徒」というのは、収容所の「生ける死者」につけられるようになり、プリーモ・レーヴィが最初に『これが人間か』のなかで説明した(28)――物議を醸す理由は聞くまでもない――名前である。レーヴィが生還者として語った最初の本『これが人間か』を読んでもそうだが、アガンベンの『ホモ・サケルIII』（『アウシュヴィッツの残りのもの』）を――少なくとも最後まで――読むと、ショアの後に生き残った「回教徒」はいないというはっきりした読後感をいだく。事実、レーヴィとアガンベンによる生存者と死者との関係に関する主張は両方とも、すべての「回教徒」がナチスの死の製造機に倒れたという仮定に基づいているのだ。ところがそもそも定義上、死の収容所に到着後、すぐに毒ガスで殺された犠牲者のなかに、「回教徒」はいない。さらに「回教徒」のうちの大多数は確かに死んだと推測できるにしても、生き延びた人たちも実際にはおり、『アウシュヴィッツの残りのもの』の補遺に、生き延びた生還者が語った言葉、書き記した言葉が、資料から呈示されているのがその証拠である。公正を期せば、この補遺のおかげでアウシュヴィッツから生きて出てきた「回教徒」はいないと主張するという(29)、ごく基本的なへまをせずにすんでいるわけだが、しかし、「アウシュヴィッツの残りのもの」を「死者でも生存者でもなく、溺れるものでも救われるものでもなく、両者のあいだに残っているもの」とするアガンベンの根本的な定義は、この残りのものが、証言者として、私たちに語りかける可能性の条件を無効にしてしまう。[30] それなら、アウシュヴィッツの残りのものが住む不分明な地帯から、アガンベンはどうやって「新しい政治の方法と形態」を作りあげられるのか。ただし、フーコーが『自己への配慮』のなかで「政治は『生』であり『実践』[bios kai praxis]」(Foucault, 87) と述べるように、「回教徒の行動は［……］無言の抵抗の形 [une forza inaudita di resistenza] なのかもしれない」という主張が、生政治による圧倒的な抑圧に対抗するのに十分な力、打たれ強さ、あるいは計略すらここにあると、納得させられるのであるなら、話は別である。このように破れかぶれながらも、希望を抱かせるかすかな見込み、そしてルネ・シャールの遥かに信用できそうで、なおかつ実行可能な努力（そしてそれに対するフーコーの明らかな賛意）を並べ、哀れな仲間のささやきを増幅することが、本当に必要なのである。

しかし問題はおそらく、「無言の抵抗の形」あるいは不分明な地帯という概念にある「新しい政治」に向けた苦闘の象徴そして指導者に、「回教徒」を選んだアガンベンのその選択自体にあるのではない。こうした領域を特徴づける不分明は、あらゆる住民の存在論的事実となり、その規模は住民全員（私たち全員）が、潜在的な「回教徒」であるというところまでいく。「根本的な分割 [une scissione fondamentale]」のうえに立っているので、アガンベンによれば、人びとを構築するという望みは、今後永遠に叶わないのである。[31] しかしプリーモ・レーヴィが『溺れるものと救われるもの』で見せた通り、「私たち」と「彼ら」との間の裂け目は、くっつくことをはじめから排除する裂け目ではないのである。これぞ「グレーゾーン」の核心にある異端の要点なのだ。

レーヴィの「グレーゾーン」には、このあとすぐに戻ってこよう。その前に、アガンベンによる「回教徒」の行動の復元は、プリーモ・レーヴィの『これが人間か』とロベール・アンテルムの『人類』を熟読して拾いあつめた事実に基づく、複合物である。その行動は、「回教徒」がどうにか辛うじて活動する、別異の空間をうつしだす。収容所という領域の内部では「事実と法律、生命と司法規則、自然と政治とが完全に不分明な状態にはいりこむ」（Agamben, 185）。アガンベンは事実、生命、自然を、被収容者《ヘフトリン》が感じるとアンテルムが述べる、恒久的な、変えることのできない冷たさに分解し、法、規則、政治は、その冷たい身体に割り当てられた、ＳＳの際限のない残酷さで片付けられる。アガンベンはアンテルムを読んでこう結論づけることが許されると思っている。「収容所にすむ人は、寒さによる激痛と、ＳＳの残忍さを区別することがもはやできない」（Agamben, 185）。ロベール・アンテルムとプリーモ・レーヴィの著作が、いつになっても枯れることなく思い出させてくれるように、生存の基礎はしかし、不分明がはびこる逃れられない習性と、心身を通じた不分明の経験との間のごくわずかな区別あるいはあそびの——せめてもの——回復にある。(32) それなら、どうしたらこのような状況にあって、回教徒の行動が、無言だとしても何らかの抵抗の形になれるのだろう。ところが『ホモ・サケル』に似つかわしくないメシア的な結論によれば、収容所という領域における不分明にあまりにも力があるので、生政治の化身を前にしたときの、麻痺するような驚嘆や、困惑は、ＳＳにも達する。「ここでは自らを生命に変容させようとする法が、法と完全に区別のつかない生命と向き合うことになり、そして［……］この分かち難さが［……］収容所の生ける法（lex animata）を脅かす」（Agamben, 185）。「回教徒」が経験し体現する不分明は、大方の予想に反して、アガンベンによれば、分かち難さという形をとって、ＳＳに移植されていったのだ。

## アガンベンの袋小路

異端の分岐点ほど、繊細で創造する力のあるものの領域に入ってくる気構えのあるＳＳの将校がいるということか——希望とは対極にある、単なる希望的観測だ。ネルソン・マンデラ——世界史上、おそらくもっとも私たちに近い、偉大な抵抗の象徴——は、Ｆ・Ｗ・デ・クラークや他数名の日和見主義的な支援を受けて、異端の分岐点を知り、それを動かさなければならないことを悟り、アパルトヘイトの手先へと、そうした当事者たちの意識のうちでも、「和解」がはじまるように、それを近づけていった。ホルヘ・ルイス・ボルヘスが作りだしたオットー・ディートリヒ・ツア・リンデという背筋も凍る登場人物の目を通じて、分かち難さを前にしたとき、人種差別的全体主義者が見ることができるものの限界を正確に測ることができる。「ナチズムは本来、道徳的なおこないだったのだ。新しい人間の装いを身にまとうために、腐敗して堕落した古い人間の外皮を取り除くという」(Borges, 231)。この「忌わしい」生き物は、そう自称して誇らしげで、ボルヘスの寓話「ドイツ鎮魂曲(33) Deutsches Requiem」〔『アレフ』鼓直訳、岩波書店、二〇一七年〕に登場し、拷問者および殺人者として銃殺されるところであるが、区別が徹底的に失われていくのを熟知している。「ヒットラーは一国のために闘っていると考えていたが、すべての国のために闘っていたのだ。ヒットラーが攻撃し、忌み嫌っていた国のためにすら」(Borges, 233)。さらに「新たな秩序を打ち立てるためには、破壊されねばならないものがたくさんある。いまやドイツがそのうちの一つだということを、みんな分かっているのだ」(Borges, 234)。ルネ・シャールが「人間のおかれた状況が、人間性のもっとも下劣な要素［points］に支えられた、悪の冷酷な攻撃をうける時代がある(34)」(Char, *PF*, LI) と記すとき、この言葉の書き手——少数派であるとしても、「私たち」という集団の一員——と、シャールの観察の対象——血も涙もない残虐行為を永続させた彼ら——との間に、過不足のない区別を、ちょうどぴったりの誤差の範囲を取っておくので、異端の分岐点が不明瞭きわまりなくとも、集団のいまだ－意識され－ないもの（ブロッホの Noch-Nicht-

**図23**　ルネ・シャール『イプノスの手帖』の初版の表紙。NRF－ガリマール社の《希望》叢書として出された。スクリーンショット。

Bewußt）のうちで、思い描かれるのである。これこそ、ルネ・シャールが『イプノスの手帖』の第六番目に表現する、あらゆる希望に対抗する希望である（図23）。「詩人の努力は、昔からの敵を忠実な対抗者に変えることを目指す。どんな豊かな明日も、この計画の成功いかんにかかっている。[35]」しかし不分明と分かち難さのほかには何もないところには、異端が入る余地もなければ、「正統な異様さ」もありえない。アガンベンによれば私たち全員が従来そこに住まうという、不分明な地帯なるアガンベンの概念の究極の結末が、この袋小路である。

## グレーゾーン

プリーモ・レーヴィならばおそらく、ルネ・シャールの希望に満ちた賭けに——大いに動揺しながらではあっても——応じたはずだ。すでに見た通り、『ホモ・サケル』ではレーヴィが参照されることはほとんどない（いずれにせよ、この主題については参照されない）が、アガンベンの不分明な地帯という寓意は、『溺れるものと救われるもの』第二章「グレーゾーン」から展開したにちがいない。この章でプリーモ・レーヴィが「グレーゾーン」という言葉を使うのは、アガンベンとは異なり、存在に浸透し、ついには存在を規定する、別様である空間をあらわすためではなく、そうした決定的な浸透を避けるために、受けとめなくてはならない倫理の範疇として用いるのである。「グレーゾーン」において、プリーモ・レーヴィは倫理上の接－断を網羅的に探索する。そこでは「人間関係の網目は［……］犠牲者と迫害者という二つのブロックに限定することはできない」（Levi, 37）。そして私たちが本能的に身につけ、単純なモデル——くっきりと画定された地理上の境界によって分割された、内側の『私たち』と外側の敵」（Levi, 38）はもう事実上つづくことはない。そしてこのモデルは、絶望的に単純化されていると分かり、それゆえに絶対的に不分明な地帯に崩れていくことはないのだから、希望は残る。なぜならレーヴィの『溺れるものと救われるもの』における最終的な目標は、この晩年の著作につけた題名が示す通り、溺死しなかった人びとが、死をもたらす勢力に抗いつづける、すなわちフーコーとアガンベンの用語をつかえば、生政治のお化けに抗い続けることができる計画をたてることなのだから。この計画のルネ・シャール版は、この通り、ミシェル・フーコーの大事な『形式上の接－断』にある。

二つの種類の可能性を認めること。昼中の可能性と、禁じられた可能性である。最初の可能性を、可能ならば、第二と等しくすること。その二つを、理解しうるものの最高度、眠りに誘う不可能の王道の上に、おくこと。(36)

(Char, *PF*, XLVII ; 123)

アウシュヴィッツでの生存は、プリーモ・レーヴィが教えてくれるように、この二つの可能性のあいだでくっつく割れ目のうえにあった。『溺れるものと救われるもの』同様、『ホモ・サケル』にも分割、区分、割れ目、分離、ひび、亀裂があふれている。ただしなんの甲斐もなく。アガンベンは実際の閾を無数に参照し、『ホモ・サケル』の各部を結ぶ幕間の文章に、境界線という題名をつけているにもかかわらず、主体も法の代理人すらも、法の外側に立つことはならず、その出口に近づくことすらできない。ある国家の国民に生まれたというまさにその事実そのものによって、人がなんであれ批判的な立場をとることは、不可能になる。「自由で自覚のある政治的主体としての人間」という概念における「暗黙のうちの虚構」は、「誕生すなわち国家となり、二つの語のあいだにいかなる分離による隔たり［alcuno scarto］もありえないということである。ただ人が国民のただちに消えゆく土台であるがゆえに［……］権利は人に付与される」（Agamben, 1998 : 128. 強調引用者）。さらにもう少し先で、偽－民主制の原初的な形態における、今では忘れ去られた、能動的権利と受動的権利の区別を分析したあと、アガンベンは「近代の生政治の本質的な特徴のひとつ［……］は、内側にあるものと外側にあるものとを区別し、分離する、生の閾を定義しなおす不断の必要性［la soglia che articola e separa ciò che è dentre da ciò che è fuori］である」（Agamben, 1998 : 131 ; 1995 : 144-5）と断言する。闘は、言い換えれば、いらだちを誘うように動く的であるだけでなく、それに到達するというのも、むごい幻想にすぎないのである。マンデラが絶望から逃れ、闘を必要なだけ近くに動かすことができた一方で、タンタロスの責め苦〔永遠の飢えと渇きの苦しみ〕すら、ファシストたちには滑稽にすぎる。私たちが進んでいく手段となりうる裂け目の崩壊とは相容れないところにあるのが、エルンスト・ブロッホの『希望の原理』である。ブロッホは断定調だが楽しげに、その先を示すことはなく、こう書いた。「何もなさでいっぱいの大きな窓、けれども外の世界は、ナチスではなく魅力的な客人でいっぱいの屋外を必要としていて［そして］床までとどくガラス扉は、ゲシュタポではなく、日光がのぞき侵入してくるのを切実にもとめている」（Bloch, v2. 734）。

二〇一五年、映画『サウルの息子』の監督ラズロ・ネメスに宛てた「闇からぬけて」という題名の公開書簡のなかで、ディディ＝ユベルマンは、エマニュエル・レヴィナスのいう原初的な倫理の風景を偲ばせる、次のような言葉をしたためた。「闇からあらわれるイメージとは、影から、あるいは不分明からうかびあがり、私たちに遭遇しに来てくれるイメージです」[37]（Didi-Huberman, 21）。この遭遇の場所はまさしく、プリーモ・レーヴィが思い描いたグレーゾーンである。ジョルジョ・アガンベンが学ぶと同時に引き算をして、何をそこから抜き取ったのかを吟味するために、ここで私たちは『溺れるものと救われるもの』の一章へと戻らなければならない――つまりもう一度むかうと同時に新たに訪うということだ。グレーゾーンという、すでにこれほど冷静に議論され、著しく有益かつ繊細な倫理のカテゴリーを改善する努力が必要だと、アガンベンが考えたその理由を理解する必要がある。本書全体に挙げた例を通じて、あるイメージすなわち哀れな仲間と私が出会い心を通わせる空間は――生政治に邪魔されても――「私」と「他者」との区別が再確認される空間であるということを突き止めた。この区別が倫理的な相互関係を促し、接－断の緊張を生む。プリーモ・レーヴィが「グレーゾーン」の住人の特殊な例――カポ、ゾンダーコマンドの隊員、ハイム・ルムコフスキ――の特徴の記述に取り掛かりながら、ヴエルコールほどの尊敬すべき人物を咎めた理由は、このレジスタンスの傑出した代弁者、ミニュイ社の創設者が、「人は決して他の人の立場にはたてない」という基本原則を破ったから、というものだった（Levi 1986 : 60）。他人の立場にいると主張すれば、配慮が持続するために必要な、緊張が生むエネルギーを駄目にしてしまう。それでもなお——三〇ページにわたって、グレーゾーンを可能にするためになくてはならない「私たち」と「彼ら」との間の緊張を、プリーモ・レーヴィがひたすら維持し続ける——「グレーゾーン」という章の最後の言葉に、突如として訪れる降伏を、このゾーンが不分明のそれへと崩れていくのを見出したくなる誘惑に駆られるのだ。最終行は以下のようなものだ。

ルムコフスキーのように、私たちもまた権力と特権に目がくらむあまり、自分たちの本質的な脆さを忘れる。本意であろうとなかろうと、私たちは権力と折り合いをつけ、全員がゲットーにいること、ゲットーは壁に囲われていること、ゲットーの外は死の領主たちが支配していること、そして近くに列車が待っていることを忘れるのである。（Levi, 1989 : 69）

一見したところでは、「土と魂からできた混合物である私たち」（ibid.）に対する陰鬱な評価は、まさに今日のノモスの罠にはまった私たちという、アガンベンの黙示録的な見通しの先取りのように読める。しかし「グレーゾーン」という章を結ぶ言葉につながるすべてが読者にもとめるのは、最後にもう一度、想像できる限りもっとも難しい倫理の実践に関わり、頑張りぬくことである。前述したとおり、「犠牲者と迫害者を［……］分離する空間を探究する」時が来ただけではなく——それはプリーモ・レーヴィその人自身を筆頭に——絶対に「軽やかにそうする」必要があるのである（Levi, 40）。その空間——その接 - 断——がグレーゾーンなのだ。グレーゾーンの内側と外側両方の倫理的判断につきまとう計り知れない難しさは、あらゆる接 - 断と同様に、区別と不分明とが同じ空間にあり、共時的であるということだ。収容所《ラーガー》の「もっとも不安をよぶ特徴」は「主人と奴隷という二つの陣営が、分かれそして一点に収束する」ことなのだ（Levi, 42）。私たちと彼らは混ざり合い、アガンベンが変えられない事実であるという不分明へと、実際につながるのだが、それでもプリーモ・レーヴィの述べるところでは、「遡れば、おそらくは私たちが社会的動物であるという起源に原因があるのだろうが、『私たち』と『彼ら』に縄張りを分割するという欲求があまりにも強いために、このパターン——仲間／敵という——この二分法が、ほかのすべてに勝るのである」（Levi, 36-7）。つまり、二分割する欲求のあまりの強さに、ダヴィッド・ルーセが「収容所の世界」[38]と呼んだものの中では、『私たち』が境目をなくし「そして」見分けがつくのは、一つの境界線ではなくて、たくさんの混乱した、数え切れないような境界線であり、それが私たちひとりひとりの間に延びている」（Levi, 38）という事実にもかかわらず、「何千もの密封された単体」——紙一重の幸運で坂を乗り越えた人びと——は、ただちに「本能的に」、『彼ら』を犠牲にして『私たち』をひとつにまとめる無意識の企てである」（Levi, 40）「隠れたまま長くつづく必死の闘い」（Levi, 38）に身を投じたのだ。この闘いを動かすのは、好むと好まざるとにかかわらず、それにつきまとうあいまいさを保ったまま作用する生権力である。収容所《ラーガー》のこの広大なグレーゾーンにいる、さまざまな「被収容者－官吏［die Fuktionshäfling］」は現に、生存に必要な腐敗から力を得ており、そしてそれによって、奇妙なことに、「私たち」という一人称複数形の人称代名詞があてがわれる共同体を再建する機会を、体現するのである。「人を打ち負かすというよりむしろ、権力は腐敗する。おかしな質のものだったから、この人たちの権力の腐敗はなおのこと激しかった」（Levi, 46）。これは「被収容者－官吏という複合的な階級」のもっとも無害な構成員——たとえばベッドメイク係は、「平らで四角く整えられた二段ベッドに対するドイツ人のこだわりを、とことん食い物にした」（Levi, 44）——にも、もっとも不快なもの、カポすなわちゾンダーコマンドの構成員たちにもあてはまる。どういうわけか、レーヴィにとっていつまでも「不安をかりたてる」（Levi, 42）ほどに、「主人と奴隷が分かれまた一点に収束する」グレーゾーンのこうした住人たち全員が、「[自らを]基準より上にあげ」(Levi, 41)、「名もなき大衆」(Levi, 56)から自らを区別しようという意志をもち闘っているという点で、プリーモ・レーヴィに似ているのである。かくしてレーヴィはこうした人びとが自分の「不運‐における‐仲間」であることを(あくまである程度のことではあるが、決して見過ごしにできない程度)認めざるを得ず、そして本職の生還者として「こうした人間の例について、早計な道徳的判断を下すという軽率な行為」(Levi, 43-4)を戒めることを、自らの義務とみなすのである。取るに足らない、しみったれたものから、極度に邪悪なものまで幅がある、「このグレーゾーンの構成要素は、特権をもたぬ人たちを目の前にして、既得権益を守り、強化したいという願いによって、ひとつに結ばれている」(Levi, 43. 文を組みかえた)。アウシュヴィッツ後に寛容さと誠実さを取り戻したにもかかわらず、プリーモ・レーヴィは、生き延びるには、運に加えて、必然的に策略と嘘というふるまいが含まれるのだから、結局は、どれほど気が進まなかろうと、自分もまたグレーゾーンの構成要素であるとみなさねばならぬことを、受け入れそして躊躇なく認めるのである。「あの空間が空であるといえるのは、図式的なレトリックだけだ。空であった試しはない、いやらしくいたましい人物が散りばめられている」(Levi, 40)。ありがたいことに、私たちの「哀れな仲間」プリーモ・レーヴィは、あらゆる手段を動員して、ささやくのではなく、はっきりと口にする。レーヴィと沈黙する兄弟姉妹たちをささやきに追いやったのは、生政治であった。

さらに考えていくと、この章の最後の文にある寒々とした叙情性には、戒めを促す意味も詰まっている。どんどん強まる忘却に対する警告であるが、平凡な記憶とはまた異なる種類のものだ。プリーモ・レーヴィの内では、「グレーゾーン」を分析する最初から、作用する「私たち」という主体は、二つの機能を持っている。この章の最初の文で「私たちは——帰ってきた私たちは——私たちの経験を理解することが、他の人たちに理解してもらうことができたのだろうか」(Levi, 36)とレーヴィが問うとき、もはやレーヴィはいやいやながら——うしろめたさを感じつつ、しかし必要に迫られて——「完全な目撃者」(Levi, 83-4)の代わりに語っており、したがってヴェルコールがやったとレーヴィが非難した、まさにそのことをレーヴィもやっているのである。同じ筆でしかし――「私たちは権力と特権に目がくらむあまり、忘れてしまう［……］」――私たち全員がそうであるように、レーヴィのうちにもルムコフスキーがいることを認めていく。この複数の「私たち」が出会うのは、いかなる決定ももはや可能ではなくなる不分明な地帯といった場所ではなくて、グレーゾーンであり、そこで私たちはどうやって進んでいくのかを、考え出さなければならない。

## 「脆い年齢」

だから「私」はそれぞれ、どうにかして、それでもやはり、このゾーンの完全な闇と沈黙から抜け出そうともがき続ける。このゾーンにはそれぞれがなお立ち戻り、達してしまったら保たれることの決してない輝きを放つ、アレフをもとめて奮闘する。自己に配慮しながら、それぞれの自己が他者を見つめ、手をのばし、その他人をどこか共通の場に引いていく。それぞれが他者を、ゾーンからアレフに向かって船で渡す。「ずっと」、つまり、身体が続くかぎり。ミクロ生権力対生政治、と人はいう。一九六三年から一九六五年の間のどこかで、ルネ・シャールはこう記した。「岩のように、私は傷口とともに生まれた。迷信の深い青春が癒えることなく、透明な強さのはてに、私は脆い年齢に入った」(Char, *OC*, 765)。もちろん、岩のように、皆同じく、私は傷とともに、疵とともに生まれたが、脆い小さな岩で、ある点――岩とはちがう――に達し、そこでぶっきらぼうに、つっけんどんに、どこかしら無慈悲にふるまうことを覚えたのだった[39]。私は異端の分岐点に達し、苛烈な決定の段階に、私が「ぶっきらぼうな年齢」と呼ぶ決定的な局面に入ったのだった。

「脆い年齢」は、シャールが『基底と頂上の探究』という名の下に、一九七一年に詩と断章をまとめて出版した圧倒的な一冊の、第五番目にして最終編の題名である。「岩のように私は［……］生まれた［……］」は、冒頭におかれた断章の書き出しだ。この本の前の方では、先達そして同時代の人物の描写が次々とあらわれ、楽しませてくれるが、この人物たちの「透明な強さ」がルネ・シャール自身の自己の実践へと駆り立て、この実践はグレーゾーンのうえに築かれたが、それでもやはり「迷信深い青春時代」の病を否定の廃品置き場に追いやることはしないのだった。アルチュール・ランボーは最も重要な先行例であろう。なぜならランボーは「一八七一年、苦悩の世界から、苦悩を無視することを選び、自らを欺き、日没をどこかの黄金時代の夜明けの色合いで飾ることにこだわる世界から、湧き出た」(Char, *OC*, 726)〔『基底と頂上の探究』III〕からだ。生政治の甚だしいごまかし、そのもっとも悪名高い表明が、植民地主義者の「文明化の使命」だが、それを前にしてたじろがず、ランボーは生まれ故郷のシャルルヴィルからはるばるパリまで歩いていき、「[パリコミューンを]見、語り、そして消える」。その跡には「死と感受性の地平を銃弾で穴だらけにしたまま」(Char, *OC*, 727)。一八七一年に典型的に示される悪臭のする空気のなか、流星のようなランボーが突進してでてきた背景は、この闘いの犠牲者たちで満たされている。ルネ・シャールが「大いに束ねる人たち」として受け入れるのは、この犠牲者たちだ。

> ロマン主義は居眠りし、声に出して夢をみる。その間にボードレールは、ボードレールのすべてが、その真の痛みから泣き叫び死んでしまったところだ。ネルヴァルは自殺した。ヘルダーリンの名前は耳にすることもない。ニーチェは準備を整えつつあったが、ニーチェはすでに毎日すこしずつ、その崇高な上昇にバラバラにされて戻ってくる。[……]突然、大地の叫び、空の色、足跡でできた線がすべて修正される。その間に国々は逆説的にふくれあがり、サドが予言し、ロートレアモンが描写したサメ-人間たちが海をよこぎる。
>
> (Char, *OC*, 726-7. 英訳は引用者による)

他の時代では、アビラのテレサ、サン＝ジュスト[40]、ヴァン・ゴッホ、アルトーも出てくる。これがルネ・シャール個人の系図を埋めるために招集された面々である。この自家製の祖先は、ずらりと居並ぶ異端者たちであり、そのうちの大多数が「文明」に迫害されたのだった。

異端のおこないによって希望にくっついていく計画にそったクレッシェンドは、「ぶっきらぼうな年齢」を構成する四二の断章の真ん中で達成される。

私たちが破壊してしまったもののほうが、私たちが夢見、廃墟にささやきかけながら絶えず理想化したものよりも百倍も価値があると、誰があえて言うだろうか。

(Char, *OC*, 766 ; 41)

と、

あったものはもうない。ないものが必ず生成する。二つの入り口のある迷宮から、熱情にあふれた二つの手がとびだす。精神がなければ、何が鉛色のものを、極悪非道のものを、顔をあらためて分配する人を、そそのかすのか。

(Char, *OC*, 766 ; 47)

との間に、ルネ・シャールは以下の絶対的な命令を、人間の行為(歴史上の出来事)とそれを人間が読むやり方(歴史学方法論の経験)の帰結として刻む。

人間の歴史は、ある同じ言葉の同義語の長い連なりである。これに反駁するのは義務だ。(Char, *OC*, 766 ; 45)

文頭で大文字におかれた間接目的語の代名詞〔「これに反駁するのはY contredire」の「これにY」〕は、詩人を、レジスタンスの闘士を、そして

「哀れな仲間たち」全員を異端の義務に縛りつける、辞書のなかのダモクレスの剣〔王の頭上に吊された抜き身の剣〕である。ティモシー・オレリーがいみじくも述べたとおり、「正統な異様さを進展せしめよ」が「フーコーの全著作、『別様に思考する』努力のなかで、私たちの思考様式や行動様式に馴染みのないものはなんであれ探究する一連の本のエピグラフとなりうる命令」(O'Leary, 2009 : 77) だとすると、歴史に反駁せよという要求は、その好敵手もしくは片割れなのかもしれない。あるいはブックエンドなのか……

## フーコーとシャール、共通の場への希望

現にそうなのだ。死によって短縮されたフーコーの研究全体を代表する先輩として、ルネ・シャールを採用するかのように、フーコーはまさにこの「ぶっきらぼうな年齢」の断章を、『性の歴史』最後の二冊の、一冊だけではなく両方に載せた。第二巻『快楽の活用』は、一九八四年五月一四日に出た。ピエール・ノラ〔一九三一年〜。フランスの歴史家〕が六月二〇日に、第三巻『自己への配慮』を入院中のミシェル・フーコーに持っていく。フーコーは二五日に亡くなった。ジャン゠クロード・ミルネール〔一九四一年〜。フランスの言語学者、哲学者〕が書いた通り、「病気はフーコーをどんどん衰弱させていったけれども、フーコーは全精力を傾けてこの二冊を完成させたのだとわかる。すべてに――特に背表紙に――慎重な配慮が行き届いていると考えるのが妥当だ」。それゆえミルネールはさらに言う、「フーコーは自分の仕事の全容について、なにか本質的なものが聞こえてくるようにしたかったのだ」(Milner, 7)。フーコーも、フーコーの前にはシャールもそうしたように、演繹的な言説は慎み、シャールの断章にならって、異端とは反駁を体現するということ、そして対話する接‐断は、人間的なものと非人間的なものとの間で揺れるこの反駁の現場であるということ、これが本質的な教えであり、遺産であると私たちは言うことができるし、またそう言うべきなのだ。

ミシェル・フーコーがルネ・シャールと結んだこの秘密の協定は、例のコレージュ・ド・フランスの開講記念講演の冒頭に、効果的に示されている。「言説の秩序」に関する言説に、発話主体が乗りだすことに抱く自身の疑いを推し測りながら、一二頁にわたる（まるきり否定的な、分離する分割の気配のなか）名人芸がひらめく「仮小屋」の描写、そこでフーコーはこれまで制作してきたし、今後も研究を実行するつもりなのだが、その描写に入る前に（Foucault, 10-23）、サミュエル・ベケットの『名づけえぬもの』の最後にでてくる有名な文を歌うように口にだした（「私は進まなければならない」）。これはもちろん、「私」という主体の消滅と、著者という機能の解体についてフーコーが事あるごとに、考え、書いてきたことと響き合う[41]。こうしてベケットを引用し、ベケットのこの言葉は十分に有名なので典拠をあげないでよいと決めてかかり、フーコーは続けて「はじめるという義務から解放されたいという欲望」が、話者のあいだで、いかにありふれたものかについて手短にのべる（Foucault, *OD*, 8 ; *DL*, 51. 強調引用者）。それから現代よりも中世の修辞法にお馴染みの言説上のねじりをやってみせる。フーコーの内部で話している言葉を想像し、コレージュ・ド・フランスの聴講者たちに、寓話化された欲望の言葉を伝えるのである。かくしてフーコーの声が、欲望の欲望を流す。〈欲望〉という登場人物はこう述べる。

> 欲望はいう。「こんな危ない言説の秩序には入りたくありません。その専横と決定には関わりたくありません。穏やかで、深くて、限りなく開けた透明さであってほしいものです。そこでは他の人たちが私の期待にこたえ、真実がそこからひとつひとつ現れるのです。私はただ身を委ねて、幸福な漂流物のように、そのなかで、それによって、運ばれればよいのです。」
>
> （Foucault, 51）

「幸福な漂流物のように」は原文では « [...] comme une épave heureuse » である。徹頭徹尾ランボー風のイメージだ。ルネ・シャールの青春時代の「大いに束ねる人」であるランボーは、めまいのするような自己破壊とともに、未知のものをうけいれ、その前には「にがい愛のよどんだ毒気で膨らませられた」のだった――「船首から船尾まで裂いて、浸水しますように。ああ、浸水しますように！」[42]。あるいはシャールの道に乗りだし、フーコーの素朴に見せかけた題名も考えると、〈欲望〉の言葉は、「合法な体制とは時として非人間的である L'ordre légitime est quelquefois inhumain」という、『忠実な対抗者』（Char, *OC*, 238）にある短い詩の血をひいているのではと思われるかもしれない。この詩集の題名とテクストは、「形式上の接‐断」と響き合い、人間的なものの向こう側にあるものへの侵犯を、そして『言説の秩序』の先にフーコーの研究が用意しているものを伝える[43]。明記されない典拠にぐっと近づいたが、まだ尋ね当ててはいない。

「幸福な漂流物のように」は、『激情と神秘』の最後の詩で鍵となる詩句の最後の三語である――『激情と神秘』はルネ・シャールが一九三八年から四四年、あの恐ろしい年月の間中ずっと、そしてその後につづく一九四七年まで書いたものすべての[44]、圧倒的な総目録である。あのテクストの冠する題名は「忠誠」で、誰にささげる忠誠なのか、あるいは誰のために作用するのかという疑問がでてくる。散文で、詩人は詩人の愛について語り、故意にこの言葉―― mon amour〔「私の愛、私の愛する人」〕――が感情の個別の対象を指すのか、感情そのものを指すのかを決定しないでおくのだ。Amour は男性名詞なので、詩人がしつこくこれに伴う代名詞 il を使うために、論証の不可能性は募っていく。もし本当にこの語が個人を指し、感情を指すのでなければ、詩人の愛する人は、男性ということにもなり、男性に捧げる愛ということになる。愛もまた自由のようなものかもしれない。ちゃんと手の届く範囲にあるのではなく、手を伸ばしていく先にある、至福の状態。意識の具わった身体、それを通じてもっとも崇高な感情を、それを奪われるとメランコリーが深まるただひとつの感情を経験する身体を、換喩を用いて指示するというよりも、私の愛とは、私たちが他の人たちと分かち合い、それでいてそこから私が剪断されている、ひとつの形あるいは出来事らしさであるのかもしれない。要するに私の愛もまた、形式上の接‐断の繰り返しらしい。

街の通り通りに私の愛がいる。このばらばらの時代には、どこに行こうがかまわない。もう私のものではない、誰が私の愛に話しかけてもかまわない。彼はもうおぼえていない。結局誰が彼を愛したのか。

自分を映す人を見知らぬ目の誓いのうちに探し、私の忠誠である空間を動き回り、私の愛は希望に形を与え、よく考えもせずに捨てる。彼は分かち合うことなく優越する。

私は幸福な遺棄物のように、私の愛の深みのうちに住む。彼の知らぬままに、私の孤独は彼の宝である。彼の飛翔が刻まれた大いなる子午線のうえで、私の自由は彼の深さをはかる。

街の通り通りに私の愛がいる。このばらばらの時代には、どこに行こうがかまわない。もう私のものではない、誰が私の愛に話しかけてもかまわない。彼はもうおぼえていない。結局誰が彼を愛したのか、彼が転ばぬように、遠くから彼の道を照らすのか。(45)

（Char, 313. 強調引用者）

最初の三行で言及される、記憶のない、とりわけ愛の対象となることを許された、男性名詞の形をとって（おそらく）擬人化された情熱から判断するに、mon amour とはどうやら男の人のようで、その周りに私の情熱は集まる。したがって、フーコーの欲望が欲望する comme une épave heureuse の訳として、「幸福な難破船のように like a happy shipwreck」は確かにまずまずではあるが、「幸福な漂着物 like a happy wreck」あるいはより正確には「幸福な遺棄物 like a happy derelict」という訳もあてはまる。この詩が再現しているとフーコーがみる、このほとんど守ることの不可能な弁証法は、絵画ではただゴヤのみが達成したとディディ＝ユベルマンが考える、「現実と空想［との間の］縫合」にそった「不条理の実現」に似ている。(46) そしてゴヤの前には、ダンテが、マテルダ〔『神曲』煉獄篇に登場する貴婦人。ダンテは地上の楽園で出会うが小川に隔てられて近づくことができない〕のまなざしをともにするために、小川の縁から存在の接－断の深みへとあえて進まねばならなかった。ミシェル・フーコーが腹話術を使って話をさせる、遺棄物－としての－話者は、満足げに愛の核心にいて、励ましを与える。そのようにして、このすべてのエコノミー――彼の欲望――を包む欲望は、ルネ・シャールの命で加わった「哀れな仲間たち」と共通の場に位置づけられる。「漂着物 Les Epaves」とは、『悪の華』が一八五七年、公序良俗に反する廉で裁判にかけられたあと、削除され、捨て荷のくずとなった六つの詩を集めた本に、一八六六年、シャルル・ボードレールがつけた題名でもあることが思い起こされる。この六つの詩が扱ったのが、レズビアン、娼婦、宝石そして、ロラ・ド・ヴァランス〔マネがモデルとしたスペイン舞踏団の踊り子〕、サッフォー〔古代ギリシアの女流詩人〕、ウジェーヌ・ドラクロワ〔一七九八～一八六三年。フランスの画家〕、オノレ・ドーミエ〔一八〇八～七九年。フランスの画家、版画家〕といった異端者であるために削られたのだった[47]。したがって、前章でみた、ジャン・バラケに捧げる、失われた愛への激しさに捧げる、密かにまじないをかけたような証以上に、著作の肝腎な節目にルネ・シャールから借りたイメージを埋め込み、著作を結ぶ言葉をルネ・シャールから引用したという事実をみれば、ルネ・シャールの言葉によって、ミシェル・フーコーに代わり、二人の思想家が分かち合う異端から発する共通の場への希望を、語らせることができると、そう確信している。

## まだ作られていない現実へ

そこでミシェル・フーコーの著作の最終段階に名前をつけるとしたら、フーコーがずっとそうしてきたように、私たちもルネ・シャールに範をとり、「形式上の接－断」の冒頭から一文をとって「消すことのできない、まだ作られていない現実」と題をつけてもよいかもしれない。現実もまた、他のあらゆる概念とならんで、ホモ・サピエンスの建造物、すなわち意識の経験を説明するのにずっと――消すことができないくらい、といってもいいかもしれない――ずらりとそろった複雑な言語を授けられた霊長類の建造物だ。そして可能性にあふれたこの「まだ作られていない現実」は、現在に積もった過去を押しのけ、人類の寿命の範囲でおこる進化の見込みを据えるようにみえる。歴史は、私たちが言語および修辞能力を用いて築いた現実の切片だが、それを見れば、ホモ・エレクトスから出現して以来、一二万年ほどのうちに、私たちが進化を遂げてきたことは納得できる。痛み、苦しみそして死と、漠然とした、どうにも大まかな、かろうじて適切な、けれども表現できる折り合いを、ともかくもつけるために原始的な迷信を発明し、何十万年ものあいだ苦しんできた、純然たる、愚かな、けれどもごくまっとうな恐怖を和らげる。迷信から神話作り、そして偶像崇拝へとまた進化し、それから意識をもった存在に内包された、やがて来る死への不安に向き合いつつ、継続する一神教へと進み、偽りの慰めを築く。それでその先はどうなるのか。理性である。理性は経験へと傾倒し、柔軟さを増しつつ、進んで誤算や誤謬を検証する科学的知識にいたる。理性は数百年間にわたって態勢を整え、宗教はそのほか証明できないものに対する信仰の名残すべてに取って代わる準備をしていた。ところがサドの作品が警告した通り、理性もまた怪物を生みだすことがある。飽くまで粘り強く、全体主義的な権力を与えられ千年にわたって享受してきたが、宗教は、先にあった迷信と同様に、やがて消滅する運命にある兆しをみせており、ホモ・サピエンスは、地球の主として霊長類の新しい種が私たちに完全に置き換わる前に、宗教の消滅から恩恵をうけるのである。祈るという恥ずかしいほど子供じみた習慣に、思考が完全に取って代わるのであれば、そのときは私たちが生まれつき持つ思いやりが、科学の高慢の鼻を挫き、人類を超えるもう一つの段階——人類の構成員たちの最後の望みをかけた努力——に協力するように仕向けられるだろう。

過去に起きた、時代を画す転換によって、宇宙を——個々の存在の意識を含めて——説明し、宇宙に抱く恐怖や畏敬の念に折り合いをつける能力が、徐々に洗練されていったように、分裂を引き起こすような、すなわち異端の行動が時代の秩序をお膳立てすることもある。異端は出番を待っている。最初は可能性として、それから人類の寿命の範囲内で進化するための手段として。私たちの一番深いところに根ざした希望を守るような政治は倫理の上に、倫理は判断の上に、判断は理性の上に、すべては宗教、神話、そして見境のない恐怖の上に築かれる。ルネ・シャールはまさにそのような希望を差しだしたのだ。そのような希望を、シャールがあげる第一級の異端者のひとりであるサドの、鋼の皮肉を見透かして、フランス人が本当に共和政を欲するのなら、元気を出してもっと頑張れというサドの命令のうちに、シャールが聞きとったとしても、不思議ではない。ナルシシズムと利己主義が私たちの存在にとって最も重要な分母であったのなら、人類はこれほど永く生き延びられなかったはずだ。

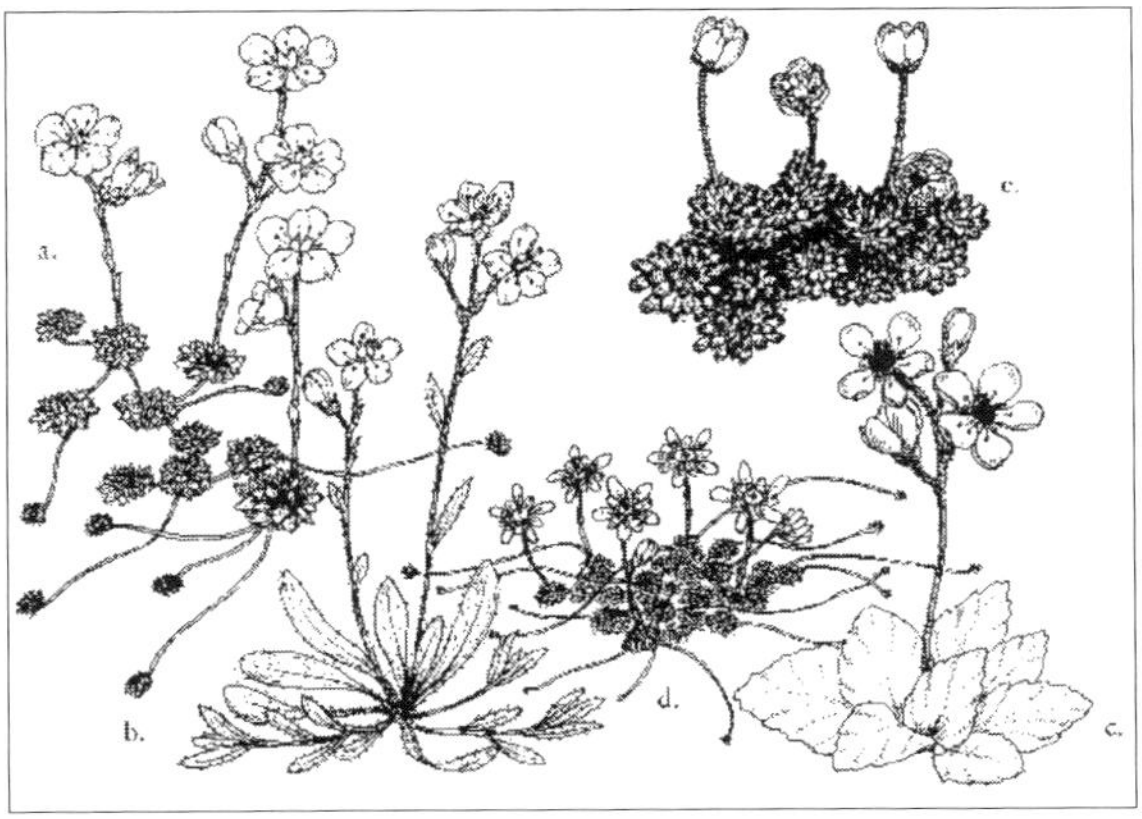


**図24**　ユキノシタ（サクシフラガ Saxifraga）5種。a. サクシフラガ・フラゲラリス，b. サクシフラガ・ヒルクルス，c. サクシフラガ・メラノセントラ，d. サクシフラガ・ネオプロパグリフェラ，e. サクシフラガ・プンクツラータ。*Plant Encyclopedia*, Alpine Garden Society.

ニーチェにはわかっていて、ハイデガーすらしぶしぶ認めるのだが、内面性（Innerlichkeit）は、度しがたいほど、何も透過させないほど、内面であるわけではない。私たちは旅立つ。そうやって、互いの方に向かう。私はあなたに近づく。そして他人と完全にひとつになることはできないが（そう、プリーモ・レーヴィが力を込めて説くように、私たちは決して他人とひとつであってはいけない）、同じ種にあって、私たちのひとりひとりが他者に似ている。この共通点が社交の、社会の、共同体の基礎である。ルネ・シャールからミシェル・ドゥギーまで、フランスの詩人たちは、ひとつのようであることと、ひとつであるかのようにあることとの間にある――形容詞 commun〔共通の、一般の、普通の〕の形が呈示する――有機的な絆とおぼしきものに、魅せられてきた。したがって兄弟の縁に、標語を掲げて中身のない指図をする必要はないのだ。どれほど口先で国境を超えた連合を唱えようと、私たちを分離する政治の実体である、国家という基盤を、兄弟の縁は凌ぐのである。生存――個人と人類の生存――は、国境を超えた共通点を証明する土台を据え、何度でも据え直し、そうすることによって希望を掻きたて、高めるのである。他者へと旅立ち、他者の存在の家に招かれ、もてなしをうけ、私は裂け目があるにもかかわらずくっつくのではなくて、裂け目を尊重しつついくっつくのである。これがその名に値するだけの社会の、社会的なものの基礎である。この基礎のうえにたたない政治は、何であれ、幻想、まやかし、欺瞞、はては死をもたらすのである。その反対に、生存とそれが生む希望は生政治に対抗する、生権力である(図24)。

## どもる人の、顔を赤らめる人の想像力

共通の場の最初の地図作成にそろそろ幕を引くために――また別の地平線に向けて、隙間を残しておくにせよ――異端、希望、共通のもの、接-断の核心を、そしてゾーンでもアレフでもないある場、変容する場との関係を概観してみよう。いいかえると、ルネ・シャールが杭を打ち、異端から、抵抗の共同体が生む力学から花を咲かせることのできる希望の種を蒔いた、詩の野を、フーコーの気ままな足取りを真似て、そぞろ歩こう。

ルネ・シャールはいたるところで、異端とは確信が形をとったものであることを証明する。フーコーならこの確信を生権力というだろう。ナチスがフランスを占領するとすぐに地下に潜り［prendre le maquis］、ルネ・シャールは「歴史上のあらゆる激動の時代に」とイザベル・ヴィルは述べる、「どちらにつくか立場を鮮明にしたフランス語作家の後継者となった」(Ville, 9)。詩の実践者に、一般に流布する考え――正統が築いた古い柵、ドクサ――の流れに逆らって、人類の名を救うという究極の仕事に、命をかける心構えがないのだとしたら、詩には何の甲斐もない。シャールにとって、抵抗の手本のひとりはエティエンヌ・ドレ(一五〇九～四六年)であった

と、ヴィルの指摘で気づかされる。ドレは「異端を宣告され、パリのモベール広場で著作とともに焚刑に処され」その名をジョゼ・コルティ〔一八九五〜一九八四年〕のような、占領期に密かに活動した出版者たちが引用したのだった。ルネ・シャールにとって、迫害をうけた師の名前を挙げれば、その数は多い。全体主義に対する抵抗を貫く力を探すルネ・シャール個人にとって、そうした異端者の勇敢さは——ルイ＝アントワーヌ・ド・サン＝ジュスト（一七六七〜九四年）のそれのように——その生涯の明らかになっている部分になされた、手本となる行動から導ける結果でもあろうし、あるいはジョルジュ・ド・ラ・トゥール（一五九三〜一六五二年）の例のように、芸術作品が帯びる価値から導きだされもする。ルネ・シャールが一七世紀の画家ド・ラ・トゥールに「感謝」を捧げるのは、「二人の人間の対話によって、ヒットラーの影を征服してくれた」からだった。[48]

たとえば絵はがきに複製されたド・ラ・トゥールの『妻に嘲笑されるヨブ』（**図25**）に、シャールはいつでも——亀裂（rift）の政治を超え、抗って——私たちを平和な共存に結びつける親密な接−断を思い出す。この絵が示す無言の異端は、いつもなら長広舌をふるう、雄弁な若き革命家サン＝ジュストが、虚無感を前に見せた態度にそっくりである。「ときに私の隠れ家は、テルミドール九日の国民公会の場面にいるサン＝ジュストの沈黙である。私にはわかる、ああどんなにかよくわかることか、心の通いあいに降りる、水晶でできた鎧戸が」（Char, *FH*, 185 ; 195）。まるで正反対にみえる二つの例で印象的であるのは、

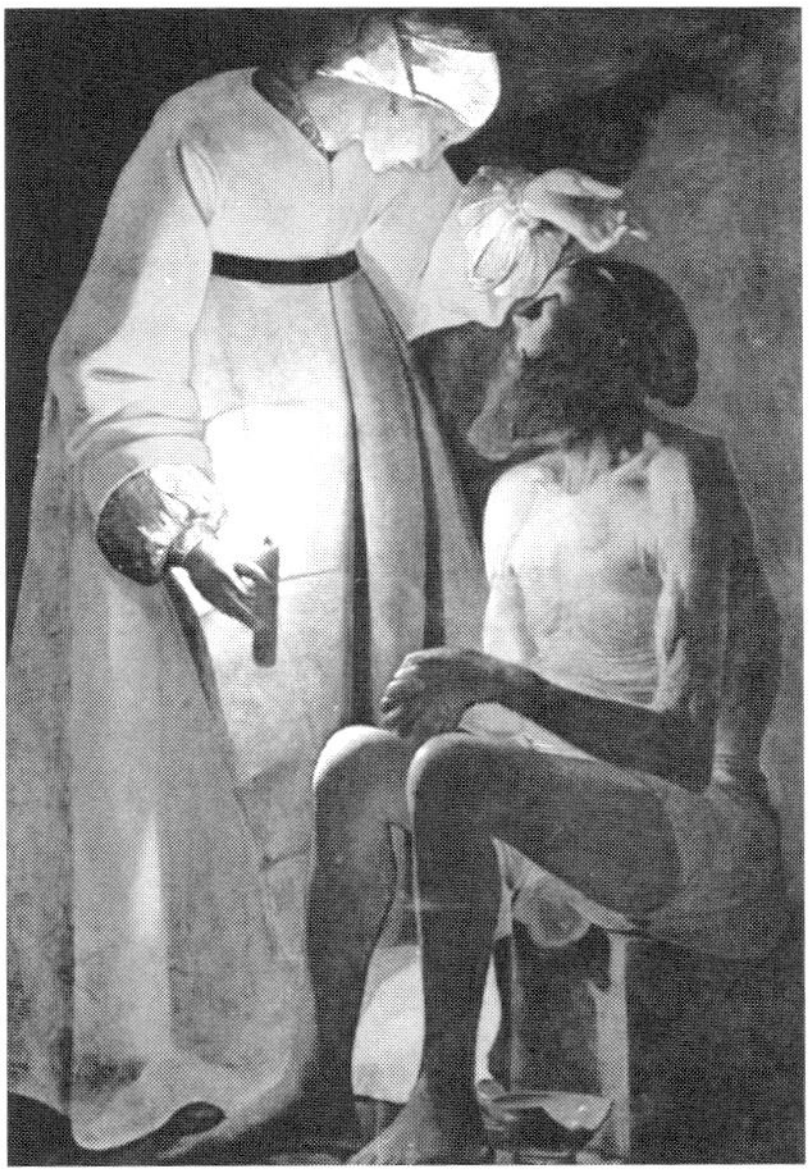

**図25**　ジョルジュ・ド・ラ・トゥール『妻に嘲笑されるヨブ』，制作年不詳。

いまここにいる私たちに、哀れな人たちのささやきが、時間と空間をぬけて広がり、身に染み入る様である。「ピレネー山脈」（Char, *OC*, 304）〔『早起きの人たち』「白いシエスタ」所収〕を読み解きつつ、リュシエンヌ・カンタルーブ＝フェリュは、ルネ・シャールとその「忠実な一味」（Char, *FH*, 60 ; 153）がとる、頑ななまでに筋を通す姿勢を捉える。あの「大いに虐待されたものの異端の情熱」と「ピレネー山脈」が呼ぶものは、「崇高で致命的な熱である。この熱が一二四四年三月一六日、自らの宗教の『背教者［renégats］』となるよりは『火葬されたもの［crémats］』となることを望んだ、カタリ派のひとたちをモンセギュールの火刑台へと送ったのだった(49)」。それでも「忠実な一味」皆と連れ立ち、生きている詩人の務めは（ということは暗に、生き残った者全員の務めでもあるはずだ）、今日でも私たちのなかで、おずおずと、黙々と、正統性に抗う仲間たちを、再び呼び集めることである。「語るのではなくてどもる人の、断言するや顔を赤らめる人の想像力に日光をふりそそげ(50)」。この反復には「哀れな仲間たち」から出てくるささやきと、新たに響き合う誓いがある。仲間たちが分かち合うのは、仲間たちが共通しても つのは、ヘラクレイトスに着想し、「これまで知らない、きいたこともない、ただし死ぬほどに目にみえる策略」（Char, *PF*, XXXIX ; 121）によって表現できる、世俗の異教徒の心の交流を通じた共同体へと向かう、切なる思いである。

## 生成する倫理

異端の抵抗があろうとも、もしもアガンベンが言った通り、「回教徒の行動［……］が無言の抵抗の形［una forma inaudita di resistenza］」（Agamben, 1998 : 185 ; 1995 : 207）だとしたら、人類の未来はなんとも絶望的ではないか。「回教徒」のうち、ごくわずかな人びとが生き残ったことを記録に残すことが、将来の大量虐殺を防ぐためにどれほど重要であるとしても、「回教徒」を最後の標本が絶える人類の予告だと考えるのはつらい。私たちはもうそこにいるのか。私たちはもうそうなのか。人類は「生ける死者」の烏合の衆なのか。もしそうであるなら、アガンベンは正しい。もしそうでないなら、ルネ・シャールのあとにつづくフーコーが正しい。「形式上の接‐断」と「イプノスの綴り」は希望を生の形で呈示する、汲み尽くせない賭けとしての希望を——信じることから生まれる賭けではなく、異端の行動を促す疑いから生まれる希望である。最悪をものともせず、希望を選び、希望に身を投じる姿を、私たちはすでにみてきた。けれどもその表現のかたちは、まとめてもう一度吟味する価値がある。思えばミシェル・フーコーは、次の断章を諳んじ、最後までおのが導き手としたのだった。

ひとつ証明が崩壊する［effondrement］たび、詩人は未来の祝砲でこたえる。[51]
(Char, *PF*, XLIX ; 125)

抵抗運動は希望にほかならない。イプノスの月のごとく、今夜は完全な満月で、明日はすぎゆく詩にかかる絶景。[52]
(Char, *FH*, 168 ; 191)

ルネ・シャールが詩人と刻むところすべてに、ミシェル・フーコーならば「考古学者」を読むだろう。文学、歴史、心理学、そして哲学を介してフーコーは「考古学者」になっていく。消すことができないほど、まだ創造されていない希望が約束するのは、予測不可能だけれどもありふれた、突出して忘れられやすい知らせではなくて、いまだ‐きいたことがないもの、「予知できるがいまだ明確に述べられたことのないもの」(Char, *PF*, X ; 109) である。[53] これぞ詩が運ぶ希望のパラドクスである。事実、『孤立して留まって』の詩のひとつの題名、「聞かれることのない Ne s'entend pas」は「その後の［ルネ・シャールの］作品の多くにあてはまる」(Caws, 1977 : 25)。Ne s'entend pas は「きこえない」という意味にも「きいたことがない」という意味にもなり得、これまでに一度もきこえたことのないものを暗示する。「ジャンはポールと仲がよくない Jean ne s'entend pas avec Paul」という例のように、前置詞を介して目的語をとると、仲間うちにある形式上の接－断に耳をそばだて、ふたりには愛と思いやりがあるにもかかわらず、それでも気が合わないというのである。詩人シャールは、シャールを手本とする人類－考古学者フーコーと同じく、自らの作品を生成する倫理にする。そこでは異端のほとりにある倫理があらゆる政治の基礎となるのだ。「否認なし」とメアリー・アン・カウズは、もうひとつシャールが好んで使う語を引きながら続ける、「こうした語調は、通常テクストと人生とのあいだにあると考えられている線を、それが続く間、無力にする。これは文学に関する声明ではなく、むしろ倫理上の宣言なのである」（ibid. 強調引用者）。

「まだ創造されていない現実」の可能性を秘めているのは、「形式上の接－断」の最初の断章が教えてくれるところによると、なんと未来という何も書かれていない石版のうえに何かを投影することではまったくなく、むしろ（はるかに難しい挑戦ではあるが）、ここに、現在に、「幾人かの未完成の人間」という形に投影することなのだ。この人間は、生きていくことのできる仲間へと（「まったく満足のいく存在としてもどってきた」）、詩（「想像力」）が具える異端の共感（「欲望の不思議で破壊的な力」）によって変えられる（「現実から放逐される」[54]）。この回復する見込みのある、刷新の可能性のある人とは、グレーゾーンの住人をおいて他にいるだろうか。この人たち抜きにして人類は存続できないのだから、グレーゾーンの住人たちは決して「失敗した企て」ではない。ジエイムズ・ボールドウィン〔一九二四～八七年。アメリカの作家〕が呼び起こす「次は火だ」〔ボールドウィンの評論集の題名〕のように、ルネ・シャールが思い描くこの未来は、「最初の太陽のこの枝」は、私たちの手の届くところに留まる「この消すことのできない絶対」は、きらきら輝く他者と心を通わせるという動力源が獲得されさえすれば、解体できないのである。[55] つかの間であったが、第二次世界大戦、すなわちシュルレアリスムというまやかしの軽挙につづいた破局を終結させた条約につづく、二、三カ月の間、ルネ・シャールはこの希望を垣間見た。

激情と神秘が順繰りに彼を誘惑し、彼を消耗した。そして来る、彼のユキノシタの苦悩を終わらせる年[56]。

(Char, 111)

人間のために火を盗んだ異端のプロメテウスは、ひとたび鎖を解かれ、ついに自由の身となって自らを移植する。「思いもよらないものに護送され」、「とらえがたい火刑台のあとに認め〔られる〕」詩人は旅立ち、「欲望としてつづいていく欲望への実現された愛」のために励む――消すことのできない火としての欲望[57]。しかし、石だらけの接‐断から遠い土壌はまた、永遠に肥沃にはなりえないことを、シャールはほどなく知ることになる。

## 異端者の苦闘

モラリストが使う、見かけだけは単純な言葉で、ルネ・シャールは、一九六三年にアンリ・ペール〔一九〇一～八八年。フランスの文芸評論家〕に宛てた手紙において、何であれきちんと詩の才能を使うやり方につきものの欠点を、こういう風に説明した。「原理の一部をなす作品、石のように、木のように、人のように広大な仕事、量やエネルギーとは関わりなく広大であっても、その革命によせる信念には、欠点、弱点、疵がいっぱいです。この責任を私たちはみな分かち合うのです[58]。」ヘラクレイトスの教えの通り、私たちはずっと変化の僕《しもべ》であり、私たち自身の内部そしてあいだで分割される。それでも私たちを結びつけるのは、こうした特徴そして習慣と手を切り、希望のために異端が働く接‐断の、弁証法の生態系を開拓する責任である。テオドール・アドルノは一九五三年の論文「形式としてのエッセー」〔『アドルノ文学ノート1』三光長治ほか訳、みすず書房、二〇〇九年〕の結論部で、手綱を解かれ、断定するニーチェの精神に警告の注意書きを掲げた。

〔……〕このエッセー〔……〕では、ニーチェにとって神聖なものだった幸福に対して否定的な名しかつかない。精神のもっとも高潔なあらわれが、この幸福を表現していたとしても、単なる精神でありつづける限り、幸福を遮るという欠点につきまとわれる。これゆえに、もっとも深い形式の掟は、異端である。思考の正統性を乱すことによって、対象の何かが、正統性が抱える秘密と目的が見えないようにしている何かが見えるようになるのである。

(Adorno, 23)

シャルル・ボードレールほど疑い深く、なおかつ異端である人ですら、ゴヤの『ロス・カプリチョス』について考察しながら、この光をぼんやりと感じ取る。ゴヤの作品の暗さには「あいまいさと不確かさが醸す恐怖」にもかかわらず、やはり美が、したがって希望があるのだ。

ゴヤの大きな美点は怪物らしさの本当にありそうな形をつくだすことである。ゴヤの怪物たちは育っていくものとして、調和するものとして生まれた。不条理を可能にするゴヤほど、大胆に遠くまで歩を進めたものはいない。あのゆがみ、獣のような面、悪魔のような外見には人間味にあふれている。博物誌という特殊な視点をとっても、非難することは難しく、それほどにその存在のあらゆる部分に類似と調和がある。一言でいえば、現実と空想との間の縫合の線、接合点が掴めないのである。もっとも緻密な分析家すら、線を引くことはできないあいまいな境界であり、それほどに芸術は超越的であると同時に自然なのである。(59)

レテ河の向こう側の別異の空間にいるマテルダのまなざしで見るためには、ダンテの登場人物であるダンテのように、「存在の『接‐断』」の深淵まで、離れた河岸を忘れることはなく、進んでいくように思い切る、あるいは必要とあらば、無理にもそうする心構えがなくてはならない。

法の恣意性に主体が押し潰され、閉じ込められるときでも、ふたたび希望に火を灯すのが、こうした異端の姿勢である。ちょうどフーコーが『知への意志』の「目的」の最終行に「私たちは［……］法なしに性を、王なしに権力を考える必要がある」(Foucault, *HS*, 91 ; VS, 120) と書いたように、ルネ・シャールは「あらかじめ定められた［……］法の閉じた目」の背後で、それを超えて立ち向かう「遅れた太陽 un soleil arriéré」のような立場をとり、「思いがけないものとの相互理解」にいたること主張した[60] (Char, *PF*, VI ; 108-9)。けれどもこれはただの立場どころか、終わらない苦闘である。「私たちの努力は、求められる汗を学びなおさねばならない。そして進んでいく、私たち地上に投げ出された闘士［lutteurs à terre］はしかし、しゃくにさわる証人と、無関心な美徳のなかで決して死なない」(Char, *PF*, XXIC ; 115)。これはプロメテウスの苦闘だ。ただし対等の人との連携する、異教徒の異端者の苦闘である。そして地平線に見渡す共通の場は、ベケットにあれほど数多く出てくる対のようにくっつく。ベケットの対には、二人で一人の弁証法が、「一つのもの－としてあること」が働いていて、それが共通の接－断を保ち続けるのだ[61]。「自分と対等のもののうちへ、詩という無数の視点でもって、逃げ込むことも、いつかもしかしたら可能になるかもしれない」(Char, *PF*, LV ; 127)。詩人、考古学者、信条を守ることのできないヒューマニズムの向こうをあえてみようとする人[62]、異端者たちがみな自らの「超越的な存在」を見出したのは、ヴィシーのような非占領地区のそとにある、空想の楽園ではなく、「巡礼者の嵐」なる閾にある「現実のダイアモンドのような点[63]」、そしてアレフのこちら側であった (Char, *PF*, XXXVI ; 119)。「私たち、空想の怪物の連続する身にある現実の存在を熱心に殺すものたち」は「想像上の事実を歴史の事実にかえる[64]」(Char, *PF*, LV ; 127) 構えで、すなわち空間にではなく時間に移植される構えである。というのも、行動をとるための時間のゆとりは、用地に地平線を授けるからだ。プロメテウスの「ユキノシタの苦悩」は、アウシュヴィッツにおけるプリーモ・レーヴィがそうだったように、あらかじめ定まった法に破壊されていない、わずかの計略に人が訴えられるその時に終わる。

彼を原産地からひっこぬけ。不完全な成功の可能性をおりこんで、調和が予想される土壌に植え替えろ。進歩をかがせろ。これが私の技［*habileté*］の秘訣である。[65]

（Char, *FH*, 51 ; 149. 強調原文）

もう一度プリーモ・レーヴィを思い出せば、ナチスの生政治に直面した生存は、道徳性の物差しで測れば、一般に高い賞賛を得ることのない、言い逃れといったいかがわしい（つまり異端の）態度に基づいていると断言する折り目正しさがあるレーヴィのように、ルネ・シャールは特殊な型の悪を呼びかける。これについては注意喚起の引用符で目立たせるのが望ましいのかもしれない。

真実の喪失、よきものという名の管理された屈辱の抑圧（悪は——風変わりで、直感的で、堕落していない——便利だ）は、人の脇腹に傷を開いた、ただ系統だたない果てしない遠さ（予期しない生命）からくる希望のみが、この傷をやわらげる。［……］

（Char, *FH*, 174 ; 191. 強調原文）

しかし異端者の希望は、解決策と歩み寄りをもたらす近い未来に、問題が混ざっていないなどと信じるほど、単純素朴ではない。ルネ・シャールと哀れな仲間たちは、全体主義とその偽善的な手先からの解放に備えながら、独りよがりではどうにもならないことを知っていた。

こちらでは人びと［on］は抽象を要求する準備をする。あちらでは彼ら［on］が今世紀に人間をとりまく条件の残酷さをやわらげるだろうすべてを、やみくもに抑えつけ、堂々とした足取りでそれが未来に届くようにする。すでにいたるところで悪は、悪の改善策とたたかっている。亡霊たちが忠告を繰り返し、訪問を繰り返し、亡霊たちの経験でできた魂は、粘液と神経症の堆積である。人の骨の髄までしみこむ雨は、侵略の希望、さげすみに注意深く耳を傾けることにほかならない。彼ら［On］は忘却にかけこむだろう。彼ら［On］は捨てること、除くこと、そして癒やすことを控えるだろう。彼ら［On］は埋められた死者のポケットには木の実があって、いつの日か偶然に、木が生えることを信じるだろう。

(Char, *FH*, 220 ; 207-8)

プリーモ・レーヴィが「グレーゾーン」から出てきた「傷ついた善」の少なくとも一部と、何らかの折り合いをつけなくてはならなかったのと同じように、異端者はもちろんこの On——ドクサを保つ彼ら——を相手にする備えをする必要がある。

## 存在の接 - 断片

ああ人生よ、まだ時間があるのなら、おまえのよき繊細な分別を、人を欺く虚栄心はぬきにして、生者に与えよ、そしておそらく、何にもまして、彼らがいうほどおまえは偶発的でも無慈悲でもないという確信を与えよ。醜悪なのは矢ではなく、鉤なのだ。

(ibid.)

人生への嘆願。すなわち私たちに生まれつき具わる生権力への訴えである。存在と、他者とともにある存在双方の核心にある接 - 断を抱きとめようとする覚悟、ディディ = ユベルマンがプロメテウスとアトラスという二つの神話について述べるように、「世界のおしつぶしてくるような不均衡を支える」覚悟（Didi-Huberman, 2011a : 108）。一方は内臓を冒す試練、他方は星を背負う試練である（Didi-Huberman, 2011a : 86）。相伴って、分かち合われたプロメテウスとアトラスは、希望を運ぶ異端の渡し守にあてがわれた、責め苦としての火刑台に取って代わるとシャールの言う、「ユキノシタの苦悩」となる。「接−断 The Cleave」と題された詩で、ルネ・ドーマルは書いた。「透明な道のうえで、雪に、大地に、嵐に、／私は二つの顔をみせる。／私は雉を走らせる［……］／若き日の森の雉を／まだいない雉を」[66]。思考の揺籃期をこえて、人類の経験から導かれる状態がはっきりと呈示する限界をこえて、絶えず思考するという、ミシェル・フーコーの多方面に広がる天賦の才が、ジェラード・マンリー・ホプキンズの宗教的な著作に、フーコーがルネ・シャールから借りた、あの同じ接−断の強力なイメージを使って、巧みに表現されている。

> 現実の世界のほかに、無限の可能世界が存在する。可能世界は今あるものと共通するものは何もないというところまで、あらゆる度合いの相違点で異なるが、最初の問題は、こうした可能世界のひとつひとつと、現実の世界は、あれほど数多い「接−断片」と似ていて、すなわちザクロ（あるいは別の果実の）あらゆる方向に刻まれてむきだしになった面に似ている。だからこれらの世界の、それぞれ可能な自分には、無限の種類の行動と選択があるのである[67]［……］。
>
> (Hopkins, 151)

ルネ・シャールはといえば、最初におそらくヘラクレイトスのフラグメントのなかに、裂け目で強くくっつく明らかな反対物を、そして死に至る敵対者を確認したのだ。裂け目すなわち、ヴァルター・ベンヤミンが臨界点と呼んだもの、ミシェル・フーコーが異端の分岐点と呼ぶことになるもの、そしてついにはルネ・シャール本人が分かち合い《パルタージュ》と呼ぶものである。大胆にも「細い隙間、消失点 mince lacune, point de disparition」(Foucault, *OD*, 8)、「ごく小さなかぎ裂き accroc miniscule」(Foucault, 14) を受け入れ、というよりむしろ体現しようと、詩人と詩人を手本にする考古学者は、人類における進化への唯一の希望が、接−断の弁証法的な生態系を元にした哲学であることを知っている。

ヘラクレイトスは、正反対のものが力を高めるむすびつきを強調する。そこにヘラクレイトスは何よりもまず、調和をうみだす完璧な条件と、欠かすことのできない原動力をみるのだ。［……］やがて詩人はこうした正反対のもの――規則的で無秩序な蜃気楼――の最終成果をみられる。反対物に内在する系統が擬人化するのを、知っての通り、詩と真実が同義語であるということを。
(Char, *PF*, XVII ; 112-13. 強調原文)

接－断は、あなたと私の間に――良きにつけ悪しきにつけ、内側と外側で――立ち、ひとつにする。ジェイムズ・ジョイスが愛しのダブリンで、鏡映しに描いたスティーヴン・ディーダラスと、レオポルド・ブルームとの間のこの「と and」に、こうした接－断が働いている。

蛇のような川霧がゆっくりと這っていく。下水溝から、くぼみから、汚物層から、肥やしの山から、いたるところで澱んだ臭いがたちのぼる。明かりが南の方、河口の向こうで踊っている。土工が、千鳥足で人混みを切り開き、路面電車の待避線のほうへよろめく。[68]
(354)

『空間の詩学』の結論部で、アンリ・ミショーの『亡霊たちの空間』〔『アンリ・ミショー全集2』小海永二訳、青土社、一九八六年〕を読んだ、普段は穏やかなガストン・バシュラールを混乱させたのも、こうした接－断であったにちがいない。なぜなら詩の染みこんだ認識論学者バシュラールの気を動転させるものがあるとすれば、それは不安定な夜であり、ゴヤやミショーの生みだす幻が、あるいは私たちが実際に生きた現実でありうるという感覚であるからだ。[69] 建築物の空間を論じる文脈で、[70] ケーシーは「内側と外側、あるいは外側と内側との継ぎ目」(Casey, 2009 : 123) に関心を寄せるはずだ――この継ぎ目のドラマは交差対句が繰り返されて盛りあがる。この裏表の入れ替え可能性が生むドラマは、その空間にいる身体にとってすら脅威になりうる。この身体を通って閾となる力学がめぐり、この身体は常にそこに、その空間に含まれる。この局面でケーシーが引用するのがバシュラールで、この点でケーシーはバシュラールに同意する。「外側と内側は両方が密接な関係にある――両者は常に裏返され、互いの敵意を根幹する構えである。こういう内側と外側に、境界線が存在するとしたら、その面は両方の側で苦しいものとなる」（Casey, 217-18）。しかし次にはバシュラールの主張を分析していくと、身体をめぐって脅かされた感情が、突如として雲散し、「人間の大きさと直立の姿勢をどこか反映する移行の領域を建築家たちが頻繁に設計する」（Casey, 2009 : 123）やり方に関する発見に人を導く（そして完全に正確な）説明に移り、かくして一見したところでは、気持ちを落ち着けるのである。あるいはルネ・シャールは「形式上の接‐断」で次のように書いた。

> 詩人は覚醒の物質の世界と、睡眠の恐ろしい安らかさとの間で、均衡をたもたねばならない、詩人が詩の鋭敏な身体を寝かせ、これら生命の異なる状態の間を区別なく動き回る知識の行。[71] （Char, *PF*, VII ; 109）

ミシェル・フーコーとフーコーの先達ルネ・シャールには、バシュラールが不穏だとみなしたものが留まり、保たれることが分かっていた。

## 哀れな仲間たちの反抗

この不穏な残りのものは、それ自体が意識のある存在である。ルネ・シャールによる他の異端者たちへの呼びかけはすでにみた――「生と死の間の壁」（Char, *PF*, XXII ; 114-15）であるところの、議論の余地のない既定の事実から出てくる、哀れな状態にある仲間たちである。一団が接‐断にそって明るく進み出るとき、「新しい神秘はうたう」。そこでは「主観的なおしつけ」は――全体主義とその悪名では勝るとも劣らない相棒、すなわち敵国への協力の意図的な忘却――「客観的な選択」と――すなわち生政治に対抗する残りのものであること――と切り離すことができない[72]（Char, *PF*, XXIX : 117）。人間性を超えて進化することを恐れない人間が、本質的に連帯することによって形づくる、接－断から得られる希望を、このうえなく明確に、はっきりと要約した表現が、『形式上の接－断』の断章四五にある。

詩人とは、投企する存在の、維持する存在の起源である。恋人からは無を、最愛の人からは光を借りる。この形式の対、この二重の歩哨が、詩人に痛ましく声を与える[73]。
（Char, *PF*, XLV ; 123）

自分自身の「起源」となろうとする意志から生じる、「〔未来への〕投企と〔過去の〕維持という弁証法は、ニーチェに由来するだけではなく、倫理の建設現場に広がりを与える。恋人（愛する者 erastes）と最愛の人（愛される者 eromenos）という形式の対は、プラトンの『饗宴』が語るところによれば、ディオティマ〔マンティネイアの巫女。ソクラテスに愛の本性について教えた〕がソクラテスに与えた、対話から生まれる希望である。ルネ・シャールのいう「哀れなもの」――『激情と神秘』にかくも頻繁に鳴る音――がもつ概念の力は、ここで明確になる。哀れな者は感情に身を任せるが、それでも感情は抑えられる。「傷つきやすい存在とそれが形式上の力の泉で水を切る石との間にかけられた橋のうえで、私たちはたたかう[74]」（Char, *FH*, 183 ; 195）。シャールが奨める哀れな者から、哀れな者の症状をみることができる。理性に加えて、理性は除いて、想像力に加えて、想像力もまた除いて。憐れみというよりは優しさ。永久（エートス）とは反対にうつろいやすい。感動をよぶ（ベケット）。他の人とあわれな共同の存在に与する個人はそれぞれ、Einfühlung すなわち共感への浸食の危険と、アリストテレスのいうパトスにありうる無慈悲な非理性とのあいだのどこかにある、感情的な状態にいる。

明晰な反抗者たちが働く場である接‐断は、時間であると同時に空間でもある。というのも反抗者たちの唯一の原材料は、実現できないように思われる未来だからである。「ひとつ証明がくずれる度［にそれに答えて放たれる］未来の祝砲」(Char, *PF*, XLIX ; 125) を呼びかけ、「昼中の可能性と禁じられた可能性［……］を眠りに誘う不可能の王道の上に［……］おく」(Char, *PF*, XLVII ; 123) ように自分自身と仲間たちに熱心に説くシャールを私たちはすでにみた。なぜなら「現実」は、哀れなものが抱く希望であり、「想像力より数分間先にいる」(Char, *FH*, 218 ; 207) からである。したがって異端者たちには、転換が失敗するところでのみ、転覆が起こることが分かっている。[75] これが「けっして取り戻せない期間［……］この世界の行為にはそぐわない［……］割れ目」(Char, *FH*, 218 ; 207) に進む唯一の道である。

抵抗という異端は、ひとりでは決して実現することはかなわないが、常に哀れな仲間たちと通じていて、ミシェル・ドゥギーが *commun*〔共通の〕の音節の接‐断を名詞化した *comme-un*〔一‐として〕が描く「一として／のように‐あること as-oneness」の状態にある。W・G・ゼーバルトが「［ジャン・］アメリーの哲学の本質」だと説明する通り、これは「有効だという自信のない反抗、それでもなお犠牲者と連帯するという原則に則り、歴史の趨勢にただ押し流されるままの人びとに、周到に加える攻撃としての反抗」(Sebald, 2003 : 198) である。この反抗、それでもなお――この副詞は、新たな夜明けのそれらしくない英雄（異端者）を繰りだしていくディディ＝ユベルマンの虎の子である[76]――は、ルネ・シャールの言葉で言えば、「共通の思考、絶望のささやきと復活の確信から等しく作られた鋳型の底に横たわる［……］海とその岸」である[77] (Char, *FH* 192 ; 197)。「それでもなお」の心許なさは、反抗者たちの共同体を束ねる「一として／のように‐あること as-oneness」の壊れやすさを鏡映しにする。「壊れやすさ」とは、まったく自由意志で集まること、間に‐いることをまったく忘れない連帯感からくる力という風に理解されるのなら、ふさわしい言葉である。「恐怖政治に対抗するものとは」とシャールは『イプノス』の一葉に記した、「意味はまだわからない、ごくちいさな見通し［……］ベルトの皮がゆるむことを心配して、うずくまるつかの間の仲間の数歩先にある影[78]……［……］」（Char, *FH*, 141 : 181)。しかし望みがどれほど薄くとも、恐怖政治に対抗する仲間たちがどれほどはかなかろうとも、結果として生じる「一として／のように－あること as-oneness」は行動を促す。

> 見過ごされる存在は、無限の存在、介在することによって私たちの苦しみと重荷を、動脈の夜明けに変えてくれるかもしれない存在である。
> 無垢と血の間に、愛と虚無の間に、詩人はみずからの健康を毎日のばしていく[79]。（Char, *PF*, XXXIV ; 119)

まさにこの、私たちの存在が間にある状態によってこそ、仲間に接するのに必要な裂け目を忘れずにいられるのだ。そして哀れな絆とは、けっしてしがみつくことでも、うんざりさせることでもないことを請け合い――プリーモ・レーヴィの戒めを守りつつ――自己同一化に対する予防接種を共感に施す。ルネ・シャールの作品から取ってきた一節のように聞こえる以下の引用は、ジョルジュ・ディディ＝ユベルマンがジャン＝リュック・ナンシーの『直面した／接合された共同体』の主要な議論を解釈する様子である。

> ともに〔という前置詞〕は共同体を語る。間に〔という前置詞〕は、私たちが共同体を素朴な共感や、現実的な一体感といった吉兆のもとにとらえることを禁ずる。だから集まりの向こう側に、むしろ共同体がうちうちにそれ自身と対峙する姿、これが分有（partage）の本質であるが、それに照らしてともにあることを考える必要があるのだ[80]。(Didi-Huberman, 2012 : 105)

哀れな仲間たちと「一として／のように－あること」という、これらの原則は、人間が起こす事件が提供する証拠によって、実証される。ハンナ・アーレントは、一九五九年、レッシング賞を受賞した際にハンブルク自由市でおこなった演説で、そうした証拠について滔々と述べ、あたかもルネ・シャールとミシェル・フーコーといった人びとを召喚するかのように、「動きのある語りの工程を用意するという務めを［……］非常に広い意味で詩人に、そして非常に特殊な意味で歴史家に」課すといった。「過去を従えること」が果たして可能であるかについては、アーレントは懐疑的であるが、限られた範囲でいえば、それは暗い時代に「起きてしまったことを語ること」「そして私たちをそこに巻き込むこと」なのである。「人間の可能性としての、語の最も広い意味でいう『詩』に通じる道を、私たちはたえず整えています」とアーレントは説明する、「私たちはいわば、人間のなかに詩が噴き上がるのを待っているのです」（Arendt, 21）。「正義の渡し守」としての正義感をもって、ルネ・シャールはこの難題に挑む。

人間がおかれた境遇のうち、悪の冷酷な攻撃をうける時代がある。この攻撃は、悪の本質のもっとも下劣な成分に支えられている。この大嵐の真ん中で、詩人は自己放棄によって、言づての意味を完成させ、そして苦しみから正統の仮面をはずした、強情な門番、正義の渡し守の永遠の帰還をうけあうひとびとの側につく。[81]

（*PF*, LI）

この自己遺棄の誓いは予兆となり、「後期」フーコーの倫理的関心が、さらに自らが翻訳したカントの『人間学』に序文を寄せるあの「前期」フーコーがつづく。カントが原理の調整どころか、状況が求めるならば、古い原理の解体と新しい原理の発明すら唱えた、近代最初の哲学者であるという意味で、カントとフーコーは皮肉にも互いに接する。いずれにせよ、シャールが描き出す、「無垢と貧しさのうちに、ある人たちの状況を分かち合い、他の人たちの専横を糾弾し拒絶する」[82] 詩人が自覚のないままに、近づいていくのは、「人間性というものが空虚な言葉や幻でないのなら、非人間的な世界ですら保たれるべき」(Arendt, 22) とハンナ・アーレントの力説する最低限の度合いの「現実」である。その「わずかな人間らしさ」、その希望の一片は、アーレントがヒットラー主義という試練にかけた友情にある。

> ［……］第三帝国という環境におかれたドイツ人とユダヤ人の友情の場合には、二人の友が「私たちはどちらも人間ではないのか」と言ったとして、人間らしさの印にはほとんどならなかったはずだ。［……］現実という堅固な土台を失うことのなかった人間らしさ、迫害という現実の只中にある人間らしさとともに進むとき、二人は互いにこう言ったにちがいない。「ドイツ人ひとり、ユダヤ人ひとり、そして友だちだ」と。
> (Arendt, 23)

## 共通の場を開拓する

「人間らしさ」を私たちはいまだに共通点と呼ぶが、これはましな言葉がないとか、私たち自身にまつわる概念に替えがきかないというよりむしろ、私たちが分類される別の種がないからなのだが——共通点すなわち「一として／のように－あること as-oneness」は、差異においておこる崩壊という極度に単純化された虚構によってではなく、友情に固有の、ある種の無関心によって獲得される。

> 文字通り助けるために、人びとを愛する必要はない。その人びとよりも貧しくされたものを見つめるときの、彼らの目の表情を改善することだけを、彼らの人生の愉快な時間を、一秒だけのばすことだけを、望めばよい[83]［……］。
> (Char, *FH*, 135 ; 179)

反抗という苦行を「私と本気の同族関係にある存在すべて」（Char, *FH*, 209 : 203）と分かち合う、肚の底から湧き出る要求——全員に共通する不思議[84]——は、実を結ぶ。なぜならそれは進行中の務めであるから、なぜならそれは安易な友情に与えられる平凡な定義の数々を拒むから、なぜなら「この忠誠は矛盾と争いの真ん中でつづく[85]」（Char, *FH*, 209 : 203）から、なぜならそれはモンテーニュの扱いにくい、断章の形をとった格言「おお私の輩《ともがら》よ、一人として友はいない」に忠実であったから。ゾーンの荒廃を、アレフの豊穣に向かわせるために、私たちは共通の場を開拓しなければならない、「私たちは怒りを、嫌悪を克服しなければならない、私たちは怒りと嫌悪が分かち合われ、私たちの行動と倫理とを高め、ひろげるようにしなければならない[86]」（Char, *FH*, 100 ; 167）。

「ヘルダーリンの風のような手にふれて」書いた詩、「プロメテウスのユキノシタのために」（Char, *OC*, 399）のなかで、ルネ・シャールは「唯一のたたかいは影のなかで起こり、勝利はただ境目に訪れる」（Char, *OC*, 400）と断言した。ゾーンを生き延びたシャールは、フジウツギとニワウルシを目にし、もっと愛想のよい植物相に焦がれる。キラウエアの溶岩が冷めるやいなや、割れ目から突然顔をだすシダ。ナチの恐怖を生き延びたシャールは、たくましいユキノシタを目にし、形式上の敵がつくった廃墟に無関心なその姿に勇気づけられた。死後出版された、ハインリヒ・ベル〔一九一七〜八五年。ドイツの小説家〕の『天使は沈黙した』（一九九二年）の語り手が、建物が崩壊した日は、廃墟に育つ植物を見ればわかると評したことを、W・G・ゼーバルトは指摘する（Sebald, 2003 : 57）。倫理が築かれる場とは、ゾーンでもアレフでもない。「澄み切った収穫物は、存在しない土壌にまかれる。感謝の念はとりのぞき、春にのみ恩恵をこうむる」（Char, *FH*, 86 : 161）。もしも「ゾーン」というのが、名のない土地、そこで等しく無名の貧しい人びとが、なんとか生存を食いつなぐ土地を意味する、それどころか強制収容所を、ジョルジョ・アガンベンの信じるところ、私たちがみな運命づけられている収容所を意味するのだとすると、そうした空間は間主観性には都合がよいわけがない。「アレフ」はといえば、空間も状況もひとしく住むには適さない。ボルヘスによればアレフは「すべての点をふくむ空間にある点のひとつ」（Borges, 280）で、「アラヌス・デ・インスリスは、中心はいたるところにあるが、円周がどこにもない球体について語る」（Borges, 283）という。ヘラー＝ローゼンは、他ならぬジョルジョ・アガンベンが多くの著作で、このヘブライ文字アレフを段落の目印として使う点を論じ、それがとりわけ「あらゆる言語の起点となる忘却」であり、「あらゆる文字体系のはじまりで、忘却の場所を守る」（Heller-Roazen, 25）という。もしそうなら、合衆国が惨事のあった区画を「グラウンド・ゼロ」と呼ぶことを許した忘却にひとしい。

詩人シャールとその従者である考古学者フーコーはといえば、二人の目標は、私たちの手が届く、きちんと実現可能な空間、「[彼ら]の目前に横たわる[……]穏やかで穴の開いていない都市」、現実に「哀れな仲間たち」とたどりつくことのできる都市である。

> （二つの橋のあいだでくるくるまわる）宝を授け、汗をすてたあと、詩人は、体の半分、未知のものにおける息の頂点、詩人はもはや完遂された事実の反映ではなくなる。何も詩人をはからず、何も詩人をしばらない。おだやかな都市、穴の開いていない都市が、詩人の眼前に横たわる。[87]
>
> （Char, *PF*, LIII ; 125）

詩人は霊感をあたえるユキノシタを根ごと引き抜き、考古学者は歴史の皮肉を暴き、共同のブドウ畑の果実が実る土地に、二つながら移植する。[88] 私たちの異端のふるまいそして「一として‐あること」との連帯を守り、発展させようともがくことによって、いつの日か（人類が絶滅する前に）一体感の工事現場が、住むことのできないゾーンと、不可能なアレフとの間にある、幸運な接‐断になるという希望を、私たちは育む。フーコーが異端の分岐点という名詞形を作り出す元となったパスカルの論理にしたがうなら、異端者はすべての主体を包含しようとする主体なのだ――「自分の人生を整える私の能力は、私が一人にだけではなく、私が本気の同族関係にある存在すべてに忠実であることに由来する」(Char, *FH*, 209 ; 203)。ミシェル・フーコーがルネ・シャールの希望にみちた抵抗の精神を厳密に奉ずることは、いまや議論の余地なく明白である。故に、『言葉と物』の最初のページで、ボルヘスの台／表《テーブル》を「不可能なものの地図」と呼んだフーコーは、誇張法を用いて自分のことを語っていたのだと分かるのである。なぜならこのテーブルは、「フーコーの思想――美学を通じた認識論から政治まで――のあらゆる次元の核となる概念をつくり出すにあたり、秘訣を教えてくれる」のであるから。この分類法は、ジョルジュ・ディディ゠ユベルマンが説明する通り、「まさしく『テーブル』でも『常套句』でもなく、ヘテロトピアである作業領域を指し示すための概念――ゴヤやボルヘスの異質の作品をもとに構想するに難くない概念」なのである(Didi-Huberman, 2011a : 69)。

　到達できないのだから、アレフはどれほど好意的にみても、地平線といったところである。しかしそれに向かって進み、身を傾け、励み、骨を折ること、見失わないこともまた、「最善」である。ゾーンをあとにして、そうしながら私たちの「哀れな仲間たち」を連れていくために、私たちにできる最善である。これが人類のライフワークなのだ。「ライフ」という限定語に値する、唯一の仕事だ。ダンテの(そしてベケットの)煉獄の住人のように、ホモ・サピエンスは、亡者と影とわずかに蛍のいるゾーンに姿をあらわすが、しかしそれは――私たちは――希望に組みこまれている。ルネ・シャールの詩が命じ、懇願する通り、希望を行動へと――どれほど目立たず、取るに足らないものであろうと――転化させるとき、私たちの工事現場のすべてを、私たちが美で満たすのだ。

> 私たちの闇に〈美〉のための場所はひとつもない。この場所のすべてが美のためのものなのだ[89]。
>
> (Char, *FH*, 237 ; 215)

# 注

＊ 原注に加え、内容を理解する上で必要と思われる事柄を訳注として付した。訳注は冒頭に（訳注）と表記して区別する。

## 序章

（1） （訳注）ハイデガーは一九七一年『カイエ・ド・レルヌ』誌第一五号ルネ・シャール特集号に“Gedachtes”〔「想い」〕と題した七篇の詩を寄せた。冒頭には“für René Char/in freundschaftlichem Gedenken”〔「ルネ・シャールに捧ぐ／友情の記念として」〕と記されている。

（2） ミシェル・フーコーが生政治と呼ぶところのものが具える威力に抵抗しようとする、私たちの根源的な衝動の象徴として、シャールはユキノシタを選んだ。オックスフォード英語辞典によれば、ユキノシタの定義は「ユキノシタ属の植物、とくにタマユキノシタ。多数の種が小型の草葉をもち、葉は束生し、花は白、黄、赤で円錐形。多くが岩の割れ目に根をはる」。

## 第一章

（1） ミシェル・フーコー『精神疾患とパーソナリティ』〔中山元訳、筑摩書房、一九九七年〕。一九五四年にはまた、ジャン゠フランソワ・リオタールが、最初の本『現象学』〔高橋充昭訳、白水社、一九六五年〕を、現在でもフランス大学出版局が発行する百科辞典叢書、《クセジュ文庫》の一冊として出版した。

（2） Cf. Friedrich Nietzsche, *Unzeitgemäße Betrachtungen* (1876).〔『反時代的考察』小倉志祥訳、ちくま学芸文庫、一九九三年〕ウォルター・カウフマンによる英訳は *Untimely Meditations*.

(3) Jiří Šrámek, « Limites du roman durassien », *Études Romanes de Brno* 33（24）（2003）: 153.
(4) 語源はラテン語の « cantherius »（去勢された馬、駄馬）、« vitruve »（ブドウの木を固定する支柱）。
(5) Denis Diderot, « Salon de 1767 », in *Œuvres IV*, 594-635. Paris : Robert Laffont, 1996.
(6) Edgar Schneider, « Bataille à Cannes autour d'*Hiroshima mon amour* », *France-Soir* (May 10, 1959) に引用。
(7) ヤド・ヴァシェムは、「ホロコースト記念館」という名称で呼ばれるが、以下の説明で正確を期す。「（中世以来『破壊』という意味で用いられてきた）『ショア』という聖書の語は、一九四〇年代にはすでに、ヨーロッパにおけるユダヤ人殺害を指す、標準的なヘブライ語の用語になりました。『ホロコースト』という語は、類義語として一九五〇年代に使われはじめますが、もともとは祭壇のうえでまるごと火にかけるいけにえを意味しました。〔……〕『ホロコースト』が、ナチスがおこした犯罪とおぞましい出来事とをあらわす一般的な用語であると理解する人が多くいます。他の大量殺人行為にまで敷衍して使う人さえいます。したがって、別の言語においても、ヨーロッパのユダヤ人殺害と迫害に関しては、『ショア』というヘブライ語の言葉を用いるのが肝要と私たちは考えます」(https://www.yadvashem.org/yv/en/holocaust/resource_center/the_holocaust.asp)。閲覧日：二〇一六年一二月一九日。
(8) コレット・ロンドピエール（Colette Rondepierre）宛書簡、一九八三年三月二一日。In M. Duras, *OC II*, 803.
(9) 若干表現を改めて英訳した。
(10) « Se pencher sur le vide abyssal que constitue le martyre juif au XX$^{e}$ siècle, ainsi que le permet ce "silence de l'écriture", n'est pas s'y soumettre, mais bien plutôt tenter de le prendre à bras-le-corps » (Bogaert, 196).
(11) 『これほど長い不在 *Such a Long Absence*』のほうが、タイトルの英訳としては正確であるし、物語の雰囲気にもふさわしいだろう。バーバラ・ライトが一九六六年にシナリオを英訳した際は、題名をフランス語のままにした。
(12) « Entretien avec Alain Resnais » (« Tu n'as rien vu à Hiroshima ! »), 215.
(13) この成り行きについては、基本的ないくつかの点が以下にまとめられている。Jean Valliler, *C'était Marguerite Duras*, II, Fayard, 297 and 368n.
(14) マルグリット・デュラスは、『語る女たち』〔田中倫郎訳、河出書房新社、一九七五年〕の脚注でこの逸話に言及している。
(15) ロバート・ハーヴェイによる「ウタのノート」の書き起こしは、*OC II*, 105-12 に収録されている。
(16) « se souvenir de » という動詞表現は、「それを思い出す」ならば « s'en souvenir » になり、「その人を思い出す」ならば、« se souvenir de lui » か « se souvenir d'elle » となる。

（17）クリステヴァの『黒い太陽――抑鬱とメランコリー』〔西川直子訳、せりか書房、一九九四年〕の「苦悩の病――デュラス」と題された最終章を参照のこと。クリステヴァがデュラスの「鈍痛の言説」とよぶものは、カタルシスをもたらすいかなる解決をも妨げるために、潜在的に読者に害をおよぼす可能性があると、ごく簡潔にクリステヴァは論じる。

（18）« L'auteur de *Hiroshima mon amour* vous parle ». アラン・エルヴェによるインタビュー。*Réalité* 206 (Mars 1963) : 92.

（19）この二作品はともに、ジャン＝ポール・サルトルが創刊した月刊誌『レ・タン・モデルヌ』一九四七年一〇月号と一九五二年五月号に、つまり『木立のなかの毎日毎日』の出版に先んじて、発表された。

（20）Jean-Marc Turine, *Marguerite Duras. Le Ravissement de la parole*, INA/Radio France, 1997, 4CDs.

（21）アンドレ・ブランによるインタビュー。« Non, je ne suis pas la femme d'Hiroshima », 1.

（22）ラウル・ヒルバーグ〔一九二六～二〇〇七年。アメリカの歴史家〕の仕事に敬意を表して、ここで私はヨーロッパ・ユダヤ人の絶滅という、ヒルバーグの言葉を使う〔『ヨーロッパ・ユダヤ人の絶滅』望田幸男ほか訳、柏書房、一九九七年〕。

（23）未公刊の草稿。DRS 18.1 IMEC.

（24）アラン・レネは、ラジオでミシェル・ポラックのインタビューに答えて、すべてを直説法現在形で語り、二つの時間を縫いていくのだとしても、フラッシュバックは使わないというこだわりがどれほど強かったかを、一九六六年に回想する。« Histoire sans images », 一九六六年九月三日、ＩＮＡアーカイヴ、『ヒロシマ・モナムール』ＤＶＤ版に再録、EDV, 236.

（25）*Les Parleuses*, 60.

（26）*Ibid.*, 196-7.

（27）ボブ・ディランの「マイ・バック・ペイジーズ」と題された一九六四年の歌にあるリフレインは、『ヒロシマ・モナムール』から『愛人』（一九八四年）に至るまでデュラスが展開する論理を適切に表すものだ。「ああしかしあの頃の私はずっと年老いていた／いまではそれよりも若い」。

（28）『かくも長き不在』は、その年のカンヌ映画祭で、ルイス・ブニュエル〔一九〇〇～八三年〕の『ビリディアナ』とパルムドールを分け合ったほか、ルイ・デリュック賞を獲得した。

（29）ラ・ゾーン（La Zone）については、第四章で考察する。

（30）『これが人間か』〔竹山博英訳、朝日新聞社、二〇一七年〕から『溺れるものと救われるもの』〔竹山博英訳、朝日新聞社、二〇〇〇年〕まで、プリーモ・レーヴィにおけるこうした特徴に関する論考は、以下を参照。Harvey, 2010, 19-29.

（31）Madeleine Chapsal, « Entretien avec Marguerite Duras », *L'Express* (June 30, 1960) : 36.

(32) 映画はルンペン役にジョルジュ・ウィルソン〔一九二一〜二〇〇〇年〕、テレーズ役にアリダ・ヴァリ〔一九二一〜二〇〇六年〕を配した。詳細は以下を参照。Harvey, in Duras, *OC II*, 1657-63.

(33) これらの手紙は、『カイエ・ド・レルヌ』誌のマルグリット・デュラス特集号に転写された（*Les Cahiers de l'Herne*, 40-1）。

(34) デュラスが『苦悩』でこの話を語ったことはよく知られているが、それだけではなくて、名前を明かさずに、初期のフェミニスト誌でも語った（« L'horreur d'un pareil amour », *Sorcières* 4, September 1976）。

(35) 参照項を時系列順にならべると、ランボーのかの有名な「私とは他者である Je est un autre」はジョルジュ・イザンバールに宛てた一八七一年五月一三日の手紙にあり、ヴィクトル・シクロフスキーの異化（остранение）は一九一七年のエッセイ「方法としての芸術」で説明され、そしてジュリア・クリステヴァの『外国人——我らの内なるもの』（一九八八年）〔池田和子訳、法政大学出版局、一九九〇年〕がつづく。

(36) 「[……] 選択する意志への、自由な同意を選ぶならば、少なくともそれ以外の方法では、あらゆる自由を野から排除するならば、神はいつでも命令をくだすことができる [……]。したがって被造物がそれぞれただ神の目にだけ見せる、その存在の『接－断片』においては（あるいはその存在の／裂かれていない『節玉』においては）、神は無数のはりつめた点（あるいは節玉の無数の接－断）を選ぶことができ、上記の通りの仕方で被造物は神の意志に同意してきたし、同意する」（Hopkins, 153-154. 強調引用者）。ピーター・マンチェスターが二〇一五年七月に亡くなる前にこの引用部分について議論することができなかったことが悔やまれる。

(37) デュラスの技法が展開されるにつれ、デュラスはこの典型を主要作品で繰り返すことになる。主な例として、『ロル・V・シュタインの歓喜』と『ラホールの副領事』〔三輪秀彦訳、集英社、一九六七年〕がある。

(38) « Les Chantiers de Monsieur Arié » の全文は以下で読むことができる。*OC II*, 1129-30.

(39) ソフィー・ボガールは、IMEC所蔵の一九九〇年－2の時期の草稿（DRS 42.22）を分析した（*OC IV*, 1525-9）。しかしデュラスがテオドラをユダヤ人だと考えていたというヒントは、もっと早い時期からあり、一九四六年一二月に書かれた覚え書きにみてとれる。ディオニス・マスコロは『記憶の努力をめぐって』（一九八七年）で、それを以下のように「要約」（« Je la résume ici »）する。「[友人でユダヤ人である] カッツ夫人が、ルルド [?] の司教と聖職者たちと同じ車室に乗り合わせ、こう言った。『私の娘はドイツのガス室で死にました。もし私が神を信じていたとしても、信じるのをやめたはずです』。修道女と司教は、カッツ夫人に、神は各人に自由を委ねており、世界でもっとも強いものが当然勝つ様を説明する。犠牲になった無辜の人びとは、つまるところゲームの規則を守り、秩序を完遂し、掟をさだめる神の中立性のために犠牲になったのだと。カッツ夫人はこの出来事を伝えながら、結びつける。『ヒットラー支持者たちも同じことを言っていました』。神の摂理はＳＳの魂の共犯者であり、矛盾しないのである」（Mascolo, 72-3）。マスコロはこの覚え書きの著者を明かさない。マスコロ本人ではないのなら、ロベール・アンテルムかマルグリット・デュラスのどちらかだ。いずれにせよ、カッツ夫人は三人全員の「ユダヤ人の友だち」だったにちがいない。

（40）「従順な身体」は『監獄の誕生』の第三部「規律・訓練」の最初の章である。

（41）この例は、デュラス作品の多くで繰り返される。『ロル・V・シュタインの歓喜』および映画『ガンジスの女』におけるＳ・タラ、『ラホールの副領事』におけるバッタンバン、『インディア・ソング』〔『インディア・ソング　女の館』田中倫郎訳、白水社、一九七六年〕におけるカルカッタなど。

## 第二章

（1）ドイツ語の原題は *Kritik der Urteilskraft*. カントの書名をできるかぎり厳密に英語に翻訳したものとして、ほかに *Critique of the Power of Judgement* という英訳をポール・ガイヤーとエリック・マシューズが提唱する（New York : Cambridge University Press, 2000）。ここで私が用いる引用箇所はやはり、Ｊ・Ｈ・バーナード訳の *Critiaue of Judgement* と題された一九五一年版である。

（2）Lyotard, *Lessons on the Analytic of the Sublime*, esp. § 7, 159-91.

（3）Cf. Arendt, 1982.

（4）そう、親愛なる読者諸氏、「衝撃と畏怖」は「すみやかに支配権をわがものとする」ための軍事政策であり、二〇〇三年のイラクに対する先制攻撃にアメリカ軍が与えた名がその例である。Cf. Harlan K. Ullman and James P. Wade, *Shock and Awe : Archieving Rapid Dominance*. Washington, DC : National Defense University, 1996, and Harvey and Volat, 2006.

（5）ジャン＝ピエール・サエズが聴き手となったインタビュー「ロベール・アンテルムの仲間たち――ジョルジュ・ボシャン、マルグリット・デュラス、ディオニス・マスコロ、フランソワ・ミッテラン、エドガール・モラン、モーリス・ナドー、クロード・ロワのインタビュー」（英訳はジェフリー・ヘイト）の二一五ページで、ミッテランはほぼ同様の話をする（*On Robert Antelme's The Human Race : Essays and Commentary*）。

（6）「グレーゾーン」はもちろんプリーモ・レーヴィの著作に由来するもので、これは本書第四章で検討する。

（7）デュラスは一九六七年の小説の題 *L'Amante anglaise*〔ラマント・アングレーズ〕でも似たようなことをする。字義通りだと「イギリス人の恋人」だが、同音で「イギリスのミント la menthe anglaise〔ラ・マント・アングレーズ〕」と「粘土製の恋人 L'amante en glaise〔ラマント・アン・グレーズ〕」を両方とも暗示する。この作品の一九六八年の英訳で、バーバラ・ブレイが題名を英訳しなかったのも、むべなるかなである。

（8）　別の訳もありえる。たとえば『こうむった時間のモンタージュをやりなおす *Redoing the Montage of Times Suffered*』などだ（Didi-Huberman, 2010 : 11-67）。

（9）　このドキュメンタリーでは、収容所が解放された当時三三歳だったサミュエル・フラーが、ファルケナウの廃墟をさまよいながら語りをいれ、「強烈な悪臭 stench」を思い起こす。この言葉はすぐさまあの腐敗全体が放つ「悪臭 stink」とさらに格下げされるのだが。ＳＳの強制収容所の跡地を訪れ、周辺地を調べてみたことのある人なら誰しも、その近さと、人間の偽善というものが極める罪の深さに、愕然とするだろう。こうした考えが私の想いをよぎったのは、ある晴れた午後のザクセンハウゼンでのことで、そこでは明らかにショア以前に建てられた家々が、収容所の二メートルの高さの壁に接しているばかりか、二階は、その壁を見下ろしていたのだった。

（10）「それでもなお／いずれにせよ／やはり Malgré tout」は、ジョルジュ・ディディ＝ユベルマンに定番の副詞のうちのひとつである。

（11）　（訳注）「［……］（それはつまり言い訳であって、あたかもわたしが義務を果たさず、また、多めに見てもらうことを必要としているかのようなのである。このとき『義務』［devoir］ということを文字どおりに理解するというならば）。この夢はつまり生き残った者にとってきわめて一般的な罪悪感への傾向に由来しているのです」（ジョルジュ・ディディ＝ユベルマン『受苦の時間の再モンタージュ』森元庸介・松井裕美訳、ありな書房、二〇一七年、六二―六三頁）。

（12）　アメリカ第一歩兵部隊の兵たちの行動と、抑留者であった写真家センテーリエスの行動とを連結するといわんばかりに、この「適度な距離」に言及するのはディディ＝ユベルマンその人で、次のように書く。「収容所が解放されたとき、問題は、見ることにいかにして耐え、いかにして視線を向けるか［savoir supporter et porter le regard］ということだった［……］。時間がたつと、問題が今度はまったく別種のものになる。視点を定め、適度な距離を見いだすということだ」（Didi-Huberman, 2010 : 58）。「適度な」という言葉に、この場合、地形の面で適切なという意味と、倫理の面で適応したという意味の両方を読み取ることができる。

（13）「その偉容から感情にうったえる効果を十全に得るためには、ピラミッドに近づきすぎても、離れすぎてもいけない」（Kant, § 26, 90）。

（14）　リサ・ウォルシュはこれを、「デュラスによる現実界のかなたとの恐ろしい情事を、クリステヴァは政治的に無意味なものとしてのみならず、精神的に危険なものと読んだ」と簡潔に表現したあと、『黒い太陽』にくっきりと刻まれた警告を引用する。「デュラスの本は傷つきやすい読者の手に委ねるべきではない」（Walsh, 151 ; Kristeva, 227）。

(15)　Claude Damiens, « Marguerite Duras ou le silence au théâtre », *Paris-Théâtre* 198 (September 14, 1963) : 38.

(16)　Suzanne Lamy and André Roy, eds. *Marguerite Duras à Montréal* (Montréal : Spirale, 1981), 46.

(17)　デュラスがジョルジュ・バタイユの作品に抱く賞賛の念が、シナリオのこうした側面、さらには、『モデラート・カンタービレ』や「廊下で座るおとこ」といった、ほぼ同時期に書かれた作品の雰囲気やテーマを読み解く手がかりの一つであるのは間違いない。「廊下で座るおとこ」では、陋劣と判断されかねないものの度合いが、すっかりあからさまになっている。『空の青』を書いたバタイユは、機会があるごとにサン・ブノワ街五番地のデュラスのアパルトマンに集った仲間のグループの一人だった。『モデラート・カンタービレ』をミニュイ社から出版するために、自分を特別に手放すようガリマール社を説得して、デュラスは、ヌーヴォー・ロマンなるぼんやりとしたレッテルがつけられた集団に――一時的にせよ――加わるのみならず、ジョルジュ・バタイユの世界にぐっと近づいたのであった。ジョルジュ・バタイユは一九四六年に創刊した雑誌『クリティック』を、一九五〇年以来ベルナール゠パリシー通りの小さな事務所から率い、この雑誌の周辺では、モーリス・ブランショ、ルイ゠ルネ・デフォレほか、デュラスに近しい面々が活動した。

(18)　M. Foucault, « À propos de Marguerite Duras » (entretien avec H. Cixous), *Cahiers Renaud-Barrault* 89 (October 1975) : 8-22. 以下に引用する箇所は、*DE I*, 1630-9 に再掲されたインタビューを引用者が訳した。

(19)　スザンヌ・ダウは、« jeu du furet » を翻訳するのに、遠回しな表現を選択した。「どの手にボールがあるのかをあてる、室内のゲーム」。

(20)　「証人（testis）とは、第三者（terstis）としている誰かである」と書いたジャック・デリダ、およびとりわけ、以下を参照。Harvey, 2014.

(21)　マルグリット・デュラスとミシェル・フーコーが実際に出会ったり、行動を共にしたりした機会は、ほとんどない。ディディエ・エリボンの記述によると、フーコーが一九五五年にウプサラのフランス会館の館長を務めていたおり、フランス大使館がストックホルムに派遣した講演者のなかに、デュラスがいて、フーコーの歓迎をうけた（Eribon, 139）。クラウス・クロワッサンをテロ行為の廉で告訴した西ドイツへと、本人を送還することに抗議するデモを呼びかける際、デュラスとフーコーは、ジャン゠ポール・サルトルおよびシモーヌ・ド・ボーヴォワールに名を連ねた（411-12）〔『ミシェル・フーコー伝』田村俶訳、新潮社、一九九一年〕。

(22)　Roger Knobelspiess, *Q. H. S. : quartier de haute sécurité*. Paris : Stock, 1980, 11-16. ＨＳＵは high security unit（厳重監視地区）を意味する。

（23） カントの「崇高の分析論」は、イングランド、ドイツ、フランスにおいて崇高の概念に魅入られた一八世紀全体の精髄である。Cf. Samuel Monk, *The Sublime*. ロール・アドラーによると、ディオニス・マスコロは、フランス解放直後に、カントを再読したものと推定される（Laure Adler, *Marguerite Duras* (1998), Gallimard (Folio), 352）。『記憶の努力をめぐって』のなかに、マスコロがカントに言及する箇所がある（Mascolo, 61）。

（24） Cf. Rotman, 2008 and Harvey, 2010, 129-30.

（25） この「～のような何か something like」が果たす機能は、カントが als ob〔「まるで～かのように」〕に与えたそれとまったく同じであると私は読む。現実にあってほしいと願うもののような何かという心象を提供することができるがゆえに、想像力と呼ばれる機能は、よりよい世界をもたらすために必要な手段を理性に付与するのである。

（26） Cf. Bernard Williams, *Ethics and the Limits of Philosophy*.

（27） 「テオドラ」の「系譜学」をめぐる詳細な考察については、ソフィー・ボガールによる紹介を参照のこと（*OC IV*, 1525-9）。

（28） 一九四六年、ノイエンガンメ強制収容所およびブーヘンヴァルト強制収容所の生き残りであるダヴィッド・ルーセ〔一九一二～九七年。フランスのジャーナリスト〕は、エッセイ『収容所の世界 *L'Univers concentrationnaire*』を出版した。同書は、一九五一年に『かけはなれた世界 *A World Apart*』として英訳された。

（29） 『溺れるものと救われるもの』。

（30） Samuel Fuller, *A Third Face : A tale of Writing, Fighting, and Filmmaking*. New York: Alfred Knopf, 2002, 215.

（31） 『アトラス、あるいは不安な悦ばしき知 〈歴史の眼3〉』〔伊藤博明訳、ありな書房、二〇一五年〕の「通約不能なものの狂気と真理 Folies et vérités de l'incommensurable」と題された一節で、G・ディディ＝ユベルマンは狂気を前にしたプラトンとデカルトの受け止め方をこのように形容する。

（32） 英語版『ポストモダンの条件』に付されたリオタールのエッセイ“Answering the Question: What Is the Postmodern?”および『非人間的なもの』の“Introduction: About the Human”を参照。

（33） ディディ＝ユベルマンは注で、*Jean-François Lyotard. L'exercice du différend*, PUF, 2001, 241-60 における「不屈のもの De l'intraitable」に言及する。この本のもとになったシンポジウムのあと、ミゲル・アバンスールと私は、二〇〇〇年にルドリュ＝ロラン大通りのカフェ、デザルティストで、リオタールの著作全般における「不屈のもの l'intraitable」の重要性について、長時間はなしあった。アバンスールが研究対象とするこの傾向が、いかに目をひくものかを私は本人に指摘し、アバンスールも二五八ページの注1でそれを認めている。

## 第三章

（1） Robert Desnos, « VI. Pamphlet contre la mort » in *La liberté ou l'amour*（1926）. Gallimard, « L'imaginaire », 62.

（2） « Des espaces autres » の前書きを見よ。*DE II*, 1571.

（3） 死のわずか二カ月前のインタビューで、フーコーはいささかあいまいなヘテロトピアの定義を、ポール・ラビノウに伝えた。「社会のなかの一定の空間に見いだされる特異な空間で、その機能は他のものと異なっており、さらには正反対でさえある」（Rabinow, 20）。

（4） otherwise という語は古英語の *ōthre wīsan*〔別の仕方で〕に由来する。otherwise は « La difficulté est tout autre »〔「難しさはまったく別物だ」〕もしくは « Je me sens tout autre »〔「自分が別人のように感じる」〕といった文で、autre を英訳するやり方である。フランス語では、単刀直入に、こう言うこともできる。« Un espace autre n'est pas (seulement) un autre espace. »〔「別様である空間は（単に）別の空間ではない。」〕

（5） 1°（*DE II*, 1575-76）; 2°（*DE II*, 1576-7）; 3°（*DE II*, 1577-78）; 4°（*DE II*, 1578-9）; 5°（*DE II*, 1579-80）; 6°（*DE II*, 1580）.

（6） フーコーが用いた原語は、localisation, étendue, emplacement である。ミスコーウィックは、順番に emplacement, extension, site と英訳し、ロバート・ハーレーの訳は localization, extension, emplacement である。localisation という仏語に対して、ミスコーウィックが用いる emplacement は、フーコーの三番目の用語が emplacement であるだけに、明らかに謎かけのようになってしまう。しかしフーコーの emplacement に site という英語をあてたミスコーウィックの訳は、フランス語の emplacement とはまったくの空似言葉である英語の emplacement を用いるよりも、はるかに優れている。

（7） ドゥルーズはこの見識に富む一節を、こう述べて締めくくる。「フーコーは現代映画にことに似ている」（Deleuze, 72 ; 65）。ジル・ドゥルーズの著作と思想における、包摂的分離に関するより詳細な解説は、"Disjunctive Synthesis（or Inclusive Disjunction）" in Zourabichvli, 167-71 を見よ。

（8） Paul Ricœur, *Soi-même comme un autre*〔『他者のような自己自身』久米博訳、法政大学出版局、一九九六年〕および、Brian Rotman, *Becoming Beside Oneself. Witnessness* を参照のこと。

（9） Chelovek をフィリップ・ボウムは「人 person」と翻訳しており、それは道理にかなっているのだが、私はロベール・アンテルムと対比をするために、同じく可能な訳語「人間 human」をあてた。『ベルリンのひと』を最初に英訳したジェイムズ・スターンは「私は chelovek、人間だ（Ich aber bin ein Tschellawek, ein Mensch）」（Anonyma, 95）を「ヒト human being」と訳出した。フラ

ンス語の訳者は « un homme » と訳す。プリーモ・レーヴィの『これが人間か *Se questo è un uomo*』が人間の男性だけでなく人類全体を指しているのと同じである。

(10) *Une femme à Berlin. Journal 20 avril -22 juin 1945* と題し、フランソワーズ・ヴィルマールによって仏訳され、ガリマール社から二〇〇六年に出版された。原題は、*Eine Frau in Berlin. Tagebuchaufzeichnungen vom 20. April bis 22. Juni 1945.*

(11) 保守カトリックの作家ジョルジュ・ベルナノスは、『月下の大墓地』を一九三八年に出版したが、ベルナノスにとってフランシスコ・フランコに蹂躙されたスペインは、別様である空間となり、それによって自らが信仰する宗教とそれが支持する大義に対するベルナノスの見方が、決定的に変化したのである。

(12) これははじめ『死せる想像力よ想像せよ *Imagination morte imaginez*』として出版されたベケットの短い散文劇の題名である〔片山昇訳、『サミュエル・ベケット短編集』白水社、一九七二年〕。その重要性をめぐる議論は、以下を参照。Harvey 2010, 118-19ff.

(13) 「指導的立場にある要人」と「白いシーツとテーブルクロス」は、保存された映像で語るサミュエル・フラー自身の表現である。そのほかの引用符は引用者による。

(14) 裸の亡骸に服を着せることによって、現代の社会生活、政治生活ではほぼ完全に排除されてしまったとジョルジョ・アガンベンが考える尊厳が与えられることになる。以下を参照。*Homo Sacer : Sovereign Power and Bare Life*〔『ホモ・サケル――主権権力と剥き出しの生』高桑和巳訳、以文社、二〇〇三年〕および本書第六章。

(15) Filip Müller, *Eyewitness Auschwitz* (1979). フィリップ・ミュラーはスロバキアのユダヤ人で、ゾンダーコマンド（強制収容所内の労務部隊）に任命され、五度の殺害を立て続けに逃れた。クロード・ランズマンの壮大な映画『ショア』（一九八五年）の中心的な証言者である。

(16) 樺の木の森を意味するビルケナウという牧歌的な響きが、いまやほどきがたくアウシュヴィッツと対になって――空間を分かち合って――いることに、愕然とした思いを禁じ得ない。

(17) 参照箇所はすべてドゥルーズの『シネマ1』の英語版である〔『シネマ1＊運動イメージ』財津理ほか訳、法政大学出版局、二〇〇八年〕。

(18) Harvey, « Droit de regard droit. *Film* de Samuel Beckett au regard de *Tu m'*. » *Étant donné Marcel Duchamp 4* (2003) : 84-93.

(19) 世界中で単に「セリーヌ」の名で知られるが、著者の本名はルイ＝フェルディナンド・デトゥーシュであり、この名で第一次世界大戦の際はフランス語に従軍し（cf. Carnet du Cuirassier Destouches, 1913）、開業医をしていた。

(20) ハイデガー、アドルノ、フーコー、リオタール……。

(21) 保存資料のなかの草稿の一枚であり、シルヴィー・ルワニョンによって複製されている。*Les archives.* DRS 18757 – Jaune le soleil.

(22) デュラスは「43」という書き込みを削除した。

(23) IMEC (Institut Mémoire de l'Édition Contemporaine 現代出版物保存協会) のデュラス資料 Dossier DRS 18.6.

(24) ここではサミュエル・ベケットの作品のどれもが思い当たるし、ロベルト・ボラーニョの大作『２６６６』(二〇〇四年) もそうだ。

(25) « lieu commun » すなわち常套句にかけた表現であるが、「ありふれているとみなされるもののあかしえぬ場所」という不格好な訳が関の山である。

(26) この題名についても簡潔な訳は諦め、意味と言外の意味を伝えてみよう。「さらされた人びと、余分とみなされる人びと」あるいは映画製作のように「[……] エキストラとみなされる人びと」とも訳すことができるが « figures » もしくは « Figuren »〔人形〕へのほのめかしは捉えられていない――SSが名前を含めてすべてを剥ぎ取ったすべての人びとをおいやった、すさまじいまでに絶望的な区分である。

(27) « Ce qui expose en s'exposant » はモーリス・ブランショの『明かしえぬ共同体』(一九八四年)〔西谷修訳、筑摩書房、一九八四年〕の二五ページにある。ジャン゠リュック・ナンシーの『無為の共同体』(一九八八年)〔西谷修訳、以文社、二〇〇一年〕、『直面した共同体』(二〇〇一年) も、ブランショの著作の新版に、そのきっかけとして登場する。

(28) ディディ゠ユベルマンは *Schaukraft* という用語を、形容詞をつけずに用いる。ジークフリート・クラカウアーの使い方と同じだ。« Die Filmwochenshau », *Die Neue Rundschau*, Bd. II, 1931, in *Kino. Essays, Studien, Glossen zum Film*, Frankfurt-am-Main, Suhrkamp, 1974 ; 仏訳 « Les actualités cinématographiques », in *Le voyage et la danse*, 126 (cf. Didi-Huberman, 2012 : 98). いっぽう、一九二八年の時点ですでに、ヴァルター・ベンヤミンが、アーニャおよびゲオルグ・メンデルスゾーンに対する批評において、哲学者で筆跡学者のルートヴィヒ・クラーゲスについて、« seelische Schaukraft » すなわち「心の目でみるちから」という表現で評価している。*Der Mensch in der Handschrift* (1928), in *Gesammelte Schriften*, Bd. 3, 136. クラーゲスは « seelische Schaukraft » という表現を一九一七年の研究で用いた。*Handschrift und Charakter. Gemeinverständlicher Avriß der graphonologischen Technik*, 9.

(29) Martin Jay, "The Limits of Limit-Experience: Bataille and Foucault." *Constellation* 2 (2) (April 1995) : 155-74.

(30) これもマーティン・ジェイからの引用で、以下に参照されている。Thomas Elasesser, "Between *Erlebnis* and *Erfahrung* :

Cinema Experience with Benjamin." *Paragraph*（November 2009）: 229-312.

（31） Ferdinand Noack, *Triumph und Triumphbogen*, Warburg Library Lectures, vol. 5（Leipzig, 1928）, 162, 169（*Arcades Project*, 97）.

（32） Jean-Louis Cohen, « Les seuils de Paris, des fortifications au périphérique », L'Université de tous les savoirs. 上記講座における、二〇〇三年一〇月二八日の講義。

（33） ティエールの命により建設は一八四〇年にはじまったがルイ＝フィリップの法令により正式に許可されたのは一八四一年四月のことである。

（34） ちなみにニューヨーク、クイーンズ地区のカルヴァリー墓地には、三〇〇万人ほどが埋葬され、三六五エーカーの広さがある。世界最大の墓地はイラクのナジャフにあるワディ・アル・サラームで、一四八五エーカーに五〇〇万人が眠る。

（35） 中産階級の棺が、その尊大さと厚かましさに比例して、豪奢になるというだけではなくて、労働者階級における憧れの衝動が――どれほど質素であろうとも――個別の棺による個別の埋葬をひろめる原因になった。

**第四章**

（1） モンテーニュは「人喰い人種について Des cannivales」を第三一章として『随想録』の第一巻にいれた。一五七九年もしくは一五八〇年に書かれたものと考えられる。原文は以下の通り。« Je pense qu'il y a plus de barvarie à manger un homme vivant qu'à le mange mort mort, à deschirer par tourments et par geénes un corps plein de sentiment, le faire rostir par le menu, le faire mordre et meutrir aux chiens et aux pourceaux [...], que de la rostir et manger après qu'il est trespassé. »

（2） 『なしくずしの死』のラルフ・マンハイムによる素晴らしい英訳に全体にわたって勝手ながら手を加えた。原文は以下の通り。« [...] il reste presque rien de la muraille et du Bastion. Des gros débris noirs crevassés, on les arrache du remblai mou, comme des chicots. Tout y passera, la ville bouffe ses vieilles gencives »（*OC* I, 517）.

（3） « L'appui que vous preniez sur vos sens, l'appui que vos sens prenaient sur le monde, l'appui que vous preniez sur votre impression générale d'être. Ils cèdent. Une vaste redistribution de la sensibilité se fait, qui rend tout bizarre, une complexe, une continuelle redistribution de la sensibilité. Vous sentez moins ici, et davantage là. Où 'ici' ? Où 'là' ? Dans des dizaines d''ici', Dans des dizaines de 'là', que vous ne connaissez pas. Zones obscures qui étaient claires. Zones légères qui étaient lourdes. Ce n'est plus à vous que vous aboutissez, et la réalité, les objets même, perdent leur masse et leur raideur, cessent d'opposer une résistance sérieuse à l'omniprésente mobilité transformatrice »（*OC III*, 3）. H・シュヴァリエが "area" に代えたのを "zone" にもどした。強調は引用者による。

（4） Habilitations à Bon Marché〔安価な住宅〕の略称であるＨＢＭは一八九四年一一月三〇日のジークフリート法によって計画に移された。ＨＢＭは一九四九年にＨＬＭ（Habilitations à Loyer Modéré〔低家賃住宅〕）に代わった。クリス・マルケル監督〔一九二一～二〇一二年〕の『美しき五月』（一九六二年）にみられるＨＬＭ初期の映像は雄弁である。

（5） ジョージ・ヴァン・デン・アビールの見事な訳に、ごくわずかに修正を加えた。原文は以下の通り。« L'immense zone bruisse de milliards de messages feutrés. [...] Les désespoirs sont pris comme désordres à corriger, jamais comme le signes d'un manque irrémédiable » (Lyotard, 1993 : 36).

（6） 『哲学の貧困』は、マルクスが一八四七年にパリを追放され避難していたブリュッセルで書いた、ジョゼフ＝ピエール・プルードンによりその前年に出版されていた『経済的矛盾の体系あるいは貧困の哲学』に対する痛烈な批判である。マルクスがつけた題名は、プルードンの副題「貧困の哲学」を逆さまにし、プルードンを惨めな哲学者と鑑定する。主に経済学についてであるけれども、マルクスはプルードンに対して、経済学者としても敬意を失っていた。

（7） 「首をはねられた太陽 Decapitated sun」（ウィリアム・メレディス）、「太陽切断された首 The sun a severed neck」（ロジャー・シャタック）、「太陽　死骸のない頭 Sun corseless head」（サミュエル・ベケット）、「太陽　切り裂かれた喉 Sun slit throat」（アン・ハイド・グリート）、「太陽　切られた首 Sun neck cut」（シャーロット・マンデル）。「殺人 cutthroat」を二つに切りわける、ロジャー・パジェットの訳「太陽　首　きり Sun cut throat」は容赦のない太陽をほのめかして不気味である。

（8） イルシュについて書かれた、実のある論考のうちJSTOR〔人文・社会科学系の学術論文が掲載されたデータベース〕が表示する一番新しいものは、以下の通り。"The Populist School in the French Novel" by William Leonard Schwartz, *The French Review* 4 (6) (May 1931) : 473-9.

（9） ルモニエのほか、宣言に登場する名前で目立つのは、テリーヴ、ルイ・シャフラン、ルイ・ギルー、セリーヌ・ロット、ジャン＝ルイ・フィノ、そしてイルシュと並んで年長の世代では、リュシアン・デカーヴ、ロニー、さらにデュアメルがいた(Schwartz, 475)。

（10） 『キナノキ *The Bark Tree*』というのがバーバラ・ライトの明敏な翻訳であるが、*Le Chiendent* は文字通り訳すとメヒシバである。「犬歯」という訳も可能なのだが、その理由をめぐる議論については、以下を参照。R. Harvey, « Queneau / Dog / Man / Body: Coup de dédé ou jeu de Descartes ? », *Gravia* 6（2）(1996) : 18-32.

（11） 原文は以下の通り。« Autour du métro, près des bastions croustille, endémique, l'odeur des guerres qui traînent, des relents de villages mi-brûlés, mal cuits, des révolutions qui avortent, des commerces en faillite. Les chiffonniers de la zone brûlent depuis des saisons les mêmes petits tas humides dans les fossés à contre-vent. C'est des barbares à la manque ces biffins pleins de litrons et de fatigue. Ils vont tousser au Dispensaire d'à côté, au lieu de balancer les tramways dans les glacis et d'aller pisser dans l'octroi un bon coup. Plus de sang. Pas d'histoires. Quand la guerre elle reviendra, la prochaine, ils feront encore une fois fortune à vendre des peaux de rats, de la cocaïne et des masques en tôle ondulée »（*OC I*, 240）.

（12）　左派の政党はまったく耳を貸さないだろうが、セリーヌは啓蒙運動以降、革命が起きては失敗する理由を、経験上知っている。

（13）　ルイ＝フェルディナン・デトゥーシュは、第一次大戦の実戦を最初に目にした人びとのうちのひとりである。伍長の階級に達していたデトゥーシュは、ある作戦で大けがを負い、軍功章を授与された。デトゥーシュ／セリーヌの人生は起伏に富み、複雑で、興味をそそるけれども、ここでこれ以上詳述するには要素が多すぎる。もっとも優れた伝記のひとつに、Henri Godard, *Céline* がある。

（14）　フーコーがあげる例のなかで顕著なのがジュイである。この不釣り合いな名前は、その性的エネルギーの勝手気ままな消費にはぴったりである〔『知への意志』で紹介される農民。一八六七年「少女にちょっと愛撫してもらった」廉で告発され、有罪となり、医師によって鑑定され、報告書が刊行された。ジュイは「享受した」の意〕。

（15）　Céline, *Lettres*. Paris: Gallimard（Bibliothèque de la Pléiade, 558）, 2009.

（16）　たとえば、以下。Henri Godard, *Céline : une biographie*, 2011.

（17）　『城から城』（一九五七年）〔高坂和彦訳、国書刊行会、一九七九年〕、『北』（一九六〇年）〔高坂和彦訳、国書刊行会、一九八一年〕、そして死後出版された『リゴドン』（一九六九年）〔高坂和彦訳、国書刊行会、一九八三年〕。

（18）　『わが友ピエロ』は以下に参照がある。Cohen, 215, n. 59 ; fig. 108. お月様のようにまんまるな顔をしたピエロが月を眺めている。月は地球上で気がふれた人たちを支配している。ルナパークを小説の目的にあわせてリュニ＝パーク（l'Uni-Park）に変形した――英語のルーニー・パーク（looney park〔気がふれたパーク〕）と音が似ていることは織り込み済みだった。

（19）　原文は以下の通り。« Un vélo coupé en tranches / Un coup dur qui se déclenche / Des voyous des malappris / [...] / La putain qui se déhanche / Un passant séduit se penche / C'est cent sous pour le chéri »（*OC I*, 133. 訳文は引用者による）.

（20）　クロード・ドボンの注の通り、以下で発表された。*La Rue* 6 (July 12, 1946) : 2（*OC I*, 1211）.

（21）　原文は以下の通り。« [...] mais moi qui / me promène aux fortifications j'hésite ainsi / que je dise la mare des sintifs des saintifications / et qu'au-delà s'envole l'herbe qui que quoi donc »（*OC I*, 835）.

(22)　こういうクノーの思考の一面を、私が思うにミシェル・フーコーは見逃したようだが、気がついたなら興味を引かれたはずである。

(23)　選考メモにクノーは次のように記した。「論評――著者は『異邦人』におけるカミュの様式で書きたかったものと思われる。成功したといっては言い過ぎだろう。前半は悪くない。いささか使い古された感のある単純過去がきいている。後半は退屈である。全体としてはつぎはぎだらけの子どもである。著者は原稿を書き直すべき。とはいえこの小説は出版にふさわしい」(*OC I*, 1428-9)。あわせて以下も参照。Raymond Queneau, « Un lecteur de Marguerite Duras », *Cahiers Renaud-Barrault* 52 (December 1965) : 3-5.

(24)　デュラスの人生をかけたレジスタンスと対独協力との間の揺れに鑑みると、アルフォンス・ブダール〔一九二五～二〇〇〇年。フランスの作家。レジスタンスに参加したのち、ギャングとなり、監獄で文学に出会った〕が『大悪党たち *Les Grands Criminels*』(Paris : Le Pré aux Clercs, 1989) のなかでルトレルについて書きながら、共産党のスローガンをもじったのは皮肉である――第五章は「きちがいピエロあるいは銃をぶっぱなす明日 Pierrot le fou ou les Lendemains qui flinguent」である〔共産党のスローガンは「歌う明日 les lendemains qui chantent」〕。ブダールそのひとも、サン゠アントニオの偽名のほうがずっとよく知られているが、ラ・ゾーン (la Zone) 研究の、二〇世紀パリのスラングの文学における使用の研究の対象になりえる。

(25)　*Les Temps modernes* 79 (May 1952) : 1952-81.

(26)　この思いつきとそれを生む概念の発想の源の一部は、先に引用したディディ゠ユベルマンの論考の題名『陳列された人びと、エキストラの人びと／遺体置き場の人びと』である。「名もなき人びと」に言及したページで、ディディ゠ユベルマンは、名前のないエキストラたちに対して共感をもって作品を撮影しようとした映画監督の例をいくつかあげている。ルイス・ブニュエル、ヨリス・イヴェンス、グラウベル・ローシャ、ピエル・パオロ・パゾリーニ、アキ・カウリスマキ、ジャン・ルーシュ、フレデリック・ワイズマン、ヨハン・ファン・デル・クーケン、ミハエル・グラウガー、ワン・ビン、それにドキュメンタリー作家のパヴェウ・サラ、オマー・ファスト、クラシミルである。

(27)　ちなみに「ブック・リーダー book reader」という語について、オックスフォード英語大辞典が定義としてあげる、「本の電子版やあるいは他のデジタル版の文章を読むことができる、手に握れる大きさの機器」を指しているわけではない。私は本来の意味が好きだ。

(28)　「ラ・ゾーンの位置は、『第三の前衛』としてしられる、ドキュメンタリーと社会学的研究〔を合体させたもの〕の一群のなかにある」(Smith in Aitken, 510-11)。

(29)　「都市の一日という『ラ・ゾーン』の語りの構造は〔……〕、同時代のほかの映画にもみられるもので、『時のほか何ものもなし』（アルベルト・カヴァルカンティ、一九二六年）と『伯林――大都会交響楽』（ヴァルター・ルットマン、一九二七年）などがあげられる」（Langlois in Aitken, 1034）。

(30) ゴミ箱は――ばた屋たちの抗議にもかかわらず――首都の住民に、映画の四四年前に義務づけられた。〔「ゴミ箱 poubelle」の由来となった〕ウジェーヌ＝ルネ・プベルはセーヌ県知事であった。（面白いことに、プベルの名前を冠する通りは、裕福な人が住む一六区にあるが、短すぎて番号をふられた住所がひとつしかない、数少ない通りの一つである。）

(31) ユダヤ芸術歴史博物館におけるフロラン・ペリエの企画展『ヴァルター・ベンヤミン・アーカイヴス』の一部、「ヴァルター・ベンヤミンのパリ Le Paris de Walter Benjamin」にラ・ゾーンが入れられたことからもわかるとおり、『パサージュ論』の著者であるベンヤミンがパリ滞在中にラコンブの映画を観た可能性は否定できない。

(32) ベンヤミンの臨界点という概念は、ロラン・バルトが『明るい部屋』〔花輪光訳、みすず書房、一九八五年〕で説明し例証した「プンクトゥム」〔観る者の教養がとりだす写真の意味、すなわちストゥディウムに対し、観る者を揺さぶる予見できない細部〕という概念にほぼ匹敵する。

(33) 題名の全体は、『パリ秘話。知られざる生業、シルデベール街、夜に働く人びと、くず屋の邸宅』である。

(34) メニーの著作について、ネズビットは以下のように記す。「カトリック系社会主義者たちの支援をうけて出版された叢書の一冊で、くず屋（chiffonniers）と社会のそのほかの人たちとの間の分離の度合いを分析した。それは不穏な溝で、調べるほどに不穏になっていく。ここでの隔たりは政治的どころではなかった――理解不能だった」。

(35) ネズビットは余談として「こうした空間はピカソの〔『静物――オ・ボン・マルシェ』というコラージュ作品に挿入された〕『ここに穴 trou ici』〔という言葉〕のように、写真のなかに突っ込まれている」（Nesbitt, 173）と付け加える。

(36) ニーチェが自分の論考に『反時代的考察』と名づけたとき、彼が言いたかったにちがいないことに見当をつけたつもりだ。

(37) Jean-Louis Cohen, « Les seuils de Paris ».

(38) 英語版の編者によると、「一八六一年版の結びの草案 Projets d'un épilogue pour l'édition de 1861」のこと（Harvard University Press）。

(39) "Und zwar ist dieses zur »Lesbarkeit« ein bestimmter kritischer Punkt der Bewegung in ihrem Innern."「内部の」あるいは「のうちに」の先行詞を埋め、わずかにこの節の表現を変えた。この節は非常に密度の高い段落にあり、別の箇所で全体を引用する機会がある。

(40) 「くず屋の葡萄酒 Le vin des chiffonniers」が書かれたのは、ボードレールが「美しき有用性」を信奉していた時代だったという仮定については、いろいろなことが言えるだろう。(この詩の初出が『悪の華』の初版であるからといって、この問題に確実な答えはない。――「殺人者の葡萄酒 Le vin de l'assassin」が最初に出版されたのは一八四八年だ――『葡萄酒商の声』紙上にである!)ばた屋の詩は、詩人の保守反動的な発言をはげしく否定する。ボードレールに対する批判は、この詩を見落としている(*Arcades Project*, 350)。

(41) とりわけ、Harvey 2010, 7-8, 61-9 を参照。

(42) G・ディディ＝ユベルマンのこの推移に関する所見を見よ(Didi-Huberman, 2010, 48)。ここでディディ＝ユベルマンはナチスが残虐非道をつくしていたファルケナウを「原光景」と述べるが、フロイトを誤解していると思う。

(43) あまりに異様なので、この集団は、ヘンリー・ミラー〔一八九一～一九八〇年。アメリカの作家〕の『北回帰線』〔大久保康雄訳、新潮社、一九五三年〕で描かれるような「一部は真の芸術家、一部は真のヤクザ者で構成される〔……〕ルンペン・プロレタリアート一派」というジョージ・オーウェル〔一九〇三～五〇年。イギリスの作家、批評家〕による性格描写すら歯が立たない(*Inside Whale*, 132〔『鯨の腹のなかで』小野寺健ほか訳、平凡社、一九九五年〕)。

(44) ディディ＝ユベルマンによる「人間の外観の『不潔な地帯《ゾーン》』」をめぐる議論を参照(Didi-Huberman, 2012 : 35-40)。

(45) 一九五六年には竣工されていたこの環状道路の開通式は、ピエール・メスメル首相が一九七三年四月二五日におこなった。

(46) 上述したとおり、かつてティエールの壁にそった通り道の内側にできた、パリを囲む大通りは、すべてナポレオン軍の元帥の名前を冠する。しかし実はイヴリー＝シュル＝セーヌ市にある、ラ・ゾーン大通りの名前は、ドイツ軍占領時代に刑務所に入れられ、その直後に死亡した、地元の著名な共産党員の名にちなんで、一九四五年にイポリット・マルケス大通りに変えられた。一方で、この大通りが一九二九年にパリに併合され、二〇世紀後半を通じて首都と断固左派を貫く郊外との間で〔『ガルガンチュア物語』で描かれ、とるにたらない原因で戦争にいたる〕ラブレーのピクロショリーヌ戦争もかくやの「名づけ合戦」が闘われたという事実を、イヴリー当局は忘れてしまった(あるいはわざと見て見ぬふりをした)。

(47) *Le Partage des voix*.〔『声の分割』加藤恵介訳、松籟社、一九九九年〕

(48) Cf. Didi-Huberman, 2012 : 106 ; Rancière, *Le Partage du sensible. Esthétique et politique*, 12, 14, 17.

(49) ランシエールが最初にこの概念を論じた著作は、*Disagreement : Politics and Philosophy*, 57-60, 124-5〔『不和あるいは了解なき了解』松葉祥一ほか訳、インスクリプト、二〇〇五年〕。ガブリエル・ロックヒルは、パルタージュ(partage)という語をジャック・ランシエールの場合に“distribution”と英訳する方針をこう説明する。「« le partage du sensible » は « partition of the sensible » と英訳されることもあるが、このフランス語の表現が指すのは、知覚の順序を律する絶対の法則であり、共通の世界をうけとる場所と形が知覚に書き込まれ、まずその知覚の形態を確定することによって、場所と形を分配する法則である。知覚できるものの分配はかくして、知覚は見えるもの・聞こえるもの、同様に話せるもの、考えられること、作れること、できることにまつわる、限界と感覚一式に基づく、という自明の事実からなりたつ仕組みを生む。厳密にいえば、『分配』はしたがって包摂と除外という二つの形を意味する。sensible というのは、もちろん優れた感覚や判断をしめすものではなく、アイステートン（*aistheton*）であるもの、すなわち感覚によってとらえることのできるもののことを指す」（Rancière, 2004 : 89）。

（50） ガブリエル・ロックヒルの以下の説明の通りである。「« le commun »――それぞれ『何か共通のもの something in common』『共通の何か something common』『共通するもの what is common』もしくは『共同体に共通するもの what is common to the community』と英訳した――は厳密にいえば共同体をつくりうみだすものであって、単に共同体の構成員全員が共有する属性のことではない。同じ語の形容詞 « commun » は文脈によって『共通の common』『共有する shared』『共同体の communal』と訳し分けた』（109）。

（51） “remanence” という語の定義として、『オックスフォード英語大辞典』は物理学と地学における用法――「磁場が取り去られたあとも残留する磁気」――をあげるが、これはこの語の廃れてしまった定義「あるものの残留する跡、残余、思い出させるもの」の名残である。

（52） ディディ＝ユベルマンはフーコーの以下の箇所を引用している。*MC*, 8; *OT*, xvi.

（53） Robert Jay Lifton and Greg Mitchell, *Hiroshima in America : A Half Century of Denial*, New York : G. P. Putnam's Sons, 1995.〔『アメリカの中のヒロシマ』大塚隆訳、岩波書店、一九九五年〕

（54） 「犠牲者も否、死刑執行人も否」は戦後発行された新聞『コンバ』紙上で、一九四六年一一月にアルベール・カミュが連載した、八つの論説の題名である。

（55） ピーター・ディメッツによれば「ボードレール、あるいはパリの街路」は「社会研究所に提出した梗概」である「パリ、一九世紀の首都」の第五番目の覚え書きである。初版は一九五五年、ズールカンプ社から出版された *Illuminationen* に、*Paris, die Hauptstadt des XIX. Jahrhundert* という題名で収録された。英訳はピーター・ディメッツによる。*Reflections*, 156.

（56） Marc Blanchard, « Auteuil, le sacré, le banal, la zone », *MLN*〔Modern Language Notes〕105（4）（September 1990）: 707-26.

（57） ジョルジョ・アガンベンはこれを最初フランス語で発表し、「収容所とは何か Qu'est-ce qu'un camp ?」という題で *Moyens sans fin. Notes sur la politique*（Paris : Payot and Rivages, 1995）〔『目的のない手段――政治についての覚え書き』高桑和巳訳、以文社、二〇〇四年〕に収録した。その後、『ホモ・サケルⅠ』に再録。本文にあてはめるために、語順に若干修正を加えた。

(58)　« Qu'est-ce qu'un camp ? », in Giorgio Agamben, *Moyens sans fin : Notes sur la politique*, Éditions Payot & Rivages (Bibliothèque Rivages), 1995, 45-56.

(59)　米国人についていえば、強制収容所の起源を一八九六年にスペイン人がキューバにつくった収容所にもとめる歴史家がいるという事実に、皮肉を感じるかもしれない――そのまさにキューバに、アメリカが運営するもっとも有名な強制収容所〔グアンタナモ湾収容所〕があるのだから。

(60)　ここで私自身も修辞を用いているので、何をしているのかが読者全員に誤解なくみてとれるように書いておくと、ジャン＝フランソワ・リオタールが初期につかった言説《ディスクール》／形象《フィギュール》という重要な批評装置をわざと持ち出している。

(61)　Walter Benjamin, *The Arcades Project*, 462-3.

(62)　ミシェル・フーコーは一九二六年一〇月一五日に生まれた。

## 第五章

(1)　Beckett, 1995 : 125.

(2)　Borges, 1949 : 283.

(3)　次の注で参照した著作の共編者であるベルナール・アラゼが、個人的なメールのやりとりで、こう説明してくれた。「ここに出てくる当時の知識人たちは、書簡に日付をいっさい書かないので、まったくの推論で『一九六八年から一九七〇年の間』と示しました。このフーコーからの手紙は、『破壊しに、と彼女は言う』が一九六九年で、『アバン』が一九七〇年なので、一九七〇年だと思われます。ただ正確な日にちをお伝えすることはできません」。

(4)　Bernard Alazet and Christiane Blot-Labarrère, *Marguerite Duras*. Paris : Les Cahiers de L'Herne, 2005, 55.

(5)　ルネ・シャールは『失われた裸 *Le Nu perdu*』という題で一九六七年から一九七〇年の間に書かれた詩で編まれた詩集にある、「残像 Rémanence」という題名を冠する詩で、残像の意味を翻訳する（Caws / Kline, 438-9）。

(6)　「まだこれというものにあたっていないのだ、決定打を、むしゃくしゃする供給過剰の言葉からもちあげていないのだ、どんな言葉で名づけ得ぬ言葉を名づけようか。それでいて私にはつよい希望がある［……］」。Samuel Beckett. *Texts for Nothing* VI, 125. Cf. Robert Harvey, *Witnessness*, 36, 132.

(7)　（訳注）科学的認識の前提となる問題の立て方や問いの構造に、画期的な変化がおこるという、認識の非連続性のこと。

(8)　（訳注）医師であり哲学者であるカンギレムは、バシュラールの認識論を受け継ぎつつ、物理化学に還元されない、生物学の哲学を目指し、生命について考察した。

（9）　以上の内容は、一九六八年の春、『エスプリ』誌の読者からよせられた質問に対する解答で、すばらしく明快にフーコー自身が論じている。Cf. « Réponse à une question [*sic*] », *Esprit*, 371（May 1968）: 850-74 ; *DE I*, 701-23 に再掲。引用箇所は p. 705.

（10）　『メリアム＝ウェブスター英英辞典』によると、「論理学において、それを構成する要素命題のいずれか、もしくは両方が真であった場合に、真である複合命題」。

（11）　原文は以下の通り。« [...] plusieurs constructions peuvent articuler le même texte, autorisent des systèmes de lectures incompatibles, mais tous possibles : une polyvalence rigoureuse et incontrôlable des formes. » « Dire et voir chez Raymond Roussel », *Lettre ouverte* 4（Summer 1962）, in *DE I*, 211.

（12）　たしかにフーコーは一九七五年のインタビューで文学を「大いなる異邦のもの la Grande Étrangère」と呼んだ。しかしこの問題については本質的にニーチェと一致していて、言語の異質性、異邦性はその文学におけるあらわれと区別することができないということが分かっている。Cf. *DE I*, 1602.

（13）　Roger Laporte, *La Veille*, Paris : Gallimard, 1963.

（14）　原文は以下の通り。« Et dans cette nuit, ou plutôt（car la nuit est épaisse, close, opaque ; la nuit partage deux journées, dessine des limites, dramatise le soleil qu'elle restitue, dispose la lumière qu'elle retient un moment）dans ce 'pas encore' du matin qui est gris plutôt que noir, et comme diaphane à sa propre transparence, le mot neutre de veille scintille doucement. » « Guetter le jour qui vient », *La Nouvelle Revue française* 130（October 1963）: 709-16. In *DE I*, 289-96. 英訳は以下の通り。« Standing Vigil for the Day to Come », by Elise Woodard and Robert Harvey. *Foucault Studies* 19（2015）: 217-33.

（15）　Michel Foucault, *Raymond Roussel*, Paris : Gallimard, 1963.

（16）　〔以下はフランス語原文。« Compagnons pathétiques qui murmurez à peine, allez la lampe éteinte et rendez les bijoux. Un mystère nouveau chante dans vos os. Développez votre étrangeté légitime. »〕« Préface », in *Folie et déraison. Histoire de la folie à l'âge classique*. Paris : Plon, 1961, i-xi ; in *DE I*, 187-195. *DE* の編纂者は「この序文全体は初版にしかない。一九七二年以降、三つの改訂版からは姿を消す」という注をほどこした（187）。

（17）　メアリー・アン・カウズの説明によると「一九三八年から一九四四年の間にかかれた詩は［……］『孤立して留まって *Seuls demeurent*』（*There Remain Only*）という題のもとにまとめられた」（Caws 1977 : 24）。私たちが「他の空間について Of Other Spaces」という英訳を「別様の空間について Of Space Otherwise」に修正したのと同様に、カウズの英訳は副詞をごく正しい場所に置く点で、巧みで正確である。

（18） Timothy O'Leary, "Foucault, Experience, Literature", *Foucault Studies* 5（January 2008）: 7. オレリーは「別の仕方で考える penser autrement」というフーコーの語を『性の歴史』第二巻から引用（*VP*, 15 ; *HS*, 9）。

（19） Cf. Paul Veyne, 185-6.

（20） *DE I*, 9-128.

（21） ルネ・シャール、ミシェル・フーコー双方の親友であったポール・ヴェーヌは、奇抜な聖人伝『フーコー　その人その思想（*Foucault, sa pensée, sa personne*）』（2008）〔慎改康之訳、筑摩書房、二〇一〇年〕の注のなかで、フーコーが出典を明示しないシャールの引用をいくつかつきとめる――《『忠誠 *Allégeance*』から「幸福な漂着物のように comme une épave heureuse」〔既存の英訳では「難破して幸せ happy to be shipwrecked」〕が『言葉と物』（p. 9）、「かつて草は狂人には優しく冷血漢とは敵対していた Jadis l'herbe était bonne aux fous et hostile au bourreau」が『狂気の歴史』（p. 320）、他の引用は *DE I*, 164, 167（頁の冒頭と末尾）、さらに p. 197 にある。また、極めて珍しい動詞「軽くする *allégir*」が『性の歴史』（p. 95, 320, 549）に見られる。*DE I*, p. 65 のエピグラフおよび『性の歴史』〔第一巻〕の裏表紙にあるシャールの引用もみよ。さらに「歓喜（allégresse）」という語の使い方もシャールから借りている（Cf.『群島をなす言葉』の末尾のシャール）。上述したとおり、「動作の対象をもたない（intransitif）」という語を、フーコーは専門用語に変えたが、それはシャールの「形式上の分割」から借りたものだ」》（p. 223-4, note 2. 英訳に修正をくわえた、p. 184）。

（22） 〔以下はフランス語原文。« Quand les cimes de notre ciel se rejoindront Ma maison aura un toit. »〕この詩は「私たちの時代には（De notre temps）」という題で *Dignes de Vivre*（Monaco et Paris : Éditions littéraires de Monaco et Julliard, série Sequana, 1944）に収録されている。英訳はバシュラールの『空間の詩学』のマリア・ジョラ訳による。

（23） （訳注）本書「序章」の注1参照。

（24） Mathieu Lindon, *Ce qu'aimer veut dire*. Paris : P.O.L., 2011.

（25） 一九六六年六月一五日〔テレビ番組〕「レクチュール・プール・トゥス」のピエール・デュマイエによるフーコーのインタビュー。

（26） Cf. 249, 387. フーコーが（バタイユに向けた尊敬の念につづいて）ブランショに抱く尊敬の念は、ポスト構造主義に与する同時代人たちとは少し趣が異なる。近年明るみにでたブランショのファシスト的かつ反ユダヤ的傾向（cf. Jean-Luc Nancy, David Uhrig, Michel Surya）に照らせば、フーコーの政治参加とブランショの戦後期のそれを本格的に比較するのは、意義のある研究になるだろう。

（27）　原文は以下の通り。« De règle et de méthode, je n'en ai retenu qu'une, celle qui est contenue dans un texte de Char, où peut se lire aussi une définition de la vérité la plus pressante et la plus retenue... “Je retirai aux choses l'illusion qu'elles produisent pour se préserver de nous et leur laissai la part qu'elles nous concèdent” ». この詩は『激情と神秘』から引用されており、題名は Suzerain すなわち「封建君主」である。

（28）　原文は以下の通り。« Je n'aurai pas le droit d'être tranquille tant que je ne me serai départagé de “l'histoire des idées”, tant que je n'aurai pas montré en quoi l'analyse archéologique se distingue de ses descriptions »（179）. 英訳において「思想史」を繰り返したのは不格好ではあるが、フーコーの意図するところを間違いなくはっきりさせるためには、やはり必要である。

（29）　原文は以下の通り。« Le mot d'archéologie n'a point valeur d'anticipation ; il désigne seulement une des lignes d'attaque pour l'analyse des performances verbales [...]. Elle a rapport aussi à des formes scientifiques d'analyse dont elle se distingue soit par le niveau, soit par le domaine, soit par les méthodes et qu'elle jouxte selon des lignes de partage caractéristiques [...] »（*AS*, 269）.

（30）　「和声と対位法をジャン・ラングレのもとで」学んだのち「［バラケは］メシアンの楽曲分析講座に参加した。バラケは才能あふれる若き音楽家たちのグループと知り合い、ともにセリエル音楽思想の理論を、先例のないレベルにまで展開した」（G. M. Hopkins, 952）。

（31）　エリボンの記述の完全な形は、フーコーが「名指されないために、その存在は陰のうちにとどまろうとも、全行にわたってバラケについて語っている」というものだ（Eribon, 115）。ポール・ヴェーヌもこれに同意し、この読解を補強する。フーコーとバラケとの関係に関するエリボンの議論の全体は、p. 112-18 にある。エリボンの次の著作も参照のこと。*Réflexions sur la question gay*, 351-9.

（32）　（訳注）原文は以下の通り。« Il faut continuer, je ne peux pas continuer, il faut continuer, il faut dire des mots tant qu'il y en a, il faut les dire jusqu'à ce qu'ils me trouvent, jusqu'à ce qu'ils me disent —— étrange peine, étrange faute, il faut continuer, c'est peut-être déjà fait, ils m'ont peut-être déjà dit, ils m'ont peut-être porté jusqu'au seuil de mon histoire, devant la porte qui s'ouvre sur mon histoire, ça m'étonnerait si elle s'ouvre »［「続けなければいけない、私には続けられない、続けなければいけない、言葉ある限り言葉を言わなければいけない、言葉が私を見つけるまで、私に語りかけるまで、言葉を言わなければいけない――奇妙な苦痛、奇妙な過ち、続けなければいけない、もしかしたらもう終わっているかもしれない、もしかしたらもう言葉は私に語りかけたのかもしれない、もしかしたら言葉はもう私を私の物語の入口に、私の物語に向かってひらく扉の前まで連れてきたのかもしれない、扉がひらくはずもない」］.

(33)　私に見つけられる限り唯一の、フーコーによるバラケのはっきりした言及は、P・カルーゾが『ラ・フィエルタ・レッテラリア』誌上でおこなったインタビューのなかにある。フーコーはこう説明する。「私がはじめて文化的衝撃を感じたのは――ブーレーズやバラケといった――フランスのセリーのそして十二音階の音楽家たちのおかげです。この人たちと私は友情で結ばれていました。私にとっては、それまで生きてきた弁証法の世界の最初の『かぎ裂き』なのです」。"Che cos'è Lei Professor Foucault?", *La fiera letteraria* 62 (39) (September 28, 1967) : 11-15 ; in *DE I*, 641.

(34)　ここでは試訳を載せたが、『臨床医学の誕生』には新たな英訳が必要であると痛切に感じる。

(35)　原文は以下の通り。« Ce partage, destiné à protéger, communique la maladie et la multiplie à l'infini » (*NC*, 18).

(36)　交差対句法は、フーコーお気に入りの修辞技法のひとつである。章末によく用いられる。『臨床医学の誕生』第九章「不可視なる可視」は、交差対句法の変形で終わる。「死はその悲劇的な楽園をさり、人間の叙情的な芯となった。すなわち人の目に見えぬ真実、人の目に見える秘密に［son invisible verité, son visible secret］」(Foucault, *NC*, 176 ; *BC*, 172)。

(37)　以下の節の英訳を大幅に修正した（そして改善したとおもう）。« [Les résistances] sont donc [...] distribués de façon irrégulière : les points, les nœuds, les foyers de résistance sont disséminés avec plus ou moins de densité dans le temps et l'espace, dressant parfois des groupes ou des individus de manière définitive, allumant certains points du corps, certains moments de la vie, certains types de comportement. Des grandes ruptures radicales, des partages binaires et massifs ? Parfois. Mais on a affaire le plus souvent à des points de résistance mobiles et transitoires, introduisant dans une société des clivages qui se déplacent, brisant des unités et suscitant des regroupements, sillonnant les individus eux-mêmes, les découpant et les remodelant, traçant en eux, dans leur corps et dans leur âme, des régions irréductibles » (Foucault, *VS*, 127).

(38)　『夜の果てへの旅』の紹介におけるアンリ・ゴダールの評を読んで、以上の推測をすると、この弱点が『なしくずしの死』の欠陥の原因ではないかと推量したくなる。Céline, *Romans I*, 1208ff.

(39)　原文は以下の通り。« Or ce qui, en juin 1837, fut adopté pour remplacer la chaîne, ce ne fut pas la simple charrette couverte dont on avait parlé un moment, mais une machine qui avait été fort soigneusement élaborée. Une voiture conçue comme une prison roulante. Un équivalent mobile du Panoptique. Un couloir central la partage sur toute sa longueur : de part et d'autre, six cellules où les détenus sont assis de face » (*SP*, 267).

(40)　どういうわけか、英訳者は鍵となる形容詞「生物学的」を訳出していない。

(41)　« L'année de sa mort, il définissait ses livres comme "une histoire critique de la pensée" ; histoire parce qu'elle ne procède pas *modo philosophico* ; "une recherché empirique, un mince travail d'histoire" se donnera "le droit de contester la dimension transcendantale" » 〔「亡く

なる年、フーコーは自らの著作を『批判的思想史』と定義する。歴史というのは哲学の方法をとっていないからだ。『経験にもとづく探求、ささやかな歴史家の仕事』は、『超越的な次元に異議を唱えることができる』ようになる」〕(Foucault, *DE IV*, 632 ; Veyne 2008, 64).

(42) ここで念頭にあるのは、「人」が「この時代に」という言い方、もっとふさわしいのは、カール・クラウス〔一八七四〜一九三六年。オーストリアの批評家、詩人〕が「この偉大な時代に in dieses großes Zeiten」といった言い方、そしてクラウスが皮肉をこめてその言葉で伝えたかったことである。

(43) 「別異の空間について」は「すばらしいテクスト」であるとディディ＝ユベルマンはいう。

(44) 以下の箇所にたいするミスコーウィックの訳を若干修正した。« créent un espace d'illusion qui dénonce comme plus illusoire encore tout l'espace réel, tous les emplacements à l'intérieur desquels la vie humaine est cloisonné ».

(45) Cf. Didi-Huberman, 2011a : 67. 署名のない英訳者（たち）が« l'espace commun des rencontres »を「こうした出会いが可能になる共通の場」と冗長に訳している。ちなみに前段落の最後にある「ふたりが共存する宮殿／口蓋 palais de leur coexistence」というフーコー一流のしゃれは、味気なく「ふさわしい宿」と英訳され見落とされている。

(46) Cf. Didi-Huberman, 2012 : 106. および、Rancière 2000, 12, 14, 17ff. ガブリエル・ロックヒルが知らせてくれたように、これはロックヒルによるランシエールの英訳である。私ならば危険を承知で造語して“the share belonging to the shareless”と訳したかもしれない。

(47) Didi-Huberman, 2010 : 29.

(48) 私の知る限り、フーコーがこの言葉でその人物像を語ったのは、一九七二年の有名な「デリダへの回答」〔増田一夫訳『ミシェル・フーコー思考集成Ⅳ』筑摩書房、一九九九年〕のなかの一度だけだが、「狂気の哲学者」は『狂気の歴史』にはじまり、フーコーの著作を飾る。「侵犯への序言」〔西谷修訳、『ミシェル・フーコー思考集成Ⅰ』筑摩書房、一九九八年〕で数多くの名をあげている。

(49) « Ce texte de Borges m'a fait rire longtemps, non sans un malaise certain et difficile à vaincre » 〔「このボルヘスのテクストには長い間笑わせられたが、どこかしら克服しがたい居心地のわるさがないわけではなかった」〕(Foucault, *MC*, 9).

(50) « Les utopies consolent : c'est que si elles n'ont pas de lieu réel, elles s'épanouissent pourtant dans un espace merveilleux et lisse [...]. Les hétérotopies inquiètent, sans doute parce qu'elles minent secrètement le langage, parce qu'elles empêchent de nommer ceci et cela [...] » 〔「ユートピアは慰めてくれる。というのも現実にはおこらなくとも、すべすべした素晴らしい場所で花開くからである〔……〕。

ヘテロトピアは不安にさせる、というのはおそらく、ひそかに言葉をむしばみ、あれこれと名づけることをさまたげるからであろう」〕(Foucault, *MC*, 9).

(51) 原文は以下の通り。« [...] il faut entendre les mots qui ne furent dits jamais, qui restèrent au fond des cœurs (fouillez le vôtre, ils y sont) ; il faut faire parler les silences de l'histoire, ces terribles points d'orgue, où elle ne dit plus rien et qui sont justement ses accents les plus tragiques. » Entry for January 30, 1842 in Jules Michelet, *Journal, I. 1828-1848*. Éd. P. Viallaneix. Paris: Gallimard, 1959, 377-8.

(52) ニーチェをかたるフーコーをかたるヴェーヌ。

(53) この説明に関して、エリーズ・ウダード氏に感謝する。

(54) ルネ・シャール英訳の第一人者、メアリー・アン・カウズに、「分かち合うこと partager(分かち合い partage)」を「接－断する(to) cleave」と訳したことがあるか、訳そうと考えたことがあるかを尋ねた。「そうその通り、〔ポール・クローデルの〕『真昼に分かつ *Partage de midi*』のように、その語は間違いなく水をきって進む(cleaving)船のことです」と快く答えてくれた。

(55) « un regard qui écoute et un regard qui parle »〔「聞く視線と話す視線」〕(Foucault, 116).

(56) « [...] faire coïncider, ou presque, le dernier moment du temps pathologique et le premier temps cadavérique »〔「最後の病変の瞬間と、最初の死体の瞬間を一致させる、もしくはほとんど一致させる」〕(Foucault, 143).

(57) Immanuel Kant, *Beobachtungen über Gefühl des Schönen und Erhabenen* (1764).〔『美と崇高との感情性に関する観察』武田信一ほか訳、岩波書店、一九三九年〕

(58) Hannah Arendt, *Lectures on Kant's Political Philosophy*.〔ハンナ・アーレント『カント政治哲学の講義』伊藤宏一ほか訳、法政大学出版局、一九八七年〕

(59) Cf. Neil Hertz, "The Notion of Blockage in the Literature of the Sublime", in *The End of the Line: Essays on Psychoanalysis and the Sublime* (New York: Columbia University Press, 1985)。またサラ・ヘレン・ビニーは、「崇高へと向かう揺れ」と題したオンライン論文でカントとヘルツ双方において「〔崇高の〕運動は、自分自身からより大きなものへの揺れ、そこから戻ってきて、自分自身について新しくなった概念の揺れである」と述べる。https://www.metamodernism.com/2015/04/02/oscillating-towards-the-sublime-2/(閲覧日:二〇一六年一二月二五日)

(60) これをここで数え上げるのは冗長にすぎると思われるので、関心のある向きは『言葉と物』の仏語版(p. 330-1)、英語版(p. 319-20)を参照のこと。

(61) « Le discours vrai » もまた、名詞－形容詞というフランス語における通常の語順とその倒置に関わる問題を含んでおり、その結果意味がどのように広がるのかを、文学のしみこんだフーコーはよく承知している〔形容詞 « vrai » は名詞の後におかれると、「(虚偽でなく）正しい、真実の、本当にあった」という意味になり、前におかれると「本物の、正真正銘の」という意味をあらわす〕。

(62) この引用におけるフーコーの « et » の反復は、リゾームの閉じていく論理を擬態するドゥルーズが使う書き方を思い出させる。以下はフランス語原文。« écart, infime mais invincible, qui réside dans le '*et*' du recul *et* du retour, de la pensée *et* de l'impensée, de l'empirique *et* du transcendantal, de ce qui est de l'ordre de la positivité *et* de ce qui est de l'ordre des fondements » (Foucault, *MC*, 351. 強調引用者).

(63) フーコーの著作の多くについて、英語の新訳がすぐにも必要であるが、『言葉と物』の英訳は悪い状態にはない。それに対して『臨床医学の誕生』は誤訳だらけである。

(64) 本章の注21をみよ。

(65) « Pierre Boulez, l'écran traversé », *DE II*, 1038-41. 9.

(66) Cf. Eribon, 112-13.

(67) 原文は以下の通り。« Les hommes sont si nécessairement fous, que ce serait fou par un autre tour de folie, de n'être pas fou ». *DE I*, 187. Pascal, *Œuvres complètes*, 1134. 断章一八四〔四八四〕。

(68) パスカルのパンセのまとまりに題名をつけたのは、パスカルが早世したあと、それを書き写した人たちだったのではないかという私の勘を、確かなものと認めてくれた、傑出したパスカル学者であるフィリップ・セリエ氏に感謝する。

(69) このたとえ話は、福音書それぞれにある。「マタイによる福音書」第五章一五節には、こう書かれている。「また、あかりをつけて、それを枡の下におく者はいない。むしろ燭台の上において、家の中のすべてのものを照らさせるのである」。

(70) 「近代の主体は宇宙と自分という両極のあいだにとらわれる――つまり空間をもつ宇宙の無限の外部性と、デカルト的コギトの無限小の内部性との間である。『何ものも』とパスカルはいう、『有限のものを囲み、有限のものの理解をのがれる二つの無限の間に、有限を定めることはできない』(n° 72)。間には真空があり、その主要な発現のひとつが、近代の主たる喪失をあらわすアーレントの言葉を使えば、『公的領域』の欠如である。この公的領域の欠乏を、私は公の場所の欠如と呼びたい――身体が入り込み、歴史性を共有できる、具体的ではっきりした場所の欠落と」(Casey, 2009 : 363)。

(71) 最近エティエンヌ・バリバールは、一九六六年の傑作『言葉と物』において、「おそらくは四回か五回」フーコーが用いる「異端の分岐点 point d'hérésie」という表現をもとに、『言葉と物』に対するパスカルの影響を広範囲に論じた。バリバールの古典に関する該博な知識は非常に貴重であるが、一方でフーコーの「異端の分岐点」の使い方が、機会はごく限られているものの、とことん考え抜かれた、切断（coupure）やパルタージュ（partage）などの代案であるという検討は一切ない。

（72）　リトレ辞典にある別の例文では、こうなっている。« Il ne fera point d'hérésie. Se dit d'un homme sans esprit »（「彼はまったく異端でない。機知のない人についていう」）.

（73）　余談だが、バリバールは「異端の分岐点」というカテゴリーが「『言葉と物』の読解において、現在まで比較的、隅においやられてきた」と付け加える。

（74）　原文は以下の通り。« La foi embrasse plusieurs vérités qui semblent se contredire », *OC*, 1329. 断章七八八［ブランシュヴィック版では断章二七五］の書き出しはこうである。« L'église a toujours été combattue par des erreurs contraires, mais peut-être jamais en même temps, comme à présent. »「教会はいつも相反する誤りに攻撃をうけてきたが、ただし同時であったことはなかったようだ。今はちがう。」とはいえ引用した箇所は、このかなり長い「箴言」の冒頭部分にほどちかい。

（75）　原文は以下の通り。« Et enfin les deux hommes qui sont dans les justes. Car ils sont les deux mondes, et un membre et image de Jésus-Christ. Et ainsi tous les noms leur conviennent, de justes pécheurs, mort vivant, vivant mort, élu réprouvé ».

（76）　この講演でバリバールは、デカルトが「私はある、私は存在する ego sum, ego existo」という定式から「考える cogitare」を取り除いたことに、異端の分岐点をかぎつける。こうした定式のあり方は——『方法序説』にみられるような——神の介入も、存在を考え抜く必要もない、人間の存在を肯定するものだ。

（77）　バリバールの教え子ディオゴ・サルディーニャは、『言葉と物』を参照しつつ、パスカルが「調和の図式」として用いる「異端の分岐点 point d'hérésie」と、カントによる「能力の作用」を比較する。*Ordre et temps dans la Philosophie de Foucault*（バリバールによる序文）, 200-4ff. バリバールと同じく、サルディーニャは、パスカルの使う否定の副詞（「少しも異端でない il n'y a point d'hérésie」）が、フーコーによって完全に肯定の名詞「異端の分岐点 un / le point d'hérésie」に変えられたことについて注釈をほどこす。この文法上の転換も明らかに格上げである。

（78）　パスカルと同様に、当然フーコーは「『異端』をその語源にさかのぼり『選択』や『決定』という意味で、どちらも選べる可能性をのこしつつ用いる」（7）とバリバールは説明する。ギリシア語の *hairesis*（「選択の意」）も参照。

（79）　正確を期すと、バリバールのこの主張は以下におけるリュシアン・ヴァンシゲラの論証を参考にしたものだ。*La Repésentation exessive : Descartes, Leibniz, Locke, Pascal*（Villneuve d'Ascq: Presses Universitaires du Septentrion, 2013).

（80）　Dreyfus and Rabinow, 251, tr. R. Harvey; cf. *DE II*, 1229.

（81）　*Feuillet d'Hypnos*, 141.

（82）　*Feuillet d'Hypnos*, 143.

（83）　メランドルの虐殺については以下を参照。Pierre Miquel, *Les Guerres de religion*, 1980 ; Audisio, *Les Vaudois du Luberon*, Mérindol : Association des Études vaudoises du Luberon, 1984.

（84）　ウォレス・フォーリーはこのタイトル « Sept parcelles de Luberon » を「リュベロンの七つのフラグメント Seven Fragments of Luberon」と英訳している（*Poetry Magazine*, 1964）。フラグメントや断章は、シャールの好む形式ではあるが、シャールが « parcelle » という言葉で、リュベロン地域をとりかこむ、人の住む土地を主として指しているという確信が私にはある。

（85）　この箇所は「分かち合われた陳列 L'exposition mise en partage」と題された章にある。

## 第六章

（１）　« Sur les pistes transparentes, aux neiges, aux terres et à l'orage, / je livre mon double visage. / Je fais courir les faisans / - ils sont déjà froids et raides –les faisans des forêts des jeunes années, / qui ne sont pas encore. » René Daumal, *Poésie noire, poésie blanche*（§ Poésie, 1924-31）, Paris : Gallimard, 1954, 177.

（２）　Caws, 1981 : 11.

（３）　フーコーが注釈するテクストは、ルイ・テュルケ・ド・マイエルヌが一六一一年にオランダ議会に書いた理想の政治体制に関する論文「貴族民主的君主制」である。

（４）　（訳注）目的を定めて言語を手段として書く行為を他動詞的、言葉が曖昧さを生み出し、逆説的に沈黙として解読されるものとなる言語活動を自動詞的とわけ、作家の言語活動は後者であるとした。ロラン・バルト「書くは自動詞か？」（『言語のざわめき』花輪光訳、みすず書房、一九八七年）参照。

（５）　Ernst Bloch, *Das Prinzip Hoffnung*（1938-47）. 英訳は The Principle of Hope〔『希望の原理』山下肇ほか訳、白水社、一九八二年〕。

（６）　あえてこの語のベンヤミンの用いる意味に頼ってもよいだろうか。

（７）　Cf. Harvey, 2010 : 27-9 の「誤りの許容範囲 error's margin」と題された節。

（８）　〔第四章注51で述べた通り〕物理学では、残留する磁気を指す語としていまだに用いられるが、『オックスフォード英語大辞典』によると、"remanence" は「あるものの残留する跡、残余、思い出させるもの」を意味する、今では廃れた語であり、私の考えでは、復活させるべき語である。

（9） 〔以下はフランス語原文。« Le loriot entra dans la capitale de l'aube / L'épée de son chant ferma le lit triste. / Tout à jamais prit fin ».〕英訳は Jackson Mathews in *Selected Poems of René Char*, 94 による。

（10） 原文は以下の通り。« À chaque effondrement des preuves le poète répond par une salve d'avenir ».

（11） 原文は以下の通り。« [...] la conscience critique de la folie s'est trouvée sans cesse mieux mise en lumière, cependant qu'entraient progressivement dans l'ombre ses figures tragiques. Celles-ci bientôt seront entièrement esquivées. On aurait du mal à en retrouver les traces avant longtemps ; seules, quelques pages de Sade et l'œuvre de Goya portent témoignage que cette disparition n'est pas effondrement ; mais qu'obscurément, cette expérience tragique subsiste dans les nuits de la pensée et de rêves, et qu'il s'est agi au XVI$^{e}$ siècle, non d'une destruction radicale mais seulement d'une occultation »（Foucault, *HF*, 39）.

（12） 前章で引用したミシュレの日記の言葉を、ここで思い起こそう。« [...] il faut entendre les mots qui ne furent dits jamais, [...] qui sont justement ses accents les plus tragiques. »〔「口にされたことのない言葉を［……］聞きとらねばならない。歴史のもっとも悲劇的な音調［……］」〕

（13） 原文は以下の通り。« [...] loin que tout ait jamais pris fin à la façon de la destruction finale, c'est tout qui commence avec l'œuvre, à savoir l'œuvre, recevant une finition, s'emparant d'une limite, entrant dans son achèvement ». Deguy, « Accompagnement du loriot », *La Licorne*.

（14） （訳注）第六章注81参照。

（15） ジャン＝クロード・マチューは形式上の接－断のこれ以上の意味を、その著作の「定義、名詞の形式上の分割 La définition, partage formel du nom」（Mathieu, 178ff）と題された節で、名人芸をみせて証明する。

（16） « [...] le mouvement même de la définition [...] renvoie le nom à ce qui le partage, son engendrement, sa cause, le détour et le désir de l'autre qui fait appel dans le prédicat ou la relative »〔「［……］定義するという動きそのものによって［……］名詞は分割、自らの生成、原因へと、述部や関係詞節で呼びかける他者の回避と欲望へと立ち戻る」〕（Mathieu, 180）; « double appartenance »（Mathieu, 180）.

（17） フランス語で書かれたカウズの著作の（おそらく）初版を英訳しなおした。*L'Œuvre filante de René Char*, Paris: Librairie A.-G. Nizet, 1981.

（18） これを『溺れるものと救われるもの』のなかでプリーモ・レーヴィがかぞえあげる生き残る人たちの手段とくらべることができるかもしれない。Cf. Harvey, 2010 : 21-6ff.

（19） フーコーが歴史をさかのぼって調べる狂人について、ケリーは「シャールのレジスタンスの仲間たち（maquisards）とは異なり、これらの被収容者たちは抗うには無力である」（Kelly, 124）と述べる。しかしフーコー自身が集団の実力行使にでる行動に反対していたわけではなく、監獄情報グループ（Groupe d'Information sur les Prisons : GIP）〔在監者やその関係者に聞き取りをおこない、監獄の現実を共有することを目指した運動〕の一九七一年の設立と活動にフーコーが関わったのは、それを証明する例である。

（20）　フーコーの思想にシャールの詩が染みこんだまま、ルネ・シャールへの参照をすべて削除するというフーコーのふるまいが含意するものに、ケリーは強く反応して、こう述べる。「著者のオーラからこうして解放されて［……］シャールが本当にかくされたわけではなく、むしろ詩人の『宣告』を自ら使うフーコーから何ごとかを推測せねばならない」（Kelly, 126）。

（21）　原文は以下の通り。« La liberté de la folie ne s'entend que du haut de la forteresse qui la tient prisonnière. Or, elle "ne dispose là que du morose état civil de ses prisons, de son expérience muette de persécuté, et nous n'avons, nous, que son signalement d'évadée" »（Char, *HF*, vii）. シャールが「紫の男」すなわちサドとの邂逅を指して使う半過去時制を、フーコーは現在時制に変更した。

（22）　四つのゼミナールのうち四番目にして最後のゼミナールは、一九七三年に、フライブルク・イム・ブライスガウ近郊のツェーリンゲンで行われた。

（23）　以下に引用がある。Hillis Miller, 14.

（24）　「『芸術作品の根源』をつなぐ線は Riß、すなわち裂け目、断絶する割れ目である」（Hillis Miller, 12）。しかしヒリスがこの線に読み取る、橋の必要性、明確な隔たりには、Riß にまた含まれる包摂がみられない。「裂け目すなわち Riß を書き込むということは、それに引き摺られる、そして最後にはおそらく割れ目すなわち深淵に引き込まれるということだ」（Hillis Miller, 13）。したがってつづくページでヒリスが求めるものは、裂け目が目的の通り、包摂するように作用するには、必ずしも必要ではない。「Riß が割れ目、渓谷、溝である以上、人がそれを渡るためには橋が必要である」（Hillis Miller, 15）。

（25）　一九八二年三月二四日の講義二時間目。『主体の解釈学』〔廣瀬浩司ほか訳、筑摩書房、二〇〇四年〕を参照。

（26）　フーコーにおける生権力と生政治の相互関係に関する貴重な研究には、次のものがある。Genel 2004, Andrieu 2004, Huffer 2009.

（27）　原文は以下の通り。« È a partire da questi terreni incerti e e senza nome, da queste malagevoli zone di indifferenza che andranno pensate le vie et i modi di une nuova politica ».

（28）　Cf. Levi, 90 and Harvey 2010, *passim*.

（29）　プリーモ・レーヴィはそう主張する。『溺れるものと救われるもの』で、「回教徒という語は、回復できないほどへとへとになり精根尽きた、死に近い収容者につけられ［た］」と書いている（Levi, 98）。

（30）　この点は以下に詳述した。*Witnessness*, 20, 40, 65-6, *passim*.

（31）　「『人びと』というのは両極端の概念であり、二極のあいだの二重の動きと複雑な関係をしめす。［……］政治的身体における人間の構築は、根本的な分割［une scissione fondamentale］を通過する」（Agamben, 1998 : 177 ; 1995 : 199）。アルチュール・ランボーのような人でさえ、この「両極」の緊張を維持することはできなかった。「発展への強迫観念は、現代においても同様に効果的である。なぜなら分割されない人びと［un popola senze frattura］を生みだそうとする生政治の計画と一致するから」（Agamben, 1998 : 179）。以上のふたつは、人類の歴史的経験にはいずれもあてはまらない完全な両極端である。

（32）　第六章注7を参照。

（33）　「ドイツ鎮魂曲」は『これが人間か』の一年前に出版され、ジョナサン・リテルが二〇〇六年の『慈しみの女神たち』（菅野昭正ほか訳、集英社、二〇一一年）で九〇五ページかけたことを、三、四ページで終わらせた。ボルヘスのこの物語ははじめ一九四六年二月『スール』誌に発表された。ボルヘスはそのすぐあと一九四九年に、『エル・アレフ』に収録した。

（34）　原文は以下の通り。« Certaines époques de la condition de l'homme subissent l'assaut glacé d'un mal qui prend appui sur les points les plus déshonorés de la nature humaine ».

（35）　原文は以下の通り。« L'effort du poète vise à transformer *vieux ennemis* en *loyaux adversaires*, tout lendemain fertile étant fonction de la réussite de ce projet [...] ».「忠実な対抗者」とは、「イプノスの綴り」と「粉砕される詩」とのあいだにある一三編の詩の題名でもある。

（36）　ジャン＝クロード・マチューが、この断章について注釈している。Mathieu, 171ff.

（37）　この書簡は小冊子として出版された。私が英訳した原文は以下の通り。« Une image qui sort du noir, c'est une image qui surgit de l'ombre ou de l'indistinction et qui vient à notre rencontre ».

（38）　Cf. David Rousset, *L'Univers concentrationnaire*, Minuit, 1965.

（39）　グスタフ・ソビンの素晴らしい英訳「脆い年齢 The Brittle Age」にならったが、ただし書き言葉の歴史的変化ゆえに、説明する脚注が必要になった点を加えた。« cassant » という語には隠喩的な意味、つまり言動がぶっきらぼうとか、そっけないという意味があるのだ。Cf. René Char, *The Brittle Age and Returning Upland*. Denver : Counterpath Press, 2009.

（40）　「ときに私の隠れ家は、テルミドール九日の国民公会の場面にいるサン＝ジュストの沈黙である Quelquefois mon refuge est le mutisme de Saint-Just à la séance de la Convention du 9 Thermidor」（Feuillets d'Hypnons, 185）。

（41）　『言葉と物』、「作者とは何か」。Cf. Maurice Blanchot, « Où maintenant, qui maintenant », *NRF*（October 1953）, *Le livre à venir*.

（42）　一八七一年のランボーの詩「酔いどれ船」から引用したこの詩句には、サミュエル・ベケットの特異だが、文句なく素晴らしい英訳を示しておこう。“May I split from stem to stern and founder, ah founder !”

（43）　シャールの次の詩。

Ceux qui partagent leurs souvenirs,
La solitude les reprend, aussitôt fait silence.
L’herbe qui les frôle éclôt de leur fidélité.

Que disais-tu ? Tu me parlais d’un amour si lointain
Qu’il rejoignait ton enfance.
Tant de stratagèmes s’emploient dans la mémoire !（228-9. 英訳を改めた）

〔思い出を分かち合うひとびと
孤独がこの人たちをかいならし、すぐに黙らせる
やさしくなでる草はこの人たちの忠実さから育つ

何を言っていたのだ。愛について話していた、あまりに遠くて
おまえの子ども時代とひとつになった
これほど多くの戦略が記憶の役にたっている！〕

（44）　以下の詩集を含んでいる。*Partage formel, Feuillets d’Hypnos*（1943-4）, *Seuls demeurent*（1938-44）, *Les Loyaux adversaires*（s.d.）, *Le Poème pulvérisé*（1945-7）, *La fontaine narrative*（1947）.

（45）　原文は以下の通り。

« Dans les rues de la ville il y a mon amour. Peu importe où il va dans le temps divisé. Il n’est plus mon amour, chacun peut lui parler. Il ne se souvient plus ; qui au juste l'aima ?

Il cherche son pareil dans le vœu des regards. L'espace qu'il parcourt est ma fidélité. Il dessine l'espoir et léger l'éconduit. Il est prépondérant sans qu'il y prenne part.

Je vis au fond de lui comme une épave heureuse. À son insu, ma solitude est son trésor. Dans le grand méridien où s'inscrit son essor, ma liberté le creuse.

Dans les rues de la ville il y a mon amour. Peu importe où il va dans le temps divisé. Il n'est plus mon amour, chacun peut lui parler. Il ne se souvient plus ; qui au juste l'aima et l'éclaire de loin pour qu'il ne tombe pas ? »

(46)　« Le grand mérite de Goya consiste à créer le monstrueux vraisemblable. Ses monstres sont nés viables, harmoniques. Nul n'a osé plus que lui dans le sens de l'absurde possible. Toutes ces contorsions, ces faces bestiales, ces grimaces diaboliques sont pénétrées d'*humanité*. Même au point de vue particulier de l'histoire naturelle, il serait difficile de les condamner, tant il y a analogie et harmonie dans toutes les parties de leur être ; en un mot, la ligne de suture, le point de jonction entre le réel et le fantastique est impossible à saisir ; c'est une frontière vague que l'analyste le plus subtil ne saurait pas tracer, tant l'art est à la fois transcendant et naturel »〔「ゴヤの大きな美点は本当にありそうな怪物らしさを作りだすことである。ゴヤの怪物たちは育っていくものとして、調和するものとして生まれた。ゴヤほど可能なかぎり不条理の向かう方向に大胆だったものはいない。あのゆがみ、獣のような面、悪魔のような外見には人間味にあふれている。博物誌という特殊な視点をとっても、非難することは難しく、それほどにその存在のあらゆる部分に類似と調和がある。一言でいえば、現実と空想との間の縫合の線、接合点がつかめないのである。もっとも緻密な分析家すら、線をひくことはできないあいまいな境界であり、それほどに芸術は超越的であると同時に自然なのである」〕. Charles Baudelaire, « Quelques caricaturistes étrangers, II » [1857] in *Curiosités esthétiques*, textes établis par Henri Lemaître. Paris : Éditions Garnier Frères, 1962, 298-9.

(47)　Baudelaire, *OC*, 131-60.

(48)　原文は以下の通り。« [...] Reconnaissance à Georges de La Tour qui maîtrisa les ténèbres hitlériennes avec un dialogue d'êtres humains »（*Feuillets d'Hypnos*, 178 ; 195）.

(49)　Lucienne Cantaloube-Ferrieu. « Traversée des Pyrénées », in Jean-Pierre Vernant and François-Charles Gaudard, *L'Esprit et les lettres. Mélanges Geroges Mailhos*, 82. シャールの詩は筆者が英訳した。

(50)　原文は以下の通り。« Ensoleiller l'imaginatioin de ceux qui bégaient au lieu de parler, qui rougissent à l'instant d'affirmer. Ce sont de fermes partisans »（Char, *Feuillets d'Hypnos*, 60 ; 153）.

（51）　原文は以下の通り。« À chaque effondrement des preuves le poète répond par une salve d'avenir ». ここでは、カウズによる英訳 “To each collapse of proofs the poet responds by a salvo of the future” ではなく、ローラーの訳をとった。一九七七年にはカウズは “The poet answer each crubmling of proofs by a volley of future” と訳出しており、「凡庸な時代に抵抗し、関心を抱く、頑強な」シャールのゆるぎない立場を指摘したのは当を得たものだ。

（52）　原文は以下の通り。« Résistance n'est qu'espérance. Telle la lune d'Hypnos, pleine cette nuit de tous ses quartiers, demain vision sur le passage des poèmes ».

（53）　« Il convient que la poésie soit inséparable du prévisible, mais non encore formulé »〔「詩は予知できるけれどもまだ明確にのべられたことのないものから切り離されずにあるべきである」〕.

（54）　« L'imagination consiste à expulser de la réalité plusieurs personnes incomplètes pour, mettant à contribution les puissances magiques et subversives du désir, obtenir leur retour sous la forme d'une présence entièrement satisfaisante. C'est alors l'inextinguible réel incréé »〔「想像力とは、未完成の人間を何人も現実から放逐し、欲望の不思議で破壊的な力を使って、まったく満足のいく存在という姿の帰還を獲得するものである。するとこれが消すことのできない、まだ創造されていない現実なのだ」〕（Char, *Partage formel*, I ; 107）.

（55）　« Disposer en terrasses successives des valeurs poétiques tenables en rapport prémédités avec la pyramide du Chant à l'instant de se révéler, pour obtenir cet absolu inextinguible, ce rameau du premier soleil : le feu non vu, indécomposable »〔「連続したテラスに、詩の価値をならべる、姿をあらわさんとする歌のピラミッドと、考えた通りの釣り合いをたもって維持することのできる価値を、あの消すことのできない絶対、最初の太陽の枝を手にいれるために。つまり見られない、解体できない火を」〕（Char, *Partage formel*, XII ; 111）.

（56）　（訳注）第五章「侵犯という運動とパルタージュ」を参照。原文は以下の通り。« Fureur et mystère tour à tour le séduisirent et le consumèrent. Puis vint l'année qui acheva son agonie de saxifrage ».

（57）　« De ta fenêtre ardente, reconnais dans les traits de ce bûcher subtil le poète, tombereau de roseaux qui brûlent et que l'inespéré escorte »（Char, *Partage formel*, XX ; 113. カウズは火刑台を「葬式の薪」と訳しているが、つづくXXIIにでてくる« inquisition »〔宗教上の取り調べ〕という語を見よ。）; « Le poème est l'amour réalisé du désir demeuré désir »（Char, *Partage formel*, XXX ; 117）.

（58）　« Mariage d'un esprit de vingt ans », *Dans l'atelier du poète*, 519.

（59）　« Quelques caricaturistes étrangers, II » [1857], in *Curiosités esthétiques*, textes établis par Henri Lemaître. Paris: Éditions Garnier Frères, 1962, 298-9. 強調は引用者による。

（60）　« Derrière l'œil fermé d'une de ces Lois préfixes qui ont pour désir des obstacles sans solution, parfois se dissimule un soleil arriéré dont la sensibilité de fenouil à notre contact violemment s'épanche et nous embaume. L'obscurité de sa tendresse, son entente avec l'inespéré, noblesse lourde qui suffit au poète »〔「とけない障害物をのぞむ、こういうあらかじめ定まった法のひとつの閉じた目の後ろには、遅れた太陽が隠れていて、そのウイキョウのような感受性は、私たちがふれると激しく心をうちあけ、よい香りで私たちをみたす。その暗いやさしさ、思いがけないものとの友情、重々しい気高さだけで、詩人にはことたりる」〕.

（61）　ミシェル・ドゥギーがあちこちで決定的に重要な言葉として使う、comme, commun(e) そしてこれらに連なるしゃれ comme-un を前にした英訳者がとりうる選択肢に関するクリストファー・エルソンの考察は、ここにほとんど省略せずに写し取る価値がある。「ドゥギーを翻訳するものにとって、最重要の課題は、ドゥギーの密度の高い比較する思考、言外の意味が詩的であると同時に、存在論的でもある考察を伝える方法を見つけることである。フランス語の comme は、英語の like と as、ドイツ語の wie と als の意味を凝縮したものだ。ドゥギーは詩人として仕事をはじめてから実質的にずっと、この言葉の両義的な二面性に取り組み、それを活かしてきた。comme について、詩的・哲学的思索を重ねるこの長い年月に募っていく豊かさは、訳語を選ぶ機会のある度に、訳者の頭にある。［……］ドゥギーは『〜として as』よりも『〜のような like』に特権を与える立場を明確にしているが、しかし比較と限定の分かち難さからは、comme のうちで like の制約のない多義性と、as の正体をしめす賭けとが隣り合っていることからは、逃れられない。［……］比較を理論的に論じるために、comme という副詞あるいは接続詞をドゥギーが名詞化する傾向については、重大な決断を迫られる。分析的に概念を操作する語として〔名詞として使われる〕le comme は、英訳では複合普通名詞の the like-or-as で、こうほどいて広げる選択にはぎこちなさもありえるものの、処理されるだろう――私の考えでは、読者には、折に触れて、こういう風に注意喚起する必要がある。「comme の存在論 *l'ontologie du comme*」というような表現の場合にはこれはあてはまらず、the ontologie of like と訳される。この場合はすっきりさせるために、〔comme についていて、du のなかに〕隠れている定冠詞を削除し、like-or-as の二面性を凝縮する（「凡人／人類が一つであるかのようであること／人類がひとつのものとしてあること le comme-un des mortels」のような、翻訳不可能なしゃれを表現しなければならないことも、またある。私はこれを as-oneness of mortals と訳すことにしている）」。C. Elson, "Translator's Notes", In Michel Deguy, *A Man of Little Faith*, Albany, SUNY Press, 2015, xii-xiii.

（62）　ルネ・シャールが「アレクサンドル大佐〔レジスタンス活動のための偽名〕」となった数年間、「みずからの義務の自覚のあるヒューマニズム」を奉じていたのはたしかである。

（63）　« Le logement du poète est des plus vagues ; le gouffre d'un feu triste soumissionne sa table de bois blanc. / La vitalité du poète n'est pas une vitalité de l'au-delà mais un point diamanté actuel de présences transcendantes et d'orages pèlerins »〔「詩人のすみかは、いちばんがらんとしたもののうちにある。悲しげな火の深淵は、白木でできたテーブルを入札する。／詩人の生命力は、向こう側の生命力ではなく、超越的な存在の、巡礼者の嵐の、現実のダイアモンドのような点である」〕.

（64） « Sans toute appartient-il à cet homme, de fond en comble aux prises avec le Mal dont il connaît le visage vorace et médullaire, de transformer le fait fabuleux en fait historique. Notre conviction inquiète ne doit pas le dénigrer mais l'interroger, nous, fervents tueurs d'être réels dans la personne successive de notre chimère. Magie médiate, imposture, il fait encore nuit, j'ai mal, mais tout fonctionne à nouveau. / L'évasion dans son semblable, avec d'immenses perspectives de poésie, sera peut-être un jour possible »〔「貪欲な、骨髄の顔をしたと知っている〈悪〉と、とことん格闘するこの男にとって、想像上の事実を歴史の事実にかえることは、おそらく義務である。私たちの不安な確信によって、この男を中傷するのではなく、問いを投げねばならない、私たち、空想の怪物の連続する身にある現実の存在を熱心に殺すものたちは。媒介された魔術、ぺてん、まだ夜だ、痛い、でもすべてがまた機能する。／自分と対等のもののうちへ、詩という無数の視点でもって、逃げ込むことも、いつかもしかしたら可能になるかもしれない」〕.

（65） ［人か物か］決定できない「私の愛」と同様に（第六章「フーコーとシャール、共通の場への希望」も参照）、性のある語句（「彼を」、「彼の」）は、もっと中性的な語句（「それ」、「それの」）に訳しても正しい。原文は以下の通り。« L'arracher à sa terre d'origine. Le planter dans le sol présumé harmonieux de l'avenir, compte tenu d'un succès inachevé. Lui faire toucher le progrès sensoriellement. Voilà le secret de mon habileté ».

（66） （訳注）第六章注1参照。

（67） 本書第一章注36に引用した箇所は、このあとにつづき、そこで「接－断」のイメージをホプキンズは使う。

（68） 「キルケ」挿話にあるこの長い一節の叙情性とリズムに、当然私たちはブルームの不安と、シャールの「ユキノシタの苦悩」を比べることになる。

（69） この点については、ジョルジュ・ディディ＝ユベルマンの『アトラス』〔伊藤博明訳、ありな書房、二〇一五年〕に、素晴らしい解説を読むことができる（Didi-Huberman, 2011a : 116-21）。ディディ＝ユベルマンはそこで、『ロス・カプリチョス』四三番（一七九八年）の試作を対象に吟味、考察し、アビ・ヴァールブルクのアトラス神話への執着に関する分析を先へ進める。ミシェル・フーコーが一九五四年に仏訳への序文をものした、ルートヴィヒ・ビンスワンガーの精神科治療をヴァールブルクがうけていたことは、単なる偶然だろうか。

（70） ハイデガーの空間にまつわる著作、ナチスの生存圏（Lebensraum）という概念、さらに第五章注70のケーシーからの引用も参照。

（71）　原文は以下の通り。« Le poète doit tenir la balance égale entre le monde physique de la veille et l'aisance redoutable du sommeil, les lignes de connaissance dans lesquelles il couche le corps subtil du poème, allant indistinctement de l'un à l'autre de ces états différents de la vie ».

（72）　« Le poème émerge d'une imposition subjective et d'un choix objectif. / Le poème est une assemblée en mouvement de valeurs originales déterminantes en relations contemporaines avec quelqu'un que *cette circonstance fait premier* »〔「詩は主観的な押しつけと客観的な選択からあらわれる。／この状況が第一とする誰かと、同時代の関係にある、決定的で独創的な価値の活動する集まりだ」〕（強調原文）.

（73）　原文は以下の通り。« Le poète est la genèse d'un être qui projette et d'un être qui retient. À l'amant il emprunte le vide, à la bien-aimée, la lumière. Ce couple formel, cette double sensorielle lui donnent pathétiquement sa voix ».

（74）　原文は以下の通り。« Nous nous battons sur le pont jeté entre l'être vulnérable et son ricochet aux sources du pouvoir formel ».

（75）　Cf. Frédéric Gros, 238-243.

（76）　サム・フラーがフォルケナウにおける埋葬を撮影する様子に、ディディ＝ユベルマンは as-oneness があるとまでいう。人形《フィグーレン》が収容者《ヘフトリンゲ》を指すナチスの隠語であったことを読者に指摘したうえで、ディディ＝ユベルマンは以下のように述べる。« Voilà pourquoi les morts de Falkenau comme les notables contraints de les enterrer ne sont pas filmés comme des *masses* mais comme des *communautés*, ensemble mais un à un, nombreux mais côte à côte, chacun gardant par-devers soi sa dignité »〔「それゆえにファルケナウの死者たちは、埋葬しなければならない重要人物として、塊としてではなく共同体として、まとめてではあるが一体ずつ、数は多いが並んで、それぞれがその身に尊厳を保ったまま撮影されたのである」〕（Didi-Huberman, 2010 : 53. 強調原文）.

（77）　« Je vois l'espoir, veine d'un fluvial lendemain, décliner dans le geste des êtres qui m'entourent. Les visages que j'aime dépérissent dans les mailles d'une attente qui les ronge comme un acide. Ah, que nous nous sommes peu aidés et mal encouragés ! La mer est son rivage, ce pas visible, sont un tout scellé par l'ennemi, gisant au fond de la même pensée, moule d'une matière où entrent, à part égale, la rumeur du désespoir et la certitude de résurrection »〔「私は希望が、川のように流れる明日の脈が、身の回りの人びとのふるまいのなかで、衰えていくのをみえる。私の愛する顔が、酸のようにむしばむ期待の網目にしぼんでいく。ああ、助けと励ましがあまりにとぼしい。海と岸辺、目に見える足跡は、敵に封印されたすべてで、絶望のささやきと復活の確信がひとしく流れこむ素材の型の、同じ思考の底に横たわる」〕.

（78）　« La contre-terreur c'est ce vallon que peu à peu le brouillard comble, c'est le fugace bruissement des feuilles comme un essaim de fusées engourdies, c'est cette pesanteur bien répartie, c'est cette circulation ouatée d'animaux et d'insectes tirant mille traits sur l'écorce tendre de la nuit, c'est cette graine de luzerne sur la fossette d'un visage caressée, c'est cet incendie de la lune qui ne sera jamais un incendie, c'est un lendemain minuscule dont les intentions nous sont inconnues, c'est un buste aux couleurs vives qui s'est plié en souriant, c'est l'ombre, à quelques pas, d'un bref compagnon accroupi qui pense que le cuir de sa ceinture va céder... Qu'importent alors l'heure et le lieu où le diable nous a fixé rendez-vous ! »〔「恐怖政治に対抗するものとは、少しずつ霧がみちるあの谷、麻痺した大群の火矢のようなはかない葉擦れ、きちんと分散されたあの重み、夜の甘い樹皮を幾度となく諦めた、動物や昆虫のつまったあの循環、愛撫された顔のくぼみのウマゴヤシのあの種、決して真っ赤にはならない真っ赤なあの月、その意味はわからない、ごく小さな明日、微笑みつつたたまれた、鮮やかな色の胸、ベルトの革がゆるむとおもってうずくまる、つかの間の仲間の、数歩先にある影……悪魔が私たちを待ち受ける時間も場所もどうでもいいことだ！」〕

（79）　原文は以下の通り。« Un être qu'on ignore est un être infini, susceptible, en intervenant, de changer notre angoisse et notre fardeau en aurore artérielle. / Entre innocence et connaissance, amour et néant, le poète étend sa santé chaque jour ».

（80）　このナンシーの著作にある一節について、ディディ＝ユベルマンは自身の見解をのべる。Didi-Huberman, 2012 : 43-7.

（81）　原文は以下の通り。« Certaines époques de la condition de l'homme subissent l'assaut glacé d'un mal qui prend appui sur les points les plus déshonorés de la nature humaine. Au centre de cet ouragan, le poète complètera par le refus de soi le sens de son message, puis se joindra au parti de ceux qui ayant côté à la souffrance son masque de légitimité, assurent le retour éternel de l'entêté portefaix, passeur de justice ».

（82）　（訳注）第六章「形式上の接－断」を参照。

（83）　« Il ne faudrait pas aimer les hommes pour leur être d'un réel secours. Seulement désirer rendre meilleure telle expression de leur regard lorsqu'il se pose sur plus appauvri qu'eux, prolonger d'une seconde telle minute agréable de leur vie. À partir de cette démarche et chaque racine traitée, leur respiration se ferait plus sereine. Surtout ne pas entièrement leur supprimer ces sentiers pénibles, à l'effort desquels succède l'évidence de la vérité à travers pleurs et fruits »〔「文字通り助けるために、人びとを愛する必要はない。その人びとよりも貧しくされたものを見つめるときの、彼らの目の表情を改善することだけを、彼らの人生の愉快な時間を、一秒だけのばすことだけを、望めばよい。この手続きをとり、それぞれの根を治療すれば、彼らの呼吸はもっと穏やかになるだろう。なかんずく彼らからあのつらい小径をとりさってはいけない。そこをいけば、涙と果実を経た明らかな真実が訪れるのだ」〕.

（84）　« Chacun vit jusqu'au soir qui complète l'amour. Sous l'autorité harmonieuse d'un prodige commun à tous, la destinée particulière s'accomplit jusqu'à la solitude, jusqu'à l'oracle »〔「愛を完成させる夜まで各人が生きる。すべての人に共通する驚異の、調和のとれた権威のもと、個別の生は孤独にいたるまで、託宣にいたるまで実現する」〕.

(85)　« Mon aptitude à arranger ma vie provient de ce que je suis fidèle non à un seul mais à tous les êtres avec lesquels je me découvre en parenté sérieuse. Cette constance persiste au sein des contradictions et des différends. L'humour veut que je conçoive, au cours d'une de ces interruptions de sentiment et de sens littéral, ces êtres ligués dans l'exercice de ma suppression »〔「自分の人生を整える私の素質は、私が一人にだけではなく、私が本気の同族関係にある存在すべてに忠実であることに由来する。この忠誠は数々の矛盾と衝突のなかでつづくのだ。諧謔によって、感情と文学的センスが中断するような事態のさなかに、こうして団結した存在を私を消して理解しなくてはならないのだ」〕.

(86)　原文は以下の通り。« Nous devons surmonter notre rage et notre dégoût, nous devons les faire partager, afin d'élever et d'élargir notre action comme notre morale ».

(87)　原文は以下の通り。« Après la remise de ses trésors（tournoyant entre deux points）et l'abandon de ses sueurs, le poète, la moitié du corps, le sommet du souffle dans l'inconnu, le poète n'est plus le reflet d'un fait accompli. Plus rien ne le mesure, ne le lie. La ville sereine, la ville imperforée est devant lui ».

(88)　Cf. « Debout, croissant dans la durée, le poème, mystère qui intronise. À l'écart, suivant l'allée de la vigne commune, le poète, le grand Commenceur, le poète intransitif, quelconque en ses splendeurs intraveineuses, le poète tirant le malheur de son propre abîme, avec la Femme à son côté s'informant du raisin rare »〔「まっすぐにたち、持続のうちで育っていく詩、普及させる神秘。離れたところに、共同のブドウ畑の小径にすすむ詩人、偉大な〈開始者〉、動作の対象をもたない詩人、なんであれ静脈の輝きのうちで、かたわらで貴重なぶどうについて尋ねる〈女〉とともに、自らの深淵から不幸をとりだす詩人」〕（Char, *Partage formel*, LIV）.

(89)　原文は以下の通り。« Dans nos ténèbres, il n'y a pas une place pour la Beauté. Toute la place est pour la Beauté ».

# 参考文献


Adorno, Theodor. "Der Essay als Form" [1954–8]. Translated as "The Essay as Form" by Shierry Weber Nicholson in *Notes to Literature*, v. I. Edited by Rolf Tiedemann. New York : Columbia University Press, 1991.

Agamben, Giorgio. *Homo sacer. Il potere sovrano et la nuda vita*. Turin : Giulio Einaudi editore, 1995. Translated as *Homo sacer : Sovereign Power and Bare Life* by Daniel Heller-Roazen. Stanford, CA : Stanford University Press, 1998.

Agamben, Giorgio. "Qu'est-ce qu'un camp?" In Giorgio Agamben, *Moyens sans fin : Notes sur la politique*. Paris : Éditions Payot et Rivages (Bibliothèque Rivages), 1995.

Agamben, Giorgio. *Ce qui reste d'Auschwitz*. Translated as *Remnants of Auschwitz : The Witness and the Archive* by Daniel Heller-Roazen. New York : Zone Books, 2002.

Agamben, Giorgio. *L'uso dei corpi*. *Homo sacer IV, 2*. Neri Pozza, 2014. Translated as *L'Usage des corps*. *Homo sacer, IV, 2* by Joël Gayraud. Paris : Éditions du Seuil, 2015.

Aitken, Ian, ed. *The Concise Routledge Encyclopedia of the Documentary Film*. [Ryan Smith, "Lacombe, Georges" and Suzanne Langlois, "Zone, La" (France : Lacombe, 1927)].

Aitken, Ian, ed. *Moyens sans fin*. *Notes sur la politique*. Paris : Bibliothèque Rivages, 1995.

Alazet, Bernard and Christiane Blot-Labarrère, eds. *Marguerite Duras*. *L'Herne*.Paris : Les Cahiers de l'Herne n° 86, 2005.

Anonyma [Marta Hillers], *Eine Frau im Berlin. Tagebuchaufzeichnungen vom 20. April bis 22. Juni 1945*. Frankfurt am Main : Eichborn AG, 2003 © 2002. Hannelore Marek ; translated as Anonymous, *A Woman in Berlin* by James Stern. New York : Harcourt, Brace and Company, 1954, then by Philip Boehm. New York : Metropolitan Books, 2005 ; and as *Une femme à Berlin. Journal, 20 avril–22 avril 1945* by Françoise Wuilmart. Paris : Gallimard, 2006.

Antelme, Robert. *L'Espèce humaine*. Paris : Éditions de la Cité Universelle, 1947. Translated as *The Human Race* by Jeffrey Haight and Annie Mahler. Marlboro VT : Malboro Press, 1992.

Apollinaire, Guillaume. "Zone" in *Alcools* [1913]. Translated by William Meredith. *Wisconsin Studies in Contemporary Literature* 4 (3) (Autumn 1963) : 279–83 ; Anne Hyde Greet. *Alcools*. Berkeley, University of California Press, 1965 ; Roger Shattuck. *Selected Writings of Guillaume Apollinaire*. New York, New Directions, 1971 ; Samuel Beckett. *Zone*. Dublin, Dolmen Press, 1972 ; Ron Padgett. *Zone : Selected Poems*. New York : New York Review of Books, 2015 ; and Charlotte Mandell, http://www.charlottemandell.com/ Apollinaire.php (accessed January 8, 2017).

Arendt, Hannah. "On Humanity in Dark Times : Thoughts About Lessing" in *Men in Dark Times*. New York : Harcourt, Brace, 1955.

Arendt, Hannah. *Lectures on Kant's Political Philosophy*. Chicago : University of Chicago Press, 1982.

Bachelard, Gaston. *La Poétique de l'espace*. Paris : Presses Universitaires de France, 1957. Translated as *The Poetics of Space* by Maria Jolas. New York : Beacon Press, 1994.

Balibar, Étienne. "'*Ego sum, ego existo*' : Descartes au point d'hérésie." *Bulletin de la Société française de Philosophie* lxxxvi (1992) : 77–122.

Balibar, Étienne. "'Quasi-Transcendentals' : Foucault's Point of Heresy and the Transdisciplinary Function of the Episteme." *Theory, Culture and Society* (September–November 2015) : 45–77.

Baudelaire, Charles. *Œuvres complètes*. Paris : Gallimard (Bibliothèque de la Pléiade), 1975.

Beckett, Samuel. *"Drunken Boat" : A Translation of Arthur Rimbaud's Poem "Le Bateau ivre."* John Knowlson and Felix Leakey, eds. Reading : Whiteknights Press, 1976.

Beckett, Samuel. *Texts for Nothing*. In *The Complete Short Prose, 1929–1989*. New York : Grove Press, 1995.

Beckett, Samuel. *Imagination morte imaginez*. *Les Lettres nouvelles* 13 (October–November 1965) : 13–16. Translated by the author as *Imagination Dead Imagine*. *Sunday Times* (November 7, 1965) : 48. Reprinted in *The Complete Short Prose : 1929–1989*. New York : Grove Press, 1995.

Benjamin, Walter. Translated as "On Some Motifs in Baudelaire" by Harry Zohn in *Illuminations* : 155–200. New York : Schocken Books, 1968.

Benjamin, Walter. [1923] Translated as "The Task of the Translator" by Harry Zohn in *Illuminations* : 69–82. New York : Schocken Books, 1968.

Benjamin, Walter. *Das Passagen-Werk*. (Rolf Tiedemann, ed.). Berlin : Suhrkamp Verlag, 1982. Translated as *The Arcades Project* by Howard Eiland and Kevin McLaughlin. Cambridge : The Belknap Press of Harvard University Press, 1999.

Blanchot, Maurice. *La Communauté inavouable*. Paris : Les Éditions de Minuit, 1983.

Bogaert, Sophie. "'Trop pour un livre' : Théodora ou la réécriture en guerre." In Sylvie Loignon, ed. *Les archives de Marguerite Duras* : 189–97. Grenoble : ULLUG Université Stendhal, 2012.

Borges, Jorge Luís. "Deutsches Requiem" [1949]. Trans. Andrew Hurley. *Collected Fictions* : 229–34. New York : Penguin Books, 1998.

Borges, Jorge Luís. "The Aleph" [1949]. Trans. Andrew Hurley. *Collected Fictions* : 274–86. New York : Penguin Books, 1998.

Boudard, Alphonse. *Les Grands Criminels*. Paris : Le Pré aux Clercs, 1989.

Bourin, André. "'Non, je ne suis pas la femme d'Hiroshima'." *Les Nouvelles Littéraires* (June 18, 1959) : 1, 4.

Carse, Alisa L. "The Moral Contours of Empathy." *Ethical Theory and Moral Practice* 8 (1/2) (April 2005) : 169–95.

Casey, Edward S. *Getting Back into Place : Toward a Renewed Understanding of the Place-World* [1993]. 2nd edn. Bloomington : Indiana University Press, 2009.

Casey, Edward S. *The Fate of Place : A Philosophical History*. Berkeley: University of California Press, 1997.

Caws, Mary Ann. *The Presence of René Char*. Princeton, NJ : Princeton University Press, 1976.

Caws, Mary Ann. *René Char*. Boston : G. K. Hall and Co. (Twayne World Authors Series, 428), 1977.

Caws, Mary Ann. *L'œuvre filante de René Char*. Paris : Librairie A.-G. Nizet, 1981.

Ceccaty, René de. "Duras et les autres," *Gai Pied*, June 1981.

Céline, Louis-Ferdinand. *Voyage au bout de la nuit* [Denoël, 1932]. In *Romans, I* : 1–504. Paris : Gallimard (Bibliothèque de la Pléiade, 157), 1981. Translated as *Journey to the End of the Night* by Ralph Manheim. New York : New Directions, 1983.

Céline, Louis-Ferdinand. *Mort à crédit*. In *Romans, I* : 507–1104. Paris : Gallimard (Bibliothèque de la Pléiade, 157), 1981. Translated as *Death on the Installment Plan* by Ralph Manheim. New York : New Directions, 1966.

Char, René. *Œuvres complètes*. Paris : Gallimard (Bibliothèque de la Pléiade, 308), 1983.

Char, René. *Selected Poems*. Ed. Mary Ann Caws. New York : New Directions, 1992.

Char, René. *Dans l'atelier du poète*. Paris : Gallimard (Quarto), 1996.

Char, René. *Furor and Mystery and Other Writings* by Mary Ann Caws and Nancy Kline. Boston : Black Widow Press, 2010. [I indicate translations that I alter with an asterisk after the page reference.]

Char, René. Translated as "Dim Light in the Creuse" by Nancy Naomi Carlson, *Cider Press Review* 14 (1) (July 2012). http://ciderpressreview.com/cpr-14-1/ dim-light-in-the-creuse/#.V-aUbjKZMUE (accessed September 24, 2016).

Cohen, Jean-Louis and André Lortie. *Des fortifs au périf. Paris, les seuils de la ville*. Paris : Picard Éditeur ; Édition du Pavillon de l'Arsenal, 1991.

Daumal, René. *Poésie noire, poésie blanche*. Paris : Gallimard, 1954.

Deleuze, Gilles. *L'Image-mouvement. Cinéma I*. Paris : Les Éditions de Minuit, 1983. Translated as *Cinema I : The Movement-Image* by Hugh Tomlinson and Barbara Habberjam. Minneapolis : University of Minnesota Press, 1997.

Deleuze, Gilles. *Foucault*. Paris : Les Éditions de Minuit, 1986. Translated as *Foucault* by Seán Hand. Minneapolis : University of Minnesota Press, 1988.

Derrida, Jacques. "'A Self-Unsealing Poetic Text' : Poetics and the Politics of Witnessing." In Michael P. Clark, ed. *Revenge of the Aesthetic : The Place of Literature in Theory Today* : 179–207. Berkeley : University of California Press, 2000.

Diderot, Denis. "Vernet" in "*Salon de 1767*." *Œuvres. Tome IV. Esthétique— Théâtre*. Robert Laffont (Bouquins), 594–635.

Didi-Huberman, Georges. "Le Lieu malgré tout." In *Phasmes. Essais sur l'apparition*. Paris : Les Éditions de Minuit, 1998.

Didi-Huberman, Georges. *Remontages du temps subi. L'œil de l'histoire, 2*. Paris : Les Éditions de Minuit, 2010.

Didi-Huberman, Georges. *Atlas ou le gai savoir inquiet. L'œil de l'histoire, 3*. Paris : Les Éditions de Minuit, 2011a.

Didi-Huberman, Georges. *Écorces*. Paris : Les Éditions de Minuit, 2011b.

Didi-Huberman, Georges. *Peuples exposés, peuples figurants. L'œil de l'histoire, 4*. Paris : Les Éditions de Minuit, 2012.

Didi-Huberman, Georges. *Sortir du noir*. Paris : Les Éditions de Minuit, 2015.

Dobbels, Daniel, ed. *On Robert Antelme's The Human Race : Essays and Commentary*. Evanston : Northwestern University Press, 2003.

Duras, Marguerite. *Les Petits Chevaux de Tarquinia* [1953]. In *Œuvres complètes*, v. I. Paris : Gallimard (Pléiade, 572), 2014. Translated as *The Little Horses of Tarquinia* by Peter DuBerg. London, John Calder, 1960. [All references to the French will be to the page numbers in *OC I*.]

Duras, Marguerite. "Les Chantiers" and "Madame Dodin." In *Des journées entières dans les arbres* [1954]. In *Œuvres complètes*, v. I. Paris :

Gallimard (Pléiade, 572), 2014. Translated as “Building Sites” and “Madame Dodin” by Anita Barrows in *Whole Days in the Trees*. London : John Calder, 1984. [All references to the French will be to the page numbers in *OC I*.]

Duras, Marguerite. “‘Non, je ne suis pas la femme d’Hiroshima’.” *Les Nouvelles Littéraires* 18 (June 1959) : 1, 4.

Duras, Marguerite. *Hiroshima mon amour. Scenario et dialogues* [1960]. In *Œuvres complètes*, v. II. Paris : Gallimard (Pléiade, 573), 2011. Translated as *Hiroshima mon amour* by Richard Seaver. New York : Grove Press (Evergreen Original), 1961. [All references to the French will be to the page numbers in *OC II*.]

Duras, Marguerite. *Les Parleuses* [1974]. In *Œuvres complètes*, v. III. Paris : Gallimard (Pléiade, 596), 2014. Translated as *Woman to Woman : Les Parleuses* by Katharine A. Jensen. Lincoln : University of Nebraska Press (European Women Writers Series), 1987. [All references to the French will be to the page numbers in *OC III*.]

Duras, Marguerite. *Les Yeux verts* [1980, 1987]. In *Œuvres complètes*, v. III. Paris : Gallimard (Pléiade, 596), 2014. Translated as *Green Eyes* by Carol Barko. New York : Columbia University Press, 1990. [All references to the French will be to the page numbers in *OC III*.]

Duras, Marguerite. *Outside. Papiers d’un jour* [1981]. In *Œuvres complètes*, v. III. Paris : Gallimard (Pléiade, 596), 2014. Translated as *Outside : Selected Writings* by Arthur Goldhammer. Boston : Beacon Press, 1986. [All references to the French will be to the page numbers in *OC III*.]

Duras, Marguerite. *La Douleur* [1985]. In *Œuvres complètes*, v. IV. Paris : Gallimard (Pléiade, 597), 2014. Translated as *The War : A Memoir* by Barbara Bray. New York : Pantheon Books, 1985. [All references to the French will be to the page numbers in *OC IV*.]

Duras, Marguerite. *Cahiers de la guerre et autres textes*. Paris : P.O.L./Imec, 2006. Translated as *Wartime Writings* by Linda Cloverdale. New York : New Press, 2008.

Duras, Marguerite. *Théodora*. In *Œuvres complètes*, v. IV. Paris : Gallimard (Pléiade, 597), 2014. [All references to the French will be to the page numbers in *OC IV*.]

Duras, Marguerite and Gérard Jarlot. *Une aussi longue absence*. In *Œuvres complètes*, v. II. Paris : Gallimard (Pléiade, 573), 2011. Translated as *Une aussi longue absence* by Barbara Wright. London : Calder and Boyars, 1966. [All references to the French will be to the page numbers in *OC II*.]

Duvoux, Nicolas and Pascal Sévérac. “Citoyen Balibar : Entretien avec Étienne Balibar” (September 28, 2012). Translated as “Citizen Balibar : An Interview with Étienne Balibar. ”http://www.laviedesidees.fr/Citoyen-Balibar.html (accessed January 8, 2017) and http://www.booksandideas.net/Citizen Balibar.html (accessed January 8, 2017).

Egan, Moira. *Cleave*. Washington, DC : Washington Writers' Publishing House, 2004, 68.

Elsaesser, Thomas. "Between Erlebnis and Erfahrung : Cinema Experience with Benjamin." *Paragraph* (November 2009) : 292–312.

Eribon, Didier. *Michel Foucault : 1936-1984*, Paris : Flammarion, 1989 ; Translated as *Michel Foucault* by Betsy Wing. Cambridge : Harvard University Press, 1991.

Faulkner, William. *As I Lay Dying* [1930]. In *Novels 1930–1935* : 1–178. New York : The Library of America, 1985.

Faure, Alain. "Classe malpropre, classe dangereuse? Quelques remarques à propos des chiffonniers parisiens au XIXe siècle et de leurs cités." *Recherches* 29 ("L'haleine des faubourgs") (December 1977) : 79–102. Translated as "Sordid Class, Dangerous Class? Observations on Parisian Ragpickers and Their cités During the Nineteenth Century" in Shahid Amin and Marcel van der Linden, eds. *Peripheral Labour : Studies in the History of Partial Proletarianism* : 157–76. Cambridge : Cambridge University Press, 1997.

Favreau, Jean-François. *Vertige de l'écriture : Michel Foucault et la littérature, 1954–1970*. Lyon : ENS Éditions, 2012.

Feldman and Dori Laub, *Testimony : Crises of Witnessing in Literature, Psychoanalysis and History*.Also cited as Holocaust Trauma Project at Yale University. New York : Routledge, Taylor & Francis Group, 1992.

Foucault, Michel. "Le 'non' du père" [Introduction] in Ludwig Binswanger, *Le Rêve et l'Existence* (tr. Jacqueline Verdeaux). Brussels, Desclée de Brower, 1954.

Foucault, Michel. *Histoire de la folie à l'âge classique* [1961, 1964]. Translated as *History of Madness* by Jonathan Murphy and Jean Khalfa. New York and London : Routledge, 2006. [abbreviated *HF* and *HM*]

Foucault, Michel. *Naissance de la clinique. Une archéologie du regard médical*. Paris : Presses Universitaires de France, 1963. Translated as *The Birth of the Clinic : An Archaeology of Medical Perception* by A. M. Sheridan Smith. New York : Vintage, 1994. [abbreviated as *NC* and *BC*]

Foucault, Michel. *Les Mots et les choses. Une archéologie des sciences humaines*. Paris : Gallimard, 1966. Translated as *The Order of Things : An Archaeology of the Human Sciences* by Anonymous. New York : Vintage, 1994. [abbreviated as *MC* and *OT*]

Foucault, Michel. *L'Archéologie du savoir*. Paris : Gallimard, 1969. Translated as *The Archaeology of Knowledge* and *The Discourse on Language* by A. M. Sheridan Smith. New York : Vintage, 2010. [abbreviated as *AS* and *AK*]

Foucault, Michel. *L'Ordre du discours : Leçon inaugurale au Collège de France prononcée le 2 décembre 1970*. Paris : Gallimard, 1971. Translated by Ian McLeod as "The Order of Discourse" in Robert Young, ed. *Untying the Text A Post-Structuralist Reader*. Boston : Routledge and Kegan Paul, 1981, 51–76. Translated by A. M. Sheridan Smith as "The Discourse on Language" in *The Archaeology of Knowledge*, 215–37.

[abbreviated as *OD* and *DL*]

Foucault, Michel. *Surveiller et punir. Naissance de la prison*. Paris : Gallimard, 1975. Translated as *Discipline and Punish : The Birth of the Prison* by Alan Sheridan. New York : Vintage, 1995. [abbreviated as *SP* and *DP*]

Foucault, Michel. *Histoire de la sexualité*, v. 1. *La Volonté de savoir* [*The Will to Knowledge*]. Paris : Gallimard, 1976. Translated as *The History of Sexuality*, v. 1 : *An Introduction* by Robert Hurley. New York : Vintage, 1990. [abbreviated as *VS* and *WK*]

Foucault, Michel, ed. *Herculine Barbin, dite Alexina B*. Paris : Gallimard ("Vies parallèles"), 1978. Translated as *Herculine Barbin, Being the Recently Discovered Memoirs of a Nineteenth-Century Hermaphrodite*. New York : Pantheon Books, 1980.

Foucault, Michel. *Dits et écrits, I. 1954–1975*. Paris : Gallimard (Quarto), 2001. [abbreviated as *DE I*] "Préface à la transgression." *Critique* 195–6 "Hommage à Georges Bataille" (August–September 1963) : 751–69. In *Dits et écrits I*, 261–78. Translated as "A Preface to Transgression" by Donald F. Bouchard and Sherry Simon. In James D. Faubion, ed. *Aesthetics, Method, and Epistemology : Essential Works of Foucault 1954–1984. Vol II*. New York : The New Press, 1998, 69–87. "Des espaces autres" [1967], 1571–81. Translated as "Of Other Spaces" *Diacritics* 16 (1) (Spring 1986) : 22–7. [On *Le Marteau sans maître*.] "À propos de Marguerite Duras (entretien avec Hélène Cixous)," 1630–9. Translated as "On Marguerite Duras, with Michel Foucault" by Suzanne Dow in Hélène Cixous, *White Ink : Interviews on Sex, Text and Politics*. Susan Sellers, ed. Stocksfield : Acumen, 2008.

Foucault, Michel. *Dits et écrits, II. 1976–1988*. Paris : Gallimard (Quarto), 2001. [abbreviated as *DE II*]

Foucault, Michel, *Introduction à l'Anthropologie* / Kant Immanuel, *Anthropologie du point de vue pragmatique*, Paris ; Vrin, 2008.

Fourcaut, Annie, Emmanuel Bellager and Mathieu Flonneau, eds. *Paris / Banlieues. Conflits et solidarités. Historiographie, anthologie, chronologie, 1788–2006*. Paris : Créaphis éditions, 2007.

Fuller, Samuel. *Falkenau*. → Emil Weiss.

Fuller, Samuel. *A Third Face : A Tale of Writing, Fighting, and Filmmaking*. New York : Alfred Knopf, 2002.

Genel, Katia. "Le biopouvoir chez Foucault et Agamben." *Methodos : savoirs et textes* 4 (2004).

Gros, Frédéric. *Marcher, une philosophie* [2009]. Paris : Flammarion (Champs essais), 2011.

Harvey, Robert. "Droit de regard droit. *Film* de Samuel Beckett au regard de *Tu m'*." *Étant donné Marcel Duchamp* 4 (2003) : 84–93.

Harvey, Robert. *Witnessness : Beckett, Dante, Levi and the Foundations of Responsibility*. New York and London : Continuum, 2010.

Harvey, Robert. "Hiroshima, ou l'amour de l'ennemi." In Sylvie Loignon, ed. *Les Archives de Marguerite Duras* : 163–71. Grenoble : ELLUG –

Université Stendhal (La fabrique de l'œuvre), 2012.

Harvey, Robert. "Un chantier du désir." In Najet Tnani, ed. *Étrangers et étrangeté dans l'œuvre de Marguerite Duras* : 17–23. Rennes : Presses Universitaires de Rennes, 2013.

Harvey, Robert and Hélène Volat. *De l'exception à la règle. USA PATRIOT Act*. Paris : Léo Scheer (Lignes et Manifestes), 2006.

Heidegger, Martin. *Four Seminars : Le Thor 1966, 1968, 1969, Zähringen 1973*. Translated by Andrew Mitchell and François Raffoul. Bloomington and Indianapolis : Indiana University Press, 2003.

Heidegger, Martin. *Der Ursprung des Kunsteswerk in Holzwege* in *Gesamptausgabe*, B. 5. Frankfurt : Vittorio Klostermann, 1950. Translated as "The Origin of the Work of Art" in *Off the Beaten Track* by Cambridge : Cambridge University Press, 2002.

Heller-Roazen, Daniel. *Ecolalias : On the Forgetting of Language*. New York : Zone Books, 2005.

Hirsch, Charles-Henry. *Le Tigre et Coquelicot*. Paris : Albin Michel, 1905.

Hopkins, G. W. "Jean Barraqué." *The Musical Times* 107 (1495) (1966) : 952–54.

Hopkins, Gerard Manley. *The Sermons and Devotional Writings*. Edited by Christopher Devlin, S. J. London : Oxford University Press, 1959.

Huffer, Lynne. "Foucault's Ethical Ars Erotica." *SubStance* 38 (3) [120] (2009) : 125–47.

Joyce, James. *Ulysses* [1922]. Hans Walter Gabler, ed. New York : Random House, 1986.

Kant, Immanuel. *Kritik der Urteilskraft* [1790]. Translated as *Critique of Judgement* by J. H. Bernard. New York : Hafner Press, 1951.

Kelly, Van. "Passages Beyond the Resistance : René Char's *Seuls demeurent* and Its Harmonics in Sembrun and Foucault." *SubStance* 32 (3) [102] (2003) : 109–32.

Kline Piore, Nancy. *Lightning : The Poetry of René Char*. Boston : Northeastern University Press, 1981.

Kristeva, Julia. *Soleil noir : Dépression et mélancolie*. Paris : Gallimard, 1987. Translated as *Black Sun : Depression and Melancholia* by Leon S. Roudiez. New York : Columbia University Press, 1989.

Lacombe, Georges, dir. *La Zone. Au pays des chiffonniers*, 1928, 28 min.

Lawler, James R. *René Char : The Myth and the Poem*. Princeton : Princeton University Press, 1978.

Le Hallé, Guy. *Les Fortifications de Paris*. Paris : Éditions Horvath, 1986.

Levi, Primo. *Se questo è un uomo* [1947]. Translated as *If This Be a Man*. New York : Orion Press, 1959. Aberrantly retitled as *Survival at Auschwitz*. New York : Touchstone, 1996.

Levi, Primo. *I sommersi e i salvati*. Turin : Giulio Einaudi, 1986. Translated as *The Drowned and the Saved* by Raymond Rosenthal. New York : Vintage International, 1989.

Lewin, Christophe. "Le Retour des prisonniers de guerre français (1945)." *Guerres mondiales et conflits contemporains* 147 (La Captivité [1915–54]) (July 1987) : 49–79.

Lindon, Mathieu. *Ce qu'aimer veut dire*. Paris : P. O. L., 2011.

Lucretius. *De natura rerum, II*. In John Dryden's *Sylvae or, The Second Part of Poetical Miscellanies*, 1685.

Lyotard, Jean-François. *Discours/figure*. Paris : Klincksieck, 1971. Translated as *Discourse/Figure* by Antony Hudek and Mary Lydon. Minneapolis : University of Minnesota Press, 2011.

Lyotard, Jean-François. *L'Inhumain. Causeries sur le temps*. Paris : Galilée, 1988. Translated as *The Inhuman : Reflections on Time* by Geoffrey Bennington and Rachel Bowlby. Cambridge : Polity Press, 1991.

Lyotard, Jean-François. *Leçons sur l'Analytique du sublime*. (Kant, *Critique de la faculté de juger*, §§23–9). Paris : Galilée, 1991. Translated as *Lessons on the Analytic of the Sublime* by Elizabeth Rottenberg. Stanford : Stanford University Press, 1994.

Lyotard, Jean-François. *Moralités postmodernes*. Paris : Galilée, 1993. Translated as *Postmodern Fables* by Georges Van Den Abbeele. Minneapolis : University of Minnesota Press, 1997.

Lyotard, Jean-François. *Chambre sourde. L'antiesthétique de Malraux*. Paris : Galilée, 1998. Translated as *Soundproof Room : Malraux's Anti-Aesthetics* by Robert Harvey. Stanford, CA : Stanford University Press, 2001.

Lyotard, Jean-François. *Misère de la philosophie*. Paris : Galilée, 2000.

Macey, David. *The Lives of Michel Foucault*, New York : Pantheon, 1994.

Mascolo, Dionys. *Autour d'un effort de mémoire. Sur une lettre de Robert Antelme*. Paris : Maurice Nadeau, 1987.

Mathieu, Jean-Claude. *La Poésie de René Char, ou le Sel et la Splendeur. II. Poésie et résistance*. Paris : Librairie José Corti, 1985.

Melville, Herman. "Bartleby, The Scrivener" [1853]. In *The Complete Shorter Fiction*. New York : Alfred A. Knopf (Everyman's Library 232), 1997.

Metz, Christian. *Le signifiant imaginaire : psychanalyse et cinéma*. Paris : Chrisitian Bourgois, 1977. Translated as *The Imaginary Signifier. Psychoanalysis and the Cinema* by Celia Britton, Annwyl Williams, Ben Brewster, and Alfred Guzzetti. Bloomington and Indianapolis : Indiana University Press.

Michaux, Henri. *Connaissance par les gouffres* [1961]. In *Œuvres complètes, III*. Paris : Gallimard (Bibliothèque de la Pléiade, 506), 2004. Translated as *Light Through Darkness* by Haakon Chevalier. New York : The Orion Press, 1963.

Miller, J. Hillis. *Topographies*. Stanford, CA : Stanford University Press, 1995.

Milner, Jean-Claude. "Michel Foucault ou le devoir aux rives du temps." *La Règle du jeu* 28 (April 2008) : 7–18. Revised version in Jean-Claude Milner, *La Puissance du détail : phrases celèbres et fragments en philosophie*. Paris : Grasset, 2014.

Milner, Jean-Claude. *La Puissance du détail. Phrases célèbres et fragments en philosophie*. Paris : Grasset, 2014.

Montaigne, Michel de. "Des cannibales" [1579–80] in *Œuvres complètes* : 200–13. Paris : Bibliothèque de la Pléiade, 14), 1962. Translated as "On the Cannibals" by M. A. Screech in *The Essays of Michel de Montaigne* : 228–41. Allen Lane, The Penguin Press, 1987.

Müller, Filip. *Eyewitness Auschwitz : Three Years in the Gas Chambers*. New York : Stein and Day, 1979.

Nancy, Jean-Luc. *Le Partage des voix*. Paris : Galilée, 1982.

Nancy, Jean-Luc. *La Communauté affrontée*. Paris : Galilée, 2001.

Nesbitt, Molly. *Atget's Seven Albums*. New Haven : Yale University Press, 1994.

O'Leary, Timothy. "Foucault, Experience, Literature." *Foucault Studies* 5 (January 2008) : 5–25.

O'Leary, Timothy. *Foucault and Fiction : The Experience Book*. London and New York : Continuum, 2009.

Orgeron, Marsha. "Liberating Images? Samuel Fuller's Film of Falkenau Concentration Camp." *Film Quarterly* 60 (2) (Winter 2006) : 38–47.

Pascal, Blaise. *Œuvres complètes*, édition Jacques Chevalier. Paris : Gallimard (Bibliothèque de la Pléiade, 34), 1954.

Pingeot, Mazarine, ed. *Marguerite Duras et François Mitterrand, Le bureau de poste de la rue Dupin, et autres entretiens*. Paris : Gallimard, 2006.

Queneau, Raymond. *Le Chiendent* [1933]. Translated as *The Bark Tree* by Barbara Wright. London : Calder and Boyars, 1968.

Queneau, Raymond. *Œuvres complètes*, I. Édition établi par Claude Debon. Paris : Gallimard (Bibliothèque de la Pléiade, 358), 1989.

Rabinow, Paul. "Space, Knowledge, and Power. Interview : Michel Foucault." *Skyline* (March 1982) : 16–20.

Rancière, Jacques. *Le Partage du sensible*. Paris : La Fabrique, 2000. Translated as *The Politics of Aesthetics : The Distribution of the Sensible* by Gabriel Rockhill. New York : Continuum, 2004.

Rossellini, Roberto, dir. *Germania anno zero* [*Germany, Year Zero*], 1948, 78 min. Rotman, Brian. *Becoming Beside Ourselves : The Alphabet, Ghosts, and Distributed Human Being*. Durham : Duke University Press, 2008.

Rousset, David. *L'Univers concentrationnaire*. Paris : Les Éditions de Minuit, 1965. Translated as *The Other Kingdom* by Ramon Guthrie. New

York : Howard Fertig Inc., 1982.
Sallis, John. *Topographies*. Bloomington and Indianapolis : Indiana University Press, 2006.
Sardinha, Diogo. *Ordre et temps dans la Philosophie de Foucault*. Paris : L'Harmattan, 2011.
Schwartz, William Leonard. "The Populist School in the French Novel." *The French Review* 4 (6) (May 1931) : 473–9.
Sebald, W. G. *Luftkrieg und Literatur*. München : Carl Hanser Verlag, 1999. Translated as *On the Natural History of Destruction* by Anthea Bell. New York : Random House, 2003.
Self, Will. *Cock and Bull*. New York : Vintage, 1992.
Strauss, Claudia. "Is Empathy Gendered and, If So, Why?" *Ethos* 32 (4) (December 2004) : 432–57.
Surya, Michel. *L'Autre Blanchot. L'Écriture de jour, l'écriture de nuit*. Paris : Gallimard, 2015.
Uhrig, David. "Blanchot, du 'non-conformisme' au maréchalisme." *Lignes* 43 (2014) : 122–39.
Vallier, Jean. *C'était Marguerite Duras. Tome 2, 1946–1996*. Paris : Librairie Arthème Fayard, 2010.
Varda, Agnès, dir. *Sans toit ni loi*. 1985, 105 min.
Varda, Agnès, dir. *Les Glaneurs et la Glaneuse*. 2000, 82 min.
Veyne, Paul. *René Char en ses poèmes*. Paris : Gallimard, 1995.
Veyne, Paul. *Michel Foucault, sa pensée, sa personne*. Paris : Albin Michel, 2008. Translated as *Michel Foucault : His Thought, His Character* by Janet Lloyd. London : Polity Press, 2012.
Ville, Isabelle. *René Char. Une poétique de résistance : être et faire dans les Feuillets d'Hypnos*. Paris : Presses Paris Sorbonne, 2006.
Vinciguerra, Lucien. *La Représentation excessive : Descartes, Leibniz, Locke, Pascal*. Lille : Presses du Septentrion, 2013.
Walsh, Lisa. "Symptomatic Reading : Kristeva on Duras." In Kelly Oliver and S. K. Keltner, eds. *Psychoanalysis, Aesthetics, and Politics in the Work of Julia Kristeva*, 143–62. Albany : SUNY Press, 2009.
Weiss, Emil, dir. *Falkenau : The Impossible*, 1988, 52 min. [Documentary footage by Samuel Fuller ; Pierre Boffety, cinematographer.]
Williams, Bernard. *Ethics and the Limits of Philosophy*. Cambridge : Harvard University Press, 1985.
Wormser-Migot, Olga. *Quand les alliés ouvrirent les portes*. Paris : Robert Laffont, 1965.
Zakaras, Alex. "Isaiah Berlin's Cosmopolitan Ethics." *Political Theory* 32 (4) (August 2004) : 495–518.
Zanghi, Filippo. *Zone indécise. Périphéries urbaines et voyage de proximité dans la littérature contemporaine*. Villeneuve-d'Ascq : Presses

Universitaires du Septentrion ("Perspectives"), 2014.
Zourabichvili, François. *Deleuze, a Philosophy of the Event*. Edinburgh : Edinburgh University Press, 2012.

# 訳者あとがき

本書は Robert Harvey, *Sharing Common Ground. A Space for Ethics*, Bloomsbury, 2017 の全訳である。

著者のロバート・ハーヴェイは一九五一年、カリフォルニア州オークランドに生まれ、フランス文学研究者・哲学者として、一貫して二〇世紀のフランスで展開した文学と思想とを軸に、研究・執筆活動を続けてきた。幼き日に墓地に感じた慕わしさや、若き日のミシェル・フーコーとの出会いは本書でも語られる通りである。カリフォルニア大学バークレー校、サンフランシスコ州立大学、パリ第四大学、パリ第七大学でフランス文学を修めた後、一九八八年にカリフォルニア大学バークレー校にサルトルを主題とした論文を提出し、博士号を取得した。その後はニューヨーク州立大学ストーニーブルック校で教鞭をとり、二〇〇一年から二〇〇七年には、国際哲学コレージュのプログラム・ディレクターも務めた。現在はストーニーブルック校の名誉教授として、パリに生活の拠点を移し、執筆活動を続けている。

すでに英語とフランス語で数多くの著書を世に問うており、その主題はサルトルに始まり、本書の鍵となるデュラス、詩人のミシェル・ドゥギー、サミュエル・ベケットと幅広い。特にデュラスに関しては、二〇一一年に出版されたプレイヤード叢書の全集に、編者として名を連ねている。二〇二四年にはいって、フランス大学出版局から、フランス語の著作 *Parmi les gisants. Penser le cimetière*（『横たわる死者の像の間で――墓地を考える』）を発表したばかりである。また英訳者として、ドゥギーやリオタールの著作を英語圏に紹介した功績も見落とせない。

本書がハーヴェイの著作の本邦初訳となるが、本書と前作 *Witnessness : Beckett, Dante, Levi and the Foundations of Responsibility*（『証言可能性――ベケット、ダンテ、レーヴィそして責任の土台』）は、フランス語に翻訳されている。

本書の見取り図は著者自身の手になる序章に明らかであるが、このような著者の歩みから分かる通り、その特徴はまず、主にフランス語と英語という二つの言語の間の往来にある。分けることと、共有することとを同時に意味するフランス語のパルタージュという語を、英語に潜らせるとき、ジェラード・マンリ・ホプキンズがうたう、割れたザクロの実という、新しいイメージが浮かび上がってくる。パルタージュという語を聞けば、この問題に関心を寄せる日本の読者に真っ先に思い起こされるのは、ジャン゠リュック・ナンシーの『無為の共同体』であり、訳者の西谷修氏があてた「分有」という訳語ではないだろうか。ナンシーに触発されてモーリス・ブランショが発表した『明かしえぬ共同体』に収められた「恋人たちの共同体」の主題はデュラスであることも、本書との近しさを感じさせる。

ナンシーやブランショを共同体論へと突き動かした事態は、二一世紀に編まれた本書においてむしろ切実さを増しており、関心が隣接していることは間違いない。しかし本書の出発点は、具体的な土地、すなわち工事中の墓地であり、ザクロの実が野ざらしになる地面であり、ユキノシタが生える岩場である。目の前にあるこれらの土壌は、それでいてここにはないけれども、確かにある別の地表を表わすものでもある。こうした確信を、常にテクストという土に根をおろし、繊細な読解を展開しながら、あざやかに示していく本書は、文学研究の持つ広がりや奥の深さをも、改めて感じさせるものではないだろうか。

分かち合うことへの意思はまた、目の前にいるその人からにじみでてくるものでもある。本書を書き上げたばかりの二〇一六年三月に、澤田直氏の招きにより、著者は来日を果たした。旧友であられる小倉孝誠氏の紹介で、訳者は本書の一部を紹介する講演の通訳を仰せつかり、そのご縁で本書の訳を担当することとなった。ハーヴェイ先生は、本書の重要な箇所で登場する日本で、翻訳が読者に届くことを、ことのほか喜んでくださった。遅々として進まぬ訳者の作業を辛抱強く待ち続け、その間、本書に関するどんな些細な質問にも快くお答えくださった先生には、感謝の念に堪えない。翻訳にいたる経緯をご存じの小倉先生は折々にご助言をくださり、励ましてくださった。この訳書を世に送り出した土壌は、旧友おふたりの友情であるにちがいない。

そしてこの訳書が本の形をとるについては、編集者の井戸亮氏がお引き受けくださったところから、すべての計画がはじまった。引き継いでくださった廣瀬覚氏は、訳文に新たな角度から光をあててくださった。日本語版タイトルについても、廣瀬氏がご提案くださり著者の了解のもと、この形で日本の読者にお届けすることとなった。訳のいたらぬ点はすべて訳者に責任があるが、この土地にこの本が生まれ出たのは、おふたりのご尽力ゆえである。ここに記して感謝する。

二〇二四年一二月　訳者

## 著者／訳者について——

**ロバート・ハーヴェイ**（Robert Harvey）　一九五一年、アメリカ合衆国カリフォルニア州に生まれる。フランス文学研究者、哲学者。ニューヨーク州立大学ストーニーブルック校名誉教授。マルグリット・デュラスのプレイヤード版全集の編集者の一人として知られ、主な著書に、*Witnessness : Beckett, Dante, Levi and the Foundations of Responsibility*（Continuum, 2010）、*Parmi les gisants. Penser le cimetière*（PUF, 2024）などがある。

＊

**中川真知子**（なかがわまちこ）　一九八二年、東京に生まれる。パリ第三大学博士課程修了。現在、慶應義塾大学准教授。専攻、二〇世紀フランス文学・思想。主な訳書に、マルク・オジェ『非‐場所——スーパーモダニティの人類学に向けて』（水声社、二〇一七年）、アラン・コルバン『静寂と沈黙の歴史』（共訳、藤原書店、二〇一八年）などがある。

装幀——中山銀士（協力＝金子暁仁）

# コモン・グラウンドの倫理――デュラス、フーコー、シャールの文学空間

二〇二五年一月二〇日第一版第一刷印刷　二〇二五年一月三〇日第一版第一刷発行

**著者**――ロバート・ハーヴェイ

**訳者**――中川真知子

**発行者**――鈴木宏

**発行所**――株式会社水声社

東京都文京区小石川二―七―五　郵便番号一一二―〇〇〇二

電話〇三―三八一八―六〇四〇　FAX〇三―三八一八―二四三七

［**編集部**］横浜市港北区新吉田東一―七七―一七　郵便番号二二三―〇〇五八

電話〇四五―七一七―五三五六　FAX〇四五―七一七―五三五七

郵便振替〇〇一八〇―四―六五四一〇〇

URL : http://www.suiseisha.net

**印刷・製本**――モリモト印刷

ISBN978-4-8010-0840-3

## 《言語の政治》叢書

ユートピア的身体／ヘテロトピア　ミシェル・フーコー　二五〇〇円
レイモン・アロンとの対話　ミシェル・フーコー　一八〇〇円
絵葉書I――ソクラテスからフロイトへ、そしてその彼方　ジャック・デリダ　四〇〇〇円
絵葉書II――ソクラテスからフロイトへ、そしてその彼方　ジャック・デリダ　五〇〇〇円
メモワール――ポール・ド・マンのために　ジャック・デリダ　五〇〇〇円
ポスト・モダンの条件　ジャン＝フランソワ・リオタール　二五〇〇円
聞こえない部屋――マルローの反美学　ジャン＝フランソワ・リオタール　二五〇〇円
受肉した絵画　ジョルジュ・ディディ＝ユベルマン　三五〇〇円
われわれが見るもの、われわれを見つめるもの　ジョルジュ・ディディ＝ユベルマン　四五〇〇円
カドミウム・イエローの窓――あるいは絵画の下層　ユベール・ダミッシュ　四〇〇〇円
国家に抗する社会　ピエール・クラストル　三五〇〇円
政治人類学研究　ピエール・クラストル　四〇〇〇円
問いの書　エドモン・ジャベス　三五〇〇円
ユーケルの書　エドモン・ジャベス　三〇〇〇円

書物への回帰　エドモン・ジャベス　二五〇〇円
ジョン・ケージ　ダニエル・シャルル　四〇〇〇円
参照点　ピエール・ブーレーズ　五〇〇〇円
他者のユマニスム　エマニュエル・レヴィナス　二〇〇〇円
芸術の幼年期――フロイト美学の一解釈　サラ・コフマン　三五〇〇円
異邦人のフィギュール　アブデルケビル・ハティビ　四〇〇〇円
言語への愛　ジャン゠クロード・ミルネール　三〇〇〇円
底意地の悪い〈他者〉――迫害の現象学　ジャック゠アラン・ミレール　四〇〇〇円
近代芸術の五つのパラドックス　アントワーヌ・コンパニョン　三五〇〇円
文学史の誕生――ギュスターヴ・ランソンと文学の第三共和政　アントワーヌ・コンパニョン　七〇〇〇円
第二の手、または引用の作業　アントワーヌ・コンパニョン　八〇〇〇円
ブリュヌチエール――ある反ドレフュス派知識人の肖像　アントワーヌ・コンパニョン　六〇〇〇円
スピノザと政治　エティエンヌ・バリバール　四〇〇〇円
神の身振り――スピノザ『エチカ』における場について　A・カリオラート＋J゠L・ナンシー　三〇〇〇円
欺瞞について――ジャン゠ジャック・ルソー、文学の嘘と政治の欺瞞　セルジュ・マルジェル　三〇〇〇円

［価格税別］